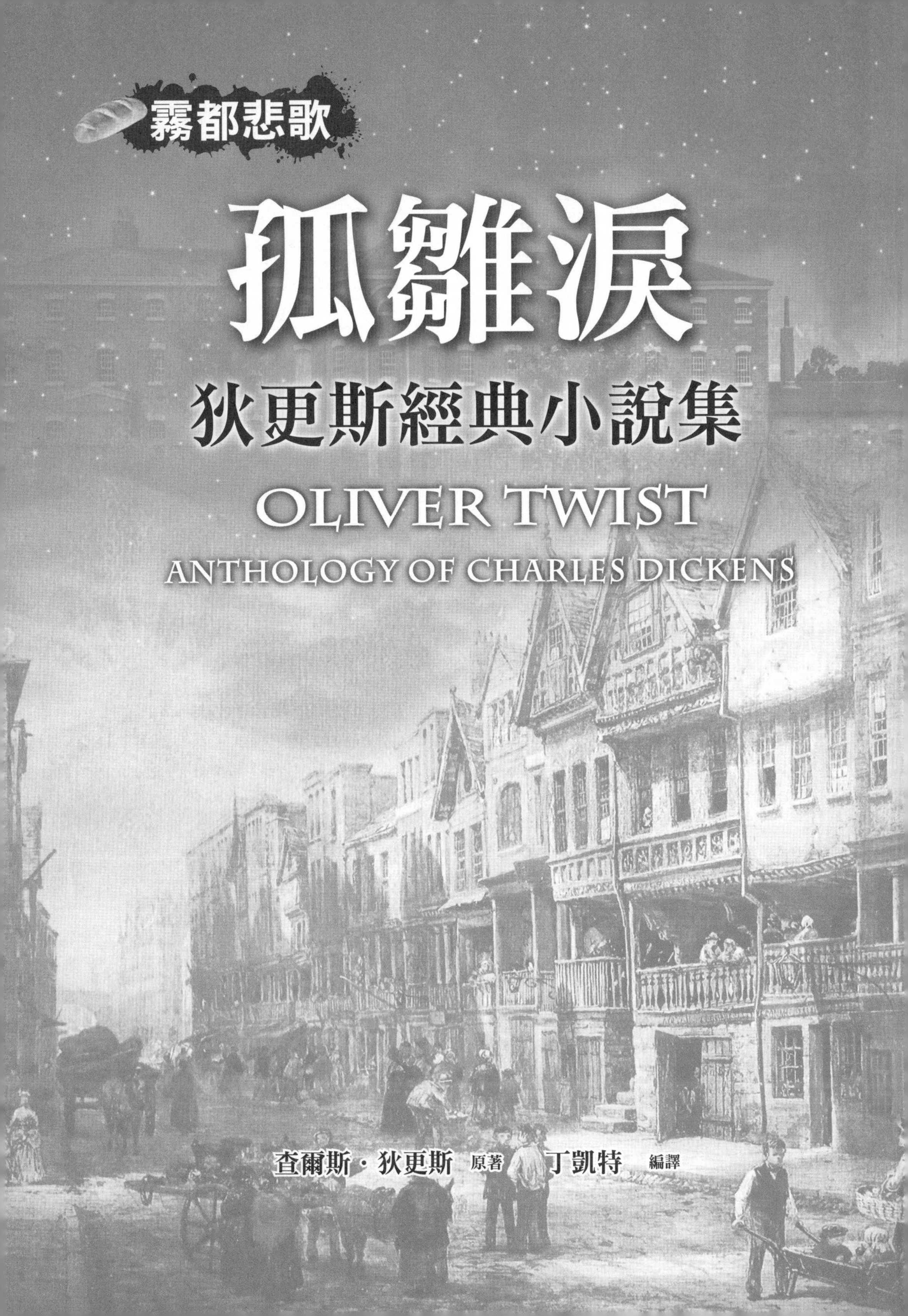

霧都悲歌

孤雛淚

狄更斯經典小說集

OLIVER TWIST

ANTHOLOGY OF CHARLES DICKENS

查爾斯・狄更斯 原著　丁凱特 編譯

黃金年代的黑暗歲月，日不落國的慘澹陰影

二〇〇七年，英國政府耗資六千兩百萬英鎊，在狄更斯的童年故鄉查森鎮興建了一座遊樂園，名為「狄更斯世界」。這是世界上第一座以文學為主題的大型樂園，遊客能在此體驗十九世紀初煙霧瀰漫、臭氣薰天的倫敦街頭，目睹穿著燕尾服、蕾絲裙的紳士淑女在路上行走，甚至被廣場上飾演得維妙維肖的扒手光顧。藉由重現狄更斯小說中的一幕幕經典場景，這座樂園勾起人們對那些耳熟能詳的故事的回憶，並紀念狄更斯這位永垂不朽的大文豪。

查爾斯．狄更斯於一八一二年誕生在英國南方的普茲茅斯，他的父親是一名海軍職員。五歲時，一家人隨父親遷居查森，十歲時又搬到倫敦近郊的坎頓。由於家境小康，幼年的狄更斯曾在私立學校受過短暫的教育；然而，也因為父母生性奢侈，揮霍無度，家中財務不久便陷入困境。十二歲時，狄更斯的父親因債務入獄，一家人也跟著搬進牢房裡。期間，他被送進倫敦一家鞋油廠當學徒，每天工作十個小時；這一段飽嘗艱辛、屈辱，看盡人情冷暖的經歷，促使狄更斯在日後寫下《塊肉餘生錄》，也使他開始關注社會底層人民的生活狀態。

不久後，狄更斯的父親繼承了一筆遺產，家裡的經濟情況有所好轉，狄更斯也得以重返學校。一八二七年，狄更斯自威靈頓學院畢業，進入一家律師事務所任職，後來又成為《晨報》的一名記者，專門採訪英國下議院的政策辯論，並時常走訪英國各地，報導各類選舉活動。在這段日子裡，狄更斯靠著深入的觀察和勤奮的自學，迅速累積了大量知識。

隨著見聞日益豐富，狄更斯開始在刊物上發表文章。一八三六年，他將這些短篇文章彙集成冊，作為《博茲札記》出版；這是他的第一部散文集。隨後，他又以英國城鄉的奇聞軼事為題材，寫成小說《匹克威克外

傳》；這部作品獲得了廣大迴響，在英國掀起一股「匹克威克熱潮」，也讓狄更斯聲名大噪。同年，他與報社上司的女兒凱薩琳．荷賈斯結婚。

接下來的幾年，狄更斯陸續發表了幾部廣受歡迎的小說，包括《孤雛淚》、《尼古拉斯．尼可貝》、《老古玩店》、《巴納比．拉奇》等，他在作品中以幽默辛辣的口吻，對社會制度的不平作出了揭露、批判。一八四一年，狄更斯越洋前往美國，在當地進行了長達半年的考察；回國之後，他將旅途中的見聞記錄下來，完成了《美國紀行》以及小說《馬丁．瞿述偉》。

一八四四年起，狄更斯在歐陸各國遊歷，旅行期間仍寫作不懈。一八四八年，隨著《董貝父子》的出版，狄更斯進入了創作顛峰，他的寫作技巧更趨成熟，作品主題也更加深化、全面。一八四九年，狄更斯發表自傳性質的《塊肉餘生錄》。從這時開始，他的作品漸漸少了早期的樂觀態度，更多了對人生道路上的現實性與警世性的探討，也更為尖銳和具批判性。《荒涼山莊》、《艱難時世》、《小杜麗》，以及生涯代表作《雙城記》和《孤星血淚》等皆是如此。

狄更斯一生刻苦勤勉，時常徹夜寫作，並往來奔波於歐洲各地，沉重的工作消蝕了他的健康；同時，對現實社會的失望，更使得他心力交疲。一八七〇年六月，狄更斯因腦溢血病逝於肯特郡，他的第一部偵探小說《艾德溫．德魯德之謎》也未能如願完成。他的遺體被安葬在西敏寺的詩人角，與英國歷史上的眾多偉人一同長眠。他的墓碑上寫著：「他是貧窮、受苦與被壓迫人民的同情者；他的死令世界失去了一位偉大的英國作家。」

狄更斯一生共留下十五部長篇小說，以及大量的短篇小說、散文、詩詞、戲劇等。他的創作時期正處於英國國力最為鼎盛的維多利亞時代，但他不歌詠國家民族，而是揭露社會上層和資產階級的虛偽、貪婪、殘酷，並懷著激憤與同情描寫出下層人民的悲慘處境；與此同時，卻又不忘讚揚人性的真善美，憧憬更為美好的社會。他以高度的藝術技巧、妙趣橫生的幽默，以及細緻入微的分析，創造出許多活靈活現的人物典型，令人印象深刻；而他在作品中展現的人道主義與社會批判精神，至今仍深深影響著世人。

[序]

在狄更斯的長篇小說中，尤以《孤雛淚》、《塊肉餘生錄》、《雙城記》、《孤星血淚》最為膾炙人口。本社將此四部傑作加以精簡，分二冊出版，以《孤雛淚》、《雙城記》二書名為題，並精選短篇《小氣財神》作為延伸閱讀。上冊收錄《孤雛淚》、《塊肉餘生錄》、《小氣財神》三部作品。《孤雛淚》是狄更斯早期的代表作，故事描述了孤兒奧立佛在濟貧院的悲慘生活，以及來到倫敦後陷入的一連串險惡陰謀；在本作中，狄更斯揭露了工業革命後的許多社會弊病，例如濟貧院、童工、以及青少年犯罪等。《塊肉餘生錄》是帶有自傳色彩的小說，狄更斯藉由主角大衛的經歷，回顧和總結了自己的一生，說明了他的人生觀和道德觀，並將十九世紀英國的社會風貌刻畫得淋漓盡致。《小氣財神》寫於一八四三年，是狄更斯為了解決一筆緊急的債務而作，未料一出版竟造成轟動，並成為今日最受歡迎的聖誕故事之一；故事中，吝嗇、苛刻的史克魯奇在三名聖誕鬼魂的帶領下，穿梭於過去、現在、未來，最終幡然悔悟，決心從此慷慨行善，是一部充滿了幽默與驚悚的寓言小品。三部作品的主題、含意、形式皆不同，顯示了狄更斯寫作風格的多元性，可謂一場豐富的文學巡禮，也是不容錯過的經典名著。

在此，我們誠摯的邀請各位讀者，與我們一同走進霧都倫敦的陰暗一隅，體驗查爾斯．狄更斯筆下的波折人生，並收藏這套百年不朽的傳世經典。

目錄

孤雛淚
Oliver Twist
008

塊肉餘生錄
David Copperfield
202

小氣財神
A Christmas Carol
582

CONTENTS

Oliver Twist

孤雛淚 1837

這個孩子，一出生便無父無母，
在濟貧院裡飽受虐待，衣食不繼；
這個孩子，因為一句「還要一點」，
被斥為不知感恩，送至棺材鋪做工；
這個孩子，終於忍無可忍，
在深夜裡出走，千里跋涉到倫敦；
這個孩子，卻不幸墮入了圈套，
成為幫派的爪牙、罪惡的傀儡……
可憐的孤雛，真有苦盡甘來的一天嗎？

Oliver Twist

~ Anthology of Charles Dickens

第一章

在一個不知名小鎮的濟貧院裡，奧立佛．特威斯特悄悄降臨了這個苦難而動盪的世界。他打了一個噴嚏，發出一陣高聲啼哭，正式向全院上下宣佈一個事實：本教區又多了一個新的包袱。

一聽到哭聲，鐵床架上那張滿是補丁的床單颯颯地響了起來，一個年輕女人有氣無力地從枕頭上抬起蒼白的面孔，用微弱的聲音模糊地吐出了幾個字：「讓我看一看孩子再死吧。」

醫生站起來，走到床頭，和善地說道：「噢！妳現在還死不了。」

「上帝保佑，她可不能死！」老護士插嘴道，「想想成為母親是怎麼一回事，可愛的小寶貝在這裡呢！妳可不能死呀。」

這番鼓勵顯然沒有產生預期的效果。產婦搖搖頭，將孩子抱進懷裡，深情地親吻了他的額頭，接著用雙手擦了擦臉，狂亂地環顧了一下周圍，顫抖著向後一仰，就此死去。

「一切都完了！辛格密太太。」最後，醫生說道。

「啊，可憐的孩子！」護士也說道。

「護士，孩子要是哭鬧，就餵他喝點麥片粥吧。」醫生慢條斯理地戴上手套，戴上帽子，正要朝門口走去，又在床邊停了下來，補充了一句：「這是個漂亮的女人。哪裡來的？」

「她是昨天晚上被送來的，」老太婆回答，「這是教區貧民救濟處長官的命令。有人看見她倒在街上。她走了很遠的路，鞋底都磨破了。誰也不知道她是從哪裡來的。」

醫生彎下腰，拿起死者的左手。「原來如此，」他搖了搖頭，「沒戴結婚戒指。啊！晚安。」

醫生外出吃晚飯去了。護士在火爐前的椅子上坐下來，開始替嬰兒穿衣服。

小奧立佛被包進一件泛黃的舊白布睡袍裡，打上印章，貼上標籤，從此成為教區的孩子——濟貧院的孤兒，一出世就等著嘗拳頭、挨巴掌，受人藐視，無人憐憫。

奧立佛盡情地大哭起來。他要是能意識到自己成了孤兒、命運全取決於教區委員和貧民救濟處官員的慈悲心的話，或許會哭得更響亮一些。

第二章

按照規定，濟貧院立刻將這名孤兒的情形上報教區。同時他們宣稱，院內已騰不出一個能照顧奧立佛的女人。有鑑於此，教區當局慷慨地決定，將奧立佛送到三哩外的一座寄養所去，那裡有二三十個違反了濟貧法的孩子，由一個吝嗇的老太婆負責管教。

奧立佛在嚴苛的環境下長到了九歲，仍是一個蒼白瘦弱、又矮又小的孩子。在他的生日當天，他正與兩個孩子在煤窖裡慶祝生日——他們真是膽大包天，竟敢喊肚子餓！於是一起挨了一頓打，之後又被關了起來。這時候，一位貴客忽然蒞臨了，用力敲打著花園大門上的那道小門。

「天哪！是你嗎？邦布爾先生，」寄養所長麥恩太太把頭探出窗外，喜出望外地說道，「蘇珊，快把奧立佛和那兩個臭小子帶到樓上去，替他們梳洗一番。哎呀！邦布爾先生，見到你真是太高興了。」

教區執事邦布爾先生人長得胖，又是急性子；對於如此親暱的一番問候，他不僅沒有回答，反而狠狠地搖了一下那扇小門，又踢了它一腳。

麥恩太太把執事領進一間小客廳，請他坐下來，又把他的三角帽和手杖放在面前的一張桌上。邦布爾先生抹了抹額頭上的汗水，終於得意地微笑起來。

「來談正事吧！」執事一邊說，一邊掏出一個皮夾，「那個連洗禮都還沒做完的孩子，奧立佛・特威斯特，今天滿九歲了。」

「上帝保佑他！」麥恩太太插嘴道，一邊用圍裙角抹了抹左眼。

「九歲了，不應該再待在這裡，理事會決定讓他回濟貧院。我這趟就是來帶他走的，立刻叫他來見我。」

「我馬上把他叫來。」麥恩太太說著，離開了客廳。沒過多久，奧立佛便由這位好心的女保護人領著走進了房間，臉上和手上的泥汙都已擦去。

「向這位先生行個禮，奧立佛。」麥恩太太說。

奧立佛鞠了一躬。

「奧立佛，你願意跟我一起走嗎？」邦布爾先生威嚴地問道。

奧立佛正要說「求之不得」，一抬頭，正好看見麥恩太太走到邦布爾先生椅後，惡狠狠地揮舞著拳頭。他立刻領會了這一暗示，裝出一副捨不得離開的表情。

「她也會跟我一起去嗎？」奧立佛問。

「不，她走不了，」邦布爾先生回答，「不過她有時會來看你。」

就這樣，奧立佛手裡拿著麥恩太太給的一塊麵包，戴上一頂教區配備的茶色小帽，便由邦布爾先生領出了這棟悲慘的房屋。儘管如此，當房子的大門在身後關上時，他還是感到一陣稚氣的哀傷，他與那群不幸的朋友們從此分開了，一種隻身掉進茫茫人海的孤獨感初次沉入孩子的心田。

一回到濟貧院，奧立佛就被帶進一個粉刷過的大房間，十多位胖紳士圍坐在一張桌子前面，上首的高椅子上是一位特別胖的紳士，一張臉滾圓通紅。

「向理事們行禮。」邦布爾命令道，奧立佛立刻朝桌子鞠了一躬。

「孩子，你叫什麼名字？」高椅子上的紳士開口了。

奧立佛渾身發抖，執事又從後面推了他一下，嚇得他嚎啕大哭；因此他回答得十分小聲，而且猶豫不決。

「孩子，」那位紳士又說道，「聽著。我想，你知道自己是孤兒吧？」

「先生，您說什麼？」可憐的奧立佛問道。

「這孩子是個傻瓜——或許以前就是。」一位穿白背心的紳士說。

「別插嘴。」最先問話的那位紳士說道，「你無父無母，是教區把你撫養長大的，你知道嗎？」

「知道，先生。」奧立佛哭得很傷心。

「你哭什麼？」穿白背心的紳士問道。對他來說，這簡直是無法理解的行為。

「我希望你每晚禱告，」另一位紳士厲聲說，「為那些養育你、照顧你的人祈禱。要像一個基督徒。」

「是的，先生。」孩子結結巴巴地說。事實上，他從來不曾禱告，因為根本沒有人教過他。

「好了。你來這裡是要接受教育，並學一門有用的手藝的。」高椅子上的紳士又說。

「那你明天早上六點就開始拆舊麻繩活。」白背心紳士板著臉補充了一句。

奧立佛在邦布爾的提醒下又深深地鞠了一躬，便被匆匆帶進一間大收容室。他在房內一張高低不平的硬床上抽抽噎噎地睡著了。

濟貧院裡吃飯的場所是一間寬敞的大廳，一口鐵鍋放在大廳一側；開飯的時候，廚師在鍋邊舀粥，並有一兩個女人替他打雜。每個孩子分得一碗粥，絕不多給。男孩們的胃口較大，三個月以來，奧立佛和同伴們默默忍受著飢餓的煎熬。到後來，大家實在餓得受不了了，便開了一個會，抽籤決定誰在當天傍晚吃完飯後，到廚師那裡再要一點粥。奧立佛中籤了。

黃昏來臨，孩子們各自坐到位子上，廚師站在鍋旁，後面是兩名打雜女人。粥一一分配下去，很快便被一掃而光。孩子們交頭接耳，不停向奧立佛使眼色；忽然，鄰桌用手肘輕輕推了他一下。奧立佛於是壯著膽子，從桌邊站起來，手裡拿著湯匙和粥盆，走到廚師面前，說道：

「對不起，先生，我還要一點。」

儘管廚師是個強壯的胖子，卻也頓時站立不穩，貼在鍋灶上，臉色蒼白。幫廚的女人由於驚愕，孩子們則是由於害怕，一個個都目瞪口呆。

「什麼？」廚師好不容易開了口，聲音有氣無力。

「對不起，先生，我還要。」奧立佛答道。

廚師拿起勺子，狠狠敲了奧立佛的腦袋，又伸開雙臂把他抓住，尖聲高呼：「快把執事叫來！」

沒過多久，邦布爾先生一頭衝進會議室，對著理事們激動地喊道：

「利姆金斯先生，請見諒，先生。奧立佛．特威斯特還要！」

全場為之震驚，恐懼浮現在一張張臉孔上。

「還要？」利姆金斯先生說，「冷靜！邦布爾，把話說清楚。你是說，他吃完了配給的份量之後還要？」

「是的，先生。」邦布爾答道。

「那孩子將來一定會上絞架，」白背心紳士說，「我敢說那孩子會被絞死！」

沒有人反駁這位紳士的預言。理事會經過一番熱烈的討論，決議將奧立佛處以禁閉。第二天早晨，大門外貼出了一張告示，寫道凡是願意收留奧立佛．特威斯特者，可得酬金五英鎊。

「我敢保證，」第二天早晨，穿白背心的紳士一邊看著這張告示，一邊說道，「這孩子遲早被絞死。」

第三章

奧立佛犯下了一件大逆不道的罪行：公然要求多給些粥！在之後的一個禮拜裡，他被單獨關在禁閉室中。白天，他只知道傷心地哭；當黑夜來臨後，他總是用小手捂住眼睛，想把黑暗擋在外面。他蜷縮在角落裡，竭力想進入夢鄉，不時又驚醒過來，身子往牆上貼得越來越緊，彷彿要躲避從四面襲來的黑暗與孤獨。

時值寒冬，他每天早晨都被帶到院子裡的泵下洗澡；邦布爾先生在一旁看著，不時用藤條抽他。他每天一次被帶進吃飯的大廳，當眾鞭笞，以儆效尤。每天傍晚，禱告時間一到，他就被一腳踢進禁閉室，在那裡聽著孩子們的集體祈禱，藉以安慰自己的心靈。理事會特地在禱告中加了一條，要孩子們祈求上帝保佑，讓他們成為高尚、善良、知足、聽話的人，切不可犯下與奧立佛相同的罪行。

一天早晨，清煙囪工人甘菲爾先生經過這條大街，心裡正在盤算如何支付欠下的五英鎊房租。他手裡拿著一根短棍，不時敲敲自己的腦門，又鞭打一下他的驢子；經過濟貧院時，他的目光停留在那張告示上。

當時，白背心紳士正背著雙手站在門邊。他看見甘菲爾走過來看告示，不禁露出了微笑，他一眼就看出對方正是最適合奧立佛的那類主人。甘菲爾將這份文件仔細看了一遍，也在微笑——五英鎊，不多不少，正中下懷！至於那個孩子，可以用來清掃煙囪。於是，他又將告示從頭到尾看了一遍，然後與白背心紳士攀談起來。

「先生，這地方是不是有個小孩，教區希望他學一門手藝呢？」甘菲爾說。

「是啊，朋友，」白背心紳士說道，「你覺得他怎麼樣？」

「假如教區希望他學一門手藝的話，掃煙囪倒是不錯的選擇，」甘菲爾說，「我正好缺個徒弟，我想要他。」

「進來吧。」白背心紳士說。甘菲爾把驢子留在門外，便跟著走進會議室。

理事們聽完甘菲爾說出他的請求；儘管當時有人提醒這是個骯髒的工作，而且曾有三四個學徒在甘菲爾的拳腳下送了命，買賣仍然草草成立了。邦布爾先生立刻接到命令，當天下午便將相關文件轉呈地方法官，辦理審批手續。

為此，奧立佛被解除了禁閉，還穿上一件乾淨襯衫；接著，邦布爾先生又親手為他端來一碗粥，外加二又四分之一盎司的麵包。面對這莫名其妙的待遇，奧立佛頓時不知所措地大哭起來。

在去治安公署的路上，邦布爾先生叮嚀奧立佛，他必須裝出高高興興的樣子；當法官問他想不想當學徒時，就回答「想」。奧立佛都答應照辦。

到了治安公署，奧立佛被帶進一個寬敞的房間。兩位老紳士坐在一張書桌後方，一位在看報，另一位正透過眼鏡端詳眼前的一小張羊皮紙。利姆金斯先生與甘菲爾分別站在書桌兩側。

邦布爾先生把奧立佛帶到桌前。

「大人，就是這個孩子。」他說道。

戴眼鏡的老紳士立刻抬起頭來，看了一眼。

「哦，就是這個孩子嗎？」

「就是他，先生。」邦布爾說，「向法官大人行個禮，親愛的。」

奧立佛直起身子，畢恭畢敬地鞠了一躬。

「嗯，」老紳士說道，「也就是說，他願意當個清煙囪工人，是嗎？」

「一點也沒錯，先生。」邦布爾答道，同時擰了奧立佛一把，暗示他識相一些。

「這個人就是他的師傅吧？你，先生，要好好照顧他，負責他的食宿。」老紳士又說。

「我說能做到，就一定能做到。」甘菲爾先生粗魯地答道。

「我毫不懷疑這一點，朋友。」老紳士回答。他摸了摸鼻梁上的眼鏡，開始在桌上尋找墨水瓶。

就在這時，他的目光落在了奧立佛那蒼白而驚恐的臉上。雖然邦布爾在一旁使眼色警告他、擰他，奧立佛全然不顧；他目不轉睛地望著未來主人的醜惡嘴臉，那種厭惡與恐慌交融的神情，沒有逃過地方法官的眼睛。

老先生停了下來，放下鵝毛筆，看看奧立佛，又看了看利姆金斯先生。

「孩子。」老先生從書桌上俯下身來，說道，「瞧你，臉都嚇白了。怎麼了？」

「執事，離他遠一點，」另一位法官說道，放下報紙，興致勃勃地向前探出身子，「好了，孩子，告訴我們是怎麼回事，別害怕。」

奧立佛忽地跪下來，雙手緊緊地握在一起，哀求他們把自己送回禁閉室去——餓死他、揍他、宰了他也行——就是不要讓他跟那個可怕的人走。

「唉！」邦布爾先生說道，他抬起雙手，眼珠朝上翻了翻，露出莊重的神情，「唉！奧立佛，陰險狡猾、心術不正的孤兒我見多了，你是其中最無恥的一個！」

「住口！執事。」邦布爾話還沒說完，一位老紳士立刻對他喝道。

戴眼鏡的老紳士看了自己的同事一眼，意味深長地點點頭。

「這些契約我們不予批准。」老紳士將那張羊皮紙往旁邊一扔，說道。

「我希望，」利姆金斯先生結結巴巴地說，「兩位大人不要單憑一個孩子毫無根據的抗議，就認為院方有管理不善的責任。」

「地方法官無權過問此事，」另一位老紳士厲聲說道，「把孩子帶回濟貧院，好好對待他——看得出他有這方面的需要。」

這天傍晚，白背心紳士信誓旦旦地預言，奧立佛不只會受絞刑，而且還會被開腸剖肚，剁成幾塊。邦布爾先生悶悶不樂，不停地搖著腦袋，說希望奧立佛能有好下場。至於甘菲爾，儘管他聲稱同意法官的裁決，但表現出的態度似乎完全相反。

第二天清晨，公眾再次獲悉：重新轉讓奧立佛，任何人只要願意把他領走，可得酬金五英鎊。

第四章

一天，邦布爾先生辦完事回到濟貧院，在門口遇上了承辦教區殯葬事務的蘇爾伯雷先生。

蘇爾伯雷先生是個瘦高個子，穿著一身舊黑色禮服，腳下配同樣顏色的長統襪和鞋子，襪上縫了補丁。他迎著邦布爾先生走上前來，步履十分輕快，臉上顯露出喜悅的神情。

「邦布爾先生，我已經為昨晚去世的兩位女士量好了尺寸。」殯葬承辦人說道。

「你這下發財啦，蘇爾伯雷先生。」教區執事一邊說，一邊用手杖在對方肩上親熱地敲了敲。

「是這樣嗎？」殯葬承辦人不以為然地說道，「理事會開的價錢太低啦！邦布爾先生，我們總得有點賺頭才行。做棺材的木料十分花錢，鐵把手又全是經運河從伯明罕運來的。」

「好了，好了，」邦布爾先生說，「每一行都有它的難處。我們已經給了你不錯的價錢了。」

「可是，」殯葬承辦人繼續說道，「在濟貧院裡，往往是胖子死得特別快；他們需要更大的棺材，這對我而言可不划算。」

蘇爾伯雷先生說話時忿忿不平，像是吃了大虧的樣子。邦布爾先生感到有些尷尬，認為該換個話題了；他立刻想起了奧立佛，便把話頭轉了過去。

「順帶一提，」邦布爾先生說道，「你知道有誰想找個僕人嗎？教區目前有一個見習生，就像個沉重的包袱似的，報酬很可觀呢！蘇爾伯雷先生。」說罷，他揚起手杖，指了指大門上的告示。

「老天，」殯葬承辦人回答，「我正想和你談談這件事呢！邦布爾先生，你也知道，我替窮人繳了好大一筆稅。」

「嗯，」邦布爾先生鼻子裡哼了一聲，「然後呢？」

「是這樣的，」殯葬承辦人又說，「既然我掏了那麼多錢給他們，我當然有權利全數收回來。邦布爾先生，也就是說，我想要這個孩子。」

邦布爾一把拉住蘇爾伯雷的手臂，領著他走進屋裡。經過了五分鐘的討論，決定當天傍晚就讓他帶奧立佛到棺材鋪裡見習。

傍晚，奧立佛被帶到了紳士們面前，得知當天夜裡自己就要成為一個棺材鋪的學徒了。他們還說假如他以後再訴苦抱怨，或是逃回來，就把他送到海上去，任憑他被淹死或被打死都好。奧立佛早已心灰意冷，對這些話幾乎無動於衷。於是，邦布爾先生很快把他帶走了。

途中，邦布爾先生覺得有必要檢查一下奧立佛，以確保這孩子的模樣能得到他未來主人的喜愛，便低下頭，用一個恩人的姿態瞧了瞧他。

「奧立佛。」邦布爾說。

「是的，先生。」奧立佛哆哆嗦嗦地低聲答道。

「把帽子戴高一點，別擋住眼睛，頭抬起來。」

奧立佛立刻照做，一邊用空著的一隻手俐落地擦了擦眼睛，可是當他抬起頭來，看見自己的領路人時，一滴眼淚仍然順著臉頰滾了下來，接著又是一滴。這孩子拚命想忍住淚水，卻怎麼也止不住。

「夠了！」邦布爾先生叫了出來，猛然停住腳步，向這個小傢伙投去一道惡毒的目光，「夠了！奧立佛，在我見過的所有忘恩負義、心術不正的男孩當中，你簡直是最……」

「不，不，先生，」奧立佛哽咽地說，一邊緊緊抓住執事的一隻手，「我會變好的，真的，先生，我一定會變好的。我只是一個小孩子，又那麼……那麼……」

「那麼什麼？」邦布爾先生詫異地問道。

「那麼孤獨，先生。一個親人也沒有。」孩子哭叫著，「大家都不喜歡我。哦！先生，請別生我的氣。」他拍打著自己的胸膛，抬頭看了看他的同伴，淚水裡包含著發自內心的痛苦。

邦布爾先生感到有些驚訝，他盯著奧立佛那可憐兮兮的模樣看了一會兒，隨即強忍住憐憫的心情，要奧立佛擦乾眼淚。他又一次拉起奧立佛的手，默不作聲地繼續向前走去。

棺材鋪老闆剛關上店鋪的大門，在一盞昏暗的燭光下記帳，邦布爾先生走了進來。

「哈！」殯葬承辦人從帳本上抬起頭來，「是你嗎？邦布爾。」

「沒錯，蘇爾伯雷先生，」執事答道，「瞧，我把孩子帶來了。」

奧立佛鞠了一躬。

「喔。就是那個孩子，是嗎？」棺材鋪老闆說著，把蠟燭舉過頭頂，好把奧立佛看個仔細。「蘇爾伯雷太太，妳快過來看看。」

蘇爾伯雷太太從店後方一個小房間裡出來了。她身材乾癟瘦小，一臉狠毒潑辣的神情。

「我親愛的，」蘇爾伯雷先生謙恭地說，「這就是我跟妳提過的那個濟貧院的孩子。」

奧立佛又鞠了一躬。

「老天！」棺材鋪老闆娘說道，「他可真瘦小。」

「唔，是小了一點。」邦布爾先生連忙說道，「不過，他還會長大的，蘇爾伯雷太太。」

「啊！我敢說他肯定會長大的，」太太沒好氣地說，「吃我們的，喝我們的，不長大才怪呢！我總覺得不該領教區的孩子，他們根本值不了幾個錢，還抵不上他們的花銷，但男人卻覺得自己懂得多。好啦，小瘦鬼，下樓去吧！」老闆娘嘴裡唸叨著，打開一扇側門，推著奧立佛走過一段陡直的樓梯，來到一間潮濕陰暗的石砌小屋。這間小屋連著後方的煤窖，裡面坐著一個邋遢的姑娘，鞋襪都已磨得不像話了。

「喂！夏綠蒂，」蘇爾伯雷太太說道，「把留給狗吃的冷飯分這孩子一點。我敢說他不會挑食的——孩子，你挑食嗎？」

奧立佛一聽有吃的，頓時兩眼發光。他早已餓得渾身發抖，只回答了一句「不挑食」，一碟粗糙不堪的食物便放到了他的面前。他抓起那連狗也不屑一顧的美食，以令人不寒而慄的食欲把東西撕碎，倒進肚子。

「喂，」老闆娘目瞪口呆地看著奧立佛的吃相，一邊擔憂著今後的伙食開銷，「吃完了沒有？」

奧立佛望望四周，看不見可以吃的東西了，便點了點頭。

「那麼，跟我來吧。」蘇爾伯雷太太說著，舉起油燈朝樓上走去，「你的床就在櫃台底下，我想你不會反對睡在棺材中間吧？不管你願不願意，反正你沒有別的地方可以睡。走快一點！」

奧立佛不再猶豫，溫順地跟著新女主人走去。

第五章

奧立佛獨自留在棺材鋪裡。他把燈放在一張工作台上，怯生生地環顧四周。一具未完工的棺材放在黝黑的支架上，就在店中央；每當他的目光無意間落到這可怕的東西上，看到它是那樣陰森死寂時，一陣寒顫立刻傳遍全身，差點把他嚇暈過去。

店鋪裡又悶又熱，連空氣也似乎沾上了木頭的氣味。奧立佛的一條破棉被就扔在櫃台下凹進去的地方，看上去跟墳墓沒什麼不同。他沮喪地躺了下來。

清晨，奧立佛被外面一陣喧鬧的踢門聲驚醒了。他還來不及穿上衣服，那聲音又憤怒而魯莽地響了大約二十次。當他正要拉開門閂時，外面不再踢了，一個聲音說道：「到底開不開？」

「我馬上就來，先生。」奧立佛一邊回答，一邊解開鏈條，轉動鑰匙。

「你大概就是新來的伙計，是嗎？」那人又說道。

「是的，先生。」

「你多大了？」

「十歲，先生。」

「哼！那我待會可要揍你一頓，」那聲音說，「走著瞧吧，濟貧院來的小乞丐。」

在奧立佛的童年中，這樣的話他早已聽過無數次了，因而絲毫不存僥倖心理，心想說出這番話的人必然會履行諾言的。他顫抖著打開了店門，只見眼前是一名高大的慈善學校學生，穿著一條黃短褲，正坐在店外的木樁上吃一塊奶油麵包。

「對不起，先生，」奧立佛畏懼地問道，「是你在敲門嗎？」

「是我踢的。」慈善學校學生答道。

「先生，你是不是要買一口棺材？」奧立佛天真地問。

一聽這話，學生立刻露出一副可怕的表情，做為對這句玩笑話的回應。

「小乞丐，你還不知道我是誰吧？」他一邊從木椿上跳下來，一邊擺出了不起的架勢說道。

「是的，先生。」奧立佛說道。

「我是諾亞．克雷波爾，」他說，「你今後就歸我管。快把窗板放下來！懶惰鬼。」說完，克雷波爾賞了奧立佛一腳，神氣活現地走進店裡去了。

奧立佛取下一扇沉重的窗板，搖搖晃晃地搬進屋子側面的一個小天井裡，想不到竟撞壞了一塊玻璃。諾亞先是威脅了他一頓，接著也幫忙搬起來。沒過多久，蘇爾伯雷先生下樓來了，蘇爾伯雷太太緊跟在後。奧立佛免不了挨一頓罵，之後便與諾亞一起下樓吃早飯。

「諾亞，靠近火一點，」夏綠蒂說道，「我從老闆的早餐裡替你留了一小塊燻肉。奧立佛，快把諾亞背後的門關上。你的食物就放在麵包盤的蓋子上，自己去拿吧。這是你的茶，端到箱子上去，就在那裡喝。快一點，他們還要你去打掃店鋪呢！聽見了嗎？」

「聽見了嗎？小乞丐。」諾亞．克雷波爾說。

「哎！諾亞，」夏綠蒂轉過頭來，「你真奇怪。你管他幹嘛？」

「幹嘛？」諾亞說道，「哼，可不能讓他在這裡為所欲為。不是嗎？」

「哦！你這個怪人。」夏綠蒂不禁大笑起來，諾亞也跟著笑了。笑完以後，兩人又傲慢地看了奧立佛一眼，他這時正待在離火爐最遠的角落裡，哆哆嗦嗦地坐在一口箱子上，吃著留給他的腐敗食物。

諾亞是慈善學校的學生，他的母親替人洗衣服，父親當過兵，經常酗酒，退伍時只留下一條斷腿和一份撫恤金——每天兩個半便士。鄰近的學徒都瞧不起諾亞，如今，這個卑賤的人卻有了一個可以任意嘲弄的對象。

奧立佛在棺材店裡住了好幾個月。這一天，打烊以後，蘇爾伯雷夫婦正在店後方的小房間裡吃晚餐，蘇爾伯雷先生恭敬地看了妻子幾眼，說道：

「親愛的，我有一件重要的事要說，這與小特威斯特有關，」他說，「他是個漂亮的小男孩。」

「當然了，他在這裡吃好喝好。」太太這樣認為。

「親愛的，他臉上有一種憂傷的神情，」蘇爾伯雷先生繼續說，「這非常有意思，他可以成為一個出色的送殯人。」

蘇爾伯雷太太翻了個白眼，顯然頗感意外。蘇爾伯雷先生接著說道：

「親愛的，我是指專門替兒童出殯用的——讓孩子為孩子送殯。親愛的，那多麼新奇。妳儘管放心，這一招效果肯定不錯。」

蘇爾伯雷太太對於辦理喪事可以說慧眼獨具，一聽到這個新穎的主意，不禁大為吃驚。不過，她不願直截了當地附和，只是沉默不語。蘇爾伯雷先生認為這是妻子默認的表示，於是事情立刻決定了：他要將這一行的秘訣傳授給奧立佛。為了這個目的，老闆下一次外出洽談生意時，就必須帶著奧立佛一起去。

機會很快就來了。隔天清晨，吃過早飯後半小時，邦布爾先生走進了店裡。他掏出了他的皮夾，從裡面拿出一張紙片。

「嘿！」邦布爾先生眉開眼笑地說，「訂購一口棺材，還有後續的葬禮。由教區出錢。」

「貝登？」棺材鋪老闆瞧了瞧那張紙片，又看看邦布爾先生，「我從沒聽過這個名字。」

邦布爾搖搖頭。「我們也是前天晚上才聽說這家人的，」他說，「有個住在同一棟房子裡的女人來到教區委員會，要求派醫生過去，那裡有位女士病得很重。當時醫生不在，便由他的徒弟把藥瓶送去給他們。」

「然後呢？」殯葬承辦人說。

「然後，老兄，這些傢伙真是忘恩負義！他們傳了話回來，說藥品與他妻子的病症不合，因此她不能喝——先生，竟然說不能喝！這麼好的藥，白白奉送，分文不取，他竟然說她不能喝！」

這樁惡行活生生地浮現在邦布爾先生心中，氣得他滿臉通紅，拚命地用手杖敲打著櫃台。

「嗯，」殯葬承辦人說，「我從來沒……」

「先生，從來沒有！」教區執事吼道，「真是前所未聞。哈！但現在她死了，我們還得去埋！這是地址跟姓名，這事越快了結越好。」

邦布爾先生為教區的利益感到忿忿不平，憤怒地跨出店門去了。

沒過多久，奧立佛就跟著主人出門去了。他們穿過人口稠密的住宅區，走了一小段路，來到一條更加骯髒、破敗、狹窄的街上。街道兩邊的房屋又高又大，但非常老舊，居民都是些窮苦人；有些房屋因年久失修，眼看就要倒塌，只靠幾根大木頭撐住牆壁。水溝阻塞不通，惡臭難聞，老鼠東一隻西一隻，看起來也飢餓難耐。

他們在一棟房屋前停下了。大門敞開著，上面既沒有門環，也沒有門鈴把手。老闆要奧立佛跟好，自己小心翼翼地摸索著穿過漆黑的走廊，爬上二樓，在樓梯口旁邊的一扇門上用力地敲了起來。

開門的是一個十三四歲的女孩。棺材鋪老闆與奧立佛走進房裡。房裡沒有生火，一個男人一動也不動地蜷縮在火爐邊，一位老婦人坐在一旁的矮凳上；房間角落裡有幾個衣衫襤褸的小孩。一件東西被毯子遮蓋起來，擺在正對門口的一個小壁龕裡。奧立佛的目光一落到上面，便不禁打起寒顫——他明白那是一具屍體。

那男人面容瘦削，十分蒼白，頭髮和鬍子已經灰白，雙眼充滿血絲。老太婆滿臉皺紋，僅有的兩顆牙齒突出，擋住了下唇，目光炯炯有神。奧立佛嚇得連頭也不敢抬，這兩個人與他在屋外見到的老鼠實在太像了。

「誰也不許靠近她！」棺材鋪老闆正要朝屍體走去，那男人猛地跳了起來，「要命的話，就別過去！」

「別說傻話，朋友。」殯葬承辦人說道。

「我告訴你，」那男的握緊拳頭，狂暴地用腳跺著地，「她還不能入土，她在那裡得不到安寧！蛆蟲會打擾她的——她已經成了空心的了。」

老闆沒有理會這一番咆哮，從口袋裡掏出一副捲尺，跪下來，在屍體旁邊量了一會兒。

「啊！」那個男子在死者的腳邊跪了下來，淚水奔瀉而出，「你們聽著，她是餓死的！我一點也不知道她的身體多麼差，直到她後來得了熱病。屋子裡沒有生火，也沒有蠟燭，她是在黑暗中死去的！為了她，我上街乞討，卻被關進了牢裡。我回來的時候，她已經死了——是被他們活活餓死的啊！」他用雙手揪住自己的頭髮，發出一聲狂叫，在地板上打滾起來，口吐白沫。

孩子們嚇得魂不附體，放聲大哭。那個老太婆沒有開口，只是搖搖晃晃地朝棺材鋪老闆走過來。

「她是我女兒，」老婦人朝屍體擺了擺頭，「唉！真是奇怪，儘管我現在還活得好好的，快快活活的，但她卻躺在那裡，冷得硬梆梆的。老天，想想這件事吧，多麼像一場戲啊！」

說罷，可憐的老人發出了格格的笑聲，令人毛骨悚然。棺材鋪老闆轉身就走。

「等一下，」老婦人大聲，「她什麼時候下葬？你知道的，我也得去。替我送一件斗篷來，天氣很冷的。出發以前，我們還得吃點麵包、喝點酒——我們會得到麵包的，親愛的，是嗎？」她急切地說，棺材鋪老闆又想往門外走，被她一把拉住了大衣。

「是的，是的，」他說道，「會有的，妳要什麼都有。」他掙脫了老婦人的手，帶著奧立佛離開了。

第二天，這戶人家得到了半個四磅麵包和一塊乳酪的救濟，奧立佛和他的主人又一次來到喪家。邦布爾先生已經到了，還帶來四個扛棺材的工人。老太婆和那個男人在破爛的衣衫外披了一件舊的斗篷，跟著四名搬運伕朝墓園走去。

葬禮只用了四分鐘便草草結束了。牧師把法袍交給助手，匆匆離去了。掘墓人把泥土填入墓穴，用腳隨便跺了幾下，也扛起鐵鍬走了。

那男人始終站在墓穴旁。忽然，他朝前走了幾步，昏倒在地上。大家朝他身上潑了一罐冷水，讓他醒過來，並送他平安走出教堂墓地，這才鎖上大門，各自散去。

「喂，奧立佛，」在回去的路上，蘇爾伯雷老闆問道，「你喜歡這一行嗎？」

「還好，先生，」奧立佛頗為猶豫地回答，「並不特別喜歡，先生。」

「啊，奧立佛，你遲早會習慣的。」蘇爾伯雷說道，「只要習慣就好，孩子。」

奧立佛不知道習慣得花多少時間。在回殯儀館的路上，他一直回想著這兩天的所見所聞。

第六章

一個月的試用期結束了，奧立佛正式當上了學徒。當時正是疾病橫行的時期，棺材行情看漲。幾個禮拜以內，奧立佛學到了很多經驗。蘇爾伯雷先生的點子別出心裁，成效頗佳，甚而超出了他的預期。痲疹奪走了許多兒童的生命，小奧立佛時常率領葬禮行列；他配上一條拖到膝蓋的帽帶，使城裡所有母親都說不出地感動和讚賞。奧立佛還陪同老闆參加了多次為成年人送葬的隊伍，以便培養出做為一個殯葬承辦人所須具備的莊重舉止和應對能力。

受到這些哀戚場面的影響，奧立佛逐漸變得逆來順受。另一方面，諾亞對他的欺凌和虐待也逐漸變本加厲。眼看新來的小傢伙步步高升，配上了黑手杖和帽帶；自己比他資深，卻只能戴著扁帽，身穿皮短褲，他不由得妒火中燒。夏綠蒂由於諾亞的緣故，對奧立佛也很壞。蘇爾伯雷太太看出丈夫疼愛奧立佛，也成了他的死對頭。奧立佛夾在老闆與另外三人之間，日子並不好過。

一天，奧立佛正在廚房吃晚飯。諾亞忽然想開一個玩笑，他將雙腳蹺到桌上，一把揪住奧立佛的頭髮，擰了擰他的耳朵，說他是個「卑鄙小人」，又說自己將來會看到他上絞架……總之，只要能想到侮辱一個人的字眼，他全都搬了出來。然而，奧立佛始終無動於衷。諾亞變得更加咄咄逼人了。

「小乞丐，」諾亞說，「你母親還好吧？」

「她死了，」奧立佛回答，「別提起她的事。」

奧立佛說話時漲紅了臉，呼吸急促，嘴唇和鼻孔奇怪地抖動著。諾亞認定這是一個可以利用的弱點，他的攻勢更凌厲了。

「小乞丐，她是怎麼死的？」諾亞說道。

「我們那裡有個老護士說，是她的心碎了。」奧立佛彷彿不是在回答諾亞的問題，而是在自言自語，「我知道心碎了是怎麼一回事。」

「你真是蠢到家了！」諾亞看見一滴淚水順著奧立佛的臉頰滾下來，「誰讓你哭的？」

「不是你，」奧立佛趕緊抹掉眼淚答道，「反正不是你。」

「噢，不是我，是嗎？」諾亞冷笑道。

「對，不是你，」奧立佛厲聲回答，「夠了，別跟我提起她，最好不要。」

「最好不要？」諾亞嚷道，「好啊，小乞丐，別不知羞恥了。大家都知道，你母親是個爛透了的賤人。」

「你說什麼？」奧立佛忽地抬起頭來。

「爛透了的賤人，小乞丐，」諾亞冷冷地回答，「她死得正是時候，不然的話，現在可能還在布萊德維感化院做苦工，或是被流放，要不就是被絞死了——這或許更有可能些，你覺得呢？」

憤怒使奧立佛的臉變成了深紅色，他猛地跳了起來，把桌椅掀翻在地，一把掐住諾亞的脖子，牙齒咬得格格直響，用盡全身力氣把他打倒在地。

一分鐘之前，奧立佛還是個冷靜、溫柔的孩子，因備受虐待而顯得無精打采，現在他終於忍無可忍。他直挺挺地站在那裡，胸部上下起伏，目光炯炯有神，整個形象都變了。他掃視了倒在自己腳下的這個膽小鬼，以一種前所未有的剛強向他挑戰。

「他會殺死我的！」諾亞哇哇大哭，「夏綠蒂！太太！新來的伙計要打死我了！救命啦！來人啦！奧立佛發瘋啦！夏綠蒂——！」

隨即傳來夏綠蒂的一聲尖叫，接著是蘇爾伯雷太太的。兩人一前一後衝進了廚房。夏綠蒂一邊狂叫，一邊拚命抓住奧立佛，狠狠地揍他；蘇爾伯雷太太則伸出一隻手挽住奧立佛，另一隻手在他臉上亂抓。諾亞靠著這些幫忙，從地上爬起來，往奧立佛身上揮拳猛擊。

這場劇烈的搏鬥只維持了一下。沒過多久，三個人都累了，他們把不斷掙扎、叫喊、但絲毫沒有認輸的奧立佛推進地窖，鎖了起來。接著，蘇爾伯雷太太癱倒在椅子上，放聲大哭起來。

「哦！夏綠蒂，我們真是幸運，沒有被殺死在自己的床上！」她說道。

「啊！的確，夫人，」夏綠蒂深有同感，「我只希望老闆記住教訓，別再帶這些壞蛋回家，他們天生就是殺人犯、強盜！可憐的諾亞！夫人，我進來的時候，他差點就被打死了。」

「可憐的孩子。」蘇爾伯雷太太憐憫地望著那個慈善學校的學生，說道。

諾亞聽到這一句對他表示同情的話，立刻用手擦了擦眼睛，假惺惺地哭了出來。

「這下該怎麼辦？」蘇爾伯雷太太高聲嚷道，「老闆不在家，屋裡一個男人也沒有。不到十分鐘，他就會把門踢破啦！」確實，奧立佛正朝著那塊木板猛踢猛撞。

「上帝！夫人，我不知道，」夏綠蒂說道，「也許該派人去找員警。」

「或是找士兵。」諾亞也想出了個點子。

「不，不，」蘇爾伯雷太太忽然想起了奧立佛的老朋友，「諾亞，到邦布爾先生那裡去一趟，叫他立刻過來，一分鐘也別耽擱！」

諾亞一句話也沒說，以最快的速度出發了。他一邊沒命地狂奔，一邊用手捂著一隻眼睛。

第七章

諾亞氣喘吁吁地跑到濟貧院門口，用力地敲起小門來。

「邦布爾先生！邦布爾先生！」他喊道，一副失魂落魄的樣子，聲音既響亮又激動。恰巧，教堂執事就在附近，他嚇得連帽子也來不及戴上，便衝進了院子裡。

「喔！先生，邦布爾先生！」諾亞說道，「奧立佛，先生，奧立佛他……」

「什麼？什麼？」邦布爾先生迫不及待地插嘴，眼裡閃過一絲歡樂的光芒，「他逃走了？諾亞，他沒逃走吧？是嗎？」

「不，先生，他沒逃走，但他發瘋了！」諾亞答道，「他想殺死我，接著又想殺夏綠蒂，再來就是老闆娘了。噢！痛死我啦，您瞧！」說到這裡，諾亞把身體扭來絞去，裝出劇痛難忍的樣子。

他看見邦布爾先生完全被自己帶來的消息嚇傻了，又叫得更加起勁了。這時候，一位身穿白背心的紳士正好從院子裡經過，一聽到叫聲，便走過來詢問發生什麼事。

「先生，這是一個可憐的慈善學校的學生，」邦布爾先生回答，「他差一點遭到殺害——先生，就差一點——就被小特威斯特殺死了。」

「真的？」白背心紳士立刻說道，「我早就知道，那個厚顏無恥的小野人遲早會被絞死！」

「先生，他還想殺掉家裡的女傭呢。」邦布爾先生面如死灰地說。

「還有老闆娘。」諾亞補充道。

「諾亞，你好像說還有老闆，是嗎？」邦布爾先生加上了一句。

「不，老闆出門了，要不然或許也被殺掉了。」諾亞回答，「他曾說過想這麼做。」

「啊，他竟然說過這種話？你確定嗎？孩子。」白背心紳士問。

「是的，先生。」諾亞答道，「老闆娘要我來問，邦布爾先生能不能騰出時間過去一趟，教訓他一頓——因為老闆不在家。」

「當然可以了，我的孩子，當然可以，」白背心紳士親切地微笑起來，在他頭上拍了拍，「你是一個乖孩子，這個便士是給你的。邦布爾，立刻帶上你的藤杖去蘇爾伯雷家一趟，可別輕易放過他！」

「哦，我不會饒了他的，請您放心。」執事一邊回答，一邊檢查著他的藤杖，這是教區專門用來執行鞭刑的工具。接著，他滿意地戴上帽子，與諾亞一同直奔蘇爾伯雷的棺材鋪。

奧立佛仍拚命地踢著地窖的門。既然蘇爾伯雷太太和夏綠蒂把奧立佛的凶殘形容得那麼可怕，邦布爾先生認為還是先談判一番為妙。他把嘴湊到鎖眼上，用深沉而又威嚴的聲音叫了一聲：「奧立佛！」

「開門！讓我出去！」奧立佛在裡面回答。

「奧立佛，你知道我是誰嗎？」邦布爾先生說。

「我知道。」

「難道你不怕嗎？我講話的時候，難道你一點也沒發抖？」邦布爾先生問。

「不怕！」奧立佛毅然答道。

這種回答與邦布爾先生預期的完全相反，他大吃一驚，往後退了幾步，挺了挺身子，錯愕地看了看站在身旁的三個人，一言不發。

「哦！邦布爾先生，您知道，他一定是瘋了。」蘇爾伯雷太太說道，「不然，他不敢這樣跟您講話的。」

「夫人，這不是發瘋，」邦布爾沉思了半晌，回答道，「是肉。你們把他餵得太飽啦！這使得他身上出現一種狂妄的血氣和靈魂。要是你們讓他只吃麥片粥的話，絕不會發生這種事情。」

「老天，真是好心沒好報！」蘇爾伯雷太太叫了起來，不知所措地望著天花板。

「依我看來，」邦布爾先生又說，「最好把他關在地窖裡一兩天，等他餓昏了再放他出來。從今以後，只能給他吃麥片粥。這孩子出身卑賤，天生一副貪吃樣。照顧過他的護士、醫生告訴我，他母親吃盡了苦頭，費了好大力氣，才跑到這裡來；要是別的正派女人，早就沒命了。」

邦布爾沒完沒了地說著，奧立佛聽出，接著又會是對他母親的嘲諷了，便又開始用力地踢門。就在這時，老闆回來了。蘇爾伯雷太太將奧立佛的罪行加油添醋了一番，老闆聽完立刻打開地窖，拎住奧立佛的衣領，一眨眼就把他拖了出來。

奧立佛的衣衫撕破了，臉上青一塊紫一塊，頭髮亂蓬蓬地搭在額頭上；然而，憤怒的神情仍然沒有消失。他一被拉出地窖，便瞪大眼睛，無所畏懼地盯著諾亞，看上去絲毫沒有洩氣。

「你這個混蛋，瞧你幹了什麼好事！」蘇爾伯雷先生推了他一把，劈頭就是一記耳光。

「他罵我媽媽。」奧立佛回答。

「好啊，罵了又如何？小混蛋，」蘇爾伯雷太太說道，「那是她活該，我還沒罵夠呢！」

「她才不是那樣！」奧立佛說道。

「她是。」蘇爾伯雷太太宣稱。

「妳說謊！」奧立佛說。

蘇爾伯雷太太放聲大哭，淚如雨下。

面對太太的淚水，蘇爾伯雷先生不得不有所表示了。當天剩下的時間裡，他把奧立佛關在廚房裡，只有一個水壺和一片麵包與他作伴。直到夜裡，老闆娘才把奧立佛放出來，命令他回到樓上那陰森可怕的床鋪上。

漆黑的棺材鋪裡一片死寂，奧立佛獨自待在這裡；他一直故作堅強，直到這時才跪倒在地，用雙手捂著臉，哭了起來，將一天中全部的情感全部宣洩出來。

不知道跪了多久，奧立佛才站起來，小心翼翼地看了看四周，又凝神聽了一下，然後躡手躡腳地把門鎖、門閂打開，向外面望去。

這是一個寒冷陰暗的夜晚，沒有一點風，昏暗的樹影無聲地投射在地面上，顯得那樣淒涼。他輕輕地又把門關上，藉著微弱的燭光，用一張手帕將自己僅有的幾件衣服捆好，隨後就在一張板凳上坐下來，等待天亮。

第一束曙光穿過窗縫射了進來，奧立佛站起來，打開門，膽怯地回頭看了一眼，遲疑了一下——他已經將身後的店門關上，走到大街上了。

他迷迷糊糊的，沿著一條橫穿原野的小路快步走去。這條路通往寄養所，奧立佛來到院子外面，偷偷朝裡頭望去，只見一個孩子正在一處小苗圃拔草。當他停下來的時候，孩子也正好抬起了頭。那是奧立佛的一個朋友，兩人過去經常一起玩、一起挨打、一起挨餓、一起被關禁閉。

「嗨，狄克，」奧立佛說道，「有人起來了嗎？」

「只有我一個。」狄克答道。

「狄克，替我保密，」奧立佛說，「我是跑出來的。他們打我，欺負我，我要到很遠的地方去碰碰運氣。瞧，你臉色多麼蒼白！」

「醫生說我快死了，」狄克帶著淡淡的微笑回答，「很高興看到你，朋友，千萬別停下來呀。」

「是的，我這就跟你說再見。狄克，我還會來看你，一定會的。你會過得很快樂的。」

「我也這麼希望，」那孩子答道，「但那是在我死後。親我一下吧，朋友，」他爬上矮門，伸出小手臂摟住奧立佛的脖子，「再見了，願上帝保佑你。」

這番祝福發自一個稚氣未脫的孩子之口，但這是奧立佛生平第一次聽到別人為他祈禱。他之後還將歷盡各種折磨煎熬，但他沒有一時半刻遺忘過這些話。

第八章

奧立佛走到小路，上了公路。他時而跑步，時而躲到路旁籬笆後面，生怕被人追上。就這樣一直折騰到中午，他在一塊路碑旁坐下來休息，開始盤算今後該何去何從。

他看到了身旁的路碑，上面寫著距倫敦七十哩。倫敦！這個地名在奧立佛心中喚起了一連串的想像。他想到那地方大得不得了！沒有一個人能在那裡找到自己。他過去常聽濟貧院裡的一些大人說，在那個大都市裡，擁有各種謀生之道，不愁吃穿。對一個無依無靠的孩子來說，那肯定是最合適的去處了。奧立佛立刻從地上跳起來，繼續往前走去。

他走了一整天，前進了二十哩，餓了就吃幾口乾麵包，渴了就在路旁的人家討幾口水。夜幕降臨了，他鑽進一片牧場，偷偷躲到一個乾草堆下，決定就在那裡過夜。起初，他又冷又餓，也感到孤獨。然而，他走得太疲倦了，不一會兒就睡著了，把煩惱憂愁全拋到了腦後。

隔天早晨，他醒來時幾乎凍僵了，也餓得走不動了，只好在路過的第一個村子用僅存的一枚便士換了一個麵包。走不到十二哩，夜幕又再次低垂。他的雙腳腫了，兩條腿軟得發抖。他又在陰冷潮濕的露天裡度過一晚，情況更糟糕了；當他再次出發時，幾乎要用爬著走了。

幸好，他在途中碰見一位好心的收稅員和一位仁慈的老太太。那位收稅員請他吃了一頓便飯；老太太把出門在外的孫子的東西都給了他，不僅如此，還說了許多體貼而親切的言語，灑下了充滿同情與憐憫的淚水。這些溫暖足以補償他過去所遭受的一切痛苦。

奧立佛離開故鄉七天了。這天一大早，他一瘸一拐地走進巴奈特小鎮。街上的行人來來往往，有幾位停下來打量了奧立佛一眼，有的人匆匆經過時轉頭看了看。沒有一個人理會他，也沒有人問他是怎麼到這裡來的。奧立佛沒有勇氣向人乞討，便一動也不動地坐在一個台階上。

就在這時，他發現一個少年正站在街對面，從上到下地仔細打量自己。他便抬起頭來，也以專注的目光回敬對方。那少年見了，立刻穿過馬路，緩步走近奧立佛，說道：「嘿！伙計，你怎麼啦？」

這個孩子與奧立佛年齡相仿，但樣子十分古怪。他長著一個塌鼻子，額頭扁平，其貌不揚，偏偏又擺出一副成年人的派頭。他個子偏矮，雙腿彎曲，敏銳的小眼發出怪異的光芒；戴著帽子，身上穿著一件大人的上衣，幾乎拖到腳後跟，袖子挽起了一半，腳上套一雙長統鞋。

「我又餓又累，」奧立佛泫然欲泣地說，「我走了很遠的路，七天以來一直在走。」

「七天！」小紳士叫了起來，「哦，我懂了，是地方法官的命令吧？可憐的傢伙，你想吃東西是嗎？交給我吧，儘管我手頭也不寬裕，只有一個先令，外加半便士。不過，管他的，我請客。跟我來吧！」

小紳士扶著奧立佛站起來，一起來到附近的一家雜貨店，在那裡買了一點熟火腿和一個兩磅重的麵包。他把火腿塞進麵包裡，夾在腋下，接著又領著奧立佛走進一家小酒館，叫了一罐啤酒。奧立佛開始狼吞虎嚥地吃起來。在他吃的時候，陌生少年的目光一直專注地落在他身上。

「打算去倫敦？」小紳士見奧立佛吃完了，便問道。

「是的。」

「找到住處了嗎？」

「還沒呢。」

「錢呢？」

「沒有。」

古怪的少年吹了一聲口哨，把手插進口袋裡。

「我猜你今天晚上還沒有地方睡覺，是嗎？」

「是的，自從我離開家鄉以來，還沒好好睡過一覺。」

「別擔心，」小紳士說道，「今晚我正好要去倫敦，我知道有一位好心的老紳士也住在那裡，他會為你安排一個住處，不收分文──只要是他的朋友介紹的人。你覺得如何？」

這個突如其來的提議太誘人了，奧立佛一口答應。接著，兩人繼續談話，比剛才更加推心置腹了。奧立佛從中瞭解到，這位朋友名叫傑克·達金斯，綽號「機靈鬼」，是先前提到的那位紳士的得意門生。

由於達金斯反對天黑前進入倫敦，當他們走到愛靈頓關卡時，已經快十一點了。他們經過天使酒店到了聖約翰大道，又快步走過到沙德勒街泉水戲院的那條小街，通過伊克茅士街、柯皮斯路，走下倫敦貧民院旁邊的小巷，再經過一些古蹟、小紅花山，來到大紅花山。達金斯要奧立佛跟好，自己則飛一般地向前跑去。

儘管奧立佛緊緊盯著自己的嚮導，仍好幾次不經意地望向街道兩旁。他從來沒見過比這裡更骯髒、破敗的地方──街道非常狹窄，滿地泥濘，空氣中充滿了各種汙濁的氣味。一群群野孩子在店鋪門口進進出出，或是在屋裡哇哇大哭；一幫粗俗的愛爾蘭人扯著嗓子，在酒館裡大吵大鬧；漆黑的街道和宅院錯綜複雜，喝得爛醉的男女遍佈各處。在一些房屋的門口，一些凶相畢露的傢伙正小心翼翼地往外走，一看就知道不是什麼善類。

奧立佛正在盤算是否應該逃跑，兩人已經到了山腳下。他的嚮導推開菲爾小巷附近的一扇門，抓住奧立佛的一隻手，拉著他進了走廊，又隨手把門關上。

「暗號？」隨著達金斯的一聲口哨，一個聲音從前方傳了過來。

「李子全贏。」嚮導回答。

走廊盡頭的牆上閃出一團微弱的燭光，一個男人的面孔從一座樓梯口露了出來。

「你們有兩個人？」那個男人仔細看了看，「另一個是誰？」

「一個新同伴。」達金斯把奧立佛推到前面，回答。

「哪裡來的？」

「城外。費金在不在？」

「在，他正在挑選手帕。上去吧。」蠟燭縮了回去，那張臉消失了。

奧立佛跟著同伴登上又黑又破的樓梯，達金斯推開一間後室的門，拖著奧立佛走了進去。

這個房間的牆壁和天花板因年代久遠，滿是汙垢，顯得黑漆漆的；壁爐前擺著一張木桌，桌上有一個啤酒瓶，裡面插著一支蠟燭，還有兩三個金屬酒杯、一塊奶油麵包、一只碟子，周圍坐了四五個小孩，正裝模作樣地吸煙、喝酒。幾張用舊麻袋鋪成的床在地板上一張張排開。壁爐裡架著一口煎鍋，一個骨瘦如柴的老猶太人手拿烤叉，站在一旁，一頭蓬亂的紅髮掩住了他那醜惡的凶相。他裹著一件油膩的法蘭絨長大衣，不時注意不遠處的一個衣架，上面掛著許多絲手絹。

達金斯低聲向猶太人嘀咕了幾句。這幫孩子圍了上去，接著又一齊把頭轉過來，朝著奧立佛不懷好意地笑。猶太人也一樣，他一隻手握著烤叉，轉過頭來。

「費金，就是他，」傑克．達金斯說，「我的朋友，奧立佛．特威斯特。」

猶太人咧開嘴笑了笑，向奧立佛鞠了一躬，又握住他的手，說自己很希望能與他成為朋友；小紳士們一見這光景，也都叼著煙斗圍了過來，使勁和他握手。費金揮了揮他的烤叉，把這些小伙子都趕走了。

「非常高興見到你，奧立佛——非常。」費金說道，「達金斯，把香腸從鍋裡拿出來，推一個桶子來給奧立佛坐。啊，親愛的，你是在看那些手帕吧？這地方手帕可真不少，是嗎？我們正在挑選，打算洗一下。就是這樣，奧立佛，沒什麼，哈！」

這幾句話引來一陣喝彩，老紳士的那班得意門生樂得大喊大叫。吆喝聲中，他們開始吃飯。

奧立佛也分到了一份，費金又給他一杯熱呼呼的摻水杜松子酒，要他趕緊喝下去。奧立佛照辦了，很快地，他感到自己被人輕輕地抱起來，放到麻袋床鋪上，不一會兒便陷入了沉睡。

第九章

第二天早上，奧立佛醒來，看見猶太老人正用一口小鍋煮咖啡。他勻勻緩緩地用鐵匙攪動著咖啡，一邊悠閒地吹著口哨，不時注意樓下的動靜，似乎在提防些什麼。奧立佛還沒有完全清醒過來，他睡眼矇矓地望著費金，聽他低聲吹著口哨，連湯匙碰撞鍋邊的聲響都能辨別出來。

咖啡煮好了，費金把鍋放到爐台上，站在那裡，猶豫了一會兒。接著，他轉過頭來望著奧立佛，叫了幾聲他的名字。奧立佛沒有回答，費金感到心裡踏實了，便躡手躡腳地走到門邊，把門鎖上。奧立佛感覺他似乎從地板上某個暗處抽出一個小盒子，小心翼翼地放在桌上。他打開盒蓋，從裡頭取出一只珠光寶氣的金錶。

「啊哈！」費金聳了聳肩，令人噁心地笑了起來，「聰明的小狗！竟然堅持到最後，沒有把事情供出來。他們何必供出來呢？那麼做絞索也不會鬆開，也不會晚一分鐘拉上去。不，不，好傢伙，好傢伙。」

費金嘰哩咕嚕地唸叨著，把金錶放回原處，又接連從盒裡拿出各式各樣的東西，心花怒放地觀賞著。除了戒指、胸針、手鐲以外，還有幾樣質地考究、做工精細的首飾，奧立佛一樣也認不出來。

費金把這些東西收起來，又取出一個小玩意兒，那上面似乎刻了一些小字。費金把這東西放在桌上，全神貫注地看了半天。他似乎沒能看出什麼，只好把身體往椅背上一靠，喃喃地說：

「死刑真是件奇妙的事。死人絕不會懺悔，也絕不會說出事實。啊，這樣也好，五個傢伙全被絞死了，沒有一個能告密。」

費金絮絮叨叨地說著，又黑又亮的眼睛忽然落到了奧立佛臉上，他正睜著一雙好奇的眼睛，默默地盯著他。老人立刻啪地關上盒子，一手拿起桌上的一把切麵包刀，狂暴地跳了起來。

「怎麼！」費金說道，「你幹嘛監視我？你怎麼醒了？你看見什麼了？快說！小子，免得小命不保！」

「先生，我睡飽了，」奧立佛順從地回答，「如果我打擾到您的話，我感到非常抱歉，先生。」

「一個鐘頭以前，你還沒醒吧？」費金惡狠狠地瞪了他一眼。

「我還沒醒。沒有，真的。」奧立佛回答。

「你說的是真話？」費金的模樣變得更猙獰了，殺氣騰騰地叫道。

「先生，我發誓，」奧立佛一本正經地答道，「沒有，先生，真的沒醒。」

「呸！呸！親愛的，」費金又變回原本的樣子，把刀放回桌子上，「我當然知道了，我只是想嚇唬你罷了。你膽子不小啊，哈！哈！」猶太人嘻嘻一笑，搓了搓手，眼睛仍不放心地朝那盒子看了一眼。

「親愛的，你看到這些寶貝了？」費金躊躇了一下，手放在盒子上，問道。

「是的，先生。」

「啊。」費金臉色發白，「它們都是我的，奧立佛，是我僅有的一點財產，我下半輩子全靠它們了。就是這樣，親愛的。」

奧立佛心想，這位老人肯定是個不折不扣的吝嗇鬼。他有那麼多財寶，卻住在這麼髒的地方。但他又想到，老頭對達金斯和其他孩子很好，或許花了不少錢。他恭敬地望了猶太人一眼，問自己可不可以起床。

「當然可以了，親愛的，」老紳士回答，「門邊角落裡有一壺水，你可以洗臉。」

奧立佛爬起來，走到房間另一頭。他才剛把壺提了起來，回過頭去，發現盒子已經不見了。

沒過多久，達金斯和另一個小伙伴一起回來了，這孩子叫做查理．貝茲。四個人坐下來共進早餐，桌子上有咖啡，達金斯從帽子裡拿出一些熱騰騰的麵包捲和香腸。

「親愛的孩子們，」費金跟達金斯聊了起來，「你們今天早上弄到了什麼？」

「兩個皮夾。」小紳士答道。

「值錢嗎？」老猶太迫不及待地問。

「還不賴。」達金斯一邊說，一邊掏出兩個錢包。

「好像輕了些。」費金仔細清點了裡面的東西，又對查理說道：「你呢？親愛的。」

「擦嘴的玩意兒。」貝茲一邊說，一邊掏出四條小手帕。

「很好，」費金仔細地檢查著手帕，「都是上等貨色，很好。不過，查理，你沒把記號做好——必須用一根針把記號挑掉。我們來教教奧立佛，好嗎？奧立佛。」

「先生，如果您願意的話。」奧立佛說。

「你也希望做起手帕來跟查理一樣得心應手，是嗎？親愛的。」費金說道。

「先生，」奧立佛答道，「我真的非常想學，只要您肯教我。」

貝茲不禁噗哧一聲笑了起來，差一點被剛喝下去的咖啡嗆死。

「他真是嫩得可以。」查理喘過氣來以後說道。達金斯沒有回答，他替奧立佛把額前的頭髮撥下來，遮住眼睛，說他很快就能學會一些了。

吃過早餐，費金和兩個少年玩了一個十分有趣的遊戲，過程是這樣的：老人在一邊的褲口袋裡放了一只鼻煙盒，在另一邊放了一個皮夾，背心口袋裡放一個錶，還在襯衫上別了一枚別針。他將外套扣得嚴嚴實實，把眼鏡盒和手帕插在外套口袋裡，握著一根手杖，在屋裡走來走去，模仿一個行人的動作，時而在壁爐邊停下，時而又在門口站住；每隔一會兒，他便朝四周張望，提防著小偷，再把每個口袋都拍一拍，看自己是否丟了東西。另一方面，兩個少年緊緊尾隨在他身後，動作敏捷地避開他的視線。終於，達金斯踩了老人一腳，查理從後方撞了他一下，一瞬間，兩人就以異乎尋常的靈巧摸走了他的鼻煙盒、皮夾子、掛錶、別針、手帕，還有眼鏡盒。

這套遊戲重複進行了無數次。這時，有兩位姑娘上門拜訪，一個叫蓓特，一個叫南茜，她們都長著濃密的頭髮，亂蓬蓬地挽在腦後，鞋襪也頗不整潔。兩人長得不特別漂亮，但臉上紅通通的，顯得豐滿、健康。她們逗留了好一會兒，與男孩們聊得不亦樂乎。最後，查理說他們該出去「遛達」一下了，緊接著，達金斯和查理便與兩位姑娘一起出門，那位和藹的老猶太人還大方地給了他們零用錢。

「親愛的，」費金對奧立佛說，「多跟他們學著點，他們要你做什麼就照辦，一切都要聽他們教導——尤其是達金斯，他遲早會成為一個大人物的，只要多學學他，你也能成為大人物。親愛的，我的手帕是在口袋外面嗎？」

「是的，先生。」

「看你能不能把手帕掏出來，而不被我發現，就像今天早上他們玩的遊戲那樣。」

奧立佛用一隻手捏住口袋的底部，用另一隻手輕輕地把手帕抽了出來。

「真是個好孩子，親愛的，」老紳士讚賞地拍了拍奧立佛的頭，「我還沒見過這麼伶俐的小伙子呢！這個先令送給你。只要你照這樣做下去，就會成為一個了不起的人。來吧，我教你怎麼弄掉手帕上的記號。」

奧立佛不懂，扒這位老紳士的衣袋，為什麼能成為大人物。不過，他轉念一想，老人年紀比自己大得多，肯定什麼都懂，便溫順地跟著他走到桌前，專心致志地投入新的學業之中。

第十章

奧立佛在老猶太人的屋裡待了好一陣子，挑去手帕上的標記（每天都有數不清的手帕被帶回來），有時也參加他們的遊戲。到後來，他開始感到悶得發慌，希望能出去透透氣，多次向老紳士央求與兩個伙伴一同出門幹活。

一天早晨，奧立佛終於得到了允許。兩三天以來，需要加工的手帕越來越少了，伙食也變得相當糟糕。或許是由於這個原因，老先生答應了他的請求，他讓奧立佛出去，並讓達金斯和查理一起監視他。

一路上，奧立佛異常興奮，心想他們將會去哪裡；自己將會學到什麼樣的手藝。然而，他很快就意識到，這兩個同伴在街上閒晃，根本不是去「幹活」的。再說，達金斯總是將其他小孩頭上的帽子抓起來，扔得遠遠的；查理則不時從路邊的攤子上偷拿些蘋果、洋蔥塞進口袋裡。這些舉動未免太羞恥了，奧立佛正想宣佈自己要回去了，忽然發生了一件事。

當時，他們正從克拉肯韋爾廣場附近一條小巷裡走出來。達金斯猛然站住，將手指貼在嘴上，一邊躡手躡腳地拉著兩個同伴退後幾步。

「噓！」達金斯回答，「看見書攤旁那個老傢伙了沒有？」

「是對街那位老先生嗎？」奧立佛說，「看見了。」

「他很合適。」達金斯說道。

「姿勢很好。」查理．貝茲仔細看了看。

奧立佛驚訝地看著兩人鬼鬼祟祟地穿過馬路，朝那位老紳士身後接近。他跟在後面走了幾步，不知道應該上前還是退後，便站住了；他不敢出聲，只是望著那裡發呆。

老先生面容和藹可親，戴一副金邊眼鏡，深綠色外套配黑色的天鵝絨襯領，白褲子，手裡夾著一根手杖。

他從攤子上取了一本書，站在原地讀了起來，興致勃勃，顯然沒有注意到那兩個孩子。

奧立佛站在幾步外，眼睛睜得大大的。他看到達金斯把手伸進老先生的口袋，從裡面掏出一張手帕，又看見達金斯把東西遞給查理；最後，兩人一溜煙地轉過街角跑掉了。

奧立佛感到驚懼不已，一瞬間，金錶、珠寶、猶太人，一切的謎全湧入了他的腦海。他遲疑了一下，接著便沒命地拔腿就跑，連他自己也不知道是怎麼回事。

就在奧立佛開始跑的一瞬間，那位老紳士把手伸進口袋裡，沒有摸到手帕，猛然轉過頭來。他看見一個孩子迅速地向前飛跑，認定他就是偷東西的人，於是使出全身力氣，大呼：「抓賊啊！」便拿著書追了上去。

達金斯和查理早已躲進一個門洞裡去了。沒過多久，他們聽到了叫喊聲，又看見奧立佛跑過去，立刻猜到了發生什麼事。兩人敏捷地蹦了出來，高呼著：「抓賊啊！」跟市民們一起參加了追捕。

奧立佛越來越驚慌，像一陣風似地往前奔去。那位老紳士，還有達金斯和查理兩人，吼聲震天地在後面追。街上的人們一聽到「抓賊啊！」也都拋下了手邊的事物，一齊追了上來，雜遝紛亂，你推我擠，鬧得雞飛狗跳。大街小巷，廣場院落，呼喊聲不絕於耳。

每轉過一個街角，人群便增加一分。他們一路飛奔，踩得泥漿四濺，路面咚咚作響。奧立佛累得氣喘吁吁，滿臉恐懼，大滴的汗珠順著臉頰滾下來。人們一步步地逼近，眼看他漸漸沒有力氣了，吆喝卻更加起勁，四處歡聲雷動。

終於，奧立佛被群眾團團包圍了。他倒在地上，渾身沾滿了汙泥塵土，嘴角流血，驚慌地打量著四周的一張張面孔。這時候，那位老紳士被人群推進了圈子。

「可憐的孩子，」老紳士說道，「他受傷了。」

「先生，是我把他推倒的，」一個粗壯的傢伙走出來，「我一拳打在他嘴上，手都打傷了。是我逮住他的，先生。」

這人咧嘴笑了笑，碰了一下自己的帽子，希望能撈到些什麼好處。老紳士厭惡地瞥了他一眼，又不安地朝周圍看了看，似乎想直接離去。想不到，一位警官忽然擠進人群，一把揪住奧立佛的衣領。

「喂！起來。」警官粗聲粗氣地說。

「先生，不是我。真的，是另外兩個孩子。」奧立佛兩手緊緊地扣在一起，回頭看了看，說道，「他們就在附近某個地方。」

「不，他們不在啦！」警官隨口說道，「哼，我知道你們在玩什麼把戲，別想騙我。你起不起來？小混蛋。」

奧立佛掙扎著爬起來，連站也站不穩，便被人揪住衣領，快步沿街拖走了。老紳士走在警官身邊。人們不時回過頭來，看看奧立佛，發出勝利的歡呼聲，一邊朝前走去。

第十一章

人們簇擁著奧立佛走過兩三條街，來到一個叫做瑪當山的地方。他被押著走過一條低矮的拱道，登上一個骯髒的小院子，從後門走進即決裁判庭。那裡坐著一位滿臉落腮鬍、拎著一串鑰匙的壯漢。

「什麼事？」他漫不經心地問。

「抓到一個偷東西的。」員警回答。

「先生，你就是受害人？」拎著鑰匙的男人又問。

「是的，我正是，」老紳士回答，「不過，我不敢保證就是這孩子偷走了手帕。我不想追究此事了。」

「得先去見見法官再說，先生。」壯漢回答，「過來，你這個小傢伙。真該上絞架！」

他一邊說一邊打開門。奧立佛在一間牢房裡被搜了身，什麼也沒搜出來。門又鎖上了，鑰匙在鎖孔裡發出吱咯聲。這時候，老紳士看上去幾乎與奧立佛一樣沮喪，他嘆了一口氣。

「那孩子的長相裡有某種東西，」老紳士若有所思地說道，「某種觸動我、吸引我的東西。他會不會是無辜的呢？他似乎有點像——」老紳士忽然停住了，兩眼凝視著天空，接著又高聲說道：「老天，我似乎在哪裡見過——某個跟他很像的人？」

老紳士沉思了一會兒，便走進後面一間接待室，開始回想多年來曾經見過的無數張面孔。「不，」他搖了搖頭說，「這一定是想像。」

他長嘆一聲。這時，有人碰了一下他的肩膀，他頓時醒悟過來。保管鑰匙的男人要老紳士跟他一起進法庭，見見聲名顯赫的范昂先生。

法庭是一間帶有格子牆的前廳。范昂先生坐在上首的一道欄杆後方，正在看報；可憐的小奧立佛已經被帶到門邊的木柵欄裡，被這副場面嚇得渾身發抖。

老紳士恭敬地鞠了一躬，朝法官的書桌走過去，遞上一張名片，說道：「先生，這是我的姓名和住址。」說完，他退後兩步，又禮貌地點了一下頭，靜候對方提問。范昂先生抬起頭來。

「你是誰？」他問道。

老紳士帶著幾分驚愕，指了指自己的名片。

「警官，」范昂先生傲慢地用報紙把名片撥開，「這傢伙是誰？」

「先生，我的名字是布朗羅。」老先生風度翩翩地答道。

「警官，」范昂先生把報紙扔到一邊，「這傢伙犯了什麼罪？」

「大人，他沒犯案，」警官回答，「他要控告這個孩子，大人。」

「要控告這個孩子，是嗎？」范昂先生盛氣凌人，將布朗羅從頭到腳打量了一番，「指控什麼？」

「當時，我正站在一個書攤旁——」布朗羅先生開始敘述。

「先生，停，停！」范昂先生說，「警官！警官在哪裡？喏，叫這位警官說吧！警官，怎麼回事？」

那名員警相當謙恭地講了一遍，說他如何抓住奧立佛，如何搜遍全身，結果一無所獲，他所知道的就這麼多了。

「有沒有證人？」范昂先生問。

「大人，沒有。」警官回答。

范昂先生默默地聽著，然後向原告轉過身去，聲色俱厲地說：

「喂，你打算控告這個孩子，是嗎？如果你不拿出證據，我就要以蔑視法庭的罪懲治你——」

儘管遇到一次又一次的無禮對待，布朗羅先生還是設法將案情說了一遍，並且請求法官對奧立佛從輕發落。

「他已經受傷了，」布朗羅先生最後說道，「而且我擔心，」他望著欄杆另一邊，鄭重其事地補充了一句，「我擔心他身體有病。」

「噢，不錯，也許是吧。」范昂先生冷笑一聲，「哼，少來這一套，你這個小流氓，騙不了我的。你叫什麼名字？」

奧立佛臉色慘白，竭力想回答一聲，可是什麼話也說不出來。

「你這個厚臉皮的無賴，叫什麼名字？」范昂先生追問，「警官，他叫什麼名字？」

「大人，他說他名叫湯姆．懷特。」員警生怕法官發怒，隨口答道。

「嘿！他這不是說出來了嗎？」范昂先生說道，「好極了。他住在什麼地方？」

「大人，他說不知道。」員警又裝作聽到了奧立佛的回答。

「父母呢？」范昂先生問。

「他說在他小時候就死了，大人。」警官挑了一個常見的答案。

問到這裡，奧立佛抬起頭來，以哀求的目光看了看四周，有氣無力地請求給他一口水喝。

「少胡扯。」范昂先生說道，「別當我是傻瓜。」

「大人，我想他真的有病。」警官說，「他就要昏倒了。」

「站一邊去，警官，」范昂叫道，「他愛倒就倒。」

忽然間，奧立佛一陣暈眩，倒在地板上。法庭裡的人面面相覷，誰也不敢動彈。

「現在宣佈判決，」范昂先生回答，「關押三個月──苦工當然是少不了的。退庭！」

房門應聲打開，兩名法警正準備把昏迷不醒的奧立佛拖進牢房。這時，一位身穿黑色舊禮服的老人匆匆闖進法庭，朝審判席走去。

「等一等，請別把他帶走！看在上帝的份上，請等一會兒。」這個人上氣不接下氣地叫道。

范昂先生看見一位不速之客這般唐突無禮地闖進法庭，頓時勃然大怒。

「這是幹什麼？這是誰呀？把這傢伙趕出去！」范昂先生吼道。

「請聽我說，」那人大聲說道，「別把我趕出去。事情我都看見了，我是書攤的老闆；范昂先生，你必須聽聽我的證詞。」

這人理直氣壯，態度十分強硬，看來是不得不答應了。

「開始吧，」范昂先生不高興地喝道，「你有什麼要說的？」

「是這樣的，」那人說道，「我親眼看見三個孩子──另外兩個與這名被告──在馬路對面閒逛。這位先生當時在看書，偷東西的是另一個孩子，我看見他下手的，這個孩子在旁邊被嚇呆了。」

「你怎麼不早點來？」范昂停頓了一下才問。

「沒人替我看店，五分鐘以前我才找到人。我是一路跑來的。」

「原告正在看書，是嗎？」范昂頓了一下，又問。

「是的，那本書還在他手裡呢！」

「哦，是那本書嗎？」范昂說道，「付錢了沒有？」

「沒有，還沒付呢。」老闆帶著一絲笑意答道。

「老天，我完全忘了這件事！」老紳士天真地高聲叫道。

「好一位正人君子，還來控告一個可憐的孩子。」范昂裝模作樣地說，「我想，先生，你已經用一種不合法的手段把那本書據為己有了，或許你以為自己運氣不錯吧，因為產權人不打算提出告訴。這就當做是給你的一次教訓。這個孩子予以釋放。退庭！」

布朗羅先生走出了法庭。他看見奧立佛仰面躺在院子的地上，襯衫已經解開，太陽穴上灑了些涼水，臉色慘白，身體不住地抽動，發出一陣陣寒顫。

「可憐的孩子！」布朗羅先生彎下腰來，「勞駕哪一位先生去叫輛馬車，快一點！」

馬車叫來了，奧立佛被小心翼翼地安頓在座位上，布朗羅先生跨進車廂，坐在另一個座位上。馬車開走了。

第十二章

馬車沿著當初奧立佛與達金斯進入倫敦的同一條路駛去，過了愛靈頓街的天使酒店後便轉向另一條路，一直開到本頓維爾附近一條幽靜的林蔭道才停下來。布朗羅先生吩咐安排一張床，把奧立佛安頓得十分周到。他在這裡受到了無微不至的殷切照料。

受到熱病的摧殘，奧立佛始終昏迷不醒，身子一天比一天更消瘦，直到好幾天後才醒過來，彷彿剛做完一場漫長的惡夢似的。他從床上吃力地坐起身來，頭垂在顫抖的肩上，焦慮不安地環顧四周。

「這是哪裡？」奧立佛說，「這不是我睡覺的地方。」

床頭的帷幔一下子撩開了，一位面容慈祥的老太太從床邊的一張扶手椅上站起來。

「噓，親愛的，」老太太和藹地說，「你得保持安靜，不然又會生病的。快躺下吧，好孩子。」老太太一邊說，一邊輕輕地把奧立佛的頭放到枕頭上，將他額前的頭髮撥到一邊。她是那樣慈祥、充滿愛心，他忍不住伸出一隻瘦弱的小手，放在她的手上，又把她的手拉過來勾住自己的脖子。

「哎！」老太太眼裡含著淚水，「真是個善良的小傢伙。要是他母親和我一樣坐在他身邊，也能看見他的話，會怎麼想呢？」

「說不定她真的看得見，」奧立佛雙手合在一起，低聲說道，「也許她就坐在我身邊，我感覺得到。」

「那是因為你在發燒，親愛的。」老太太溫和地說。

「我想也是，」奧立佛回答，「要是媽媽知道我這樣受苦，一定會很傷心。每次我夢見她的時候，她的臉總是又好看又快樂。」

老太太擦了擦自己的眼睛，接著又替奧立佛取來一些飲料，要他喝下去；然後拍了拍他的臉頰，要他安安靜靜地躺著。奧立佛十分聽話，加上剛說完那麼多話，他已經筋疲力盡，沒多久便進入了夢鄉。

當奧立佛再次睜開雙眼，天已經大亮了。他感到神清氣爽，心情舒暢，這場大病的危險期已經過去了，他重新恢復了健康。

整整三天，他只能坐在一張安樂椅裡，舒舒坦坦地靠在枕頭上。他身體仍然過於衰弱，不能行走，女管家貝德溫太太叫人把他抱到樓下的小房間，這個房間是屬於她的。好心的老太太將奧立佛安頓在壁爐邊，自己也坐了下來，忽然哇哇大哭起來。

「別見怪，親愛的，」老太太說，「我是高興才哭的。你瞧，你沒事了，多麼好。」

「妳對我太好了，太太。」奧立佛說。

「別這麼說，親愛的，」老太太說道，「喝點肉湯吧。布朗羅先生今天早上要來看你，我們得好好打扮一下；你的氣色越好，他越高興。」老太太一邊說，一邊端來滿滿一碗肉湯，倒進一口小燉鍋裡加熱。

「你喜歡圖畫嗎？親愛的。」老太太見奧立佛目不轉睛地看著牆上掛著的一幅肖像畫，問道。

「我一點也不懂，太太，」奧立佛的目光依然沒有離開那張油畫，「我從未看過幾張畫，什麼都不懂。那位夫人的臉多麼漂亮、多麼溫柔啊。」

「哦。」老太太笑著說道，「孩子，畫家總是把女士們畫得比她們原本更美，要不然就沒有生意啦！」

「那是一張畫像嗎？太太。」奧立佛說。

「是的，」說話的同時，老太太的眼睛離開了肉湯，她抬起頭來，「是一張畫像。」

「太太，是誰的？」奧立佛問道。

「說實話，孩子，我也不知道。」貝德溫太太回答，「你似乎很喜歡那張畫，親愛的。」

「畫得真好看。」奧立佛說。

「唔，你沒被它嚇到吧？」老太太發現奧立佛帶著敬畏的神情凝視著畫，不禁大為驚訝。

「喔，沒有。」奧立佛趕緊回過頭來，「只是那雙眼睛看上去像是要哭，無論我坐在哪裡，它都好像在望著我，就像是活生生的一樣。」

「上帝保佑！」老太太嚷著，站了起來。「孩子，你大病初癒，身體虛弱，難免疑神疑鬼的。來，我幫你換個位子。好了，這樣就看不見啦！」老太太嘴裡說著，一邊挪動他的椅子。

然而，奧立佛仍能透過自己的心扉，清楚地看見那張肖像，彷彿他的位子全然不曾改變似的。肉湯煮好了，奧立佛一喝完，門上便響起輕輕的敲門聲。「請進。」貝德溫太太說道，進來的是布朗羅先生。

老紳士把眼鏡拉到額頭上，雙手反插在睡袍後擺裡，仔仔細細地端詳起奧立佛來。奧立佛出於對恩人的尊敬，強打精神想站起來，卻由於身體虛弱，沒能站穩，又跌坐在椅子上。

「可憐的孩子，你覺得如何了？」布朗羅先生問道。

「很舒服，先生。」奧立佛回答，「您對我太好了，我真不知該怎麼感謝您。」

「真是乖孩子，」布朗羅先生點點頭，「貝德溫，妳替他加了補品沒有？」

「他剛喝了一碗味道鮮美的濃湯。」貝德溫太太欠了欠身，回答道。

「啊。」布朗羅先生的身體微微顫抖了一下。「喝兩杯紅葡萄酒或許更有益。是吧？湯姆．懷特。」

「我叫奧立佛．特威斯特，先生。」小病人顯出一副詫異的樣子回答。

「奧立佛？」布朗羅先生思考著，「真是個怪名字。那你為什麼告訴法官你叫做懷特呢？」

「我從來沒有這麼說，先生。」奧立佛感到莫名其妙。

老紳士望著奧立佛的臉，浮出了一點慍色。看來他的確沒有說謊，那副瘦削清秀的面貌處處都透露出誠實。

「一定是搞錯了。」布朗羅先生說道。然而，他仍然專注地看著奧立佛。

「先生，求您別生我的氣，好嗎？」奧立佛懇求地抬起了雙眼。

「不，不，」老紳士答道，「嘿，那是誰的畫像？貝德溫，妳瞧那裡。」

他一邊說，一邊慌忙地指向奧立佛上方的肖像畫，又指了指孩子的臉。奧立佛的長相活像是肖像的翻版：那雙眼睛、臉型、嘴巴，每一個特徵都一模一樣，表情與神態又是那樣逼真，連最細微的線條也極為相似。

奧立佛不明白這番突如其來的驚呼是怎麼回事，因為承受不住這一陣驚詫，又昏了過去。

第十三章

讓奧立佛在街上被抓住後，他的兩位同伴便一溜煙地逃走了。他們回到老猶太人的屋子裡，看見他就坐在壁爐旁，左手拿著一條乾香腸和一小片麵包，右手握一把小刀，壁爐裡掛著一口白錫鍋。

費金回過頭來，蒼白的臉上露出一道猙獰的笑容，一雙眼睛從棕紅色的眉毛下方灼灼地朝兩人看去——他已經從腳步聲聽出只有兩個人回來。

「奧立佛去哪裡了？」猶太人凶狠地站了起來，說道，「那小子在哪裡？」

兩個小扒手呆呆地望著自己的師傅，似乎被他的怒火嚇了一跳，彼此對看了一眼，沒有回答。

「那孩子怎麼了？」費金揪住了達金斯的衣領，一邊威脅他：「快說！不然掐死你。」

「唉，他被逮住了，就是這樣。」達金斯沮喪地說。老人火冒三丈，抓起白錫鍋，就要朝他的頭上砸去。就在這時，查理發出一聲恐怖萬分的慘叫，引開了他的注意力，他突然改變了目標，把鍋子朝他扔去。

「老天！鬧得可真凶，」一個低沉的嗓音忿忿不平地說，「是誰把啤酒潑到我身上的？我知道，除了一個無法無天的混帳猶太人以外，誰也做不出這種事。費金！到底是怎麼回事？」

發這一頓牢騷的是一個大約三十五六歲、長得結結實實的男人。他穿一件黑色平絨外套，一件髒兮兮的淡褐色馬褲，半長統靴，鉛灰色套襪裡裹著兩條粗腿；頭上戴著一頂灰色帽子，脖子裹了一條藍白花圍巾。他一邊說話，一邊用圍巾擦去臉上的啤酒，露出一張毛茸茸的寬臉龐。

「快進來！你這畜牲。」這位引人注目的客人咆哮起來。同時，一隻毛絨絨的白狗躲躲閃閃地跑進來，臉上帶著二十多處傷痕。

「你剛才幹嘛不進來？」那男人說道，「也太不給我面子了，可不是嗎？躺下吧。」

這道命令伴隨著一腳，把那畜牲趕到了房間的另一頭。然而，牠顯然已經習以為常，悄無聲息地蜷縮在角落裡，沒發出一點響聲，一雙眼不停地眨，似乎正在打量這個房間。

「你在做什麼？虐待這些孩子嗎？這個貪得無厭的守財奴，」壯漢不客氣地坐了下來，「我真納悶，他們怎麼沒有宰了你。我要是你徒弟的話，早就這麼做了！」

「噓！噓！比爾．賽克斯，」老猶太人渾身直打哆嗦，「不要說那麼大聲。」

「發生什麼事了？你看起來不太愉快。」賽克斯先生說。

「還不是這兩個小子。」費金扯了一把賽克斯的衣袖，指了指那兩個少年。

賽克斯先生點了點頭，接著便向猶太人討了一杯酒。兩三杯燒酒下肚，賽克斯先生親自對兩位小紳士做了一番詢問，得知了奧立佛被捕的原因與經過。

「我擔心，」費金說道，「他會講出一些事，把我們也牽連進去。」

「很有可能，」賽克斯惡狠狠地咧嘴笑了笑，「你完了，費金。」

「的確，我是有些擔心，」老猶太人彷彿滿不在意地說道，「不過，這件事對你更加不妙，我的朋友。」

賽克斯身子一震，朝費金轉過身來。但老人只是聳了聳肩，兩眼出神地望著對面牆壁。話題中斷了好一會兒，在場的每一個人似乎都各自盤算著。

「得有人去局裡打聽一下。」賽克斯先生終於說道。

費金點點頭，表示贊成。

「只要他沒有招供，被判了刑，在他出來前就不用擔心。」賽克斯先生又說，「到時候可得看牢他。你一定要想辦法把他抓在手心裡。」

老猶太人又點了一下頭。

這一計畫顯然勢在必行；不巧的是，無論是達金斯、查理、費金，還是賽克斯先生，都對警察局抱有一種根深蒂固的反感，怎麼也不想接近那個地方。這群人就這樣坐著，面面相覷，不知該如何是好。幸好，這時兩位姑娘又上門了，談話頓時活躍起來。

「來得正是時候，」費金說話了，「蓓特會去的，是嗎？親愛的。」

「去哪裡？」蓓特問。

「去局裡一趟，親愛的。」猶太人誘騙道。

「我寧可被雷劈！」

「南茜，親愛的，」費金又向另一位姑娘說，「那妳願意嗎？」

「我看這辦法行不通，費金。」南茜回答。

「什麼意思？」賽克斯先生板起面孔，眼睛往上一抬。

「就是這個意思，比爾。」南茜漫不經心地說。

「唔，妳正好是最合適的人，」賽克斯補充道，「妳剛搬過來，附近沒有人知道妳的底細。」

「我也不在乎他們知道，」南茜仍舊十分泰然，「比爾，我看，多一事不如少一事。」

「她會去的，費金。」賽克斯說道。

「不，我不去。」南茜說道。

然而，經過一連串的連哄帶騙，這位姑娘最終還是答應了。於是，她在長大衣外繫了一條潔白的圍裙，用一頂軟帽遮住了滿頭的捲髮，出門辦事了。她來到警察局，找到了一位穿條紋背心的老實警官，以最淒苦的聲調悲嘆、哀泣，請求警官釋放自己的小弟弟。

「我沒有抓他呀！親愛的。」警官說道。

「那他在哪裡呢？」南茜哭喊著說。

「有一位紳士把他帶走了。」員警回答。

「什麼紳士？啊，謝天謝地！」南茜叫了起來。

於是，老人告訴這位偽裝得活靈活現的姐姐，奧立佛在警察局裡生了病，加上有證人指出，偷東西的是另一個小孩，那位原告見他不省人事，便把他帶回自己家裡去了。他記得那是在本頓維爾一帶。

南茜回到費金的住所。賽克斯先生一聽到這次探險的報告，立刻叫醒了那隻白狗，戴上帽子，連說聲再見都來不及，便匆匆離去。費金則激動不已地說：

「非得查出他在哪裡不可，親愛的，一定要把他找到！查理、達金斯，你們也一樣，什麼事都別做了，到各處逛逛去，打聽他的消息。今晚這棟房子得封鎖起來，你們知道去哪裡找我。一分鐘也別耽擱，快！」

他一邊說，一邊把他們推出房間，隨後小心翼翼地上了鎖，插上門閂，從暗處取出那個曾被奧立佛看見的盒子，手忙腳亂地把金錶和珠寶往衣服裡塞。

門上有人重重地敲了一下，把他給嚇了一跳。

「誰呀？」他厲聲叫道。

「是我。」從鎖眼裡傳來達金斯的聲音，「南茜問說，找到他以後怎麼辦？」

「帶到我那裡去，」費金回答，「之後要怎麼做，我心裡有數，別怕。」

「知道了。」那孩子低聲應了一句，便匆匆下樓追趕同伴們去了。

「目前為止，他還沒供出來，」費金喃喃說著，「要是他存心向那些新朋友說出我們的事，就得堵住他的嘴！」

第十四章

自從奧立佛被那一聲驚呼嚇暈過去以後，老紳士和貝德溫太太便決定謹慎行事，對畫中人的事避口不談，也不討論奧立佛的過去和將來，以免刺激他的心靈。他依然很虛弱，不能自己起床吃早餐。

第二天，他被扶著下樓走進女管家的房間裡，希望能再看看那位漂亮女士的臉，卻發現肖像已經移走了。

「畫被取下來啦，孩子。布朗羅先生說它似乎讓你感到難受，便吩咐把它拿走了。」

「喔，不，一點也不難受，太太，」奧立佛說道，「我喜歡看，我很喜歡呢。」

「好了，好了，」老太太答應道，「你早日恢復健康，畫就會再掛上去的，親愛的，我答應你。對了，我們還是談點別的事情吧。」

奧立佛不再去想那幅畫了，他聽貝德溫太太說了許多故事，說她有一個可愛的女兒嫁給一位英俊的丈夫，住在鄉下；一個兒子在西印度群島，當一位貿易商的職員，他是個孝順的年輕人，一年會寫四次信回家。喝完茶後，她又教奧立佛玩克里比奇牌戲。兩個人玩得興致勃勃，毫無倦意，直到病人吃藥的時候才結束，接著奧立佛便心滿意足地入睡了。

奧立佛處在這個幸福的天堂裡，健康一天天好轉。大約過了一個禮拜，他被布朗羅先生叫進書房裡。看著書桌上數不清的藏書，奧立佛感到不可思議。

「書很多，是嗎？我的孩子。」布朗羅先生注意到了奧立佛的表情。

「好多書呀，先生，」奧立佛答道，「我從來沒見過這麼多書。」

「只要你當個規規矩矩的人，就可以讀這些書。」老先生和藹地說，「你會很喜愛它們的。怎麼樣？長大了想不想當個聰明人，也寫幾本書呢？」

「我更願意讀書，先生。」奧立佛回答。

「什麼？你不想當一個作家？」老先生說。

奧立佛想了想，回答說，他覺得當一個賣書的人更好些。老先生開心地笑了出來。

「好吧，」老紳士說道，「那我們就不把你培養成一個作家了，只要是正當手藝，你都可以學。」

「謝謝您，先生。」奧立佛有禮貌地回答。

「唔，」布朗羅先生的臉色忽然變得嚴肅起來，「孩子，仔細聽著，我要和你開誠佈公地談一談，因為我完全相信你能夠明白我的意思，就像許多比你年長的人那樣——」

「噢！先生，別說您要把我趕走，求求您！」奧立佛叫了起來，老先生那嚴肅的語氣嚇了他一跳，「別把我趕出去，叫我回到街上去流浪，讓我留在這裡，當個僕人。不要把我送回原來那個鬼地方去，先生，可憐可憐我吧！」

「我的孩子，」老先生被他的態度打動了，「你別害怕，我不會拋棄你，除非你給了我這麼做的理由。」

「我不會的，絕對不會，先生。」奧立佛連忙說。

「但願如此，」老紳士答道，「我相信你不會。從前，我曾經接濟過一些人，到頭來卻受騙上當。無論如何，我依然由衷地信任你。你說你是一個孤兒，舉目無親，這與我打聽到的情形完全吻合。現在，聊聊你的事吧，說說你是哪裡來的，是誰把你帶大的，又是怎麼跟那群壞傢伙混在一塊的。什麼也別隱瞞，只要我還活著，就沒有人會拋棄你的。」

奧立佛抽抽噎噎地哽咽起來，好一會兒說不出話，他正要開始敘述自己是如何在寄養所裡長大，又是如何被邦布爾先生帶回濟貧院去的，大門口忽然響起一陣敲門聲，僕人進來報告說格林維格先生來了。

「要不要我先離開？先生。」奧立佛問。

「不用，」布朗羅先生回答，「我希望你留在這裡。」

沒過多久，一個身材魁梧的老紳士走了進來。他拄著一根拐杖，身穿藍色外套，條紋背心，下半身是淡黃色的馬褲，打著綁腿，頭上戴一頂寬簷的白色禮帽；臉部不時做出各種表情，令人難以捉摸；說話時喜歡把頭轉到一邊，兩隻眼睛斜眼望著聽者。他一進來，便開始打量奧立佛，並後退了兩步。

「這就是小奧立佛．特威斯特，我們之前談到的就是他。」布朗羅先生說。

奧立佛鞠了一躬。

「他就是那個孩子。是嗎？」格林維格先生終於問道。

「是那個孩子。」布朗羅先生回答，「他長得很漂亮，不是嗎？」

「我不知道。」格林維格先生漫不經心地說。

「不知道？」

「是啊，我從來看不出小孩子有什麼差別。我只知道有兩種孩子，一種是粉臉，一種是肉臉。」

「奧立佛是哪一種呢？」

「粉臉。我認識一位朋友，他兒子就是肉臉，他們都叫他好孩子——圓圓的腦袋，紅紅的臉蛋，一雙眼睛閃閃發光。但他其實是個可惡透頂的孩子，整天跑來跑去，大吼大叫，還有一副狼的胃口。這個壞蛋！」

「小奧立佛．特威斯特可不像他那樣。」布朗羅反駁道。

「是不像，」格林維格先生回答，「搞不好更壞。」

僕人端茶上來了。喝茶的時候，格林維格先生滿面春風，對鬆餅大加讚美，氣氛十分融洽。奧立佛逐漸感到自己不像剛見到這位凶巴巴的先生時那麼緊張了。

「你打算什麼時候聽取有關這孩子的真實遭遇呢？」吃完茶點，格林維格先生斜眼盯著奧立佛，重新提起了這件事。

「明天早上，」布朗羅先生回答，「我希望到時候只有他一個人。明天早上十點到我這裡來，親愛的。」他對奧立佛說道。

「好的，先生。」奧立佛回答。

「我告訴你，」格林維格低聲對布朗羅說道，「他不會來的，我看他還沒下定決心。他在騙你呢！我的朋友。」

「我發誓他不會的。」布朗羅先生堅持地回答，「我敢保證，這孩子很誠實。」

「我敢保證他會說謊。」格林維格先生說。

「走著瞧吧。」布朗羅先生強壓住怒氣，說道。

就在這時，貝德溫太太送來一本書，那是布朗羅先生當天早上在書攤買的。她把書放在桌子上，便準備離開房間。

「叫送書來的孩子等一下，貝德溫太太。」布朗羅先生說，「有東西要托他帶回去。」

「先生，他已經走了。」貝德溫太太答道。

「哎！這些書都還沒付錢呢，」布朗羅先生說，「還有幾本書也要送回去。」

「叫奧立佛去送吧，」格林維格先生一臉諷刺地說道，「你知道，他會平安送到的。」

「是啊，先生，如果您同意的話，就讓我去吧，」奧立佛請求道，「先生，我用跑的去。」

布朗羅先生正要拒絕他，格林維格先生忽然發出一聲不懷好意的咳嗽，迫使他決定讓奧立佛跑一趟——只要他能迅速辦完這檔事，就足以證明：格林維格的種種猜疑是不公正的。

「那你就去吧，親愛的，」老紳士說道，「書在我桌子旁邊的椅子上，去拿過來。」

奧立佛見自己能幫上忙，感到很高興。他手臂下夾著幾本書，帽子拿在手裡，聽候吩咐。

「告訴書攤老闆，」布朗羅先生目不轉睛地盯著格林維格先生，對奧立佛說，「你是來還這些書的，並且把我欠他的四英鎊十先令交給他。這是一張五鎊的鈔票，記得把找的十個先令帶回來。」

「我十分鐘以內就回來，先生。」奧立佛把鈔票放進口袋，小心翼翼地把那幾本書夾在腋下，鞠了一躬，便離開房間。貝德溫太太陪著他走到大門口，告訴他書攤怎麼走，又叫他路上小心，這才准許他離開。

「我看，他頂多二十分鐘就會回來，」布朗羅先生一邊說，一邊把錶掏出來，放在桌子上，「到了那時，天也快黑了。」

「嘿，你真以為他會回來，是嗎？」格林維格先生問。

「你不這樣想？」布朗羅先生微笑著反問道。

「是的，」格林維格用拳頭捶了一下桌子，說道，「我不這樣想。這孩子穿著一身新衣服，腋下夾了幾本值錢的書，口袋裡又裝著一張五英鎊鈔票。他一定會回去找他那群小偷朋友的。先生，要是那孩子回到這房間裡來，我就把自己的腦袋吃下去！」

說完這番話，他把椅子往桌旁一拉。兩個朋友一言不發地坐在房裡，各懷著心事，錶放在他們之間。

天色漸漸暗下來，兩位老先生依然默不作聲地坐在那裡。

第十五章

奧立佛走進了克拉肯韋爾街區。他稍微走偏了一點，無意中轉進一條岔路，走了一半才發現錯了；不過，他心想這條路的方向是對的，用不著折返，於是仍然快步向前走。

就在這時，一個年輕女子高聲尖叫起來，嚇了他一大跳。「哦！我親愛的弟弟！」他還來不及抬頭看看發生了什麼事，便有兩條手臂伸過來，緊緊摟住了他的脖子，使得他停下腳步。

「哎呀！」奧立佛掙扎著叫了起來，「放開我。是誰呀？妳幹嘛攔著我？」

摟住他的年輕女子用一長串呼天搶地的高聲哭喊作出了回答。

「啊，我的天哪！」年輕女子叫道，「我終於找到他了！哦，奧立佛！你這個壞孩子，為了你的緣故，我吃了多少苦頭呀！跟我回家去，親愛的，走吧！噢，我終於找到他了，感謝仁慈的上帝！」姑娘這樣沒頭沒腦地抱怨了一番，接著又歇斯底里地放聲大哭。她的哭聲引起了人們的注意，一些路人湊了上來，詢問她需不需要幫忙。

「噢，不用，不要緊，」姑娘說著，緊緊抓住奧立佛的手，「我已經好多了。快跟我回家去！你這個沒良心的孩子。」

「姑娘，怎麼了？」一個女人問道。

「哦！太太，」年輕女子回答，「大約一個月前，他從父母那裡離家出走了，跑去跟一群小偷壞蛋混在一起，我母親的心差一點就碎了。」

「小壞蛋！」另一個女人說道。

「快回去，走啊！你這個小畜生。」又有人說。

「不！」奧立佛嚇壞了，回答道，「我不認識她。我沒有姐姐，也沒有父母。我是一個孤兒，住在本頓維爾。」

「你們聽聽，他還嘴硬！」姑娘嚷著。

「哎呀，是南西！」奧立佛叫了起來，他總算看清了她的臉，不由得驚訝地退了一步。

「瞧，他認出我來了！」南茜向周圍的人高聲宣佈，「他總算承認了。各位好心人，幫我勸勸他回家吧！不然的話，他真的會把他父母活活氣死，我的心也會被他絞碎了。」

「這有什麼困難！」一個男人從一家啤酒店裡跑了出來，身後緊跟著一隻白狗，「小奧立佛！回去你那可憐的母親身邊，小混蛋！快回家去。」

「我不是他們家的人！我不認識他們。救命啊！救命啊！」奧立佛喊叫著，在那個男人強而有力的懷抱裡拚命掙扎。

「救命？」那男人說道，「沒錯，我會救你的，你這個小壞蛋！這是什麼書？是你偷的吧？快拿來！」說著，他奪過奧立佛手裡的書，用力敲他的腦袋。

「打得好！」一個看熱鬧的人從一旁的窗戶裡嚷道，「這樣他才會知道厲害！」

「沒錯！」一個睡眼惺忪的木匠喊道，朝著那扇窗子投去一道贊許的眼色。

「這是為了他好！」兩個女人齊聲說。

「而且是他自找的！」那個男人應聲說道，又給了奧立佛一拳，一把揪住他的衣領，「快走！你這個小壞蛋。嘿，牛眼，過來！」

奧立佛大病初癒，又被這一連串突如其來的打擊弄得暈頭轉向；那隻狂吠的惡犬是那樣可怕、那個男人又是那樣蠻橫，再加上圍觀者的指責，他完全無力抵抗。於是，他被拖進了由無數陰暗狹窄的巷弄組成的迷宮，被迫跟著這些人一起走了。

煤氣路燈已經點亮。貝德溫太太焦急不安地守候在敞開的門口，僕人已經好幾次跑到街上去尋找奧立佛。客廳裡沒有點燈，兩位老紳士依然正襟危坐，看著放在他們之間的那只懷錶。

第十六章

他們鑽進一條非常汙穢的小街，這裡到處都是賣舊衣服的店鋪。一行人在一間店鋪門前停住，鋪門緊閉，裡面顯然沒有住人。這棟房子破敗不堪，門上釘著一塊出租告示的木牌，看起來已經掛了好多年。

「到了。」賽克斯叫道，一邊謹慎地掃了四周一眼。

南茜鑽到窗板下方，奧立佛隨即聽到一陣鈴聲。他們走到街對面，在一盞路燈下站了片刻。一個聲音傳過來，好像是一扇窗子輕輕拉起來的聲音，房門無聲無息地開了。賽克斯先生毫不客氣地揪住奧立佛的衣領，三個人快步走了進去。

走廊裡一片漆黑。他們停下腳步，等待領他們進屋的那個人把大門鎖上。

「老傢伙在不在？」賽克斯問。

「在。」一個似曾聽過的聲音回答，「等我一下，我去拿火。」說話人說完便消失了。過了一分鐘，約翰·達金斯的身影就出現在奧立佛眼前，他右手舉著一根裂開的木棍，木棍末端插著一支蠟燭。

這位小紳士滑稽地朝著奧立佛咧嘴一笑，接著便轉過身，要幾個客人跟著他走下樓梯。他們穿過一間空蕩蕩的廚房，來到一個滿是泥土味的房間外，這間房是建在後院裡的。門開了，一陣喧鬧的笑聲迎面傳來。

查理·貝茲見到來者，立刻樂不可支地走上前，從達金斯手中奪過火把，繞著奧立佛看了半天。老猶太人摘下睡帽，對著不知所措的奧立佛連連鞠躬，身子彎得低低的。達金斯則毫不含糊地把奧立佛的口袋搜刮了一遍。

「瞧他這身打扮，費金，」查理說道，把光移近奧立佛的新外套，「上等的布料，裁得也很整齊！喔，老天，太棒啦！還有書呢。簡直就是一個紳士呀！費金。」

「看到你穿成這樣，真叫人高興，我親愛的，」老猶太人假惺惺地點了點頭，「達金斯會給你另外一套衣服，免得你把它們弄髒了。你怎麼不寫信告訴我們你要來呢？親愛的，我們好替你弄點什麼吃的。」

這時候，達金斯已經把那張五英鎊的鈔票抽了出來。

「喂，那是什麼？」老猶太人一把搶過那張鈔票。

「那是我的，費金。」賽克斯立刻上前命令道。

「不，不，我親愛的，」猶太人說，「是我的，比爾。那些書歸你。」

「那是我的！」賽克斯強硬地說道，「快交出來，否則，我就把這孩子送回去。」

老猶太人嚇了一跳，只好乖乖地把鈔票交給賽克斯。

「書還真不賴呢！」查理做出各種鬼臉，裝出正在讀書的樣子，「你說呢？奧立佛。」

「書是那位老先生的，」奧立佛乞求地說道，「就是那位慈祥的好心老先生。我得了熱病，差點死去，他把我帶回家裡，細心照顧我。求求你們，把書送回去，把書和錢都還給他。你們要我一輩子留在這裡也行，但請把東西送回去吧！他會以為是我偷走了；還有那位老太太——她對我那麼好，也會以為是我偷的。啊！可憐可憐我，把書和錢送回去吧！」

奧立佛痛不欲生，說完這番話，隨即跪倒在費金的腳邊，雙手合在一起苦苦哀求。

「這孩子說得對，」費金皺起了眉頭，「奧立佛，你說得對，他們會認為是你偷走了這些東西。哈！哈！」他搓了搓手，嘻嘻地笑，「這真是太巧了！」

「當然了，」賽克斯回答，「我一看見他從克拉肯韋爾走過來，腋下夾著些書，就猜到發生什麼事了。這再好不過了，他們都是些好心人，今後一個字也不會提起他了，免得還要去報案，害他被關起來。他現在沒事了。」

奧立佛望了望每個人，露出了茫然不解的神情。但賽克斯一說完，他卻猛然跳了起來，不顧一切地衝出門去，一邊尖聲呼喊救命，這棟空蕩蕩的舊房子頓時連屋頂都震動起來。

「比爾，把狗叫回來！」費金和兩個跟班追了出去，南茜高聲叫著跑到門邊，把門關上，「把狗叫回來！

牠會把那孩子撕成碎片的。」

「活該！」賽克斯吆喝著，「閃一邊去！要不然我把妳的腦袋砸碎。」

「我不管！比爾，我不管！」南茜口大喊道，不顧一切地跟他扭打起來，「我絕不會讓孩子被狗咬死，除非你先殺了我！」

「快放手！」賽克斯牙齒咬得格格作響，「妳再不放手，我真的要動粗了。」

這強盜一把將姑娘甩到房間對面。就在這時，老猶太人與兩個徒弟架著奧立佛回來了。

「這裡發生什麼事了？」費金環顧了一下四周，說道。

「這婆娘發瘋了。」賽克斯惡狠狠地回答。

「不，我才沒瘋，」南茜氣喘吁吁地說道，「別聽他的，費金。」

「那就安靜一點。」猶太人威嚇道，接著便向奧立佛轉過身去。「你想逃，是嗎？親愛的。」他一邊說，一邊從壁爐旁拿起一根凹凸不平的棍子。

奧立佛沒有回答，他呼吸急促，注視著猶太人的一舉一動。

「你想找人幫忙，把員警招來，是嗎？」費金冷笑一聲，抓住奧立佛的肩膀。「親愛的，我們會把你這毛病治好的。」

費金舉起棍子，狠狠地朝奧立佛肩上打了一下。正要打第二下，南茜忽然撲了上去，從他手中奪過木棍，用力扔進火裡，濺出了好多通紅的煤塊。

「我不會袖手旁觀的，費金，」南茜叫道，「你已經把他弄到手了，還想怎麼樣？快放開他，不然，你乾脆殺了我！」

姑娘用力地跺著地板，發出這一番恫嚇。她捂著嘴唇，雙手緊握，來回打量著猶太人和那個強盜，臉上沒有一絲血色，這是由於憤怒造成的。

「哎，南茜，」費金跟賽克斯不知所措地對看了一眼，口氣和緩地說道，「妳今晚可真懂事呢！哈，我親愛的，戲演得真漂亮。」

「是又怎麼樣，」南茜說道，「小心，別讓我演過火了，不然你就麻煩大了！」

老猶太人不想激怒南茜，不由得後退幾步，帶著懇求而怯懦的眼光看了賽克斯一眼，似乎希望由他來繼續這場談話。

「好啊！」賽克斯看著她說道，一副輕蔑的樣子，「妳也想當個好心人，是嗎？妳叫他『孩子』，他長得的確漂亮，妳就跟他交個朋友吧。」

「我會的，」姑娘衝動地喊叫著，「早知道要把他弄到這裡來，我寧可在街上被人打死！從今天晚上起，他已經是一個小偷、一個騙子、一個魔鬼了，你們還非得揍他一頓才滿足嗎？」

「唔，賽克斯，」費金用規勸的嗓門提醒道，指了指站在一旁的幾個少年，他們正瞪大眼睛看著發生的一切，「說話客氣一點吧，比爾。」

「客氣一點？」南茜高聲叫道，「沒錯！這句話應該由我對你說。我還是個小孩的時候——年齡不到他的一半，就開始替你偷東西了。」她指了指奧立佛，「我幹這種勾當已經十二年了。你忘了嗎？」

「好，好，」費金一心息事寧人，「就算那樣，妳也是為了混口飯吃。」

「混口飯吃！」姑娘答道，「是的，又冷又濕的骯髒街道成了我的家。很久以前，就是你這個惡棍把我趕到街上，要我待在那裡，不管白天晚上，直到我死！」

「妳要是再多嘴，我就要生氣了。」老猶太人被這一番辱罵激怒了，打斷了她的話。「小心我不客氣！」姑娘沒再多說，怒不可遏地朝猶太人衝了過去，卻被賽克斯一把抓住了手腕。她軟弱無力地掙扎了幾下，便昏了過去。

「跟女人打交道真是煩透了，」費金把棍子放回原處，說道，「但她們都是機靈人，幹我們這一行少不了她們。查理，帶奧立佛去睡覺。」

「費金，他明天應該穿不到這身漂亮衣服，是嗎？」查理問。

「當然穿不到了。」老猶太人露出意味深長的笑容，答道。

查理立刻帶著奧立佛來到隔壁房間，裡面鋪著兩三張床，奧立佛以前曾在這裡睡過覺。

「把這套漂亮衣服脫下來，」查理說道，「我拿去交給費金保管。」

可憐的奧立佛不情願地照辦了，查理把衣服捲起來夾在腋下，隨手鎖上房門，離開了，把奧立佛一個人丟在黑暗之中。這可憐的孤兒心力交瘁，不一會兒就睡著了。

第十七章

這天一大早，邦布爾先生就走出了濟貧院大門口，坐上一輛公共馬車。他一副氣宇不凡的派頭，神采飛揚，充滿教區執事的自豪感；圓禮帽和大衣在朝陽下閃著耀眼的光芒，他緊握手杖，精神飽滿，渾身是勁，頭抬得比平常還要高。他奉命帶著兩名孩子去倫敦法庭，解決一樁有關居住權的案子。

旅途十分順利，只是那兩個壞傢伙有些令他心煩。他們一直哆哆嗦嗦地抱怨天氣冷，弄得他渾身不舒服，儘管他還穿了一件大衣。

來到倫敦，邦布爾先生安排好兩個壞蛋的住宿，便獨自回到旅館，吃了一頓飯，吃的是蠔油牛排和黑啤酒。他將一杯摻水杜松子酒放在壁爐架上，把椅子拉到火爐邊坐了下來。之後，他拿起一份報紙，讀了起來。

他的目光停留在開頭的一段，那是一則啟事：

一個名為奧立佛·特威斯特的男童，上週四黃昏時分自本頓維爾家中失蹤，一說遭人誘拐，至今毫無音訊。凡告知其下落、以協助尋回這名孩童者，可獲得酬勞五基尼。凡說出此人過往經歷者亦同。

接著是對奧立佛的穿著、身材、外貌以及失蹤過程的一段詳盡的描述，最後是布朗羅先生的姓名和地址。

邦布爾先生睜大眼睛，一字一句地把告示翻來覆去讀了好幾遍。大約過了五分鐘，他已經在前往本頓維爾的路上了。衝動之下，他丟下了那杯熱騰騰的摻水杜松子酒，連嘗也沒嘗一口。

他向開門的女僕報出奧立佛的名字，並說明了來意，一直在客廳門口傾聽著的貝德溫太太立刻屏住呼吸，快步來到走廊裡。

「快進來，快進來，」老太太說道，「我就知道能打聽到他的消息，苦命的孩子！我知道能打聽到的，上帝保佑他！」

說完，這位可敬的老太太又匆匆忙忙地回到客廳，坐在沙發上痛哭起來。女僕早已跑上樓去，這時候走下來，要邦布爾先生立刻隨她上樓。

客人走進書房，裡頭正坐著布朗羅先生和他的朋友格林維格先生，兩人面前放了幾個圓酒瓶和玻璃杯。

「請坐。」布朗羅先生說道。

教區執事坐了下來。布朗羅先生移了移燈光，好看清這位教區執事的相貌，他有些焦急地說：

「您是看到那張告示才來的吧？」

「是的，先生。」邦布爾先生說。

「您知不知道那可憐的孩子現在在什麼地方？」

「一點也不知道。」邦布爾先生回答。

「哦，那您究竟知道他什麼事呢？」老紳士問，「請直說，朋友，您到底知道他一些什麼事？」

邦布爾先生的臉色忽然變得莊重起來。他摘下帽子，解開大衣，交叉著雙手，以一副追憶往事的態度低下頭，沉思片刻，開始講述他的故事。

他說，奧立佛是個棄兒，出身十分低賤，而且品性惡劣。打從出生以來，他表現出了出爾反爾、忘恩負義、心腸歹毒，除此之外沒有任何好一點的品格。他在故鄉的時候，曾對一位無辜少年施以暴行，又從主人家中逃跑。為了證明自己說的是事實，邦布爾先生把隨身帶來的幾份文件攤在桌上，讓主人過目。

「一切看來都是真的，」布朗羅先生看完文件，痛心地說道，「對於您提供的情報，五個基尼是很划算的。但如果是好消息的話，我很願意付給您三倍的酬勞。」

要是邦布爾先生早一點得知這件事的話，他或許會將奧立佛描述成一種截然不同的形象。然而，現在為時已晚。他搖了搖頭，把五個基尼放進錢包，便告辭了。

布朗羅先生在房間裡來回踱步，走了好一會兒，教區執事的話顯然攪得他心緒不寧。最後，他終於停了下來，拚命地搖鈴。

「貝德溫太太，」女管家剛露面，布朗羅先生就說道，「那個孩子，奧立佛，他是個騙子。」

「不會的，先生，這不可能。」老太太堅信不疑。

「我說他是騙子。」老紳士反駁道，「我們剛才已聽人家把他出生以來的事情詳詳細細地講了一遍，他自始至終都是一個十足的小壞蛋。」

「我絕對不信，先生，」老太太毫不退讓，「他是個好孩子，懂得是非，又斯文聽話。先生，我見過那麼多的孩子，他是什麼樣的人我心裡有數。」

「別說了，」布朗羅先生裝出一副怒容，說道，「永遠別在我面前提起那孩子的名字。我叫妳來就是要說這件事——永遠！也不准用任何藉口提到他。妳可以出去了，貝德溫太太，記住，我是十分認真的。」

那天夜裡，布朗羅先生家裡有好幾顆心充滿憂傷。幸好奧立佛無從得知他們已聽說的事，否則，他的一顆心也許已經碎了。

第十八章

隨後的好幾天，奧立佛一直被鎖在房間裡，從清早到半夜，一個人影也見不到。在這段漫長的時光裡，奧立佛時常陷入沉思，他怎麼也忘不了那些好心的朋友，他們一定早就把自己看成壞人了，這種念頭令他傷心。

大約過了一個禮拜，老猶太人不再鎖門，他可以隨意在房子裡到處走動了。一天下午，達金斯和查理正在準備晚上出門的事，達金斯忽然出乎意料地要奧立佛幫助他梳妝打扮一下。

奧立佛見自己能派上用場，感到有些開心；同時，他也希望透過這些示好來感化身邊的幾個人，立刻表示樂意效勞。達金斯坐到桌子上，好將靴子放在奧立佛的膝上。他在地板上跪下來，開始替他擦鞋。

達金斯渾身洋溢著一種既悠閒又熱忱的態度。他低頭看了奧立佛一眼，一副若有所思的樣子，接著又抬起頭來，輕輕嘆了一口氣，喃喃地說道：

「真可惜，他不是幹我們這行的。」

「唉，」查理說，「因為他不識好歹。」

達金斯又嘆了一口氣，吸起煙斗來，查理也吸了起來。兩個人吞雲吐霧，沉默了好一陣子。

「你大概連扒錢包是怎麼回事都不懂吧？」達金斯悲哀地問。

「這個我懂，」奧立佛抬起頭來，「就是……小偷。你就是一個，對嗎？」

「是啊，」達金斯說道，「查理是，費金是，還有賽克斯、南茜、蓓特，大家都是小偷，連那隻狗也是。」

「可不是嗎！」查理說道，「奧立佛，你怎麼不拜費金為師呢？」

「不想發財嗎？」達金斯咧嘴笑了笑，補充道。

「我不喜歡這種事，」奧立佛怯生生地回答，「他們放我走就好了，我……我……很想走。」

「費金才不想呢！」查理答道。

奧立佛對這一點再清楚不過了，他長嘆一聲，繼續擦鞋。

「走！」達金斯嚷道，「難道你沒有自尊心嗎？還想去投靠那些傢伙？」

「呸，真沒勁，」查理說著，從口袋裡掏出兩三張手帕，扔進壁櫥裡，「那樣就太沒意思了，真的。」

「我可做不出這種事。」達金斯掛著一副高傲的蔑視神氣，說道。

「你也可以扔下你那些朋友，」奧立佛苦笑著說，「讓他們為你做的事受罰呀。」

「是呀，」達金斯晃了晃煙斗，「都是因為費金。員警知道我們是一伙的，我們要是運氣不好，也會被他連累。就是這麼回事，對吧？查理。」

查理贊同地點了點頭。

「瞧！」達金斯掏出一大把硬幣，「這才叫享福呢！誰管它是從哪裡得來的？喏，拿著，那些地方錢還多得是呢！你要不要？不要？真是個小傻瓜。」

查理也同意這一看法。兩人說得天花亂墜，舉出了這種日子帶來的無窮樂趣，用各式各樣的暗示開導奧立佛。他們要他別再耽擱，採取他們用過的方法來博得費金的歡心。

「即使你不去偷手帕和金錶，」達金斯又說，「別人也會去偷的。那樣一來，丟東西的人一樣倒了楣，你也倒了楣；除了撈到東西的傢伙以外，誰也得不到半點好處。就是這樣，你也有權利得到那些東西。」

「千真萬確，千真萬確。」費金說道，他剛走進房裡，「事情就是這麼簡單，親愛的，簡單極了，儘管相信達金斯說的吧！他可是個老手。」

他得意地搓了搓手，對自己徒弟的這番言論感到讚賞不已。

從這天起，奧立佛很少單獨留下，幾乎時時刻刻與那兩個少年待在一起。他們每天都要跟費金一起玩以前那種遊戲。其餘的時間，老人講了一些他年輕時搶劫的故事，其中穿插了不少滑稽奇妙的情節，連奧立佛也忍不住開懷大笑。

就這樣，詭計多端的老猶太人已經讓這孩子落入圈套。他用孤獨與憂鬱摧殘奧立佛的心，使他感到在這樣一個淒涼的地方，與任何人為伍都好過獨自一人。他正將毒汁緩慢注入奧立佛的靈魂，企圖將那顆心變黑。

第十九章

這是一個寒冷潮濕、陰風陣陣的夜晚。費金穿上外套，將自己枯瘦的身軀緊緊裹住，快步穿過大路，朝斯皮達菲方向奔去。

他不停地走，穿過一條條蜿蜒曲折的小路，來到貝絲勒爾草地，又突然向左一轉，鑽進一座由小街陋巷組成的迷宮。他顯然對這一帶十分熟悉，從不會因沉沉黑夜或複雜的道路而迷失方向。他在迷宮中穿梭，最後轉進一條街道，走到一棟房屋門前，敲了敲門，與開門的人嘀咕幾句，便上樓去了。

他一走上樓，一隻狗立刻咆哮起來，一個男人的聲音問是誰來了。

「是我，比爾，就我一個。」費金一邊說，一邊朝房間裡望。

「滾進來吧，」賽克斯說道，「躺下，你這笨狗。他穿了件大衣，你就認不出來了嗎？」

狗退回角落裡去了，一邊搖著尾巴，似乎感到十分得意。

「還好嗎。」賽克斯說。

「還好，我親愛的。」老猶太人答道，「啊，南茜。」

他打招呼的口氣有些尷尬，自從南茜公開偏袒奧立佛以後，費金還沒有與這位女徒弟見過面。她沒有多說什麼，抬起擱在壁爐擋板上的腳，把椅子往後拉了拉，讓出一個位子給費金。

「喂，」賽克斯歪了歪嘴，說道，「一切都打聽好了。」

「傑茨的那樁買賣？」費金把椅子拉近一些，聲音壓得很低，「你有什麼計畫？」

「前天晚上，我跟托比翻過花園圍牆，試了一下門窗上的鎖。那家人到了夜裡就鎖上門窗，像一座監獄似的。不過有個地方我們能砸開，既安全又輕鬆。」

「太妙了，我親愛的，」老猶太人開心地說道，「你們還需不需要幫手？」

「不要，」賽克斯說，「我們只需要一把搖柄鑽和一個孩子。第一件東西我們都有了，第二件你得替我們找到。」

「一個孩子？」費金嚷道，「哦，用來對付大門，對吧？」

「管它是什麼，」賽克斯回答，「我需要一個孩子，個頭不能太大，就這樣。」他若有所思，「要是能把清煙囪工人勒德的那個孩子弄到手就好啦！可是他被他爸爸關了起來，沒過多久，少年感化院就會來把他帶走，教他讀書寫字，然後培養他當學徒什麼的，一向如此，」賽克斯說到這裡，不禁火冒三丈，「真是倒楣！再過不到一兩年，我們這一行就連半打孩子也湊不出來了。」

「是湊不出來。」老猶太人隨口附和道，「比爾。」

「什麼事？」賽克斯問。

費金朝一旁的南茜點了點頭，暗示他把她支開。賽克斯不耐煩地聳了聳肩，似乎認為這種謹慎是多餘的。儘管如此，他還是要南茜去替他拿一罐啤酒來。

「你才不是要什麼啤酒呢，」南茜叉著手，神色鎮定地坐著不動，說道，「比爾，我知道他接下來要說什麼，用不著提防我。」

老猶太人還在猶豫。賽克斯看看費金，又看看南茜，有些莫名其妙。

「說吧，費金，」南茜將椅子拉到桌邊，笑盈盈地說道，「馬上告訴比爾，關於奧立佛的事。」

「哈，妳可真機靈，親愛的，」費金說著，拍了拍她的脖子，「沒錯，我正要說奧立佛的事呢。」

「關他什麼事？」賽克斯問道。

「那孩子正好適合你用，親愛的。」猶太人壓低聲音回答，一邊嘻嘻地獰笑著。

「他？」賽克斯嚷了起來。

「就是他，比爾。」南茜說道，「雖然他不像別的小鬼那樣熟練，不過也夠用了，只要他能替你打開一扇門就行。放心好了，用他准沒錯，比爾。」

「我就知道他派得上用場，」費金也插嘴道，「最近幾個禮拜，他受了不少訓練，也該開始自食其力了。再說了，別的孩子都嫌大了些。」

「嗯，他的個子倒是很合適。」賽克斯沉思著說。

「而且什麼事都能替你做，親愛的比爾，」費金插嘴道，「你只要嚇唬嚇唬他就行了。」

「嚇唬他？」賽克斯嚴肅地說，「話說在前頭，我可不會只是做做樣子。」這強盜說著，從床底下抽出了一根鐵撬棍。

「我都考慮過了，」費金信心滿滿地說，「只要讓他覺得自己跟我們是一伙的，他就已經是一個小偷了，就是我們的人啦！一輩子都是我們的。嘿！這簡直再好不過了。」

「什麼時候動手？」南茜問了一句，以打斷費金這番噁心的言論。

「啊，說得也是，」老猶太人說，「比爾，什麼時候動手？」

「我跟托比商量過了，沒意外的話，就訂在後天晚上。」

「好，」費金說道，「怎麼把貨弄出來也都安排好了，是嗎？」

賽克斯點了點頭。

「還有那個……」

「哎，都安排好了，」賽克斯不耐煩地說，「別囉哩八嗦的，你明天晚上就把那小子帶來，我們天亮後一個小時出發。至於妳，把傢伙準備好。」

三個人商議完畢，決定讓南茜在隔天晚上到費金的住所，把奧立佛接過來；同時決定，為了方便起見，可憐的奧立佛將無條件地由賽克斯先生看管、監視，他能按照自己的意見，對這孩子作出任何處置。

費金愉快地回到自己那陰暗的老巢。達金斯還沒有睡，正在等他歸來。

「奧立佛睡了沒？我有話跟他說。」

「早睡了，」達金斯推開一道門，說道，「在這裡呢。」

奧立佛躺在地板上一張粗陋的床上，睡得很熟。焦慮、哀愁以及緊閉的鐵窗，使他顯得那樣蒼白，像是死了一般。

「那就算了，」費金說著，輕輕地轉身離去。「明天再說。」

第二十章

早晨，奧立佛醒了，發現自己的舊鞋不翼而飛，床邊擺著一雙厚實的新鞋，不禁嚇了一跳。起初他感到高興；但當他坐下來，與費金一起吃早飯時，這些想法頓時化為了泡影——猶太人告訴他，當天夜裡要送他到比爾．賽克斯那裡去。

「我就留在那裡了？先生。」奧立佛著急地問。

「不，不，親愛的，不是讓你留在那裡，」猶太人答道，「我們捨不得你。別怕，你還會回來的，哈！我們可不會那樣狠心，把你打發走。不會的。」

老人彎下腰在火上烤麵包，一邊回頭看了看奧立佛，格格地笑了起來。

「我猜，」老猶太人又說，「你一定想知道去比爾那裡做什麼，是嗎？」

「是的，先生。」

「你猜猜看。」費金反過來問他。

「先生，我真的不知道。」奧立佛回答。

「呸！」費金吐了一口水，「那，讓比爾自己告訴你吧。」

接下來的時間，費金一直在作出門的準備，總是陰沉著臉，一聲不吭。天黑了，猶太人朝門口走去，邊走邊轉過頭來打量那孩子。他突然停下來，叫了奧立佛一聲。

「當心！奧立佛，」老頭兒揮了揮右手，像是在警告他，「他是個魯莽的傢伙，發起脾氣來什麼也不管。無論發生什麼事，一句話也別說，他要你做什麼，你就做什麼。當心！」費金鄭重地吐出最後一句話，臉上露出獰笑，點了點頭，離開了房間。

奧立佛用手支著腦袋，懷著一顆害怕的心，反覆思考著剛聽到的一席話。他越來越猜不透其中的用意，想不出派自己去賽克斯那裡會有什麼罪惡目的。然而，奧立佛對苦難早已習慣逆來順受，面對晦暗的前景，他一點也哭不出來。他悵然若失，想了一會兒，重重地嘆了口氣。這時，一陣窸窸窣窣的聲音驚動了他。

「是誰！」他大叫一聲，跳了起來，一眼看見門邊站著一個人影。「誰在那裡？」

「是我。」一個顫抖的嗓音回答說。

奧立佛把蠟燭舉過頭頂，朝門口看去。原來是南茜。她臉色發青，走進房間裡，癱倒在一張椅子上，使勁地扭著雙手，沒有回答。

「上帝，饒恕我吧！」過了一會，她叫了起來，「我從未想到是這麼一回事。」

「發生什麼事了？」奧立佛問道，「我能不能幫上忙？只要我有辦法，一定幫妳的忙，真的。」

她把椅子拖到爐火邊，坐下，好一陣子沒有說話。最後，她抬起頭來，看了看奧立佛。

「沒什麼，」她一邊說，一邊整理了衣服，「喂，親愛的，準備好了沒？」

「我跟妳一起去嗎？」奧立佛問。

「對，我剛從比爾那裡來，我們一起過去。」

「去做什麼？」奧立佛往後一退，說道。

「去做什麼？」南茜重複道，眼睛往上翻了翻，她的目光剛一接觸到孩子的眼睛，便又轉向一邊。「噢，不是去做壞事。」

「我不信。」奧立佛緊盯著她說。

「隨你怎麼想，」姑娘強作笑臉，答道，「當然，也不是什麼好事。」

奧立佛忽然想到，現在剛過十一點，街上行人還很多，或許正是逃跑的好機會。於是，他便走上前去，略帶慌張地說自己準備好了。然而，這種想法沒能瞞過他的這位同伴；南茜看了他一眼，明白地表示，她已經猜到了他心裡的盤算。

「呸！」姑娘彎下腰來，警戒地看了看周圍，「你一個人不行。我已經試過了各種方法，但都沒用；他們把你看得很牢。如果你想逃走，現在還不是時候。」

奧立佛抬起頭，緊緊地盯著她，南茜的臉色蒼白而又激動，渾身抖個不停，看得出她不是在開玩笑。

「我已經救了你一次，我以後還會這麼做，」姑娘高聲說道，「我答應過，說你不會吵鬧，乖乖地去那裡。要是你做不到，只會害了自己，說不定還會連累我。你瞧，我吃了這麼多苦頭，都是為了你。」

她指了指自己脖子、手臂上的各種傷痕，接著說下去：「記著，別再給我添麻煩了。只要能辦到的，我一定會幫助你的，但現在還不是時候。把手伸給我，快。」

她一把抓住奧立佛的手，吹熄蠟燭，拉著他走上樓梯。一個隱藏在黑暗中的人影迅速把門打開，等他們走出去，門又立刻關上了。一輛馬車正在門外等候，姑娘拉著奧立佛一起爬上馬車，順手把車簾拉上。車伕毫不拖延地抽了一鞭，馬車全速駛走了。

姑娘一路上緊緊抓住奧立佛的手，不斷重複剛才說過的各種警告與保證。這一切來得那樣倉促，他還來不及回想一下自己身在何處，馬車已經在前一晚老猶太人去過的那棟房子前停了下來。賽克斯先生開了門，帶著兩個孩子走上樓去。

桌布已經擺好了一罐黑啤酒和一盤羊肉。賽克斯興致勃勃，談笑風生，一口氣把啤酒都喝了下去，嘴裡不停罵罵咧咧的。吃完飯，賽克斯又解決了兩杯摻水的酒，便倒在床上，要南茜五點鐘準時叫醒他。奧立佛也在一塊床墊上躺下來。

當他再次醒來時，桌上已經擺滿餐具，賽克斯先生正把各種東西塞進一件大衣口袋裡，南茜在忙著準備早餐。天還沒亮，屋裡仍然點著蠟燭，外頭一片漆黑，一陣驟雨敲打著窗戶，天空陰沉沉的，佈滿了烏雲。

「快起來！」賽克斯咆哮著，「五點半了，快一點，不然你就來不及吃早餐了。」

奧立佛很快就梳洗完畢，隨便吃了一點東西。南茜扔給奧立佛一條手帕，要他繫在脖子上；賽克斯又給了他一件粗布斗篷，要他披上。穿戴完畢，這強盜緊緊抓住奧立佛的手，跟南茜互道了再見，便帶著他出發了。走到門邊，奧立佛忽然轉過頭，看見那姑娘已經回到火爐前，紋絲不動地坐在那裡。

第二十一章

他們來到街上。這是一個令人掃興的早晨，風雨交加，漫天陰雲，路上積起了許多大水窪，水溝也都滿了。這一帶街區似乎還沒有人起床，房屋的窗戶全都關得緊緊的，街道上也是一片沉寂，空無一人。

直到他們轉進貝絲勒爾草地大道，天色才終於亮起來了。幾輛鄉間的馬車朝倫敦緩緩駛去，接著，點著煤氣燈的酒館已經開門，別的商店也陸續開始營業，路上有了零零星星的行人。隨即是絡繹不絕的一群群上班的工人、頭上頂著籃子的男女、裝有各式蔬菜或牲畜的貨車，或是手提牛奶桶的婦人。當賽克斯拉著奧立佛擠過肖狄奇區和倫敦肉市場之間的街道時，天已經完全亮了，路上一片車水馬龍的景象，匯成一片喧囂與繁忙。

賽克斯先生帶著奧立佛走進太陽街、克朗街，穿過芬斯伯雷廣場，沿著契士韋爾路急步走去，又溜進長巷，來到倫敦肉市場。他用手肘擠開密密麻麻的路人、屠夫、沿街叫買的小販、頑童小偷、看熱鬧的，以及各種流氓無賴，頭也不回地向前走著。兩人穿過襪子巷，朝荷伯恩山走去。

繞過海德公園後，賽克斯忽然放慢腳步，拉著奧立佛上了一輛車。他在車伕耳邊低聲說了幾句話，馬車立刻風塵僕僕地出了城。

他們在途中的旅店吃了些東西，又繼續趕路。天黑了，濕漉漉的霧氣從河上、從周圍的沼澤地裡升起來，在沉寂的原野上鋪展開去。天氣寒冷，一切都顯得陰森而幽暗。一路上，誰也沒有說一句話，奧立佛在角落裡蜷縮成一團，心中充滿恐懼和疑慮，不知在前方等著他的是什麼。

他們駛過了桑伯雷，又在荒涼的大路上走了兩三哩。馬車終於停住了，兩個人跳下車來。賽克斯抓住奧立佛的手，又一次徒步往前走去。

他們沒有在西普頓逗留，儘管奧立佛早已疲憊不堪，而是趁著夜色，淌過泥漿，繼續往前走，鑽進黑沉沉的小路，越過寒冷廣闊的荒野，一直走到能看見前方不遠處一座城鎮的點點燈火。奧立佛仔細看了看四周，發現前方就是河，他們正朝橋墩走過去。

賽克斯頭也不回地走著，眼看就要到橋邊了，突然又轉向左邊，沿河岸走下去。

「那裡是河。」一個念頭從奧立佛腦子裡閃過，嚇得他直打顫，「他帶我到這個沒人的地方，是想殺死我。」

他正準備撲倒在地，為活命作一番掙扎，卻發現面前出現了一棟孤零零的房屋。這房屋東倒西歪，殘破不堪；大門搖搖欲墜，兩邊各有一扇窗戶，上面還有二樓，可是一片漆黑，似乎沒有人住。

賽克斯依然緊抓著奧立佛的手，輕輕走近低矮的門廊，把門拉起來，推開門，走了進去。

第二十二章

「哈囉！」他們剛踏進走廊，就聽見一個沙啞的聲音嚷起來。

「別那麼大聲，」賽克斯一面說，一面鎖門，「托比，點個燈。」

「喂！巴尼，點個燈，」那聲音嚷著說，「巴尼，醒一醒！」

說話人把一隻鞋子朝另一個同伴扔了過去，把他從熟睡中吵醒了。沒過多久，只見一個人影慌慌張張地從右邊一扇門跑了出來。

「賽克斯先生，」巴尼殷勤地叫道，「快進來，先生，進來吧。」

「聽著，你先穿好衣服，」賽克斯一邊說，一邊把奧立佛拉到前面，「快點！小心我揍你。」

賽克斯嫌奧立佛動作慢，嘟嘟噥噥罵了一句，推著他朝前走去。他們走進一個低矮昏暗、煙霧瀰漫的房間。房裡放著兩三張破椅子、一張餐桌和一張老舊的長椅。托比直挺挺地躺在長椅上，蹺著腿，悠然自得地吸著煙斗。當兩個客人進來時，他坐起身子，目光落在奧立佛身上。

「這是什麼人？」

「就是我之前提到的那個孩子。」賽克斯把一張椅子拉到火爐旁，答道。

「一定是費金先生的徒弟。」巴尼笑嘻嘻地補充道。

奧立佛沒有出聲，膽怯而又迷惑地看了看賽克斯，搬了一張凳子放在壁爐旁邊，坐下來，雙手支住腦袋。他一點也不知道自己在什麼地方，更不知道身邊發生了什麼事。

「來，」托比說道，斟了一杯酒，「為今天的行動乾杯。」他咕嚕咕嚕地喝了下去，賽克斯先生也同樣來了一杯。

「給這孩子喝一口。」托比又斟了半杯酒，說道，「喝掉它，小傢伙。」

「不，我不能……」奧立佛抬起頭，可憐巴巴地瞅著對方的面孔。

「喝掉它。」托比又說，「這對你有好處。比爾，叫他喝下去。」

「他是勉強不來的，」賽克斯說道，一隻手在口袋上拍了拍，裡頭擺著那支手槍，「該死，這小子是我見過最麻煩的一個。快喝！你這個不識抬舉的小鬼。」

奧立佛被這兩個凶神惡煞的傢伙嚇壞了，趕緊把杯裡的酒一口氣吞了下去，隨即拚命地咳嗽起來，逗得托比和巴尼樂不可支，連繃著臉的賽克斯先生臉上也出現了一絲笑容。

吃完晚餐，幾個強盜便倒在椅子上呼呼大睡，一動也不動。奧立佛依舊坐在壁爐旁邊的凳子上，昏昏沉沉地打起瞌睡。這一天來的各種場景不時浮現在他腦中，他彷彿覺得自己像是個幽靈，在墓地裡遊來蕩去。

就在這時，托比一躍而起，說已經一點半了。奧立佛被他吵醒了。

眨眼間，另外兩個人也站了起來，匆匆忙忙地進行一切準備。賽克斯和托比各自用黑色大披巾將脖子和下巴裹起來，穿上大衣。巴尼打開食品櫃，從裡面抓出幾樣東西，迅速塞進兩人的口袋。

「巴尼，把傢伙給我。」托比說道。

「在這裡，」巴尼一面回答，一面取出兩把手槍，「已經上了子彈。」

「好。」托比應了一聲，將手槍藏好，「你的傢伙呢？」

「我帶著呢。」賽克斯回答。

「面罩、鑰匙、油燈……沒忘記什麼吧？」托比把一根撬棍繫在大衣上，又問道。

「都帶上了，」賽克斯答道，「順便帶幾根木棒去，巴尼。時候到了。」

說完，他從巴尼手中接過一根木棒，又彎下腰來替奧立佛戴斗篷。

「走吧。」賽克斯說道。

外頭夜色正濃，大霧比幾個小時前更厚了。儘管沒下雨，空氣卻是那樣潮濕，出門不到幾分鐘，奧立佛的頭髮、眉毛便被空氣中的水氣弄得濕漉漉的。他們過了橋，朝著他先前看見過的那一片燈火走去。路程並不遠，他們走得又相當快、不久便來到了傑茨。

「穿過鎮上，」賽克斯低聲說，「霧很大，不會有人看見我們。」

托比同意了。他們急匆匆地走過這座小城的街道。夜深人靜，城裡一片寂寥冷清，只有偶爾一戶人家裡閃出昏暗的燈光，或是傳來幾聲嘶啞的狗吠。街上杳無人跡。他們出城的時候，教堂的鐘正敲響兩點。

他們往左走上一條大路，大約走了四分之一哩，在一棟四周有圍牆的宅院前停下腳步。托比毫不歇息，一轉眼地爬上了圍牆。

「先帶那小子，」托比說道，「把他抱上來，我抓住他。」

奧立佛還來不及看看四周，賽克斯已經抓住他的兩隻手臂，三四秒鐘以後，他和托比已經躺在圍牆內的草地上了，接著賽克斯也跳了進來。三個人躡手躡腳地朝那棟房子走去。奧立佛這時才終於明白，這回的行動即使不是謀殺，也是搶劫。痛苦與恐懼襲上心頭，使他幾乎失去理智；他把雙手合在一起，情不自禁地發出一聲壓抑的驚叫，眼前一陣發黑，慘白的臉上直冒冷汗，兩條腿怎麼也不聽使喚，一下子跪倒在地。

「起來！」賽克斯氣得發抖，從口袋裡拔出手槍，「起來！不然我斃了你！」

「啊！看在上帝的份上，放了我吧！」奧立佛哭叫著，「讓我跑到一邊去，死在野地裡吧！我再也不到倫敦這裡來了，求你們可憐可憐我，別叫我去偷東西吧！看在天國所有天使的份上，饒了我吧。」

那強盜聽到這一番懇求，不由得惡狠狠地罵了一句，扣上了扳機。托比一把拍掉他手裡的槍，用一隻手捂住孩子的嘴，拖著他往那棟房子走去。

「噓！」那傢伙叫道，「說這些是沒有用的。再說一個字，我也要收拾你，嚷你腦袋開花！喂，比爾，把窗板撬開。沒問題了，他膽子大些了，我見過許多像他一樣大的孩子，都是些好手。」

賽克斯一邊咒罵費金，一邊使盡力氣，悄無聲息地撬了起來。忙了一陣子，托比又上去幫忙，被他們選中的那塊窗板便搖搖晃晃地打開了。這一扇格子窗很小，離地面大約五呎半，位於房屋後方的走廊盡頭。窗洞很小，屋裡的人或許不會加以防範；然而，這個洞已經大得足以讓一個孩子鑽進去。

「給我聽著，小混蛋，」賽克斯從口袋裡掏出一盞遮住的燈，壓低聲音說道，「你拿著這盞燈從這裡進去，悄悄地朝面前的台階走上去，穿過小門廳，到大門那裡去，把門打開，好放我們進去。」

說罷，托比用腦袋頂住窗戶下方的牆，雙手撐住膝蓋，用自己的背搭成一級台階。賽克斯隨即爬了上去，把奧立佛的雙腳輕輕塞進窗戶，穩穩地擺到地上，但卻沒有鬆開他的衣領。

「拿著這盞燈，」賽克斯朝屋子裡望了望說，「看見你面前的樓梯了嗎？」

奧立佛嚇得魂飛魄散，好不容易才擠出一句「看見了」。賽克斯用槍口指了指面街的大門，要奧立佛注意，他始終處於手槍射程之內；要是他敢畏縮不前，立刻就會沒命。

「這事一分鐘就辦妥了，」賽克斯的嗓門依然壓得很低，「去吧！」

在這短短的時間裡，奧立佛恢復了知覺。他打定主意，要奮力從門廳衝上樓去，向這家人示警，即使自己會送命也在所不惜。心念已定，他立刻躡手躡腳地朝前走去。

「回來！」賽克斯忽然大叫起來，「回來！回來！」

四周死一般的寂靜突然被打破了，緊接著又是一聲高喊，奧立佛手裡的燈掉到地上，他不知道究竟應該向前，還是應該逃走。

喊聲又響了起來，前方射出一點光亮，他的眼前浮動著一團幻影，那是樓梯上兩個驚慌失措、衣衫不整的男人。火光一閃，一聲巨響，煙霧……不知什麼東西被打碎了，奧立佛跌跌撞撞地退了回去。

賽克斯探出頭，一把抓住奧立佛的衣領。他用自己的手槍對準後面的人開火，那兩個人往後退去，他趕緊把奧立佛拖上去。

「抱緊一點！」賽克斯一邊說，一邊把他從窗口往外拉，「給我一塊圍巾，他中彈了。快！」

一陣響亮的鐘聲混合著槍聲，喊叫聲傳了過來，奧立佛感到有人扛著自己，一陣風般地走在高低不平的地上。遠處的喧鬧聲漸漸模糊，一種冰冷的感覺漸漸地爬上他的心頭，他什麼也感覺不到了。

第二十三章

這一天，天氣格外寒冷。雪積在地面上，凝結成厚厚的一層硬殼。朔風呼嘯而過，暴躁地肆虐大地，氣勢洶洶地抓起雪片撒向天空。蕭瑟、黑暗、冷得刺骨，在這樣的夜晚，家境富裕、不愁吃穿的人們圍坐在熊熊的爐火旁邊，為自身的舒適而感謝上蒼；無家可歸、飢寒交迫的人們則註定倒斃路旁。

如今，濟貧院女總管柯尼太太正坐在房間裡，面對一爐好火。她朝一張小圓桌看了一眼，一臉哀怨的神情。桌上擺著一個托盤，托盤裡是一頓豐盛的餐點，爐裡燒著一小壺水。身處這般舒適的環境，女總管卻內心淒苦；陰鬱的天氣、小小的茶壺、不成雙的茶杯，這一切都令她回想起已故二十五年的柯尼先生。

她把茶壺端起來，剛喝完第一杯茶，就被門上傳來的一記柔和的敲門聲打斷了。

「哎，進來，」柯尼太太的話音十分尖銳，「我猜，一定是那幾個老太婆要死了。她們老是挑我吃飯的時候死！別站在那裡，冷風都吹進來了。真是的！有什麼事啊？」

「沒什麼事，夫人，沒事。」一個男子的聲音回答。

「哎呀，」女總管發出一聲驚呼，嗓門變得柔和多了，「是邦布爾先生嗎？」

「樂意為妳效勞，夫人，」說話的正是邦布爾先生，這一隻手捏著三角帽，另一隻手提著一個包袱走進來，順手把門關上了。

「天氣可真糟糕，邦布爾先生。」女總管說。

「可不是嗎，夫人，」教區執事答道，「這天氣總是跟教區過不去。光是這一個該死的下午，我們就送出了二十個四磅重的麵包，乾酪一塊半，而那些貧民還嫌不夠！」

「當然嫌不夠了，邦布爾先生，他們什麼時候滿足過？」女總管說著喝了一口茶。

「確實，夫人，妳說得沒錯，」邦布爾先生答道，「眼下就有一戶人家，他們領了一個四磅重的麵包和整整一磅乳酪，卻連一聲道謝也沒有！妳猜他做了什麼？夫人，又來要幾塊煤！煤，他要煤幹嘛？用來烤他的乳酪，然後又回來要更多！夫人，這些人總是這樣，貪得無厭，永遠沒有滿足的一天。」

女總管完全同意這一精闢的解釋。教區執事接著說：「前天，有個男人，身上幾乎一絲不掛，跑到一位濟貧委員家裡去。當時委員正在宴客，但他卻堅持要領一點救濟，否則就不走。客人都很生氣，委員給了他一磅馬鈴薯、半品脫麥片，但這忘恩負義的壞蛋竟然嫌太少！委員告訴他：『你休想再拿更多了。』那個無賴回答：『那我就去死在大街上。』委員說：『噢，不，門都沒有。』」

「哈！太妙了，」女總管插嘴說，「邦布爾先生，結果呢？」

「唔，夫人，」教區執事回答，「他走了，後來果真死在街上。這些貧民就是這麼死腦筋。」

「真不敢相信，」女總管指出，「不過，邦布爾先生，難道你不認為街頭救濟是一件非常糟糕的事情嗎？你是一位有見識的紳士，你有什麼見解？」

「柯尼太太，」男人們自豪地說道，「我認為，街頭救濟的秘訣就是，專門挑一些窮人們不需要的東西給他們，然後他們就再也不會來了。」

「老天！」柯尼太太嚷了起來，「你說得也有道理。」

兩人就這樣聊了好一會兒。終於，邦布爾先生拿起帽子，似乎打算告辭了。女總管的目光從小茶壺移到教區執事的身上，看見他正朝著門口走去。執事咳嗽一聲，正準備向她道晚安，女總管紅著臉問了一聲：莫非——莫非他連一杯茶也不肯喝？

話一說完，邦布爾先生立刻把帽子和手杖重新放下，將另一張椅子拖到桌邊。他慢吞吞地在椅子上坐下來，偷偷朝那位女士看了一眼；她的兩隻眼睛正牢牢盯著茶壺。邦布爾先生又咳了一聲，露出一絲笑意。

柯尼太太站起來，從壁櫥裡取出另一副茶具。她坐回椅子上的時候，又一次與教區執事含情脈脈的目光相遇了，她的臉頓時變得緋紅，趕緊低頭替他沏茶。邦布爾先生又咳嗽了一聲——這一聲比之前響得多了。

「你喜歡喝得甜一點？邦布爾先生。」女總管問道。

「我喜歡很甜的，夫人。」邦布爾先生說這句話的時候，溫柔的目光一直盯著柯尼太太。茶沏好了，默默地遞到了他手中。邦布爾先生在膝蓋上鋪了一張手帕，以免麵包屑弄髒了他那條漂亮的緊身褲，開始優雅地吃起茶點。

「我發現妳養了一隻獵犬，夫人。」邦布爾先生看見一隻母獵犬與幾個孩子，正偎在爐前取暖。

「邦布爾先生，你不知道我多麼喜歡牠們，」女總管回答，「牠們是那樣快活、淘氣，又那樣討人喜歡，簡直成了我的朋友了。」

「真是些可愛的小動物，夫人，」邦布爾先生深表贊同，「那麼溫馴。」

「可不是嗎？」女總管興致勃勃地說，「牠們對自己的家那麼有感情，我敢說，這真是一大樂趣。」

「夫人，恕我直言，」邦布爾先生慢吞吞地說，「無論是什麼畜牲，能跟妳住在一起，是不可能對這個家沒有感情的。」

「噢！邦布爾先生。」柯尼太太提出抗議了。

「我說的是事實，夫人，」邦布爾先生情意綿綿地說，「否則，我會不勝榮幸地親手淹死牠們。」

「你可真是鐵石心腸。」女總管一邊伸出手來接教區執事的茶杯，一邊活潑地說。

「鐵石心腸？」邦布爾先生把茶杯遞過去，冷不防把椅子朝女總管挪近了一些。女總管看出了他的意圖，但不動聲色，又遞了一杯茶給他。

「鐵石心腸，是嗎？」邦布爾一邊攪拌著茶，一邊抬起頭來，盯著柯尼太太的臉說道，「妳心腸硬嗎？夫人。」

「老天！」女總管叫道，「這麼奇怪的問題你也問得出來！邦布爾先生，你問這個做什麼？」

執事把茶喝得一滴不剩，又吃了一片麵包，抖掉膝蓋上的碎屑，擦了擦嘴，不慌不忙地吻起女總管來。

「邦布爾先生，」這位謹慎的女士低聲嚷著，恐慌得說不出話來，「邦布爾先生，我要喊啦！」邦布爾沒有回答，反而以一種緩慢而又不失尊嚴的姿勢伸出手臂，挽住女總管的腰。

就在這時，一陣急促的敲門聲打斷了他們。邦布爾先生連忙機靈地跳到一邊，女總管厲聲問道是誰。

「夫人，」一個消瘦的女貧民從門口把腦袋伸了進來，「老莎莉快不行了。」

「哎！這關我什麼事？」女總管怒氣沖沖，「她要死，我也留不住她。」

「是的，夫人，是的，」老婦人回答，「她已經治不好了。但她似乎有什麼心事放不下，遲遲不肯嚥氣。她說她有話要說，請您務必聽一聽，夫人，您要是不去一趟，她是無法走得安心的。」

可敬的柯尼太太嘟嘟噥噥，匆匆抓起一條圍巾裹在身上，並請邦布爾先生等她回來再走。接著，他跟在老太婆後面走出房間，臉色十分陰沉，罵罵咧咧地離開了。

第二十四章

老太婆一拐一拐地穿過走廊，登上樓梯，嘴裡唸唸有辭，含混不清地回答女總管的責罵。走了一段路，她終於撐不住了，便停下來喘口氣，把燈交給柯尼太太。她的上司卻徑直走進生病婦人的房間。

這是一間空蕩蕩的閣樓，盡頭處點著一盞昏暗的燈。另一個老太婆守在床前，教區藥劑師的徒弟站在火爐旁，正把一支羽毛削成牙籤。

「嘿！」女總管走進門去，這位年輕紳士說道，「沒指望了，柯尼太太。」

「沒指望了？先生，是嗎？」女總管問道。

「她要是拖得過兩個小時，那才奇怪呢！」藥劑師漫不經心地說，「整個身子全垮了。老太婆，她在睡覺吧？」

護士在床前俯身看了一下，肯定地點了點頭。柯尼太太一臉不耐煩，裹了裹圍巾，在床邊坐下來。見習藥劑師削好牙籤，便一動也不動地站在火爐前，最後也顯得越來越不耐煩，便躡手躡腳地溜出房間了。

幾個女人默不作聲地坐了好一會兒，那兩個老太婆從床邊站起來，蜷縮在爐火邊，開始低聲交談起來。

「親愛的安妮，我走了以後，她說了什麼嗎？」報喪的那一位問道。

「一個字也沒說。」另一個回答，「有一陣子，她的手臂又是扯又是擰，我把她的手抓住，沒多久她就睡著了。」

「我就知道，」先開口的那一位說，「這回又是虛驚一場。她醒來後，裝個傻也就算了。」

「是啊，」另一個答道，「她有一顆快活的心，沒那麼容易死的。」

老太婆說著，哆哆嗦嗦地伸出手指，從口袋裡摸出一個鼻煙盒，與同伴開始享用起來。女總管本來一直悻然地等著那個生命垂危的婦人從昏迷中醒來，這時也走過來，跟她們一起烤火。她厲聲問到底得等多久。

「夫人，用不了多久的。」第二個老太婆抬起頭來，望著病人的臉說，「也就是說，她頂多再醒來一次——不過，夫人，不會太長的。」

「管它是長是短！」女總管暴躁地說，「她就算醒來也見不到我。該死，妳們竟敢平白無故打擾我，為院裡所有的老人送終才不關我的事。小心，妳們這些老太婆，要是敢再愚弄我，我立刻就收拾妳們！」

她正想匆匆走出房間，兩個婦人朝病床轉過身去，忽然齊聲大叫起來，柯尼太太不禁回頭看了看。原來病人直挺挺地坐了起來，朝她們伸出手臂。

「那是誰？」她用空洞的聲音嚷道。

「噓！噓！」一個婦人俯身對她說，「躺下，躺下！」

「我再也不躺下了。」病人掙扎著說，「我一定要告訴她。到這裡來，快，讓我悄悄告訴妳。」

她一把抓住女總管的肩膀，按進床邊的一張椅子裡，剛要開口，又轉頭看了一眼，發現那兩個老太婆正朝前躬著身子，似乎迫不及待想聽。

「把她們趕走，」病人昏昏沉沉地說，「快，快啊！」

兩個老太婆一起放聲大哭，說她居然病得連自己最好的朋友都不認得了，接著又作出各種保證，表示自己絕對不會離開。不過，女總管把兩個人都推了出去，關上房門，又回到床邊。

「現在妳聽著，」臨死的婦人大聲說，試圖振作一絲力量，「就在這個房間……就在這張床上……我伺候過一個可愛的人兒。她被帶進濟貧院來的時候，腳上因為走路弄得滿是傷痕，沾滿了塵土和血跡。她生下一個男孩後就死了。讓我想想，那是哪一年……」

「管它哪一年，」這位心情不好的聽眾說道，「她怎麼了？」

「唉！」病人哀痛地說，身體劇烈地抖動著，「我偷了她的東西，是我偷的。就在她屍骨未寒的時候！」

「妳偷了什麼？」女總管問道。

「這個！」病人用手捂住對方的嘴，回答道，「她唯一的東西。她一直把這個藏在胸口，保存得穩穩當當。我告訴妳，這可是金的，值錢的金子！可以用來保住她的命。」

「金子！」女總管叫了出來，急不可耐地追問道：「快說，快說！是什麼東西？那名母親是誰？什麼時候的事？」

「她囑咐我保管它，」病人呻吟了一聲，答道，「因為我是唯一在她身邊的女人。當她一把那東西拿給我看，我立刻決定把它據為己有。那孩子的死或許正是我的責任，他們要是知道這件事，或許會對他好一點。」

「知道什麼？」對方問道，「快說啊！」

「孩子長得真像他母親，」病人喃喃地說，沒有理會她的問題，「我一看到他的臉，就再也忘不了。可憐的姑娘！她還那麼年輕。我還有很多要說的呢！我還沒全部告訴妳，是嗎？」

「還沒，還沒！」女總管一邊回答，一邊低下頭，竭力聽著這個垂死之人說出的每一個字，她的聲音越來越微弱，「快！來不及了。」

「那位母親，」病人更加吃力地說，「那可憐的母親，當她知道自己快死了，便在我耳邊小聲說道，只要她的孩子能平安出生、長大，請我務必好好照顧他，絕不能扔下他不管。」

「那孩子叫什麼名字？」

「他們叫他奧立佛。」病人有氣無力地回答，「我把金首飾偷走了，那是……」

「對呀，對呀——是什麼東西？」對方大叫一聲。

她著急地向老太婆彎下腰來，想聽到她的回答，又本能地縮了回去。老太婆再一次緩慢而僵硬地坐起來，雙手緊緊抓住床單，喉嚨裡咕嚕咕嚕地發出幾聲含混不清的聲音，便倒在床上不動了。

「死了！」門一打開，兩個老婦人衝了進來，其中一個嚷道。

「到最後，她什麼也沒說。」女總管說了一句，漫不經心地走了出去。兩個老太婆則留在原地，忙著處理那位死者的後事。

第二十五章

同一時間，費金正坐在他的小屋裡，烤著一爐煙霧騰騰的小火。他雙臂交叉，兩隻拇指頂住下巴，魂不守舍地沉思著。達金斯、查理和另一名同伙湯姆・基特寧，則在他身後的一張桌子旁邊玩牌。

「聽！」忽然間，達金斯叫了起來，「我聽到拉鈴的聲音。」他抓起蠟燭，輕手輕腳地上樓去了。眾人還在納悶，鈴聲又不耐煩地響了起來。過了一會兒，達金斯回來了，神秘兮兮地跟費金說了幾句話。

「哦？」老猶太人嚷道，「一個人？」

達金斯肯定地點了點頭，目不轉睛地看著費金的臉，聽候吩咐。老人咬著蠟黃的手指，盤算了幾秒鐘，面孔急劇地抽動著，似乎在擔心著什麼，害怕得知最壞的情形。最後，他終於抬起頭來。

「他在哪裡？」他問。

達金斯指了指樓上，做了一個離開房間的動作。

「好吧，」費金答道，「帶他下來。噓！別出聲，查理，湯姆，先到別的地方去躲躲。」

房間裡立刻空無一人。達金斯舉著蠟燭走下樓來，托比跟在後面，面孔十分憔悴，不知幾天沒有梳洗了；他一進房間，便在爐旁坐了下來，蹺起兩腿。老猶太人在這個強盜的對面坐下來，焦急地等著他開口說話。

「首先，費金。」終於，托比說道，「比爾怎麼了？」

「什麼意思？」猶太人一聲驚叫，從座位上跳了起來。

「哎，你該不會是想說——」托比的臉忽地變白了。

「說什麼？」費金叫喊著，怒不可遏地跺著地板，「賽克斯跟那孩子去哪裡了？他們去哪裡了？到什麼地方去了？」

「買賣搞砸了。」托比有氣無力地說。

「我知道！」費金從口袋裡扯出一張報紙，指著報紙說，「還有呢？」

「他們射中了那孩子。我們兩人架著他穿過荒野，翻過籬笆、水溝，他們還在追。該死！全英國的人都醒來了，狗也在後面追。」

「我只在乎孩子怎麼了。」

「比爾把他背在背上，跑了好一陣子。之後，我們停下來，把他放在地上；他腦袋低垂著，身子冷冰冰的。眼看人們就要追上來了，我們誰也不想上絞架，於是就分頭逃跑了，把小傢伙丟在一條水溝裡，也不知是死是活。我知道的就這麼多。」

費金沒再聽他說下去，只是大吼一聲，雙手扯著頭髮，衝出房間，跑出大門去了。

第二十六章

老猶太人瘋瘋癲癲地向前跑去，他盡量繞開繁華街道，躲躲閃閃地鑽過一條條狹路小巷，最後來到了斯諾山。這時候，他好像意識到已經進入自己的地盤了，這才又恢復平日那副懶洋洋的姿態。

在斯諾山與荷伯恩山交會的地方，也就是從倫敦老城出來往右走，有一條狹窄陰暗的巷子通往紅花山。巷內好幾家骯髒的鋪子裡擺著一捆捆種類齊全、花色繁多的舊手帕，這些都是收購來的贓物。這一帶儘管狹窄、封閉，卻有自己的理髮店、咖啡館、啤酒店和小餐廳。沉默寡言的小偷強盜在這裡來來往往，有時躲進漆黑的後廂房裡談生意，離去時也和來時一樣神秘莫測。

費金與小巷裡的那些住戶十分熟識。當他經過的時候，許多正在店門口做買賣的人都親切地向他點頭致意，他也同樣點頭回禮。

他一直走到小巷的盡頭，才在一家酒吧門前停下腳步。他跟酒吧裡的一個男人打了個手勢，便徑直上樓，打開一扇房門，悄悄溜了進去；接著，用一隻手擋住亮光，焦急地朝四周看了看，似乎是在找人。

房間裡點著兩盞煤氣燈，窗板緊閉，褪色的紅窗簾拉得嚴嚴實實，不透一點光。一堆堆的人正擠在一條長桌的四周喝酒、閒聊，場面十分雜亂。當費金一走進去，一個人立刻迎上前來。

「有什麼事要我效勞嗎？費金先生，」那人問道，「你是來找樂子的吧？大家都很歡迎你。」

費金煩躁地搖了搖頭，低聲說：「他在這裡嗎？」

「不在。」那人回答。

「也沒有巴尼的消息？」費金問。

「沒有。」那人答道，他正是酒店老闆，「不過，我相信他會把一切辦妥。放心交給他吧。」

「他今晚會來這裡嗎？」老猶太人和先前一樣問道，特別強調「他」這個字。

「你是指——蒙克斯？」老闆遲疑地問。

「噓！」老猶太人說，「是啊。」

「一定會來，」老闆從口袋裡掏出錶，「只要再等十分鐘，他一定會——」

「不，不，」猶太人連聲說道，似乎並不想見到這個人，「你告訴他，我來這裡找過他，叫他今晚去我那裡一趟。不，明天好了，既然他不在，那就明天吧！」

「好吧。」那人說，「沒別的事了？」

「目前沒別的事了。」猶太人說罷，便往樓下走去。

他離開酒吧，沉思了一會兒，接著叫了一輛出租馬車，吩咐車伕開到貝絲勒爾草地去。他在離賽克斯的住處還有幾百碼的地方下了車，徒步走完剩下的一小段路。開門的人說南茜在房間裡，於是他躡手躡腳地走上樓，連問也沒有問一聲就進了房間。南茜獨自一人，披頭散髮地伏在桌子上。

「她在喝酒，」猶太人冷漠地想道，「也許是有什麼傷心事。」

他一邊心想，一邊轉身關上房門，這聲音一下子把南茜驚醒了。她緊盯著費金那張精明的面孔，問他有沒有什麼消息，又聽他把托比說的事仔細複述了一遍。接著，她一言不發，又像剛才那樣趴在桌上。

「親愛的，妳知道比爾在什麼地方嗎？」費金故作溫柔地問道。

姑娘呻吟著，發出幾句模糊不清的回答，好像快哭出來了。

「還有那個孩子，」猶太人又瞪大眼睛，「可憐的小傢伙，被丟在水溝裡！南茜，妳想想。」

「那個孩子，」南茜突然抬起頭來，說道，「在哪裡都比在我們這裡好！我巴不得他在水溝裡死掉。」

「哦！」猶太人大吃一驚，喊道。

「唉！就是這樣，」姑娘望著他那呆滯的臉孔，回答說，「要是從此再也見不到他，我才高興呢！有他在身邊真令我受不了，一看見他，我就恨我自己，也恨你們所有人！」

「呸！」猶太人輕蔑地說，「妳喝醉了。」

「我醉了？」姑娘傷心地叫道，「可惜我沒醉。是啊，我知道，你巴不得我一輩子不醒來，除了現在——怎麼，這種脾氣你不喜歡？」

「是啊。」猶太人慍怒地說，「不喜歡。」

「那就改掉我的脾氣啊。」姑娘回了一句，隨即放聲大笑。

「改掉！」費金終於忍無可忍，「我會這麼做的。聽著！妳這個賤人，我現在只需要三言兩語，就可以要了賽克斯的命，就像用手掐住牛脖子一樣簡單。要是他回來了，把那孩子給丟在路上——或是他把孩子帶回來了，卻不肯還給我——那妳就殺了他，否則我會親自動手的！」

「你在說些什麼？」姑娘不禁叫了起來。

「什麼？」費金快氣瘋了，繼續說道，「那孩子能讓我得到上千英鎊！我好不容易走了運，有機會能得到那麼大一筆錢；難道只因為一群醉鬼的蠢計畫，我就必須失去我應得的東西嗎？再說，我跟一個魔鬼約好，要——」

老人說到這裡忽然停住了，好像怕洩露了什麼秘密。他強忍心中的怒火，在椅子裡縮成一團，渾身發抖。沉默好了一會兒後，他壯著膽子，轉頭看了看同伴，見她依然和剛才一樣無精打采，便又放心了。

「南茜，親愛的，」費金用平常的口氣，哭喪著臉說道，「妳不會怨我吧？親愛的。」

「別煩我，費金。」姑娘慢慢地抬起頭來，「要是比爾這一次沒有得手，他還會再試的。他已經替你撈到不少好處，只要辦得到，他還會繼續撈。所以你別再提了。」

「那個孩子呢？親愛的。」猶太人神經質地連連擦著掌心。

「那孩子只好自求多福了，」南茜打斷他，「我再說一遍，我巴不得他死！他死了，就不會再受傷害，能夠脫離你們——如果比爾沒事的話。不過，既然托比都溜掉了，比爾肯定也沒什麼問題。」

「那我說的事怎麼辦？親愛的。」猶太人目光灼灼地盯著她，說道。

「什麼事？你得從頭再說一遍，」南茜回答，「最好明天再說。你弄得我有點糊塗了。」

費金又問了她幾個問題，確定賽克斯還沒有回來，於是便安心了。他丟下那年輕的同伙，任由她伏在桌上打瞌睡，自己一人離開了。

這時已經是午夜時分。天色漆黑，嚴寒刺骨，強勁的陣風不時粗暴地襲來，吹得老猶太人哆嗦不已。他走到自己住的那條街的轉角上，正胡亂地在口袋裡找大門鑰匙，這時，一個黑影從馬路對面一個漆黑的門廊裡竄出來，神不知鬼不覺地溜到他身邊。

「費金。」一個聲音貼近他耳邊低聲說道。

「啊，」猶太人立即轉過頭來，說道，「你是……」

「沒錯，」陌生人打斷了他的話，「我在這裡等了快兩個小時，你到什麼鬼地方去了？」

「為了你的事，我的朋友，」費金顧慮重重地瞥了夥伴一眼，慢慢地說道，「我處理了一整個晚上。」

「哦，可想而知。」陌生人嘲弄地說了一句，「好吧，情況如何？」

「不太好。」老猶太人說。

「應該不會太糟吧？」陌生人忽然停了下來，看了看對方，神色也很驚慌。

猶太人搖搖頭，正打算回答，陌生人卻要他住口，示意他進屋再說。費金儘管露出不情願的樣子，還是打開了門，走上三樓的房間，陌生人立刻在躺椅上坐下來，一副筋疲力盡的樣子。

兩人壓低嗓門談了一會兒。看得出來，費金似乎不斷在替自己辯護，而那位名叫蒙克斯的客人則相當煩躁。他們就這樣嘀咕了十五分鐘，陌生人略微提高嗓門，說道：

「我再說一次，這事辦得糟透了。幹嘛不讓他和另外幾個同伴待在一起，把他訓練成一個偷偷摸摸的扒手就好了呢？」

「哪有這麼簡單！」猶太人聳了聳肩，喊道。

「哦？你是說你辦不到，是嗎？」蒙克斯板起面孔問道，「你在別的孩子身上不是試過好幾十回了嗎？只要你有耐心，頂多一年，不就可以讓他被判個刑、穩穩當當地被流放到海外——說不定一去不回，不是嗎？」

「這麼做對誰有好處？我的朋友。」猶太人謙卑地問。

「我呀。」蒙克斯回答。

「又不是我，」猶太人顯得十分恭順，「他本來對我有用。一樁買賣，雙方的利益都得顧及，你說對嗎？我親愛的朋友。」

「那又怎樣？」蒙克斯問。

「我發覺，要訓練他幹這一行還挺麻煩的，」猶太人答道，「他跟別的孩子不太一樣。」

「該死，的確不一樣。」那人嘀咕著，「不然早就變成小偷了。」

「我抓不到把柄，讓他變壞，」猶太人焦急地注視著同伴，繼續說道，「他還沒得手過，我無法威脅他。你知道，我曾經派他跟達金斯和查理一起出去，一出去就闖了大禍。老天！為了這件事，我簡直提心吊膽。」

「這不關我的事。」蒙克斯說道。

「是啊，是啊，我的朋友，」猶太人說，「我不打算爭論這件事。因為，要是沒發生這件事，你根本不會找到他。嘿！多虧有那女人，我替你把他弄回來了。不過現在她卻處處偏袒他。」

「勒死那女人。」蒙克斯心急如焚地說。

「不，眼下還不能那麼做，我的朋友，」猶太人微笑著答道，「再說了，那種事不是我們的本行。我懂這些小妞，蒙克斯，一旦她狠下心來，她的感情不會比一塊木頭多到哪裡去。你想讓他當小偷，只要他還活著，總有一天能辦到；除非……」他朝對方身邊湊過去，「儘管這不太可能，但萬一發生最糟的情況，他死掉了……」

「那不是我的錯！」蒙克斯驚恐萬狀地插嘴道，雙手顫抖地抓住費金的肩膀，「聽著，費金，這不關我的事。我從一開始就告訴過你，怎麼做都可以，就是不能讓他死！如果他們開槍打死了他，那絕不是我的責任。你聽見了沒？快放一把火燒掉這鬼地方！那是什麼？」

「什麼？」老人也驚叫一聲，立刻躲在同伴身後，「在哪裡？」

「那裡！」蒙克斯朝對面牆上望了一眼，「是個人影，我看見一個女人的影子，裹著披風，戴了一頂軟帽，一陣風似地貼著牆外溜過去。」

他們慌忙從房裡奔出去，凝神聽了一會兒。整間屋子籠罩在一片死寂之中。

「是你的幻覺。」猶太人對同伴說道。

「我發誓，我看得一清二楚。」蒙克斯哆哆嗦嗦地答道，「我第一眼看見的時候，那個影子正向前弓著身子。我一開口，它就跑開了。」

猶太人輕蔑地朝同伴那張嚇得發青的臉孔瞪了一眼，又帶他走上樓。他們逐一檢查了每一個房間，屋裡空空如也。他們又下到走廊裡，走進地下室，所有地方都像死一般地寂靜。

「看吧！」他們又回到走廊裡，猶太人說道，「屋子裡除了托比和那群小鬼，一個人也沒有。他們都在房裡睡著。」

蒙克斯先生聽了這番話，終於勉強發出幾聲乾笑，承認那或許只是自己在衝動之下產生的想像罷了。沒過多久，他猛然想起時間已經不早了，於是這對親密的朋友便分手了。

第二十七章

柯尼太太離開死者後，便慌慌張張奔回了房間，上氣不接下氣地倒在爐邊的椅子上，一隻手捂住眼睛，另一隻手壓在胸脯上，大口大口地喘氣。教區執事一直待在那裡。

「噢！邦布爾先生，」女總管大叫一聲，「剛才真是煩死我了。」

「煩死您了？夫人，」邦布爾先生驚呼，「誰膽子這麼大？——我知道了，」他耐住性子，擺出一副莊重的模樣說道，「一定是那群可惡的窮鬼。」

「光想就煩死人！」女總管直打哆嗦。

「夫人，別再去想它了。」邦布爾先生體貼地說，「喝點葡萄酒？」

說罷，他朝壁櫥走去，按照屋主上氣不接下氣的指示，從隔板上抓起一只一品托的綠色玻璃瓶，斟了滿滿一茶杯，遞到這位女士唇邊。

「現在好多了。」柯尼太太喝了半杯，身子又縮了回去。

「那就好，夫人。」教區執事一邊說，一邊把椅子挪到女總管身旁，溫柔地詢問她發生了什麼事。

「沒什麼，」柯尼太太說道，「我是個容易激動、脆弱、愚蠢的女人。」

「怎麼會呢？夫人，」邦布爾答道，把椅子挪得更近了，「柯尼夫人，妳是一個脆弱的女人嗎？」

「我們都是脆弱的。」柯尼太太回答。

「也許是吧。」執事說道。

隨後的一兩分鐘裡，兩人什麼話也沒說。邦布爾先生趁機將先前搭在柯尼太太椅背上的左臂移到柯尼太太的裙帶上，逐漸圍住了她的腰。

「我們都是脆弱的。」邦布爾先生說。

柯尼太太長嘆一聲。

「不要嘆氣，夫人。」

「我忍不住。」柯尼太太說著又嘆了一口氣。

「這是一個舒適的房間，夫人。」邦布爾先生轉頭看了一眼，「要是再多一個房間，就更完美了。」

「一個人住不需要那麼多房間。」女士的聲音低得幾乎聽不見。

「兩個人就需要。」邦布爾先生的口氣很柔和。「不是嗎？夫人。」

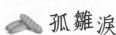

柯尼太太的頭垂了下去，執事也低下頭，瞧了瞧柯尼太太的臉色。柯尼太太很有分寸地把頭扭到一邊，伸手去拿自己的手帕，但無意間把手放到了邦布爾先生的手裡。

「噢，柯尼夫人，妳真是一位天使！」執事說道，一邊情意深切地握緊了她的手。

柯尼太太再也無法抗拒這樣奔放的感情，倒在了邦布爾先生的懷裡。那位紳士激動之下，在她的鼻尖上印下了一個熱吻。

「多麼棒的緣分啊！」邦布爾先生欣喜若狂地嚷了起來，「史洛特先生的情況惡化了，妳知道嗎？我的美人。」

「知道。」柯尼太太紅著臉答道。

「醫生說，他活不了一個禮拜，」邦布爾先生繼續說，「他是濟貧院的主人，他一死，就會留下一個空位，必須有人填上才行。噢！柯尼太太，多麼美妙！這是一個最好的時機，一個把兩顆心連在一起的好時機！」

柯尼太太自顧自地啜泣著。

「快說啊，妳覺得如何？」邦布爾先生朝羞答答的女總管彎下腰來，「我可愛的柯尼，說啊？」

「是……是……是的。」女總管說著發出一聲嘆息。

「再說一次，」執事毫不放鬆，「把妳這份寶貴的感情凝聚起來，再說一次。什麼時候辦？」

柯尼太太兩次想說出來，卻都說不出口。終於，她鼓足勇氣，摟住邦布爾先生的脖子說，這件事全看他的意思了。就這樣，一樁喜事開開心心地定下來了。兩人又滿滿地倒了一杯酒；喝完飲料，女總管把老莎莉病死的事告訴邦布爾。

「好的，」那位紳士喝了一口酒，說道，「我回家的時候，順便去蘇爾伯雷那裡一趟，通知他明天早晨送棺材過來。就是這件事讓妳心煩？我的心肝。」

「沒什麼特別的事，親愛的。」女士閃爍其詞地說。

「一定有事，我的心肝，」邦布爾先生一口咬定，「妳不願意告訴妳親愛的邦布爾嗎？」
「現在不談這些，」女士答道，「改天吧，等我們結婚以後，親愛的。」
「我們結婚以後？」邦布爾先生嚷道，「究竟是誰膽子這麼大，竟敢——」
「不，不，沒什麼，親愛的。」女士連忙安撫他。
「假如被我發現哪個混小子，」邦布爾先生繼續說道，「竟敢讓這雙美麗的眼睛流淚的話，我一定會讓他嘗到教訓的。」
他慷慨激昂地揮舞著拳頭，一邊發出這一陣恐嚇。這種獻身的勇氣深深打動了柯尼太太，她帶著無限傾慕的神色望著他，說他真是一隻「惹人喜歡的小鴿子」。
這隻鴿子把外套衣領翻起來，戴上三角帽，與自己未來的妻子長時間熱烈擁抱，就再次回到了凜冽的夜風中去了。他在貧民收容室裡逗留了幾分鐘，咆哮了他們一頓，為的是讓自己放心，自己必然能夠坐上濟貧院長的寶座。他自信滿滿地離開了收容室，滿腦子裝的都是即將得到擢升的一幅幅光彩照人的畫面。

第二十八章

白晝緩緩來臨，荒野裡更加寒氣逼人。霧彷彿一團混濁的煙雲，在地面滾來滾去；草濕漉漉的，小路和低窪處積滿了泥水；惡臭的風夾雜著溼氣，嗚嗚地呻吟著，無精打采地一路刮過。奧立佛倒在水溝裡，依然昏迷不醒。
天將破曉，第一抹黯淡模糊的色彩，軟弱無力地在空中閃著微光，空氣變得格外凜冽、刺骨，一陣驟雨劈哩啪啦地打在光禿禿的灌木叢中。儘管雨點打在身上，奧立佛卻沒有感覺到，他直挺挺地躺在泥土床上，無依無靠，不省人事。

終於，一陣痛苦而微弱的哭聲打破了四周的沉寂，孩子發出一陣呻吟，醒過來了。他的左臂被用一張披巾簡單包紮了一下，沉甸甸地垂在身邊，動彈不得，披巾上浸滿了血。他渾身癱軟，幾乎無法坐起來。等到他好不容易坐起身，他吃力地轉過頭去，希望有人伸出援手，卻不禁疼得呻吟起來。由於寒冷和疲勞，他身上的每一處關節都在哆嗦。他掙扎著站起身來，但從頭到腳抖個不停，又笨重地倒了下去。

他默默地躺在地上，身上突然傳來一種被蠕蟲爬過的噁心感，彷彿是在警告他，如果他繼續躺在那裡，就必死無疑。他站起來，試著邁開腳步。他腦中一片暈眩，像醉漢一樣踉踉蹌蹌走了幾步。儘管如此，他還是堅持住了，腦袋軟軟地垂在胸前，跌跌撞撞地朝前走去，也不知道自己究竟要去哪裡。

一瞬間，許許多多紛亂迷惘的記憶湧上了他的心頭。他彷彿仍然與賽克斯和托比在逃命，聽他們嘴裡罵個不停；接著，只剩下賽克斯跟他在一起，他感覺到那強盜緊緊抓住他的手腕；突然，槍聲大作了，他連連後退，喧鬧的喊叫聲在空中迴蕩，燈光在他的眼前閃動，四周吵吵鬧鬧，騷動不已；同時，一種說不清楚的、令人不安的疼痛感穿透了所有這些幻影，一刻不停地侵擾、折磨著他。

就這樣，他一跛一跛地走著，幾乎是無意識地從擋住去路的大門橫木的空隙或籬笆縫隙間爬過去，來到一條路上。到了這裡，雨變大了，他才清醒過來。

他向四周看了看，發現不遠的地方有一棟房子，或許他還有力氣走到那裡；裡頭的人看到他的模樣，說不定會可憐他的。他使出全身力氣，渾身顫抖地朝那棟房子走去。

他一步步走近房子。一種似曾相識的感覺油然而生，有關的細節他一點也回想不起了，但這座建築物的外觀他好像在哪裡見過。

那是一道花園圍牆。昨天晚上他就是跪在牆內的草地上，懇求那兩個強盜發發慈悲的。這就是他們試圖搶劫的那戶人家。

奧立佛認出了這裡，一陣恐懼不由得襲上心頭。在那一瞬間，他甚至忘記了傷口的疼痛，一心只想著逃走——逃走？他連站都站不穩，就算他那稚嫩瘦小的身體處於精力充沛的狀況，他又能逃到哪裡去？他推了推花園門，門沒有上鎖，一下子打開了。他蹣跚著穿過草地，登上台階，怯生生地敲了敲門。這時他已經渾身無力，靠在這個小門廊裡的一根柱子上，暈了過去。

就在這個時候，屋裡的幾個男人，由於追趕強盜一夜，又提心吊膽了一夜，正在廚房裡享用茶點以及各種食物，以便提振精神。管家凱爾斯先生坐在火爐前，伸直雙腿，把左手靠在桌子上，右手不停比劃，興致勃勃地講述這次搶案的細節，幾名聽眾（尤其是廚娘和女僕）聽得津津有味，連大氣也不敢喘。

「大概是在兩點半左右，」凱爾斯先生說道，「我偶然醒了，在床上翻了個身，就像現在這樣——」說到這裡，他在椅子裡轉了個方向，又把桌布一角拉過來搭在身上，當做被子，「我好像聽到了一點聲響。一開始，我以為是幻覺，正想安心地再睡一覺，卻又聽到了那個聲音。這回聽得一清二楚。」

「是什麼聲音？」廚娘問。

「是一種什麼東西破掉的聲音。」凱爾斯先生回答時前後看了看。

「更像是鐵棍在肉豆蔻研磨機上摩擦的聲音。」年輕的僕人布里托斯提出了自己的見解。

「那是後來，老兄，」凱爾斯先生答道，「不過，最初的時候，還只是一種什麼東西破掉的聲音。於是，我掀開被子——」凱爾斯推開桌布，接著說道，「從床上坐起來，張大耳朵聽著。」

廚娘和女僕同時「呀」的一聲叫了出來，把椅子拉得更近了。

「這一次，我聽得再清楚不過了，」凱爾斯先生繼續說，「那是有人在砸門或砸窗戶的聲音。於是，我把被子掀到一邊，躡手躡腳下了床，穿上鞋子，拿起一把裝了彈藥的手槍，踮著腳走進布里托斯的房間，把他叫醒——」

「的確是這樣。」布里托斯心有餘悸地說道。

「換作是我，早就嚇死了！」女僕說道。

「妳是女人家嘛。」布里托斯說。

「布里托斯說得對，」凱爾斯先生贊許地點了點頭，「不能指望女人家幫上什麼忙。於是，我們決定挺身而出，提起一盞燈，悄悄地走下樓——就像這樣。」

他從椅子上站起來，閉著眼睛走了兩步，以便為自己的故事增色。就在這時，在場的人全都嚇了一大跳，慌慌張張地跑回椅子上。廚娘和女僕尖叫起來。

「有人敲門，」凱爾斯先生裝出若無其事的樣子說道，「誰快去看看。」

沒有人動作。

「真是件怪事！一大清早跑來敲門，」凱爾斯先生望了望周圍一張張慘白的臉孔，他自己也面如死灰。「不過，總得有人開門。聽見了嗎，誰去開？」

凱爾斯先生一邊說，一邊盯住布里托斯，這名年輕人避而不答。他又將請求的眼光轉向在場的一名補鍋匠，偏偏他又突如其來地睡著了。女士們更不在話下。

「如果布里托斯需要有人陪伴的話，」凱爾斯先生沉默了一會說道，「我很樂意這麼做。」

「也算我一個。」補鍋匠突然醒了，他剛才也是這樣突然睡著了。

於是，布里托斯不得不從命。他們讓狗跑在前面，自己拾級而上。兩位害怕獨處的女士也跟在後面上樓了。凱爾斯先生緊緊抓住補鍋匠的手腕，下達了開門的命令。布里托斯照辦了。這一群人提心吊膽，隔著別人的肩膀往外望，沒有發現什麼可怕的東西，只看見可憐的小奧立佛——他虛弱得說不出話，吃力地抬起眼睛，無聲地乞求他們憐憫。

「一個孩子！」凱爾斯先生大叫一聲，勇敢地把補鍋匠推到背後，「怎麼回事呢？怪了，布里托斯，瞧這裡——你還不懂嗎？」

布里托斯看見奧立佛，不禁發出一聲大叫，凱爾斯先生抓住那孩子的一條腿和一隻手臂，把他拖進門廳，直挺挺地放在地板上。

「就是他。」凱爾斯先生得意洋洋地朝樓上大喊道：「太太，逮到一個小偷了！太太，這裡有個賊！小姐，受了傷了！是我打中他的。」

兩個女僕帶著這個好消息跑上樓去，補鍋匠則忙著看護奧立佛的傷勢。在這一片嘈雜紛亂之中，響起了一個女子甜美的嗓音，剎那間，一切都平靜下來。

「凱爾斯！」那聲音在樓梯口輕聲叫道。

「在，小姐，」凱爾斯先生口答，「別怕，小姐，我沒受什麼傷，他也沒有拚命掙扎，小姐。我三兩下就把他制伏了。」

「噓！」少女回答，「那些小偷把姑媽嚇壞了，現在你也要嚇著她了。這可憐的孩子傷得很重吧？」

「傷得很重，小姐。」凱爾斯帶著難以形容的得意答道。

「他看起來快不行了，小姐，」布里托斯也高聲喊道，「小姐，您想不想看他一眼？萬一他真的不行了，那可就來不及了。」

「別大吵大嚷，安靜一點，」少女回答，「我去問問看姑媽。」

傳來一陣輕柔的腳步聲，說話人走開了。沒過多久，她又回來了，吩咐把那個受傷的人抬到樓上的房間去。布里托斯去替馬匹備鞍，立即動身趕往傑茨，從那裡請一位警官和一位醫生來。

「您不先看看他嗎？小姐，」凱爾斯先生非常自豪地問，彷彿奧立佛是某種稀奇的珍禽，是他親手獵到的一樣，「要不要看一眼？小姐。」

「不是現在，」少女答道，「噢！可憐的傢伙。對他好一點，凱爾斯，看在我的份上。」

說話的人轉身走了，老管家抬頭凝視著她，那眼色既驕傲又讚賞，就好像她是自己的孩子一樣。接著，他朝奧立佛彎下身子，帶著女性般的細心與熱情幫忙把他抬上樓去。

第二十九章

這是一個雅致的房間，室內擺設帶有老派的舒適格調。一桌豐盛的早餐已經擺好，餐桌旁坐著兩位女士；凱爾斯先生一絲不苟，身著黑色禮服，侍候著她們。他站在餐具架與餐桌之間，身子挺得筆直，頭向後仰著，略微側向一邊，左腿跨前，右手插在背心裡，左手舉著一只托盤，貼在身邊，顯得自信滿滿。

兩位女士中有一位年事已高，但她腰板挺直，穿著極為考究嚴謹。她神色莊重，雙手交叉著擺在面前的桌子上，一雙精神奕奕的眼睛全神貫注地凝視著同桌的年輕小姐。

這位小姐光彩照人，還不到十七歲，天生麗質，嫻靜文雅。聰慧在她那雙深邃的藍眼睛裡閃耀，展現在她高貴的額頭上。那儀態萬方的溫柔賢淑，那照亮整個臉龐、沒有留下絲毫陰影的光輝，尤其是她那歡樂的微笑，彷彿是為了營造家庭的安謐和幸福。她匆忙地擺著餐具，偶然抬起眼睛，發現老太太目不轉睛地望著自己，便俏皮地把頭髮從額前往後一撩，嫣然綻開笑容，流露出溫情和純真的愛心。

沒過多久，一輛雙輪馬車抵達花園門口，車上跳出一位胖紳士，徑直朝門口跑來，闖進房間，差一點把凱爾斯先生和早餐飯桌一起撞翻在地。

「我從沒聽過這種事！」胖紳士大聲嚷道，「親愛的梅萊太太——上帝保佑——又是在夜深人靜的時候——我從沒聽過這種事！」

他一邊說著這些安慰的話，一邊與兩位女士握手。他拖過一把椅子，問她們感覺如何。

「您幹嘛不派個人來？上帝保佑，我的人只要一分鐘就可以趕到，我也一樣。在這種情形之下，我敢保證，我的助手一定樂意幫忙。天哪！萬萬沒有想到——又是在夜深人靜的時候！還有妳，蘿絲小姐，」醫生說著，朝年輕小姐轉過身去，「我想——」

「噢！太出乎意料了，的確，」蘿絲打斷他，「不過樓上有一個可憐的傢伙，姑媽希望你去看看。」

「啊，是的，」醫生回答，「我差點忘了。他在哪裡？帶我去吧。我下來的時候，再替梅萊太太檢查一下。他就是從那扇小窗子鑽進來的？噢！我簡直難以相信。」

他一路嘮嘮叨叨，跟著凱爾斯先生上樓去了。羅斯本先生是附近的一位外科醫生，方圓十哩內無人不曉。由於生活優裕，他已經有些發福，但他善良、熱心，在這一帶廣受歡迎。

醫生在樓上待了很久，超出了兩位女士的預期。人們從馬車裡取出一只又大又扁的箱子送上樓去，臥室的鈴頻頻拉響，僕人們川流不息跑上跑下。根據這些跡象可以猜出，樓上正在進行某種重要的事情。最後，他終於從樓上下來了。在回答女士們焦急不安的詢問時，他的模樣十分神秘，還小心翼翼地關上了門。

「這件事非常離奇，梅萊太太。」醫生說話時背朝房門站著，好像是防止有人開門進來似的。

「他已經脫離險境了吧？」老太太問道。

「嘿，這件事倒是其次，」醫生回答，「儘管我認為他尚未脫離險境。妳們見過這個小偷嗎？」

「沒見過。」老太太回答。

「也沒聽說過關於他的任何事？」

「沒有。」梅萊太太說，「蘿絲想看看那個人，但是我沒有答應。」

「哼，」醫生回答，「他臉上倒是沒什麼特別的。我陪妳們去看看他，妳們不反對吧？」

「如果有必要的話，」老太太答道，「當然不反對。」

「那我認為有必要，」醫生說，「總而言之，我可以擔保，您將來會因為遲遲不去看他而深感後悔。他現在非常平靜、舒適。蘿絲小姐，妳一點也不必害怕，我用信譽擔保。」

第三十章

醫生喋喋不休，作出了無數保證，說她們看到罪犯一定會大吃一驚。他要蘿絲小姐挽住他一隻手，把另一隻手伸給梅萊太太，彬彬有禮地領著她們朝樓上走去。

醫生輕輕撩開了床帷。床上躺著的並不是她們所想像的一個冥頑不靈、凶神惡煞般的歹徒，只是一個在傷痛疲勞的摧殘下陷入沉睡的孩子。他那受了傷的手臂纏著繃帶，用夾板固定起來擱在胸口上，頭靠在另一條手臂上，長長的頭髮披散在枕頭上，把這隻手臂遮去了一半。

這位好心的紳士一手拉住床罩，默不作聲地打量著病人。年輕小姐緩緩走到床邊，在一張椅子上坐下來，撥開奧立佛臉上的頭髮。她朝奧立佛俯下身去，幾滴淚珠落在他的額頭上。孩子動了一下，在睡夢中發出微笑，彷彿這些憐憫的表示喚起了某種愉快的夢境，那裡有他從未領略過的愛心與溫情。

「這是怎麼回事？」老太太大聲說道，「這可憐的孩子絕不可能是一幫強盜的同伙。」

醫生長嘆一聲，放下床帷。「罪惡可能藏身在任何地方。誰能說一副漂亮的外表就不會包藏禍心？」

「但他還這麼小。」蘿絲直抒己見。

「我親愛的小姐，」醫生悲哀地搖了搖頭，「犯罪就像死亡一樣，並不只會光顧年老體弱的人。最年輕、漂亮的也經常成為它的犧牲品。」

「不過，唉！難道你真的相信，這個瘦弱的孩子自願成為那些人渣的幫手？」蘿絲問。

醫生搖了搖頭，意思是他擔心事情很有可能就是如此。為了不打擾病人，他們走進了隔壁房間。

「就算他幹過壞事，」蘿絲不肯退讓，「想想他是多麼幼稚，想想他也許從來沒體驗過母愛或家庭的溫暖。虐待、毒打，或是對麵包的渴望，驅使他跟那些壞傢伙混在一塊。姑媽，親愛的姑媽，別讓他們把這個生病的孩子關進監獄！無論如何，一進監獄，他就再也沒有機會改邪歸正了。噢！您愛我，由於您的仁慈與愛心，我從未感到自己失去了父母；但我原本也有可能跟這個孩子一樣，過著無依無靠、孤苦伶仃的生活的。趁現在還來得及，求您可憐可憐他吧！」

「我親愛的寶貝，」老太太把聲淚俱下的少女摟在懷裡，「妳以為我會傷害他一根頭髮嗎？不，不會的。我能為他做些什麼？先生。」

「讓我想想，夫人，」醫生說道，「讓我想一想。」

羅斯本先生把雙手插進口袋，在屋子裡來回踱步。他不時停下來，皺起眉頭，發出各式各樣的感慨，像是「現在有辦法了。」「不，還沒呢。」然後又重新開始踱步、皺眉頭。最後，他這麼說道：

「我認為，只要您允許我去嚇唬凱爾斯和布里托斯，我就能辦到。」

「沒有別的辦法了嗎？」梅萊太太答道。

「沒有別的辦法，」醫生說，「沒有，您儘管相信我好了。」

「既然這樣，就全權委託你了，」蘿絲破涕為笑，「不過，除非萬不得已，請不要過分難為他們。」

「沒問題。」醫生點了點頭，「我估計，再過一小時那孩子就會醒來。雖然我已經跟樓下那個死腦筋的員警說過，不能驚擾病人，否則會有生命危險；但我們也許還是能跟他談談。現在，我要當著妳們的面質問他；也就是說，我們能根據他說的話作出判斷，並且看清他的真面目。如果他真的是個不折不扣的壞蛋，那麼，他就只好自求多福了，我絕不再插手這件事。」

「噢！不，」蘿絲說道，「他絕對不會是一個壞蛋的。」

「好極了，」醫生反駁道，「那就更有理由接受我的提議了。」

他們商議妥當，便在椅子上坐下，焦躁不安地等待奧立佛醒來。

時間一小時一小時地過去了，奧立佛依然沉睡不醒。直到黃昏時分，好心的醫生才帶來消息，說他終於醒來了，可以跟他說話；還說他病得很重，因為失血而非常虛弱，但他心裡很煩躁，急於吐露一件事情。

談話進行了很長的時間。奧立佛一五一十地把自己的身世告訴他們；由於疼痛和疲累，他不時得停下來喘口氣。他的遭遇使得幾位聽者潸然淚下，感動不已。當這一次會見一結束，醫生立刻揉了揉眼睛，責怪它們真是不爭氣，然後便起身下樓，開導凱爾斯先生去了。

管家正在廚房裡，與女僕、布里托斯、補鍋匠等人在一起，還有那位員警。他們還在聊著前一天夜裡的驚險故事；當醫生進去的時候，凱爾斯先生正在述說他當時如何沉著鎮靜，臨危不亂。布里托斯也在旁附和。

「病人的情況怎麼樣？先生。」凱爾斯見到醫生，便問道。

「老樣子，」醫生答道，「你恐怕惹了麻煩了，凱爾斯先生。」

「他該不會快死了吧？」管家打了個寒顫。

「那倒不成問題，」醫生含糊不清地說，「凱爾斯先生，你是新教徒吧？」

「是啊，先生，我相信是的。」管家的臉變得一片慘白，支支吾吾地說。

「你呢？孩子。」醫生忽然轉向布里托斯，問道。

「上帝保佑，先生。」布里托斯一下子跳了起來，「我也……我也一樣。」

「那請你們告訴我，」醫生說道，「你們兩位敢不敢發誓，說樓上的那個孩子就是昨晚被人從窗戶裡塞進來的那一個？說啊！快說！我正在等你們回答呢。」

醫生的好脾氣眾所皆知，如今他竟然用這樣嚇人的憤怒口氣提出這樣一個問題，凱爾斯和布里托斯不禁面面相覷，不知如何是好。

「警官，請注意他們的回答，」醫生嚴肅地搖了搖食指，又點了一下自己的鼻梁，「這件事就快水落石出了。你知道，這是一個簡單的鑑定問題。」

「的確如此，先生。」員警剛從酒意中醒來，愣頭愣腦地回答。

「有人闖進了房子，」醫生說道，「有兩個人曾在一瞬間瞥見一個孩子，當時硝煙瀰漫，大家心慌意亂，又是一片漆黑。第二天早晨，一個小孩來到門前，手臂正好又受了傷，於是這幾個人對他拳打腳踢，使得他性命垂危，還說他就是那個賊——現在，請你想想，這兩個人的行為是否得當？如果不恰當，那該如何處置他們？」

員警意味深長地點了點頭，說這確實是個嚴重的問題。

「我再問你們一次，」醫生的聲音像打雷一樣，「你們到底能不能指證那個孩子？」

布里托斯與凱爾斯困惑不解地望著彼此，員警將一隻手放在耳朵後邊，等著聽他們的回答。醫生用犀利的目光環顧四周——就在這時，大門口傳來一陣鈴聲，同時響起了車輪滾動的聲音。

「一定是警長來了。」布里托斯大聲說道，他顯然大大鬆了一口氣。

「什麼？」醫生嚷了出來，現在輪到他錯愕了。

「鮑街來的警長，」布里托斯回答，「今天早上我和凱爾斯先生托人去請他們來的。」

「什麼！瞧你們幹了什麼好事——算了，我沒什麼可說的了。」醫生說完便走開了。

第三十一章

布里托斯開了門，迎面走進一個身穿大衣的胖子，這人二話不說，神色從容地走了進來，彷彿回到了自己家裡一樣。

「告訴你們家主人，布拉瑟斯和達福來了，聽見了嗎？」他說道，又轉身對羅斯本先生說：「噢！晚上好，先生。方便借一步說話嗎？」

醫生打了個手勢，要布里托斯退下去，自己則領著兩位女士走進來，把門關上了。

「這位就是本宅的女主人。」羅斯本先生指著梅萊太太說道。

布拉瑟斯先生鞠了一躬。女主人請他坐下，他便把帽子放在地板上，自己在椅子上坐下，並示意他的助手比照辦理。之後，羅斯本先生開始講述事情經過，他似乎想拖延時間，把故事加油添醋了一番，還加上不少廢話；布拉瑟斯先生和達福先生則顯得胸有成竹，不時地相互點點頭。

「儘管我還不確定，」布拉瑟斯說，「不過，眼下我的看法是——這一定不是鄉巴佬幹的，達福，是吧？」

「當然不是。」達福答道。

「警官，也就是說，你認為這一次襲擊並非鄉下人所為，是嗎？」羅斯本帶著一絲笑意說道。

「是這樣沒錯，先生，」布拉瑟斯回答，「關於搶案的細節就是這些了？」

「就這些了。」醫生答道。

「嗯，人們都在議論，說這裡有個孩子，這是怎麼回事？」布拉瑟斯說。

「沒這回事，」醫生回答，「純粹是僕人們胡說八道，以為他也參與了這次搶案。真是無稽之談！」

布拉瑟斯點了點頭。「那孩子叫什麼名字？他說了些什麼？從哪裡來的？他總不會是從天上掉下來的吧，先生。」

「當然不是，」醫生謹慎地朝兩位女士看了一眼，回答說，「我知道他的所有經歷，這件事回頭再聊吧！我想，你們一定想先去看看搶案發生的地點吧？」

「那當然了，」布拉瑟斯先生應聲說道，「我們最好先勘查現場，然後再偵訊僕人。這是辦案的老規矩。」

一行人隨即來到走廊盡頭的那個小房間，從窗口往外看了看，接著到草地上走了一趟，從那扇窗戶往屋內瞧了瞧。之後，又舉起一支蠟燭檢查窗板，隨後用提燈察看足跡，還用一柄草叉在灌木叢中撥了一陣。事情辦完，他們回到別墅裡，偵訊了管家和僕人。最後，兩名警官又走出屋子，進行了長時間的磋商。

與此同時，醫生在房間裡焦急地走來走去，梅萊太太和蘿絲望著他，神色緊張。

「我擔心，親愛的小姐，」醫生搖了搖頭，「我認為他不會獲得赦免。員警和法官會問，他是做什麼的？一個離家出走的孩子。光從世俗的常理來判斷，他的故事就非常可疑。」

「老實說，你相信他嗎？」蘿絲問道。

「我相信。不過，法官恐怕不會相信。」醫生回答。

「就算是這樣，」蘿絲看著醫生心急如焚的樣子，不禁微笑起來，「我也想不出有什麼理由可以定那孩子的罪。」

醫生搖了搖頭，雙手插進口袋，又開始在房裡踱來踱去，速度比之前還要快。

「我越想越覺得，」醫生說道，「假如我們把這孩子的真實經歷說出來，肯定會弄巧成拙。不僅無法救他脫罪，反而還會害了他。」

「噢，那該怎麼辦？」蘿絲大叫起來，「天哪！他們把這些人請來幹什麼？」

「在我看來，」羅斯本先生冷靜地坐了下來，看起來打算孤注一擲，「我們只能厚著臉皮試一下，堅持到底。我們的目的是高尚的，我們這麼做也就情有可原。幸好，那孩子發著高燒，不宜過分交談。我們必須利用這一點。進來！」

話音一落，布拉瑟斯便走進房間，身後跟著他的那位同事，他一言不發，迅速把門關上。

「女士們，」布拉瑟斯轉向兩位女士，得意地說道，「這是一樁預謀搶劫。我們懷疑是倫敦人幹的，因為手段是一流的。」

「的確非常漂亮。」達福小聲地評論道。

「這件事有兩個人參加，」布拉瑟斯接著說道，「他們還帶著一個小孩，看看窗戶的尺寸就明白了。現在，如果方便的話，我們去看看你們安頓在樓上的那個孩子。」

於是，羅斯本先生帶著兩位警官上樓，朝奧立佛的臥室走去，凱爾斯先生舉著一支蠟燭走在眾人前方。

奧立佛一直在睡，但看起來病情還在惡化，熱度比剛才更高了。醫生扶著他在床上坐起來，坐了幾分鐘。

他注視著兩個陌生人，一點也不明白又發生什麼事——事實上，他似乎連自己身在何處都想不起來了。

「這個孩子，」羅斯本先生溫和地說道，「他因為頑皮，深夜在外遊蕩，偶然之中被流彈打傷了，今天早晨來到這戶人家求助，反而被扣留下來，並遭到那位管家的虐待——他還真會異想天開！身為醫生，我可以證明，這孩子的生命已處於極度的危險之中。」

聽了這一番話，布拉瑟斯先生和達福先生立刻目不轉睛地盯著凱爾斯。莫名其妙的管家呆呆地望著兩位警官，隨後將目光轉向奧立佛，又從奧立佛身上移向羅斯本先生，那種驚慌而困惑的表情真是可笑極了。

「你恐怕無法否認這一點吧？」醫生說著，輕輕地把奧立佛重新安頓好。

「我全是出於……出於一片好心啊，先生，」凱爾斯回答，「我真的以為就是這個孩子，否則我絕不會這樣對他，先生。」

「你以為是什麼孩子？」較資深的那位警長問。

「強盜帶來的孩子，先生。」凱爾斯答道，「他們……他們肯定帶著一個孩子。」

「哦？你現在還這樣認為嗎？」布拉瑟斯問道。

「我不知道，我真的不知道，」凱爾斯哭喪著臉說，「我無法確定是他。」

「好一個糊塗蟲！」達福輕蔑地對管家說。

在談話過程中，羅斯本先生一直在替病人把脈，這時他從床邊椅子上站起身來，建議兩位警官不妨到隔壁房間去，把布里托斯找來問一問。這個提議立刻被採納了，布里托斯先生被叫了進來，他的證詞與他的上司一樣自相矛盾；他坦承，自己並未看清楚小偷的長相，只是因為凱爾斯先生的緣故，才把奧立佛當成是小偷了。他開始感到非常擔心，覺得自己或許太莽撞了。

就這樣，兩位警官沒有在奧立佛身上追根究柢。他們留下那位地方員警，自行離開了。隔天清晨，傳來一則消息，說昨天晚上有兩個男人和一個小孩因行跡可疑——有人發現他們在一個乾草堆下睡覺——而被捕，關進了金斯頓監獄。布拉瑟斯和達福為此去了一趟金斯頓，最後由於證據不足，無法證明這些人有罪，於是兩名紳士只得空手而歸。

經過進一步的調查，又費了許多口舌，地方法官才同意梅萊太太和羅斯本先生聯名保釋奧立佛，但必須隨傳隨到。在梅萊太太、蘿絲和心地善良的羅斯本先生齊心照料下，奧立佛的身體漸漸康復了。

第三十二章

奧立佛的病十分嚴重。除了手臂骨折的疼痛和治療上的延誤以外，他在又濕又冷的野外待了太久，以致一連發燒了好幾個禮拜，渾身無力。不過，他總算有所好轉，有時候也能含著淚水說幾句話了。他是多麼強烈地感受到那兩位女士的一片慈愛，多麼熱切地希望自己長得既結實又健康，能夠做一些事來回報她們——哪怕只是一點微不足道的事情，他也想向她們證明：她們的愛心沒有白費，被她們從苦難中拯救出來的這個孩子正盼望以自己的全部身心報答她們。

一天，感激的言語湧上了奧立佛蒼白的唇邊，他掙扎著把這些話說了出來。當時，蘿絲說道：「可憐的孩子！只要你願意，會有許多機會報答我們的。我們就要到鄉下去了，姑媽要你跟我們一起去。幽靜的環境，清淨的空氣，加上春天的歡樂和美麗，你很快就會恢復健康的。一旦你痊癒了，我們要麻煩你的地方多著呢！」

「麻煩！」奧立佛大聲說道，「噢！親愛的小姐，我要是能替妳效勞就好了。只要能讓妳高興，不論是替妳澆花、照顧妳的鳥兒，或是整天逗妳開心，我都願意。」

「只要你有這份心意，我們就很開心了。」梅萊小姐笑盈盈地說。

「開心！小姐，」奧立佛叫了起來，「妳的心腸真好。」

「我不知道該有多高興呢，」少女答道，「一想到親愛的姑媽把妳從那種可悲的苦難中解救出來，這對我來說就是一種難以形容的歡樂。又知道她關懷同情的對象也真心誠意地知恩圖報，你真的無法想像我有多麼高興。你明白嗎？」她注視著奧立佛沉思的面容，問道。

「噢，是的，小姐，我懂。」奧立佛急切地回答，「但我在想，我已經有點忘恩負義了。」

「對誰？」少女問道。

「對那位好心的紳士呀，還有那位親愛的老太太，他們過去對我那麼好，」奧立佛答道，「要是他們知道我現在多麼幸福的話，他們一定很高興。」

「他們一定會高興的。」蘿絲說道，「羅斯本先生答應，一旦你身體好多了，能夠出門旅行，他就帶你去拜訪他們。」

「是嗎？小姐，」奧立佛高興得容光煥發，不禁大叫了一聲，「要是我能再次看到他們慈祥的面容，真不知道會多麼快樂。」

奧立佛的身體不久就恢復得差不多了，能夠經得起一次遠行的勞頓。終於，一天清晨，他和羅斯本先生坐上梅萊太太的小馬車出發了。由於奧立佛知道布朗羅先生居住的街名，他們可以徑直開到那裡去。馬車彎進了那條街，他的心劇烈地跳起來，幾乎喘不過氣。

「說吧，我的孩子，是哪一棟房子？」羅斯本先生問道。

「那一棟，那一棟！」奧立佛一邊回答，一邊著急地從車窗裡往外指著，「那棟白房子。噢，快呀！開快一點。我覺得自己快死了，一直發抖個不停。」

「快到了，快到了。」醫生拍了拍他的肩膀，說道，「你馬上就會看見他們了。他們見到你安然無事，一定會喜出望外。」

「噢！我也希望這樣，」奧立佛大聲說道，「他們對我真好，非常好。」

馬車朝前開去，在房屋前停下了。奧立佛抬頭望著那些窗戶，幾滴失望的淚珠不自覺地滾下臉頰——白色的房子空空如也，窗戶上貼著一張公告：「出租」。

「敲敲鄰居的門看看。」羅斯本先生大聲說，一邊挽住奧立佛的手。「您知不知道，住在隔壁的布朗羅先生搬去哪裡了？」

鄰居的女僕說，六個禮拜之前，布朗羅先生已經變賣了家產，到西印度群島去了。奧立佛十指交叉，身子往後一仰，癱倒在地。

「他的管家也走了？」羅斯本先生猶豫了一下，問道。

「是的，先生，」女僕回答，「老先生、管家，還有一位布朗羅先生的朋友，全都一起走了。」

「看來，我們只好回家了。」羅斯本先生對奧立佛說。

這一次大失所望的尋訪讓奧立佛非常惋惜、傷心。休養期間，他曾好幾次開心地想像起重逢的場面，想像布朗羅先生和貝德溫太太將會對他說些什麼，而他則向他們解釋一切，洗刷自己的汙名；一直以來，這種希望激勵著他，支持他熬過了一次次的危機。如今，他們去了遠方，懷著他是一個騙子的印象走了；這種想法讓奧立佛幾乎無法承受。

兩個禮拜過去了，溫暖、晴朗的天氣來臨，花草樹木長出了嫩綠的葉片和鮮豔的花朵。這家人已作好準備，要離開傑茨的住所幾個月，留下凱爾斯和另一個僕人看房子，帶著奧立佛到遠處一棟鄉村別墅去。

這個羸弱的孩子來到一個內陸的鄉村，呼吸著芬芳的空氣，置身於山林之中，感受到無比的快樂、喜悅、祥和與寧靜。奧立佛過去總是生活在骯髒的人群和喧鬧的爭吵當中，他在這裡彷彿得到了新生。

這是一段快樂的時光。白晝溫和而又晴朗，夜晚帶給他們的不是恐懼，也不是擔憂，只有快樂幸福的念頭。每天早晨，他走進附近的一位老先生家裡，老先生糾正他的讀音，教他寫字；他講話是那樣和藹，又那樣盡心盡力，奧立佛十分敬愛他。接著，他可以跟梅萊太太和蘿絲小姐一起散步，聽她們談論書上的東西，或是緊挨著她們，坐在某個陰涼的地方，聽蘿絲小姐朗讀，直到天色變暗才結束。他還得預習自己第二天的功課。在一間面對花園的小房間裡，他埋頭苦讀，直到黃昏漸漸來臨，才陪兩位女士出門走走。如果她們想要一朵花，他會立刻替她們攀摘下來；如果她們需要人跑腿，他很樂意跑一趟。天黑之後，回到屋裡，蘿絲小姐在鋼琴前坐下，彈一首歡樂的曲子，或是用柔和的聲調唱一首姑媽喜愛的歌曲。奧立佛坐在窗戶旁邊，聽著美妙的音樂出神。

禮拜天到來了。清晨的小教堂，窗外的綠葉颯颯作響，小鳥在外面婉轉歌唱，濃郁的花草氣味鑽進低矮的門廊，使這座樸素的建築充滿芳香。人們衣著整潔，跪下祈禱又是那樣虔誠，彷彿覺得聚集在這裡是一大樂趣，而不是令人生厭的義務。唱詩的聲音雖不優美，卻很真誠，聽來無比悅耳。禮拜結束後，他們跟平時一樣散散步，拜訪一些勤勞人家，看看他們整潔的住所。晚間，奧立佛誦讀聖經的一兩個章節。當他在履行這些義務的時候，簡直比自己當上了牧師還要自豪、還要高興。

他每天早晨六點起床，在田野裡漫遊，從籬笆上採來一簇簇野花，然後滿載而歸。他用花束將餐桌精心點綴得亮麗奪目，或是裝飾鳥籠，雅致的樣式大受讚美，他一直就在教會文書的教導下學習這門手藝。剩下的時間，他在村子裡幫忙各式各樣的善事，要不然，在草地上打一場板球，或是栽種花草——同一位師傅也教會了他這件事。奧立佛做得十分投入，蘿絲小姐對他的成果總是讚不絕口。

三個月就這樣不知不覺過去了，奧立佛與梅萊一家過得稱心如意。一方是純潔無瑕而又和藹可親的慷慨給予，另一方是發自肺腑的真摯熱切的感激之情。當這一段短暫的時光告一段落時，奧立佛與那位老太太和她的侄女已經親如家人，他那幼小而敏感的心靈產生了強烈的依戀，而她們也報以愛心，並以他為榮。

第三十三章

春天飄然逝去，夏天來臨了。大地披上了翠綠色的罩衣，散發著醇厚的芳香。萬物欣欣向榮，一派歡快氣象。小別墅裡的恬靜生活依然持續著，別墅裡的人照常過得愉快而安寧。奧立佛早已長得身強體壯，他對人們的感情仍舊深厚如昔；他仍然是當初那個處處要人照顧的小不點，那個百依百順、滿心感激的孩子。

一個美好的夜晚，他們散步時比平常多走了一程。白天特別熱，入夜後不時有一陣涼爽的微風掠過。他們一邊走，一邊有說有笑地聊著，遠遠超出了平時的距離；直到梅萊太太覺得累了，她們才慢慢地走回家裡。蘿絲和平常一樣，扔下軟帽，坐到鋼琴邊。她茫然若失地彈了幾分鐘，手指急促地從琴鍵上滑過，隨後她開始彈奏一首低沉而凝重的曲子。就在她彈琴的時候，大家聽到了一種聲音——她好像在哭泣。

「蘿絲，我親愛的。」老太太慌亂地站起來，說道，「怎麼回事？我的孩子，什麼事情讓妳傷心？」

「沒什麼，姑媽。沒什麼，」少女回答，「我不知道是怎麼回事。我說不出來。但我覺得……」

「是不是病了？孩子。」梅萊太太插嘴道。

「不，不。噢！我沒病。」蘿絲打了個寒顫，似乎有一股寒意流遍全身，「我很快就會好起來的。把窗戶關上吧。」

奧立佛趕緊跑去關上窗戶。小姐試圖冷靜下來，換了一首比較輕快的曲子，但她的指頭軟弱無力地在琴鍵上停下來。她雙手捂住臉，癱倒在沙發上，抑制不住的淚水奪眶而出。

「我的孩子，」老太太摟住她的肩膀，說道，「我以前從沒見過妳這樣。」

「我不想讓妳擔心，」蘿絲回答，「我拚命忍住，但實在忍不住了。我或許真的病了，姑媽。」

她確實病了。蠟燭一拿過來，人們便發現她的臉色白得像大理石一樣，文靜的臉上帶著一種前所未見的焦急和疲憊。過了一分鐘，臉上泛起一片紅暈，溫柔的藍眼睛裡閃出狂亂的光芒。紅暈又消失了，如同浮雲掠過的影子，她再度顯出死一般的蒼白。

梅萊太太被她的樣子嚇壞了，但還是鎮靜下來，勸侄女回房間休息。沒過多久，蘿絲的精神略有好轉，氣色也好一些了，還保證說明天早上起來就沒事了。

「她沒事吧？」奧立佛對回到客廳的老太太說道，「她的氣色不太好，但是……」

老太太示意他別再說了，在一個角落裡坐下來，沉默了好一會兒。最後，她用顫抖的聲音說道：

「我相信不會，奧立佛。多少年來我跟她一起過得非常幸福——也許是太幸福了，如今該遇上某種不幸了。但我希望不是這樣。」

「什麼？」奧立佛問。

「失去這個好女孩的沉重打擊。」老太太說道。

「噢！這不可能的，」奧立佛驚慌地叫了起來，「兩個小時以前，她還好好的呢！」

「她現在病得很厲害，」梅萊太太回答，「我擔心還會更糟。噢！我可愛的蘿絲，沒有她我該怎麼辦！」

巨大的悲痛壓倒了她，奧立佛不得不克制住自己的感情，勸她鎮定一些。

「想想吧，夫人，」奧立佛說話時，淚水湧進了他的眼睛，「她那麼年輕，心地那麼好，又為身邊的人帶來那麼多歡樂和安慰。我保證，為了您，也為了她自己，為了所有從她那裡得到幸福的人，她不會死的。上帝絕不會讓她那麼年輕就死的。」

「唉！可憐的孩子，」梅萊太太把一隻手放在奧立佛頭上，「你想得太天真了。我這輩子見過的病痛、死亡也夠多了，我知道與心愛的人分別是多麼痛苦。即使是最年輕、最善良的人，也未必總是能化險為夷。上帝是公正的，祂靠著這種事情提醒我們，有一個世界比這裡更加光明，並且離我們不遠。唉！我愛她，上帝知道我多麼愛她。」

一個焦慮不安的夜晚過去了。清晨來臨，梅萊太太的預言完全驗證了——蘿絲正處於一種非常危險的熱病初期。

「我們一定得採取行動，奧立佛，不能只是哀聲嘆氣。」梅萊太太說道，「必須儘快把這封信送去給羅斯本先生。你抄小路穿過田野，往前走四哩到旅店，再請人騎馬送去傑茨。」

奧立佛一句話也不說，立即準備動身。

「這裡還有一封信，」梅萊太太遲疑地說道，「但究竟該不該送，還是再觀察一下蘿絲的病情吧。我簡直拿不定主意——不行，除非出現最糟糕的事態。」

「也是送去傑茨嗎？太太。」奧立佛心急如焚，一邊問，一邊將顫抖的手伸過去。

「是的。」老太太回答，機械地把信交給了他。奧立佛看了一眼信封，是寄到某位勳爵的莊園去的，收信人是「哈利．梅萊」。

「要送去嗎？太太。」奧立佛抬起頭來，問道。

「還是算了，」梅萊太太把信收了回去，「明天再說。」

梅萊太太說完，把錢包交給奧立佛。他不再耽擱，邁開雙腿，用最快的速度出發了。

他飛快地穿過田野，順著小路跑過去；有時穿過田間小道，幾乎被兩旁高高的農作物遮蓋起來，忽然又從一塊空地裡冒出來。他一刻也沒有停留，一直跑到鎮裡的小市集，跑得滿頭大汗，一身塵土。

他走進那家旅店，對老闆說明了來意，這位紳士便慢條斯理地走進櫃台，開始寫收據，花了好長的時間。接著，還要為馬套上馬鞍，郵差也得穿上制服，這足足花了十多分鐘。終於，一切都準備就緒，郵差接過那封信，策馬啟程了，穿過市集上坑坑窪窪的石子路，兩分鐘後便上了大路。

奧立佛這時才鬆了一口氣，他匆匆忙忙穿過旅店的院子，正要離開，卻跟一名身披斗篷的高個子撞個正著。

「嘿！」那人緊盯著奧立佛，猛一後退，嚷道，「你怎麼搞的？」

「對不起，先生，」奧立佛說，「我趕著回家，沒看見你走過來。」

「該死的！」那人自言自語道，兩隻又大又黑的眼睛注視著奧立佛，「真想不到，早該把他輾成灰！他會從棺材裡跳起來擋我的路。」

「很抱歉，」奧立佛被這個人狂亂的神色嚇壞了，結結巴巴地說，「希望我沒有碰痛你。」

「混帳東西！」那人狂怒不已，從齒縫裡嘟噥著，「要是可以的話，我真想一輩子甩掉你，你這個天殺的東西！叫黑死病鑽到你心裡去吧，小混蛋，你在這裡幹什麼？」

那人一邊揮舞著拳頭，一邊語無倫次地說。他朝奧立佛走過去，像是要給他一拳，卻又猛然跌倒在地，渾身痙攣，口吐白沫。奧立佛以為自己遇上了瘋子，只是呆呆地望著他在地上打滾，接著便衝進旅店找人幫忙。他看見那人被架起來，安然無恙地進了旅店，這才轉身回家。

蘿絲的病情急劇惡化，午夜前她開始說胡話。一個鄉村醫生守在旁邊，他已對病人作了初步的檢查，隨後把梅萊太太帶到一邊，宣佈她的情況極為不妙。「老實說，」他說道，「她要痊癒，除非出現奇蹟。」

當天夜裡，奧立佛好幾次從床上跳起來，躡手躡腳地溜到樓梯口，凝神傾聽病房裡的動靜。每當雜亂的腳步聲突然響起，他總是擔心起來，生怕又有什麼可怕的事情發生了。他嚇得渾身發抖，額上直冒冷汗；他聲淚俱下，為那位正在死亡邊緣徘徊的女孩祈禱，這種熱情遠遠不是過去的他所能比擬的。

早晨到來了，別墅裡一片寂靜。人們低聲耳語，焦急的面孔不時出現在走廊上。整個漫長的白天，以及天黑之後的幾個小時，奧立佛都在花園裡走來走去，每過一會就要抬起頭來，朝病人的房間望一眼。深夜，羅斯本先生到了。「唉！」他轉過臉說道，「那麼年輕，又那麼可愛。但希望很渺茫。」

又一個早晨到來了。陽光是那樣明媚，花園裡枝繁葉茂，百花爭豔，一切都顯得生機盎然，精力充沛；但可愛的少女卻躺在病床上，一刻比一刻更衰弱。奧立佛走進教堂的墓地，他時常在這裡回想死去的母親；他在一個長滿青草的墳堆上坐下來，無聲地為年輕的小姐哭泣，祈禱。

當他回家的時候，看見梅萊太太正坐在小客廳裡。這讓奧立佛的心立刻沉了下去，因為她從未離開過侄女的病床。他戰戰兢兢地心想，一定是發生了什麼變故。他從老太太的口中得知，小姐陷入了沉睡，她這次醒來，不是康復與再生，便是訣別與死亡。

他們坐下來靜靜等待，幾個小時連話也不敢說。黃昏的太陽將絢麗的色彩撒滿天空和大地，他們敏銳的耳朵猛然聽到一陣越來越近的腳步聲。羅斯本先生剛一進客廳，他們便情不自禁地朝門口衝去。

「蘿絲怎麼樣？」老太太叫道，「快告訴我，看在老天的份上！」

「妳一定得冷靜，」醫生扶住她說道，「請保持鎮定，我親愛的夫人。」

「噢！上帝，讓我死吧！我親愛的孩子，她死啦，她就要死啦！」

「不！」醫生感情衝動地嚷起來，「上帝是仁慈而寬大的，所以她還會活下去，為我們大家帶來幸福。」

老太太跪下來，盡可能把雙手合在一起，但支撐了她那麼久的毅力再也堅持不住，她倒在了伸開雙臂接住她的醫生懷裡。

第三十四章

這種歡樂幾乎令人難以承受。奧立佛聽到這個消息，頓時目瞪口呆，一句話也說不出來。他在黃昏的花園中徘徊了很久，又大哭了一場，好不容易恢復了一點理智，這才意識到災難已經化解。

夜色迅速圍攏過來，他捧著一大束鮮花往家裡走去，這是他精心採來裝飾病房的。他正沿著公路快步走著，忽然聽到身後有馬車疾馳的聲音。他轉頭一看，只見一輛驛車從他身旁飛馳而過。過了一兩秒鐘，一個洪亮的嗓門喝令車伕停下，接著，一顆腦袋從車廂裡探出來，大聲喊著奧立佛的名字。

「奧立佛少爺！」那個聲音嚷道，「你怎麼在這裡？蘿絲小姐怎樣了？」

「是你嗎？凱爾斯。」奧立佛一邊喊著，一邊朝車門奔去。

凱爾斯正要答話，忽然又被坐在馬車另一側的一位年輕紳士拉了回去，那人急切地探問發生了什麼事。

「快告訴我！」那位紳士高聲喊道，「她怎麼樣了？」

「好些了——好多了！」奧立佛趕緊回答。

「感謝上帝！」年輕紳士大叫一聲，「你敢保證？」

「我保證，先生，」奧立佛回答，「幾個小時以前就好轉了。羅斯本先生說，她已經脫離危險了。」

那位紳士不再多說，打開車門，從裡頭跳出來，一把抓住奧立佛的肩膀，把他拉到旁邊。

「你百分之百確定？孩子，」年輕人用顫抖的聲音問，「你可別騙我，讓我空歡喜一場。」

「我絕對不騙你，先生，」奧立佛回答，「真的，你儘管相信我好了。羅斯本先生說，她還會繼續活下去，為我們大家帶來幸福。」

奧立佛想起了那幸福的場面，淚水在眼眶裡打轉。年輕紳士轉過臉去，好一陣子一言不發，但奧立佛能聽見他不只一次地哽咽。

隨後，他們坐上了馬車。奧立佛不時帶著濃厚的好奇心打量這個陌生人。他看上去大約二十五歲，中等身材，面容開朗英俊，舉止落落大方；儘管存在年齡差距，但仍能從他的相貌猜出他正是老太太的兒子。

別墅到了，梅萊太太正焦急不安地等候著兒子。母子見面，雙方都很激動。

「媽媽，」年輕人低聲說道，「妳怎麼不寫信告訴我？」

「我寫了，」梅萊太太回答，「但經過反覆考慮，我決定把信收回，等聽過羅斯本先生的看法再說。」

「為什麼要這麼做呢？」年輕人說。「萬一蘿絲有什麼三長兩短，妳打算怎麼辦？我這輩子難道還能幸福嗎？」

「真是那樣的話，哈利，」梅萊太太說，「我擔心你的幸福也就毀了。你哪一天回來都沒有差別。」

「真是那樣的話？媽媽，那有什麼好奇怪的？」年輕人答道，「噢！妳明白是怎麼回事，媽媽，妳應該明白——」

「我明白。你將最美好、純潔的愛情奉獻給她，而她也當之無愧。」梅萊太太說，「我還明白，她天性中的獻身精神和愛心需要的絕不是普通的回報，而是一個深深相愛、永不變心的人。因此，要是她愛上的人態度有一點改變，都會使她心碎——這讓我感到自己的使命是多麼困難。」

「這不公平，媽媽，」哈利說道，「妳還是把我當小孩子，完全不懂得自己的想法，也不懂自己靈魂的一次次衝動？」

「在我看來，我的好兒子，」梅萊太太把一隻手搭在哈利肩上，說道，「年輕人的一些衝動往往難以持久。一旦它們得到滿足，便會轉瞬即逝。總之，我認為，」老太太目不轉睛地盯著兒子，「一個擁有遠大抱負的男人，如果娶了一個名聲有汙點的妻子——即使這個汙點並不是她的錯——就會引來各種謾罵與批評，甚至連累他們的孩子。總有一天，不管這名丈夫多麼樂觀、善良，都會後悔娶了這樣一個女人。做妻子的知道丈夫後悔了，也同樣會感到痛苦。」

「媽媽，」年輕人按捺不住地說，「誰要是這麼做，就是一個自私的畜生，根本不配稱為一個男人，也配不上妳說的那個女人。」

「你現在是這樣想的？哈利。」母親說道。

「永遠是這樣。」年輕人說，「過去兩天我所遭受的痛苦，使我不得不向妳坦承，我的確愛她。妳很清楚，這份感情並非一朝一夕產生的。她是多麼可愛又溫柔的女孩啊！我的思想、抱負，以及希望，都離不開她。媽媽，請妳為我想想吧！不要把這種幸福看得一文不值。」

「哈利，」梅萊太太說，「正因為我想了很多，我才不願意輕率決定。不過，這件事先到此為止吧。」

「那好，就看蘿絲的意思。」哈利插嘴道，「至少妳不會阻止我吧？」

「我不會的，」梅萊太太回答，「但我要你考慮一下……」

「我已經考慮過了。」答覆相當急躁，「媽媽，我考慮了好幾年了。我的感情永遠不會改變，永遠都是這樣。為什麼我必須一等再等呢？這種痛苦有什麼好處？不，在我離開以前，我必須見蘿絲一面。」

「你會見到她的。」梅萊太太答道。

「媽媽，妳的態度似乎是在暗示，她會以冷淡的態度對待我。」年輕人說道。

「不是冷淡的，」老太太回答，「完全不是那樣。」

「那又怎麼樣？」年輕人直言不諱，「她還不曾另有所愛吧？」

「沒有，一點也沒錯，」做母親的答道，「你已經牢牢抓住了她的心。我想說的是，在你付出一切、不惜將飛黃騰達的機會做為賭注之前，我親愛的孩子，請多考慮蘿絲的身世。你知道，她出於高尚的心靈和自我犧牲的精神，一直對我們忠心耿耿；要是她發現了自己可疑的身世，又會作出什麼決定呢？」

「這是什麼意思？」

「你自己想想。」梅萊太太回答，「我得回去她那裡了。上帝保佑你。」

「今天晚上我還能見到妳嗎？」年輕人著急地說。

「不用太久，」老太太答道，「等我離開蘿絲以後吧。」

「告訴她，我是多麼著急、吃了多少苦、又是多麼想見到她。妳會這麼做吧？媽媽。」

「是的，」老太太說道，「我要把一切都告訴她。」她慈愛地握了握兒子的手，離開了房間。

當這對母子進行談話的時候，羅斯本先生和奧立佛一直待在角落。羅斯本先生這時朝哈利伸過手來，表達了衷心的問候。接著，他詳細說明了病人的情況，這番說明和奧立佛的陳述一樣充滿希望，令人欣慰。

當晚剩下的時光就在歡聲笑語中度過了。醫生興致勃勃，妙語如珠，講了許多幽默的言語，將奧立佛逗得捧腹大笑。哈利起初顯得有些疲勞，或是心事重重，如今也一掃陰霾，痛痛快快地笑起來。直到夜深時分，他們才懷著輕鬆而感恩的心情去休息，在剛經歷了疑慮與擔憂之後，他們確實需要好好休息了。

一天又一天過去了，蘿絲小姐臥室的窗戶現在打開了。她喜歡芳香的夏日氣息湧進室內的感覺，清新的空氣有助於身體康復。時光飛逝而過，蘿絲的病情迅速好轉；儘管還不能完全走出戶外，但已經能和梅萊太太一起在附近走走。

奧立佛並不感到日子難熬。他加倍努力學習，向那位老紳士討教；進步之快，連自己也大感意外。

他讀書的房間位於別墅後方的一樓。格子窗外側長滿茂密的素馨與忍冬，一直攀到窗頂上，到處瀰漫著襲人的花香。從窗戶望出去是一座花園，花園的小門通往一片小牧場，再過去就是茂密的草地和樹林了。那一帶沒有人家，可以望得很遠。

一個景色宜人的黃昏，薄暮剛開始投向大地，奧立佛坐在窗前，專心致志地讀書。他已經看了好一會兒，加上天氣異常悶熱，他漸漸地睡著了。睡意朦朧中，他仍能清楚地感覺出自己坐在小房間裡，書本就放在面前的桌子上；窗外，遍地的草木叢中不斷送來芬芳的氣息。

突然，景色變了，空氣悶得令人窒息。他在想像中又一次驚恐萬狀地來到猶太人費金的家裡；可怕的老人依舊坐在那個角落，正朝著自己指指點點，一邊和身旁的另一個人低聲說話。

「噓，我親愛的。」他似乎聽到猶太人在說話，「就是他，錯不了。走吧。」

「是他。」另外那個人回答，「你以為我會認錯嗎？哪怕他站在一大群小鬼中間，我也能認得出他來。」

那人說話時好像懷著深仇大恨，奧立佛驚醒了，猛然跳了起來。

一瞬間，他目瞪口呆，動彈不得。就在那裡——在窗戶那裡，就在他的面前，猶太人站在那裡，眼睛朝屋裡窺探著，和奧立佛的目光相遇了，距離是那樣近；在他旁邊，一張凶相畢露的臉孔，不知是因為憤怒或懼怕而變得慘白，正是在旅店院子裡與奧立佛撞上的那個人。

這副景象在他眼前一晃而過，立刻就消失了。不過，他們已經認出奧立佛，奧立佛也認出了他們。好一陣子，他呆呆地站在原地，隨後便高聲呼救，從窗口跳進花園裡。

第三十五章

別墅裡的人聽到喊聲，紛紛趕到奧立佛的房間，發現他臉色蒼白，激動不已，手指向別墅後方那片草地，喊著：「猶太人！猶太人！」

僕人們不明白他這麼喊的用意，幸好哈利腦筋動得快，加上他已從母親那裡聽說了奧立佛的身世，一下子就意會過來了。

「他們往哪裡跑了？」他抓起一根棒子，問道。

「那個方向，」奧立佛指著兩人逃走的方向，「一眨眼就不見蹤影了。」

「他們肯定躲在溝裡。」哈利說道，「大家跟我來！」說著，他躍過籬笆，箭一般衝了出去，凱爾斯與奧立佛緊跟在後頭；途中，他們遇到散步回來的羅斯本先生，又增加了同伴。一行人一路飛奔，一次也沒有停下來喘口氣，跑在最前頭的哈利衝進奧立佛指出的那片田野，開始仔細搜索溝渠和附近的籬笆，其餘的人趁機追上他，奧立佛並將一切原委告訴羅斯本先生。

搜索一無所獲，連一個腳印也沒有發現。他們站在一座小山丘上，從這裡可以俯瞰方圓三四哩內的地區。左邊凹地裡有一個村落，但那些人不可能在這麼短的時間內通過開闊的田野，躲進村子裡；而在另一個方向，牧場的邊緣連接著一片樹林，根據同樣的理由，他們也不可能趕到那個藏身之處。

「你一定在做夢，奧立佛。」哈利說道。

「噢，不，真的，先生。」奧立佛回想起猶太人的臉孔，頓時不寒而慄，「我把他們兩人看得很清楚，就像我現在看著您一樣。」

「另一個是誰？」哈利與羅斯本先生異口同聲。

「就是我跟您說過的，我在旅店裡撞到的那個人。」奧立佛說，「我發誓，那個人就是他。」

「他們走的是這條路？」哈利追問道，「你沒弄錯吧？」

「錯不了，那兩個人就在窗外，」奧立佛一邊說，一邊指出把別墅花園和牧場隔開的那道籬笆，「高個子就從那裡跳過去，猶太人往右邊跑了幾步，從一個缺口爬了出去。」

他們又搜索了幾次，但無論哪個方向都看不出有人逃亡的痕跡。草很深，除了他們自己踩過的地方外，其餘的草都沒被踏倒；溝渠的兩側和邊緣有一些濕漉漉的泥土，但是沒有一處留下人的鞋印，也沒有絲毫痕跡表明過去幾小時內曾經有人踩在這塊土地上。

他們一直找到天黑才罷手。凱爾斯也奉命趕往村裡的幾家酒館，前去尋找兩個長相、穿著與奧立佛的敘述相符的陌生人。然而，他完全沒有得到解開這個謎或是澄清一點疑雲的消息回來。

第二天，進行了新的搜索，並再次打聽了一番，結果仍然一無所獲。第三天，奧立佛和羅斯本先生到鎮裡去了，希望在那裡得到那些人的一點消息，但同樣徒勞無功。幾天之後，這件事漸漸被人遺忘了。

與此同時，蘿絲日漸好轉。她已經脫離了病房，能夠出外走走了。她又一次為家中的每一個人帶來歡樂；然而，奧立佛卻發現，別墅裡不時籠罩著一種不尋常的拘謹。梅萊太太和兒子經常閉門長談，蘿絲不只一次面帶淚痕。顯然有某件事正在進行之中，打破了少女與另外幾個人內心的平靜。

終於，一天早晨，哈利走進了蘿絲的房間，帶著幾分猶豫，懇求能與她交談片刻。

「我只需要幾分鐘就夠了，蘿絲，」年輕人把椅子拖到她面前，「我必須一吐為快。妳知道我想說什麼，也知道我最大的心願，儘管妳從未聽我親口說出。」

蘿絲的臉色一片蒼白，她點了點頭，便朝一旁俯下身去，默默地等待他往下說。

「我是被最可怕的憂慮帶來這裡的，」年輕人說，「擔心失去自己唯一的心上人，而我的每一個願望、每一種期待都寄託在她身上。妳差一點死去，這種想法簡直叫人承受不住；我從早到晚都活在恐懼、憂慮和自私的懊悔之中，生怕妳一旦離開，就永遠不會知道我對妳的愛是多麼忠貞。幸好，妳恢復過來了，難道妳如今卻要對我說，希望我拋棄這份深情？」

「我沒有這個意思，」蘿絲流著淚水說，「我只是希望你離開這裡，好投向更值得你追求的事業。」

「沒有什麼事業，比得上贏得像妳這樣的一顆心。」年輕人握住她的手說道，「蘿絲，我親愛的蘿絲，多少年來我一直愛著妳，盼望著功成名就後返回故鄉，對妳說這一切都是為了妳，並向妳求婚。儘管那個時刻還沒有到來，但現在，我還是要向妳獻上這一顆早就屬於妳的心，只希望妳能答應我的請求。」

「我的回答是，」蘿絲竭力控制住激動不已的感情，說道，「你必須盡可能忘掉我。好好看一看這個世界吧！想想那裡有多少女人值得你愛。當你產生了另一段愛情時，如果你願意向我吐露，我仍會做你最誠摯而忠實的朋友。」

蘿絲說到這裡頓了一下，用一隻手捂住面孔，任憑淚水奪眶而出，哈利依舊握著她的另一隻手。

「妳的理由呢？蘿絲，」他好不容易說道，「妳作出這個決定的理由呢？」

「這是我必須履行的義務，」蘿絲答道，「為我自己，也為了別人，我必須這麼做。」

「為妳自己？」

「是的，哈利，我不得不這麼做。我只是一個無依無靠又沒有嫁妝的女孩，背負一個不明不白的名聲。我不想讓你的朋友懷疑我是為了你的財產，才接受你的愛情，也不想讓自己成為你事業上的一大累贅。為了你，也為了你的親人，我必須阻止你慷慨天性中的那份熱情。」

「如果妳的感情也是這樣的話……」哈利又說。

「並不是那樣。」蘿絲的臉漲得通紅。

「那妳是愛我的？」哈利說，「我只要妳這句話，親愛的蘿絲。只要有妳這句話，就能稍減我的失望。」

「要是我能做到，又不會讓我所愛的人受傷的話，」蘿絲回答道，「我本來……」

「就會以截然不同的態度接受我？」哈利說道，「至少，蘿絲，別對我隱瞞這一點。」

「我會的。不過……」蘿絲說，「我們為什麼要讓這場痛苦的談話繼續下去呢？知道自己曾在你心中佔據了如此重要的地位，將使我變得更加堅定。這對我而言就是幸福。再見了，哈利，我們以後不會再以這種形式見面了，但我們可以保持另外一種關係，我也會繼續用這顆真摯熱切的心為你祈禱，祝你成功。」

「再一句話就好，蘿絲，」哈利說道，「請讓我聽一聽妳真正的理由。」

「你的前程十分輝煌，」蘿絲堅定地回答，「一切榮華富貴都在等著你。但你的親戚們是那麼地高貴，我既不願和可能鄙視我生母的人相處，也不願讓從小到大養育我的恩人蒙羞。」少女說著，轉過臉去，似乎有些動搖，「我的名字是有汙點的，我絕不會讓它連累別人，一切責難都由我一個人來承擔。」

「那麼，蘿絲，」哈利衝到她的面前，「要是我不那麼富裕，要是我又窮、又病、又無依無靠的話，妳也會拒絕我嗎？」

「別逼我回答這個問題。」蘿絲說道。

「如果妳的答案與我期待的相同，」哈利反駁道，「它將會在我孤獨的前程上撒下一道幸福的光彩。噢！蘿絲，看在我炙熱而持久的愛慕份上，看在我已為妳承受的一切苦難份上，回答我這一個問題吧！」

「那麼，假如你的命運另有安排，」蘿絲答道，「假如你的地位與我相近，那我將會幫助你、撫慰你，而不是成為你的一個汙點、一塊絆腳石。我現在早已感到極大的幸福。不過，話說回來，哈利，我承認，我本來應該得到更大的幸福。」

蘿絲傾吐著這一番衷情。長久以來，她一直把這種心願埋藏在心底；此刻，這些願望隨著記憶紛紛湧上心頭，使她淚流不止。

「我無法克制這種軟弱，但我的心意十分堅定。」蘿絲伸出手來，說道，「現在，你必須走了。」

「我求妳最後一件事。」哈利說，「在一年之內——也可能大大提前——請允許我就這件事與妳談最後一回。如果妳願意，無論我今後取得什麼樣的地位或財富，我要把它們統統獻給妳。要是妳仍然堅持妳現在的決定，我絕不試圖加以改變。」

「就這樣吧，」蘿絲回答，「那只會增添更多痛苦。到那個時候，我或許就承受得住了。」

她再一次伸出手去，但年輕人卻把她摟進懷裡，在她那清秀的額頭上吻了一下，匆匆走出了房間。

第三十六章

哈利決定當天早上就與醫生一起離開。吃完早餐不久，馬車就抵達了門口，凱爾斯進來拿行李，羅斯本跑到屋外，看行李捆綁得是否牢靠。這時，哈利忽然走向奧立佛。

「奧立佛，」哈利壓低聲音說道，「我跟你說句話。」

奧立佛見這位年輕紳士臉上顯露出悲哀與激動交織的神情，不由得大吃一驚。

「你已經學會寫字了，是嗎？」哈利把一隻手搭在他的肩上。

「是的，先生。」奧立佛回答。

「我又要出門了，也許會離開一段時間。我希望你寫信給我——半個月一次也行。每隔一個禮拜的禮拜一，寄到倫敦郵政總局。可以嗎？」

「噢，當然了，先生，我很樂意為你效勞。」奧立佛大聲說道，對這項使命非常滿意。

「我想要知道，我母親和蘿絲小姐過得如何。」青年紳士說，「你可以寫滿一整張紙，告訴我你們怎樣散步、談了些什麼、她是不是——我是說她們——看起來是不是非常快樂、非常健康。你明白嗎？」

「噢，明白，先生，完全明白。」奧立佛答道。

「你不要向她們提起這件事，」哈利趕緊補充一句，「因為這樣一來，我母親就會忙著寫信給我，白白增加她的麻煩。這就算是你我之間的一個秘密，別忘了把每件事都告訴我，全靠你了。」

奧立佛意識到這項任務的重要性，感到相當榮幸。他保證會守口如瓶，並且據實以告。梅萊先生向他告別，並一再承諾，會多多關心他、保護他。

醫生上了馬車，凱爾斯手扶著打開的車門站在一旁，兩個女僕在花園裡看著他們。哈利朝蘿絲房間的窗戶偷偷瞥了一眼，跳上馬車。

馬車順著大路走遠了，聲音漸漸聽不見，只看見車身飛速行駛，幾乎隱沒在飛揚的塵土之中。直到連那一團煙塵也看不見了，目送他們的人才各自散去。不過，有一位送行的人依然緊盯著馬車消逝的那個地方。原來，當哈利朝著窗戶抬頭望去的時候，蘿絲本人就坐在窗簾的後面，窗簾擋住了哈利的視線。

「他好像很高興的樣子，」她終於開口，「我原本還擔心他會失望呢。我猜錯了，多麼開心呀。」

然而，當蘿絲坐在窗前沉思時，從她臉上滾落下來的淚水中蘊含著的憂傷卻似乎多於歡樂。

第三十七章

邦布爾先生悶悶不樂地坐在濟貧院的一個房間裡，眼睛盯著壁爐，不時發出一聲長嘆，臉上隨即泛起一道沮喪的陰影。他依舊穿著緊身短褲和深色長統襪，但緊身褲已不是原來的那一條；威風凜凜的三角帽也換成了一頂謙虛的圓頂帽。邦布爾先生不再是一位執事了，他與柯尼太太結了婚，當上了濟貧院的院長。

「到明天，這件事就滿兩個月了。」邦布爾先生嘆了口氣，說道，「真像是過了整整一輩子！」

邦布爾先生的意思或許是說，他把畢生幸福濃縮到了短短的八個禮拜裡。但那一聲長嘆意味深長。

「我把自己賣了，」邦布爾先生繼續說道，「換了六把茶匙、一把糖夾子、一口鍋子，加上為數不多的幾樣二手傢俱，以及二十鎊現金。我虧大了，這價錢也太便宜了點。」

「便宜！」一個尖銳的聲音衝進邦布爾先生的耳朵，「無論用什麼價錢買你都算貴！我為你付出的代價夠高的了，上帝心裡有數。」

邦布爾先生轉過身來，看見了他那位斤斤計較的妻子。她無意中聽到丈夫口出怨言，便劈頭蓋臉給了他一頓痛罵。

「邦布爾太太，夫人！」邦布爾先生嚴厲的語氣中帶著一點傷感。

「怎麼啦？」女人嚷道。

「看著我的眼睛。」邦布爾先生目不轉睛地盯著妻子，試圖用威嚴的眼神震懾住她。對於一群飢餓不堪貧民來說，只要瞪一眼就足以使他們服服貼貼；然而，邦布爾太太特別善於抵抗嚴厲的目光，她絲毫沒有被邦布爾先生的怒容壓倒，恰好相反，她報以極大的輕蔑，甚至還朝著他發出一陣狂笑。

聽到這出乎意料的笑聲，邦布爾先生先是不敢置信，隨後便驚呆了。直到他那位同居人的聲音又一次喚醒他的注意力，他才回過神來。

「你打算坐在那裡發呆一整天？」邦布爾太太問道。

「我高興坐多久就坐多久，夫人，」邦布爾先生回答，「這是我的特權。」

「你的特權？」邦布爾太太輕蔑地冷笑一聲。

「沒錯，夫人，」邦布爾先生說道，「男人的特權就是發號施令。」

「那女人的特權又是什麼？你倒是說說。」

「服從！」邦布爾先生吼聲如雷，「妳那個倒楣的前夫怎麼沒把這個道理教給妳？要不然，他搞不好還能活到今天。我真巴不得他還活著，苦命的人啊！」

邦布爾太太看出，最關鍵的時刻已經到來，她必須採取一些決定性的行動。於是，她咚地一聲倒在一張椅子上，淚如泉湧，一邊尖聲哭喊著邦布爾先生是一個冷酷無情的畜生。他的丈夫不為所動。

「哭能夠舒張肺部，沖洗面孔，鍛煉眼睛，並且平息火氣。」邦布爾先生說道，「哭個夠吧。」

邦布爾太太之所以先拿眼淚來試探，是因為這樣比動手打人要簡單些；不過她早就作好了下一步的準備，一聽見丈夫這麼說，立刻用一隻手緊緊掐住他的脖子，另一隻手朝著他腦袋雨點般地打去。接著，她又是抓他的臉，又是扯他的頭髮。直到好一會兒後，她認為懲罰夠了，才將邦布爾先生朝椅子上一推，推得他連人帶椅翻了一個跟斗，還問他敢不敢再提什麼特權。

「起來！」邦布爾太太喝令，「你要是不希望我幹出什麼不要命的事，就馬上滾蛋！」

邦布爾先生哭喪著臉從地上爬起來，撿起帽子，連滾帶爬地逃出了房間。

他莫名其妙挨了一頓打，心中忿忿不平，便在濟貧院轉了一圈，想找個人出氣。就在這時，他走過洗衣房外，這裡平時總有幾個女貧民負責清洗教區分發的衣服，他聽見房裡傳出幾個說話的聲音。

「哼！」邦布爾先生一邊說，一邊振作起平日的威風，「喂！妳們這些賤人，在吵些什麼？」

他推開房門，氣勢洶洶地走了進去，卻發現妻子正在那裡，他的態度立刻換成了一副謙卑、怯懦的嘴臉。

「親愛的，」邦布爾先生說，「我不知道妳在這裡。」

「不知道我在這裡？」邦布爾太太重複了一句，「你來這裡做什麼？」

「我要她們少講點話，專心幹活，親愛的。」邦布爾先生心煩意亂，瞄了一眼洗衣盆前的兩個老太婆，她們看到院長那副低聲下氣的樣子，都感到詫異不已，正在那裡不停議論著。

「你要她們少講點話？」邦布爾太太說，「這關你什麼事？」

「可是，親愛的……」邦布爾先生謙卑地支吾著。

「這關你什麼事？」邦布爾太太又一次發出質問。

「沒錯，妳才是這裡的總管，親愛的，」邦布爾先生屈服了，「我以為妳不在這裡。」

「我告訴你，邦布爾先生，」太太說道，「我們不需要你來多事。你實在太愛管閒事了，害得全院的人一看見你轉過身去，都忍不住笑你像個傻瓜！你給我出去，快滾！」

邦布爾先生見那兩個窮老太婆大為開心，竊笑不已，感到痛苦萬分。但又能怎麼樣呢？他沮喪地左右看了看，便溜掉了。他剛走到門口，就聽到那幾個女貧民的竊笑突然化為樂不可支的大笑聲，真是屈辱！他當著這幾個窮人的面，失去了人格、地位，從教區執事一下子淪為了妻子的奴隸。

「才過了兩個月，」邦布爾先生心情壞透了，「兩個月！不到兩個月以前，我不僅是自己的主人，還是教區濟貧院每一個人的主人，但現在……」

邦布爾先生心煩意亂地走到街上。他走過一條街又一條街，悲憤的心情逐漸平復。就在這時，忽然下起大雨，他鑽進路旁的一家酒店，在吧台點了一杯飲料。

酒店裡只有一個客人，這個人又高又黑，穿著一件寬大的斗篷，樣子不像本地人；從他那副略顯憔悴的臉色和渾身塵土來看，好像是從遠方來的。邦布爾先生不屑理會他，只是默默地喝著摻水杜松子酒，一邊蹺起腿看報紙。

就像一般人一樣，他不時感到自己有種克制不住的衝動，想偷偷看一眼陌生人。每當他這樣做的時候，又都頗為尷尬地把目光縮回來；因為他發現，陌生人也正在偷偷地打量自己。他目光犀利，炯炯有神，但一臉戒心和猜疑，惹人生厭。邦布爾先生從未見過這樣不尋常的表情，不由得更加手足無措。

就這樣，彼此的眼光幾度交鋒之後，陌生人用一種刺耳、低沉的嗓音打破了沉默。

「我見過你。」陌生人說，「那時候你的穿著不一樣，我只在街上跟你擦身而過，但應該還是想得起來。你當過本地的教區執事，對嗎？」

「我的確當過。」邦布爾先生多少有些吃驚。

「果然沒錯。」另一位點了點頭，「你現在在做什麼？」

「濟貧院院長，年輕人。」邦布爾先生提防地說道。

「不知道你的目光是不是和從前一樣，只盯著自己的利益？」陌生人接著說道，一邊目光如炬地逼視著邦布爾先生的眼睛，「伙計，你看得出，我相當瞭解你。」

「我想，不管一個男人結婚了沒，」邦布爾先生錯愕地回答，一邊將陌生人從頭到腳打量了一番，「都不會反對多掙兩個小錢。教區職員薪水不高，所以不會拒絕任何一筆外快，只要手段正當就行。」

陌生人微微一笑，又點了點頭，好像在說他沒有看錯人。

「現在，聽我說，」陌生人忽然關上門窗，「我今天到這裡來，正是為了找你。我想跟你打聽一點事情——我不會要你白白說出口的，儘管不是什麼大事。這一點心意你先收下。」

說著，他小心翼翼地把兩個金幣推過去。邦布爾先生仔細查看了一番，便滿意地放進了背心口袋裡。陌生人繼續說道：

「現在，請你回想一下十二年前一個冬天的夜晚。」

「沒問題。」邦布爾先生說。

「地點就在濟貧院。」

「好。」

「那天，有個孩子出生了，」陌生人說道，「那是一個長相可憐兮兮、臉上毫無血色的男孩，他曾在當地一間棺材鋪當過學徒，後來據說跑到倫敦去了。」

「哦，你指的是小奧立佛．特威斯特。」邦布爾先生說道，「我當然記得他，那是一個前所未見的小壞蛋——」

「我不想打聽他的事，他的事我知道得夠多了，」陌生人插嘴道，「我想打聽的是一個女人，照顧過他母親的那個醜老太婆。她現在在哪裡？」

「她？」邦布爾先生笑了笑，「她去年冬天就死了。」

聽到這個消息，陌生人目不轉睛地盯著他，眼神變得空洞、迷惘，好像陷入了沉思，他彷彿不明白應該對這個消息表示欣慰還是失望。最後，他鬆了一口氣，站起來，似乎打算離去。

然而，狡猾的邦布爾先生已經看出，眼前有個大撈一筆的好機會。他神秘兮兮地告訴陌生人，那個老太婆臨死前曾與一位女士秘密對談過，他相信這位女士能提供一些他需要的情報。

「我該如何找到她？」陌生人興奮地問道。

「透過我。」邦布爾先生回答。

「什麼時候？」

「明天。」

「那好，」陌生人掏出一張紙片，在上面寫了一個地址，「今晚九點，帶她去我那裡。好處少不了你。」

「我該去找什麼人？」

「蒙克斯。」那人回答完，便匆匆忙忙離去了。

第三十八章

當天夜裡，邦布爾夫婦繞過鎮上的大街，朝城外大約一哩半的一個小村落走去。村裡稀稀落落有幾棟破房子，建在一塊低窪汙穢的沼澤上，緊挨著河邊。此地遠近馳名，許多靠偷竊和犯案為生的惡棍都住在這裡。在這一群破茅屋的中心，緊挨河邊，立著一棟懸在水上的廢棄工廠。老鼠、蛀蟲，加上潮氣的侵蝕，房屋的木樁已經腐爛，上層搖搖欲墜。邦布爾夫婦在這棟沒落的大樓前停了下來。

「快進來吧！」蒙克斯打開了門，不耐煩地嚷道，「我可沒閒功夫老是待在這裡。」

邦布爾太太先是遲疑了一下，接著便大著膽子走了進去；邦布爾先生緊跟在後，一副六神無主的樣子。蒙克斯關上大門，忽然轉向女總管，目光逼視著她，連從不輕易屈服的她也不由自主地低下了頭。

「就是這位女士了，對嗎？」蒙克斯問道。

「嗯，是這位女士。」邦布爾回答。

「我猜，你認為女人是守不住秘密的，是嗎？」女總管插嘴道，並且用銳利的目光回敬蒙克斯。

「我知道她們只有一件事能守住秘密，直到被人發現為止。」蒙克斯說。

「那是什麼秘密呢？」女總管問。

「就是她們失去了自己的好名聲。」蒙克斯答道，「也就是說，假如一個女人涉入了一個會把她送上絞架的秘密，就不必擔心她會告訴任何人。妳明白嗎？夫人。」

他一邊說著，一邊帶頭登上樓梯，來到一個房間。他手忙腳亂地把房間的窗板關上，又把掛在天花板下一根橫樑上的燈拉下來，昏暗的燈光落在房裡擺著的一張舊桌子和三張椅子上。

「現在，」三個人全都坐下來，蒙克斯說話了，「我們來談正事吧。這位女士知道要談什麼嗎？」

問題是向邦布爾問的，可是他的夫人卻搶先作了回答，說自己完全清楚要談什麼事。

「他說過，那個老太婆死去當晚，妳跟她在一起，她告訴了妳一件事——」

「這件事和你提到的那個孩子的母親有關，」女總管打斷他，「沒錯吧？」

「第一個問題是，她說的事是哪一方面的？」蒙克斯說道。

「不，」女士慎重其事地說，「第一個問題是，這情報值多少錢？」

「還不知道是什麼情報呢，誰知道呢？」蒙克斯問道。

「我相信，沒有人比你更清楚了。」邦布爾太太信心滿滿地說。

「哼，」蒙克斯帶著一副著急的神色，意味深長地說，「難道真的很值錢？」

「可能是吧。」回答十分從容。

「有一樣從她那裡拿走的東西，」蒙克斯說道，「她本來戴在身上，後來——」

「你還是先出個價，」邦布爾太太再次打斷他，「我相信這個情報正是你想要的。」

「妳看值多少錢？」蒙克斯厲聲問道。

「二十五個英鎊，」那女的說道，「給我二十五鎊，我就把知道的事都告訴你。」

「二十五鎊！」蒙克斯大叫一聲，「一個也許微不足道的秘密，竟然要我二十五鎊？它已經埋在地下超過十二年了。」

「這個秘密保存良好，就像一瓶好酒，越陳越值錢。」女總管滿不在乎地回答，「至於說埋在地下，你知道，許多在地下一千年、一萬年的東西，往往還是能說出一些稀奇古怪的事情來。」

「要是我付了錢，卻什麼也沒得到呢？」蒙克斯猶豫起來，問道。

「你可以把錢全數拿回去。」女總管回答。

蒙克斯把一隻手插進側邊口袋裡，掏出一個帆布袋，數了二十五枚金幣放在桌子上，然後推到那位女士面前。

「現在，」他說道，「我們就來聽聽妳的故事。」

蒙克斯從桌邊揚起臉，朝前弓著身子，一心想聽聽那個婦人會說些什麼。兩個男人急於一探究竟，都朝那張小小的桌子俯下來，女士也把頭伸過去，好讓她耳語般的說話聲能被聽見，三張臉差點碰在一起；吊燈微弱的亮光落在他們的臉上，使這三張面孔顯得既蒼白而又焦急，看上去就像三個幽靈。

「那個老太婆叫做老莎莉。」女總管開始敘述了，「她死的時候，在場的只有我跟她兩個人。她談到有個年輕的女人，許多年以前生下一個男孩，恰好就在她死前躺的那張床上。那孩子就是你昨晚向他提到名字的那一個，」女總管漫不經心地朝丈夫點了點頭，「這個老太婆偷了他母親的東西。」

「在她死前？」蒙克斯問。

「在她死後，」邦布爾太太打了個寒顫，「孩子的母親臨終前，請她替孤兒保管那東西；但當這名母親一斷氣，她就從屍體上把東西偷走了。」

「她把東西賣掉了？」蒙克斯急不可待地嚷了起來，「她是不是賣了？賣到哪裡去了？什麼時候？賣給誰了？多久以前的事？」

「她什麼也沒說就死了。」婦人慢條斯理地說，「不過，她一隻手緊緊抓住我的上衣，當我把那隻手掰開時，發現裡頭握著一張破紙片。」

「那上面寫了什麼？」蒙克斯伸長脖子，插嘴問道。

「沒什麼，」她回答，「那是一張當票。」

「當了什麼？」蒙克斯追問道。

「別急，我會告訴你。」婦人說道，「我猜，她把那東西送進了當鋪，一年一年付給當鋪利息，以免過期；萬一有必要，還可以贖回來。結果什麼事也沒有。我想那東西說不定有點用處，就把它贖了回來。」

「東西目前在什麼地方？」蒙克斯急切地問。

「在這裡。」婦人回答，她慌慌張張地把一只小羊皮袋扔在桌上，好像巴不得擺脫它的樣子。蒙克斯猛撲上去，雙手顫抖著把袋子撕開，裡面裝著一個小金盒，盒裡有兩根頭髮，以及一枚純金的結婚戒指。

「戒指背面刻著『艾格尼絲』這個名字，」婦人說，「以及日期。那個日期就在小孩出生的前一年。」

「就這些？」蒙克斯說，他把袋子裡的東西仔細地檢查過了。

「就這些了。」婦人回答。

聽完這句回答，蒙克斯猛地將桌子推到一邊，抓住地板上的一個鐵環，拉開一大塊活門，從緊挨著邦布爾先生腳邊的地方掀開一道暗門，暗門下方是奔騰的河水，濁浪翻滾，撲打著那黏糊糊的綠色木樁。他將小包拿在手裡，撿起地上一枚鉛塊綁在一起，便丟進了激流之中。鉛塊直直地掉下去，撲通一聲劃開水面，不見了。

三個人面面相覷，似乎鬆了一口氣。

「現在，」蒙克斯關上暗門，說道，「再也沒有人找得到這東西了。我們的談話就到這裡，還是快結束這一次愉快的聚會吧。」

「當然。」邦布爾先生欣然同意。

「還有一件事，別忘了管好你們的舌頭。」蒙克斯忽然把臉一沉。

「放心好了，年輕人。」邦布爾先生一邊回答，一邊點頭哈腰，緩緩地退向那架梯子，顯然格外有禮貌。

「為了大家的利益，也為了我自己，你知道的，蒙克斯先生。」

「我很高興聽到這句話，」蒙克斯說道，「把燈點亮，趕快離開這裡！」

邦布爾先生點亮了自己的提燈，默默地順著樓梯下去，他的妻子跟在後面。蒙克斯在樓梯上停了一下，直到確認四周沒有別的聲音，才最後一個走下樓去。他們來到門口，彼此點了一下頭，那對夫妻便向黑沉沉的深夜中走去。

第三十九章

第二天傍晚，蒙克斯來到猶太人費金的住處。他匆匆走上樓梯，進了房間，發現南茜也在那裡。

「有什麼消息嗎？」費金問。

「重大消息。」

「是不是好消息？」費金吞吞吐吐地問，似乎害怕觸怒對方。

「還不差，」蒙克斯微微一笑，答道，「我們借一步說話。」

老猶太人看了一眼南茜，她似乎沒有要離開房間的打算，便朝樓上指了指，領著蒙克斯走出房間。

「不要去我們之前待過的那個鬼房間。」南茜聽見那個男人一邊上樓，一邊發著牢騷。老猶太人笑起來，回答了一句聽不清楚的話；樓板發出嘎嘎的響聲，看來他把同伴帶到了三樓。

那兩人的腳步聲在屋子裡發出的回音還沒有平息下來，南茜已經脫掉鞋子，撩起衣角胡亂蓋在頭上，裹住肩膀，站在門口屏息傾聽。響聲剛一停下，她便邁開輕柔的腳步，溜出房間，無聲無息地登上樓梯，消失在幽暗的樓上。

房間裡有十五分鐘以上空無一人。隨後，南茜又像幽靈般飄然而歸，緊接著便聽見那兩個人下樓了。蒙克斯直接走出了大門，當費金回到房間時，南茜正在整理她的披巾和軟帽，好像在準備出門。

「嘿，南茜，」猶太人放下蠟燭，嚷道，「妳臉色多麼蒼白。」

「蒼白？」姑娘回答，她將雙手罩在額上，似乎在發呆。

「太可怕了。妳一個人在做什麼呢？」

「什麼也沒做，只是無所事事地坐在這個鬼地方罷了。」姑娘輕描淡寫地回答，「好了，我要回去了。」

南茜來到空曠的街上，開始朝著倫敦西區直奔而去，沿途不時戰戰兢兢地回頭望去。她經過一條又一條偏僻小街，手肘撞得行人東倒西歪；穿過幾條擁擠的街道時，她幾乎是從馬頭下鑽過去，人們紛紛回過頭來，心想：「這女人發瘋了。」

當她進入倫敦城較富有的區域後，街道不再那麼擁擠了。她橫衝直撞，從零零星星的行人身邊匆匆趕過，來到了一間家庭旅館。這間旅館座落在海德公園附近一條幽靜的街上，門前點著一盞燈。南茜磨磨蹭蹭地走了幾步，像是有些猶豫不決，但她最後還是下定決心，走進了門廳。門房的座位上空無一人，她面帶難色地看了看四周，接著朝樓梯走去。

「喂，小姐！」一名衣著華麗的女人對她說道，「妳來這裡找誰呀？」

「找一位住在這裡的小姐。」姑娘回答。

「一位小姐？」這聲回答伴隨著一道嘲笑的眼色，「哪來的什麼小姐？」

「梅萊小姐。」南茜說。

貴婦鄙夷地瞥了她一眼，便叫來一個男侍者招呼她。南茜將自己的請求說了一遍。

「該怎麼稱呼您呢？」侍者問。

「怎麼稱呼都沒關係。」南茜回答。

「也不用說是什麼事？」侍者說。

「是的，也不用說，」姑娘答道，「我必須見見這位小姐。」

「得了吧，」侍者說著，便將她朝門外推。「這樣是不行的。出去。」

「除非你們把我抬出去。」南茜不顧一切地說，「而且我會讓一些人付出代價。」她看了看四周，說道：「有沒有人願意為我這樣的可憐人傳個話？」

這一番懇求打動了一個善良的廚師，他正和另外幾個侍者在一旁觀望，便上前排解糾紛。

「你就替她傳個話吧，喬伊。」廚師說道。

「我該怎麼說呢？」侍者聳了聳肩，問道。

「就說，有個年輕女人誠心誠意地請求跟梅萊小姐談話，」南茜說，「只要她聽我說完第一句話，就會明白應該聽我往下說，還是把我當成騙子趕出門去。」

侍者快步離開去了，很快就回來，請她上樓。南茜渾身發抖，跟在男侍者身後，走進一間天花板上點著一盞吊燈的小會客室。侍者將她領進房間後，便退了出去。

第四十章

南茜抬起眼睛，看見一位苗條、漂亮的少女出現在面前，她感到自慚形穢，不自覺地把目光轉向地上，裝出漫不經心的樣子搖了搖頭，說道：

「要見到妳可真不容易！小姐。要是惹我不高興，掉頭走人，妳一定會後悔的！」

「我很抱歉。如果有誰對妳失禮的話，請別見怪。」蘿絲回答，「告訴我，妳為什麼要見我。我就是妳要找的人。」

對方這種體貼的語調、柔和的聲音、落落大方的態度，絲毫沒有傲慢或厭惡的口吻，完全出乎南茜的預料，她哇的一聲哭了出來。

「噢，小姐！」她雙手交纏，激動地說，「要是像妳這樣的人多一些，像我這樣的人就會少一些了！是這樣的，是這樣的……」

「請坐。」蘿絲誠懇地說，「如果妳有什麼需要，或是有什麼不幸，我一定真心誠意地幫助妳，只要我辦得到。請坐。」

「讓我站著就好，小姐。」南茜邊哭邊說，「妳別對我這麼客氣。那扇門關上了嗎？」

「關上了，」蘿絲說著，警覺地後退了幾步，「怎麼回事？」

「因為，」南茜說道，「我將要把我的命、還有別人的命交到妳手裡。我就是把奧立佛擄回費金家裡的那個女人，就在他從本頓維爾那棟房子裡出來的那一晚。」

「妳？」蘿絲說道。

「就是我，小姐。」姑娘回答，「我就是妳已經聽說的那個壞傢伙，整天和盜賊鬼混在一起。妳可以離我遠一點，小姐，我不會在意；當我走在擁擠的人行道上，連最窮的乞丐都忍不住退避三舍。」

「真可怕。」蘿絲說著，不由自主地倒退了幾步。

「跪下來感謝上帝吧，親愛的小姐，」姑娘哭喊著，「妳從小就有親人關心妳、照料妳，從來沒有受凍挨餓，沒經歷過犯罪的場面——甚至比這更壞的事。但我還在搖籃裡就習慣了。暗巷和陰溝就是我的搖籃，將來還會作我的墳墓。」

「我同情妳，」蘿絲已經語不成聲，「妳的話把我的心都絞碎了。」

「願上帝保佑妳的善心。」南茜回答，「妳要是知道我做過的事，一定會同情我的。我好不容易才溜出來，那些人要是知道我在這裡，把我偷聽來的話告訴妳，肯定會殺了我。妳認不認識一個叫蒙克斯的男人？」

「不認識。」蘿絲說。

「但他認識妳，」姑娘答道，「還知道妳住在這裡。我就是從他口中聽到妳的行蹤的。」

「我從來沒聽說過這個名字。」蘿絲說道。

「一定是我們那伙人告訴他的。」南茜繼續說道，「前一陣子，就是奧立佛被帶到你們家之後不久，我偷聽到了他跟費金之間的一次對話。根據我聽到的話，我發現蒙克斯似乎認識奧立佛，而且一直在找他。他和費金談成了一筆交易，一旦把奧立佛弄回來，費金可以拿到一筆錢；要是把他培養成一個小偷，以後還可以拿到更多的錢。那個蒙克斯有某種目的，需要這麼做。」

「什麼目的？」蘿絲問。

「我正想繼續偷聽下去，但他一眼看見我在牆上的影子，於是我只好逃走了。」南茜說道，「不過，昨天晚上我又看見他了。」

「當時發生了什麼事？」

「我一樣在門口偷聽他們交談。我聽到蒙克斯說：『搞定了，唯一能指認那孩子身分的證據沉到河底去了，知道這件事的老太婆也死了。』他們大笑起來，說這件事幹得漂亮。我發現，蒙克斯一提起那個孩子，就變得非常野蠻；他說自己總算能把奧立佛的錢弄到手了，不過要是能再把他送進倫敦的監獄裡，最後送上絞刑架，好把他父親的遺囑嘲笑一番，那才過癮呢！」

「這究竟是怎麼回事？」蘿絲越聽越糊塗。

「這全是事實，小姐。」姑娘回答，「他說，一定要取那孩子的命，才能消他心頭之恨，不過這件事必須慢慢進行。『簡單來說，費金，』他說，『你雖然是猶太人，卻還沒有佈置過像我替我弟弟奧立佛精心設下的這種圈套呢！』」

「他的弟弟？」蘿絲叫了起來。

「那是他說的，」南茜說著，提心吊膽地看了看四周，「還有呢。他提到妳和另外一位女士的時候說，上帝簡直是跟他過不去，才讓奧立佛落到妳們手中。不過他又哈哈大笑，說這件事很有趣，他相信妳們為了弄清楚那孩子的真實身分，無論多少錢都願意出。」

「這是真的嗎？」蘿絲的臉色變得一片煞白。

「他說話時咬牙切齒，怒不可遏，」南茜搖了搖頭，回答道，「我認識過許多人，幹過更壞的事情，但我從沒聽過有人講話這麼凶惡。時間晚了，我必須趕回家去，免得被人懷疑我出來告密。我得馬上回去。」

「但我能做些什麼呢？」蘿絲說，「我該採取什麼樣的措施呢？還有，既然妳把同伴描繪得那樣可怕，那妳為什麼還要回去呢？我認識一位好心的先生，只要妳把這些話再向他重複一遍，他就能把妳藏到一個安全的地方去。」

「幹嘛回去？」南茜說，「我必須回去，因為在我提到的那些人中間，有一個人——最無法無天的一個，我離不開他。是的，哪怕能夠擺脫我現在的這種生活，我也離不開他。」

「妳曾經保護過這可愛的孩子，」蘿絲說道，「為了告訴我這些事，妳冒著這麼大的危險來這裡，這證明了妳的悔恨和羞愧。妳完全可以重新做人的。啊！」蘿絲雙手合在一起，淚水順著臉頰不住地往下流。「我同情妳。請聽我的話，讓我來拯救妳，妳還可以做一些有益的事情。」

「小姐，」南茜雙膝跪下，哭喊著，「可愛的小姐，妳是第一個這樣為我祝福的人，要是我早幾年聽到這些話，或許還可以擺脫這不幸的生活。但現在為時已晚——太晚了。」

「懺悔和贖罪永遠不嫌晚。」蘿絲說道。

「太晚了，」南茜痛苦不堪，哭著說，「我不能丟下他。我不願意讓他去送死。」

「這是什麼意思？」蘿絲問。

「他無藥可救了，」姑娘大聲說，「如果我把這些話告訴別人，讓他們都被抓起來，他一定會被處死。他是最壞的一個，又那樣殘忍。」

「難道妳要為了這樣一個人，」蘿絲嚷了起來，「既放棄未來的一切希望，又放棄近在眼前的獲救機會嗎？妳這是在發瘋。」

「我也不明白是怎麼回事。」南茜回答，「但我必須回去，即使要受盡痛苦、虐待，我也要回到他那裡去。而且我相信，即使知道自己最後會死在他手裡，我也要回去。」

「我該怎麼辦呢？」蘿絲說道，「我不能讓妳就這樣離開我。」

「妳能，小姐，我知道妳會讓我走的，」南茜站起來，回答說，「妳不會不讓我走的，因為我相信妳的好心，我也沒有逼妳答應我——儘管我本來可以那樣做。」

「但是，妳帶來這個消息又有什麼用？」蘿絲說道，「我該怎麼幫助奧立佛呢？」

「妳身邊一定有一位好心的紳士，他能夠保守秘密，並且給予妳正確的建議。」

「我該去哪裡找妳呢？」蘿絲問道。

「如果妳能答應我，妳一定嚴守秘密，妳會一個人、或是與唯一知道這件事的人一起來，並且不會受到監視、跟蹤，我就告訴妳。」

「我向妳保證。」

「每個禮拜天的晚上，十一點到十二點之間，」南茜毫不遲疑地說，「我會在倫敦橋上散步。」

這個不幸的姑娘一邊說，一邊轉身離去了。這一次非比尋常的見面與其說像一件事實，倒不如說更像一場夢。不堪重負的蘿絲倒在椅子上，竭力想把紛亂的思想理出一個頭緒。

第四十一章

蘿絲面臨了一次非比尋常的考驗。她心急如焚，既想把奧立佛的身世之謎調查個水落石出，又想解救剛才與自己交談的那個可憐女子。南茜的言談舉止完全打動了她的心，她希望讓這個姑娘迷途知返，重新做人。

她們原打算在倫敦停留三天，再到遙遠的海濱去住幾個禮拜。如今已是第一天的夜晚。在接下來的兩天裡，她該採取什麼行動呢？或者說，她該如何延長這趟旅行，又不至於令人起疑呢？

羅斯本先生也跟她們一起來到倫敦，但蘿絲深知這位紳士的性情急躁，料想他一聽到此事就會勃然大怒，對南茜恨之入骨，因此不敢將秘密向他和盤托出。基於同樣的理由，向老太太請教也是不適當的。她一度考慮向哈利請求幫助，但這種念頭卻喚起了上一回離別的記憶。她立刻打消了這個主意。

她度過了一個顧慮重重的不眠之夜。她思緒萬千，各式各樣的想法接連出現在她的腦海裡，她時而傾向某種方法，時而又全部推翻。第二天早晨，她依舊遲疑不決，就在她沉思時，奧立佛上氣不接下氣地跑進了房間，從他按捺不住的激動來看，似乎又有什麼令人不安的事情發生了。

「怎麼了？這樣慌慌張張的。」蘿絲迎上前去，問道。

「哦！天哪，我簡直快喘不過氣了，」孩子回答，「我終於又看到他了！」

「怎麼回事？你說的是誰呀？」

「我看見那位先生了，」奧立佛興奮得幾乎連話也說不清楚，「就是對我很好的那位先生——布朗羅先生，我們經常提到的。」

「在什麼地方？」蘿絲問。

「他從馬車上下來，走進一棟房子裡去了。」奧立佛掉下了喜悅的淚水，回答道，「他沒看見我，但我也沒跟他說話；我渾身發抖，連朝他走過去都做不到。但是凱爾斯替我問到了他的住址，妳瞧，」奧立佛說著，展開一張紙片，「就在這上面的地址，他就住在這裡——我真不知該怎麼辦！」

蘿絲看了看地址：河濱大道格雷文街。她立即決定抓住這個意外的機會。

「快！」她說道，「叫他們雇一輛馬車。你快去準備，我這就帶你過去，一分鐘也別耽擱！」

不到五分鐘，他們已經坐上馬車，直奔格雷文街。到了那裡，蘿絲將奧立佛留在馬車裡，讓僕人呈上自己的名片，說有要事求見布朗羅先生。僕人很快就回來了，請她立刻上樓。蘿絲小姐跟著僕人走進二樓的一個房間，見到一位和藹可親、身穿墨綠色外套的老紳士；在離他不遠處，還坐著另一位穿淡黃馬褲、裹著皮綁腿的老先生，看起來有些古板。

「請問，您就是布朗羅先生吧？」蘿絲說著，打量了兩位紳士，最後把目光移向和藹的那一位。

「正是在下，」老紳士說道，「這位是我的朋友格林維格先生。」

格林維格先生從椅子上站起身來，生硬地鞠了一躬，又坐了下來。

「我肯定會讓您大吃一驚，」蘿絲覺得有些難以啟齒，「是這樣的，您曾經對我的一個可愛的小朋友表示出寬大的仁慈與善意；我相信您有興趣再次聽到他的消息。」

「是的。」布朗羅先生說。

「您知道他的名字叫奧立佛·特威斯特。」蘿絲答道。

布朗羅先生聽到這個名字，立刻把椅子往梅萊小姐身邊挪了挪，說道：

「答應我，親愛的小姐，再也不要提到什麼善意、仁慈。如果您拿得出任何證據，能夠改變我一度對那個孩子留下的不良印象，看在上帝的份上，請讓我見識一下吧。」

「那孩子天性高尚，又有一副好心腸，」蘿絲紅著臉說，「上帝有意要讓他在年幼時期遭受各種磨難，在他心中種下愛心與感情；即使是那些比他年長的人，也應該感到驕傲。」

「好了，梅萊小姐，」布朗羅先生說道，「言歸正傳。您能不能告訴我，您得到了這個孩子的什麼消息？為了把他找回來，我想盡了一切辦法；起初我認為他在騙我，而他之前那些同伙又纏上了他，想從我這裡撈點好處。不過，這種想法在我出國以後已經大大動搖了。」

蘿絲直截了當，幾句話便將奧立佛離開布朗羅家之後發生的事情說了一遍，只隱瞞了關於南茜的部分，打算私底下告訴這位先生。她最後保證說，那孩子過去幾個月裡最大的遺憾就是不能與從前的恩人見面。

「謝天謝地！」老紳士說道，「這對我真是莫大的幸福。但是，梅萊小姐，您還沒有告訴我他在什麼地方——原諒我這麼問，您為什麼沒有帶他一起來呢？」

「他正在門外的一輛馬車裡等著呢。」蘿絲回答。

「在門外？」老紳士大叫一聲，匆匆離開房間，走下樓，跳上馬車踏板，二話不說便衝進了車廂。沒過多久，他便帶著奧立佛回來了，格林維格先生此時也一改過去的態度，謙和地向孩子表示歡迎。

「慢著，還有一個不應該忘掉的人。」布朗羅先生搖了搖鈴，「請把貝德溫太太叫來。」

老管家匆匆忙忙趕來，在門口行了個禮，等候吩咐。

「哦！貝德溫，妳的眼睛真是一天不如一天了！」布朗羅先生有些氣惱。

「是啊，老爺，」老太太回答，「到了我這個年紀，眼睛是不會越來越好的。」

「戴上妳的眼鏡吧！」布朗羅先生回答，「看妳猜不猜得出我為什麼叫妳來，好嗎？」

老太太開始在口袋裡找眼鏡，但奧立佛再也克制不住耐心，縱身撲進老太太懷裡。

「我的老天！」老太太一把抱住他，驚呼著，「這不是我那個受冤枉的孩子嗎？」

「親愛的太太！」奧立佛哭喊道。

「我就知道你會回來的，」老太太將他摟在懷裡說，「瞧他氣色多好，又打扮得像個富貴人家的公子。這麼久以來你去哪裡了？啊！臉蛋還是那樣漂亮，只是沒那麼蒼白了。眼睛也還是那樣溫順，但不那麼憂鬱了。還有他溫和的微笑，就像我的寶貝孩子一樣。」好心的老太太絮絮叨叨地說著，忽而讓奧立佛退後一步，看看他長高多少，忽而又把他拉到身邊，溺愛地撫摸他的頭髮，摟住他的脖子一會兒笑，一會兒哭。

布朗羅先生留下她和奧立佛，帶著蘿絲走進另一個房間。在那裡，他聽蘿絲講述了她與南茜見面的經過，不禁感到大為震驚。蘿絲還解釋了沒有立刻向她的朋友羅斯本先生吐露此事的原因，老先生肯定了她的謹慎，並且答應親自與這位可敬的醫生進行一次鄭重的會談。兩人商定，當天晚上八點，由布朗羅到旅館作一次拜訪。當一切安排停當後，蘿絲與奧立佛便回去了。

如同蘿絲一開始預料的，當醫生一聽完南茜的來歷，一連串的咒罵便像暴雨般從他的口中傾瀉而出。他揚言要找警方合作，將南茜第一個捉拿歸案；並當場戴上帽子，準備出門。幸好，布朗羅先生及時阻止了他。

「那應該怎麼辦？」心直口快的醫生說道，「難道我們應該向這些流氓致謝，並贈送每人一百鎊的酬勞，聊表敬意，因為他們曾經厚待過奧立佛嗎？」

「不完全如此，」布朗羅先生說道，「但我們必須謹慎行事，步步為營。」

「謹慎行事？步步為營？」醫生嚷了起來，「我要把他們全都送到——」

「送到哪裡都可以，」布朗羅先生打斷他，「不過，你想一想，這樣做是否就能達到我們的目的？」

「什麼目的？」醫生問道。

「查明奧立佛的身世，替他把應得的遺產奪回來。假如這件事情屬實，那麼他的那筆遺產已經被人用欺詐的手段侵佔了。」

「啊！」羅斯本先生一邊說，一邊用手帕擦著汗水，「我差點忘了這件事。」

「顯然，要查明這個秘密，必然會遇到各種困難。為了讓蒙克斯這個人就範，我們要趁他落單的時候逮住他。因為即使他被拘押，我們也拿不出指控他的證據。他甚至沒有參與這伙歹徒的任何一次搶劫。這樣一來，他就不會受到進一步的懲罰，以後我們想再從他口中掏出一句話，那就會變成不可能的事。」

「那麼，」醫生性急地說，「難道你認為，我們應該信守我們向那個姑娘作出的承諾？儘管我們本著美好而善良的意願作出了這一保證，但她未必——」

「別擔心，」布朗羅又說，「承諾是必須遵守的。我並不認為這會為我們帶來絲毫阻礙。不過，在我們採取行動之前，我們必須見一見那姑娘，向她說明，我們將靠自己——而不是法律，去對付蒙克斯。希望她能出面指認他，或是說出他的行蹤、他的長相，好讓我們抓住他。今天才禮拜二，我建議，在禮拜天之前，大家要絕對保持冷靜，並且對任何人保守秘密。」

羅斯本先生露出不以為然的樣子，但還是接受了這一項提議。他不得不承認自己想不出更好的方法，加上蘿絲與梅萊夫人都極力支持布朗羅先生，這位紳士的提議獲得一致通過。

「我還想求助我的朋友格林維格，」他說道，「他精通法律，一定能對我們有所助益。」

「我不反對，但我也希望能讓自己的朋友加入。」醫生說。

「是哪一位呢？」布朗羅先生問道。

「那位夫人的兒子，也是這位小姐的摯友。」醫生說著，指指老夫人，又意味深長地望了一眼她的侄女。

蘿絲臉上一片通紅，卻一言不發。就這樣，哈利與格林維格先生順理成章地加入了這個計畫。商議完畢，老紳士把一隻手伸給梅萊太太，羅斯本先生領著蘿絲跟在後面，一伙人回到了餐廳。

第四十二章

就在南茜向蘿絲通風報信的那天夜裡，有兩個人順著北方大道朝倫敦方向走來。

來者是一男一女，都還很年輕。女人背上掛著一個沉甸甸的包袱；她的同伴行李不多，僅有一個用毛巾裹起來的小包。他偶爾不耐煩地轉過身去，彷彿是在埋怨同伴走得太慢，催促她加把勁似的。

「快走啊，妳走不動了？夏綠蒂，妳這懶惰鬼！」

「包袱太重了。」女人趕上前去，累得快喘不過氣來。

「重？虧妳說得出口，妳是做什麼用的？」男的一邊說，一邊把自己的小包袱換到另一個肩頭上。「瞧妳，又想休息了！妳除了讓人等得不耐煩以外，還會做什麼！」

「還很遠嗎？諾亞。」女人在路旁坐下來，抬眼問道，汗水從她臉上不停往下流。

「就快到了，」流浪漢指了指前方，「瞧，那就是倫敦的燈火。」

「看上去至少有兩哩遠。」女人感到洩氣。

「管它是兩哩還是二十哩，妳走就是了。」諾亞說道，「快站起來，不然我要踢妳了！」

諾亞口中唸唸有詞，從馬路對面走過來，似乎真的要動腳。女人只好站起身來，默默地隨他向前走去。

「你打算在哪裡過夜？諾亞。」兩人走出幾百碼之後，她問道。

「我怎麼知道？」諾亞脾氣暴躁地回答。

「但願就在附近。」夏綠蒂說。

「不，不在附近，」諾亞回答，「聽著！不在附近，想都別想。」

「為什麼？」

「要是我們在第一家旅店就住下，蘇爾伯雷老頭有可能會找到我們，用手銬銬上，扔到大車裡押回去，那我可就完了，不是嗎？」諾亞以嘲弄的口氣說道，「不，我們要走最狹窄的小巷，直到發現一個最偏僻的住處再停下來。該死，妳應該感謝我，要不是我腦袋靈光，妳一個禮拜前就已經被關起來了，小姐。」

「我知道我沒有你機靈，」夏綠蒂回答，「但你不能把錯全推給我。要是我被關起來，你也逃不了。」

「錢是妳從櫃台裡偷拿的，妳知道。」諾亞說。

「但我拿錢是為了你呀，親愛的。」夏綠蒂答道。

「錢在不在我身上？」諾亞又問。

「不在。你信任我，把錢放在我身上，你真是我的寶貝。」這位姑娘說著，親熱地挽住他的手。

實際上，那位紳士之所以如此信任夏綠蒂，是因為萬一他們被逮住了，錢是從她身上搜出來的，這等於為自己留下了一條退路。不過，他完全不打算說出自己的動機，兩人恩恩愛愛地朝前走去。

他們一直走到愛靈頓附近的天使酒店，又拐進聖約翰路，穿行於錯綜複雜、汙濁骯髒的小巷之中。諾亞不時走到路旁，對某家小旅店的外觀打量一番，時而又猶豫不決地朝前走去，似乎擔心那裡人太多。最後，他在一家看起來極為寒酸、骯髒的旅店前停了下來，又到馬路對面的巷道觀察了一番，這才決定在這裡投宿。

兩人走進旅店裡，櫃台後有一個年輕的猶太人，手肘支在櫃台上，正在看一張汙穢的報紙。這正是巴尼。他陰沉地看著諾亞，諾亞也惡狠狠地盯著他。

「我們從鄉下來，路上遇見一位紳士，向我們介紹這個地方，」諾亞說著，用手肘推了推夏綠蒂，或許是警告她不要大驚小怪，「我們今晚想在這裡住一宿。」

「這件事我作不了主，」巴尼說，「我得去問問。」

「替我們上一點冷肉和啤酒，然後你再去問，可以嗎？」諾亞說。

巴尼把他們帶到一個不大的房間，送上客人要的酒菜之後，便告訴兩位旅客，當晚他們可以往下來，然後就退了出去，任由這一對男女去充飢歇息。

這一個房間與櫃台只隔一道牆，而且矮了一些，任何人只要撩開一張小小的布幕，透過布幕下方、房間牆壁上離地約五呎的一層玻璃，便可以俯視房裡的客人，而且完全不會被發現，還可以將耳朵貼到壁板上，清楚地聽見裡面談話的內容。正當巴尼要窺視房裡的狀況，習慣在夜裡行動的費金忽然走進了旅店。

「噓！」巴尼說道，「隔壁房間裡有陌生人。」

「陌生人？」老頭重複了一遍。

「嗯，一個怪傢伙，」巴尼補充道，「從鄉下來的，不過逃不出你的手掌心。」

費金似乎對這個消息很有興趣。他站上一張凳子，小心翼翼地將眼睛湊到玻璃上，看見諾亞正在吃盤裡的冷牛肉，一邊喝黑啤酒，一邊隨意地分一些牛肉、啤酒給夏綠蒂，而她則安份地坐在一旁吃著、喝著。

「嘿！」費金轉過頭來，低聲說道，「我喜歡這小子的長相。他會對我們有用的。親愛的，別出聲，讓我聽聽他們在說什麼。」

費金又一次把眼睛湊到玻璃上，耳朵轉向壁板，全神貫注地聽著，一臉狡猾而又急切的神情。

「我打算當一位大人物，」諾亞蹬了蹬腿，接著說道，「再也不去應付那些棺材了，夏綠蒂。而且，只要妳高興，妳可以當一位夫人。」

「我太高興了，親愛的，」夏綠蒂回答，「但錢櫃不是天天都可以偷，別人會查出來的。」

「別管錢櫃了，」諾亞說，「除了錢櫃，還有很多地方可以偷。」

「像是什麼？」同伴問。

「錢包啦，女人家的提袋啦，住宅啦，郵車啦，銀行啦——」諾亞喝得興起，說道。

「哦！諾亞，你真是太厲害了。」夏綠蒂大叫起來，在他的臉上印了一吻。

「哎，閃一邊去，」諾亞說著，拚命掙脫開來，「我要當一群人的首領，讓他們都乖乖聽我的，這樣才過癮。只要能結交幾位這樣的人，即使花掉妳弄來的那張二十英鎊的鈔票也划得來——再說了，只靠我們自己也不行。」

抒發完這些見解後，諾亞擺出一副神氣的樣子，朝夏綠蒂點點頭，又喝了一口啤酒，看上去精神振作了許多。他正準備接著再喝一口，卻停住了；房門突然打開，一個陌生人走了進來。

這就是費金。他走上前來，和氣地鞠了一躬，在最近的一張餐桌上坐下來。

「晚上好，先生。如果我沒猜錯，你是從鄉下來的吧？」猶太人搓著雙手問道。

「你怎麼看出來的？」諾亞問道。

「倫敦沒那麼多塵土。」老猶太人指了指諾亞和夏綠蒂的鞋，又指了指他們的包袱。

「你這人眼力真好，」諾亞說道，「妳瞧！夏綠蒂。」

「是啊，要在倫敦混下去，就得有點眼力才行，親愛的。」猶太人推心置腹地說道。說完，他向巴尼點了一杯飲料，將杯子遞給對方。

「真是好酒。」諾亞擦了擦嘴，說道。

「是呀，」費金說道，「一個人要是想每天有酒喝，就得把錢櫃裡的錢，或是錢包，或是女人的提袋，或是住宅、郵車、銀行掏個精光。」

諾亞聽見自己說過的話從這個陌生人口裡吐出來，頓時大吃一驚，癱倒在椅子上。他面如死灰，極度恐懼地看看猶太人，又看看夏綠蒂。

「不必擔心，親愛的，」費金說著，把椅子挪近了一些，「你很幸運，只有我一個人聽見你的話，只有我一人。」他的眼睛掃了一眼女人和兩個包袱，「恰巧，我本人就是幹這行的，所以我喜歡你們。」

「哪一行？」諾亞稍微回過神來，問道。

「正經買賣，」費金回答，「店裡的幾個人也一樣。你們算是找對地方了，這裡是全城最安全的地點——不過這得看我高不高興。我對你和這位姑娘挺中意的，所以才說那句話，你們儘管放心。」

有了這一番保證，諾亞似乎放心了，但他的身體仍覺得不自在，不時扭來扭去，並用夾雜著恐懼和猜疑的眼神望著新認識的朋友。

「我還可以告訴你，」費金友好地點點頭，又小聲地說道，「我有個朋友，他能夠滿足你的心願，幫助你闖出一番事業。在他那裡，你可以挑選你在這一行裡最適合的一個部門，還可以把其餘技巧都學會。」

「你說的倒像是當真的。」諾亞答道。

「騙你對我有什麼好處？」費金聳了聳肩，「過來，我們去外面說幾句話。」

「何必出去呢？太麻煩了，」諾亞慢條斯理地說道，「她可以趁機把行李搬上樓去。夏綠蒂，把那些包袱拿走。」

這一道命令下得威風凜凜，又毫無異議地得到了執行。夏綠蒂一看見諾亞打開門，趕緊拿起包裹走開了。

「我把她調教得不錯，不是嗎？」諾亞坐回原位，得意地說道。

「太棒了，你真是一位天才，親愛的。」費金拍了拍他的肩膀，答道。

「那當然，」諾亞說，「言歸正傳，我什麼時候可以見到你朋友？」

「明天早上。」猶太人回答。

「在什麼地方？」

「就在這裡。」

「工錢怎麼算？」

「食宿煙酒全部免費，加上你全部所得的一半，還有那位小姑娘賺到的一半。」費金先生回答。

諾亞遲疑了一會兒。但他想到，要是他拒絕的話，這位新朋友搞不好會向法院告發自己。他漸漸軟下來，說他認為這還算合理。就這樣，一切都說定了，費金動身離開酒店，諾亞則留下來，志得意滿地向夏綠蒂述說在倫敦當個小偷是一件多麼體面的行業。

第四十三章

根據雙方達成的協議，諾亞第二天便搬進了費金的住所。他這時才明白，猶太人口中的朋友，原來就是他自己。費金又告訴他，他昨天上午失去了一個最好的助手，因此很需要他的幫忙。

「你該不會是說他死了？」諾亞嚷了起來。

「不，不，」費金回答，「還不到那個地步。還沒有那麼糟。」

「哦，那麼他——」

「嫌疑犯，」費金插了一句，「是的，他成了嫌疑犯。」

「很嚴重的罪？」諾亞問。

「不，」費金答道，「不太嚴重，他被控告企圖扒竊錢包。他們在他身上搜出一個銀質鼻煙盒，於是把他拘押起來，打算查出東西是誰的。啊！太糟了，達金斯！我寧可用五十個鼻煙盒把他贖回來！」

「你打算怎麼辦呢？」諾亞說。

「如果他們沒有新的證據，只要過了六個禮拜，我們就能把他接回來了。但是，如果他們有新證據，那就棘手了。他們已經知道那小伙子有多麼機靈了，他或許會被判終身流放。」

就在這時，查理．貝茲突然走了進來，打斷了他們的談話。貝茲兩手插在褲口袋裡，扭歪了臉，那副愁眉苦臉的樣子看起來有些滑稽。

「一切全完了，費金。」查理和新伙伴相互認識之後，說道。

「為什麼？」

「他們找到盒子的主人了，還有兩三個人要指認他。達金斯難逃被流放的命運了。」

「那可不行。」費金想了想，說道，「我們應該去看看他，瞭解一下他的情況如何。」

「要不要我去？」查理問。

「難道你打算親自出馬？」查理打趣地說。

「那也不太合適。」費金一邊搖頭，一邊回答。

「不行，」猶太人回答，「你瘋了嗎？親愛的，你也會被抓起來的。不，查理，損失一個已經夠了。」

「為何不派這位新來的朋友去呢？」貝茲伸出一隻手搭在諾亞肩上，問道，「誰也不認識他。」

「哦，如果他不反對——」費金說道。

「反對？」查理插嘴道，「他有什麼好反對的？」

「的確沒什麼好反對的，親愛的，」費金說道，朝諾亞轉過身去，「對吧？」

「哦，這行不通的，」諾亞說著，慌張地搖了搖頭，朝門口退去，「不，不——我不幹，這不屬於我的工作，這不行！」

費金費了好一番唇舌，才向諾亞解釋清楚，說去輕罪法庭一趟不會招來什麼危險，他犯下的那件小事還沒有傳到倫敦來，甚至還沒有人懷疑他躲在這裡；況且，只要他巧妙地喬裝一下，保證一切天衣無縫。

諾亞勉為其難地答應了。依照費金的吩咐，他立即穿上一件寬鬆的上衣、平絨短褲，裹上皮綁腿，又準備了一頂氈帽和一根車伕的鞭子。有了這身行頭，人們會以為他是一個外地來的鄉巴佬，專程去警局看熱鬧的。

一切安排妥當，他記熟了達金斯的外貌特徵，由查理陪同穿過昏暗、曲折的小路，來到離鮑街不遠的地方。查理又把法庭的位置作了介紹，並且詳細說明如何穿過走廊、走進院子、上樓走到右邊的一扇門前、最後摘下帽子走進法庭；說完，他叮嚀他快去快回，答應在兩人分手的地方等他回來。

諾亞分毫不差地按照指令行事，一路上沒有遇上任何障礙，便走進了法庭。他擠進一個骯髒、悶熱的房間，混在議論紛紛的人群中。法庭前方有一張用欄杆隔開的桌子，左邊靠牆處是被告席，證人席在中間，右邊則是幾位地方法官的席位。

沒過多久，走出來一名囚犯。這正是達金斯。他拖著鞋底走進法庭，寬大的外套衣袖和往常一樣捲了起來，左手插在口袋裡，右手拿著帽子，身後跟著法警，那種大搖大擺的步伐簡直難以模仿。到了被告席上，他用大家都能聽見的聲音問，為什麼要把他安排在這麼一個丟人現眼的位置。

「住口，保持肅靜！」法警說道。

「我是一個英國人，不是嗎？」達金斯答道，「我的權利到哪裡去了？」

「你很快就會得到它了。」法警意味深長地說道。

「要是我得不到我的權利，我就要叫內政大臣給一個交代。」達金斯回答，「喂，快點作出判決！我約了一位紳士在老城見面，我可是個守約的人，要是我沒有準時到達，他會走掉的，到時看你們怎麼賠償我！」

他煞有其事地擺出一副理直氣壯的樣子，逗得旁聽的群眾哄堂大笑。

「肅靜！」法警喝道。

「怎麼回事？」一位法官問。

「一樁扒竊案，大人。」

「這小孩從前來過這裡沒有？」

「他應該來過不少次了，」法警回答，「我對他非常瞭解，大人。」

「哦，你認識我，是嗎？」達金斯嚷了起來，「很好。不管怎麼說，這屬於誹謗罪。」

又是一陣笑聲，又響起一聲「肅靜」。

「證人在哪裡？」書記員說道。

「啊，說得也是，」達金斯加了一句，「證人呢？我想見見他們。」

這一願望立刻得到了滿足。一名員警走上前來，聲稱自己親眼看見被告在人群中窺伺一位紳士的口袋，並且從該口袋裡掏出了一張手帕，之後又不慌不忙地放回去了。由於這個原因，他立刻上前逮捕了達金斯，搜身後查出銀質鼻煙盒一只，盒蓋上刻有失主的姓名。當警方找到這名紳士後，他當場認出鼻煙盒是他的，是在昨天失竊的；失竊當時他曾注意到，人群中有一個孩子不斷推擠，那個孩子正是自己眼前這名被告。

「孩子，你有什麼要問這位證人的嗎？」法官說道。

「我不願意降低身分跟他談話。」達金斯回答。

「你到底有沒有什麼要說的？」

「快回答，大人問你有什麼要說的？」法警用手肘頂了一下默不作聲的達金斯，問道。

「對不起，」達金斯心不在焉地抬起頭來，「你是在跟我說話嗎？老兄。」

「大人，我從沒見過這樣的小無賴，」員警苦笑著說，「你沒話要說了，是嗎？孩子。」

「不，」達金斯回答，「不在這裡說，這裡不是講道理的地方。再說，我的律師今天早上要和下院副議長共進早餐，我有話可以到那裡再說。到時還會見到許多有名望的知名人士，我要讓他們知道你們的惡劣行徑，包准你們——」

「好啦，可以收監了。」書記員沒讓他把話說完，「帶下去。」

「走。」法警說道。

「哎！走就走，」達金斯用手拍了拍帽子，回答，「啊，瞧你們那副窩囊樣，怕也沒用，我不會放過你們的，你們會付出代價的，伙計。現在就算你們跪下來求我，我也不走了。好，帶我去監獄！把我帶走吧！」

說完最後這幾句話，達金斯被人揪住衣領帶下去了，走到院子裡，一路上還在揚言要告到議會去；隨後，他又當著法警的面，得意忘形地咧著嘴直笑。

諾亞親眼看著達金斯被關進一間小牢房，之後便迅速跑回去與查理會合。他們小心留意了四周，直到確信自己沒有被什麼人盯上，才匆匆忙忙地離去。

第四十四章

南茜向梅萊小姐告了密，但她的心靈卻無可避免地產生了動搖。除了無法與多年來的伙伴一刀兩斷以外，她最放心不下的還是賽克斯；為了他的緣故，她曾想過退縮，甚至拒絕從一切罪惡和苦難中脫離。儘管她已經狠下心來，但內心的鬥爭仍一次又一次向她襲來；很快地，她變得蒼白而消瘦，時常無精打采。

禮拜天夜裡，附近教堂的鐘聲開始報時。賽克斯與費金還在房裡聊天，南茜蜷縮著身子坐在一張矮凳上，她抬起頭來聆聽著鐘聲。已經十一點了，她默默地戴上帽子，正要離開房間。

「嘿！」賽克斯大聲地說，「南茜，這麼晚了，妳要去哪裡？」

「沒去哪裡。」

「這算什麼回答，」賽克斯問道，「妳要去哪裡？」

「我也不知道。」姑娘回答。

「我知道，」賽克斯固執地說道，「妳哪裡也別想去。坐下。」

「我身子不舒服，想出去吹吹風。」姑娘又說。

「妳把腦袋從窗戶裡伸出去不就好了。」賽克斯回答。

「這哪裡夠，」姑娘說道，「我要出去。」

「妳休想。」賽克斯一口拒絕，站起來鎖上房門，又扯下她頭上的軟帽，扔在衣櫃上。「現在，妳乖乖地待著，可以嗎？」

「你是什麼意思？」姑娘臉色一片煞白，「比爾，你知道自己在幹什麼嗎？」

「幹什麼？——啊！」賽克斯轉向費金，嚷道，「她瘋了！要不然絕不敢這樣跟我說話。」

「你會把我逼急的，」姑娘雙手按在胸脯上，似乎竭力壓住滿腔怒火，「放我出去，聽見沒有？立刻！」

「不行！」賽克斯說道。

「叫他放我出去，費金！他最好放我出去，這是為了他好，聽見沒有？」南茜大喊大叫，一邊跺著地板。

「真是見鬼！這婆娘是怎麼搞的？」賽克斯一頭霧水地說道。

「讓我出去！」姑娘一本正經地說，又在門邊的地板上坐下來，「讓我出去吧！比爾。你不明白自己在幹什麼，你不明白！真的，只要一個小時就夠了！」

賽克斯粗暴地抓住她的手臂，任憑她掙扎扭打，把她拖進隔壁房間，推到一把椅子上，用力按住，自己在一張長凳上坐下來。她不斷掙扎、哀求，直到鐘敲過十二點，她累得筋疲力盡，這才不再堅持。賽克斯警告了一聲，要她當晚別再想溜出去，便扔下她回到費金那裡。

「老天！」這個強盜擦了擦臉上的汗水，說道，「真是個奇怪的女人。」

「的確如此，比爾，」費金若有所思地答道，「的確如此。」

「她幹嘛忽然要出門？你知道嗎？」賽克斯問，「你比我更瞭解她，這到底是怎麼回事？」

「我想是女人的固執，親愛的。」

「對啊，我想也是，」賽克斯嘟噥著，「我還以為已經把她調教好了呢！」

「真是可惡，」費金仍然一副若有所思的樣子，「我從沒想到她會這樣，為了一點小事。」

「我也沒想到，」賽克斯說道，「或許是她染上了一點熱病——唔？」

「有點像。」

「她要是再這樣胡鬧，我就給她放點血，用不著麻煩醫生。」賽克斯說。

費金點點頭，對這種療法表示贊同。就在這時，南茜又出來了，她回到先前的座位上，兩隻眼睛又紅又腫，身子左右搖晃，腦袋昂起。過了一會兒，她忽然放聲大笑。

「哎！她又換了一種花樣。」賽克斯大叫起來，驚愕地看了同伴一眼。

費金點點頭，示意賽克斯暫時不要理她。過了幾分鐘，姑娘恢復了平時的模樣。費金咬著賽克斯的耳朵說，不用擔心她發病了，然後拿起帽子，和他道了晚安。南茜舉著蠟燭，送老猶太人走下樓；到了走廊裡，費金將一根指頭貼在嘴唇上，湊近姑娘身邊低聲說道：

「南茜，怎麼回事呀？親愛的。」

「你是什麼意思？」姑娘同樣低聲答道。

「事出必有因。既然他——」費金用瘦削的食指朝樓上指了指，「既然這個畜生對妳這麼刻薄，妳幹嘛不——」

姑娘叫了一聲，費金猛然住口，嘴巴差點碰到她的耳朵，雙眼逼視著她。

「算了，」猶太人說道，「我們以後再商量。妳可以把我當朋友，南茜，我腦袋裡有的是好辦法，可以幫妳擺脫這個傢伙。只要妳有需要，儘管來找我，畢竟我們可是老交情了呀！」

「我很瞭解你，」姑娘毫無感情地回答，「再見。」

費金想跟她握握手，她後退幾步，鎮定地說了一聲再見，便把門關上了。

老猶太人朝自己的住處走去，一心想著剛浮現在腦中的那些鬼點子。他根據剛才見到的事情推測，南茜不堪忍受賽克斯的粗暴對待，打算另尋新歡；她近來性情大變，常常獨自外出，對幫派的利益也變得冷漠；加上她不顧一切，堅持要在夜晚出門，這些事實都有助於證實這個推測。

另一方面，他還有一個更為陰險的目的：賽克斯知道的事太多了，而且總是對自己出言不遜——非除掉他不可！既然那姑娘心懷怨恨，或許能在這件事上出一份力；不過，一件謀殺的勾當仍可能嚇得她退縮不前。

「要怎麼讓她乖乖聽話呢？」費金躡手躡腳地走回家，一路都在盤算，「要怎樣才能說服她？」

然而，這顆腦袋不愧是詭計多端。他很快就想到，自己可以派一個密探，查出她新認識的情人，然後威脅要把這件事告訴賽克斯；如此一來，還怕她不就範嗎？

費金滿意地扭過頭，惡狠狠地朝背後看了一眼，做了一個恐嚇的手勢，又繼續趕路，枯瘦的雙手不停地擰他那件破爛不堪的衣服褶縫，彷彿在把一個可恨的仇敵捏成碎片。

第四十五章

「諾亞，」第二天早上，費金在早餐桌旁說道，「替我辦件事，親愛的，這事需要非常小心謹慎。」

「什麼事？」諾亞回答，「別再派我去冒險，或是去那個該死的輕罪法庭了。那種事不適合我。」

「一點危險也沒有——一點也沒有，」猶太人說，「只不過是和一個女人玩玩捉迷藏。」

「一個老太婆？」諾亞問道。

「年輕的。」費金回答。

「這是我最拿手的，」諾亞說道，「我在學校裡就是公認的告密高手。我幹嘛監視她？要不要——」

「什麼事也不用做，只要告訴我，她去了什麼地方，見到了誰，說了什麼話。總之，越多情報越好。」

「她是誰？」諾亞問道。

「我們的人。」

「哎！」諾亞把鼻子一皺，嚷道，「你懷疑她，是嗎？」

「她交了些新朋友，親愛的，我必須弄清楚他們是什麼人。」費金回答。

「明白了，」諾亞說道，「她在什麼地方？我去哪裡等她？我會去哪裡？」

「親愛的，一切都聽我的，我會在適當的時候把她交給你，」費金說道，「你作好準備，其餘的事交給我。」

當天夜裡，以及第二天、第三天的晚上，這名密探坐在家裡，一身行裝，只等費金一聲令下。六個晚上過去了，每天夜裡，費金都帶著一臉沮喪回家，說一句時候未到。第七天晚上，他回來得比較早，滿臉掩飾不住的狂喜。這天是禮拜天。

「今天晚上她出來了！」費金說道，「肯定是去找那個人的。跟我來，快！」

諾亞緊緊跟在猶太人背後，兩人躡手躡腳地離開住所，匆匆穿過一大片錯綜複雜的街巷，最後來到一家旅店門前。這正是諾亞初到倫敦時投宿的那家旅店。

已經十一點過了。費金輕輕吹了一聲口哨，店門立刻緩緩打開，兩人悄無聲息地走進去。接著，他向諾亞指了一下那塊玻璃，示意他爬上去，窺視隔壁房間裡的那個女人。

「看清楚她的臉了嗎？」

「一千個人裡面我也認得出她。」

房門開了，南茜走了出來，他趕緊退下去。費金拉著他躲到一塊掛著簾子的小隔板後面，兩人屏住呼吸，姑娘從眼前走過去，又從他們進來的那道門出去了。諾亞與費金交換了一個眼色，便衝了出去。

他借著路燈的光，認出了姑娘漸漸遠去的身影。她已經走了一段距離。諾亞在遠遠地跟著對方，一直走在街的對面，以便觀察她的舉動。姑娘緊張地接連回頭張望，還停下來了一次，讓兩個跟在她身後的男人走過去。漸漸地，她似乎鼓起勇氣，步伐變得更堅定了。諾亞一直與她保持著距離，目光緊盯住她，尾隨在後。

第四十六章

兩人來到了倫敦橋上。姑娘忐忑不安地走來走去，那個暗中監視的男人一直嚴密監視著她。這時候，聖保羅大教堂響起沉重的鐘聲，宣告了一天的結束；隨即，在離大橋很近的地方，一位少女由一位鬢髮斑白的紳士陪伴著，從一輛出租馬車上走下來，徑直朝橋上走來。南茜一見到這兩人，立即迎上前去。

「不要在這裡，」南茜急促地說，「我害怕在這裡跟你們說話。去馬路外側——到下面的石階那裡去。」

南茜所指的石階在薩里河堤，與救世主教堂在橋的同一側，是一條上下船的石梯；這條石梯是橋的一部分，一共有三段，朝下走完第二段階梯，左邊的石壁盡頭立著一根面向泰晤士河的壁柱，只要躲在石壁後面，就不會被石梯上的人看見。諾亞趕在那三人之前溜到這裡，背朝壁柱，默默地等待著。

沒過多久，他聽到了腳步聲，緊接著是幾乎近在耳邊的說話聲。他身子一挺，筆直地貼在石壁上，屏住呼吸，聚精會神地聽著。

「上禮拜天晚上妳不在這裡。」一個聲音說道，顯然是那位紳士的嗓音。

「我來不了，」南茜回答，「我被人留住了。」

「被誰？」

「我曾經跟小姐說過的那個人。」

「妳今天晚上來這裡，沒有人懷疑妳是來通風報信的？」老先生說。

「沒有，」南茜搖了搖頭，回答，「要甩掉他可真不容易，除非告訴他理由。要不是我在出門前給他服下一點鴉片酊，我就見不到你們了。」

「很好。」老先生說道，「現在，妳聽我說。」

「我正在聽呢。」

「這半個月來，我把妳的事情告訴了幾位可以信賴的朋友。坦白說，一開始我懷疑妳是否絕對可靠，但現在我深信妳是靠得住的。」

「我靠得住。」姑娘真誠地說。

「為了向妳表示我的信任，我要毫無保留地告訴妳：我們打算從蒙克斯的恐懼著手，逼他說出秘密。但是，要是不能把他逮住，或是即使逮住了，卻無法強迫他按照我們的計畫行事，妳就必須告發那個猶太人。」

「費金！」姑娘猛一後退，發出一聲驚叫。

「妳必須告發他。」老先生說道。

「我不幹，我絕不幹這種事！」姑娘回答，「就算他是個魔鬼，我也絕不幹這種事。」

「妳不願意？」老先生彷彿早已預料到這一答覆。

「絕不！」姑娘答道。

「可不可以告訴我原因？」

「首先，」南茜斷然回答，「因為我與小姐有約在先。再者，雖然他是個壞蛋，但我也不是什麼好東西，我們都幹著相同的勾當，我不能出賣他們。他們也可以出賣我，但都沒有這麼做，因此我也不幹。」

「既然如此，」老先生隨即說道，「那就把蒙克斯交給我，由我來對付他。」

「要是他供出別人怎麼辦？」

「我答應妳，只要他說出真相，事情就到此為止，絕不牽連別人。」

「如果他不說呢？」姑娘提醒道。

「那麼，」老先生繼續說道，「除非妳同意，不然那個猶太人不會被送上法庭。如果出現這種情形，我將會向妳解釋原因，妳會同意這樣做的。」

「小姐是不是也答應？」姑娘問道。

「我答應妳，」蘿絲回答，「我真心誠意地保證。」

「蒙克斯會不會猜出是誰告密的？」姑娘又略微遲疑一下，說道。

「絕對不會，」老先生回答，「他就快大禍臨頭了，沒有時間讓他猜測。」

「我是個騙子，從小就生活在騙子中間，」南茜再度沉默下來，過了一會兒才說道，「但我相信你。」得到了有力的保證以後，她開始描述當天晚上她走出來的那家小酒店叫什麼名字、在什麼地方、從哪個位置監視最好、哪幾天蒙克斯可能上門、幾點鐘；接著，她沉思了一會兒，以便更清楚地回想起他的外貌特徵。

「他個子很高，」姑娘說道，「長得很結實，不胖，走起路來鬼鬼祟祟的，老是左顧右盼。還有，他的眼睛凹陷，比任何人都要深；臉黑黑的，頭髮和眼睛也一樣。儘管不超過二十八歲，皮膚已經佈滿皺褶，看起來很憔悴。他的嘴唇沒有血色，齒痕很深。他不時全身抽筋，有時咬得手上滿是傷痕……還有他的脖子，當他轉過臉去的時候，在他的圍巾下可以看到——」

「一大塊紅斑，像是燒傷或燙傷。」老先生大聲說道。

「怎麼！你認識他？」南茜發出一聲驚呼，剎那間，三個人都沉默下來，那個偷聽的人甚至可以清楚地聽到他們的呼吸。

「我想是的，」老先生打破了沉默，「根據妳的描述，似乎是這樣。不過，也可能只是相似的人，妳繼續說下去吧。」

他說這番話時裝出若無其事的樣子，朝前走了兩步，離藏在暗處的密探更近了。諾亞清楚地聽到他低聲說道：「肯定是他。」

「好吧，」談話又進行下去，老先生說道，「姑娘，妳給了我們很大的幫助，我能為妳做些什麼嗎？」

「沒什麼。」南茜回答。

「妳不要執迷不悟，」老先生答道，他的聲音充滿了善意，「妳考慮一下，儘管說。」

「沒有什麼，先生。」南茜一邊回答，一邊哭了起來，「你幫不了我，我一點希望也沒有，真的。」

「別自暴自棄，」老紳士說道，「妳過去白白耗費了青春，但妳還能寄望於未來。我們能為妳提供一處幽靜的棲身之地，如果妳不敢留在英國，去國外也可以。這不僅是我們能做到的事，也是我們的期望。在明天天亮以前，妳就可以抵達一個妳的同伙絕對找不到的地方，而且不會留下任何痕跡，彷彿妳從世上消失了一般。快下定決心吧，姑娘，把這一切全拋開，趁現在還有時間和機會。」

「不，先生，我不會改變主意。」經過短暫的掙扎，姑娘答道，「我與過去的生活是用鐵鍊拴在一起的，即使我憎恨它，卻離不開它。我只能一直這樣下去，直到萬劫不復為止。不過，」她慌慌張張地回頭看了一眼，「我很害怕，我得回去了，免得被人盯上或認出來。走吧！快走，如果我幫了你們什麼忙的話，我沒有別的要求，只求你們不要管我，讓我們自生自滅。」

「這苦命的人會得到什麼樣的歸宿啊！」年輕小姐聽到這裡哭了。

「什麼歸宿？」姑娘重複了一遍，「瞧瞧妳前方吧，小姐，瞧瞧那漆黑的河水。或許在幾年以後——或許只要幾個月也說不定，我將會成為河裡的一具浮屍，而且沒有一個人會在乎。」

「求求妳了，別那麼說。」年輕小姐哽咽著答道。

「這樣的事不會傳進妳耳裡的，親愛的小姐，願上帝別妳聽到這麼可怕的事。」南茜說，「再見了。」

老紳士轉過臉去。

「這個錢包，」年輕小姐叫道，「看在我的份上，請妳收下，或許某些時候可以用得上。」

「不，」南茜回答，「我做這件事不是為了錢。不過——妳可以把妳身上的一件東西給我。不，不是戒指，而是妳的手套或是手帕；我想保留一樣屬於妳的東西當做紀念，可愛的小姐。啊！願上帝保佑妳，再見！」

由於南茜極為激動，加上擔心她被同伙發現會遭到虐待，老紳士這才下決心答應她的懇求，離她而去。清晰可聞的腳步聲漸漸遠去，說話聲停止了。年輕小姐與她的同伴走上橋面，在石梯頂端停下來。

「聽！」蘿絲聆聽著，忽然叫了一聲，「她在呼喊！我好像聽見了她的聲音。」

「不，親愛的，」布朗羅先生悲哀地往後看了一眼，答道，「她還站在那裡。在我們離去之前，她是不會走的。」

蘿絲還在猶豫，但老紳士挽住她的手臂，拉著她走了。兩人漸漸消失，南茜幾乎直挺挺地癱倒在石梯上，滿腹的愁苦化做辛酸的淚水奔湧而出。過了一會兒，她站起來，拖著疲軟的腳步，搖搖晃晃地回到街上去了。

諾亞這才緩緩地從躲藏的地方爬出來，四下張望了一番，然後以最快的速度朝費金的住處跑去。

第四十七章

離破曉還有兩個小時，城裡寂寥冷落，各種聲音似乎都已酣然入睡。在這樣一個萬籟俱寂的時刻，費金卻還坐在房間裡。他五官扭曲，臉色蒼白，通紅的兩眼佈滿血絲，活像個猙獰可怕的幽靈。

他坐在冰冷的壁爐前，身上裹著破舊的被單，面朝桌上的一支蠟燭，一邊啃著又長又黑的指甲，陷入了沉思。一旁的地板上，諾亞直挺挺地躺在一張墊子上，睡得正熟。老人不時朝他瞧一眼，接著又把目光移向蠟燭。

他靜靜地等待著，也不知等了多久，街上的一陣腳步聲吸引了他的注意力。

「終於來了，」他抹了抹乾燥的嘴唇，喃喃地說，「終於來了。」

說話間，門鈴輕輕響了起來。他躡手躡腳地爬上樓梯，朝門口走去，不一會兒，便帶著賽克斯回到房間。這名強盜坐下來，一邊脫掉大衣。

費金也重新坐下來，依舊一言不發。然而，他的目光一刻也沒離開過對方。他兩眼直直地盯著賽克斯，嘴唇抖個不停，模樣極為驚恐，連那個殺人不眨眼的傢伙也不由自主地把椅子往後挪了挪，仔細打量著他。

「怎麼了?」賽克斯嚷道,「你幹嘛這樣看著我?」

「我有話要對你說,比爾,」費金說道,「你聽了肯定會很難受。」

「什麼?」那強盜不以為然地說,「有話快說,要不然南茜還以為我出了什麼事呢!」

「出事!」費金叫道,「在她自己心裡,早就把這件事盤算好了。」

賽克斯迷惑不解地看著費金的臉,從他臉上卻又找不到答案,便一把揪住他的衣領,用力抖了幾下。

「說,快說!」他說道,「你要是不說,就宰了你!你這個天打雷劈的老狗。」

「如果,躺在那裡的小伙子——」費金開口了。

賽克斯朝諾亞睡的地方轉過臉去,哼了一聲,又恢復了剛才的姿勢。

「假如那個小伙子要去告密——把我們所有人都告發,你打算怎麼辦?」

「怎麼辦?」賽克斯發出一句惡毒的詛咒,「我會用靴子把他的腦袋輾成碎片,他有多少根頭髮,碎片就有多少塊!」

「如果是我這麼幹呢?」猶太人幾乎嚎叫起來。

「我不知道,」賽克斯咬牙切齒,臉色鐵青,「或許我會在牢裡找你算帳。如果我跟你同時受審,我就在法庭上撲到你身上,當著眾人的面用鐵鐐把你的腦漿敲出來!」這強盜舉起一條壯碩的手臂,揮了揮,嘴裡嘟嘟噥噥,「我會把你的腦袋搗成肉泥,就像是有一輛載滿貨物的馬車從上面開過去一樣。」

「你真的會這麼做?」

「那還用說。」賽克斯說,「不信你可以試試看。」

「如果是查理,或是達金斯,或是蓓特,或是——」

「管他是誰!」賽克斯不耐煩地說,「不管是誰,我都會這樣對付他。」

費金緊緊盯著這個強盜,示意他別再說話,自己俯下身來,搖了搖正在睡覺的諾亞。賽克斯坐在椅子上,看起來一頭霧水,弄不清猶太人到底有什麼目的。

「諾亞，諾亞，可憐的孩子，」費金抬起頭來，一副興災樂禍的樣子，「他累壞了，畢竟監視了她那麼久——他一直盯著她呢！比爾。」

「你說什麼？」賽克斯身子往後一仰，問道。

費金沒有回答，只是再次彎下腰，把睡著的人拉了起來。諾亞揉揉眼睛，打了一個哈欠，睡眼惺忪地望了望四周。

「把那個故事再說一遍——順便也讓他聽聽。」猶太人說著，指了指賽克斯。

「說什麼呀？」半睡半醒的諾亞不高興地扭了扭身子，問道。

「那件有關南茜的事，」費金說著，一把握住賽克斯的手腕，像是為了防止他衝動之下跑出房間似的，「你跟著她出去了？」

「是的。」

「去倫敦橋？」

「對呀。」

「她在那裡跟兩個人見了面？」

「是這樣沒錯。」

「那是一位老先生，還有一位小姐。他們要她供出所有同伙，首先是蒙克斯，她照辦了。接著又要她描述一下他的長相，她照辦了。要她說出我們碰面的房子在哪裡，她照辦了。最好從哪裡監視、什麼時候監視——她也都說了。這就是她幹的事，她把一切都講出來了！對嗎？」費金大吼大叫，氣得快發瘋了。

「一點也沒錯，」諾亞搔了搔頭皮，答道，「是這麼一回事。」

「你再說一次，他們談了些什麼？」費金仍然抓著賽克斯，口沫橫飛地喊叫著。

「他們問她，為什麼上禮拜天沒依約前來。她說她來不了。」

「為什麼來不了——為什麼？把那句話告訴他。」

「因為她之前跟他們提到的那個人，把她關在家裡了。」諾亞回答。

「她還說了什麼？」費金嚷嚷著，「那個她曾經提到的人，她還說了他什麼事？告訴他！」

「她說，除非他知道她去哪裡，不然不輕易放她出門，」諾亞說，「所以，她——哈！她說到這件事的時候，真把我逗樂了；她說，她給他服了一點鴉片酊。」

「該死的婆娘！」賽克斯大吼一聲，用力掙脫猶太人的手，「滾開！」

他把費金摔到一邊，奔出房間，怒不可遏地登上樓梯。

「比爾，比爾！」猶太人慌忙跟上去，喊道，「再聽我一句話就好。」

幸虧大門是鎖上的，賽克斯無法出去，趁著他徒勞無益地朝大門猛撞，一邊破口大罵的當下，猶太人氣喘吁吁地趕上前來。

「讓我出去！」賽克斯說道，「少囉嗦，聽見沒有！讓我出去！」

「聽我說一句，」費金將手按在門鎖上，說道，「你不會——太莽撞吧？」

天將破曉，門口的光線足以讓他們看清彼此的面孔。兩人相互瞥了一眼，瞳孔裡都燃著火焰。

「我的意思是，」費金直截了當地說道，「為了保險起見，別太莽撞。要幹得乾淨俐落，比爾。」

賽克斯沒有回答，這時猶太人已經打開了門鎖，他逕自拉開大門，朝大街上衝去。

這強盜一步也沒有停留，兩眼直瞪瞪地望著前方，牙齒緊緊地咬在一起，頭也不回地來向前狂奔。回到家裡後，他快步跨上樓梯，走進房間，又在門上加了鎖。他把一張桌子推過去頂住門，然後掀開床帷。

南茜衣衫不整地躺在床上，賽克斯將她叫醒了。她吃驚地睜開眼睛，慌忙坐起身來。

「起來！」那傢伙說道。

「原來是你啊，比爾。」姑娘見他回來，顯得很高興。

「是我，」賽克斯應了一聲，「起來！」

南茜見窗外已是晨曦初露，她跳下床來，打算把窗簾撥到一邊。

「別管它，」賽克斯伸手攔住了她，說道，「這點光線夠我辦事了。」

「比爾，」姑娘驚慌地說道，「你幹嘛那樣瞧著我？」

那強盜坐下來，鼓著鼻孔，胸口一起一伏，打量了她幾秒鐘；接著，他掐住南茜的脖子，把她拖到房間中央，朝門口看了一眼，把一隻手掌捂在她嘴上。

「比爾，比爾！」姑娘透不過氣來，拚命掙扎，「我……我不會喊叫的……聽我……你講吧，我到底幹了什麼？」

「妳心裡有數，妳這個賊婆娘！」那強盜回答，「今天晚上妳被盯上了，妳說的話全都被聽見了！」

「那麼，看在老天的份上，饒了我一命吧！就像我也饒了你的命一樣。」姑娘摟住他，說道，「比爾，親愛的比爾，你不會狠心殺我的！噢，想想吧！這一個晚上，為了你，我放棄了一切。你還有時間考慮，免得你犯下大罪。比爾，我不會放手的！看在上帝的份上，為了你自己，也為了我，不要讓你的手沾上我的血。我以自己有罪的靈魂發誓，我對得起你！」

賽克斯暴跳如雷，想掙脫開來，但女孩的雙臂緊緊抱著他，無論他怎麼扭扯，也無法掰開她的手。

「比爾，」女孩哭喊著，竭力把頭貼在他的胸前，「今晚那位老先生，還有那位小姐，他們答應替我在外國安排一個家，讓我安寧地度過餘生。我再去找他們，求他們也幫幫你，讓我們遠離這個可怕的城市，過著清白的日子。回頭永遠不嫌晚，他們就是這樣對我說的——但我們需要時間，只要一點點時間！」

那個強盜終於騰出一條手臂，握住了他的手槍。他使出渾身力氣，朝著女孩仰起的面孔，用槍柄猛擊了兩下。她頓時癱倒在地，鮮血從額上一道深深的傷口裡湧出，幾乎糊住了她的眼睛，但她吃力地挺起身子，從懷裡掏出一條白色的手帕——蘿絲的手帕——跪在地板上，雙手十指交叉，握著手帕，高高地朝天舉起，向上帝低聲祈禱，懇求寬恕。

這幅景象看上去太可怕了。凶手跌跌撞撞地退到牆邊，一隻手遮住自己的眼睛，另一隻手抓起一根粗大的棍棒，將她擊倒。

第四十八章

太陽出來了，照亮了房間裡血腥的場面。賽克斯一動也不動，連走一步都不敢。被害者曾發出一聲呻吟，手動了一下，他帶著新添的恐懼，又給了她一擊，又是一擊。他一度用毯子將屍體蓋住，但只要一想到那雙眼睛，想像它們朝自己轉過來，他就毛骨悚然，於是又把毯子扯掉了。屍體依舊躺在那裡，越來越冰冷。

他點燃火柴，生起爐火，將木棒扔在裡面燒掉了。他洗了洗手，把衣服擦乾淨，上面有幾處血跡怎麼也擦不掉，他索性把這些部位剪下來，燒掉了。房間裡的血跡幾乎到處都是，連狗爪子上也都是血。

一切都收拾好了，他退到門口，一邊拉住狗，以免那畜牲的爪子又一次沾上血跡，把新的罪證帶到大街上。他輕輕地關門上鎖，取下鑰匙，離開了那棟房子。

他走過愛靈頓，大步朝海蓋特山旁那座豎立著惠廷頓紀念碑的山坡走去，再到海蓋特山。他六神無主，不知道該去哪裡；剛一下山，便又朝右邊插過去，抄小路穿過田野，繞過凱因森林，來到漢普斯泰德荒原。他涉過健康谷旁的窪地，爬上對面的沙丘，橫穿連接漢普斯泰德和海蓋特兩個村莊的大道，沿著剩下的一段荒原往北郊的田野走去，在田邊一道籬笆下躺下來，睡著了。

沒過多久，他又醒來，開始趕路，時而在田野裡遊蕩，時而躺在山溝邊歇息，時而又一躍而起，換一個地方躺下，隨後又四處亂跑。

該去哪裡呢？去亨頓吧，那是個好去處，路不遠，又不怎麼熱鬧。他決定到那裡去。可是一到了那裡，他發現每一個人——連站在門口的小孩也一樣——好像都用一種懷疑的目光瞧著他似的。他只好轉身離開，又一次在荒原上遊蕩起來，不知道該去哪裡好。

遊蕩了不知多少哩路，他又回到了原來的地方。早晨與中午已經過去了，白晝將盡，他仍然漫無目的地四處徘徊。最後，他拔腿往海菲爾德方向走去。

已經是晚上九點了，村裡一片寧靜。賽克斯渾身筋疲力盡，從教堂旁的小山丘上走下來，順著狹窄的街道蹣跚而行，悄悄溜進一家小酒店。店裡生著一爐火，幾個農夫正圍在旁邊喝酒。他們替這位陌生人讓出了一塊地方，但他卻在最遠的角落裡坐下來，獨自吃喝，有時扔一些東西給那條狗。

就在這時，又來了一位客人。這是一個行走江湖的小販，背上掛著一口箱子，兜售磨刀石、皮帶、剃刀、洗面水、馬具黏合劑、各種藥劑、香水、化妝品等東西。他一進店門，就跟幾個鄉下人有說有笑，無傷大雅地相互逗樂。等他吃飽喝足，他打開箱子，開始做起了生意。

「那是什麼玩意兒？好吃嗎？」一個鄉下人嘻皮笑臉地指著箱子裡的幾塊形狀像糕點的東西問道。

「這可是個好東西，」那小販拿起一塊，說道，「這叫做合成肥皂，專門用來去除各種紡織品上的斑點、鏽跡、汙漬、黴點。無論是什麼痕跡，只要用了這種神奇的合成肥皂，保證清潔溜溜。這麼好的東西，只賣一便士。」

當場便有了兩位買主，更多的聽眾顯然也動心了。小販見此情形，叫得更起勁了。

「這玩意兒一推出，立刻搶購一空，」小販說道，「我們用了十四座水車、六部蒸汽機，還有一組伏打電池，一直開足馬力生產，還是供不應求！一塊只要一便士！專去各種酒類汙漬、水果汙漬、啤酒汙漬、水漬、油漆、瀝青、泥漿、血跡。在座一位先生帽子上就有一個汙漬——瞧！我一下子就擦掉它了。」

「啊！」賽克斯大叫一聲，跳了起來，「把帽子還給我。」

「先生，你還來不及拿回你的帽子，」小販朝眾人擠了擠眼，答道，「我就可以把它擦得乾乾淨淨。各位先生請注意，這位先生帽子上有一塊深色的汙漬，跟一個先令差不多大，卻比一個半克朗硬幣還要厚。不管是酒漬、水漬、油漬、泥漿，還是血跡——」

那人沒能再說下去，因為賽克斯發出一聲刺耳的咒罵，掀翻桌子，一把奪過帽子，衝出酒店去了。

他發覺後面沒有人追上來，便轉身離開小鎮。街上停著一輛郵車，他避開車燈的光線走過去，認出這是倫敦開來的驛車，正停在郵局前。他想了想，便走到馬路對面，凝神聽著。

押車的職員站在車門口，正在等郵袋，一個穿著像是獵場警衛的男人走上前去。

「貝恩，城裡有什麼新聞？」警衛好奇地問道。

「沒有，據我所知沒什麼新聞，」押車員戴上手套，回答，「糧價漲了一點。對了，聽說斯皮達菲那一帶出了一樁凶殺案，不過我不太相信。」

「噢，這是真的，」一位紳士從車窗裡探出頭來，「真是一樁可怕的凶殺！」

「是嗎？先生，」押車員問道，「死者是男的還是女的？」

「一個女人，」紳士回答，「警方推測——」

「動作快一點，貝恩。」車伕不耐煩地嚷了起來。

「這該死的郵袋，」押運員嚷道，「你們裡面的人是睡著了嗎？」

「來啦！」郵局職員跑出來，喊了一聲。

「真是的，」押車員嘟噥著，「老是慢吞吞的，像個女人家一樣。好了，開車吧！」

驛車喇叭發出幾個輕快的音符，車開走了。

賽克斯依舊站在街上，對剛才聽到的談話無動於衷。接著，他又一次往回走去，踏上了從海菲爾德通往聖阿爾班斯的大道。

然而，每當他把小鎮拋在後頭，來到空蕩蕩、黑沉沉的大路上，就有一種恐怖感悄悄爬上心頭，使他渾身上下都哆嗦起來。儘管如此，這種恐懼比起那個清晨以來便與他寸步不離的幻影相比，就算不上什麼了。他能在朦朧中分辨出它的形態，說出它最細微的特徵，記得它是如何身體僵直、面孔冷峻地行走的。他聽得到它的衣服擦著樹葉沙沙作響，每一陣微風都會送來那最後一聲低沉的慘叫。他如果停下，幻影也停下；如果他疾走，影子也緊隨在後。

他好幾次把心一橫，轉過身來，決心把這個幻影趕走，卻不由得毛骨悚然，連血液也凝固了；因為幻影也跟他一起轉過來，又跑到他身後去了。當他背靠土丘，便會感到它懸在頭頂，寒冷的夜空清晰地映出它的輪廓；當他仰天倒在路上，背貼著路面，它就直挺挺地站在他的頭上，一言不發。

他就這樣提心吊膽地熬過了漫長的一夜，跟死了幾百次也差不多。

他經過的野地裡有一座茅棚，提供了旅客一個棲身之所。棚子門前長著三棵高大的楊樹，裡面一片漆黑；賽克斯感到自己再也走不動了，便直挺挺地緊貼牆壁躺著。

這時候，一個幻影出現在他眼前，與他躲開的那個一樣頑固，但更加可怕。它在黑暗中露出一雙睜得大大的眼睛，那樣黯淡、呆滯，卻又那樣熟悉。他一躍而起，衝進棚外的野地裡。那個影子又追上他了。他再次走進棚子，鑽到角落裡。他還沒來得及躺下，那雙眼睛又出現了。

他恐懼到了極點，手腳拚命地打著哆嗦，冷汗從每一個毛孔湧出來。突然，晚風中騰起一陣喧鬧聲，喊叫聲在遠處響成一片，夾雜著慌亂與驚愕的情緒。這種聲音讓他又有了力量，他猛然跳起來，衝出門外。

廣闊的天空像是著了火，一片又一片的火頭挾著陣雨般的火星，旋轉著沖天而起，點亮了方圓幾哩的天空，把一團團濃煙朝他這裡驅趕過來。他聽得出有人在喊「失火了！」喊聲中混合著警鐘鳴響、重物倒塌、木頭爆裂的聲音，越來越嘈雜。不遠處火光熊熊，人來人往。他立刻飛奔而去，衝過荊棘叢，躍過柵欄和籬笆，像發了瘋一樣鑽進人群裡。

他東奔西跑，一會兒用救火泵抽水，一會兒在濃煙烈火中奔忙，從不讓自己脫離聲音和人群最稠密的地方。他跑上跑下，爬梯子、上屋頂、穿樓層，不顧在他腳下搖搖欲墜的地板，冒著被墜落的磚石砸傷的危險，在大火蔓延的每一個地方來回穿梭；既不感到疲倦，也不知道自己在做什麼。黎明到來，火場上只剩下縷縷煙霧和焦黑的廢墟。

瘋狂的亢奮過去了，那個可怕的想法再度浮上他的腦際。他疑神疑鬼地看了看四周，人們都在三五成群地交談，他擔心自己會成為談話的主題，便悄悄地走開了。他走過一台救火車，有幾個人正坐在那裡，他們要他一起過去吃點東西。他胡亂吃了些麵包和肉，一口啤酒剛下肚，便聽見幾個倫敦來的救火員正在議論那樁凶案。

「聽說，他逃到伯明罕去了，」其中一個說道，「他們照樣會抓住他的，警探已經出發了，到明天晚上通緝令就會發至全國。」

他連忙逃開了。接著，他在一條小路上躺下來，睡了很久，但很不安穩。他又一次起來遊蕩，猶豫不決，不知何去何從，擔心又得度過一個孤寂的夜晚。

猛然間，他不顧一切地作出了決定：回倫敦去！

「至少那裡有人可以說說話，」他心想，「又是一個不錯的藏身之地。我在鄉間留了那麼多足跡，他們絕不會想到回倫敦抓我。我幹嘛不在那裡躲幾個禮拜，然後跟費金討一筆錢，逃到法國去？對，就這麼辦。」

在這個念頭驅使下，他一刻也不耽擱地開始行動，選擇人煙罕至的路線，打算在倫敦近郊先躲一躲，等天黑後，再繞道進入城裡，直奔選定的藏身之處。

然而，狗也是個問題。懸賞他的告示上肯定不會忘了提到那隻狗，這一點可能害他在街上行走時被捕。他決定把狗淹死。他朝前走去，四處尋找池塘，並撿起一塊大石頭，一邊走一邊把石頭繫在手帕上。

就在這時，那畜牲抬起頭來，望著主人的面孔。不知是否憑本能意識到了危險，牠躲躲閃閃地走在後面，距離比平常更遠；當他放慢腳步，狗就畏縮不前。主人在一個水池旁停下來，回頭叫牠，牠索性不走了。

「聽見我叫你了嗎？快過來！」賽克斯喝道。

那畜牲習慣性地走上前來。但當賽克斯俯下身來，將手帕套上牠的脖子時，牠嗚嗚叫了一聲，跳開了。

「回來！」那強盜說道。

狗搖了搖尾巴，但沒有動彈。賽克斯打了一個活結，再一次叫牠過來。狗上前幾步，又退回去，猶豫片刻，便轉身以最快速度逃走了。

賽克斯一次又一次地呼喚著牠，但狗再也沒有露面，他只好重新踏上旅途。

第四十九章

暮色剛開始降臨，布朗羅先生乘坐馬車，在自己家門口下了車。在他身後，兩名彪形大漢也從車廂裡出來，一左一右夾著一個人進了屋子。這個人就是蒙克斯。

他們一言不發地登上樓梯，來到一間後房。蒙克斯在門口停住了。兩個大漢看著布朗羅先生，聽候指示。

「他知道該怎麼做，」布朗羅先生說道，「如果他不肯聽話，就把他拖上街去，找員警幫忙，以我的名義告發他這個重罪犯。」

「你怎麼敢這樣說我？」蒙克斯問道。

「這是你咎由自取，年輕人，」布朗羅先生疾言厲色地說，「難道你還想走出這棟房子？好吧，放開他。先生，你可以走了，不過我警告你，只要你一隻腳踏出大門，我就要指控你犯有詐欺、搶劫的罪行，把你抓起來。我心意已決，說到做到，一切全看你的選擇。」

蒙克斯顯然左右為難，而且很驚慌。他猶豫起來。

「你趕快決定吧，」布朗羅先生又說，「你所剩時間不多。只要我一句話，你就會萬劫不復。」

「這麼說來……」蒙克斯吞吞吐吐，「這麼說來……就沒有折衷的辦法了？」

「沒有。」

蒙克斯焦急地注視著老紳士，在對方的眼神中見到了嚴厲與決心。他走進房間，聳了聳肩，坐下來。

「把門鎖上，」布朗羅先生對兩名隨從說，「聽見我搖鈴再進來。」

那兩人應聲退了出去，布朗羅先生和蒙克斯單獨留下來。

「先生，」蒙克斯摔掉帽子和斗篷，「真是絕妙的招待！不愧是我父親交情最深的朋友。」

「正因為我是他交情最深的朋友，年輕人，」布朗羅先生答道，「直到現在，我還願意對你——愛德華・

李弗特——這樣客氣，並且因為你辱沒了這個姓氏而感到臉紅。」

「這關我什麼事？」對方裝出莫名其妙的樣子，「這個姓氏跟我有什麼關係？」

「沒什麼關係，」布朗羅先生回答，「和你毫不相干，但這是他的姓氏。我很高興你改名換姓了，免得讓這個姓氏蒙羞。」

「好吧，你說得對。」蒙克斯沉默了半晌才說，他繃著臉，身子滿不在乎地搖來搖去，「你找我到底有什麼事？」

「你有一個弟弟，」布朗羅先生繼續說下去，「一個弟弟。當我在街上遇到你，只不過輕輕說了一聲他的名字，你就沉不住氣，乖乖地跟我回來。」

「我沒有弟弟，」蒙克斯回答，「你知道我是獨生子。」

「別急，我這就告訴你來龍去脈。」布朗羅先生說，「一切要回到數十年前，你那不幸的父親還是個孩子。他在家族的利益與虛榮逼迫下，締結了一門不幸的婚姻，而你正是這門親事唯一的產物。」

「看來你知道得不少。」蒙克斯嘲弄地笑了笑。

「還不只這樣呢，」老紳士又說，「這一樁結合帶來的是災難、折磨，以及無止盡的苦惱。這兩個人度日如年，漸漸地，他們從冷淡變成了厭惡，厭惡又變成仇恨，仇恨再變成詛咒，最後終於掙斷了那條枷鎖，各奔東西。你母親很快就忘了這段婚姻。可是直到許多年後，這段過往仍在你父親心裡生鏽、腐爛。」

「是的，他們分居了，」蒙克斯說道，「那又怎樣呢？」

「他們分居了好一陣子，」布朗羅先生回答，「你母親在歐洲大陸縱情享樂，把小她十歲的年輕丈夫忘得一乾二淨。而你父親眼看前途無望，一直在國內徘徊不定，結交了一群新朋友。你應該知道這些事。」

「我不知道。」蒙克斯說著，將目光轉向一邊，擺出一副死不認帳的樣子。

「當時，在這群新朋友中，」布朗羅先生又說，「有一位退役的海軍軍官，他的妻子大約半年前去世了，留下兩個孩子，都是女兒，一個是如花似玉的十九歲少女，另一個小丫頭只有兩三歲。」

「這跟我有什麼關係？」蒙克斯問。

「他們住在鄉下，你父親正巧經過那一帶。於是，雙方很快就產生友誼，老軍官對他的喜愛日益加深，他的大女兒也是一樣。漸漸地，他贏得了那個純潔無瑕的少女的芳心，並與她訂下了莊嚴的婚約。」

「你的故事還真夠長的。」蒙克斯煩躁地在椅子上扭動著，說道。

「一個憂傷、苦難和不幸的故事往往是長的。」布朗羅感嘆道，「不久之後，你家族裡的一個親戚過世了，當初就是他一手造成這樁不幸的婚姻的。為了彌補自己的錯，他留下一大筆財產給你父親，條件是他必須親自前往羅馬繼承這筆財產。你父親去了，卻在當地染上一種絕症。消息一傳到巴黎，你母親立刻帶著你趕過去；你們抵達的那一天，你父親就死了，沒有留下遺囑。於是財產全部落入你們母子手中。」

蒙克斯屏住呼吸，全神貫注地聽著。當故事講完後，他換了一個姿勢，擦了擦發燙的臉和手，一副如釋重負的樣子。

「他動身以前路過倫敦，」布朗羅先生仍然望著對方的臉，緩緩地說，「他來找過我。」

「這我倒沒聽說過。」蒙克斯有些驚奇地說道。

「他在我這裡留下一些東西，其中有一幅畫像——他親筆畫的，是那個可憐的小姐的肖像，他不願意把它丟在家裡，但又無法帶著旅行。他向我吐露說，他要不惜一切代價，把全部財產變賣成現金，其中一部分留給你們母子，然後從此離開英國。在這次會面之後，我沒有再見到他，也沒有收到他的信。」

「當我聽聞他的死訊，」布朗羅先生稍微頓了一下，說道，「我立刻去拜訪他的未婚妻，希望能給予這位失去依靠的小姐一些協助。然而，那家人早已在一週前悄悄搬走了，沒有人知道他們去了哪裡。」

蒙克斯暢快地舒了一口氣，帶著勝利的微笑回頭看了一眼。

「你的弟弟，」布朗羅先生把椅子朝對方挪近了一些，「是個身體瘦弱、衣衫襤褸、受人鄙視的孩子，命運的一雙手推著他來到我面前，我把他從罪惡可恥的生活中救了出來——」

「什麼！」蒙克斯叫了起來。

「沒錯，正是我，」布朗羅先生說道，「是我把他救出來的。當時，他住在我家裡養病，我注意到他與我剛才提到的那幅畫上的女人長得很像，大吃一驚。我的腦海裡彷彿浮現了一位老朋友的身影。可是，我還來不及弄清他的來歷，他就被人拐跑了——」

「那又怎麼樣呢？」蒙克斯結結巴巴地說。

「繼續聽著吧，」老紳士用犀利的目光看了他一眼，回答，「我失去了那個孩子，雖然我嘗試了各種方法，還是沒能找到他。我知道，你的母親已經死了，只剩下你能解開這個謎團。我最後一次聽到你的消息時，你還在西印度群島，為的是躲避債主。於是我渡海而去，卻聽說你早已回到了倫敦。我又回來，問了你的幾個代理人，沒有人知道你的下落。我一次又一次地打聽，但都徒勞無功，直到兩個小時以前——」

「你現在找到我了，」蒙克斯大著膽子站起來，「那又如何？詐欺和搶劫都是非同小可的罪名；你以為，光憑你的想像，以及一幅畫，就可以證明一切了嗎？」

「的確，這些證據還不夠，」布朗羅先生也站了起來，「可是過去半個月裡，我把一切都查清楚了。你有一個弟弟，你知道這件事，而且認識他。遺囑本來也是存在的，但被你母親銷毀了，她臨終時又把這個秘密告訴了你。遺囑裡提到一個孩子，而這個孩子碰巧又被你遇到了；由於他長得很像你父親，引起了你的疑心。你去過他的出生地，把一切有關他身世的證明毀了，就像你對那猶太人說的：『唯一能指認那孩子身分的證據沉到河底去了，知道這件事的老太婆也死了。』你與一幫盜賊同流合汙，圖謀不軌，還害死了一個善良的女孩。事到如今，你——愛德華．李弗特，你還敢抵賴嗎？」

「不，不，不！」這個懦夫連聲說道，他終於被對方一一歷數的控訴壓倒了。

「每一句話！」老紳士喝斥道，「你跟那個惡棍說的每一句話我都知道。牆上的影子聽見了你們的竊竊私語，把它們傳進了我的耳裡。看到那個孩子受到虐待，連一個女人家也幡然醒悟，生出了勇氣和美德。凶殺已經發生了，即使你沒有參與這樁罪行，在道義上也難辭其咎！」

「不，不，」蒙克斯連忙否認，「那件事我一點也不知道。我正想去打聽一下是怎麼回事，你就把我抓了回來。這是真的！」

「這些只是你的秘密的一部分，」布朗羅先生答道，「你願意全部供出來嗎？」

「是的，我願意。」

「你願意寫一份說明事實真相的供詞，再當著證人的面宣讀嗎？」

「我願意。」

「你老老實實待在這裡，等筆錄寫好了，就跟我一起出面作證，可以嗎？」

「你說什麼我都照辦。」蒙克斯回答。

「還不只這些，」布朗羅先生說道，「你必須對那個無辜的孩子作出賠償。你知道遺囑上是怎麼寫的，你必須將關於你弟弟的條款付諸實行，然後你高興去哪裡就去哪裡，兄弟倆從此不相往來。」

蒙克斯來回踱著步，神色陰沉而又狡詐。他在思考這一提議，希望還能找到其他的出路。就在這時，房門匆匆打開了，羅斯本先生興奮不已地走進房間。

「那個人即將被捕，」他嚷著說，「今晚就要逮住他。」

「是那個凶手嗎？」布朗羅先生問。

「對，對，」醫生回答，「有人看見他的狗在一個賊窩附近轉來轉去，顯然，狗的主人要不已經在那裡了，要不就是打算趁天黑過去。警探已經把那間屋子團團包圍，他插翅也難飛。」

「好極了。」布朗羅先生說道，「梅萊先生在什麼地方？」

「哈利嗎？他已經趕去那裡了，這個消息就是他打聽到的。」醫生回答。

「費金呢？他怎麼樣了？」布朗羅先生說。

「還沒有逮捕，但他跑不掉了。他們已經緊緊盯住他了。」

「你決定好了嗎？」布朗羅先生低聲問蒙克斯。

「決定了，」他回答，「你……你……能替我保密嗎？」

「我答應你。你待在這裡等我回來，這可是你全身而退的唯一希望。」

布朗羅與醫生離開了房間，門重新鎖上了。

「你進展如何？」醫生小聲問了一句。

「非常順利，他已經坦承一切了。你寫封信通知大家，後天傍晚七點見面，請大家好好休息——特別是那位小姐，她非常需要鎮定。我至今仍然義憤填膺，得替那個遇害的女孩報仇。他們走哪一條路？」

「你徑直趕去警察局，還來得及，」羅斯本先生回答，「我留在這裡。」

兩位紳士匆匆分手，彼此都難以抑制內心的興奮。

第五十章

位於泰晤士河一側的羅德希特教堂一帶，由於運煤船騰起的灰塵和住宅煙囪噴出的煙，兩岸的建築物都非常骯髒。這裡住著最卑賤、貧窮的人們，店鋪裡堆放著價格低廉的劣等商品，醜陋不堪的衣裝服飾懸掛在店門口，迎風招展。到處都是窮困的失業者、搬運伕、妓女、衣衫襤褸的兒童，還有河濱的汙穢廢物。無數的小巷左右岔開，巷裡不斷湧出令人噁心的氣味。放眼望去，房屋搖搖欲墜，煙囪塌了一半，窗上的鐵條鏽跡斑斑、糊滿汙漬，一副頹敗破落的景象。

從南華克鎮碼頭再往前走，可以抵達雅各島，四周盡是臭水溝，這是泰晤士河的一條支流。一座座木板房子懸在爛泥臭水上，隨時會掉下去的樣子；牆壁汙穢不堪，地基一天天腐朽，令人噁心的汙垢、腐物和垃圾裝飾著河道兩岸。許多破敗的房舍沒有主人，膽大的人就破門而入，據為己有。他們住在這裡，死在這裡，都是一些走投無路的人。

在這些房子裡，有一座相當大的孤樓，房子的四面都已殘破不堪，唯有門窗防範森嚴。在二樓的一個房間裡，有三個人聚在一起，這三人愁眉苦臉，不時露出困惑而期待的神色互看一眼，默默地坐著。三個人當中，一個是托比，另一個是湯姆．基特寧，第三個叫凱格斯。

「費金是什麼時候被抓去的？」托比轉向基特寧，問道。

「吃午飯的時候——今天下午兩點。我跟查理從煙囪裡溜掉了，諾亞躲進那個空的大水桶，可是他兩條腿太長了，露在桶子外，被他們抓住了。」

「蓓特呢？」

「可憐的蓓特！她跑去看那具屍體，說要去告別，」基特寧毛骨悚然地答道，「一下就瘋了，又是尖叫又是說胡話，把腦袋往牆壁上撞。他們只好替她穿上緊身束衣，把她帶到精神病院去了。」

「貝茲怎麼樣？」凱格斯問。

「他在附近溜達，不過很快就會回來。」基特寧回答，「反正也沒別的地方可去，酒店裡的人全部被拘留——我去過那裡，親眼看見到處都是條子。」

「好一次大掃蕩。」托比咬著嘴唇說道，「許多同伴都遭了殃。」

「現在正是審判期，」凱格斯說道，「只要預審結束，諾亞供出了費金，禮拜五開庭審判——從今天算起，再過六天他就要上絞架了。」

「你們一定聽說了，百姓吼得才厲害，」基特寧說道，「要不是員警拚了命地保護，費金早就被撕成碎片了。我看見他渾身是泥，滿臉淌血，貼在員警身邊，被他們夾在中間往前拖。人們一個接一個跳上來，咬牙切齒，嗷嗷直叫，朝他撲過去；婦女們也吵吵嚷嚷地擠進人群中，發誓要把他的心挖出來。」

嚇得魂不附體的目擊者捂住耳朵，閉著眼睛站起來，瘋狂地走來走去，彷彿神智錯亂了一般。另外兩人一言不發地坐在一旁，呆呆地盯著地板。這時候，樓梯上響起一陣啪噠啪噠的聲音，賽克斯的狗竄進了屋裡。他們立刻跑到窗前，又跳下樓，衝到街上——沒有發現牠的主人。

「這是什麼意思？」三個人又回來了，托比說道，「他不會來這裡的——但願不會。」

「他要是過來的話，會帶著狗一起來。」凱格斯俯下身來，察看著那隻躺在地板上直喘氣的畜牲。「喂，給牠一點水，牠跑得氣都喘不過來了。」

「牠滿身汙泥，腿瘸了，眼睛也睜不開了——一定走了很遠的路。」基特寧說道。

「牠還能從哪裡來！」托比叫道，「牠一定去過別的窩，發現裡面全是陌生人，才又跑到這裡來的。但牠一開始是從什麼地方來的？沒有牠的主人，牠怎麼會一路跑來？」

「他——」基特寧又說，不敢提起那名凶手的名字，「他不會尋短的，對吧？」

托比搖了搖頭。

「要是他死了，狗一定會帶我們去找屍體。」凱格斯說，「不，他也許已經逃出英國，把狗丟下了。」

這種說法似乎很有可能，其他人也都認同了。這時，狗鑽到一張椅子下，蜷縮成一團睡了，誰也沒有再去管牠。

天黑了。他們點亮一支蠟燭，放在桌上；想起最近幾天發生的事情，加上自己處境危險，前途未卜，便越來越感到緊張。他們挪動椅子，彼此靠得緊緊的，聽到任何聲響都心驚肉跳。三個人不太說話，只不過偶爾低聲耳語，看他們那副噤若寒蟬的模樣，彷彿那名遭到謀殺的女人屍體就在隔壁房間裡。

突然間，樓下響起一陣急促的敲門聲。

「是貝茲嗎？」凱格斯一邊說，一邊回頭看了看。

敲門聲又響了。不，這不是他。他從來不這樣敲門。

托比走到窗前，哆哆嗦嗦地探出頭去，看見了賽克斯那蒼白的面孔。同一時間，狗也警覺起來，哀嚎著朝門口奔去。

「我們還是得讓他進來。」托比說道。

「沒有別的辦法了？」另一人聲音沙啞地問。

「沒辦法，只能讓他進來。」

托比下樓開門去了，回來時身後跟著一個男人，那人用一張手帕裹住下半個臉，另一張手帕裹住戴帽子的腦袋。他慢吞吞地解下手帕，蒼白的面容、凹陷的雙眼、乾癟的臉頰、蓬亂的鬍子、消瘦的身形、急促的呼吸，簡直就像一個幽靈。

他扶住房間裡的一張椅子，一屁股坐了下去，開始仔細地打量著房裡的人。

「狗怎麼來到這裡的？」他問道。

「自己來的，來了三個小時了。」

「今天的晚報上說費金被抓了，這是真的嗎？」

「真的。」

他們再度沉默下來。

「見鬼！」賽克斯擦了擦額頭，說道，「你們就沒什麼要跟我說的？」

三個人忐忑不安地動了一下，誰也沒有開口。

「這房子是你的，」賽克斯轉過臉，朝托比說道，「你是要出賣我呢，還是要讓我住在這裡，等這次風頭過去？」

「你留下吧，要是你認為安全的話。」被問到的人猶豫了一下，答道。

就在這時，敲門聲再度響起。托比離開房間，緊接著又領著查理．貝茲回來。賽克斯正對門坐著，少年一走進房間，迎面就看見了他，不禁嚇得倒退幾步。

「托比，你在樓下幹嘛不告訴我？」查理說道。

那惡棍似乎想討好一下對方，因此點了點頭，做出願意跟他握手的樣子。

「讓我到別的房間去。」少年仍不停地往後退，說道。

「查理，」賽克斯說著，向他走去，「難道你不認得我了？」

「別靠近我！」少年還在後退，他眼裡含著恐懼，盯著凶手的臉說，「你這個壞蛋。」

賽克斯走了兩步便停住了，與少年四目對接。他的眼神漸漸垂下了。

「你們三人作證，」少年揮舞著拳頭，大聲說道，「我不怕他——如果他們來這裡抓他，我就把他交出去！我說到做到。要是他高興，他可以殺死我；但只要我還活著，我就要把他交出去——殺人啊！救命啊！你們快幫幫我。殺人啊！救命啊！把他抓起來！」

少年大吼大叫，並一頭朝那個壯漢撲了上去，由於出其不意，竟將他撞倒在地。

三位旁觀者呆若木雞，誰也沒有插手，少年和壯漢在地上滾做一團；他毫不理會如雨點般落到自己身上的拳頭，雙手將殺人犯胸前的衣裳抓得越來越緊，使出渾身的力氣，不停地呼救。

然而，雙方畢竟力量懸殊，這一番較量很快就見分曉了。賽克斯將少年摔到地上，將膝蓋壓在他的脖子上。這時候，托比神色驚慌地拉了他一把，指了指窗外。下面火光閃爍，有人情緒激昂地高聲交談，急促的腳步聲響成一片，從不遠處的木橋上過來了。火光越來越多，腳步聲也越來越密集；緊接著，門口傳來一陣重重的敲門聲，以及一片鬧哄哄的鼓噪，聲勢之大，令人忍不住為之顫抖。

「救命啊！」少年尖聲喊叫起來，「他在這裡！把門砸開！」

「奉命捉拿凶犯！」有人在外面大聲喊道，鼓噪聲更響了。

「把門砸開！」少年尖叫著，「快！他在有亮光的房間裡。把門砸開！」

他剛一說完，門上和樓下窗板上便響起密集而沉重的撞擊聲，人群中爆發出一陣嘹亮的歡呼。

「找個地方把這亂叫的小鬼關起來！」賽克斯惡狠狠地喝道，一邊毫不費力地拖著少年跑來跑去，「就是那扇門，快！」他把少年扔進去，插上門閂，轉了一下鑰匙。「樓下的門牢靠嗎？」

「上了兩道鎖，外加鏈條。」托比答道，他和另外兩人仍然一副不知所措的樣子。

「護牆板呢——堅不堅固？」

「包著鐵皮。」

「窗戶也是？」

「是的，窗戶也是。」

「很好。」這歹徒把窗戶推開，朝著人群喊道：「儘管來吧！我會讓你們付出代價的。」

聽到這陣挑釁的吼聲，有人大聲吆喝，威脅要點火燒房子，另一些人咆哮著，要員警開槍打死他，有的叫人搬梯子，有的叫人拿鐵錘來，有的舉著火把跑來跑去，嘴裡不住發出怒吼。人潮在黑暗中翻湧，像一片麥田在狂風怒號下起伏擺動，不時齊聲發出憤怒的鼓噪。

「現在應該還在漲潮，」賽克斯關上窗戶，跌跌撞撞地退到房屋裡，嚷道，「我可以跳進水溝，從那裡逃出去。給我一根繩子。要是逃不掉，我乾脆再宰了兩三個人，然後殺死我自己。」

三個驚恐萬狀的旁觀者指了指放工具的地方。殺人犯選了一根最長、最結實的繩子，便匆匆爬上屋頂。然而，他的計畫很快被識破，一陣呼喊聲將這一情形通知了房屋前方的人，人群立刻推推擠擠，蜂擁而至。

賽克斯好不容易才爬上屋頂。他越過瓦片，隔著低矮的外牆往下看，只見潮水退了，溝裡成了一片泥沼。追趕的人越來越近，到處都是耀眼的火把，以及火光下一張張憤怒的臉孔。群眾衝進水溝對岸的房子，擠在每一扇窗前，或是屋頂上；一座座小橋在人群的重壓下彎曲了。所有人都伸長了脖子，想瞧一瞧這個惡棍。

「這下逮到他啦！」一個男子在最近的一座橋上嚷道，「太棒了。」

人們紛紛摘下帽子，拿在手中揮動著，歡呼聲又一次騰空而起。

「誰要是活捉殺人犯，我再賞他五十鎊！」一位老紳士也在同一個地方喊道。

又是一陣歡呼。就在這時，大門終於撞開了，人們爭先恐後地朝門口擠去，有的人被擠得透不過氣來，有的人在慌亂中跌倒在地，頓時發出一陣陣呼喊與哀嚎。見到這突如其來的混亂，賽克斯蹲下來，打算跳進泥沼裡，冒著滅頂的危險偷偷溜掉。

他把一隻腳頂住煙囪，將繩子的一端緊緊繞在上面。一眨眼的功夫，他已經憑著雙手和牙齒將另一端挽成一個結實的活結，他可以利用繩子垂降到地面，然後再用手裡的小刀割斷繩子。

他剛把活結套在頭上，準備勒在手臂下，就在這一瞬間，他突然回頭望著身後的屋頂，雙臂高舉過頭，發出一聲恐怖的驚叫。

「那雙眼睛又來了！」他尖聲呼喊著，感到魂飛魄散。

他打了一個寒顫，彷彿被閃電擊中了似的，接著便失去平衡，從牆上跌了下去。活結綁在他的脖子上，繩子經他的重量一扯，繃得像弓弦一樣緊。他的四肢可怕地抽搐了一下，吊在那裡，漸漸僵硬的手裡仍握著那把小刀。

他的狗奔出屋子，在牆上來回奔跑，接著定了定神，縱身朝死者肩上跳去。牠沒有達到目的，掉進了溝裡，在半空中翻了個跟斗，一頭撞在一塊石頭上，頓時腦漿迸裂。

第五十一章

在上述事件發生之後兩天，下午三點鐘，奧立佛登上一輛馬車，朝著他出生的小鎮疾駛而去。和他同行的有梅萊夫人、蘿絲、貝德溫太太，還有那位好心的醫生。布朗羅先生和一個陌生人乘坐第二輛車。

他們抵達了鎮上的一家旅館，格林維格先生已在這裡作好了接待他們的一切準備。他們走下馬車，他吻了吻蘿絲小姐，又吻了老太太。晚餐已經做好，臥室收拾妥當，一切都像變魔術般地安排好了。

布朗羅先生沒有和眾人共進晚餐，而是單獨待在一個房間裡。另外有兩位紳士匆匆而來，又匆匆離去，神色十分焦慮。接著，梅萊太太被叫了出去，過了幾乎一個小時才回來，眼睛都哭腫了。蘿絲和奧立佛一直被蒙在鼓裡，眼前發生的事情弄得他們神經緊張，十分不安；他倆默默地坐著發呆，即使偶爾交談幾句，聲音也壓得很低，好像連自己的聲音也害怕聽見一般。

到了晚上九點，羅斯本先生與格林維格先生走進房間，後面跟著布朗羅先生和一個男人。奧立佛一見到這個人便大吃一驚，差點叫出聲來。原來那正是自己在市集上撞見、後來又跟費金一起偷窺自己房間的那個人。他們告訴他，這個人是他的哥哥。蒙克斯將仇恨的目光投向目瞪口呆的奧立佛，在門邊坐了下來。布朗羅先生手裡拿著幾份文件，走到蘿絲和奧立佛的那張桌子前。

「這是一件苦差事，」他說道，「雖然這些文件曾當著許多紳士的面簽過字，但還是得在這裡重申一下。我必須請你親口唸一遍，原因你是知道的。」

「快一點，」蒙克斯把臉轉到一邊，說道，「不要再為難我了。」

「這個孩子，」布朗羅先生把奧立佛拉到身旁，一隻手搭在他的頭上，「是你的異母兄弟。是你父親、我的好朋友艾德溫．李弗特的非婚生兒子。他可憐的母親艾格尼絲．佛萊明，在生下他之後就過世了。」

「是啊，」蒙克斯怒視著顫抖不止的奧立佛，「那正是他們的私生子。」

「你用這個字眼，是在侮辱那些死去的人，也侮辱你自己。」布朗羅先生嚴厲地說，「這些都不提了。他是不是在這個鎮上出生的？」

「在本鎮的濟貧院，」回答的口氣相當陰沉，「文件上不是都寫了？」

「我要再證實一下。」布朗羅先生環顧著所有聽眾，說道。

「好吧，你們聽著！」蒙克斯回答，「他父親在羅馬病倒後，他的妻子——也就是我的母親，他們沒有離婚——便帶著我從巴黎趕去，想處理一下他的財產。當我們到達時，他已經失去意識，一直昏迷不醒，第二天就死了。他的書桌裡放著一些文件，其中有兩份是他剛發病的那一晚寫的，信封上寫著你的名字。」他轉向布朗羅先生，「上面還註明道，要等到他死後才能寄出去。那些文件中有一封信，是寫給那個名叫艾格尼絲的女人的，還有一份遺囑。」

「信上寫了什麼？」布朗羅先生問道。

「上面有懺悔的告白，有祈求上帝拯救她的禱告。他對那女人說了謊，說他有一些難言之隱，因此無法娶她。但她一如既往，對他深信不疑。當時，她還有幾個月就要分娩，他告訴她，只要他還活著，就不會辜負她；萬一他死了，也求她不要詛咒他。他要她別忘了自己送給她的那個小金盒和那枚戒指，戒指上刻有她的名字，以及一塊空白——他希望有朝一日能刻上他的姓氏。他請她把盒子保管好，掛在胸前，說了一遍又一遍。」

「說說遺囑的內容。」布朗羅先生說道，奧立佛此時已是淚如泉湧。

蒙克斯一言不發。

「上面寫道，」布朗羅先生替他開口，「上面寫到妻子帶給他的不幸，還談到你頑劣的性格、歹毒的心腸和無止盡的貪欲。他為你們母子各留下八百英鎊的年金，其餘財產則分為相同的兩份：一份給艾格尼絲，另一份給他們的孩子。如果是個女孩，這筆錢的繼承是無條件的；但如果是男孩，就有一個條件——也就是說，他在成年之前絕不能有任何不名譽的行為。他說，立下這樣的遺囑，是為了表示他對孩子母親的信任，以及他自身的信念——他相信孩子一定會繼承她高尚的心胸和品格。萬一他希望落空，兩個兒子都成了相同的貨色時，他才承認你有權優先繼承他的財產，那筆錢就歸你所有。」

「我母親，」蒙克斯提高了嗓門，「做了一個母親應該做的事。她燒掉了這份遺囑，扣下了那封信和其他證據。另一方面，她把真相告訴了那女人的父親，並不忘挑撥離間一番。那名父親感到受了辱，一氣之下，便帶著兩個女兒躲到威爾士的鄉下，甚至改名換姓，不讓任何朋友找到他們。沒過多久，那女人悄悄地離家出走了，她的父親去找過她，走遍了附近的每一個村落。最後，他認定女兒自殺了，為的是掩飾她自身的羞恥，這顆老人的心也碎了，不久後便離開了人世。」

房間裡一片沉寂。之後，布朗羅先生接著把故事說下去。

「幾年以後，」他說道，「這個人——愛德華·李弗特——的母親來找我，原來她的兒子偷走了她的珠寶和現金。他賭博成性、揮霍無度，最後逃到倫敦去了，在倫敦最下流的地區鬼混了兩年。他母親派人四處打聽，仔細尋訪，好不容易才找回他，把他帶去了法國。」

「後來，她在法國過世，」蒙克斯說道，「臨終時，她把這些秘密和仇恨全都告訴了我。她說，她不相信那女人會自殺，認為她或許生下了一個男孩。我向她發誓，只要一遇見那小傢伙，我就要狠狠地報復他，讓他一刻也不得安寧。可以的話，我還要把他送上絞架，好嘲諷那份可笑的遺囑。之後，我終於找到了那個孩子。起初還不錯，要不是因為那個告密的婆娘，我早就成功了。」

這惡棍緊抱雙臂，懷著無處發洩的怨恨，嘟嘟噥噥地咒罵自己無能。布朗羅先生轉過身來，向在座的人們解釋說，蒙克斯給了猶太人費金一大筆酬金，條件是將奧立佛引上歧途；萬一他被救走了，就必須退還部分報酬。為了這個目的，他們才大費周章前往鄉下，確認那孩子是不是奧立佛。

「小金盒和戒指呢？」布朗羅先生轉向蒙克斯，問道。

「我從那對夫妻那裡把東西買下來了，他們是從護士那裡偷來的，護士又是從死人身上偷走的。」蒙克斯眼睛抬也不抬，答道，「後來的事情你都知道了。」

布朗羅先生朝格林維格先生點了點頭，後者迅速走出去，很快又帶著兩個人回來了，正是邦布爾夫婦。

「我眼花了嗎？」邦布爾先生故作熱情地叫道，「這不是小奧立佛嗎？噢！奧立佛，你不知道我多為你難過……」

「閉嘴！蠢貨。」邦布爾太太嘟噥了一句。

「這是人之常情，不是嗎？邦布爾太太，」濟貧院院長反駁道，「是我代表教區把他養大了，現在看到他過得這麼幸福，能不高興嗎？我一直很喜歡這孩子，他就像是我的——我的親孫子一樣。」

「夠了，老兄，」格林維格先生尖刻地說，「克制一下你的感情。」

布朗羅先生走向這對可敬的夫婦，他指了一下蒙克斯，問道：「你們認識那個人嗎？」

「不認識。」邦布爾太太矢口否認。

「你可能也不認識吧？」布朗羅先生又問她丈夫。

「我這輩子從未見過他。」邦布爾先生說。

「或許也沒有把什麼東西賣給過他？」

「沒有。」邦布爾太太回答。

「像是一個小金盒和一枚戒指？」

「那還用說。」女總管答道，「我不是來這裡聽你胡說八道的。」

布朗羅先生又朝格林維格先生點了點頭。那位紳士再次走出房間，這一次他帶回來兩個病懨懨的老太婆。

「老莎莉去世的那一晚，妳關上了門，」其中一個顫巍巍地抬起一隻手，說道，「但是妳關不住聲音，也堵不住門縫。我們聽見老莎莉拚命想把她幹的好事告訴妳，看見妳從她手裡接過一張紙。第二天我們跟蹤妳，看見妳走進當鋪裡去了。」

「是啊，」另一個老太婆補充道，「那是一個小金盒和一枚戒指。我們都打聽清楚了，看見老闆把東西交給了妳。我們當時就在旁邊。哦！就在旁邊。」

「我們知道的還不只這樣，」第一個接著說道，「很久以前，她就常跟我們提到，那個年輕的母親對她講過，她感到自己活不了了，她本來要到孩子父親的墳前去，死在那裡，可是卻在路上病倒了。」

「你們還想見見當鋪老闆嗎？」格林維格先生向那對夫婦問道。

「不，」女總管回答，又轉向蒙克斯，「既然他什麼都招了，你又找到了這些證人，我也無話可說。我的確把那兩樣東西賣給他了，東西你永遠也找不到了，那又怎樣？」

「不怎麼樣，」布朗羅先生答道，「只不過，恐怕你們今後再也不能擔任目前的職務了。你們可以走了。」

「你們不至於因為這一件小事，就革掉我的教區公職，是嗎？」邦布爾先生哭喪著臉說。

「革職是免不了的，」布朗羅先生回答，「你還是死了這條心吧，這對你們已經很便宜了。」

「這全怪邦布爾太太，她非要這麼做。」邦布爾先生回頭望了一眼，確信妻子已經離開房間，這才說道。

「這不成理由，」布朗羅先生答道，「銷毀那兩件證物的時候，你也在場。而且按照法律的眼光來看，你的罪責比你妻子更重。因為法律認為你妻子的行為是受到你的指使。」

「要是法律這樣認為，那它就是一頭蠢驢！」邦布爾先生把帽子夾在兩手中間搓了搓，說道，「只有親身體驗過後，才會明白丈夫能不能支配妻子。」

邦布爾先生嘆了一口氣，緊緊地戴上帽子，雙手插在口袋裡，跟著妻子下樓去了。

「小姐，」布朗羅先生又轉向蘿絲，「把手伸給我。不用害怕，我們還有幾句話要對妳說。」

「改天再告訴我吧。」蘿絲有氣無力地說道，「我現在既沒有力氣，也打不起精神。」

「不，」老先生挽起她的手臂，「這件事與妳息息相關。先生，你認識這位小姐嗎？」

「認識。」蒙克斯回答。

「我從來沒見過你。」

「我經常看見妳。」蒙克斯答道。

「艾格尼絲的父親有兩個女兒，」布朗羅先生說道，「另外一個——他的小女兒，命運如何？」

「那個小女兒，」蒙克斯回答，「她的父親死在異鄉，用的又是化名，沒有留下一封信、一張證明，也沒有留下一點線索可以聯絡他的親友。於是，那孩子被一戶窮人家領養了。」

「說下去。」布朗羅先生說道，朝梅萊太太使了個眼色，要她走過來。

「那戶人家後來搬走了。我母親經過一年的明查暗訪，才找到他們。當時，這家人已十分潦倒，開始對自己的善心感到厭煩了。我母親給了他們一些錢，要他們繼續養育這個孩子，同時又怕貧窮折磨得她不夠慘，便向他們扯了一些謊，說她出身下賤，還說她是個私生女，將來肯定會走上邪路。他們都相信了。孩子在那裡過得很淒慘，這讓我們滿意極了。後來，一位住在切斯特的貴婦偶然見到了那個女孩，覺得她很可憐，才把她帶到自己家裡。我總覺得冥冥之中有某種力量在跟我們作對。我們想盡了各種方法，還是無法讓她離開那個家。

之後我有兩三年沒再見到她，直到幾個月以前——」

「你現在看見她了嗎？」

「看見了。就靠在你肩上。」

「她就像我自己的孩子一樣。」梅萊太太一把抱住快要暈過去的蘿絲，大聲說道，「即使把世上的一切財富都給我，我也不會丟下她。我可愛的孩子。」

「妳一直是我唯一的親人，」蘿絲依偎著她，哭喊道，「最體貼、最要好的朋友。我的心快要炸開了，這一切我真承受不起！」

「再糟糕的事妳都承受住了。妳一向是個最善良、最溫柔的姑娘，總是把幸福帶給周遭的每一個人。」梅萊太太慈愛地說道，「來，我的寶貝，想想還有誰等著把妳摟在懷裡。苦命的孩子，快過來。」

「妳不是姨媽，」奧立佛伸出雙臂，摟住蘿絲的脖子喊道，「我永遠也不會叫她姨媽。我要叫他姐姐，我親愛的蘿絲姐姐，一開始就有個聲音告訴我，要我永遠愛妳。蘿絲，我親愛的蘿絲姐姐。」

兩個孤兒長久地緊緊擁抱，淚水滾滾而下，互訴一些不連貫的話語。在這一瞬間，歡樂與憂傷交匯在命運的杯子裡，卻沒有辛酸的眼淚：因為就連憂傷本身也已沖淡，又裹在了那樣甜蜜、親切的回憶之中，失去了所有的苦澀，成了一種莊嚴的快慰。

有很長一段時間，房間裡只剩下他們兩人。忽然間，門上輕輕響起一陣敲門聲。奧立佛打開門，溜了出去，讓哈利．梅萊取代了他的位置。

「親愛的蘿絲，我什麼都知道了。」他在心愛的少女身邊坐下，說道。「我不是偶然來到這裡的，妳知道，我來是要向妳重提一個許諾的，對嗎？」

「你終究還是知道一切了。」蘿絲說道。

「一切都知道了。妳答應過我，在一年之內重提我們上回談到的事情。」

「我答應過。」

「我不是要逼迫妳改變主意，」年輕人苦苦相勸，「只是想聽妳重複一遍。我說過，如果妳願意的話，無論我擁有何種地位或是財產，我都要把它們獻給妳。要是妳仍然堅持妳現在的決定，我也發誓，絕不試圖加以改變。」

「當初影響我的那些理由，現在同樣影響著我，」蘿絲堅定地說，「你的母親一片好心，把我從貧窮的苦難中解救出來。我對她負有一種不可忽視的責任，這種感覺在今天晚上尤其強烈。這是一場鬥爭，但卻是我引以為傲的一場鬥爭。這是一種痛苦，但我甘願承受。」

「所以妳的答案是——」哈利又想說話。

「我的答案，」蘿絲輕聲接過話頭，「對於你的問題，我仍然沒有改變我以前堅持的立場。」

「妳對我真是狠心，蘿絲。」她的心上人急了。

「噢！哈利，」少女失聲痛哭，「我多麼想由我自己承擔這種痛苦。但我做不到。」

「妳何必這樣折磨自己？」哈利握住她的一隻手說道，「想想吧，親愛的蘿絲，想想妳今晚聽到的事。」

「我聽見什麼了？」蘿絲哭喊著，「只不過是說，我的親生父親為了躲避恥辱，遠離了所有的人——夠了，我們說得夠多了，哈利，到此為止吧。」

她站起來，年輕人攔住了她。「不，還沒有。」他說，「我的希望，我的抱負、前程、感情——我對生活中一切的看法都改變了，只有對妳的愛情沒有變。現在，我要獻給妳的，不是虛浮的名聲，也不是庸俗的金錢，而是一個家——一顆心和一個家。是的，親愛的蘿絲，我能夠奉獻給妳的只有這些。」

「你這是什麼意思？」她結結巴巴地說。

「我的意思是——我上回離開妳的時候，作了一個無可撼動的決定，我要填平妳我之間憑空想像出來的一切鴻溝。如果我的世界不能成為妳的，就把妳的世界變成我的，絕不讓妳受到門第觀念的嘲笑，因為我會拋棄它。我已經做到了這件事，當初對我笑臉相迎的那些權貴、恩人，如今都對我冷眼相看；可是，只要有妳，我仍會對這個家感到驕傲，妳勝過我所拋棄的一切。這就是我現在的身分和地位，我把這些都獻給你！」

「等相愛的人一起共進晚餐真叫人難受。」格林維格先生從瞌睡中醒來，說道。晚餐已經耽誤了很長的時間。但無論是梅萊夫人，還是哈利、蘿絲，都隻字不提這件事。

「如果你們不反對的話，」格林維格先生說，「請容我冒昧，吻一下未來的新娘表示祝賀。」他立刻將這句話付諸行動，吻了一下漲紅了臉的蘿絲小姐。受到這個榜樣的影響下，醫生和布朗羅先生兩人也相繼效仿。有人聲稱看見哈利剛才在隔壁房間裡已做過同樣的事，但人們都認為這純屬誹謗，因為他還年輕，又是一位牧師。

第五十二章

費金由幾名法警押送著，走進了一段燈光昏暗的通道，來到了監獄內部。幾名獄警將他身上搜了一遍，確認沒有攜帶任何用以尋短的工具之後，便將他領進一間關押死刑犯的牢房，獨自一人留在那裡。

他在牢門對面的一張石凳上坐下來，睜著一雙充血的眼睛盯著地面，試圖整理一下思緒。他回憶起不久前法官說的那一席話，儘管當時他只聽到一些支離破碎的片段，這些片段仍漸漸拼湊在一起，清楚地說出了眼前的事實。他很快明白了：判處絞刑，就地正法——這就是他的結局。

天黑下來了，他開始回想那些死在絞刑架上的熟人，其中有些是因他而死。這些人名接二連三地出現，他簡直數不過來。他們之中也許有人曾在這間牢房裡待過——也坐在這個地方。四周一片漆黑，他感到毛骨悚然，不禁開始捶打起結實的牢門和四壁，直到砸得皮開肉綻。

禮拜六夜裡。他只能再活一夜了。當他意識到這一點，便變得狂暴不已，罵罵咧咧，又大哭大嚷，扯下自己的頭髮。幾位牧師來為他做禱告，被他轟了出去；他們不肯放棄，又一次走進來，這一次甚至被他打跑了。

在這最後的一夜，一種意識到自己瀕臨死亡的絕望感籠罩了他。他不時驚跳而起，嘴裡喘著大氣，渾身皮膚滾燙，慌亂地跑來跑去，恐懼與憤怒交雜在一起，連那兩名看守他的獄警也膽戰心驚，不敢面對面正視他。

他蜷縮在石床上，緩慢地數著時間——八點——九點——十點。一個小時又一個小時過去了，當指針再轉一圈的時候，他將會在什麼地方？十一點，前一個小時的鐘聲剛停止轟鳴，就又敲響了。到了明天八點鐘，他將成為自己的葬禮行列裡的唯一送喪人。現在是十一點——

從黃昏直到午夜，人們三兩成群來到接待室門口，神色焦慮地打聽有沒有接到緩期執行的命令。得到的回答是否定的，他們又將這個大快人心的消息傳到了大街上，大家指手劃腳，議論紛紛，然後依依不捨地走開，一邊想像著處刑的場面。人群漸漸散去，街道重新變得幽靜、黑暗。

這時，布朗羅先生和奧立佛出現在監獄門口，他們出示了由一位司法長官簽署的准許探訪犯人的命令，便立刻被帶進了接待室。一位員警領著他們穿過陰暗曲折的通道，往牢房走去。

他們穿過一道道由其他獄警從內側打開的堅固牢門，走進一個院子，登上狹窄的階梯，進入走廊，左側又是一排堅固的牢門。獄警要他們在原地等一下，自己敲了敲其中的一扇門。兩名獄警小聲嘀咕了幾句，才來到門外走廊裡，示意兩位訪客跟著那名員警走進牢房裡。

死刑犯坐在床上，身子晃來晃去，臉上的表情猙獰至極。他的心思顯然正在昔日的生活中遊蕩，嘴裡不停地喃喃自語，把兩位新來的人也當成了幻覺的一部分。

「好小子，查理——幹得漂亮！」他嘴裡嘟噥著，「還有奧立佛，哈！簡直是一位小少爺了——把他帶去睡覺！還有你們幾個，聽著——這個傢伙就是一切的起因，枉費我花錢把他養大——割斷諾亞的喉嚨，比爾，別理那丫頭——你儘管割斷他的脖子，乾脆把他的腦袋割下來！」

「費金。」獄警開口了。

「在！」頃刻間，猶太人又變回一副乞憐的模樣，大聲說道，「我在這裡，大人。我只是一個年紀很大的老頭兒。」

「喂，」獄警把手按在費金胸口上，要他坐著別動，「有人來看你，似乎想問你幾個問題。費金，你還是人嗎？」

「我就要永世不做人了，」他抬起頭來回答，臉上滿是憤怒和恐懼，「把他們全都揍死！他們有什麼權利殺我？」

說話間，他一眼看見了奧立佛與布朗羅先生，連忙縮到石凳上最遠的角落，一邊問他們來這裡做什麼。

「別著急。」獄警仍舊按住他，「請吧，先生，你有話直接跟他說好了。請快一點，時間拖得越久，他越容易失控。」

「你手上有幾份文件，」布朗羅先生上前說道，「是一個叫蒙克斯的人為了保險起見交給你的。」

「這全是一派胡言，」費金回答，「我沒有文件——一份也沒有。」

「看在上帝的份上，」布朗羅先生嚴肅地說，「別再裝傻了，還是告訴我文件在什麼地方。你知道，賽克斯已經死了，蒙克斯也招供了，別再心存僥倖。那些文件在哪兒？」

「奧立佛，」費金揮了揮手，嚷道，「過來這裡。讓我小聲告訴你。」

「我不怕。」奧立佛鬆開布朗羅先生的手，低聲說了一句。

「那些文件，」費金將奧立佛拉到身邊，「放在一個帆布包裡，藏在煙囪上面的一個洞裡，就是最前面那個房間。唉，親愛的，我想和你聊聊。」

「好的，」奧立佛答道，「我來唸一段禱告，就唸一段。你跪在我身邊，我們可以一直聊到早晨。」

「我們到外面去，到外面去，」費金推著孩子往門口走去，眼睛視而不見地張望著，說道，「就說我已經睡著了——他們會相信你的。只要你答應我，一定能把我弄出去。快呀，快！」

「噢！上帝保佑這個不幸的人吧！」奧立佛放聲大哭起來。

「好，好，」費金說道，「這對我們都好。這道門最關鍵。要是我走路時搖搖晃晃，渾身發抖，你別介意，趕緊走就是了。快，快！」

「先生，您沒別的事情問他了吧？」獄警問道。

「沒有別的問題了，」布朗羅先生回答，「我本來以為能夠讓他明白自己的處境——」

「事情無可挽回了，先生，」獄警搖搖頭，口答，「您最好別管他。」

牢門開了，兩名獄警回來了。

「快，快啊！」費金嚷著，「小聲地，但也別那麼慢啊。快一點，快一點！」

幾個人伸手按住他，幫助奧立佛掙脫了他的手，把他拉回去。費金拚命掙扎了一陣子，隨即便哀嚎起來，叫聲甚至穿透了那些厚實的牢門，直到兩個人回到院子裡時，仍在他們的耳邊迴響。

目睹了這樣一副可怕的場面，奧立佛差點暈過去。他是如此衰弱，整整一個小時連走也走不動。

當他們走出監獄的時候，天已經快亮了。一大群人早已聚集起來，家家戶戶的窗台上擠滿了人，有的人抽煙，有的人玩牌，各自消磨著時間；人們擠來擠去，有說有笑，一切都顯得生氣勃勃，除了擺在人群中間的一堆漆黑的東西——黑色的台座、十字橫木、絞索，以及所有那些可怕的刑具。

第五十三章

不到三個月，蘿絲・佛萊明與哈利・梅萊結婚了，地點就在那間從此將成為這位年輕牧師工作場所的鄉村教堂。同一天，兩人搬進了幸福的新居，梅萊太太也搬來與他們同住，共享天倫之樂。

經過一番周密的調查，李弗特家的那筆遺產，除去蒙克斯已經揮霍的部分，若由兩人平分，各自可得三千英鎊。按照父親的遺囑，奧立佛本來有權得到全部財產；但布朗羅先生不願剝奪那位長子改過自新的機會，提出了這樣一個建議，他的那位幼小的被保護人愉快地接受了。

蒙克斯帶著自己得到的那一份財產，隱居在新大陸一個遙遠的地方。在那裡，他很快又把財產揮霍一空，再一次重操舊業，因一樁詐欺案被判長期監禁，最終死在獄中。他的朋友費金的幾名共犯也都客死異鄉。

布朗羅先生把奧立佛當成親生兒子收養，帶著他和老管家遷往新居，距離梅萊一家的牧師住宅不到一哩，滿足了奧立佛那熱情而又真摯的心中的唯一願望。這一個小團體緊密地連結在一起，他們的幸福達到了一個難以形容的最高境界。

兩個年輕人結婚後不久，羅斯本醫生便把業務交給助手，在哈利擔任牧師的村落外租了一間小房子。在那裡，他忙於種花、植樹、釣魚、做木工以及各種活動，並在各個方面都成為權威人士，名氣傳遍了附近一帶。

諾亞．克雷波爾由於出面指證費金而獲得了特赦。他經過一番考慮，認為自己現在的職業實在不太可靠，於是幹起了密探這一行。他的方法是，每逢禮拜天穿上體面的衣服，與夏綠蒂出去走走，一走到酒店門口她就暈過去，讓善良的老闆用白蘭地把她救醒，第二天便去告發老闆（註：當時法律規定，在做禮拜的時間，酒店不得販售酒類）。他本人有時也親自暈過去，效果也很不錯。

邦布爾夫婦遭到撤職，逐漸陷於窮困潦倒之中，最後在他倆一度作威作福的那間濟貧院裡淪為貧民。

查理．貝茲被賽克斯的罪行嚇破了膽，他決定告別過去，改過自新。在一段時間裡，他拚命地幹活，吃了不少苦頭。不過，憑著知足的性格和懺悔的決心，他終於出人頭地，一開始是替農莊作工，或是當搬運伕，後來竟成了整個北安普敦郡最得意的牧場主人。

日復一日，布朗羅先生用豐富的學識充實他養子的頭腦。隨著孩子的天性持續發展，希望的種子已經破土而出，大有可能成為優秀的人，布朗羅先生對他的鍾愛也日益加深。他在孩子身上不斷找到老朋友的特徵，這些特徵在他心裡喚起了逝去已久的回憶，既使他感傷，又帶來甜蜜與溫馨。

在那個鄉村的教堂墓地裡，矗立著一塊白色的大理石墓碑，上面只刻著一個名字：艾格尼絲。墓穴裡沒有棺材，也許要過許多年，才會有另一個名字刻上去。然而，墳墓隔不斷死者生前的朋友對他們的愛。如果死去的人會返回塵世，魂遊一處處愛的聖地，想必艾格尼絲的靈魂時常在這個神聖的角落盤旋。

David Copperfield

塊肉餘生錄 1850

他生在美滿家庭，如今卻家破人亡；
他曾淪為酒廠的童工，幸好終究回到正途；
他原是廣漠世界中的孤兒，卻遇上失散的親人；
他一心仰慕的好友，竟為他帶來無窮災難；
他娶得美嬌娘，卻使他的生命變得貧乏；
他心馳神往的故地，如今只剩下一堆廢墟；
他幾乎迷失在喪偶之痛中，卻意外找回了心靈；
他遍尋不著的佳偶，其實一直在他的身旁；
在一次次禍福的背後，人生的真諦漸漸明朗。

Oliver Twist

~ Anthology of Charles Dickens

第一章 我來到這個世上

我是這本書的主角。我的傳記要從我來到人間時寫起，我記得我是在一個禮拜五的夜裡十二點出生的。據說，鐘才剛敲響，我也哇哇哭出了聲，分秒不差。

我出生在薩福克的布蘭德斯通，當時我的父親已去世六個月。我總是想起他那塊白灰色的墓碑；每當我們的客廳被爐火烤得暖烘烘、明晃晃時，我就對獨自躺在黑夜裡的父親無限同情，並感到自己太過殘忍。

我父親的一個姨媽——也就是我的姨祖母特洛伍德小姐，又叫貝茜小姐——曾嫁給一個比她年輕的丈夫，但由於他脾氣暴躁，兩人最終離婚了。貝茜小姐給了他一筆錢，他靠著這筆錢去了印度，直到十年後，人們才聽聞他的死訊。我姨祖母恢復了她的舊姓，並在一個遙遠的海邊買了一間農舍，與一個僕人過著隱居的生活。

我相信她曾經很愛我父親，但他的婚事卻傷透了她的心；因為我母親在她眼裡實在太年輕了——當時還不到二十歲，是我父親年紀的一半。自從結婚後，我父親與姨祖母沒有再見過面，不到一年他便去世了。

在我出生的那天下午，我母親正坐在火爐邊。她身子虛弱，精神不濟，淚眼汪汪地看著爐火，想起自己和那一出世就沒有父親的孩子，好不絕望！當她擦乾眼淚，忽然朝窗外望去時，看見一個陌生女人向花園走來。

她又看了一眼，頓時猜到對方就是貝茜小姐。那女人站在花園的籬笆外，在落日的餘暉下，步態生硬、表情冷漠地走到了窗前，把臉貼在玻璃上，朝屋裡張望。

我母親驚慌失措，起身走到椅子後面的角落。貝茜小姐站在對面，不慌不忙地掃視著屋裡。最後，她的目光終於落到我母親身上，於是皺起了眉頭，像指使僕人一樣對我母親做了個手勢，示意她去開門。

「是大衛．科波菲爾太太吧？我想。」貝茜小姐說。

「是的。」我母親很軟弱地答道。

「妳一定聽說過特洛伍德小姐這個人，是嗎？」

我母親表示她曾經有榮幸聽說過這個名字——儘管她心裡並不這麼想。
「在妳眼前的就是她。」貝茜小姐說。
我母親低下頭請她進屋。她們走進客廳，各自入座後，我母親再也忍不住了，大哭起來。
「哦！好了，好了，」貝茜小姐連忙說，「別再哭了！」
但我母親忍不住，一直哭了好一陣子才停下。
「孩子，把妳的帽子摘掉，」貝茜小姐說，「讓我看看妳。」
我母親照做了。由於緊張，她竟讓頭髮披散到臉上來。她的頭髮不僅多，而且美。
「哎呀！我的老天，」貝茜小姐摸了摸她的頭髮，驚嘆道，「妳多麼年輕！」
毫無疑問，我母親看起來十分年輕，甚至比實際年齡看起來還年輕。她低下頭，彷彿做錯了什麼事一樣，一邊哽咽，一邊說，她的確是一個年輕的寡婦，而且恐怕還將是一個年輕的母親。說著說著，便暈了過去。
當她恢復知覺後，她發現貝茜小姐站在窗前。暮色更濃了，她們已彼此看不清對方。
「嘿，」貝茜小姐若無其事地回到座位上說，「妳打算什麼時候——」
「我渾身發抖，」母親艱難地說，「我不知道這是怎麼了。我快死了，我一定是快死了！」
「不，不，沒那回事，」貝茜小姐說，「喝點茶吧。」
「啊，妳認為喝茶對我有好處嗎？」母親叫道，那模樣真是可憐極了。
「當然有好處，」貝茜小姐說，「妳只不過有一些幻覺罷了。妳的那個女僕叫什麼？」
「皮果提？」我母親說。
「皮果提！」貝茜小姐打開客廳的門叫道，「皮果提！端茶來。妳的女主人不舒服，別閒著發呆！」
貝茜小姐理直氣壯地發號施令，儼然是一家之主。聽到這陌生的聲音，吃驚的皮果提拿著蠟燭穿過走廊走來；老太太囑咐了一些事情後，又關上門，像之前那樣坐下，雙腳放在爐柵上，兩手疊放在膝頭。
「我有預感，妳會生下一個女孩。」貝茜小姐說，「那麼，當她一出生——」

「也許是男孩呢？」母親冒失地插嘴說。

「我說了，我有預感一定是女孩，」貝茜小姐說，「別插嘴。當這個女孩出生以後，我想做她的教母。請妳替她命名為『貝茜．特洛伍德．科波菲爾』。這個女孩一生不應做錯事，不應濫用她的愛情。相反地，她應該受到很好的教育，被嚴格地管教，這樣子，她才不會愚蠢到相信她不該相信的事物。」

老太太每說完一句話，她的頭就抽搐似地擺動一次，彷彿她昔日的過失仍在折磨她，她必須竭力克制不流露出來。我母親惴惴不安地看著貝茜小姐，手足無措，不知該說什麼好。

「大衛對妳好嗎？孩子，」沉默了一會後，貝茜小姐又問道，「你們一起過得快樂嗎？」

「我很快樂，」我母親說，「科波菲爾先生對我太好了。」

「我想，他把妳寵壞了吧？」貝茜小姐立刻說道。

「我在世上又孤身一人了，凡事都得靠自己了。由此看來，我想他是把我寵壞了。」我母親哽咽著說。

「夠了！別哭了！」貝茜小姐說，「你們並不般配，孩子，所以我才這樣問妳。妳是一個孤兒，是嗎？」

「是的。」

「當過家庭教師？」

「我在一個家庭當保姆兼家庭教師，科波菲爾先生偶爾來訪，認識了我。他待我很溫柔，對我特別關照。最後他向我求婚，我答應了，我們就結婚了。」

「唉！可憐的丫頭！」貝茜小姐皺起眉頭，「妳懂些什麼呢？在料理家務方面。」

「我懂得不多，」我母親答道，「不過科波菲爾先生教過我……」

「他自己又懂什麼！」貝茜小姐插言道。

「……我希望我已經懂了很多，因為我當時學得很認真；要不是因為他不幸去世……」說到這裡，我母親又哽咽了，再也無法往下說。

「行了，行了！」貝茜小姐又說，「別再哭了，妳會把自己弄病的，這樣對孩子也不好。」

我母親鎮靜了一些，儘管她的身體越來越不舒服了。兩人沉默了一陣子，貝茜小姐又問：

「我知道，大衛用他的錢買了一筆年金。他為妳作了什麼安排呢？」

「科波菲爾先生考慮得很周到，他把一部分年金給了我。」我母親有些吃力地答道。

「多少？」貝茜小姐問。

「每年一百五十鎊，」我母親說。

「真是糟透了。」我姨祖母說。

如同她所說的，我母親的情形比先前更糟了。端著茶盤來的皮果提一眼就看出了這點，她連忙把我母親扶上樓，並叫她的侄子漢姆去請護士和住在附近的齊力普醫生過來。

醫生上樓去了。過了兩個小時，他才回到客廳，對一直坐在原地的老太太說：

「女士，我非常高興地祝賀妳——」

「祝賀我什麼？」我姨祖母嚴厲地說。

她這種嚴厲的樣子把醫生嚇了一跳。為了讓她冷靜一點，齊力普醫生向她微微鞠了一躬，又微微一笑。

「哦！夫人，」醫生鼓起勇氣說道，「非常高興地祝賀妳。一切都好了，夫人，圓滿地結束了！」

醫生開始專注地進行五分鐘左右的簡報，我姨祖母一動也不動地看著他。

「她怎麼樣了？」她抱著手臂問。

「哦，夫人，她馬上就會恢復了，希望如此。」齊力普先生說，「在這種悲慘的家庭狀況下，我們只能這樣祝福她了，夫人，如果現在想去看她就去吧，那會對她有好處的。」

「她呢？她好嗎？」我祖母嚴厲地問。

齊力普醫生大惑不解地歪著頭。

「那個嬰兒，」我姨祖母說，「她好嗎？」

「夫人，」醫生回答，「我還以為妳早就知道了呢！那嬰兒是個男孩。」

我姨祖母二話不說，拿起帽子朝自己頭上扣去，便走出了大門。她像一個失望的仙女那樣消失了，再也沒有來過這個家。

當時，我睡在我的搖籃裡，我母親睡在她的床上。照在我們臥室窗戶上的光亮也照在世間的過客最後安息的地方，照在埋葬著我父親的殘灰塵土上。

第二章　我的童年回憶

我們住的房子並不新。一樓是皮果提的廚房，廚房門通往後院；後院中央有一根杆子，上面有個鳥屋，但裡面並沒有什麼鳥；院子一角有個狗窩，裡面也沒有什麼狗；一群高大的家禽趾高氣揚、氣勢洶洶地走來走去；院門邊有一群鵝，每當我經過那裡時，牠們就伸長脖子搖搖擺擺地追我，嚇得我落荒而逃。有一條長廊——多麼陰暗深邃！它從皮果提的廚房一直通到前門，盡頭是一間黑漆漆的貯藏室的門，從門裡時常飄出一股又濕又霉的氣味，像是肥皂、醃菜、胡椒、蠟燭、咖啡等，全混在一起。再來就是兩間客廳，一間是我們晚上休息的客廳，另一間較好的是我們禮拜天坐的，雖然很氣派，但並不怎麼舒服。

在後花園裡，放了空鴿籠和空狗窩的院子後方，有一個專門養殖蝴蝶的地方。那裡有一道高高的圍籬，一扇鎖上的門，園裡的樹上掛著纍纍果實。母親時常在園裡採摘果實，放進籃子裡，而我站在一旁，慌慌張張地把偷摘的草莓吞下，還拚命裝作沒事的樣子。這是夏天發生的事。在冬天的黃昏時分，我們玩遊戲、在客廳裡跳舞，母親喘不過氣時就坐在扶手椅上休息，我看到她用手指繞著她的頭髮，並挺了挺腰。她喜歡讓自己看起來健康、年輕。

這就是我在生命的最初幾年裡一部分的記憶。我還依稀能想起一件事，那就是母親和我都有點怕皮果提，在大多數事情上都服從她——如果這也算得上一件事的話。

一天晚上，花園的門鈴響了。皮果提帶著我來到門口，看見我母親就在那裡，我覺得她比平常看起來更美了。和她站在一起的是一個衣著亮麗、留著鬍子的黑髮男人，上禮拜天他曾經和我們一起從教堂走回家。

母親在門前彎下腰來抱我並親我時，那男人說我是一個「比國王更有權力的小傢伙」——或諸如此類的話，等我長大以後才漸漸明白這些話的意思。

「這是什麼意思？」我在母親肩頭上問他。

他拍拍我的手。不知怎地，我不喜歡這個人，不喜歡他陰沉的嗓音，也對他的手無意間碰到我母親的手懷有妒意，於是用力把它推開。

「啊，大衛！」母親喝斥道。

「好孩子，」那男人說，「我對他的忠心一點也不感到意外。」

母親溫和地責備我的粗暴，並把我抱得更緊。她轉過身去，向那位送她回家的男人表示感謝。她說話時向那人伸出了手，當他也伸出手去握它時，她似乎看了我一眼。

「讓我們說『再見』吧，好孩子。」那男人說，同時又把頭挨在母親的小手上。

「再見！」我說。

「好的！讓我們當世界上最好的朋友吧！」那男人笑著說，「握手吧！」

我把左手伸出去，他熱情地握住，還說我是個勇敢的傢伙，然後就走了。我看見他在花園裡轉了個彎，用他那雙不懷好意的黑眼睛看了我們最後一眼，門就關上了。

皮果提立刻把門鎖好，我們一起走進了客廳。一反平常的習慣，母親沒有坐到火爐邊的扶手椅上，而是停在房間另一端坐下，小聲唱了起來。

「希望妳今晚過得愉快，夫人。」皮果提說。她拿著燭台站在房間中間，一動也不動。

「謝謝妳，皮果提，」母親快活地答道，「今晚真是開心。」

「是什麼引起了這種開心的變化？」皮果提暗示道。

「的確是令人開心的變化。」母親回答。

皮果提仍然一動也不動，母親又繼續唱下去。我睡著了，但睡得不熟，還能隱約聽見一些說話的聲音。當我從那種極不舒服的迷糊中清醒時，發現皮果提和母親都在流淚談著話。

「他不是這樣的人，科波菲爾先生不會喜歡的，」皮果提說，「我敢保證！」

「哦！老天哪！」母親叫道，「妳會把我逼瘋的！還有什麼女人會像我這麼可憐，被自己的僕人欺負的嗎？為什麼妳要這麼說我呢？難道我沒有結過婚嗎？皮果提。」

「上帝知道妳是結過婚的，夫人。」皮果提答道。

「那妳怎麼忍心——」母親說，「妳怎麼忍心讓我這麼難受，對我說這麼殘酷的話！妳明明知道，我一出家門就沒有一個朋友可以依靠！」

「越是因為這樣，」皮果提強硬地答道，「就越不可以。不，絕對不行！」

「妳怎麼可以這麼不講道理！」母親說著，淚如泉湧，「妳怎麼可以說這一切是別有居心的？皮果提，我不是告訴過妳很多次，這只不過是普通的交際嗎？妳說他追求我，我又能怎麼辦？如果人們這麼愚蠢，要濫用感情，那是我的錯嗎？我能怎麼辦？難道我應該把頭髮剃了，把臉塗黑，或是把自己燙傷或燒傷，就像妳一樣嗎？我想妳一定是這樣想的，皮果提，我敢說一定是這樣！」

這番不公平的指責似乎傷透了皮果提的心，至少我是這樣想的。

「我親愛的孩子！」母親叫道，並走到我的椅邊抱住了我，「我的大衛！我知道，妳是在暗示我，說我對我的孩子缺乏愛心！」她溫柔地朝我轉過身來，用她的臉貼住我的臉，「你覺得我是一個淘氣的媽媽嗎？大衛。我是一個討厭的、狠心的、自私的壞媽媽嗎？快回答『是』呀，我的孩子，那樣一來，皮果提就會愛你，皮果提的愛比我偉大得多，大衛。我一點也不愛你，是嗎？」

一瞬間，我們都大哭起來。我想我是三個人之中哭得最大聲的。我還記得，當時我傷心欲絕，似乎在激動下罵了皮果提「畜生」，害得這誠實的人好不痛苦。我們都很不開心地上了床；有好長一段時間，我因嗚咽而不時醒過來。有一次醒來，我發現母親坐在床邊看著我，最後我在她懷裡睡著了，睡得很香。

下一個禮拜天——或者又過了更長的時間，我再次看見那男人。他來到教堂，又和我們一起走回家，還進了我們的屋子，觀賞那株擺在窗台的天竺葵，雖然我覺得他並不怎麼認真看花。離開前，他請求母親為他摘下一朵——我不懂為什麼要這麼做，不過她還是照辦了。她摘下一朵花交到他手裡，他說自己永遠也不離開那朵花。

晚上，皮果提也不像過去一樣和我們待在一起了。母親仍對她尊敬有加，但我們在一起時不再像從前那麼愉快了。也許是因為皮果提反對母親穿抽屜裡的那些漂亮衣服，也許是因為她反對她那麼頻繁地外出。

漸漸地，我也習慣看見那長著黑鬍子的男人了。我並不喜歡他，而且仍然對他懷著同樣的妒意，儘管我並不知道為什麼。

一個秋天的早晨，我和母親正在花園裡，莫德斯通先生——我已經知道他的姓了——騎馬來到這裡。他向我母親致意，並說自己要去羅斯托夫特拜訪幾個朋友，還很愉快地建議我坐在他的馬上。空氣清新，那匹馬似乎也很溫和，於是我立刻答應了。

馬兒沿著大路旁的青草地往前跑，他隨意地用一隻手摟住我。儘管我坐在前面，仍不時轉過頭來，仔細端詳他的那張臉。他的黑眼睛很淺，毫無光芒，頭髮和鬍子比我以前認為的還要濃密、還要黑，下巴又方又正，如同蠟像一般；再加上他那整齊的眉毛，蒼白的膚色以及深陷的五官，看起來令人討厭極了。我相信我的母親也是這樣想的。

我們來到海濱一家旅館。有兩個男人坐在那裡抽著雪茄，我們到達時，他們懶洋洋地從椅子上爬起來。

「喂，莫德斯通，這小子是誰？」其中一人抓住我問道。

「這是大衛．科波菲爾，」莫德斯通先生回答。

「什麼！那迷人的科波菲爾太太的孩子？」那人叫道，「那個漂亮的小寡婦？」

「奎寧，」莫德斯通先生說，「說話小心點，這孩子很精明的。」

那兩人開心地大笑起來，莫德斯通先生也很開心。笑過之後，那位叫做奎寧的先生說：

「關於這筆生意，這孩子有什麼想法呢？」

「嗯，我還沒看出他目前對這件事瞭解多少，」莫德斯通先生回答，「不過，我相信他並不怎麼贊同。」

聽到這句話，大家又哄笑起來。奎寧先生說要叫些葡萄酒為我祝福。酒送上後，他叫我喝一點，又吃了塊餅乾。大家都快活極了。

那以後，我們在海濱的懸崖上散步。又坐在草地上，用望遠鏡看東西。然後我們回到旅館吃午餐。我觀察到，莫德斯通先生比那兩人嚴肅、穩重得多；那兩人過得無憂無慮，常彼此開玩笑，但幾乎不和他開玩笑。我覺得他似乎更有心機，也更沉著冷靜。有一兩次，奎寧先生說話時斜睨著莫德斯通先生，似乎是怕惹惱了他。還有一次，另一個人——帕斯尼奇先生得意忘形時，忽然被奎寧踢了兩下，警告他注意一聲不響地坐在旁邊的莫德斯通先生。

我們在天黑之前回到家。那是個風清氣爽的晚上，母親和他又沿著玫瑰樹籬散步，我則被叫進屋裡喝茶。他離開後，母親問我這一天裡做了些什麼，他們又做了些什麼、說了些什麼。我複述了他們說的話，她笑了，並說他們是一群胡言亂語的傢伙——但我看得出她喜歡他們的那些話。

說完後，我就上了床。她跪在我床邊，雙手托著下巴，似乎逗趣地說：

「他們說了些什麼？大衛，再告訴我一次。我可不信。」

「他們說『迷人的——』」我開始說

母親把手放到我的嘴唇上，阻止我說下去。

「絕不會是『迷人的』，」她笑了起來，「絕對不可能，大衛，我知道一定不是！」

「是真的，他們說『迷人的科波菲爾太太』。」我理直氣壯地重複道，「還說了『漂亮的小寡婦』。」

「這些傻瓜，真不害臊！」母親笑著並捂住了臉，「多麼可笑！不是嗎？親愛的大衛。」

「唔，媽媽……」

「千萬別告訴皮果提，她會生氣的。我自己也很生氣，我一點也不想讓皮果提知道。」

當然，我答應了。於是，我們又一次互道晚安，不久後我就睡著了。

不知道過了多久——也許是兩個月左右；一個夜晚，我和皮果提像往常一樣坐在一起，母親當時也不在家。皮果提一連看了我好幾眼，張開嘴想說些什麼，卻又放棄了，我還以為她想打哈欠呢！最後，她帶著哄孩子的口氣說：

「大衛少爺，你想跟我去雅茅斯的哥哥家住兩個禮拜嗎？那會很好玩的。」

「妳的哥哥是個好人嗎？皮果提。」我問道。

「噢！他是個多麼好的人啊。」皮果提喊道，「那裡有海、小船和大輪船，還有捕魚的人、海灘，還有漢姆可以跟你一起玩——」

她說了這麼多開心事，使我好不興奮。我告訴她我很想去，但得先問問母親的意見。

「嘿！我敢打賭，她一定會讓我們去的。不然，她一回來我就問她，好嗎？」皮果提認真地說道。

「但我們走了她該怎麼辦呢？」我天真地問道，「她不能一個人過呀。」

「哦！老天，」皮果提愣了一下，又接著說，「你不知道嗎？她會和格雷普太太住兩個禮拜，格雷普太太要請好多客人呢！」

原來是這樣，這麼一來我就樂意去了。果然，當母親回家後，她並不像我預料的那樣吃驚，而且很爽快地同意了。一切事情都在當晚作出了安排。

很快就到了動身的日子，我們要搭早餐後的第一輛行李車。我還記得，當那輛車停在我家門前時，母親站在那裡吻我，那時我哭了出來，母親也哭了，我能感到她的心貼著我的心在跳。馬車出發了，我繞過車篷往後看去，看見莫德斯通先生走向我母親，似乎在勸她別那麼傷心。我心想這一切關他什麼事。皮果提也往後看去，臉上的表情似乎不太高興。

第三章　我的家有了變化

歷經一段漫長的旅途，馬車終於駛進了小鎮。街道上，魚味、泥土味、麻絮味、柏油味陣陣撲鼻而來，還有四處走動的水手，以及在石頭上來回顛簸、響著叮噹聲的大車，這副景象令我驚奇不已。我把我的想法告訴皮果提，她得意極了，並告訴我，大家都知道，雅茅斯是世界上最棒的地方。

「我親愛的漢姆！」皮果提叫道，「都長得讓人認不出來了！」

漢姆正在一家酒店等著我們。自從我出生那晚後，他沒有再去過我們家，也難怪我對他這麼陌生了。他身高六呎，個頭很大，臂膀壯實，但臉上掛著孩子氣的傻笑，留著一頭淺色的捲髮。他把我放到背上，背著我回家，又把我們的一個小箱子夾在手臂下，皮果提拎著另一個箱子。我們在散落碎木片的小巷裡繞來繞去，途中經過了各式各樣的工廠，來到一片單調沉悶的荒原。

「那裡就是我們的房子！大衛少爺。」漢姆說。

我向四周望去，盡可能望到荒原盡頭，望到海岸，望到河邊。但我看不到什麼房子，只有不遠處有一艘黑色的舊船擱在地面上，在海浪沖不到的地方；從那裡伸出一個鐵漏斗當做煙囪，徐徐冒出煙來。

「不會是它吧？」我說，「不會是那像船一樣的東西吧？」

「就是它，大衛少爺。」漢姆答道。

多麼有趣的一間房子！在它一側，開了一個怪異的小門，直通屋頂下，還有一些小小的窗。它的內部十分清潔、整齊。裡面有張桌子、一只荷蘭鐘、一個五斗櫃，櫃上有個茶盤。幾面牆上都貼了聖經故事的彩色畫，鑲在有玻璃的畫框裡。天花板下的橫樑上掛了些鉤子，地上擺了一些櫃子和箱子，用來當做傢俱。

皮果提又打開一扇小門，讓我看我的臥室。這是我見過的最完美、最可愛的一個房間。它就在船的尾部，開了一扇窗戶；牆上掛了一面小鏡子，鏡框是用貝殼鑲的；一張正好夠我睡的小床；桌上一只陶瓷杯裡還插了束海草。牆壁刷得雪白，像牛奶一般，碎布拼成的床單閃閃發亮。房間裡甚至還有魚的氣味。

一個繫著白圍裙的女人禮貌周全地在門口迎接我們，向我們行了屈膝禮。旁邊有一個漂亮的小女孩，也和她一樣行禮；我想吻她時，她連忙跑到一邊躲了起來。後來，我們大口地吃著比目魚、奶油和馬鈴薯時，一個臉上毛茸茸的人回來了，他叫皮果提「小妹」，又在她臉上用力吻了一下，我猜這一定就是她的哥哥。果然沒錯，他是皮果提先生，也是一家之主。

「很高興見到你，少爺，」皮果提先生說，「我們是些粗魯的人，但都十分熱情。」

我向他致謝，並說在這樣的地方我一定會過得開心。

「你母親好嗎？少爺，」皮果提先生問道，「你們走時，她快活嗎？」

我設法讓皮果提先生相信她確實很快活，並轉達了她的問候之意。

「謝謝你，少爺。」皮果提先生說，「如果你能跟我妹妹、漢姆，還有小艾蜜莉在這裡一起多住兩個禮拜，我們會覺得很有面子呢！」

喝過了茶，聽著海面上吹過來的陣陣海風，知道屋外冷空氣正悄悄漫過荒涼的海灘。看著火爐，想到自己身在這裡唯一一所房屋，而這房屋又是一艘船，簡是太妙了！小艾蜜莉已克服了羞怯，和我一起坐在一個櫃子上。繫著白圍裙的太太坐在火爐前織毛線，皮果提也在一旁做針線活。漢姆則一個人玩著撲克牌。

皮果提先生叼著煙斗，我覺得應該說些什麼話了。

「皮果提先生，」我說，「你為什麼替你的兒子取名漢姆呢？是不是因為你們住在一艘船上？」（註：聖經中，製造方舟的挪亞之次子即名為漢姆。）

「不是的，少爺。我從沒替他取過名字。」

「那麼是誰替他取這名字的呢？」

「噢！少爺，當然是他父親呀。」皮果提先生說。

「我還以為你是他的父親呢！」

「不，我的哥哥才是他的父親。」

「他死了嗎？」我滿懷敬意地沉默了一下，又問道。

「淹死的。」皮果提先生說。

這個事實令我驚訝不已，我決心向皮果提先生問個清楚。

「小艾蜜莉，」我瞥了她一眼說道，「是你的女兒，是嗎？皮果提先生。」

「不是的，少爺，我妹夫湯姆才是她的父親。」

我忍不住了。「他……也死了？」我又滿懷敬意地沉默了一下後問道。

「淹死的。」皮果提先生說。

「難道……你沒有孩子嗎？皮果提先生。」

「沒有，少爺，我是個單身漢呢！」他笑了一下說。

「一個單身漢？」我大吃一驚，「那麼她是誰呢？」我指著繫著白圍裙正在織毛線、有點愁眉苦臉的女人問道。

「那是康密奇太太。」皮果提先生說。

就在這時，皮果提——我們家的那個——示意我別再問下去，於是我只好靜靜地坐著；直到上床的時間，我回到自己的臥室後，她才告訴我，漢姆和艾蜜莉都是孤兒，還很年幼的時候就被收養了。康密奇太太是和他在同一艘船上幹活的一個同伴的遺孀，那同伴死於窮困潦倒。皮果提先生一向不喜歡別人提起這些事。

睡意漸漸襲來。我聽著皮果提在船的另一頭一間小房間中就寢，聽著皮果提先生和漢姆在屋頂上掛起兩張吊床，又聽見海上咆哮的風凶猛地吹過海灘，就這樣朦朦朧朧地睡著了。

隔天早上，晨曦剛照到我房間的鏡子上，我就起了床，和小艾蜜莉一起出去，到海邊撿石頭。

「妳是個水手嗎？」我看著一艘離我們很近的帆船，忽然對艾蜜莉說。

「不，我怕海。」艾蜜莉搖頭答道，「海多麼殘忍！我看過它是怎麼殘忍地對待人類。我看到它把一艘像我們房子那麼大的船撕成碎片。」

「那艘船該不會是……」

「不會是載著我父親的那艘？」艾蜜莉說，「不，不是那艘，我沒有見過它。」

「妳也沒有見過他嗎？」我問。

小艾蜜莉搖搖頭。「我不記得了。」

多麼湊巧！我立刻告訴她，我也沒見過自己的父親，以及我與母親如何相依為命，我父親的墳墓就在附近的教堂裡。艾蜜莉又搖搖頭，說她在失去父親前就失去了母親，而且沒人知道她父親葬身在何處。

「還有，」艾蜜莉一邊找貝殼和石頭，一邊說，「你父親是一個上等人，你母親是一位夫人。我父親只是一個漁夫，我母親是漁夫的女兒。我的舅舅丹也是一個漁夫。」

「丹就是皮果提先生，是嗎？」我說。

艾蜜莉點點頭。「如果我能成為一位夫人，我一定送給他一件帶鑽石扣的天藍上衣、一條漂白布的長褲、一件紅天鵝絨的背心、一頂捲邊的帽、一個很大的金錶、一根銀煙斗，還有一大箱金幣。」

「妳想當一個夫人？」我說。

艾蜜莉看著我笑了，並點點頭說：「是呀。要是那樣，我、舅舅、漢姆，還有康密奇太太，就都是上等人了。暴風雨的天氣時，我們就不用再擔心了；還有那些可憐的漁夫，要是他們遇到什麼不幸，我們就用錢幫他們。」

我覺得這想法真是太棒了，於是表示了贊同和欣賞。艾蜜莉又羞怯地說：

「難道你不怕海嗎？」

「不怕，」我逞強地說，「妳看上去也不怕，雖然妳說妳怕。」

「這種時候我不怕，」小艾蜜莉說，「當刮起風的時候，我就嚇得醒來，害怕得發抖，擔心著舅舅和漢姆，彷彿聽見了他們呼救的聲音。所以，我要當一個夫人。這種時候我不怕，一點也不，你瞧！」

她從我身邊跑開，跳到一塊形狀不規則的木頭上，木頭一端突出，懸在離水面相當高的地方。她望向遠方的大海，那副神情我永遠也忘不了。

之後，我們又走了好長一段路，在口袋裡塞了好多我們認為稀有的寶物，還把一些擱淺的海星、魚類丟回水中，然後就轉頭朝家裡走去。在船屋的屋簷下，我們天真地相互親吻，然後才滿懷欣喜的心情進去吃早餐。

我就這樣愛上小艾蜜莉了。我相信，與我後來的愛情相比，我們當時的愛情也同樣真摯、強烈，而且更加純真和高尚。

我們常常相親相愛地在雅茅斯霧濛濛的海灘上散步，走了一個小時又一個小時，就這樣悠哉地度過了每一天。我告訴艾蜜莉，說我愛她至極，她說她同樣愛我至極，我也深信如此。

我們從未想到將來的事。晚上，我們親熱地並肩坐在小櫃子上，成了康密奇太太和皮果提誇讚的對象，她們常小聲地說：「天哪！多般配哪！」皮果提先生在抽完煙斗後對我們微笑，漢姆也一整晚咧著嘴笑。我想，他們覺得我們就像一對可愛的玩偶一樣。

兩個禮拜就這麼過去了，回家的日子終於到了。我能忍受與皮果提先生和康密奇太太分開，但離開小艾蜜莉卻使我痛苦萬分。我們手挽著手，來到車伕住的旅店，我承諾一定會寫信給她。離別時，我們都很難過。如果我這一生中有過什麼缺憾，那天就是其中之一。

我在皮果提家作客期間，我鮮少想起自己的家；但是當我開始往家的方向走去，我那幼小的良心就開始自責，感到自己不該對母親不聞不問。越是接近家裡，這種感覺也越強烈，我也越急於回到母親的懷抱。可是皮果提不僅沒有我這種感覺，反而看上去很不安，心情也不是很好。

我還記得，那是一個冷颼颼的下午，天空陰沉沉的，像是快下雨了。門打開了，我既高興又激動地搜索著母親的身影；可是出現在我眼前的，卻是一個從未見過的僕人。這時，皮果提拉著我的手，把滿腹疑問的我帶進了廚房。

「怎麼了？皮果提，」我很惶恐地說，「發生什麼事了？」

「什麼事也沒有。上帝保佑你！親愛的大衛少爺。」她強作高興的樣子答道。

「一定發生了什麼，我敢肯定。媽媽在哪裡？她為什麼不出來？」

「保佑這可愛的孩子吧！」皮果提緊緊抓住我叫道。

「不會也死了吧？噢！她沒死對吧？皮果提！」

皮果提叫了聲「不」，聲音大得驚人。然後她坐下來喘氣，並說我把她嚇壞了。我擁抱了她一下，好讓她恢復鎮靜，然後又站在她面前，懷著焦慮和疑問看著她。

「親愛的，我早該告訴你的，」皮果提說道，「但我一直找不到機會。再說，我無法下定決心……」

「說下去吧，皮果提。」我說，心裡更加惶恐了。

「大衛少爺，」皮果提用顫抖的手解開她的帽子，有些喘不過氣來，「你有個爸爸了——一個新的。」

「一個新的？」我發抖了，臉色也變白了。

皮果提吃力地喘了一口氣，好像嚥下了什麼很硬的東西，然後伸出雙手說：

「去吧，去見他。」

「我不要見他！」

「還有你的母親呢？」皮果提說。

我不再往後退了。我們來到最好的那間客廳，她讓我一個人進去。在火爐的一邊坐著我母親，另一邊則坐著莫德斯通先生。我母親放下手裡的針線活，急忙站了起來，不過我覺得她的動作帶有幾分怯意。

「啊，克菈菈，我親愛的，」莫德斯通先生說，「鎮靜！要控制住自己。大衛，你好嗎？」

我猶豫了一下，向他伸出了手。接著，我去親吻母親，她也親吻我，並輕輕拍了我的肩膀，然後又坐下來做針線活。在這段過程中，我很清楚：他正在監視我們倆。我轉身走到窗前，看外頭那些在寒冷中低頭的草。

我回到了臥室，發現那裡早已變了樣，我的床被移到了別的地方。我不經意地走下樓，想看看還有什麼保持原狀，但一切似乎都改變了。我又走到院子裡，過去的空狗屋如今住了一隻大狗；牠一看到我，便大發雷霆，朝我撲了過來。

第四章　我受了屈辱

我在狗吠聲中回到了房間，那裡空蕩蕩的，對我來說是那樣陌生——那天花板上的裂紋、牆上的紙、玻璃窗上呈波紋和漩渦狀的裂縫、那個三條腿的歪斜臉盆架。我不禁哭了出來，感到又冷又沮喪；我想到自己是多麼愛著艾蜜莉，卻被人從她身邊拉回這個地方；在這裡，沒有人像她那樣關心我。我痛苦萬分，便滾進被子的一角，一邊哭一邊睡著了。

忽然間，有人把我的被子掀開，我醒了過來。原來是母親和皮果提來看我了。

「大衛，」母親說，「你哪裡不對勁了？」

我覺得她的問題太奇怪了，於是回答：「沒什麼。」我轉過臉去，不想讓她看見我顫抖的嘴唇。

「大衛，」母親說道，「大衛，我的孩子。」

她的聲音深深打動了我。我把眼淚藏在被單上，當她要拉我起來時，我用手推開了她。

「妳幹了什麼好事？皮果提，妳這殘忍的東西！」母親說，「妳怎麼能教唆我的孩子反抗我，以及我愛的人？妳這麼做究竟有何居心？皮果提。」

皮果提舉起雙手，望向天花板。「上帝饒恕妳，科波菲爾太太，但願妳不會為了剛才說的話而後悔！」

「多麼氣人！」母親叫道，「在我的蜜月裡，即使是最惡毒的人也不會嫉妒我這僅有的安寧和幸福。大衛，你這調皮的孩子！皮果提，妳這野蠻的東西！哦，天哪！」母親一會兒轉向我，一會兒轉向皮果提，任性地叫喊。「我滿心期待可以迎來一個令人滿意的世界，但這卻是一個多麼令人苦惱的世界呀！」

我感到一隻手碰到了我，這隻手既不是母親的，也不是皮果提的，於是我下床站到床邊。那是莫德斯通先生的手，他說話時一直把手放在我的手臂上。

「怎麼了？克菈菈，我的心肝——難道妳忘了要堅定嗎？」

「對不起，愛德華，」母親說，「我本來做得到的，但我實在不舒服。」

「真是的，」他答道，「妳太輕言放棄了，克菈菈。」

「要我現在做到，實在太難了，」母親撇嘴說，「實在太難了——是吧？」

他把她拉到身邊，對她小聲說了些什麼，又吻了她。她立刻溫順地把頭依在他的肩上。

「下去吧，我的愛人，大衛和我隨後就到。」莫德斯通先生說。我母親出去了，皮果提不安地看了我幾眼，也走出了房間。這時候，他關上門，坐到一張椅子上，把我拉到他面前，緊盯著我的眼睛。

「大衛，」他抿著嘴唇，「你知道，如果我要對付一匹悍馬或一隻惡犬，我會怎麼做嗎？」

「我不知道。」

「我會揍牠。」

我什麼也說不出來，但呼吸卻急促了許多。

「我會讓牠害怕，讓牠學乖，我會對自己說：『我一定要征服這傢伙。』哪怕要讓牠把血流乾，我也在所不惜。你臉上是什麼？」

「髒東西。」我說。

我們都很清楚那是淚痕。但即使他再問我二十遍，我也絕不會那樣回答他。

「你雖然年紀小，卻很聰明。」他露出嚴肅的微笑，「你很懂我，我知道。去洗把臉，少爺，然後跟我一起下樓。」

他指著一旁的臉盆架，並示意我立刻服從他。我毫不懷疑，如果我有些許遲疑，他一定會立刻把我打倒。

「親愛的克莅莅，」他拉著我一隻手走進客廳時說，「我希望妳不會再覺得不舒服了，我們很快就能讓這個傢伙的性格變得好一些。」

母親見我那樣怯生生又疏遠地站在房間裡，似乎很難過，於是我便溜到一張椅子上坐下，她仍然憂傷地看著我；或許她在懷念過去我那無憂無慮的模樣吧！不過，她並沒有說出這句話，一切都已經太遲了。

我們三人一起吃晚餐。他似乎很愛我的母親——儘管這不會讓我更喜歡他——她也很愛他。我從他們的談話中得知，他有一個姐姐要來和我們一起住，而且當天晚上就會到。他似乎沒什麼正當事業，只不過在倫敦一家酒商裡有些股份，靠著每年抽一點股利過活，他的姐姐也是。

吃過晚飯後，一輛馬車來到花園門口，莫德斯通小姐走了進來。她是一位面色陰沉的女士，五官與聲音就像她弟弟一樣。她的眉毛長得很濃，幾乎一直長到大鼻子上。她隨身帶來兩個結實的黑箱子，箱蓋上用釘子釘了她的姓名縮寫。她的手上掛了一個錢包，是用一根很粗的鏈條綁住的。我從未見過一個如此粗獷的女人。

她在一連串表示歡迎的話聲中走進了客廳。這時，她看著我說：

「這是妳的孩子嗎？妹妹。」

我母親說是的。

「一般來說，」莫德斯通小姐說，「我不喜歡男孩。你好嗎？孩子。」

我告訴她我很好，並說希望她也一樣。莫德斯通小姐冷淡地說了她的評語：「缺乏教養。」

說完，她便叫人帶她去房間。從那之後，那個房間對我來說成了一個陰森可怕的地方。我猜想，她是打算住下不走了。

隔天早上，她一大早就起床並搖響了鈴。當我母親下樓吃早餐並準備沏茶時，莫德斯通小姐隨便地吻了她的臉頰，並說：

「哦，克菈菈，我親愛的，妳知道，我來這裡是想盡我所能地減少妳的麻煩。妳太漂亮，也太沒頭腦了——」我母親臉頓時紅了，但仍然笑著，好像並不討厭這種說法，「不應該把一切責任都推到妳身上。如果妳願意，把妳的鑰匙都交給我，親愛的，以後這裡的一切都由我來料理。」

從此以後，莫德斯通小姐白天就把那些鑰匙放進她的房間裡，晚上就放在她的枕頭下，我母親一次也沒有再碰過它們。

對於主權完全喪失這點，她並非沒有表示過任何異議。一天夜晚，莫德斯通小姐向她弟弟提出了一項家務的計畫，他表示同意。這時，我母親突然哭了起來，並說她以為也許會和她商量一下的。

「克菈菈！」莫德斯通先生嚴厲地說，「克菈菈！我真搞不懂妳。」

「噢！愛德華，這太讓人難受了，」我母親說，「這是在我自己的家裡……」

「『妳』自己的家？」莫德斯通先生強調道，「克菈菈！」

「我是說——『我們』自己的家，」我母親吞吞吐吐地說，顯然嚇壞了，「我希望你能明白我的意思，愛德華——也就是說，我在自己的家裡，卻不能對家務有任何意見。我相信，在我們結婚前，我一直都把家務管理得好好的。」母親哽咽著說，「問問皮果提吧，她可以證明這一點！」

「愛德華，」莫德斯通小姐說，「一切都到此為止吧。我明天就走。」

「珍，別說了。」她弟弟說，「克菈菈，妳怎麼能說我不明白妳的意思呢？」我的母親繼續含淚說道：「我並沒有要誰走。我要求的並不多，只是希望有時和我商量一下。我還以為你會因此而高興，愛德華——我確信你曾這麼說過。但現在，你似乎因此而恨我，你這麼嚴厲！」

「愛德華，」莫德斯通小姐又說，「一切都到此為止吧。我明天就走。」

「珍！」莫德斯通先生大喝道，「妳別說話好嗎？什麼都別說。」

莫德斯通小姐從口袋裡掏出一條手帕，裝模作樣地擦著眼角。

「克菈菈，」他看著我母親繼續說，「妳真讓我吃驚！是的，我曾經以為，娶一個沒有心機的人，塑造她的個性，並在其中加入堅定和果斷，這麼做是對的。可是，當珍好心來幫助我們時，當她為了我而甘心成為一位管家時，卻得到這樣一種卑劣的回報！我感到心寒，感到我的想法改變了！」

「哦！求求你，我的愛人，」我母親叫道，「不要那樣說！不要說我忘恩負義。儘管我有許多過失，但絕對不是那種人。你知道我是很重視感情的，問問皮果提吧，她會告訴你我的確是重視感情的人！」

「這只不過是軟弱罷了，克菈菈，」莫德斯通先生回答，「這對我什麼影響也沒有。」

「求求你，讓我們做朋友吧！」我母親說，「我不能生活在冷漠和殘酷之中。我很難過，我有許多缺點，我知道。多虧你那麼好，愛德華，用你的意志和努力來為我改正那些缺點。珍，我什麼也不反對，如果妳要走，我會心碎的……」我母親實在說不下去了。

「珍，」莫德斯通先生對他姐姐說，「希望今天這種情形不會經常發生。這不是我的過失，也不是妳的過失——而是受了另一個人的拖累。讓我們儘快忘掉這一切吧！再說，」進行了那番慷慨的陳詞後，他又說，「這副場面不適合孩子——大衛，去睡吧！」

我淚眼汪汪，為母親的悲哀而難過，但還是摸索著走了出去，回到我的臥室。一個小時後，皮果提上來看我，告訴我母親已經垂頭喪氣地去睡了，只剩莫德斯通先生和小姐留在客廳。

第二天早上，我比平常早下樓。我聽見母親很懇切又謙卑地請求莫德斯通小姐原諒，這位女士答應了。從那以後，我沒有再看過她在莫德斯通小姐前就任何事發表什麼意見。每當莫德斯通小姐動了怒，把手伸進口袋，好像要掏出那些鑰匙還給我母親時，我總看見母親陷入了一副極度恐慌的樣子。

當時，我還在家裡上課，名義上是由我母親管教，實際上是由莫德斯通先生和他的姐姐作主。這兩人時常在場，把我的功課當成挑剔我母親的好機會。在我的記憶中，它們對我安寧的生活就像毀滅性的一擊，是每日的苦痛和災難；我相信，我母親和我都被這些功課弄得惶惶不知所措。

每天早餐後，我帶著書、一本練習簿和一塊寫字板來到客廳。母親已在她的書桌邊等著我了，同樣在場的還有坐在靠窗安樂椅上的莫德斯通先生，以及坐在母親身邊的莫德斯通小姐。一看到這兩人，我頓時感到我花了那麼多工夫背下的單詞都溜出我的腦袋，逃到一個我不知道的地方去了。

我把第一本書交給我母親，開始背誦上面的內容。我背錯了一個詞，莫德斯通先生便抬起頭來看著我。我又背錯了一個詞，莫德斯通小姐也抬起頭來。我臉紅了，結結巴巴，背錯了的詞越來越多，終於停下。我想，我母親或許會給我一些提示——但她不敢，她只是柔聲柔氣地說：

「哦！大衛，大衛！」

「唉，克菈菈，」莫德斯通先生說，「對這孩子必須堅定些。他要不就背得出來，要不背不出來。」

「他背不出來！」莫德斯通小姐惡聲惡氣地插嘴道。

「我擔心他背不出來。」母親說。

「那麼，克菈菈，」莫德斯通小姐答道，「妳應該把書還給他，叫他重背。」

「是啊，當然了，」我母親說，「我也是那麼想的，親愛的珍。好了，大衛，再試一次看看。」

然而，我怎麼也背不起來。我的腦中總是想著莫德斯通小姐的髮網有多大，或是莫德斯通先生的睡袍值多少錢，或是其他可笑至極的問題。莫德斯通先生不耐煩地動了一下，莫德斯通小姐也是；我母親很服從地看了他們一眼，便把書闔上並把它放到一邊，準備等我複習完別的功課，再回來補這筆帳。

很快地，這筆欠帳就像滾雪球一樣越積越多。欠帳越多，我越糊塗。當我結結巴巴地出錯時，母親那無比沮喪的眼神真是令我傷心。她有時努了努嘴，想給我一些暗示，就在這時，一直在旁盯著的莫德斯通小姐便用低沉的聲音警告道：「克菈菈！」

母親嚇了一跳，臉色都變了，充滿畏懼地笑笑。莫德斯通先生從椅子上起身，拿起書本朝我扔過來，或是用書打我的耳光，然後揪住我的肩膀，把我拖出了房間。

這就是我當時學習的情形。我心想，要是沒有莫德斯通姐弟在場，我本可以學得很好，但他們就像兩條毒蛇在一隻小鳥面前一樣，使我心神不寧。

就這樣過了六個多月。一天早上，當我走進客廳時，我發現母親滿臉焦慮不安，莫德斯通小姐一臉堅決，莫德斯通先生則在一根有韌性的棍子上捆綁什麼東西；當我一進房，他便把那玩意兒揚起來，在空中抽打。

「我告訴妳，克菈菈，」莫德斯通先生說，「我小時候經常挨鞭子。」

「是的，當然。」莫德斯通小姐說。

「的確，我親愛的珍，」母親怯生生地說道，「不過……妳認為那真的對愛德華有益嗎？」

「妳認為這對愛德華有害嗎？克菈菈。」莫德斯通先生嚴肅地問。

「真是一針見血！」他的姐姐說。

我母親只是答道：「的確，我親愛的珍。」就什麼也不說了。

我隱約感到這些對話與我有關，於是留意地觀察了莫德斯通先生的目光。

「好吧，大衛，」他斜睨了我一眼，「今天，你得比平常更小心。」他又揚起那根棍子揮舞一下，然後就拿起他的書，臉上露出得意的表情。

這件事讓我心慌意亂，果然，我的表現糟透了。我答不好的書一本又一本疊了起來，而在這段過程中，莫德斯通小姐就一直堅定地盯著我們。當莫德斯通先生問我一道算術題時，我母親一下哭了起來。

「克菈菈！」莫德斯通小姐用警告的口氣說。

「我不太好受，我親愛的珍。」我母親說。

我看到他板著臉，朝他姐姐使了個眼色，並拿起那根鞭子起身說道：

「唉，我們不能指望克菈菈完全忍受大衛今天帶給她的憂愁和痛苦，那太強人所難了。儘管她已經變得堅強許多，但顯然還達不到我們的期望。大衛，你跟我上樓去。」

他把我帶到門口時，母親向我們跑了過來。莫德斯通小姐一邊說著：「克菈菈！難道妳真的是一個傻瓜嗎？」一邊阻攔。我看到母親捂住了耳朵，並聽到她哭了起來。

他陰沉地走向我的臥室。進了房間後，他突然一下子把我的頭壓到他手臂下。

「莫德斯通先生！先生！」我朝他叫道，「不！求你別打我！我會好好學習，可是當你和莫德斯通小姐在旁邊時，我就無法專心，真的！」

「無法專心？是嗎？大衛，」他說，「我們走著瞧。」

於是他開始打我，彷彿要把我打死，而我也用力咬了他的手。我聽見她們哭著跑上樓——我聽見我母親哭，還有皮果提也哭。最後，他走了，從外面把門鎖上。我怒不可遏，但身子火辣辣地，疼痛不已，只能無力地躺在地板上。

房間裡靜悄悄的。當痛楚減退後，我坐起身來，聽了好久，什麼聲音也沒聽到。我從地上爬起來，在鏡子裡看到自己的臉那麼腫、那麼紅，又那麼醜，簡直嚇壞了。每當我一動，傷痕就發出劇痛，使我又哭了起來。直到天色開始變暗，莫德斯通小姐才拿了一點麵包、肉和牛奶進來，然後用那堅定的神情看了看我，就又出去了，並且鎖上了門。

一連被囚禁了五天，期間我從未再見過母親。到了最後一晚，有人輕輕叫喚我的名字，把我叫醒。我立刻從床上跳了起來，摸索著來到門邊，把嘴唇湊到鑰匙孔前，小聲說：

「是妳嗎？皮果提。」

「是的，親愛的大衛少爺，」她回答，「小聲一點，不然會被聽見的。」

「媽媽還好嗎？親愛的皮果提。她很生我的氣嗎？」

我能聽到在門的另一邊，皮果提正小聲啜泣，而我也在哭。她回答道：「不，不是很生氣。」

「他們要怎麼處置我？親愛的皮果提，妳知道嗎？」

「去學校，靠近倫敦。」她回答。

「什麼時候？」

「明天。」

「我還能看到媽媽嗎？」

「可以，」皮果提說，「早上。」

然後，她把嘴湊近鎖孔，盡可能地用充滿感情與真摯的語氣說道：

「大衛，親愛的，如果我這段時間對你不像過去那樣親近，那並不是因為我不愛你。我可愛的小寶貝，我還是一樣愛你，甚至比以前更愛你——但我不得不那麼做。大衛，我親愛的，你聽見了嗎？」

「是的！皮果提……聽見了。」我哽咽道。

「我的孩子！」皮果提無比深情地說，「我要說的是，你千萬不要忘了我，我也絕不會忘了你。我會盡可能照顧你母親，永遠不會離開她。我也會寫信給你的，親愛的，雖然我沒讀過什麼書，但還是會……」

「謝謝妳！親愛的皮果提。」我說，「妳能答應我一件事嗎？皮果提，請妳寫信給皮果提先生、艾蜜莉、康密奇太太和漢姆，告訴他們：我並不像他們想的那麼壞，而且我愛他們——尤其是對小艾蜜莉。妳願意這麼做嗎？皮果提。」

這好心的人答應了，我倆懷著最深的感情吻了那個鑰匙孔。從那天晚上以後，我心中就對皮果提生出一種奇妙的感情。儘管她不能取代母親，卻永遠進入我內心的深處，我對她抱著無比的敬愛。

早上，莫德斯通小姐像往常一樣露面，告訴我說我要去學校了。我穿好衣服，下樓吃早餐；在那裡，我看見母親面色蒼白，兩眼通紅。我撲到她懷裡，請求她寬恕我那痛苦的靈魂。

「噢！大衛，」她說，「你竟傷害了我愛的人！努力變好些！求求你。我原諒你，但我太傷心了，大衛，你心裡竟然有這麼壞的情感！」

他們已經讓她相信我是個壞傢伙了，這比我的離開還更讓她傷心！我也感到痛苦不已，眼淚不斷滴到麵包和奶油上，流進我的茶裡，使我難以下嚥。我看到母親不時看看我，又瞥一眼莫德斯通小姐，最後低下頭來。

「把科波菲爾少爺的箱子搬上車！」當大門口響起了馬車聲時，莫德斯通小姐說道。

皮果提不在，她和莫德斯通先生都沒露面。車伕已來到門邊，箱子被塞進了馬車裡。

「再見了，大衛。」母親說道，「這是為了你好。再見！孩子，放假你就能回來了。願你做個好孩子！」

莫德斯通小姐把我帶出門，送到馬車前，又說希望我在得到報應之前悔改。然後我就上了車，那匹懶洋洋的馬拉起車上路了。

第五章　我被趕出家裡

大約走了半哩路，馬車突然停下了。我驚喜地看到皮果提從一道圍籬後冒了出來，並爬到車上。她緊緊地抱住我，把我的鼻子壓得好疼；接著，她從口袋裡掏出幾個裝著糕點的包裹給我，還在我手裡放了一個錢包。她什麼話也沒說，只是又一次地抱抱我，便下了車跑掉了。

我擦了擦眼睛，開始檢查那個錢包。這是個帶扣的硬皮錢包，裝著三枚閃閃發亮的先令，還有兩枚用紙包住的半克朗，我母親在紙上親筆寫道：「給大衛，附上我的愛。」我又用袖子擦了擦眼睛，止住了眼淚。

馬車又緩緩地走了一陣子，我問車伕會不會一直走到倫敦。

「嘿，就憑這匹馬？」那車伕抖抖轠繩，指著那匹馬說，「牠還走不到一半，就會累得跟一頭豬一樣！」

「這麼說，你只載我到雅茅斯嗎？」我問。

「差不多，」車伕說，「到了那裡，我就送你上長途馬車，由長途馬車把你送去倫敦。」

我從包裹裡拿出一塊蛋糕給他，他一口吃掉了，像一隻大象那樣面無表情。

「她做的嗎？」他問道。

「你是說皮果提嗎？先生。」

「嗯，」車伕說，「就是她。」

「對，我們的點心全是她做的，飯也是她燒的。」

「原來如此。」

他努起嘴，似乎想吹口哨，但沒有吹。又過了好一陣子，他忽然問道：

「我猜，她沒有情人吧？」

「皮果提嗎？」

「嗯，」他說，「就是她。」

「哦！沒有，她從沒有過情人。」

「真的沒有？」

他又努起嘴，但仍然沒有吹口哨，只是坐在那裡盯住馬耳朵看。

「嘿，我說，」車伕說，「也許你會寫信給她吧？」

「當然了。」我答道。

「哦！」他慢慢把眼光轉向我，「那麼，你願意在信上寫道『巴吉斯願意』嗎？」

「巴吉斯願意？」我重複道，什麼也不懂，「就這句話？」

「是的。」他說道，一邊沉思著，「嗯——沒錯，巴吉斯願意。」

「但你明天又會回布蘭德斯通了，巴吉斯先生，你可以自己去說呀。」

他搖搖頭表示反對，又一次鄭重地強調這個請求，於是我答應了。當天下午在一家旅店裡等候馬車時，我要了一張紙和一瓶墨水，寫了一封信給皮果提。上面寫道：「親愛的皮果提，我已平安到達。巴吉斯願意。向媽媽致上我的愛。最後，他要我再次強調『巴吉斯願意』。」

我在雅茅斯換了長途馬車，下午三點動身，預計隔天早上八點抵達倫敦。當時正是仲夏時分，晚上涼得令人不舒服。為了防止我從車上掉下去，我被安排坐在兩個男人中間，他們倆擠得緊緊的，差點把我悶死。坐在我對面的是一個穿皮大衣的女士，她帶著一個籃子，不知道該放在哪裡好；後來她發現我的腿短，索性把籃子放在我腳下。那籃子擠著我，使我很不舒服；要是我不小心碰到了，她就很用力地踢我一下，並威脅道：「小心點，別亂動！」

太陽終於升起來了，當倫敦在遠方出現時，我感到它是一個多麼令人驚奇的地方，同時回想起我在書上讀到的那些英雄事蹟曾發生在此，並依稀覺得這是世上最富於神奇和罪惡的城市。

我們漸漸接近它，並準時抵達了那間旅店。下車時，看車人向我看了一眼，在票房門口說：

「有人來接一個從布蘭德斯通來、叫做科波菲爾的小傢伙嗎？」

沒有人回答。我不安地朝四周看去，可是沒有任何人答話。車裡已經沒有乘客了，行李也被搬光了，馬被牽走了，馬車被幾個馬伕推走了。可是仍然沒有人出面招領從布蘭德斯通來的這個小傢伙。

就在我心急如焚到了極點時，一個人進來了，並悄悄向售票員說了什麼，售票員立刻把我推到那人面前。

當我和他走出售票處時，偷偷看了他一眼。他是一個瘦削的年輕人，面色枯黃，雙頰深陷，下巴刮得乾乾淨淨，深黑頭髮。他穿著一套黑衣，衣服也褪了色，而且褲管和衣袖都太短了，繫著一條骯髒的白圍巾。

「你就是那個新生吧？」他說。

「是的，先生。」我說。

「我是薩倫學校的教師，梅爾先生。」他說。

我向他鞠了一躬，敬畏之情油然而生。

我們又坐上一輛驛車，慢慢地往前駛去。途中經過濟貧院，梅爾先生進去拜訪了一位老婦人，他與這位婦人似乎關係匪淺，她稱呼他「我的查理」。離開濟貧院以後，我們又朝著一座陡峭的小山坡駛去，走了大約六哩路後，馬車停下了，我們又往前步行了一小段路，便抵達了目的地。

薩倫學校被一座高高的磚牆包圍著，看上去死氣沉沉；牆裡的一道門上方掛著寫有校名的匾牌。當我們拉門鈴時，一張陰沉的臉從柵欄裡仔細打量著我們；那是一個大塊頭，有一隻木腿，太陽穴突出，頭髮剪得短短的。

「那個新生。」教員說。

木腿人把我渾身上下打量了一番，便打開了門。我們朝著一棟學舍走去。這時，他忽然對著那名教師叫道：

「喂！」

我們回頭看，他站在他住的小屋門口，手裡拿著一雙靴子。

「鞋匠來過了，」他說，「當時你不在，梅爾先生。他說它們再也無法修理了，因為它們早已破得不成樣子。」

他說完，就把靴子朝梅爾先生扔過來。梅爾先生撿起靴子，傷心地看著它；這時我才發現他腳上的靴子已經壞得快不能穿了，他的長襪也有一個地方破了，像嫩芽尖一樣綻開。

薩倫學校是一座四方形的磚造建築，外表光禿禿的，沒有任何裝飾。學校裡靜悄悄的，梅爾先生說現在正值假期，所有學生都回家去了，校長克里柯先生一家也去了海邊，我是因為犯了錯才被送來，以示懲罰。

我們走進教室。這是我所見過最寂寞、荒涼的地方了，長長的房間裡擺了三排課桌、六排長凳，牆上釘滿了掛帽子和寫字板的鉤子；髒兮兮的地板上盡是些零散的舊寫字本。在屋樑上，兩隻被主人拋棄的小白鼠上下爬行，瞪大眼睛朝每一個角落打量，想找出什麼吃的。一隻鳥被關在一個狹小的籠子裡，翅膀拍打的聲音令人感到悲哀，既不鳴叫，也不歌唱。屋裡瀰漫著一股霉味，不知道是衣物或食物的味道。

我慢慢走到教室的另一頭，並觀察我目睹的一切。突然，我發現一張書桌上擺了一塊紙板，上面寫著「當心咬人」。我立刻爬到書桌上，以為桌下面有一隻大狗。但當我慌張地四處尋找牠的蹤影時，梅爾先生卻問我為什麼爬到桌子上去。

「請你原諒，先生，」我說，「對不起，我在找那條狗。」

「狗？」他說，「什麼狗？」

「不是有狗咬人嗎？先生。」

「不，科波菲爾，」他嚴肅地說，「不是狗，而是你，科波菲爾。我收到指令，要把這塊牌子掛在你背上。我很抱歉必須這麼做，但不得不如此。」

他說完便把我抱下來，將那為我打造的紙牌綁在我肩上，就像一個背包。從那之後，無論我走到哪兒，我都得背著它。所有人都提防著我，後來連我也開始感到害怕了，認為自己是一個咬人的野孩子。

單調的生活，還有對開學的焦慮，真是令人痛苦得難以忍受！每天，我得和梅爾先生一起做很久的功課，由於莫德斯通姐弟不在，我幾乎沒犯什麼錯。餘下的時間裡，我在校園裡散步，感受房子四周的溼氣、院裡裂開的綠色石板、漏水的舊桶子，還有那些變了色的醜陋樹幹。吃完午飯後，我們繼續做功課，直到喝茶時間。整整一天裡，梅爾先生都在書桌旁努力工作，記算上半年的帳，一直忙到晚上七八點鐘。接著，他拿出笛子來吹；我一面聽著，一面記誦第二天的功課，直到就寢。

梅爾先生的話不多，但從不對我苛刻粗暴。儘管他有時自言自語、冷笑、握拳、咬牙、扯頭髮，令我有些害怕，但我很快就習慣了。

第六章　我結交了新朋友

一天晚上，喝過茶以後，梅爾先生告訴我克里柯先生回來了。在上床睡覺前，我被木腿人帶去見他。

克里柯先生的房子比我們舒適得多，不僅有一個小花園，還有寬敞的走廊。當我走進房間時，他正坐在一張扶手椅上，身上掛著一束錶鏈和飾物，旁邊放著一組茶具。克里柯太太和小姐也在場。

「哈！」克里柯先生說，「這就是那個需要磨牙的年輕人了。」

我仔細打量了克里柯先生。他長了一副凶惡的臉，眼睛小而深陷，前額上冒出粗大的青筋，鼻子很小，下巴卻很大。他的頭頂和後腦勺都禿了，太陽穴上蓋了稀稀疏疏的灰頭髮。他的說話聲很小，或許是由於激動，使得那本來已經憤怒的臉顯得更加憤怒，青筋也更為突出。

「那麼，」克里柯先生說，「關於這學生，有什麼報告嗎？」

「還沒發現他有什麼過失呢！」木腿人答道，「還沒有機會。」

克里柯先生似乎很失望的樣子。「過來！」他朝我招了招手，要我走過去。

「我認識你的繼父，」克里柯先生拉住我的耳朵說道，「他是一個了不起的人，也是一個堅強的人。他瞭解我，我也瞭解他。你瞭解我嗎？」

「還不瞭解呢，先生。」我說。

「還不瞭解？哈，不過你很快就會瞭解的。明白了嗎？」

說完，他用力擰了我的耳朵，讓我痛得幾乎叫出聲來。

「我會告訴你我是什麼樣的人。」克里柯先生小聲說，又狠狠地擰了我的耳朵一下，使我的淚水湧出了眼眶。「我是一個韃靼人。」

「韃靼人？」

「當我說我要做某件事時，我一定做到。」克里柯先生說道，「我是一個意志堅定的人。即使是我的親生骨肉，只要他反對我，我也會甩開他。」他又對木腿人問道：「那小子來過嗎？」

「沒有。」木腿人回答。

「很好。」克里柯先生說，「他總算懂事點了。叫他滾遠一點！」克里柯先生說著，一邊拍著桌子，一邊盯著克里柯太太，「因為他瞭解我了——你現在也開始瞭解我了，孩子。你可以走了。」

聽到離開的命令真叫我高興。很快地，我被木腿人押回寢室，上了床，在床上顫抖了兩個小時才入睡。

沒過幾天，學生陸續返校了，第一個返校的學生是湯瑪斯．特雷多。他真是個好傢伙。他對我那塊告示板很感興趣，每當有學生返校，他都會向他們介紹道：「瞧！一種遊戲！」這使我免於被嘲笑的命運。儘管有些學生還是會跑來拍我、摸我，對我說：「趴下！先生。」或叫我小狗，但大致上，比我預期的待遇好多了。

不過，直到詹姆士．史蒂爾佛回來後，我才算真正被大家接納了。他學識淵博，長得也很帥氣，比我年長至少六歲。當時，我像個犯人一樣被帶到他面前接受審問，他聽說了我受到的懲罰，然後得意地發表了他的意見：「真是奇恥大辱！」從那之後，我死心塌地地跟隨他。

「你有多少錢？科波菲爾。」離開前，他忽然向我問道。

我告訴他我有七先令。

「如果你願意的話，最好把錢交給我保管。」他說，「如果你不願意就算了。」

我急忙採納了他這友好的建議，打開皮果提的錢包，把錢倒在他手裡。

「如果你想花掉，儘管來找我。」史蒂爾佛說。

「不，謝謝你。」我回答。

「也許，你打算花兩個先令去買一瓶葡萄酒？」史蒂爾佛說，「我發現你跟我住同一間寢室。」

雖然我從未這麼打算，但我告訴他，我正想那樣做。

「很好。」史蒂爾佛說，「你一定也打算再花一個先令買些蛋糕吧？」

我說對，我也想那麼做。

「再用一個先令買餅乾，一個先令買水果？」史蒂爾佛說，「嘿！你會把錢花完的。」

他笑了起來。我也跟著笑了笑，但心裡不太好受。

「開玩笑的！」史蒂爾佛說，「我們應該好好利用這筆錢。放心，我會盡力幫助你。我能任意進出學校，可以把食物偷偷帶進來。」說著，他把錢放進了口袋，並向我保證不用擔心，一切都會處理好的。

他說話算話。事後，他買來一大堆食物，舉辦了一個宴會，邀請和我們同住一室的其他學生。我請他替我主持宴會，自己就坐在他左邊，其餘的人圍在我們周圍，或坐在附近的床上，或是地板上。他拿出自己的一只玻璃杯，用它傳遞葡萄酒，儼然是一個大人物。

在宴會中，我聽說了有關學校的一切事情。我總算明白為什麼克里柯先生自稱「韃靼人」——在所有教職員中，他是最嚴厲、最凶狠的，每天只知道鞭打學生。史蒂爾佛說，他過去是個小酒商，破產之後又花光了積蓄，只好辦學校來賺錢。他曾經有個兒子，也在學校任職，由於覺得父親對學生太過嚴厲，規勸了幾句，就被克里柯先生趕出了家門。也就從那時候起，克里柯太太和小姐變得鬱鬱寡歡。

奇怪的是，在這個學校裡有一個學生，是克里柯先生絕對不敢動手的。這個人就是詹姆士．史蒂爾佛。史蒂爾佛本人也證實了這一點。

還有一件事。學生之間流傳克里柯小姐愛上了史蒂爾佛，確實，當我想到他那好聽的聲音、英俊的模樣、瀟灑的風度，還有他那捲曲的頭髮，便對這事深信不疑。

我一直聽，直到宴會結束，大多數的客人都回到床上了，這才準備就寢。

「晚安，小科波菲爾。」史蒂爾佛說，「我會照顧你的。」

「你真好。」我滿心感激地答道，「我真感激你。」

「你有姐姐嗎？」史蒂爾佛打了個哈欠說。

「沒有。」我答道。

「太可惜了，」史蒂爾佛說，「如果你有的話，我想她一定是個美麗的女孩。晚安，小科波菲爾。」

「晚安，朋友。」

上床以後，我仍然想著他。我坐起身子，朝他的方向望去。他躺在月光下，頭舒適地枕在一隻手臂上，漂亮的臉向上仰著，彷彿沒有任何陰影能夠覆蓋它。

第七章　我的第一個學期

第二天，學校正式開學了。用過早餐後不久，克里柯先生走進教室，亂哄哄的吵鬧聲一下變得死一般寂靜。他站在門口，威風凜凜地說道：

「嘿！學生們，又是一個新的學期。你們要好好留意自己的功課，因為我也會好好留意對你們的處罰，絕不手軟。你們在寫字板上擦來擦去是沒用的，因為你們擦不掉我在你們身上留下的痕跡。好了，開始上課。」

這段可怕的開場白結束後，克里柯先生徑直走到我的座位前，拿出了一根棍子，問我說那像不像一根牙齒？那牙齒很鋒利嗎？它咬人嗎？他每問一句，就用那東西在我身上抽出一條傷痕，抽得我扭來扭去。我哭了起來。

並不只有我一人受到這種禮遇；大多數學生都受到了相同的鞭打。當天的課還沒開始，就有一半的人在扭動、哭泣了。在那一天的課結束前，全校有多少人扭動、哭泣，我真是沒有勇氣去回憶。

即使來到操場上，我的目光仍被他迷住。儘管我根本看不見他，但我知道他就在窗戶後方。如果他的臉出現在窗邊，我馬上露出可憐兮兮的服從表情；如果他朝窗外張望，那麼就連最大膽的學生也會立刻閉上嘴巴。

可憐的特雷多，他是世上最倒楣的學生，老是挨鞭子——我想，在那半年裡，他每天都挨鞭子抽，只有一個禮拜一例外，那天他只被界尺打了手掌心。除此之外，他是個正直的人，始終認為同學之間應該互相幫助。他為此吃了不少苦頭。有一次在教堂裡，史蒂爾佛笑出了聲，執事以為是特雷多，就把他帶出去教訓了一頓。儘管他感到傷心，卻沒有說出誰是搗亂的人。事後，他得了補償——史蒂爾佛說他擁有最正直、忠誠的一顆心。我們都認為這是極高的榮譽。

我曾見到史蒂爾佛和克里柯小姐肩並肩、手挽手，一起走去教堂。我不認為克里柯小姐的美貌比得上艾蜜莉，但我相信她是一個具有吸引力的年輕女性，沒人能在風度方面贏過她。當我看見史蒂爾佛為她撐陽傘，便以身為他的朋友而自豪。在我眼裡，那些教師都是了不起的人物，但和史蒂爾佛相比，就如同星星與太陽一般。

有一次，史蒂爾佛與我站在操場上交談，我無意中提起某個人或某件事——我忘記是什麼了，好像是《佩爾格林．皮可》一書中的某個人。他當時什麼也沒說，但是到了晚上睡覺時，他問我是不是讀過那本書。

我向他解釋，那是我在家裡的藏書室讀到的，還提到了一些別的書。

「你還記得它們嗎？」史蒂爾佛說。

「哦，當然了。」我告訴他，我記性很好，而且把它們記得很清楚。

「那麼，小科波菲爾。」史蒂爾佛說，「你每天晚上把那些內容講給我聽，一本一本地講。就像天方夜譚一樣。」

這個要求讓我得意極了，並且立刻付諸實行。一連持續了幾天，我每到晚上就睏得要命；一大早，我無精打采，想再睡一個鐘頭，卻被硬生生叫醒，並被要求在起床鈴響之前再講一個故事。不過，做為交換，史蒂爾佛為我講解算術和習題，以及一切困難的功課；同時，我崇拜他、愛他，他的贊許就足以回報這一切了。

我們變成了無話不談的朋友，他總是保護我、幫助我。另一方面，梅爾先生同樣對我照顧有加，使我感激不已。也因此，當我看到史蒂爾佛總是處心積慮地說他壞話，而且從不放過機會慫恿別人去羞辱梅爾先生，便感到痛苦。有一回，我在無意間把梅爾先生帶我去拜訪濟貧院的事告訴了史蒂爾佛，這使我十分不安，我常擔心史蒂爾佛會利用這件事嘲諷梅爾先生。

一天，克里柯先生不在學校，這使得教室的氣氛輕鬆愉快，上課時間仍然鬧哄哄的。由於當天是禮拜六，天氣又不適合外出散步，我們只好待在教室裡做功課，梅爾先生坐在講台前主持秩序。

教室裡吵鬧不堪，只見梅爾先生俯在書桌上，用瘦削的手支住疼痛不已的腦袋，拚命地想在那片令人頭昏腦脹的喧鬧聲中維持秩序。學生們從座位上跑上跑下，又叫又笑，或是圍著他轉來轉去，朝著他做鬼臉，在他背後或當著他的面嘲笑他——他的窮酸、他的靴子、他的外套、他的母親——一切他們知道的都加以嘲笑。

「安靜下來！」梅爾先生忽然站了起來，用書敲著桌子喊道，「這是什麼意思！簡直令人無法忍受！你們怎麼能這樣對待我？同學們。」

學生們都靜了下來，有人嚇了一跳，有人感到畏懼，或許也有人感到慚愧。

史蒂爾佛的座位在教室最外側。他把手插在口袋裡，倚牆而立，一邊冷笑；當梅爾先生看他時，他像吹口哨似地把嘴努起。

「安靜下來，史蒂爾佛！」梅爾先生道。

「你自己才安靜下來。」史蒂爾佛面紅耳赤地說，「你在對誰說話？」

「坐下！」梅爾先生說。

「你自己先坐下，」史蒂爾佛說，「管好你自己吧！」

響起一陣低聲的笑語和一些喝彩聲，梅爾先生臉色越來越蒼白。

「我知道，史蒂爾佛，」梅爾先生說，嘴唇哆嗦得很厲害，「所有這些人的行為都是你指使的。你利用自己在這裡得寵的地位，侮辱一個有身分的人……」

「一個——什麼？他在哪裡呀？」史蒂爾佛說。

「一個時運不濟的、而且從來沒有冒犯過你的人。你的年紀和聰明足以使你明白不應該侮辱這個人，史蒂爾佛，你的行為是卑鄙、無恥的。」

「什麼！」史蒂爾佛走到教室前面，「好啊，你居然說我卑鄙無恥。別忘了，你自己才是個厚顏無恥的乞丐！你一向是個乞丐，你心裡明白——當你在說那些話時，你自己就是一個厚顏無恥的乞丐！」

一瞬間，人們像石頭一樣全僵住了，我還發現克里柯先生走到了教室中央，克里柯太太和小姐站在門口，彷彿大受驚嚇地朝室內看。梅爾先生一動也不動地坐在那裡，兩肘支在桌上，雙手掩住了臉。

「梅爾先生，」克里柯先生冷冷地說，「你沒有忘記你的身分吧？」

「沒有，先生，沒有忘記，」這名教師露出臉，不安地答道，「是的，我一直記得我的身分……我真希望您也能早點想起這一點，克里柯先生，那樣的話，你也許會更仁慈些，更公正些……」

克里柯先生嚴肅地看著梅爾先生，坐到那張桌前，雙腳落在桌旁的長凳上。梅爾先生仍然極度不安地晃著腦袋，搓著手。於是，克里柯先生轉向史蒂爾佛，說道：

「好吧，先生，既然他不屑告訴我，那請你告訴我是怎麼一回事。」

史蒂爾佛沉默了一會兒，只是輕蔑而憤怒地看著他的對手。

「那麼，他說的『得寵』是什麼意思？」終於，史蒂爾佛說話了。

「得寵？」克里柯重複道，額上青筋暴露，「誰說了這個詞？」

「他！」史蒂爾佛說。

「請你解釋一下這個詞是什麼意思，先生。」克里柯生氣地向梅爾問道。

「我的意思是，克里柯先生，」他低聲答道，「沒有學生可以利用他得寵的地位來羞辱我。」

「羞辱你？」克里柯先生傲慢地搖了搖頭，「老天！請容許我這麼問，先生——當你提起『得寵』這個詞時，是否也是在羞辱我呢？先生，我可是這裡的校長，也是你的雇主呀！」

「這麼說的確不得體，先生，我承認，」梅爾先生說，「如果我當時頭腦冷靜，就不會那麼說了。」

這時，史蒂爾佛插嘴了。

「他還說我卑鄙，說我無恥，所以我叫他乞丐。如果我當時頭腦冷靜，我也不會叫他乞丐。但我這麼做了，我願意承擔一切後果。」

這番話講得理直氣壯，在同學之間引起了一陣小小的騷動。

「我真吃驚，史蒂爾佛，」克里柯先生說，「雖然你的誠實令人起敬，但我必須說，你居然把這樣一個綽號加在一位薩倫學校雇用的教師身上，真是太不像話了，先生。」

史蒂爾佛笑了一聲。

「別敷衍我，」克里柯先生說，「你還有什麼要解釋的，快說出來。」

「讓他自己來解釋吧。」史蒂爾佛說。

「解釋他是不是個乞丐嗎？史蒂爾佛，」克里柯喊道，「怎麼，他在哪裡行過乞嗎？」

「就算他本人不是乞丐，至少他有個親人是，」史蒂爾佛說，「那也一樣。」

他朝我瞥了一眼，梅爾先生也輕輕拍了拍我的肩膀。我滿臉通紅，抬起了頭。

「既然你希望我解釋，克里柯先生，這就如您所願。」史蒂爾佛說，「我要說的是——他的母親就住在濟貧院裡，靠救濟度日。」

梅爾先生仍然看著他，一邊拍著我的肩。他低聲自言自語道：「是的，我就知道是這樣。」

克里柯先生向雇員轉過身去，很嚴肅地皺著眉頭，拚命裝出彬彬有禮的樣子。

「你，聽到他說的了吧？梅爾先生。請你立刻當著全體學生更正他的話。」

「他沒說錯，先生，用不著更正，」梅爾先生在一片死寂中答道，「他所言屬實。」

「那麼，請你告訴我，」克里柯先生把頭歪向一邊，「在此之前，我是不是一點也不知情呢？」

「我相信是這樣。」他答道。

「既然如此，」克里柯先生說道，他額頭上的青筋脹得比以前更粗了，「我確信，你目前的地位與你並不相稱，梅爾先生。請你立刻離開此地，越快越好。」

「我相信這樣是最好的。」梅爾先生站起來說道，「克里柯先生，同學們，再見了。」他向教室環視了一眼，並又輕輕地拍拍我的肩膀。「詹姆士．史蒂爾佛，希望你總有一天會為自己今天的行為感到羞恥。至少現在，我不願把你當成我的朋友，也不願把你當成我關心的任何人的朋友。」

說完這些話，他從桌裡拿出笛子和幾本書，把鑰匙留在抽屜裡，便走出了學校。接著，克里柯先生發表了一篇演說，在演說中感謝史蒂爾佛，因為他保住了薩倫學校的名譽；所有人都熱烈地喝彩，我也參與了，但心裡卻十分難過。這時，克里柯先生發現特雷多不但沒有喝彩，反而哭泣，就把他揍了一頓，然後回到自己的房間去了。

那天晚上，當我在黑暗中講故事時，梅爾先生的笛聲似乎不只一次地在我耳邊淒涼地響起。當史蒂爾佛終於睏了，而我也躺下時，我想像那笛子正在什麼地方如此淒哀地被吹響，感到難過極了。

新的教師很快就來了，他來自一所拉丁語學校。在上任前，他被介紹給史蒂爾佛認識，史蒂爾佛給予他很高的評價——他說他是一塊「磚頭」。雖然我不知道那是什麼意思，但我因此非常尊敬他；而且，雖然他從不像梅爾先生那樣用心教導我，但我對他的學問從沒有半點懷疑。

大約過了半年。有一天上課時，學校來了訪客，說要找我。我被通知到教室後方去換件乾淨的衣服，再去客廳會客。我緊張兮兮地執行這道命令，心想可能是莫德斯通先生或小姐來了，急得差點哭了出來。

我打開客廳的門，向裡頭一望，吃驚地看到了皮果提先生和漢姆。他們向我脫帽致意，並親熱地握住我的手，把我逗得又哭又笑的，不得不拿出小手帕擦眼睛。這時，皮果提先生便用手肘推推漢姆，要他說些什麼。

「瞧，大衛少爺，你長大了！」漢姆傻乎乎地說。

「可不是嗎？長大了！」皮果提先生附和道。

他倆相視大笑，弄得我也又破涕為笑。於是我們又一起大笑，一直笑到我又快哭了。

「你知道媽媽好嗎？皮果提先生，」我說，「還有我親愛的皮果提好嗎？」

「非常好。」皮果提先生說。

「小艾蜜莉呢？康密奇太太呢？」

「她們都很好。」皮果提先生說，「尤其是艾蜜莉，她簡直是一個大人了。」

他對漢姆使了個眼神，漢姆立刻笑瞇瞇地表示確實如此。

「她漂亮的臉蛋哪！」皮果提先生說著，他的臉上光彩煥發。

「她的學問哪！」漢姆說道。

「還有她寫的字！」皮果提先生說，「又大又方，像玉一樣。不管在哪裡都能看清它。」

皮果提先生懷著極大的熱情提起他疼愛的人，毛絨絨的大臉上因洋溢著快樂的愛心和驕傲而發光。他誠實的眼睛冒著火花而亮閃閃的，彷彿它的深處被什麼燦爛的東西撩動著。他寬闊的胸膛因為高興而一起一伏。由於熱誠，他兩隻有力的大手握在一起，為了強調他的話，他又不斷揮動右臂，就像一把大錘子。

漢姆和他一樣熱情。要不是史蒂爾佛忽然進了房間，他們肯定還會說許多關於小艾蜜莉的話。見我站在屋角和陌生人說著話，史蒂爾佛立刻說道：「失禮了，我不知道你們在這裡。」並朝外面走去。我連忙叫住他。

「不要走，史蒂爾佛。這兩位是雅茅斯的漁夫，都是些非常善良的好人。他們是我保姆的親戚，從格雷夫森德過來看我的。」

「哦！哦！」史蒂爾佛轉過身說，「很高興能見到他們。你們兩位好。」

他的舉止裡有種瀟灑，充滿快樂、優雅、魅力，而毫不傲慢。由於他的這種舉止，以及他旺盛的活力、悅耳的聲音、英俊的臉蛋和勻稱的身材，還有那與生俱來的吸引力，皮果提先生和漢姆很快就向他敞開了心胸。

「皮果提先生，請你務必告訴她們，」我提醒道，「就說史蒂爾佛先生對我很好；如果沒有他，我在這裡真不知道該怎麼辦呢！」

「胡說，」史蒂爾佛笑著說，「這種小事不需要提起。」

「如果史蒂爾佛先生哪天拜訪諾福克或薩福克，」我說，「只要他願意的話，我一定要帶他去雅茅斯看你們的那棟房子。史蒂爾佛，你絕對沒看過那麼好的房子，那是用一艘真正的船建造的！」

「用一艘船建造的？真的？」史蒂爾佛說，「對一位真正的漁夫來說，那真是再好不過的家了。」

「的確，的確，」漢姆咧嘴笑著說，「你說得對，年輕的先生。大衛少爺，他說得沒錯，再好不過的家！嘿，他真是內行！」

皮果提先生也很高興，他鞠了一躬，說道：「謝謝你，先生。在我們那一行裡，我的確是個高手。」

「我相信是這樣，皮果提先生。」史蒂爾佛說。

「我敢說，你自己也是這樣的人，先生，」皮果提先生搖搖頭，「你真會說話——好極了！謝謝你，先生，我感謝你的熱情。我是個粗人，但我直爽。你明白，我的房子沒什麼了不起的，但要是你和大衛少爺願意一起來參觀的話，我們完全歡迎你。」

漢姆也附和了這句客氣話，於是我們用最熱情的方式道別了。那天晚上，我差點忍不住要向史蒂爾佛提起漂亮的小艾蜜莉，但我不好意思說出她的名字，也怕他嘲笑。

日復一日，夏天逝去了，季節轉換。嚴寒的早晨，我們被鈴聲叫起床；夜晚，在那清冷的氣息中就寢；晚上的教室燈光黯淡，爐火冷冽，早上的教室則像一台顫抖著的巨大機器。午餐的菜色總是燉牛肉和烤牛肉、燉羊肉和烤羊肉，以及一塊塊的黃油麵包。捲了角的課本、裂開的寫字板、沾濕淚水的筆記本、挨棍子、挨界尺、剪頭髮、下雨的禮拜天、牛油布丁，還有無處不在的骯髒墨漬。

放假的日子漸漸接近。我們先計算月份，繼而計算禮拜，最後計算日子。終於，我從史蒂爾佛那裡聽說了回家的通知。那天晚上，我搭上了雅茅斯的郵車，準備回家去了。

第八章　我的假期

天亮之前，我們抵達途中的一家小旅店。我在那裡喝了一些熱茶，接著便裹著毯子入睡了。早上九點，車伕巴吉斯來接我；我和行李都上了車後，那匹懶洋洋的馬便又用牠那慣有的步伐開始前進了。

「你看起來氣色不錯，巴吉斯先生。」我說，心想他聽了會很高興。

巴吉斯先生只是用袖口擦了擦臉，對我的讚美未作任何回答。

「我傳達了你的口信，巴吉斯先生，」我說，「我寫信給皮果提了。」

「哦。」他乾巴巴地答道，似乎不怎麼高興。

「那樣寫對嗎？巴吉斯先生。」我猶豫了一會兒後問道。

「也許是對的，」巴吉斯先生說，「可是一點回覆也沒有。」

「回覆？」我睜大了眼問道，感到有些新奇。

「當一個人說他願意時，」巴吉斯先生又把眼光緩緩投向我，「就等於說，他正在等待一個回覆。」

「你把這點告訴她了嗎？巴吉斯先生。」

「沒有，」巴吉斯先生想了想，說道，「我不打算告訴她。我和她說過的話總共還不超過六句呢。」

「你希望我替你轉達嗎？巴吉斯先生。」我遲疑地問。

「如果你願意，你可以說：巴吉斯在等她的一個回覆。」

他似乎想到了什麼，坐在那裡陷入了沉思，並小聲吹著口哨，就這樣過了一會兒。

「是的，」他終於又說道，「你就說：『皮果提呀！巴吉斯在等一個回覆呢！』她也許會說：『什麼回覆？』你說：『對我告訴妳的那句話的回覆呀！』她說：『什麼話？』你就說：『巴吉斯願意。』」

他一邊這樣叮嚀我，一邊用手肘朝我的腰部重重地碰了一下。然後，他又繼續低頭看著馬，在接下來的半小時沒有再提起這件事。

終於到家了。車伕把我的箱子放在花園門口就走了，剩下我在那裡。我沿小徑向屋子走去，一面盯著那些窗子，擔心莫德斯通姐弟忽然出現在窗後。幸好，沒有任何人出現。我走到屋前，怯生生地走了進去。

我一走進門廳，便聽見母親在客廳裡唱歌的聲音。她正坐在火爐邊，為一個嬰兒餵奶；她把嬰兒的小手按在她脖子上，自己低頭看他的小臉，並對那嬰兒輕聲唱歌。沒有其他人在她身邊。當我走進客廳，她驚嚇得叫了出來；不過，她很快就認出是我，於是立刻跑過來，跪在地上吻我，並把我的頭貼在她胸前的小嬰兒身上，把嬰兒的手放在我嘴上。

「他是你的弟弟，」母親撫摸著我說，「大衛，我可憐的孩子！」然後，她一次又一次地親吻我，抱住我的脖子。當她這麼做時，皮果提也跑進客廳裡，並坐在我們旁邊，對我倆又抱又吻了十五分鐘。

莫德斯通姐弟到附近拜訪人家了，晚上才會回來。我先前根本沒料到我們三人可以不受干擾地聚在一起；我彷彿覺得往日的美好時光又回來了。

我們一起在火爐邊吃飯。皮果提想侍候我們，但母親叫她過來跟我們一起吃。吃飯時，我想這是把巴吉斯先生的話告訴皮果提的好機會了。我還沒把話說完，她就笑了起來，並用圍裙蒙住臉。

「哦，這個蠢蛋！」皮果提叫道，「他想娶我呢。」

「他和妳很般配，是嗎？」母親說。

「我不認識他，」皮果提說，「別問我。他再好我也不嫁，我不嫁任何人。」

「妳為什麼不親口告訴他呢？妳這壞傢伙。」母親說。

「把這告訴他？」皮果提隔著圍裙往外看著答道。「他從沒對我提過任何一個字。他心裡很清楚，只要他敢對我說一個字，我一定會賞他一個耳光。」

她又笑了出來，臉色變得更紅了。我發現，儘管我母親也同樣在微笑，但她變得更嚴肅、更若有所思了。她的臉依然很秀美，但看上去憂傷脆弱；她的手那樣瘦弱、蒼白，幾乎像透明一樣了。但這還不是最大的變化；她的氣質也變了，變得焦慮不安。終於，她親熱地把手搭在她的老僕人手上，說道：

「皮果提，親愛的，妳不會結婚吧？」

「我？太太，」皮果提瞪著眼答道，「上帝保佑妳！當然不會。」

母親握住她的手說：

「別離開我，皮果提。和我在一起吧，也許不會很久了。沒有妳，我該怎麼辦呢？」

「離開妳？親愛的，」皮果提叫道，「我絕對不會這麼做！怎麼，妳那小腦袋裡在想些什麼呀！皮果提離開妳？不，不會的，她不會這麼做的。她會和妳在一起，直到變成一個孤獨倔強的老太婆。等到她太聾了、太跛了、太瞎了，牙齒也掉光了，變成一個老廢物了，她就會去她親愛的大衛那裡，請他收留我。」

「那樣的話，皮果提，」我說，「我一定會很高興看到妳，像歡迎一個女王一樣歡迎妳。」

「上帝保佑你那難得的好心腸！」皮果提叫道，「我就知道你會那麼做！」

於是她又親了我一下，對我的善意表示感謝，又取笑了巴吉斯一番。在那以後，她從搖籃裡抱出那嬰兒來餵他，接著收拾了飯桌，然後拿著她的針線活，開始幹活起來。

我們向爐而坐，愉快地談話。我告訴她們克里柯先生是多麼嚴厲的人，於是她們對我深表同情。我又告訴她們史蒂爾佛是多好的人，怎樣保護我，於是皮果提說她要走二十哩路去看他。當那嬰兒醒來時，我把他抱起來，親熱地照顧他。他又睡著後，我就像小時候一樣爬到母親身邊坐下，手摟住她的腰，臉蛋貼在她肩膀上，感覺她美麗的秀髮垂在我身上——多麼快樂呀。

我坐在那裡看著那爐火，從那燒紅的煤塊中彷彿看見了幻象。我幾乎相信自己根本從未離家過，莫德斯通姐弟只不過是幻影，會隨著火焰熄滅而消失；我記憶中的一切都是假的，只有母親、皮果提才是真的。

我們喝了茶，撥了爐灰，又剪了燭花，然後又談論學校發生的事。我們都很開心。那一個晚上，那所有快樂的晚上中的最後一個，也是註定了結束我人生中第一階段的那一個晚上，永遠不會從我的記憶中消失。

當門外傳來車輪聲時，已接近十點鐘了。於是我們都站起來，母親連忙勸我回房睡覺，於是我向她道過晚安，趁著莫德斯通姐弟還沒進屋前，便拿著蠟燭上樓了。

然而，我是躲不開他們的。早晨下樓吃早餐時，我終於在客廳見到了他。他背對著火爐站在那裡，莫德斯通小姐正在準備茶。當我進去時，他盯著我，但沒有作出任何打招呼的表示。

猶豫了一會後，我走到他面前，對他說：「我請你原諒，先生，我為我的行為道歉，希望你原諒我。」

「我很高興聽到你這麼說，大衛。」他說。

他向我伸出了手，正是被我咬過的那一隻。我的眼光在那道紅色的疤痕上停了一下；但當我看見他臉上那惡毒的表情時，我的臉比那疤痕還要紅。

「妳好，小姐。」我對莫德斯通小姐說。

「哦，是的，」莫德斯通小姐嘆了口氣說，「放多久的假呢？」

「一個月，小姐。」

「從什麼時候算起？」

「今天，小姐。」

「哦！」莫德斯通小姐說，「那現在就少了一天了。」

她每天早上都用這種態度減去日曆上的一天，整個假期都是如此。她默默地減，剩下的日子越少，她便越來越快活。

就在同一天，我來到她和我母親坐著的那個房間裡，那只有幾週大的嬰兒就坐在我母親膝蓋上，於是我小心翼翼地將他抱起。突然，莫德斯通小姐發出一陣尖叫聲，使我差點仍掉那個嬰兒。

「天哪！克菈菈，妳看到了嗎？」莫德斯通小姐喊道。

「怎麼了？我親愛的珍。」母親說，「發生什麼事了？」

「他抱起了他！」莫德斯通小姐叫道，「那孩子把嬰兒抱起來了！」

她嚇得幾乎站不住，卻又挺起身來撲向我，從我懷裡把嬰兒奪走。然後，她暈了過去，他們連忙餵她喝下一些櫻桃白蘭地。她清醒後，鄭重宣佈禁止我今後再碰我的弟弟。我那可憐的母親再次溫順地認可了這道禁令。「無疑，妳是對的，我親愛的珍。」她說道。

有一次，又是我們三個在一起時，那嬰兒躺在我母親膝蓋上，母親看著他的眼睛，說道：

「你瞧，大衛，」她說完，又看了看我的眼睛，「你們兩個長得多麼像。」

「妳說什麼？克菈菈。」莫德斯通小姐抬起頭來，說道。

「我親愛的珍，」母親驚慌了起來，吞吞吐吐地說，「我發現嬰兒的眼睛長得跟大衛的一模一樣。」

「克菈菈！」莫德斯通小姐惱怒地站起來，「妳有時簡直是個十足的蠢人！竟敢把我弟弟的兒子跟妳的孩子相提並論？他們根本長得不像！他們沒一點相似之處，在各方面都是如此！永遠如此！我可不想坐在這裡，聽人說出這樣的蠢話。」說完，她很威風地走出房間，把門砰地一聲關上。

我覺得自己使這對姐弟不快，正如他們使我不快一樣。我的母親同樣為此承受著折磨——她怕對我說話或對我溫柔，會得罪他們，並且受到訓斥。她不僅害怕自己得罪他們，也怕我得罪他們，總是不安地觀察我的一舉一動。於是，我決定盡可能迴避家人。我在自己的臥室裡度過了大部分時間，在那裡披著大衣，看著書，聽著教堂的鐘聲。儘管如此，他們仍然不肯甘休，千方百計地要折磨我們。

「大衛，」一天晚上，我正像平常一樣要離開客廳時，莫德斯通先生說，「我很遺憾，我發現你的性格陰鬱孤僻。」

「像一隻熊一樣孤僻！」莫德斯通小姐說。

我站住了，低下了頭。

「唉！大衛，」莫德斯通先生說，「陰鬱孤僻是所有性格中最壞的。」

「在我見過的那些壞孩子中，」他姐姐道，「這孩子是最執拗、最倔強的了。親愛的克菈菈，我想妳也一定看得出來吧？」

「請妳原諒，我親愛的珍，」母親說，「妳確定……妳確定妳真的瞭解大衛嗎？」

「如果我不瞭解這個孩子，我應該感到羞愧！」莫德斯通小姐答道，「儘管我學識不淵博，但至少不乏常識。」

「妳是對的，我親愛的珍，」母親答道，「妳的理解力很強……」

「沒關係，克菈菈，別這麼說，」莫德斯通小姐傲慢地說，「妳可以說我不理解這孩子——或許確實如此；不過，至少妳能相信我弟弟的洞察力吧？他當然能看得出這孩子的個性了。」

「我想，克菈菈，」莫德斯通先生也嚴肅地說，「對於這個問題，或許有比妳更好、也更不受感情支配的評論者。」

「愛德華，」母親怯生生地答道，「對於任何問題，你都比我要精明多了。我只是想說……」

「妳只是想說一些軟弱又愚蠢的話，」他答道，「別傻了，我親愛的，要隨時留意自己的言行。」

母親的嘴唇動了動，似乎在說：「是，我親愛的愛德華。」

「我很遺憾，大衛，」莫德斯通先生又把頭轉向我，「我發現你陰鬱孤僻。我不能坐視這樣一種特質在我眼前逐漸壯大。你必須努力，少爺，改掉它，我們一定會努力為你改掉它。」

「請原諒，先生，」我結結巴巴地說，「我不曾有意要陰鬱……」

「不要再說謊了！少爺，」他惡狠狠地反駁道，「你懷著陰鬱的心情閉門不出，在你應該待在這裡的時候，卻待在自己的房間裡！廢話少說，我要你留下來，並且學著服從。你瞭解我，大衛，我說到做到。坐下吧！」

他像對狗一樣命令我，我也像狗一樣服從。

「還有一件事，」他說，「我注意到，你喜歡和下流庸俗的人結伴。不許你和僕人交往。你有很多缺點需要改進，但廚房不能改進你。那個教壞你的女人——皮果提，我不允許你再和她來往，明白了嗎？」

我完全服從了他，從此不再躲進我自己的房間，也不再躲到皮果提那裡。日復一日，我無精打采地坐在客廳裡，眼巴巴地盼著晚上到來，好回房睡覺。一連幾個小時，我用同一種姿勢坐著，不敢動一下手腳，免得遭到莫德斯通小姐指責；我聽著時鐘滴答作響，看莫德斯通小姐穿鋼珠，猜想她是否會嫁人；我的目光從壁紙的紋路移到天花板，感到無比沉悶。直到九點的鐘聲敲響，莫德斯通小姐命令我去睡時，我才終於感到如釋重負。

就這樣，假期一天天地過去了。終於有天早上，莫德斯通小姐說：「最後一天要結束了！」並給我喝了假期裡的最後一杯茶。

車伕巴吉斯先生又來到了大門口。我吻了母親，也吻了小弟弟，心裡惆悵不已。上了馬車後，我聽見她叫我，便向外望去；我看見她獨自站在院門前，把嬰兒抱起來要我看。那天冷冽而無風，她抱著孩子，默默地望著我，頭髮和衣角紋絲不動。

就這樣，我失去了她。在那之後，在學校裡睡夢中，我看到的她也是如此——在我的床邊沉默無語，抱著那嬰兒，仍那樣默默地望著我。

第九章　一個難忘的生日

三月，我的生日到了。在那之前的學校生活我已記不得，只記得史蒂爾佛比過去更令人仰慕；在我眼裡，他比以前更朝氣蓬勃、更我行我素，也更使人著迷了。同時，這也是他在學校的最後一個學期。

我還能感到那一天瀰漫在空中的霧氣，能透過那片霧看見幽靈般的冷霜，還能感到被霜打濕的頭髮垂到我臉上。在那個霧氣沉沉的早上，陰暗的教室裡只有一點幽幽的燭光，同學們呼出的白氣在清冷的空氣中盤旋繚繞。忽然間，一名教員走進來宣佈道：「大衛．科波菲爾去會客室。」

我心想一定又是皮果提先生了，精神為之一振。我什麼也沒想，急急忙忙地來到客廳，只見克里柯先生坐在那裡吃早餐，他面前擺著一份報紙和那根棍子，克里柯太太手裡拿著一封打開的信。

「大衛．科波菲爾，」克里柯太太把我帶到一張沙發上坐下，並說道，「我得和你談談。我有件事要告訴你，我的孩子。」

克里柯先生這時搖了搖頭，並不朝我看，還用一大塊黃油烤麵包塞住嘴，以免發出嘆息。

「你還年輕，不知道這世界每天都在變化，」克里柯太太說，「也不知道人是怎樣從這世界上逝去；但你遲早得明白這些事，大衛。」

不知為什麼，我發抖了，但我仍熱切地看著她。

「今天早上，我聽說你的母親病得很重。」她說。

在克里柯太太和我之間彷彿騰起一層霧，她的身影在那霧後動了一下。然後，我感到溫熱的淚水順著臉頰往下流，接著她的身影又不動了。

「她的病情很險惡。」她又說，「她死了。」

她還來不及說完，我已經傷心地大哭了起來，我感覺到自己終於成了廣漠世界中的一個孤兒了。

克里柯太太讓我一整天留在那裡，有時讓我單獨待著；我哭，哭累了就睡，睡醒了再哭。當我不再哭時，便開始思考；我想到了那棟寂靜沉悶的房子，想到那嬰兒——聽說他日益虛弱，不久也將死去；想到教堂裡我父親的墳墓，想到在那棵我十分熟悉的樹下躺著的母親，想到只剩下我一個人時，我站在一張椅子上照鏡子，看到自己的表情多麼淒苦、臉多麼紅。

第二天下午，我離開了薩倫學校。馬車緩緩駛了一整夜，直到隔天早上才到家。我還沒走到門口，皮果提就抱住我，把我帶進了房子；她低聲和我說話，輕輕走路，好像怕死者受到驚擾一樣。我發現她已經好幾夜沒有睡了；她整晚坐在那裡不動，守候著。她說，只要她那可憐的女主人還留在地面上，她就絕不會離開她。

我走進客廳。莫德斯通先生在客廳裡，但沒有注意到我，只是坐在火爐邊的扶手椅上默默流淚，默默沉思。他的姐姐坐在鋪滿信件和文件的書桌旁，面不改色地忙著處理事情，臉上的肌肉沒有一絲放鬆，甚至衣著也沒有顯出半點慌亂；堅定的鐵石心腸在此刻表露無遺。在之後的幾天裡，她一直是如此。

她的弟弟偶爾拿起一本書，打開書，盯著書，似乎在讀，卻整整一個小時沒翻過書。然後，他放下書，在屋裡來回踱步。就這樣度過一個又一個小時。他很少對她說話，對我則完全不說話。在那死寂的住宅裡，除了時鐘，他是唯一安份不下來的。

我還記得出殯當天的情景。送葬隊伍中有莫德斯通先生、我們的鄰居格雷普先生、齊力普醫生，還有我。我們跟在抬著靈柩的腳伕後面，來到花園裡，走過花園小徑，穿過榆樹林，經過院門，來到墓地。在過去，我喜歡在夏日的早晨到那裡聽鳥兒歡唱。

我們圍著墓穴而立。我彷彿覺得那一天連陽光的顏色都不同，是一種格外淒慘的顏色。現場一片肅穆寂靜，我們脫下帽站在那裡。我聽到教士說：「主說，我就是復活和生命！」接著，我聽到了嗚咽聲，然後看到旁觀者中那位善良忠心的女僕；在這個世上的所有人中，如今我最愛的就是她了。

一切結束了，土填進去了，我們各自回家了。在我們眼前的我們的家，是那麼漂亮，就像以前一樣，但在我的心裡，它已經永遠失去了什麼。想到這裡，我不禁悲從中來。與它喚起的悲痛相比，一切其他的悲痛都不算什麼了。

回家以後，皮果提來到我的房裡。她坐在我的小床上，緊靠著我，抓住我的手，時而把我的手放到她唇邊，時而用她的手撫摸，彷彿是在照顧小嬰兒一樣。她開始向我敘述過去這段期間發生的事。

「她一直不舒服，」皮果提說，「有好長一段時間都這樣。她心神不寧，也不快樂。那孩子出生時，我以為她會好起來；但她卻一天比一天更虛弱了。孩子出生前，她總是獨自坐在房裡哭；孩子出生後，她總是輕輕對著他唱歌——唱得好輕，輕得像是隨時會飄走一般。」

「她變得更膽小、更容易受驚了；一句粗暴的話對她而言就像一記拳頭。但她在我眼裡還是那樣，在她忠心的皮果提眼裡，她永遠也不會改變，她還是那可愛的小姑娘。」

說到這裡，皮果提停下來，輕輕拍了拍我的手。

「我最後一次看到她開心的樣子，是在你回家的那天晚上。當你返校的那一天，她對我說：『我再也見不到我親愛的寶貝了。』不知道為什麼，我總覺得她說的是對的。」

「在那之後，她總是提不起精神，儘管他們常說她漫不經心，但已沒用了。直到一天夜裡——也就是那件事發生前的一個多禮拜，她才對我說：『親愛的，我想我要死了。我累極了，假如這是睡眠，那麼在我睡著時坐在我身旁吧，別離開我。上帝保佑我的兩個孩子吧！照顧我那沒有父親的孩子吧！』」

「從此，我沒有再離開過她，」皮果提說，「她常和樓下的那兩位先生小姐說話，因為她愛他們，她無法忍受不愛別人。不過，當他們離開她後，她總是緊依著我，好像有皮果提在，她才能安心休息。」

「在最後那晚，她吻了我，並說：『如果我的嬰兒也死了，皮果提，請叫他們把他放在我懷裡，把我們埋在一起。』我們照著她的意思做了，因為那可憐的小傢伙只比她多活了一天。她還說：『讓我那最親愛的兒子送我們最後一程吧。並告訴他，他的母親曾躺在這裡為他祝福過，不只一次，而是一千次。』」

又是一陣沉默，她又輕輕拍了我的手。

「天亮了，太陽正在升起。這時她對我說，科波菲爾先生過去對她多仁慈、多體貼、多麼容忍她；當她懷疑自己時，他對她說一顆愛心比智慧更好、更有用。在她心中，他是一個幸福的人。她說完這些話，又把她那可憐的頭放在我懷裡，就這麼死了，像一個睡著的孩子一樣。」

皮果提的敘述結束了。從聽到母親死訊的那一刻起，她這幾年的印象漸漸從我心中消失了。我只能想起在我小時候的母親——常把閃亮的捲髮繞在手指上，常在黃昏時和我在客廳裡跳舞。皮果提告訴我的一切，不僅沒能讓我重新想起後來的她，反而更讓她早年的印象在我的心中牢牢生根。這也許很奇怪，卻是千真萬確的。她的靈魂飛回她那平靜安寧、無憂無慮的青春中去了，其他的一切全被抹去。

第十章　我成了孤兒

沉悶的出殯日過去了。當一切塵埃落定，莫德斯通小姐的第一步就是趕走皮果提，要她一個月之內離開。至於我的前程，還未被提起。有一次，我鼓起勇氣問莫德斯通小姐什麼時候讓我返校，她冷冷地回答我或許不用回去了。我心急如焚地想知道他們的打算，皮果提也一樣，但誰也問不出半點消息。

我發現到，以往對我的約束全都解除了。我不用再坐在客廳裡發呆；要是我坐在那裡，莫德斯通小姐會對我皺眉頭，要我走開。也沒有人警告我不准跟皮果提在一起了，莫德斯通先生甚至對我避不見面。

一天夜裡，我與皮果提在廚房的火爐前取暖。我倆都心事重重，有好一陣子一聲不吭。終於，她對我開口了。

「親愛的，我想了各種辦法——一切可行的辦法；然而，要想在布蘭德斯通找一個適合我的工作，是不可能的。」

「那妳打算怎麼辦呢？皮果提。」我沉思著說，「妳想出外碰碰運氣嗎？」

「我想，只有回雅茅斯了，」皮果提答道，「而且在那裡住下。」

「我還以為妳要去更遠的地方呢！」我鬆了一口氣，「那樣我就再也看不到妳了。我會常常去找妳的，親愛的皮果提。妳不會去世界的另一頭吧，是嗎？」

「不會的，上帝保佑！」皮果提非常激動地說，「只要你在這裡，我就會每個禮拜來看你——只要我還活著。」

聽到這承諾，我覺得心頭如釋重負。這時候，皮果提又繼續說道：

「我要走了，大衛，我先去我哥哥家住兩個禮拜，讓我有時間考慮一下。你知道，我一直在想，既然他們如今不想看到你在家裡，或許會讓你跟我一起去呢！」

我立刻笑逐顏開。想到能見到那些歡迎我的誠實面孔、享受甜美的禮拜天早上的寧靜、可以和小艾蜜莉四處溜達、向她傾訴我的煩惱、在海灘上尋找美麗的貝殼和小石頭……想到以上種種，我心中便感到平靜。但很快地，我又為莫德斯通小姐是否會同意而煩惱；幸好，這懷疑不久就消除了，當時，正逢她來到貯藏室從事夜間檢查，於是皮果提當場說出了這一請求。

「他在那裡會變懶惰的，」莫德斯通小姐說道，「懶惰是一切罪惡的根源。不過，依我看來，他即使在這裡——或是任何地方——也會變懶惰的，這是必然的。」

我看出皮果提已準備作出一番反駁，但為了我著想，她強嚥下那口氣，保持沉默。

「唉！」莫德斯通小姐接著又說；「儘管如此，我弟弟不應受到打擾，這才是最重要的。我想，我還是答應了吧。」

我向她致謝，不流露出半分喜色，生怕這一來會使她反悔。幸運的是，她並沒有這麼做。於是，當一個月過完以後，皮果提和我已作好了離開的準備。

巴吉斯先生進到屋裡來提行李。當他走出去時，意味深長地看了我一眼。我們上了車，皮果提用手帕捂著眼睛坐下。巴吉斯先生面無表情，態度一如往常地坐在老地方，像一個僵硬的雕像。可是當皮果提開始打量四周並和我說話時，他也有幾次點點頭、齜牙笑笑。儘管我不明白他為什麼要這麼做。

「今天天氣好極了！巴吉斯先生。」我出於禮貌對他說。

「還不錯。」巴吉斯先生說，他說話小心，生怕被人察覺出他的心思。

「皮果提現在很舒服，巴吉斯先生。」我這麼說道，好讓他高興。

「哦，是嗎？」巴吉斯先生想了想，又害羞地瞥了皮果提一眼，說道：「妳真的很舒服嗎？」

皮果提笑著作了肯定的回答。

「真的？我是說，千真萬確？」巴吉斯先生向她的座位挪近了點，並用手肘碰碰她，「真的嗎？妳真的很舒服嗎？」他每問一句，就朝她挪近一點，又碰了她一下，一連問了好幾次，幾乎把我擠到角落，難受極了。

我們抵達了雅茅斯。皮果提先生和漢姆正在老地方等我們，他們熱情地迎接皮果提和我，也和巴吉斯先生握了手。巴吉斯先生把帽子戴到後腦勺上，從頭到腳都顯出忸怩不安，看起來笨手笨腳的。他們一人提起皮果提的一個箱子，當我們正要離開時，巴吉斯先生若有所思地用手指向我示意，要我去一旁說話。

「我說，」巴吉斯先生嚷道，「進行得很順利呢！」

我抬頭仔細看他的臉，意味深長地說了聲：「哦？」

「事情還沒有結束，」巴吉斯先生點點頭，「進行得很順利。」

我又答道：「哦？」

「你知道誰願意嗎？」我的朋友說，「是巴吉斯願意。只有巴吉斯願意呀！」

我點頭同意。

「進行得很順利，」巴吉斯握著手說，「我是你的朋友。是你先讓事情進行得順利的。進行得很順利。」

他神秘兮兮的，反而讓我更加迷糊了。要不是皮果提叫我走，我或許會站在那裡盯著他的臉看一個小時。當我們走遠時，皮果提問我他說了些什麼，我告訴她，他說了「進行得很順利」。

「他還那麼厚臉皮！」皮果提說，「不過，我不在意。親愛的大衛，如果我想要結婚，你會怎麼想呢？」

「哦——我想，妳還會像現在這樣喜歡我吧？皮果提。」我想了想答道。

這個善良的人立刻停下腳步，緊緊摟住我，向我發誓她的愛心永不改變，就連街上的行人和走在她前面的親人也大為吃驚。

「妳想嫁給巴吉斯先生？」

「是的。」皮果提說。

「我想這是件好事。因為那樣一來，妳就隨時有馬車可以坐，又不用花錢。」

「這正是我所想的，」皮果提說道，「這樣我就不必依靠別人了。我想，在自己的家裡做事，還是比在別人家做事快樂些；而我除了當僕人，又不適合做別的工作。還有，這樣我就能永遠接近我那女主人的墓地了。」

有一會兒，我倆什麼話也沒說。

「不過，如果大衛少爺反對我結婚，」皮果提又說，「我就再也不去想這件事了。」

「噢！皮果提，別這麼想，我打從心底贊成。」我答道。

「好吧，我的心肝，」皮果提又抱住我，「我已經考慮了好多次。從各方面來看，這麼做都是對的；不過我還得再想想，並且和我哥哥商量一下。不過，你知道，巴吉斯是個心地善良的老實人，我相信他會讓我幸福的。」她說著，誠懇地笑了起來。

我們笑了又笑，開心極了。很快地，皮果提先生的小屋便再次出現在我們眼前。一切依然如舊，但在我眼中好像縮小了一些；康密奇太太站在門口迎接我們，就像上次來的時候一樣。屋裡的擺設也跟以前一樣，只差沒見到小艾蜜莉；於是我問皮果提先生她在哪裡。

「她還在學校呢！少爺，」皮果提先生一邊搬著皮果提的箱子，一邊說道，「大概再過半小時她就會回來了。」

不久，遠處出現了一個身影，我馬上就知道那是小艾蜜莉，她的個子還是十分嬌小，但已經長大了。當她走近時，我看到她的藍眼睛似乎更藍了，長著小酒窩的臉也更加光彩照人了，她整個人都變得更美了。我心裡忽然有種奇特的感覺，使我故意裝作不認識她的樣子，若無其事地走過去。

不過，小艾蜜莉已經看清了我，但她不僅不追上來，反而笑著跑開了。這一來，我只好又去追她。她跑得可真快！直到快到家了，我才抓到她。

「哦，是你呀，是嗎？」小艾蜜莉說。

「哈，妳知道我是誰了？艾蜜莉。」我說。

「那你不知道我是誰嗎？」艾蜜莉說。我正想吻她，她卻捂住她的嘴唇，說她已經不是小孩了，並笑著跑進了屋子。

茶桌已經擺好，我們的小櫃子放在老地方；但她不過來坐在我身邊，反而跑去與康密奇太太作伴。皮果提先生問她為什麼這麼做，她把頭髮披下來蓋住臉，笑個不停。

「真是一隻小貓咪！」皮果提先生拍了拍艾蜜莉說。

「哦，就是說呀！」漢姆也叫道，他用讚嘆的表情坐在那裡對她笑了一會，臉上紅得像一團火。

事實上，小艾蜜莉被大家寵壞了；皮果提先生最寵她，只要她跑過去，把小臉貼在他毛絨絨的大臉上，他就願意答應她任何事。不過，她是那麼熱情、那麼大方，討人喜歡的舉止中顯出既狡猾又害羞的樣子，這使我比從前對她更著迷了。

她也有一副好心腸。喝完茶，我們坐到火爐邊，皮果提先生開始講起我的不幸，她立刻就淚眼汪汪了。她坐在桌子另一邊柔和地看著我，使我感激萬分。

「啊！」皮果提先生說，他捧起她的捲髮，讓它們像水一樣從他手裡滑過，「這裡也有一個孤兒。」他又用手背敲敲漢姆的胸膛，「這裡也有一個，雖然他一點也不像。」

「如果能有你做我的監護人，皮果提先生，」我說著搖搖頭，「我相信我也不會覺得像個孤兒呢。」

「你說得沒錯，大衛少爺。」漢姆開心地叫道，也用手背敲敲皮果提先生；同時，小艾蜜莉站起來吻了皮果提先生。

「你的朋友好嗎？少爺。」皮果提先生對我說。

「史蒂爾佛嗎？」我說道。

「是的，」皮果提先生附和道，「就是這個名字。他好嗎？少爺。」

「我離開時，他還很好。」

「那是個好朋友！」皮果提先生伸出煙斗說，「多麼好的一位先生，光看到他就是種眼福呢！」

「他很英俊，是吧？」我說，也因為這種讚美而得意了。

「英俊！」皮果提先生叫道，「還不只有英俊呢，他真勇敢！」

「是啊！他的性格正是這樣，」我說，「他勇敢得像獅子一樣，而且十分坦率。」

「我想，說到書上的學問，他一定也不會輸給任何人。」皮果提先生又說。

「是的，」我興沖沖地說，「他什麼都知道。他聰明至極。」

「那是個好朋友！」皮果提先生嚴肅地擺擺腦袋，低聲說道。

「沒有什麼可以難倒他，」我說，「無論什麼事，他只要看一下就會了。他一直是個最好的板球手、棋手、演說家，還有一副好歌喉。」

皮果提先生又擺擺腦袋，似乎想說：「我毫不懷疑。」

「而且他是那樣一個慷慨、優秀、高尚的人。」我說道，自己也對這個話題十分著迷，「他的優點幾乎說不完。他在學校那麼仗義地保護我，我真不知道該怎麼感謝他！」

我一面滔滔不絕地說，一面注意看小艾蜜莉的臉。她俯向桌子，很專注地聽，連呼吸也屏住，藍眼睛像寶石一樣明亮，雙頰變得紅通通的。她那樣子實在又誠摯又漂亮，令我驚奇得停了下來，大家也都同時看著她；我停下來，他們都看著她笑。

「艾蜜莉跟我一樣，」皮果提說，「也想要見見他呢！」

艾蜜莉被大家看得發慌，連忙低下頭，臉一下子全紅了。她從垂下的捲髮縫隙中往前偷看，發現我們仍然盯著她瞧，便跑開了，一直躲到上床的時候。

我仍然睡在船尾的那張小床上，日子過得就像從前那樣愜意。不過，如今小艾蜜莉很少跟我去海灘玩了；她要做功課，還要做針線活，每天大部分的時間都不在家。不過，即使她不這麼忙，我們也很難像從前那樣玩耍了。艾蜜莉充滿熱情，抱著許多幼稚而大膽的幻想，但想得比我更遠。在這一年多來，她似乎和我疏遠了；她喜歡我，不過時常取笑我，讓我苦惱。當我去接她時，她卻從另一條路上偷偷回家；當我失望地回家時，她就在門口笑。有時候，她安靜地坐在門口做功課，我就在她腳旁的台階上唸書給她聽；這真是一天中最美好的時光了。

就在我的寄宿期間即將結束時，皮果提和巴吉斯先生結婚了。他們的婚禮悄悄地舉行，沒有任何人觀禮，只有牧師做主婚人。當巴吉斯先生冷不防向我們宣佈結婚的消息時，皮果提有點慌亂，拚命地抱住我，以表示她對我的愛不會有半點減少。但她很快就冷靜下來，開心地接受所有人的祝福。

我們驅車來到一家小旅店，那裡已為我們準備了食物。我們舒舒服服地吃了一頓飯，很稱心地過了這一天。結婚並未改變皮果提，她仍完全和婚前一樣：喝茶之前，她帶著小艾蜜莉和我去外面散步，巴吉斯先生則很有風度地吸著煙斗，似乎正快樂地沉浸在對幸福的遐想之中。

晚上，我們在那條舊船前道別，巴吉斯先生和皮果提快樂地回到他們自己的家裡去了。那時，我第一次感到失去了皮果提。要不是有小艾蜜莉陪在身旁，我一定會感到傷心欲絕的。

皮果提先生和漢姆察覺出我的心情，便設法用宵夜和他們那好客的熱情來驅散我的痛苦。小艾蜜莉走過來，挨著我坐在櫃子上，在我那次寄宿期間，她就只做了這樣一次。最後，我回到床上，沉沉地睡去了。

隔天早晨，皮果提又出現了。她還是像過去一樣，在我的窗邊叫我起床。早餐後，我告別了皮果提先生、漢姆、康密奇太太和小艾蜜莉，跟著皮果提去她的新家。她為我安排了一個小房間，還說那房間永遠是我的，永遠會為我保持原樣。

她說：「親愛的大衛少爺，不管年輕還是衰老，只要我活著，只要我還住在這屋簷下，這個房間就會隨時為你敞開。我會每天收拾它，就像過去收拾你的房間一樣，親愛的；無論你在何方，千萬別忘了這一點。」

我與皮果提坐在巴吉斯先生的馬車上，就這樣回到了家裡。在大門口，他們依依不捨地向我道了別。我獨自留在房屋門前，眼見馬車開走了，載走了皮果提，而把我留在原地，這真是一種奇特的感覺。

莫德斯通姐弟仍舊厭惡我。他們陰沉地、持續地、殘酷地冷落我。我想，莫德斯通先生的經濟狀況有些困窘，不過這並沒有什麼差別。他眼裡容不下我，竭盡所能地冷落我，甚至想把我打發走。

一天，我帶著無精打采和默默思考的神情，在房子外面轉了一圈，就在快到附近的一個巷口轉角處時，我見到莫德斯通先生和一位先生迎面走來。我心慌意亂，正要從他們身邊溜走時，那位先生忽然叫了我的名字。我轉過頭去，仔細地端詳起他。我認出他就是奎寧先生——很久以前，我曾經和莫德斯通先生去羅斯托夫特看過他。

「孩子，你過得怎麼樣？在哪裡受教育？」奎寧先生說道。

他把手放在我肩上，要我和他們一起走。我不知道該回答什麼，猶豫地看了看莫德斯通先生。

「現在他待在家裡，」莫德斯通先生說，「他沒有接受任何教育。我不知道該怎麼安置他。他是個麻煩。」

那陰冷險惡的眼光又落在我身上停了一會。然後他皺起眉頭，眼光轉往別處。

「我想你是個機靈的傢伙，是嗎？」奎寧先生又說。

「嘿，他的確機靈，」莫德斯通先生不耐煩地說，「你最好讓他走，免得他又打什麼鬼主意。」

聽到這句話，奎寧先生便放了我。我急忙往家的方向走，轉到花園的門口時，我朝後看，只見莫德斯通先生靠著墓場的柱門，正在與奎寧先生談話。他們都在我身後看著我，我猜他們在說我什麼。

那天晚上，奎寧先生借宿在我們家。第二天早上，吃過早餐後，我正要走出餐廳，莫德斯通先生把我叫了回來。他一臉嚴肅地走到另一張桌子前，奎寧先生就站在那裡，兩手插在口袋中。

「大衛，」莫德斯通先生說，「這是一個腳踏實地的世界，而不是一個遊手好閒的世界。」

「你就是這樣！」坐在一旁的莫德斯通小姐插嘴道。

「對於一個像你這樣懶惰的年輕人來說，更是如此。你這種惡習需要花很多工夫矯正；除了強迫它去服從勞動世界的規矩，去改造它、輾碎它以外，沒有別的更好的辦法了。」

「沒錯，」他姐姐說，「一定要輾碎它，也一定能輾碎它！」

他看了她一眼，半是反對，半是贊成，又繼續說：

「我想你知道，大衛，我並不富有。你已受過相當多的教育了；教育是很花錢的，就算它不花錢，我也認為留在學校對你毫無益處。你應該離開家裡，與這個世界搏鬥一番；起步得越早，對你越好。」

我心想，我早已與這個世界搏鬥過好幾次了。儘管如此，他還是說道：

「你一定聽過『帳房』吧？」

「帳房？」我重複道。

「莫德斯通—格林比公司，販酒業。」他答道。

「我想我聽說過，先生，」我說，「不過，我不記得是什麼時候了。」

「什麼時候不重要，」他答道，「那生意由奎寧先生管理。」

我向站在一旁望著窗外的奎寧先生滿懷敬意地看了一眼。

「奎寧先生建議說，既然都要付薪水，那麼他認為乾脆雇用你。」

「他沒有別的前途了，莫德斯通。」奎寧先生側過身，陰沉地說。

莫德斯通做了個不耐煩的手勢，繼續說：

「你可以掙得你的吃喝和日常開銷。你的住宿由我出錢，你的洗衣費用也由——」

「必須在我的預算之內。」他姐姐說。

「你的衣服也由我提供，」莫德斯通先生說，「因為你一時還無法靠自己掙得。所以，你現在要跟奎寧先生去倫敦了，大衛，去外頭的世界闖蕩了。」

「簡單來說，你得到贍養，」他姐姐說，「要盡自己的本份！」

我很清楚，這個決定是為了趕走我，但我不記得自己當時是喜是憂。我的頭腦一片混亂，也沒有多少時間整理思緒，因為奎寧先生隔天就要動身。

第二天，我戴了一頂很舊的小白帽，在上面纏了根黑紗；穿了件黑色短外套，以及一條黑棉布厚褲子；所有的財產都裝在我的一個小皮箱裡，就這樣孤零零地坐上郵車，跟著奎寧先生去了倫敦。我看見我們的房子和教堂在遠處漸漸消失，最後再也看不到了，天上空蕩蕩的。

第十一章　我開始獨立生活

就這樣，年僅十歲的我成了莫德斯通—格林比公司的員工。

莫德斯通—格林比公司的店鋪設在河邊，位於一條狹窄街道的盡頭。店鋪相當破舊，但有自己的碼頭，漲潮時與水相連，退潮後則滿是爛泥。牆壁的顏色已被汙垢和煙氣染黑，地板和樓梯也已腐朽，地下室裡老鼠吱吱亂叫，到處充斥著腐敗與髒亂。

這間公司主要的生意是提供葡萄酒和烈酒給郵船，這些船大多是前往東印度群島和西印度群島的。這類交易產生了大量的空酒瓶，於是雇了一些男孩來檢查這些瓶子，挑出有瑕疵的再擦洗；洗完之後，就在裝滿酒的瓶子上貼標籤或封口，最後裝箱。所有這一切就是我在這裡的工作。

包含我在內，店內共有三四個男孩。其中一名最年長的被派來教我幹活。他名叫米克·沃克爾，繫著一條破爛的圍裙，戴一頂紙帽子，他的父親是個船伕。另一個男孩——他的名字真是怪異——叫做白粉，這是店裡的人替他取的綽號，因為他的膚色又淺又白，像粉一樣。白粉的父親是個水手，後來又擔任消防員；他的妹妹在劇院裡打雜。當我一進入這樣一個圈子，便感到自己成為一個博學多聞、氣宇非凡的人的希望徹底破滅了。

店裡的鐘指到十二點半，大家都準備去吃午飯了。這時，奎寧先生向我比了個手勢，要我過去。我進了帳房，看到房裡有個高大的中年人，穿著褐色外套、黑色緊身褲和黑鞋，頭頂全禿了。儘管他衣著寒酸，卻戴一條時髦的硬領。他的手杖挺帥氣，上面繫了一對繩結，外套上還掛了一個單片眼鏡。

「就是他。」奎寧先生指著我說。

「午安，先生，」那位陌生人說道，語調和神態像極了一位上流人士，「你一定就是科波菲爾少爺了。我祝你身體健康，先生。」

我說我很好，也希望他很好。

「謝謝你，」那陌生人說，「我很好。我收到莫德斯通先生的一封信，他在信上說，你或許會有興趣租下我那間沒有人住的臥室——」那陌生人揮揮手，有些難堪地低下了頭。

「這位米考伯先生，」奎寧先生說，「他和莫德斯通先生相識，也是我們的合作伙伴。他收到了莫德斯通先生的信，要他替你安排住處。他願意收你當他的房客。」

我向他鞠了一躬。

「我住在都會路的溫莎巷，」米考伯先生風度翩翩地說，「我認為，你對這座大都市尚不熟悉，或許會在途中迷失方向；因此，我很樂意在今晚來這裡，親自帶你前去。」

我真心誠意地向他道了謝。

「那就訂在晚上八點，」米考伯先生說，「再見，奎寧先生。就此告辭了。」

於是，他戴上帽子，夾著手杖，哼著曲子，身子挺得筆直地走了出去。

從此，我在莫德斯通─格林比公司的食宿都安排好了。至於薪水，我記得是一個禮拜七先令。奎寧先生當場付了我一個禮拜的工資，我拿出六便士給白粉，請他晚上替我把行李搬去溫莎巷，又花六便士吃了午餐。

到了約定的時間，米考伯先生又來了。他帶我到了他在溫莎巷的住宅，把我介紹給米考伯太太。米考伯太太是個消瘦憔悴的女人，已不年輕了，她剛生下一對雙胞胎；除此之外，他們還有兩個孩子——一個男孩，大約四歲，以及一個女孩，大約三歲。屋裡還有一個年輕的女僕，是從附近的貧民習藝所裡撿來的。

我跟著米考伯太太上樓看了房間。我從她的話中聽出，米考伯先生曾做過海軍軍官，由於某些原因，後來又在城裡為各種商店招徠顧客；由於夫妻生活揮霍無度，經濟逐漸陷入困境，不得不將房間租出去。

我曾見過各式各樣的債主上門拜訪；他們隨時都可能出現，其中一些還很凶惡。有一個一臉髒兮兮的人，我猜他是個鞋匠，總是早上七點過來，朝樓上的米考伯先生嚷道：「下來！我知道你還沒出門。快還錢，好嗎？別躲著，這麼做太可恥了。下來！」這番辱罵得不到回應，他便氣得大罵「騙子」、「強盜」，接著又走到街對面，朝著二樓窗子叫罵。這讓米考伯先生羞愧極了。可是不到半個小時，他就會若無其事地擦亮皮鞋，哼著曲子出門。

米考伯太太也是一樣。我曾看到她在三點鐘時被法庭的帳單和訟費單逼昏過去；可是四點鐘時，她就吃著裹粉炸的羊排，喝熱麥酒。有一次，我偶然提前在六點鐘回家，見她昏倒在火爐前，頭髮披散在臉上，原來法庭剛強制採取了手段；但就在那天晚上，她一面在廚房的爐前烤牛肉，一面跟我說他們夫妻過去的故事，我從未見過她那樣興高采烈。

大部分的時間，我都待在店鋪裡；其餘時間就在宅邸裡陪伴這一家人。我靠著一個禮拜七先令養活自己。

我的早餐是一便士的麵包和一便士的牛奶；我又把另一小片麵包和一小塊乾酪收在一個碗櫥裡，做為晚餐。這對我而言是不小的開支。由於不懂得節儉，我時常淪落到沒有午餐吃的地步。

我知道，我是個窮小子，從早到晚，跟一群粗鄙的年輕人一起幹活；我總是又餓又渴地在街上逛來逛去。要不是蒙上帝的眷顧，我很有可能在這種生活下變成一個小強盜或小流氓。

我在莫德斯通—格林比公司任勞任怨，從不透露自己的來歷，也不流露出任何愁苦；很快地，我就變得和其他人一樣俐落和熟練了。人們總叫我「小先生」或「小薩福克人」。裝箱工頭是個叫格里高利的大人，對我相當照顧；做為回報，我也跟他講述我看過的那些書，讓他高興。

我認為自己很難擺脫這種生活了，也就完全放棄了這種希望。我從未在命運之前退讓，也從不因它而苦惱；我只是默默忍受，連對皮果提也不曾在任何書信中透露過隻字片語，這麼做一部分是出於愛她，一部分是因為我羞於啟齒。

米考伯先生的困難更加重了我的苦惱。我在孤身一人的處境下，和那家人建立了很深的感情，時常惦著米考伯太太的各種籌款計畫，以及米考伯先生的債務。每個禮拜六晚上，我口袋裡有了七個先令，回家的路上望著那些店鋪，盤算著這筆錢可以買什麼——這時，米考伯太太卻哭哭啼啼地向我傾訴她的難處，米考伯先生也忘情地哽咽一番。我曾看到他流著淚回家吃晚飯，嘴裡說道自己只能進監獄了，隨即又盤算去哪裡弄到一筆錢，把家裡裝潢一番。米考伯太太也是這樣。

終於，米考伯先生的困難到了危急關頭。一天清早，他被逮捕並送進市內最高法院的監獄。他走出住宅時對我說，他的末日降臨了——我真的以為他心碎了，我的心也碎了。但後來我聽說，有人在午餐前看見他快活地玩了一局保齡球。

傢俱都被賣掉了，由一輛貨車拖走，只剩下床和幾張椅子，還有一張廚房用的桌子。靠著這點東西，米考伯太太、孩子們、那女僕，還有我，像行軍一樣住在那兩間空蕩蕩的客廳裡。我不知道到底住了多久；最後，米考伯太太決定搬進監獄裡去住——米考伯先生在那裡單獨住著一間大套房。於是，宅邸的床全被送到了最高法院監獄，我的床則送到監獄牆外的一個小房間裡，那是一間小屋的閣樓。這很合我意，因為我與米考伯一家人感情很好，誰也捨不得離開誰。

我發現，他們在獄中反而比在外頭過得更愜意。靠著某些關係，我時常能進去和他們一起吃早餐。我每天早上六點起床，在倫敦橋一帶散步，看著過往行人，或從欄杆上俯看太陽投在水中的倒影；到了晚上，我就回監獄去，和米考伯先生在空地上來回踱步，或和米考伯太太玩牌，聽她回憶她的娘家。

第十二章　我下定決心

沒過多久，米考伯一家的困難似乎過去了。由於米考伯太太的娘家出面資助，米考伯先生終於接到了獲釋的通知。出獄後，他們一家搬去了普利茅斯，打算靠著娘家的關係，在海關大樓謀得一個好職位。

至於我，我沒有逃脫厄運的希望，除非我自己跑掉。我很少從莫德斯通小姐那裡得到什麼訊息，而從莫德斯通先生那裡什麼也得不到。而我得到的訊息也只不過是由奎寧先生轉交的兩三包舊衣服，附上一張字條，寫著：「珍．莫德斯通希望大衛．科波菲爾努力幹活，盡心盡職。」除此之外什麼話也沒有。

米考伯一家離開後，我住進了奎寧先生的車伕家裡。我感到不想再過這種令人厭倦的日子了。不，我已經決心要跑開，要用一切辦法去鄉下，去見我在這世上唯一的親人，把我的遭遇告訴我的姨祖母——貝茜小姐。

我不知道這種瘋狂的念頭是怎麼鑽進我的腦袋的。但一旦鑽進去了，它就留了下來，形成一個最堅定的信念。我不敢說它一定能實現，但我已下定決心，要將它付諸行動。

自從產生了這樣的念頭後，我不只一次地回想我的母親講的關於我出生的故事，我已把這個故事熟記於心。故事裡，我的姨祖母以令人生畏的姿態登場，但她的舉止中有個小地方值得探究，正是這一點給了我鼓勵——我的母親認為，姨祖母摸她的頭髮時，動作並不粗暴。或許這只是出自我母親的猜測，但我卻用它構思出一個仁慈老婦人的形象，正是這個形象促使了我下定決心。

皮果提告訴我，貝茜小姐似乎住在多佛；我又向她借了半個基尼做為旅費。有了這些準備，我認為足以達到目的了，於是決定週末就動身。

禮拜六天黑時，工人都在等著發工錢，我悄悄離開了店裡。我的行李箱放在河對面的住處。我在一張卡片上寫了「大衛少爺，留在多佛馬車票亭，待領」，準備繫在行李箱上。我一面朝住處走，一面四下張望，想找到一個幫我把箱子送去票亭的人。

當時，有一輛小驢車正好停在路邊。我走過時，目光與年輕的車伕相遇，於是問他願不願意幫我一個忙。

「什麼忙？」那年輕人說。

「搬一個箱子，」我答道。

「什麼箱子？」他又說。

我告訴他是我的箱子，就在隔壁街上，要運到多佛馬車票亭，運費六便士。

「六便士！好吧。」那年輕人跳上了車，驢子立刻跑了起來，那速度讓我差點跟不上。

這年輕人的態度帶著挑釁的意味，令我不太高興；但價錢已經講好，於是我把他帶回我的房間，我們一起把箱子搬了下來。由於我太興奮又太緊張，在掏出那張卡片時，把那個半基尼的錢幣也翻了出來。為了不弄丟它，我把它含在嘴裡，一邊繫上了那張卡片。就在這時，那年輕人朝我的下巴重重拍了一掌，只見那半基尼從我嘴裡飛到了他手上。

「好呀！」那年輕人抓住我的衣領，惡狠狠地說道，「是犯了罪吧，是不是？想跑掉，是不是？跟我去警局！你這個小壞蛋，去警局！」

「快把錢還給我，」我驚恐萬分地說，「別管我的事。」

「去警局！」那年輕人說，「你一定要去警局證明這件事！」

「把我的箱子跟錢還給我！」我哭著叫道。

「去警局！」他仍然說道，還很粗暴地把我往前拖。後來他似乎改變了主意，跳上車，坐到我的箱子上，一邊嘟噥著要去警局，一邊比先前更加起勁地趕起了車子。

我拚了命地在後面追，一直追了半哩路，期間有好幾次差點被車輾過。我時而看不見他，時而看見他；時而遭到鞭打，時而被咒罵；時而陷到泥裡，時而爬起來；時而撞到某個人懷裡，時而撞在一根柱子上。後來，由於怕驚動路人，我只得又驚又怒地眼睜睜看著他帶著我的箱子和錢離開了。我一面喘著氣，一面嗚咽著，朝格林威治走去，我知道那地方就在去多佛的大路上。

第十三章　我決心走下去

天色已黑，我聽到鐘敲響了十點鐘。我在肯特大路上的一排房子前停了下來，坐在一道門前台階上。由於一路上的努力已使我筋疲力盡，我幾乎連為那已失去的箱子和半基尼而哭的力氣也沒有了。幸好，那是個夏夜，天氣也很好。我喘過氣來，覺得喉嚨不那麼乾了，便又站起來往前走。

我身上的錢只剩下三便士了。這使我不禁想到，一兩天後，我的屍體可能在什麼圍籬下被人發現了，成為報紙的一條新聞。於是，我盡可能快地向前走去，一直走到一間小店才停下，店外頭寫著收購男女服裝、破布、骨頭以及廚房用品。我立刻脫下背心，摺好後夾在腋下，走到店門口。

「對不起，先生，」我說，「我打算把它賣個好價錢。」

老闆拿起背心，在櫃台上攤開後打量了一陣子，又把它舉起來對著光線照，最後說道：

「就這樣一件小背心，你想賣個什麼價錢？」

「或許——十八個便士？」我遲疑了一會後答道。

老闆把背心一摺，塞還給我。「如果我肯為它出九便士就不錯了。」

我當時是那麼地窘迫，只好說我願意把它賣九便士。老闆一邊發著牢騷，一邊付給我九便士。我走出這家店，身上多了一筆錢卻少了一件背心；不過，只要把外套扣緊一點也就足夠禦寒了。

為了不淪落到連外套也脫手的地步，我立刻想出一個過夜的計畫——睡在我以前的學校後面，那裡的牆角時常堆著乾草。歷經一番波折，又走了很長的路，我總算找到了薩倫學校，也找到了牆角那個乾草堆；我在旁邊躺了下來。在躺下前，我先繞著圍牆走了一圈，抬頭看那些窗戶，但裡頭又黑又靜。

隔天清晨，在克里柯先生和學生們起床前，我已偷偷離開了學校院牆，又走上那塵土飛揚的多佛大路。這一天是禮拜天，我聽見教堂響起鐘聲，看到去教堂的人們，經過一兩個正在舉行禮拜的教堂；唱詩的歌聲傳入陽光中，教堂執事坐在廊下或坐在樹蔭下乘涼，一看到滿身髒汙、蓬頭垢面的我走過，都皺起了眉頭。

整整一天，我在那條筆直的大路上走了二十三哩。暮色落下時，我來到羅徹斯特橋，覺得雙腳疼痛，渾身無力，吃著我買來當晚餐的麵包。有一兩次，路旁的旅店令我動心，但我怕花光身上的錢，只得露宿野外。

早晨時分，我的腳不僅痠痛，而且僵硬。我意識到，如果要保存力氣走到終點，我這天就只能走一小段路。出發前，我把外套換成了十六個便士，花去三個便士，這才感到體力恢復了不少，於是又一瘸一拐地走了七哩。

這一夜，我的床是另一堆乾草。我在一條小河裡清洗我長水泡的雙腳，又用清涼的樹葉細心包紮好，然後就舒舒服服地睡到乾草下。第二天早晨我又出發時，發現那條路從一大片的蛇麻田和果園中穿過。那正是果園被熟透的蘋果染紅的季節，有幾處蛇麻田裡已有工人開始幹活了。我感到這一切真是太美了，於是決定這一晚就睡在田裡。

在旅途的種種困難中，我似乎一直得到腦中一幅圖畫的鼓勵和引領。在這幅畫中，有我正值青春年華的母親，還有那對她動了仁慈之心的姨祖母。這幅畫從未沒離開過我心中。當我躺在蛇麻田裡過夜時，它在那裡；早上我趕路時，它與我同行，在前方引導我。

經過五天的跋涉，我終於抵達多佛。我向船夫們打聽我姨祖母的住處，沒有人知道；接著又向馬車伕們打聽，同樣得不到答案；最後，我向店家打聽，他們都急著打發我。這一刻，我感到走投無路了——我已花完所有的錢，也沒有別的東西可以典當；我又餓、又渴、又累，而且離我的目的地是那樣地遙遠。

那天上午就這樣過去了，我坐在街角一家店鋪的台階上，正在思考該去哪裡時，一名經過的車伕掉下了一塊蓋馬布。我把東西還給他時，他那溫和的神情使我鼓起勇氣，又問了他相同的問題。

「特洛伍德？」他說道，「讓我想想——我聽過這個姓。是一位老太太嗎？」

「是的，」我說道，「沒錯。」

「腰挺得筆直？」他挺起身子說。

「是的，」我說道，「我想是這樣沒錯。」

「脾氣古怪，對人很嚴厲？」他說。

我的一顆心沉了下去，但仍然回答是的。

「那麼，我告訴你，」他說道，用馬鞭指了指遠處的山坡，「你走到那裡，再往右走去；走到面海的一些房子時，或許就能打聽到她的事了。儘管我認為她什麼也不會給你。喏，這一便士你收下吧。」

我感激萬分地收下那點施捨，用來買了一塊麵包。我一邊吃，一邊朝著他指點的方向走，走了好久，終於看到眼前有些房子了。走到那裡，我進了一間雜貨店，向人打聽特洛伍德小姐住在哪裡；當時，店裡有一個年輕女人正在秤米，她聽到我的話，立刻轉過身來。

「我的主人？」她說，「你找她做什麼？小傢伙。」

「我想和她談談，可以嗎？」我答道。

「你要向她行乞？」那姑娘說道。

「不，不是的。」我連忙否認，但又想到我來這裡確實如此是為了這個目的，惶恐得說不出話來。我覺得我的臉頰發燙。

這名女僕把米放進一個籃子，走出了小店。她告訴我，如果我想知道特洛伍德小姐住在哪裡，就跟著她走。我照做了，心裡激動不已，雙腿不住地顫抖。不久之後，我就跟著她來到一棟整潔的小房子前，這棟房子有明亮的半圓形小窗，房前有一座鋪滿石子的小院子，精心栽培了許多鮮花，香氣四溢。

「這就是特洛伍德小姐的家，」那女人說，「我只能告訴你這麼多了。」說完，她就匆匆走進屋裡。

我獨自留在花園門前，怯生生地朝客廳裡張望。窗子上掛著紗簾，透過窗框，可以看見一個弧形的綠色大屏風或一把扇子，還有一張小桌和一張大椅子；我不禁想到，姨祖母或許正神氣地坐在那上面呢。

我的鞋已經破得不成樣子，帽子又扁又皺，襯衫和長褲上沾著露水、草屑、泥土，而且破爛不堪。此外，自從離開倫敦後，我的頭髮就沒有梳洗過，我的臉、脖子和手都被烤成了紫褐色；我從頭到腳都是石灰和泥沙，就像剛從一座石灰窯裡出來一樣。我感到有些羞慚，猶豫著是否該用這副模樣去見我的姨祖母。

時間一分一秒過去了，客廳然那麼安靜，我開始猜想她可能不在那裡。我抬頭看看二樓的一扇窗戶，只見一個頭髮花白而神情愉快的男人站在那，他古怪地閉著一隻眼，向我點點頭又搖搖頭，再笑了笑，就走開了。

我被這意料之外的動作弄得心煩意亂，打算暫時走開。就在這時，從房子裡走出一個女人，她帽子上繫了條頭巾，手上戴著園藝手套，背著一個大袋子，手拿一把刀，威風凜凜地走進院子，那副姿態與我母親敘述的一模一樣。我馬上猜出她就是貝茜小姐。

「走開！」貝茜小姐搖搖頭說，並揮了揮手裡的刀，「快走開！這裡不歡迎男孩！」

她走到花園一角，彎腰去挖一棵小樹的根。我戰戰兢兢地望著她。我已喪失了所有勇氣，但仍決心豁出去了；於是我輕輕走過去，在她身邊站住，用手指碰碰她。

「對不起，小姐。」我開始說。

她吃驚地抬起頭來。

「對不起，姨祖母。」

「嘿？」貝茜小姐叫道，我從未聽過有人用這麼吃驚的口氣說話。

「對不起，姨祖母。我是您的孫子。」

「噢！上帝！」我姨祖母叫道，一下子跌坐在地上。

「我是大衛．科波菲爾，從薩福克的布蘭德斯通來的——在我出生的那一晚，您去過那裡，見到了我親愛的母親。她死後，我很不快樂，我被冷落，不能上學，被迫去獨立謀生，做不適合我的工作。所以我跑來您這裡。我剛出發時就被人搶劫，只好步行前來，一路上從沒有上床睡過覺。」說到這裡，我再也克制不了自己，大哭了起來，這些眼淚已憋在我心裡整整一個禮拜了。

我姨祖母一臉驚訝，坐在地上兩眼瞪著我；當我一開始大哭，她就連忙起身，抓住我的衣領，把我帶進了客廳。她從一個櫥子裡取出幾個瓶子，然後把每個瓶子裡的東西都朝我嘴裡倒一點。我想我當時嘗到了茴香汁、魚醬、沙拉油。接著，他把我放到沙發上，在我腦袋下墊一條披肩，又把她頭上的頭巾取下，墊在我腳下，以免我把沙發弄髒。然後，她就坐在那面綠色屏風後，不時喊出一聲：「上帝！」過一陣子，她搖了搖鈴。「珍妮，」我姨祖母對女僕說道，「到樓上去，跟狄克先生說我想和他談談。」

珍妮去執行命令了。姨祖母背著手在客廳裡走來走去，直到那名從樓上對我眨眼的男人笑呵呵地走進來。

「狄克先生，」姨祖母說，「別裝傻了。我們都知道，只要你願意，沒人能比你更聰明。」

那男人立刻嚴肅起來，朝我看了看。

「狄克先生，」姨祖母說道，「你聽我說起過大衛．科波菲爾嗎？」

「大衛．科波菲爾？」狄克先生說，我覺得他是不太記得了，「哦，當然了。大衛，我記得。」

「這就是他的兒子。」

「他的兒子？」狄克先生想了想說，「大衛的兒子？哦，千真萬確。」

「現在，」姨祖母說，「你看著這裡的小大衛．科波菲爾，告訴我：我們應該怎麼處置他呢？」

「怎麼處置他？」狄克先生羞怯地搔了搔頭髮，「哦！怎麼處置他？」

「沒錯，」姨祖母神色嚴肅地舉起手指說，「我需要一個得體、適當的建議。」

「如果我是妳的話，」狄克先生一面茫然地看著我，一面仔細想道，「我一定——嗯，我一定要把他洗刷乾淨！」

「珍妮，」我姨祖母彷彿勝利般鬆了一口氣，並轉過身說，「狄克先生為我們指出了正確的做法！快去燒洗澡水！」

雖然這談話令我很感興趣，但當他們對話時，我不禁仔細觀察了我姨祖母、狄克先生、珍妮的模樣。我姨祖母個子很高，神色嚴厲，但並不難看；她的臉上、聲音裡、舉止中，無不流露出一種剛毅；她的容貌還算秀麗，擁有一雙機靈、明亮的眼睛。包頭布下，她灰白的頭髮簡單樸素地朝兩邊分開。她穿的衣服是淺紫色的，整齊乾淨，而且十分合身。胸前掛著一個金錶。

狄克先生氣色紅潤，頭髮灰白。他的頭奇怪地垂著，但這並非年老的關係，反而像一個挨罵後的孩子；他的灰眼睛大而凸起，水汪汪的，加上他那心不在焉的神態，還有他對我姨祖母的服從，以及聽到姨祖母的稱讚時那孩子般的高興，都讓我懷疑他有些瘋瘋顛顛的。他的服裝和普通男人一樣，穿著寬鬆的灰色睡衣、白長褲，錶放在褲口袋裡，錢放在上衣口袋裡。

珍妮是個健美的年輕女人，很好看，大約十九或二十歲。根據我後來對她的瞭解，我認為她就像我姨祖母的一個學生——姨祖母一心教她們與男人疏遠，而她也確實顯露出一副絕不與男人來往的決心。

這個房間就像姨祖母一樣整潔。我看見擦得閃亮的老式傢俱、弧形窗裡屏風附近的大椅子和桌子、粗毛地毯、壺架、兩隻金絲雀、古瓷器、裝滿乾玫瑰的酒罐、放置各種器皿的高櫥架。與這一切相比，髒兮兮地躺在沙發上的我顯得格格不入。

洗澡水燒好了。我躺在澡盆裡，起初因曾露宿野地而感到四肢疼痛，加上我又那麼疲乏虛弱，眼睛幾乎無法連續睜開五分鐘。洗完澡之後，姨祖母和珍妮給我穿上狄克先生的襯衣和褲子，又用兩三條披巾把我裹住。我感覺暖烘烘的，很快就又倒在沙發上睡著了。

我依稀感覺到，在我睡著的時候，姨祖母曾來過，俯下身來，把我的頭髮從我臉上輕輕撩開，把我的頭擺得更舒服些，然後站在那裡看著我。我耳邊似乎響起「可愛的孩子」或「可憐的孩子」之類的話。

我醒後不久，大家就一起吃烤雞和布丁。我急切地想知道姨祖母會怎麼安置我，但她吃著飯，一言不發，只偶爾看看坐在對面的我，並說句「天哪！」這絲毫沒有使我的不安減輕半分。

食物撤去後，端上了葡萄酒，我也喝了一杯。姨祖母又把狄克先生請來，要他一起聽我的故事，這時他就盡可能裝出很懂事的模樣。在姨祖母的一連串逼問下，我的過往漸漸清晰地呈現在眾人面前；當我說話時，姨祖母總是朝狄克先生看，免得他睡著了；當他微笑時，我姨祖母則對他皺起眉頭，要他收斂笑容。

「那可憐的女娃兒，究竟發了什麼瘋，竟要再嫁？」我講完後，姨祖母說道，「我真想不出！」

「也許是因為她愛上了那個男人。」狄克先生提示道。

「愛上！」姨祖母重複道，「你這是什麼意思？她為什麼會這樣？」

「也許——」狄克先生思考了一會兒，「她是為了享樂。」

「享樂！一點也沒錯，」姨祖母接著說，「那個女娃兒把她的信賴寄託在那樣一個虐待她的混帳身上，的確是種了不起的享樂！她要怎麼解釋這點呢？我真想知道！她嫁過一任丈夫了，為他送了終，還生過一個孩子——就在那個禮拜五的晚上，生下了坐在這裡的這個孩子！有了這些，她還求什麼呢？」

狄克先生偷偷對我搖搖頭，似乎覺得這話是無法反駁的。

「但是她還不滿足，」我姨祖母接著說道，「她還要再嫁——嫁給一個無賴，而且害苦了這孩子！還有那個叫做皮果提的女人，她有樣學樣，也跟著結婚了！我敢說，她的丈夫是個魔鬼，整天用鐵條抽她！」

聽到老保姆受到這種詆毀，我可受不了。我告訴姨祖母她誤會了，皮果提是世上最好、最值得信賴、最忠心、最盡責、最無私的朋友和僕人；她一向最愛我，也愛我母親；是她在母親臨終時前抱起了她的頭，在她臉上留下了最後的親吻。我想到這裡，不禁哭了起來，把臉埋在雙手裡。

「好了，好了，」姨祖母說，「這孩子保護那些保護他的人，這倒不錯。」

喝過茶後，我們在窗邊坐下，直到暮色降臨，這時珍妮把蠟燭和棋盤放到桌上，並把百葉窗拉下。

「喏，狄克先生，」姨祖母和先前一樣嚴肅地舉起食指說，「我要問你另一個問題。看著這孩子。」

「大衛的兒子？」狄克先生抬起頭來，認真而又不知所措地說道。

「是的，」姨祖母說，「現在你打算怎麼處置他呢？」

「怎麼處置大衛的兒子？」狄克先生說道。「是呀，我會——我會讓他上床睡覺。」

「珍妮！」姨祖母滿意地叫道，「狄克先生為我們指出正確的做法了。如果床鋪好了，就送他去睡。」

我的房間在房子的最高處，俯視著大海。做完了晚禱後，蠟燭滅了，我仍然坐在床上，看著水上的月光，彷彿想從中看見自己的命運。我還記得，當我轉過身，輕輕躺下，被雪白的被單裹住時，那莊嚴的感覺頓時化為感激和舒適；我記得我怎樣想起我曾在夜空下露宿過的所有荒郊野地，我怎樣祈禱永遠不再失去家，也永遠不忘記沒有家的人。我還記得，我後來怎樣依稀沿著海上那光輝的路徑，漂入了夢境。

第十四章　我被收養了

早晨我下樓時，發現姨祖母倚在餐桌上，手肘支在茶盤上，正想得出神；當我進來時，她才從冥想中清醒。我相信她正在考慮我的事情，儘管我急於知道她的意思，但為了不惹她生氣，我並未流露出心中的焦急。

她先吃完早餐，便靠在她的椅子上，皺著眉，抱著手臂，悠悠地注視我。我被她的眼神看得不安，於是便想用進食的動作掩飾我的心情；但我的刀掉到我的叉子上，叉子又鉤住了我的刀。我還沒把火腿放進嘴裡，切碎的火腿末卻莫名其妙地飛到天上去了；我喝下去的茶不肯乖乖流下胃裡，卻把我嗆住。最後，我徹底放棄了努力，滿臉通紅地坐在那裡，任憑姨祖母審視我。

「喂！」過了好久，姨祖母說道，「我已經寫信給他了。」

我抬起頭，恭恭敬敬地迎接她敏銳明亮的眼神。

「給誰？」

「給你繼父。」姨祖母說，「我已經寫了一封信給他，要他當心，因為我們之間將會有一番理論。」

「他知道我在什麼地方嗎？姨祖母。」我驚慌地問道。

「我已經告訴他了。」姨祖母點點頭說道。

「要把我……交給他嗎？」我結結巴巴地說。

「我不知道，要看情形。」

「哦！如果要我回到莫德斯通先生那裡，」我叫道，「我該怎麼辦才好！」

「這個我也不知道，」姨祖母搖搖頭說，「說實話，我什麼也不能說。要看情形呢。」

聽到這話，我頓時洩了氣，情緒低落，好不傷心。姨祖母似乎沒有注意到我，她從衣櫃裡拿出一件圍裙並穿上，親手洗茶杯，洗淨後放到茶盤上，再把桌布疊好放在茶杯上，然後搖鈴叫珍妮拿走。在那之後，她又拿小掃帚掃麵包屑，一直掃到地毯上一點灰塵都沒有，再去打掃了另一個房間。直到一切家務都做得令人滿意後，她才取下手套，解下圍裙，重新放回衣櫃裡。這時，她把她的針線盒放到桌上，開始坐下來幹活。

「請你上樓去，」姨祖母穿針時說，「問問狄克先生，他的呈文寫得怎麼樣了。」

我敏捷地起身，準備前去執行這一任務。

「我猜，」姨祖母忽然瞇著眼對我說道，「你一定認為狄克先生的名字很短吧？」

「我昨天的確有這麼想。」我承認道。

「事實上，他的本名叫做理查・巴布利。」姨祖母又補充說：「不過，你千萬不要用這個名字稱呼他。他怕聽到他的名字，他受夠了那家人的折磨，所以對這個姓氏很厭惡。現在，無論他在何處，他的名字都是狄克先生。記住，孩子，只能稱呼他狄克先生，別的都不行。」

我答應一定照辦，就上樓去了。當我進門時，我看到他正用一支筆在埋頭書寫，頭幾乎都碰到紙上了。他是那麼專注，使得我有足夠的時間觀察房內的情形；我發現角落有一只大風箏，還有一卷卷的手稿和一支支的筆，尤其是那一瓶瓶的墨水——他好像有一打的半加侖瓶裝墨水呢！

「哈！上帝，」狄克先生放下了筆說道，「世界是怎樣發展著的？我告訴你，」他壓低了聲音，「我不得不這麼說，但它是一個瘋狂的世界——像瘋人院一樣瘋狂！孩子。」說完，他開心地大笑。

我不打算就此事發表什麼意見，於是傳達了貝茜小姐的問題。

「好吧，」狄克先生說，「替我轉告她，我——我相信我已經開了個頭。」狄克先生一邊說，一邊摸著他的灰白頭髮，有點沒信心地看了看自己的文稿，「你上過學校嗎？」

「上過，先生，」我答道，「上過很短的時間。」

「你還記得查理一世是什麼時候被砍頭的嗎？」狄克先生親切地看著我說。

我回答是在一六四九年。

「嘿！」狄克先生用筆搔了搔耳朵，「書上是那麼說沒錯，但我覺得那不可能。因為，如果事情已經發生了那麼久，人們又怎麼在他的腦袋落地那麼多年後，還把他腦袋裡的那些難題放進我的腦袋呢？」

這問題令我十分詫異，但我無法作出任何回應。

「真奇怪，」狄克先生一邊摸著頭髮，一邊滿臉失望地看著他的文稿說道，「我怎麼也想不通這一點。不過，沒關係！」他興沖沖地鼓勵自己，「有的是時間呢！替我轉告特洛伍德小姐，我進行得很順利。」

我正想離開，他又叫我看那只風箏。

「你覺得這風箏怎麼樣？」他說道。

我回答說它真美麗，我想它有七呎長呢。

「是我做的。我們去放它——你跟我，」狄克先生說道，「你看到這個了嗎？」

他把風箏上密密麻麻的字跡指給我看。我一行一行地看，內容包括了對查理一世腦袋的看法。

「它的線很長，」狄克先生說，「當它飛得很高時，就能把這些事實帶到很遠的地方。這就是我散佈它們的方式。我不知道它們會落到什麼地方，必須由當時的風向決定；但我還是要試試看。」

他看上去精神抖擻，雖然他的臉顯得溫和友好，還有某種莊重，使我不能確定他是否在開玩笑。於是我笑了，他也笑了。分手時，我們成了最要好的朋友。

「嘿，孩子，」我下樓之後，姨祖母對我說，「狄克先生還好嗎？」

我向她報告了他的情況，並說他寫得很順利。

「你覺得他這個人怎麼樣？」姨祖母說。

我試圖迴避這個問題，因此只回答他是個好人。但姨祖母不許我這樣敷衍了事，要我說實話。

「好吧。我認為他——他的神智並不完全清楚吧？」我吞吞吐吐地說道。

「才不是這樣的。」姨祖母斷然回答，「無論狄克先生的舉止怎樣，他絕對不是神智不清。」

我無法想出更好的回答，只是怯生生地說：「噢！的確。」

「幾十年來，人們都說他瘋狂——他們可真是一些好人呀！」姨祖母忿忿不平地說，「狄克先生是我的一個遠親。由於他的行為有點怪異，他的哥哥不願讓他出來見人，想把他送進一家瘋人院。要不是因為我，他肯定會被囚禁一輩子。多麼可笑！我相信他自己才是瘋子呢。」

我姨祖母的樣子是那麼堅信不疑，我也作出堅信不疑的樣子來。

「我對他說，」姨祖母說，「你的弟弟很正常——甚至比你還正常呢！讓他用那筆微薄的收入來和我同住吧，我會照顧他，不會像某些人那樣虐待他。於是，從那之後，他就一直住在我這裡。在這個世界上，他是最友善、最溫順的人，而且也很聰明！除了我以外，沒有任何人知道他的內心是怎麼樣的。」

姨祖母一面搓著她的衣服，一面搖頭，好像要把全世界的偏見從衣服上抹掉，並從腦袋裡搖出。

「他有一個很好的妹妹，」姨祖母說，「對他很好。但自從她結婚以後，也開始跟大家一樣虐待他。這對狄克先生的精神產生了巨大的影響，加上對他哥哥的畏懼，他因此生了一場大病。這些事情發生在他來這裡之前。不過，至今他只要一想起這件事，還是會覺得難受。」

「他正在寫有關他個人經歷的呈文嗎？姨祖母。」

「是的，孩子，」姨祖母回答，「是寫給大法官或什麼大人物的，我想這封呈文很快就能夠遞交上去了。他還改不掉用自己的方式來寫作，不過這沒什麼關係，他有事做就行了。」

我猜想，姨祖母是因為信任我才向我講述這些瑣事；另一方面，她之所以提及這些，或許也因為這些問題迫在眉梢。同時，我還得說，她對狄克先生的慷慨與愛心，使我年輕的心燃起了溫暖。我開始明白，除了脾氣有點乖僻之外，姨祖母也有許多值得讚美和信任之處，我覺得自己好像更尊敬她了。

莫德斯通先生的回信來了，姨祖母告訴我他第二天要親自來和她談，這使我大為吃驚。第二天，我坐在客廳裡，一分一秒地數著時間，希望在心中漸漸沉下，而恐懼卻升起；我的臉發紅發燙。

吃過午飯後，莫德斯通小姐騎著驢子出現了，她的弟弟走在後面。她一直騎到房子前才停下，並向四周張望。接著，她下了驢，和她弟弟站在最下面一層台階上，等珍妮通報了他們的來臨後，便威風凜凜地走進了屋裡。

「我要迴避嗎？姨祖母。」我發抖著問道。

「當然不要，孩子。」姨祖母說道。她把我推到她身邊一個角落，再用一把椅子攔在我前面，彷彿隔出一個被告席。接著，她朝著迎面而來的莫德斯通姐弟尖銳地看了一眼，說道：

「你就是娶了我那住在布蘭德斯通的已故外甥大衛．科伯菲爾遺孀的莫德斯通先生嗎？」

「正是。」莫德斯通先生說。

「請原諒我這麼說，先生，」姨祖母繼續說道，「要是你不去招惹那可憐的孩子，一切都會好得多。」

「我同意妳的話。」莫德斯通小姐神氣地說，「我的弟弟要是沒結這麼一次婚，對他來說會好得多，也快樂得多。」

「我毫不意外妳會有這種想法。」姨祖母說。「珍妮，」她搖鈴說道，「去請狄克先生下來。」

在他下來以前，姨祖母一直挺著身子坐在那裡，皺著眉頭。他來了，姨祖母開始向客人介紹。

「狄克先生是我一位親密的朋友。我很信賴他的判斷力。」姨祖母說道。此時狄克先生正在咬指尖，看起來有幾分傻氣；一聽到這句話，立刻把手指抽出嘴巴，露出了一種嚴肅而專注的表情。

「特洛伍德小姐，」莫德斯通先生說，「當我收到妳的信，我就感到，儘管旅途不便，但為了表示我本人對妳的尊敬，還是親自面談比較好。這個可悲的孩子，他背棄了他的朋友和職責──」

「瞧他那副德性，」他姐姐插嘴道，「真是太可恥、太下流了！」

他弟弟點了點頭。「特洛伍德小姐，這個可悲的孩子在我的亡妻生前生後，都在家裡引起了諸多紛擾和不安。他有一種叛逆的習性，一種野蠻的脾氣，一種桀驁不馴的特質。我們姐弟曾試圖改變他的惡習，卻毫無成效──」

「一點都沒錯，」莫德斯通小姐又說，「我認為這孩子是世上所有孩子中最壞的一個。」

「太過分了！」姨祖母說道。

「一點也不過分。」莫德斯通先生接著說，「我讓這孩子去從事一種受人尊敬的職業，並將他託付給我的一個朋友；但他不喜歡那職業，偷偷逃走了，成為一個四處流浪的小乞丐，並衣衫襤褸地跑來這裡向妳乞憐。如果妳相信了他的話並執意袒護他，我將告訴妳一切可能的後果。」

「還是先談談那受人尊敬的職業吧，」姨祖母說，「如果他是你的兒子，你還會讓他從事這種職業嗎？」

「如果他是我弟弟的親生兒子，」莫德斯通小姐插嘴，「我相信，他的品性絕不是這樣。」

「再假設──如果他的母親還活著，你還會讓他從事這種職業嗎？」姨祖母又問道。

「我相信，凡是我們姐弟一致同意的事，克菈菈都沒有異議。」莫德斯通先生回答。

「唉！」姨祖母說，「不幸的女娃兒！她的年金也和她一樣不復存在了嗎？」

「不復存在了。」莫德斯通先生答道。

「還有那棟房子和那座花園——她也沒有留給她的孩子嗎？」

「那一筆資產由她的第一任丈夫無條件地留給了她——」莫德斯通先生剛開始說道，我姨祖母立刻懷著極大的憤怒和不耐煩制止了他。

「啊，上帝！沒有這回事。無條件！我相信，要是我的外甥還活著，絕不會是無條件的——老實說，當她再嫁時，難道就沒人給她一點忠告嗎？」

「我的亡妻愛她的第二任丈夫，」莫德斯通先生說道，「毫無保留地信任他。」

「你的亡妻是一個最沒大腦、最不快樂、最不幸的女娃兒！」姨祖母對他搖搖頭說，「她就是那樣。現在，你還有什麼要說呢？」

「只有一點，特洛伍德小姐，」他答道，「我要把大衛帶回去，按照我認為最適當的方法處置他。顯然，妳打算袒護他，但我要請妳注意：如果妳袒護了他一次，就得永遠袒護他；如果妳介入我們之間的事，就得永遠介入。我只會來這裡一次，如果他不走，我家的大門就從此不再為他敞開。」

我姨祖母很專注地聽著這番話。她坐得直挺挺的，雙手疊放在膝蓋上，忿忿不平地盯著說話者。當他說完後，她立刻把頭轉向我。

「由這孩子決定吧，」姨祖母說道，「你願意走嗎？大衛。」

我回答了「不」，還說莫德斯通姐弟從來就不喜歡我，也沒對我們母子好過；最後，我乞求姨祖母看在我父親的份上，照顧我、保護我。

「狄克先生，」姨祖母說，「我應該怎麼處置這孩子呢？」

狄克先生想了想，猶豫片刻又面帶喜色地答道：「馬上為他量身做衣。」

「狄克先生，」姨祖母很得意地說，「把你的手給我，因為你的建議真是太寶貴了。」滿懷熱情地握過手後，姨祖母把我拉到她身邊，對莫德斯通先生說：「你可以走了。我會試試這個孩子，如果他真的像你說的那樣壞，至少我還能學習你對待他的方式。不過，你的話我一點也不相信。」

「特洛伍德小姐，」莫德斯通先生站起來，聳了聳肩，「如果妳是個男人——」

「呸！胡說！」姨祖母打斷他，「你以為我不知道，你讓那可憐的、不幸的、誤入歧途的女娃兒過的是什麼日子嗎？你以為我不知道，你是如何向她獻殷勤、對她賣弄風情，裝作連一隻鵝都不敢傷害一樣；你還告訴她，你會疼愛她的兒子，當那孩子的第二個父親，一家人一起生活在開滿玫瑰的樂園裡，是吧？呸！滾開！滾！」姨祖母說。

「多麼無禮的人啊！」莫德斯通小姐驚叫道。

貝茜小姐完全不理會她，只是繼續對莫德斯通先生說話。

「莫德斯通先生，」她向他搖著手指說，「你傷了那女娃兒的心。她是個可愛的孩子，你卻利用她心裡的弱點來傷害她。我不知道你是怎麼認識她的，雖然我早已料到那可憐、軟弱的女娃兒遲早會嫁人，但我沒想到事情會這麼糟！你為了折磨她，不斷虐待這可憐的孩子，把他弄成這令人厭惡的模樣。唉！你用不著否認，我知道這都是真的！」

在姨祖母說話的同時，莫德斯通先生一直站在門邊，面帶某種微笑打量她；不過他的眉頭已重重擰在一起了。我看得出，雖然他仍然掛著微笑，但臉色已變了，並且不停地喘著氣。

「祝你午安，先生！」姨祖母說，「再見！也祝妳午安，小姐。」

莫德斯通小姐沒有回答，慎重地挽起她弟弟的手臂，大搖大擺地走出了宅邸。姨祖母站在窗後看著他們，臉色漸漸緩和下來。我上前吻了她，向她道謝，又和狄克先生握手。他發出了大笑以慶祝這歡喜的結局。

「你和我要一起擔任這孩子的監護人，狄克先生。」姨祖母說。

「我很高興，」狄克先生說，「能做大衛兒子的監護人。」

「那好，一言為定。」姨祖母說，「你知道嗎？狄克先生，我想過讓他改姓特洛伍德。」

「當然，當然，改姓特洛伍德，」狄克先生說道，「大衛的兒子特洛伍德。」

「你的意思是特洛伍德．科波菲爾？」姨祖母接著說。

「是呀，當然，特洛伍德．科波菲爾。」狄克先生說道，有點不好意思。

姨祖母很喜歡這個建議，當天下午就在為我買的一些衣服上親筆寫上「特洛伍德．科波菲爾」，而且規定所有為我訂做的其他衣服都得這麼寫上才行。

就這樣，我有了一個新名字，在一個全新的環境中開始了我的新生活，還有了貝茜小姐和狄克先生兩個監護人。我感覺一切就像一場夢，只清楚地意識到兩件事實：在布蘭德斯通的生活已經離我遠去，在莫德斯通—格林比公司的生活也永遠埋葬在記憶中了。這些記憶對我而言是那麼痛苦、煩惱和失望，我已把它寫了下來，就把它從此留在這裡吧！

第十五章　我重新出發

狄克先生和我成了好朋友。當他結束一天的工作後，常與我一起去放那風箏。他每天都花很長時間坐在房裡寫呈文，雖然兢兢業業，卻沒什麼進展，因為他總是會不經意地將查理一世寫進去。而且，就算這呈文寫好，又會有什麼結果呢？它應該送到什麼地方？或者應該起什麼作用呢？我相信他自己也並不瞭解，更沒有必要瞭解；反正，他總有一天會寫完的。

當風箏飛得高高的以後，看到正在放風箏的他，那真是令人感動。他從未像在那種時候那麼安詳過。黃昏時分，在綠油油的山坡上，我坐在他身邊，看他注視著在平靜的天空中升起的風箏，想著但願它能讓那些迷離混亂的想法脫離他的腦中，並將那些想法送到天上去。當他把線捲起來時，風箏在美麗的夕照中落下、落下，終於掉在地上，就像一個死去的東西一樣躺在那裡，他便好像忽然從一個夢中醒來，露出悵然若失的表情；這種時候，我就十分同情他。

「特洛，」一天晚上，姨祖母對我說道，「我們不應該忘了你的教育。」

她提到這事，讓我聽了好開心，因為這是唯一讓我不安的事了。

「你願意去坎特伯雷的學校嗎？」姨祖母說道。

我回答非常願意，因為距離她很近。

「好的，」姨祖母便說道，「珍妮，叫馬車明天早上十點來。今晚先把特洛伍德少爺的衣物收拾好。」

聽到這些吩咐，我開心極了，但狄克先生卻露出沮喪的樣子。姨祖母又說，我有時禮拜六可以回家，而狄克先生可以在禮拜三去看我；狄克先生聽到這話又開心起來，還答應要為我再做一個更大的風箏。

隔天早上，姨祖母與我坐上了馬車。我們快速駛過多佛，走上了鄉村的道路；這時，她轉頭看看坐在她身旁的我，問我快不快樂。

「我很快樂，謝謝妳，姨祖母。」我說道。

她很高興，摸了摸我的頭。

「那是間很大的學校嗎？姨祖母。」我問。

「哦，我不知道，」姨祖母說道，「我們先去威克費爾德先生的家。」

「他辦學校嗎？」我問。

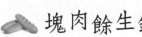

「不，特洛，」姨祖母說道，「他有一個事務所。」

那天是坎特伯雷的集日，我們的馬車在各式各樣的車子、籃子、蔬菜和小販的貨攤之間來回穿梭，最後停在一棟老舊的房屋門前。這棟房屋十分整潔，在低矮的拱形門上，那刻有花紋的老式銅門環就像一顆星星般閃閃發光；兩級通往大門的石階就像蒙上了麻布一樣白；所有凸出或凹進去的部分，還有雕刻和浮雕，以及精巧的玻璃窗，都像白雪一樣潔淨，儘管它們都很老舊了。

拱門裡出現一張呈死灰色的臉，這張臉屬於一個紅頭髮的年輕人，我猜他大約十五歲，但看起來較為成熟；他的頭髮剪得很短，幾乎沒有眉毛，也沒有睫毛，眼睛是棕紅色的；他肩頭聳立，瘦骨嶙峋，身上穿著一套黑衣，繫一條白領巾，衣領一直扣到最上面。當他一面打量我們，一面用手摸下巴時，那雙手特別令我注意——那麼細長，那麼瘦削。

「威爾費爾德先生在家嗎？尤利亞．希普。」姨祖母說道。

「在家，夫人。」這個年輕人說，「請進。」

我們下了車，走進一間客廳。這間客廳又矮又長，在高高的火爐架對面有兩幅畫，一幅畫了一名白髮黑眉的男子，另一幅是一個女人，表情安詳甜美，彷彿正朝著我看。

這時候，客廳盡頭的一扇門開了，走進一個男人。一看到他，我就轉頭去看第一幅畫，發現的確是同一個人。這人走到光線下，我發現他本人比畫裡更老了一些。

「請進，貝茜．特洛伍德小姐，」那人說，「剛才我正在忙，請妳見諒。」

姨祖母向他致謝，帶著我走進他的房間。房間裡有書、有文件、有白鐵皮的箱子，還有一個砌進牆裡的鐵製保險箱，箱子下就是壁爐架。我們坐了下來，我開始打量眼前的人。這個人的頭髮已經全白，但眉毛仍然很黑；他的表情十分討喜，膚色中有一種色澤，彷彿紅葡萄酒一般；他衣著整潔，穿著一件藍色外衣、一件條紋背心和一條棉布褲，精緻的皺邊襯衣和白細布領巾看上去特別柔軟，使我聯想到了天鵝的羽毛。

「這是我的侄孫。」姨祖母對他說道。

「我不知道妳還有個侄孫呢，特洛伍德小姐。」威克費爾德先生說道。

「我收留了他，」姨祖母說，「我帶他來這裡，想送他進一間可以給予他良好的教育和良好待遇的學校。現在請告訴我，有什麼適合他的學校、這學校在什麼地方，以及有關它的一切。」

「我們目前最好的學校，」威克費爾德先生思考了一會兒，「你的侄孫不能寄宿。」

「但他可以寄宿在別處吧？」姨祖母建議道。

威克費爾德先生認為可行。討論了一陣子後，他建議姨祖母和他一起去學校，親自對學校進行考察和評估，順便去拜訪兩三個可以提供寄宿的家庭。姨祖母對這些建議表示贊同。於是，他們離開了，我留在威克費爾德先生的事務所，坐在椅子上等他們回來。

這張椅子恰好對著一條狹窄的走道，走道盡頭是個圓形房間，尤利亞．希普正在那裡抄寫文件。每當我往那裡看，總感到不自在，因為我發現他那陰森的眼睛不時從文件下瞥來，盯著我看上一分鐘。有幾次，我設法避開那兩隻眼睛，像是站到椅子上看牆上的地圖，或是認真閱讀報紙；但總是立刻又被它們吸引過去。

過了好久，姨祖母和威克費爾德先生終於回來了，這才使我放下心來。他們這一趟並不像我希望的那樣成功，儘管學校確實很好，但姨祖母卻不滿意那些寄宿的地方。

「太不巧了，」姨祖母說道，「我不知道該怎麼辦，特洛。」

「還有一個辦法，特洛伍德小姐。」威克費爾德先生說。

「怎麼辦？」姨祖母問道。

「把你的侄孫暫時留在這裡。他是個安靜的傢伙，絕不會打擾我的。這是一個讀書的好地方，安靜得像一間修道院，也很寬敞。把他留在這裡吧。萬一他住不習慣，我們再作別的安排。同時，這樣也有更多時間來為他找更合適的地方。」

姨祖母顯然很喜歡這辦法，但她覺得太過意不去了，我也有同感。

「不用介意，」威克費爾德先生說，「這只是小事一樁，特洛伍德小姐。如果妳願意，也可以付他的食宿費。價錢就隨妳高興好了。」

「基於這種默契，我非常高興把他留下。」姨祖母說。

「那先見見我的小管家吧。」威克費爾德先生說。

於是，我們沿一道古老的樓梯而上，來到一間幽暗而古老的小客廳。房裡陳設得很漂亮，有古老的橡木椅、一架鋼琴、一些鮮豔的擺設，還有些花；每個角落都有一個特別的小桌或小櫥，或書架，或坐椅，簡直令我眼花繚亂。每樣東西都與這棟房子的外觀一樣整潔而舒適。

威克費爾德先生敲了敲一扇角落的門，很快走出一個和我同齡的女孩。這女孩吻了他。我在這女孩的臉上看出了樓下那幅畫中的女人平靜甜美的表情；儘管她還是個孩子，但她的臉明亮快樂，有一種寧靜，那是安定、善良、祥和的神態。

威克費爾德先生說，這就是他的小管家，也是他的女兒艾格尼絲。聽他說話的聲音，看他握住她的手的神態，就能明白他們的感情多麼好了。

她挽了一只裝有雜物的小籃子，裡面裝著鑰匙，看上去像一位莊重細心的管家。聽見父親談到我時，她露出愉快的神色。接著，威克費爾德先生又帶我們去看我的房間，她走在最前頭。那是一個美侖美奐的古老房間，也有橡木地板和各種精美的雕飾。

我們高高興興地回到客廳，十分滿意。由於擔心天黑之前趕不回家，姨祖母不肯留下來吃飯；威克費爾德先生聽了，便回到他的事務所去，艾格尼絲也回到她的家庭教師身邊去，好讓我們自由自在地道別。

「特洛，」姨祖母叮嚀道，「要對得起你自己，對得起我，也對得起狄克先生。願上帝保佑你！」

我感動極了，只能再三感謝她，並請她向狄克先生轉達我的敬意。

「永遠不要當個卑鄙的人，」姨祖母說，「不要說謊作假，也不要殘酷狠毒。遠離這三種罪惡，特洛，我永遠對你抱有希望。」

我盡可能地答應，說我絕不辜負她的期待，也不會忘記她的勸告。她匆匆忙忙擁抱了我，就走出了屋子。我朝街上望去，看見她無精打采地坐上馬車，頭也不回地驅車離去了。

吃完晚飯，我與威克費爾德父女回到小客廳，坐在一個舒服的角落裡。艾格尼絲為她父親擺上酒杯和一瓶紅葡萄酒，他在那裡坐了兩個小時，喝著酒，艾格尼絲則彈鋼琴，做針線活，或和我們說話。在大部分的時間裡，他很愉快，興致很高；但當他的目光偶爾落在她身上，便陷入沉思，不再作聲了。我猜她也發現了這點，總是用提問或撫摸來逗他開心。於是，他不再沉思，又喝了更多的酒。

艾格尼絲準備好茶，並為大家斟上。喝完茶後，又像吃完飯那樣消磨時光，直到睡覺時間。她的父親擁抱她、吻她，等她離開後，他才吩咐在他的辦公室裡點上蠟燭。

我也去睡了。夜裡，我曾信步下樓，在房子四周散步了一會，看看那些古老的住宅和灰色的教堂。當我回來時，我看到尤利亞正在關事務所的門，便進去和他交談，離開時又和他握手。噢！他的手多麼溼黏啊！碰到它和看到它一樣都令人害怕。那是一隻令人不舒服的手，直到我回到房間時，它仍然又冷又溼地留在我的記憶裡。

第十六章　我成為一名新生

第二天早晨，吃完早餐後，威克費爾德先生帶我去了我的學校。那是一座位於一個方形大院中的莊嚴建築，被一種學術氣息環繞。威克費爾德先生把我介紹給我的新老師史特朗博士。

史特朗博士正在他的書房裡。他的衣服髒兮兮的，頭髮也沒有好好梳洗，短褲沒用吊帶吊起，黑色綁腿也沒有好好扣上，兩隻鞋開了口。他那沒有光彩的眼睛就像一匹瞎了眼的老馬。可是在離他不遠處，卻坐著一個做針線活的女人，她長得很好看，又年輕，博士叫她安妮。當我聽到威克費爾德先生稱呼她史特朗夫人時，不禁大吃一驚。

史特朗博士向我伸出了手，並說很高興認識我。接著，他便帶我們去教室。

「順帶一提，威克費爾德，」當我們正經過一條走廊，博士忽然停了下來，「你為我妻子的表哥找到一個合適的工作了嗎？」

「還沒有。」

「我希望事情儘快辦好，」史特朗博士說，「因為傑克．麥爾頓又窮又懶，我擔心他惹出什麼壞事來。」

「我還沒想出什麼辦法安置這位先生，」威克菲爾德先生有點猶豫地說道，「尤其當我明白了你的動機，就更難辦了。」

「我的動機是，」史特朗博士答道，「為一個親戚，安妮的青梅竹馬，找一個謀生之道。」

「是啊，我知道。」威克費爾德先生說道，「在國內，還是國外？」

「嗯？」博士愣了一下，似乎感到不解，「我沒有什麼想法。」

「沒有想法？」威克費爾德的口氣帶著驚奇，「沒有希望他離開國內的想法？」

「沒有。」博士又答道。

「或許我應該相信你，」威克費爾德先生說道，「如果我早知道這點，事情就好辦多了。不過，我承認我有另一種想法。」

史特朗博士莞爾一笑，笑容中充滿了仁慈和寬厚。他一邊重複著「沒有」和「一點也沒有」，一邊邁著搖搖晃晃的步伐往前走。我看到威克費爾德先生神色嚴肅，自己對自己搖了搖頭。

教室是間大廳，位在學校建築中最安靜的一側，從這裡可以窺見博士的花園。當我們走進教室時，約有二十五個學生正在讀書；他們起身向博士說早安。一看到威克費爾德先生和我，便站住不動了。

「孩子們，這位是新同學，」博士說道，「他叫特洛伍德．科波菲爾。」

一個叫亞當的學生走上前來歡迎我，這是班長。他戴著白領巾，看上去像個年輕的傳教士，但他熱情和氣。他帶我來到我的座位上，並向其他學生介紹了我。由於長期遠離學校，加上這麼久沒有和同齡的人作伴，我不免對這種場面感到生疏。

我被安排在最低的年級裡。這不僅是因為我缺乏書本知識，還因為我過去的生活與我的同學十分疏遠。正因為這樣，我對自己的舉止姿態自卑不已；只要新同學中有人向我接近，我便退縮到一旁。放學後，我立刻離開教室，生怕在與同學們的互動中顯示出我的粗鄙。

然而，威克費爾德先生的古老住宅卻有一種力量，使我惶恐的心理逐漸消失。我上樓回到我的房間，坐在那裡認真讀書，直到吃晚飯的時間，這才懷著一種踏實的感覺下樓去。

艾格尼絲正在小客廳等她父親。她用她那愉快的微笑迎接我，問我喜不喜歡學校。我告訴她，我希望自己會喜歡它，但我一開始還覺得有點生疏。

「妳從來沒上過學吧？」我說。

「哦！上學，每天上。」

「妳是說，在妳自己的家裡？」

「爸爸不讓我去別的地方，」她笑著搖搖頭說，「他的管家就得待在他的家裡，你知道的。」

「我敢說，他非常疼愛妳。」我說道。

她點頭表示是的，然後走到門口，聽聽他上來了沒，好去迎接他。他還沒來，所以她又回來。

「我一生下來，媽媽就去世了，」她平靜地說，「我只能從她的畫像來認識她。我知道你昨天看過那幅畫像，你有猜到那是誰嗎？」

我說有，因為那畫像裡的人很像她。

「爸爸也這麼說，」艾格尼絲很高興地說道，「聽！爸爸來了。」

她走了出去，不久便與他手挽手進了房間，那張充滿朝氣而平靜的臉由於高興而變得光彩照人。威克費爾德先生親切地問候我，並對我說在史特朗博士的教導下，一定會很快樂，因為博士是一個最寬厚的人。

「儘管有人利用他的仁慈為非作歹——」威克費爾德先生忽然說道，「但請你永遠別這麼做，特洛伍德。他是個最沒心機的人，這可以是優點，也可以是缺點。無論什麼事，只要和博士打交道，就別忘了這一點。」

我不明白他說這番話的用意是什麼，不過我沒有想太多，因為僕人很快就來通知說晚飯做好了。我們下樓去，照先前那樣入座。還沒坐好，尤利亞．希普的紅頭髮腦袋和瘦手就伸進了門。

「麥爾頓先生請求說句話，先生。」他說。

「我才剛把他打發走的呀！」他的主人說。

「是的，先生，」尤利亞答道，「但麥爾頓先生又回來了，他請求說句話。」他開門時，我覺得他那雙眼睛看著我，看著艾格尼絲，看著飯菜，看房裡的一切——卻又好像什麼都沒看。他的模樣一如即往，忠誠而順從地盯著主人。

「請原諒我的打擾，」一個聲音從尤利亞身後傳來，「不過我想了想，我對這問題似乎沒有選擇餘地，越早出國越好。當我和表妹安妮談論這一問題時，她說過她希望朋友都在身邊，不希望他們離開，而那老博士——」

「史特朗博士。」威克費爾德博士嚴肅地插嘴道。

「是的，史特朗博士，」對方答道，「他也持相同意見。不過，看起來，由於你為我訂的計畫，他又改變了主意。因此，我認為還是越早離開越好。」

「你的請求，我一定儘快達成。你放心好了。」威克費爾德先生說道。

「謝謝你。」對方說，「雖然我不願意挑剔別人對我的好意；不過，我相信，我表妹完全可以照她自己的意願辦事。真的，安妮只要告訴那個老博士——」

「你是說，史特朗夫人只要告訴她的丈夫——是嗎？」

「是的，」對方答道，「只要說，她希望這樣辦。毫無疑問，他一定會聽她的。」

「為什麼會毫無疑問呢？麥爾頓先生。」威克費爾德先生不動聲色地問道。

「因為，安妮是個可愛的妙齡女子，而史特朗博士卻不是一個可愛的年輕人。」麥爾頓先生笑著說道，「我不想冒犯什麼人，威克費爾德先生。我只是說，在這樣一樁婚姻中，必須有某種補償才是公平的。」

「給那位夫人嗎？先生。」威克費爾德先生板著臉問。

「當然，當然。」麥爾頓笑著回答，「我想說的就是這些。那麼，我告辭了，一切就麻煩你了。」

他離開時，威克費爾德先生並沒有站起來送客，只是若有所思地盯著他的背影。根據我的第一印象，麥爾頓先生是個淺薄的青年，臉蛋俊俏，伶牙俐齒，神情狂妄。

吃過飯以後，我們又上樓，一切就像昨天一樣。艾格尼絲在同一個角落裡擺上酒瓶和酒杯，威克費爾德先生就坐下來飲酒。艾格尼絲彈琴給他聽，坐在他身邊，一面做針線活，一面談話，又和我玩紙牌，之後又準時沏好茶。後來，她看了看我的書，然後把書上的知識講給我聽，還告訴我學習這些書的秘訣——儘管她說這算不上什麼，但我認為絕非如此。

她該上床了。當她離開我們後，我向威克費爾德先生道晚安，也準備回房了。但他攔住我，說道：「特洛伍德，你喜歡和我們一起住，還是想搬去別的地方呢？」

「和你們一起住。」我立刻回答。

「真的？」

「如果你們願意的話。」

「嘿，孩子，我怕這裡的生活太沉悶了呢。」他說道。

「我和艾格尼絲一樣不覺得沉悶，先生。一點也不。」

「好孩子！」威克費爾德先生說道，「只要你喜歡，你就在這裡住下來。你是我們的伙伴。把你留在這裡太好了，對我好，對艾格尼絲也好。」

他一面和我握手，一面拍拍我的背，並說晚上艾格尼絲去睡後，如果我想找一些消遣，可以去他的房間。我向他道了謝。不久，他下樓去了，但我並不覺得睏，於是便照他說的，打算拿一本書去樓下消磨時間。

可是，當我見到辦公室的燈光時，又被一種力量吸引過去。我看見尤利亞正在專注地讀一本厚厚的大書，他用瘦長的手指劃過他所讀的每一行，也許還在每一頁上留下了濕黏的痕跡。

「你今天忙到很晚呢，尤利亞。」我說道，坐在他對面的凳子上。

「是的，科波菲爾少爺，」尤利亞說道，「但我不是在做事務所的事。」

「那你在做什麼呢？」我問道。

「我正在學習法律知識呢，科波菲爾少爺。」

他說完，又繼續埋頭苦讀，並用食指指著讀過的每一行。我一直觀察著他，看到他的鼻孔又薄又尖，中間還陡然凹陷下去；它們奇特地一張一縮，看了令人不太舒服。

「我想，你是一個了不起的法律學者吧？」我問。

「我？噢，不是！我是一個卑賤的人。」他謙卑地反駁道，「像我這樣的人，竟然能替威克費爾德先生工作，這多麼值得感恩啊！」

我問他和威克費爾德先生相處多久了。

「我和他相處四年了，科波菲爾少爺，」尤利亞把書闔上，「我父親死後，威克費爾德先生收我做了實習生。這多麼值得感謝啊！要不然，憑我卑賤的身分，又怎麼能進來這裡呢？」

「那麼，當你實習期滿，就會成為一個正式的律師了？」我說。

「一切全憑上帝保佑，科波菲爾少爺。」尤利亞答道。

「也許，你總有一天會成為威克費爾德先生的合伙人呢！」我這麼說道，想討他開心，「那這裡就要改名為『威克費爾德－希普事務所』了。」

「哦，不，科波菲爾少爺，」尤利亞搖頭答道，「我太卑賤了，怎麼配得上呢？」

他斜眼看著我，嘴咧開，雙頰上顯出了皺紋，謙卑地坐在那裡。

「威克費爾德先生是一個了不起的人，科波菲爾少爺，」他又說道，「我相信，你認識他越久，越會知道他比我講的要好得多呢！」

我回答說我也相信如此。這時，他從凳子上站起身，準備開始作回家的準備。

「母親在等我，」他看看口袋裡的錶，「她會擔心的。儘管我們很卑賤，卻相親相愛。科波菲爾少爺，如果你哪個下午能來看我們，到我們那卑賤的地方喝杯茶，母親一定也會覺得很榮幸的。」

我說我非常願意去。

「謝謝你，科波菲爾少爺。」尤利亞把書回架子，一面說道，「我猜，你還要在這裡住一段時間吧？」

我說，只要我還在學校裡讀書，或許就會一直住在這裡。

「哦！果然，」尤利亞叫道，「我想，你最終也會加入這一行吧？」

我向他解釋自己沒有那種想法，也沒有人為我訂出那樣的計畫；但他只是不停地說：「哦，是的，科波菲爾少爺，我想你會的，肯定會的！」最後，他把燈熄了，我在黑暗中和他握手，感覺他的手就像一條魚。接著他把門打開一條縫，便鑽了出去，留下我獨自待在黑暗中。

第二天上學時，我的不安減輕了一些，而且每過一天便減輕一些。就這樣，我漸漸適應了這裡；不到半個月，我在新同學中也能過得很自在了。儘管我不擅長他們的遊戲，在學習進度上也落後很多，但我十分用功，也受到很多稱讚。在莫德斯通—格林比公司的記憶離我越來越遠了，我彷彿覺得自己不曾有過那樣的生活。

史特朗博士的學校很出色，與克里柯先生的學校有如天壤之別。它嚴謹、有秩序、制度健全，一切都為學生的名譽和前途著想，並且絕對信任學生。每個人都感覺自己負有維護學校的品格和尊嚴的責任，並懷著美好的願望學習，努力為學校爭光。

有些高年級的學生寄宿在史特朗博士家裡，我從他們那裡聽說了一些關於博士的傳聞——例如他和他那位美麗的夫人結婚還不到一年，他因為愛她而娶她，而她卻一文不名，只有一堆窮光蛋的親戚。

看到博士和他那年輕貌美的夫人在一起，真令人開心。他用父親般的慈祥表示對她的愛，這種態度足以證明他是一個大好人。我常看到他們在結有桃子的花園裡散步。有時，我在不遠處觀察他們，我覺得她很關心博士，也很愛他；博士則不停向她解釋學術的問題，儘管我不認為她對那些問題感興趣。

我常見到史特朗夫人，一半是因為她第一次見到我就喜歡我，從此一直關心我，一半是因為她喜歡艾格尼絲。我認為，她和威克費爾德先生之間存在某種緊張關係，他似乎很怕威克費爾德先生。當她晚上來拜訪時，從不讓他送她回去，而是和我一起跑開。

有時，當我們一起開開心心地跑過教堂的院子時，往往會與傑克．麥爾頓先生不期而遇，這讓我們大吃一驚。這位先生不久之後就去了印度，我還記得史特朗夫人當時傷心的模樣；有機會我還會再提到這些事。

第十七章　某個人出現了

當我被貝茜小姐收留時，我曾馬上寫了信給皮果提；當我被送到史特朗博士的學校後，又寫了一封信給她，告知我幸福的現況。在那封信中，我附上了半個基尼給她，以償還我過去向她借的錢。對於這些信，皮果提都快速地作出了回覆，她的回信中到處可見模糊不清的墨漬，顯然她在寫信時曾哭個不停。

她告訴我一件十分不幸的事：我們的舊家舉行了三次傢俱出售，莫德斯通先生和小姐已經搬走了，房子被鎖起來，等待出售或出租。一想到花園裡長高的雜草和小徑上積得厚厚的落葉，我就難過不已。我想像著冬日的寒風怎樣在它周圍呼號，淒冷的雨怎樣敲打它的玻璃窗，月光怎樣在那些空房間的牆上投下鬼影；我又想起墓園裡的墳墓，感到那棟房子彷彿也死了，一切和我父母有關的事物都消失了。

皮果提的信中沒提到別的新鮮事。她說巴吉斯先生是個出色的丈夫，只是有點吝嗇；我的小臥室總是為我整理得好好的；皮果提先生很好，漢姆也很好，康密奇太太不太好；小艾蜜莉不願隨信附上問候，但她說要是皮果提高興，可以代替她向我問好。

我把這一切都告訴了姨祖母，只是沒提到小艾蜜莉，因為我出於直覺，認為姨祖母不會喜歡她。我進入史特朗博士的學校不久，姨祖母就來看了我幾次；她看到我很努力，操行也好，又聽說我在學校裡進步得很快，便放心地回家去了。每過三四個禮拜，我們會在禮拜六見一次面，接著我就回多佛過禮拜天。每兩個禮拜，我會在禮拜三見到狄克先生，他是中午乘車來的，在這裡待到隔天早上。

狄克先生每次都帶一個皮製文件夾，裡面放了些文具和呈文；他如今十分重視這份呈文，認為必須馬上寫好遞上去。

「特洛伍德，」一個禮拜三，他神秘地對我說道，「在我們房子周圍躲起來嚇她的男人是誰？」

「嚇我姨祖母？先生。」

狄克先生點點頭。「我相信沒什麼能嚇倒她，因為她是個最聰明、最優秀的女人。」

「那是什麼時候的事情？」我說。

「我想不起來，」狄克先生搖搖頭說，「那一天，我剛開始想查理一世之類的問題，那人就來了。天剛黑，喝完茶以後，我和特洛伍德小姐走出去，發現他在我們房子附近。」

「走來走去？」我問道。

「不，他走到她身後，小聲對她說話，」狄克先生說道，「她立刻轉過身來，昏了過去。我站在那裡一動也不動地看著他。他走了，從那之後就躲起來了，沒有再出現。這真是件怪事！」

「從那之後他就一直躲起來了？」我問道。

「正是這樣，」狄克先生嚴肅地點點頭說，「一直到昨晚之前都沒來過！昨天晚上，我們散步時，他又來到她身後，我又認出了他。」

「他又嚇我姨祖母了？」

「她發抖了一下，」狄克先生學著她的樣子，把牙齒咬得格格作響，「扶住欄杆，哭了。可是，特洛伍德——」他把我拉近他以便小聲和我說話，「她為什麼要給他錢呢？」

「也許他是個乞丐吧？」

狄克先生搖搖頭，否定了這個說法。接著還說，當天很晚時，他又從窗裡看到姨祖母在花園圍欄外給這個人錢，然後這人就鬼鬼祟祟地走了，從此沒再露面。姨祖母則躡手躡腳地回家，樣子十分奇怪。

我心想，是否有某種陰謀，想把狄克先生從我姨祖母的保護下奪走；是否姨祖母為了狄克先生的權利，向威脅她的人付了一筆錢。幸好，在那之後，每當狄克先生在禮拜三到來時，總是笑嘻嘻的，神采飛揚，也沒有再說起那個嚇到姨祖母的人。

這樣的禮拜三是狄克先生一週裡最快樂的日子，對我也是。沒過多久，學校的學生都認識了他；他除了放風箏外，也對我們的體育活動表現出極大的興趣。有好幾次，我曾看到他全神貫注地參與打彈珠或陀螺的比賽；或是在玩獵狗逐兔的遊戲時，我曾見到他在一個小坡上為所有人吶喊歡呼，把帽子舉在腦袋上用力揮動。有多少個夏日時光，我看著他在板球場上感到無比快樂！有多少個冬日，我看見他鼻子凍得發青地站在風雪中，看著孩子們沿長長的滑雪道而下，高興得直拍手。

他受到大家歡迎，誰也比不上他那麼擅長製作小玩意。他可以把一顆橘子刻成一件藝術品，把別針或其他東西做成一條船；他可以把羊蹄骨做成棋子，把舊撲克牌做成羅馬戰車模型，把棉線軸做成轉動的輪子，把舊鐵絲做成鳥籠。尤其他也能用線和草做成一些物品，大家都認為沒有什麼是他做不到的。

狄克先生的名聲不只在學生之間流傳。過了幾個禮拜，史特朗博士向我問起了一些有關他的事。聽完我的話，他竟請求狄克先生下次來訪時，也向他介紹一下。他們認識了，並且時常往來。狄克先生時常去博士的書房，在那裡等我放學；如果我們下課較晚，他就在院子裡散步，等著我。後來，他乾脆直接走進教室，坐在某個角落的凳子上，陪我們一起聽課。他對博士的學問欽佩不已。

艾格尼絲也成了狄克先生的朋友。由於常去博士的住處，狄克先生也認識了尤利亞。他與我的友誼不斷增進，這種友誼是那樣奇特——他雖是我的監護人，卻又事事與我商量，採納我的意見。

一個禮拜四的早晨，我和狄克先生正要走回學校上課，在路上遇見了尤利亞。他提醒我以前與他訂下和他母親喝茶的約定，並說如果可以的話，希望我當晚就實現這個約定。

我答應了。那天晚上六點，我先知會威克費爾德先生過後，便與尤利亞一起動身了。

「你最近還在學習法律嗎？」在路上，我向他問道。

「哦，科波菲爾少爺，」他很謙卑地說，「那算不上是學習。有時夜裡，我會一連研讀一兩個小時。」

「我想，內容很艱深吧？」我說道。

「有時候的確很艱深，」尤利亞答道，「你知道，科波菲爾少爺，書裡有一些詞語，是拉丁文單字或拉丁文的術語，對我這樣卑賤淺薄的讀者來說是相當艱深的。」

「你想學拉丁文嗎？」我冒失地說，「我願意教你，因為我正在學呢。」

「哦，謝謝你，科波菲爾少爺，」他搖搖頭，「我相信你是出於一番好心。但我太卑賤，沒資格接受。」

「你在胡說什麼呀！尤利亞。」

「哦，你得原諒我，科波菲爾少爺！老實說，我巴不得向你學，只是我太卑賤了，學問是不適合我的。像我這樣的人最好不要存什麼妄想，只要一輩子卑賤地活下去！科波菲爾少爺。」

他不斷搖頭，謙卑地扭著身子，嘴巴咧得那麼寬，兩頰上的皺紋變得極深。

「我認為你錯了，尤利亞，」我說道，「如果你願意學，有幾樣東西我可以教你。」

「哦，我相信你，科波菲爾少爺。」他答道，「不過，由於你自己並不卑賤，或許無法為卑賤的人著想。我不願用學識去冒犯、激怒比我高貴的人們，謝謝你。我太卑賤了，這就是我卑賤的住處，科波菲爾少爺！」

我們走進了一間舊式的低矮房子，在那裡看見了希普太太。她長得很像尤利亞，但矮了一點。她十分謙卑地接待我，並說儘管他們地位卑下，卻也有本性和情感，希望這不會冒犯什麼人。那房間算得上體面，一半做客廳，一半做廚房；但一點也不讓人覺得舒適。桌上擺著茶具，爐架上燒著水壺。一個櫃子用來當成尤利亞的書桌，上面擺放著他的提包以及書本；有一個櫥子，還有一些常見的傢俱。雖然一切看起來稀鬆平常，卻給人一種莫名的貧寒感。

「這是一個值得紀念的日子，尤利亞，」希普太太一邊準備茶一邊說，「因為科波菲爾少爺竟然來訪問我們了。」

「我就知道妳會這麼想的，母親。」尤利亞說道。

「如果可以，真希望你父親也在場，」希普太太說道，「他一定也覺得與有榮焉呢。」

這些恭維真叫我不安，但為了不失禮節，我還是接受了。

「我的尤利亞一直在盼望這一天，」希普太太說道，「他擔心我們的卑賤會讓你退避三舍，我也這麼擔心。我們現在卑賤，過去卑賤，未來也將永遠卑賤。」

「我相信你們不會的，太太。」我說。

「謝謝，少爺，」希普太太回答道，「我們知道自己的身分，即使如此，我們也感謝上帝呢。」

他們靠近我，畢恭畢敬地請我取用桌上最好的食物。接著，他們開始談起話來，先是談論他們的親戚，接著又談論我的親戚——儘管姨祖母不希望我向外人透露太多，但在尤利亞和希普太太的懇求下，我忍不住什麼都說了。之後，他們又談論威克費爾德先生和艾格尼絲，一會兒聊到威克費爾德先生的優秀人品，一會兒聊到我對艾格尼絲的讚賞，一會兒又是威克費爾德先生的業務和財產，或是我們吃過晚飯後的家庭生活——總之，儘管我什麼也不想說，卻發現從我口中不斷說出了各式各樣的話。

我開始有點不安，想早點結束這次訪問。這時，我從門口看到一個人從街上走過去，又走回來，向屋裡看看，最後索性走了進來，大聲喊道：「科波菲爾！這可能嗎！」

這是米考伯先生！他戴著他的單片眼鏡，拿著他的手杖，穿著他的硬襯領，帶著他上層人物的神氣，話音中流露出那種紆尊降貴的口氣，一樣也沒少！

「我親愛的科波菲爾，」米考伯先生伸出手說道，「這是一次多麼不平凡的會面！我沿街而行，心想也許有意外的什麼事會發生，這時竟發現了一個年輕但寶貴的朋友！科波菲爾，我親愛的伙伴，你好嗎？」

我說很高興見到他，親熱地和他了握手，並問候米考伯太太。米考伯先生一邊微笑，一邊看著四周。他看見了尤利亞和希普太太，要我為他介紹這兩位朋友。我有點不情願地照做了。

「科波菲爾的任何朋友，都是我的朋友。」米考伯先生說道。

「我們太卑賤了，先生，」希普太太說道，「我與我兒子不配做科波菲爾少爺的朋友。承蒙他一番好意，屈尊來和我們一起喝茶；我們感謝他的光臨，也感謝你的光臨，先生。」

「妳太客氣了，太太。」米考伯先生鞠躬說道，「科波菲爾，你現在在做什麼？還在幹酒業這一行嗎？」

我頓時漲紅了臉，回答我是史特朗博士學校的學生。

「學生？」米考伯先生抬起了眉毛說道，「我很高興聽你這麼說。儘管我相信我的朋友科波菲爾的頭腦並不需要那種培養；即使沒有人情世故的知識，他的智慧與其他人相比仍是卓越的——」

尤利亞把兩隻長長的手絞來絞去，上半身可怕地扭了一下，以表示對我的推崇。

「我們可以去看看米考伯太太嗎？先生。」我說道，一心只想把米考伯先生帶走。

「求之不得，科波菲爾。」米考伯先生起身回答道，「你知道，多年來我們的經濟窘迫、拮据；有時我佔了困難的上風，有時困難擊敗了我。不過，幸好有你這樣一位好朋友，願意隨時傾聽我的難處。」

他一邊說著，一邊帶著我離開了。一路上，他用鞋在人行道上敲出很大的聲音，口裡還哼著曲子。

米考伯先生暫住在一間小旅店，我在那裡見到了米考伯夫人。她對我說，他們在普利茅斯受到了冷淡的接待，米考伯先生也未能如願在海關謀得職位，於是向娘家借了一點錢，打算回到倫敦投身煤業。

「不過，」米考伯太太又說道，「你知道的，科波菲爾先生，儘管米考伯先生有才能，卻沒有資金。因此我們決定來這裡碰碰運氣。不幸的是，三天過去了，什麼機遇也沒有。我們目前正在等一筆從倫敦來的匯款，好付清我們的房租；在收到匯款前，」她很激動地說，「我們無法回家，無法見到我的孩子們。」

我對處於這樣艱難處境中的米考伯夫婦懷著極大的同情，便對米考伯先生說，我真希望我能借給他們需要的錢。米考伯先生握住我的手，說道：「科波菲爾先生，謝謝你，只是我恐怕已經山窮水盡了！」聽到這可怕的話，米考伯太太摟住丈夫，哀求他冷靜。他哭了，但很快又興致大增，竟搖鈴叫來侍者，訂了一個布丁和一碟蝦子做為次日早晨的點心。

我向他們告別時，他們懇切地邀請我第二天來吃晚飯，我說我來不了，因為在晚上有許多功課要做，米考伯先生便說要在早上來拜訪我的學校。果然，次日早晨我被從教室裡叫了出來，只見米考伯先生在客廳裡；我問他匯款是否已到，他沒有回答。就在那天晚上，我朝窗外看去，不禁感到驚恐——我看到米考伯先生和尤利亞手挽著手走過；當我隔天去拜訪他們，聽說米考伯先生曾和尤利亞一起回家，並在希普太太家裡喝過摻水白蘭地時，又更加吃驚了。

「我告訴你，我親愛的科波菲爾，」米考伯先生說道，「你的朋友希普是一個可以做首席辯護律師的人才。要是我早點認識他的話，我敢說，我的債主們一定會吃不少苦頭。」

我不願說我希望他不要對尤利亞過於坦率，也不願問他們是否聊到了我。我怕傷了米考伯先生的感情，但這件事總讓我十分不安，不時掛念著它。

我們吃了一頓精美的晚餐。米考伯先生情緒高昂，他的臉上閃著光，看起來就像塗了油漆似的。他讚美這座小鎮，說他們在坎特伯雷過得十分舒適愉快，絕不會忘了這段美好的時光。我們乾了杯，又回憶了過去的一些事情。我從未見過什麼人像米考伯先生當時那樣開心過。

然而，隔天早晨七點，我意外地收到了一封信，信上標註的時間是前一晚的九點半，也就是我剛離開他們不久。

我親愛的年輕朋友：

一切都結束了，今晚我沒能告訴你：匯款已無希望！我已用一張期票付清了這裡的欠帳，並寫明十四天後到我在倫敦的住處兌現。期票到期時，一定無法兌付，後果是可想而知的了！

親愛的科波菲爾，希望我的遭遇能成為你的一生之鑑。儘管我目前的生計都成了問題，誰知道呢？或許在我悲慘的餘生裡還會有一絲歡樂呢！

威爾金・米考伯

這封信的內容是那麼叫我震驚，我立刻趕往那間小旅店。當我跑到半路，我就遇見後排載著米考伯夫婦的倫敦馬車。米考伯先生正一邊笑，一邊聽米考伯太太說話，並且吃著紙包裡的核桃。他們沒有看見我，因此我也認為最好別去看他們了。我轉進一條前往學校的小路，心裡感到如釋重負。

第十八章　回顧

歲月流逝。我不再是學校裡成績最差的學生了。幾個月裡，我就超過了好幾名；不過，我覺得第一名的學生是個了不起的人物，離我很遙遠，我一輩子也無法超越他。艾格尼絲卻反駁我，說即使是我也可能達到他的成就。就算是這樣，我仍然崇敬他，相信當他離開學校時，社會一定會給予他一個相稱的地位。

接著，出現在我面前的是謝福德小姐。她是奈汀格太太學校的寄讀生，穿著短外套，圓圓的臉蛋，淺黃的捲髮。當那些女孩來到教堂做禮拜時，我再也無法看我的聖經了，因為我必須看謝福德小姐；唱詩班唱詩時，我只聽見謝福德小姐的聲音。回家後，我在自己的臥室裡，不時情緒激動地嚷道：「噢！謝福德小姐。」

不久之後，我們在舞蹈學校裡相遇，我成了她的舞伴。當我觸到她手套的那一刻，感到一陣戰慄從我的右手衣袖一直上升到頭頂。我從沒對謝福德小姐說出一句親熱的話，但我們相互理解。她和我是天生的一對。

我曾經把十二個核桃送給謝福德小姐當做禮物。我還送過她又鬆又軟、香噴噴的餅乾，還有數不清的橘子。有一次，我在更衣間裡吻了謝福德小姐，多麼銷魂！第二天，當我聽說：謝福德小姐因為心不在焉而受到奈汀格太太責罵時，我是多麼痛苦而憤慨呀！

謝福德小姐成了我的一生和夢想！然而，我們之間開始有了隔閡。我聽到一些影影綽綽的謠言，說謝福德小姐希望我不要一直盯著她，還說她更喜歡瓊斯——瓊斯！那個一無是處的傢伙。我與謝福德小姐越來越疏遠；漸漸地，她從我的心裡消失了。

我的身高與外貌一天天變化，我累積的學識也變化了。我掛了一個帶金鏈的金錶，小指上戴了枚戒指，穿了一件長後擺的外衣，還用了不少髮油。我又戀愛了，這回我愛上的是拉金斯家的大小姐。

拉金斯大小姐並不是一個小女孩。她成年了，也許快三十歲了；身材高䠷，膚色黝黑，眼睛黑亮。我對她的熱情超出了常識。

拉金斯大小姐和一些軍官很熟識。這件事令我不太開心。我看見那些軍官在街上和她交談；還看到她有說有笑，似乎十分得意。我花了許多時間在她家附近徘徊，只為了見她一面。如果一天能向她鞠躬一次，我就欣喜萬分。我每天都為了她戴上我的新絲巾，穿上我最好的衣服，擦亮我的皮鞋，只希望能配得上拉金斯小姐。

我常想到我的年齡：才十七歲，實在太年輕了。但我用樂觀的想像滿足自己的幻想。我想像我鼓起勇氣去向拉金斯小姐求婚，想像拉金斯小姐把頭倚在我肩上說：「噢！科波菲爾先生，我能相信我的耳朵嗎？」想像拉金斯先生隔天一早對我說：「科波菲爾少爺，我女兒已經都告訴我了。年輕不是問題，這裡是兩萬英鎊。祝你們幸福！」我想像姨祖母為我們祝福，狄克先生和史特朗博士都出席了婚禮……我相信，我是一個很理智的人，從不誇張，但我一直就是這麼想像著。

過了一些時日，拉金斯家舉辦大型舞會。我來到那有魅力的房子，屋裡有燈光、談話、音樂、鮮花、軍官，還有美麗的拉金斯大小姐；她穿著藍色的長裙，頭上插了藍色的花。這是我第一次出席大人的舞會，感到有點不自在。我站在門口，一心盯著我所愛的人。沒過多久，她走了過來，興致勃勃地問我想不想跳舞。

我鞠了一躬，結結巴巴地說：「和妳跳，拉金斯小姐。」

「不和別人跳嗎？」她又問道。

「我不願意和別人跳。」

拉金斯小姐笑了，臉也紅了，便說：「那就等下一首曲子吧，我很榮幸。」

時間到了。當我去邀請拉金斯小姐時，她猶豫地說道，「你會跳華爾滋嗎？如果不會，貝禮上尉可以——」

但我會跳華爾滋，於是我把拉金斯小姐帶開了。看得出貝禮上尉很沮喪，那又怎麼樣呢？我和拉金斯小姐跳起了華爾滋，感覺自己置身天堂，忘記了時間的流逝，與一個藍色的天使遊來蕩去，如痴如醉，幸福萬分。跳完一支舞後，我與她坐在一條沙發上休息。她說我胸前的山茶花很漂亮。我把花給她，並說：

「我希望為它討一個相等的代價，拉金斯小姐。」

「真的？是什麼呢？」拉金斯小姐問道。

「妳的一朵花，我會像珍惜黃金那樣珍惜它。」

「你是個大膽的孩子，」拉金斯小姐說，「給你吧！」

她把花給了我，我把它放在嘴上後再放回懷裡。接著，拉金斯小姐挽著一個已過中年的男人來到我面前，這男人長得一點也不英俊，整晚都在玩牌。她說：

「這就是我那大膽的朋友！這位是切斯特先生，科波菲爾先生。」

我知道他是這一家人的朋友，頓時覺得好不得意。

「我很欣賞你的眼光，先生。」切斯特先生說道，「我想，你對蛇麻這種釀酒的植物不怎麼感興趣，但是我卻種了很多。如果你願意蒞臨阿希福德一帶，我們一定會很高興，你想住多久都可以。」

我熱誠地感謝他，和他握手。之後，我又一次和拉金斯大小姐跳了華爾滋。她說我跳得很棒！我回家時心裡快活極了，整夜都在想像那美麗的藍色身影。之後一連幾天，我一直沉浸在幸福的回憶中。然而，我沒有再見過她；只能用那朵已乾枯了的花來安慰自己失望的內心。

「特洛伍德，」一天晚飯後，艾格尼絲說道，「你猜誰明天要結婚了？是你崇拜的一個人呢！」

「該不會是妳吧？艾格尼絲。」

「不是我！」她正在低頭抄樂譜，這時抬起頭來高興地說，「是拉金斯大小姐呢！」

「嫁給貝禮上尉？」我上氣不接下氣地問道。

「不，不是嫁給什麼上尉。是嫁給切斯特先生，一個種蛇麻的人。」

大約有一兩個禮拜，我一直很沮喪。我取下戒指，穿上較差的衣服，不再用髮油，一天到晚對著拉金斯小姐的那朵花嘆氣。

第十九章　我的發現

我的修業期將滿，離開學校的日子即將來臨。對於我未來的出路，我已與姨祖母進行過多次嚴肅的交談。一年多來，我總想找出一個答案，偏偏我對任何事都沒有特別的愛好。最後，我決定從事一種不會花掉姨祖母太多錢的職業，無論做什麼，我都願意勤奮努力。

「親愛的特洛，我告訴你，」聖誕節假期的一天早上，姨祖母說道，「也許我們應該暫時不去想這問題。我想，一個小小的變化，看看外面的生活，也許能幫助你下定決心，作出較冷靜的判斷。例如說，你再去鄉下一趟，看望那個叫皮果提的女人——」

「姨祖母，這正是我求之不得的！」

「好吧，」姨祖母說道，「我也高興這樣。不過，你對這件事高興是自然的、合理的。我非常相信，特洛，無論你做什麼，都應該是自然的、合理的。」

「我也希望如此，姨祖母。」

「除此之外，」姨祖母繼續說，「你還要重視道德方面。我相信你已經具備了健全的身體，我更希望你成為一個堅定的人——一個優秀、堅定、有意志的人，有決心、有品性；除非有正當的理由，否則絕不受任何事物的影響。這就是我希望你能做到的。」

我表示我會盡力達到她的要求。

「那麼，你可以從小事開始，依靠自己，按照自己的意志行事，」姨祖母說，「我要讓你獨自去旅行。我曾一度想讓狄克先生與你同行；但考慮之後，還是決定讓他留下來照顧我。」

狄克先生有那麼一會兒露出了失望的樣子，但想到照顧姨祖母是件光榮的任務，又使他臉上開朗起來。

按照姨祖母的計畫，一筆可觀的錢很快就為我湊齊，再加上一包行李。離別時，姨祖母給了我許多建議，並說在今後的一個月裡，我能夠隨心所欲地做自己想做的事，但每個禮拜必須寫三封信回家。

我先到了坎特伯雷，向艾格尼絲和威克費爾德先生告別，也向史特朗博士告別。這些年，艾格尼絲早已長成一位美麗的少女，宛如那幅肖像的翻版。她見到我很高興，她告訴我，自從我離開後，她的家裡已經變了。

「我想，我自己也變了，」我說道，「我離開妳，就好像失去了右手。不過，這麼說不夠正確，因為右手既沒頭腦也沒心靈。艾格尼絲，凡是認識妳的人，都徵求妳的意見，接受妳的指導。」

「我相信，凡是認識我的人都寵壞我。」她笑著回答道。

「不。因為妳不像別的人。妳脾氣好、性格溫順，而且總是正確。」

「你這樣說，好像我是從前的拉金斯小姐一樣。」艾格尼絲一邊做針線活，一邊愉快地笑著說道。

「別再挖苦我了。」我想起那件往事，臉頓時紅了，「不過，將來我仍然會一直信任妳，艾格尼絲，永遠都不會變。無論何時，只要我陷入困境或墜入情網，我都會告訴妳——就算是認真的也一樣。」

「嘿，你一向都是認真的呀！」艾格尼絲又笑著說。

「哎！我那時只是個小孩，」我有點害羞地說道，「但我相信，我總有一天會認真的。倒是妳，艾格尼絲，妳至今還從未認真過呀！」

艾格尼絲邊笑邊搖頭。

「哦！我知道妳沒有，」我說道，「因為如果妳認真了，妳也一定會告訴我的，或是至少讓我察覺到。」我看到她臉上浮起淡淡紅暈。「不過，在我認識的人裡頭，沒有一個有資格愛妳！艾格尼絲。一個有資格愛妳的人，他必須具備更高尚的品性、更出色的才能。將來，我要盯緊那些追求妳的人，並對他們提出眾多要求。我一定會這麼做的。」

我們就這樣親密地開著玩笑，這種親密是由我們長久以來的相處中自然產生的。這時，艾格尼絲突然抬起頭來正視著我，並用另一種態度說道：

「特洛伍德，你覺得我爸爸有哪裡變了嗎？」

我早已看出了那種變化，但不知道她是否也看出了。當時，或許是我的臉上流露出了什麼，我看見她立刻低下頭，淚眼汪汪。

「告訴我那是什麼變化。」她低聲問道。

「我可以直說嗎？艾格尼絲，因為我非常愛他。」

「可以。」她說道。

「我認為，從我來以後，他常常很緊張——或許這只是我的幻覺。」

「不是幻覺。」艾格尼絲搖頭說。

「他的手發抖，說話也含糊不清，眼睛看上去像瘋子一樣。尤其是有人找他辦事的時候。」

「尤利亞找他的時候。」艾格尼絲說道。

「是的。那種力不從心的感覺，或是無意間暴露出想法的感覺，似乎使他十分不安；於是他日漸疲乏、憔悴。艾格尼絲，就在前陣子的一個晚上，我看到他把頭伏在書桌上，像個孩子一樣流淚。」

當我說話時，她把手輕輕放到我嘴邊，便走到房門口迎接她父親，並把頭倚在他肩上。他們父女同時朝我看時，我覺得她臉上的表情真是動人至極。她美麗的表情中有對他深深的愛、深深的感激，還有對我熱烈的懇求，希望我也能溫柔地對待她父親。

我們去博士家喝茶。當我們到了那裡，看見博士、博士的年輕夫人和她的母親馬克蘭太太一起圍坐在火爐旁。博士十分重視我的離校；他對我說，等我畢業後，他也打算告別這間學校，將教務交給首席教師，與妻子一同過著隱居的生活。

接著，安妮的母親提到了傑克．麥爾頓從印度寄來的一封信。根據信上的內容，麥爾頓先生似乎在當地染上了重病。我看著史特朗夫人猶豫、膽怯的表情，不禁想起麥爾頓先生離去那一晚的情景，開始感到這其中有著特別的意義，並為之不安。在我眼裡，安妮臉上那天真的美不再那麼天真了；她舉止中自然的嬌態和魅力也不再那麼讓我信賴了。我相信威克費爾德先生也有相同的想法。當那一晚我們告辭時，艾格尼絲正要擁抱安妮，威克費爾德先生彷彿不經意地走到她們中間，很快把艾格尼絲拉走了。

隔天早晨，我離開了艾格尼絲所在的古宅。無疑，我不久後還會再回來這裡，我可以再次在我的房間裡睡覺；但是我住在那裡的日子消失了。當我把放在那裡的書和衣物清點好，準備送去多佛時，心情沉重極了；以至於當尤利亞殷勤地幫我整理時，我竟認為他因為我的離開而感到高興呢。

如今，我受過很好的教育，穿著體面的服裝，口袋裡裝著很多錢；一路上，我朝著車外那些我曾經艱辛地露宿過的地點望去，感覺格外奇特。對每一個特別的地方，我都思緒萬千；我朝下看去，看到迎面走過的乞丐，發現我認識的面孔時，就彷彿又回到了從前。當我們從查森狹窄的街道上駛過時，我又看到我變賣短外套的店鋪，迫不及待地伸長脖子想看個清楚。當我們來到離倫敦不遠的薩倫學校時，我真想下車去揍克里柯先生一頓，然後把被囚禁的學生們全放出來。

我們走到查理十字路旁的金十字旅館。一名侍者把我帶進我的小臥室，這個密閉得像個酒窖的房間裡充滿了噁心的氣味。我痛苦地意識到因為自己的年輕，沒有人願意向我表示一分敬意。

「喂，」男侍者隨口說道，「你晚飯想吃什麼呀？年輕的先生大多喜歡吃雞肉。來隻雞吧？」

我告訴他，我不喜歡吃雞鴨之類的東西。

「不要？」男侍者說道，「年輕的先生大多吃膩了牛肉和羊肉。那就來一份炸肉排吧？」

我不知道該說什麼，只好同意了這個建議。

「你喜歡吃馬鈴薯嗎？」男侍者歪著頭，微笑地說道，「年輕的先生大都吃了太多馬鈴薯。」

我用我最低沉的聲音吩咐他上一份炸肉排配馬鈴薯，並且請他去櫃台看看有沒有給特洛伍德·科波菲爾先生的信。我知道那裡沒有，也絕不會有，但必須裝出一些大人的派頭。

就在這時，一個年輕人走進了旅館，他穿得瀟灑漂亮，長得英俊倜儻；當他經過我身邊時，我一眼就認出了他，於是懷著興奮不已的心情追上去。

「史蒂爾佛！是你嗎？」

他看看我，一如他平常打量人那樣；我看出他認不出我來。

「我怕你不記得我了！」我說道。

「我的上帝！」他突然大叫道，「你是小科波菲爾！」

我握住他的雙手，無法把它們放開。要不是因為怕羞，我真想摟住他脖子大哭一場。

「我從來沒這麼高興過！我親愛的史蒂爾佛，見到你真是太高興了！」

「我也很高興呢！」他親熱地握住我雙手說，「喂，科波菲爾，大孩子，別太激動！」

我擦去我怎麼努力也止不住的眼淚，又為此刻意大笑了一陣，然後與他並肩坐下。

「嘿，你是怎麼到這裡來的？」史蒂爾佛拍拍我肩膀問。

「我是今天從坎特伯雷搭車來的。我在那裡被我的姨祖母領養，剛在那裡完成了學業。那你呢？史蒂爾佛，你是怎麼來的？」

「嘿，我現在是牛津大學的學生了，」他答道，「也就是說，我一直都住在那裡。現在，我正要回家看我母親。你真是個可愛的傢伙，科波菲爾，看看你！你還是老樣子，一點也沒變！」

「但我馬上就認出了你，」我說道，「雖然記起你來要容易些。」

他一面撫摸他那一根根捲髮，一面大笑，然後高興地說：

「是的，我正在作一種義務旅行。我母親住在離市區不遠處，可是路況很糟，我們的家也很單調，所以我今晚留宿在這裡，不繼續趕路了。喂，這位老兄！」他對侍者說道。那位侍者一直站在遠處觀察我們的相認，這時很殷勤地走了過來。

「你把我朋友科波菲爾先生安排在哪裡？」史蒂爾佛說道。

「什麼意思？先生。」

「他睡在哪裡？幾號房？你聽懂我說的話嗎？」史蒂爾佛說道。

「懂了，先生，」侍者面露歉意，「科波菲爾先生住在四十四號房，先生。」

「你把我的朋友安頓在馬廄上的那間小閣樓裡？豈有此理！」史蒂爾佛質問道。

「哎，我們不知道呀，先生，」侍者惶恐地答道，「因為科波菲爾先生又不挑剔。不然，我們可以讓他住在七十二號房，就在您的隔壁，先生，如果您滿意的話。」

「當然滿意，」史蒂爾佛說道，「快去安排吧。」

侍者連忙去換房間。史蒂爾佛笑了起來，拍拍我肩膀，還請我明天早上十點和他一起用早餐。這讓我感到受寵若驚，但仍十分樂意地接受了。時候已經不早了，我們拿了蠟燭上樓，在他的房門前友好地分手。我發現我的新臥室比先前的好多了，一點怪味也沒有，還放了一張氣派的大床。於是我懷著愉快的心情入睡了。

第二十章　史蒂爾佛的家

早上，史蒂爾佛在一間舒適的小客廳裡等我。那個房間裡掛著紅窗簾，鋪土耳其地毯，火爐燒得旺旺的，桌上擺有精緻的早餐，還是熱騰騰的呢！一開始，我還有些拘謹，因為史蒂爾佛那麼冷靜、高雅，在任何方面都比我優越；但他的從容很快便令我不再拘謹害羞，變得愜意自在。

「喂，科波菲爾，」房裡只剩下我們時，史蒂爾佛說，「告訴我，你現在打算做什麼？去哪裡？」

我告訴他，我姨祖母怎樣建議我進行一次旅行，以及我計畫去什麼地方。

「既然你不忙，」史蒂爾佛說道，「和我一起去海蓋特，在我家住一兩天吧！你一定會喜歡我母親的，她也一定會喜歡你。」

「我希望一切真的是這樣。」我微笑著答道。

「哦！」史蒂爾佛說，「凡是喜歡我的人，她都會喜歡，這是絕對的。」

「這麼說來，我相信我一定能得寵了。」我說道。

「好！」史蒂爾佛說道，「就這麼說定了。我們要觀光兩個小時——帶你這麼一個新手去觀光一定很有趣，科波菲爾——然後我們搭車去海蓋特。」

我幾乎以為我是在做夢！我立刻寫信給姨祖母，告訴她我有幸巧遇了我崇拜的老同學，還接受了他的邀請。寫完信後，我們坐著出租馬車在外頭閒逛，看了一些活動畫和一些風景，又到博物館中走了一趟；在那裡，我不僅發現到史蒂爾佛淵博的學識，並注意到他對於自己的博學相當謙虛。

觀光結束後，我們吃了午飯。短短的冬日一下就過去了，當馬車把我們載到海蓋特山頂一間古老的磚房前時，暮色已降臨了。我們下車時，一個上年紀的女士站在門前，她稱史蒂爾佛為「我最親愛的詹姆士」，並摟住他。這位女士氣質高雅，臉也很漂亮。史蒂爾佛介紹這是他母親，她很威嚴地向我表示了歡迎。

這是一棟老式住宅，十分安靜整齊。從我的臥室望出去，可將整個倫敦盡收眼底，那城市就像一團霧氣般懸在遠處，從那團霧氣裡透出點點閃爍的燈火；房間裡，擺放著各種古老結實的傢俱，以及一些蠟筆肖像畫。更衣之後，我被請去餐廳一起用餐。

餐廳裡還有另一個女人，個子不高，膚色很黑，看上去有些彆扭，但長得仍算漂亮。她有一頭黑髮，烏黑的眼睛炯炯有神，人很瘦，嘴唇上有道疤痕——這道疤切過她的嘴，一直延伸到下巴。我猜她大約三十歲左右，而且還沒有嫁人。他們告訴我，她叫做達特爾小姐，史蒂爾佛和他母親都稱她羅莎。多年來，她一直住在這裡，做為史蒂爾佛夫人的女伴。我發現，她從不直截了當說出心裡話，而是不停地暗示；她越是暗示，意思便越不清楚。

有時候，她甚至和史蒂爾佛發生衝突。一次，史蒂爾佛夫人問起我去薩福克的目的，我立刻解釋道，我是去拜訪我的老保姆，以及皮果提先生一家，我順便又提醒史蒂爾佛在學校時見過的那個漁夫。

「哦！那個痛快爽直的傢伙，」史蒂爾佛說道，「他有個兒子，是嗎？」

「不，那是他的侄子，」我答道，「他還有一個漂亮的外甥女。總之，在他的家裡住滿了蒙受他的恩惠和仁慈的人。你一定會很樂意見見那一家人。」

「我會嗎？」史蒂爾佛答道，「嘿，我想我會的。我應該想想怎麼辦。別說和你一起旅行有多快活了；光是和那些人在一起，成為他們之中的一份子，這趟旅行就值回票價了。」

聽到他這麼說，我簡直開心極了。就在這時，一直目光銳利地監視著我們的達特爾小姐插嘴了。

「哦，不過，真的嗎？請告訴我。他們是嗎？」她說道。

「他們是什麼？誰是什麼？」史蒂爾佛問道。

「那些人呀！他們真的是動物或傻子嗎？真的是另一類東西嗎？我好想知道。」

「嘿，他們和我們之間有很大的差別呢。」史蒂爾佛冷冷地說，「他們不像我們這樣多愁善感。他們的感受不太容易被驚動，也不容易受傷害。他們是非常正經的，但他們的性格大而化之——也許這正是他們的幸運之處，這就像他們粗糙的皮膚那樣，不容易受傷。」

「真的？」達特爾小姐說道，「嗯，我沒有聽過比這更令人開心的話了，真讓我感到欣慰呀！知道他們受了苦時卻感覺不到，這真是令人高興啊！過去，我常常為那些人感到不安，如今再也不用這麼想了。我承認，我曾經疑惑過，但現在疑雲一掃而空了。這就是發問的好處——不是嗎？」

我當時相信史蒂爾佛的話只是開玩笑，或是為了逗逗達特爾小姐。她離開後，只剩下我倆坐在火爐前時，我期待他會這麼講。但他只是問我對達特爾小姐的看法。

「她很聰明，是嗎？」我問道。

「聰明？她把每件事都拿到磨刀石上磨，」史蒂爾佛說道，「把它磨得又尖又利，就像她的臉蛋和身材一樣。她不斷地磨呀磨的，把自己給磨蝕掉，只剩下刀刃了。」

「她嘴唇上那個疤多麼明顯！」我說道。

史蒂爾佛的臉沉了下來。

「嘿，老實說，」他接著說，「那是我弄的。」

「因為一場不幸的事故？」

「不。當我還是個小男孩時，她把我惹火了，我就拿起一把錘子朝她扔過去——」

談到這樣一個痛苦的話題，這令我很後悔，但這時再後悔也沒用了。

「從那時候開始，就有了這道疤。」史蒂爾佛說道，「她會把這道疤帶進墳墓，如果她能在墓裡得到安息的話——不過我不相信她能在任何地方得到安息。她是我父親一個表兄弟的孩子，小時候就成了孤兒，被我母親收養。她本來已有兩千鎊的財產，再加上每年的利息。這就是關於羅莎·達特爾小姐的一切。」

「無疑，她對你就像對弟弟那般友愛。」

「哼！」史蒂爾佛回答，「有些兄弟不願被愛得太過分——算了，喝酒吧！科波菲爾。我們要敬田野裡的雛菊——這是為了你！也敬山谷裡的百合花——這是為了我！」他興沖沖地說這幾句話，這時浮現在他臉上的那種憂愁的微笑消失了，他又和從前一樣坦率迷人了。

喝茶時，我與史蒂爾佛夫人又聊了一會兒。我對她那樣崇拜自己的兒子一點也不感到奇怪：她似乎什麼別的事也不想說，她把裝在一個金盒裡的嬰兒畫像給我看，盒子裡還放了些他的胎髮；她又把我認識他那時他的畫像給我看，他現在的畫像則被她掛在胸前。她把他寫給她的所有信都放在火爐旁的一個櫃子裡；她正想將其中一些讀給我聽，幸好被他阻止了。

「我兒子告訴我，你們是在克里柯先生的學校裡認識的，」史蒂爾佛夫人說道，「的確，我記得他當時說過，他很喜歡那裡一個比他小的學生，但是請你原諒，我忘了你的名字了。」

「他在那裡對我很慷慨，很夠義氣，夫人，」我說道，「如果沒有他，我就完了。」

「他一向很慷慨，很有義氣。」史蒂爾佛夫人驕傲地說。

我打從心底贊同這句話。史蒂爾佛夫人也知道。她對我的那種威嚴頓時少了許多，只有在讚美她兒子時，她才放下那不可一世的高傲。

「一般說來，那學校並不適合我的孩子。」她說道，「不過在當時，擁有一些特權比選擇一間好學校更重要。我的孩子性格高傲，需要有人意識到他的優點，心甘情願地尊敬他、崇拜他。在那裡，我們就找得到這樣一個人。」

我知道她說的那人是誰。不過，我並不因此更憎惡他，反而覺得這是可以彌補他過失的一個長處了——如果欣賞史蒂爾佛這樣的人算得上是長處的話。

「在那裡，我的兒子自發地提升自己，使天賦得以發展，」這位疼愛孩子的夫人繼續說道，「他本可無憂無慮過日子，但他發現自己是那樣地優越，便決心作出一番成果——他就是那樣的人。」

我心悅誠服地附和說，他就是那樣的人。

「因此，他順從自己意願，不受任何限制；只要他高興，總能超越任何對手。」她繼續說，「科波菲爾先生，我兒子說你非常崇拜他，昨天你們相遇時，你竟高興得哭了起來。對於任何能賞識他長處的人，我都不會對他冷漠，因此我很高興能見到你。我也可以向你保證，他對你的友誼是非比尋常的，你可以完全信任他。」

不久後，史蒂爾佛夫人與達特爾小姐就寢了。史蒂爾佛和我又圍著火爐坐了半小時，聊了特雷多和薩倫學校的其他人後，這才一起上樓。史蒂爾佛的房間就在我隔壁，我進去看了看，那簡直就是一幅天堂的景象，到處是安樂椅、靠墊、腳凳，都是他母親親自裝飾擺放的，該有的東西應有盡有。在牆上的一幅畫中，她那漂亮的臉俯視她的愛子，彷彿即使他睡著了也應該受到她的關注。

第二十一章 艾蜜莉

我在史蒂爾佛家裡住了一個禮拜。這個禮拜使我得以進一步瞭解史蒂爾佛，也更加崇拜他了。相形之下，他總是把我看做一個玩具那樣喜愛我。這種態度使我回憶起我們往日情誼，也讓我感到他一如既往；更重要的是，這種態度是他從不對別人顯示的一種親密無間的、無拘無束的、熱情洋溢的態度。我滿心歡喜地相信他把我看得比其他朋友更加親密，並為此感到內心溫暖起來。

他決定和我一起去鄉下，我們也該出發了。他的僕人利蒂默將我們的行李在往倫敦的小馬車上放得妥妥帖帖，之後我們便向史蒂爾佛夫人和達特爾小姐告別。我懷著無限謝意，愛子心切的母親則懷著無限慈愛。

馬車行駛了一整天，抵達雅茅斯時已是夜裡了，我們在旅店下榻。第二天早晨，精神飽滿的史蒂爾佛在我起床前就去海邊散過步了。他告訴我，他已結識了當地不少船夫；此外，他還從遠處看到他認為就是皮果提先生住的地方，那裡的煙囪正冒著煙。

「你準備什麼時候把我介紹給他們呀？科波菲爾，」他說道，「一切都聽你的。照你的意思辦吧！」

「我想，今天晚上，他們都面向火爐而坐時，應該是個好機會。我希望你在那樣一個愜意的時刻去看看，那是個美妙的地方。」

「就這樣決定了！」史蒂爾佛答道，「今天晚上吧。」

「我還沒有告訴他們我會來，」我很快活地說道，「一定會嚇他們一大跳。」

「哦，當然了！如果不嚇他們一跳，那就沒什麼樂趣了。」史蒂爾佛說，「現在，你打算幹什麼呢？我猜，你要去看你的保姆吧？」

「啊，是的，」我說道，「我得先去看看皮果提呢。」

「好，」史蒂爾佛看看他的錶，「如果我給你們兩個鐘頭大哭一場，這時間夠嗎？」

我笑著說，那時間夠我們哭的了，不過他也應該親自去看看她。於是，我把巴吉斯先生的住址詳細告訴他，要他兩個小時以後再來，便一個人出發了。空氣清新爽快，地面乾燥，海面平靜，太陽很大卻不熱。一切都朝氣蓬勃，充滿生機；當然，街道顯得小了，但是街上的事物我仍然十分熟悉。

當我來到皮果提的家時，她正在廚房裡做飯。我剛敲了門，她就走出來，問我有何貴幹。我笑瞇瞇地看著她，但她看著我時並不笑。儘管我一直按時寫信給她，但我們已經有七年沒見過面了。

「巴吉斯先生在家嗎？太太。」我學著粗魯的口氣問道。

「在家，先生，」皮果提答道，「但他患了痛風病，正臥病在床呢。」

「他現在不去布蘭德斯通了吧？」我問道。

「他沒生病時就會去。」她答道。

「妳去過那裡嗎？巴吉斯太太。」

她非常專心地盯我看。我看到她馬上把兩手合在一起。

「我想打聽那裡的一戶人家，叫做什麼──科波菲爾的。」我說道。

她往後退了一步，驚疑不定地伸出兩手，好像要趕我走似的。

「皮果提！」我對她叫道。

「我親愛的孩子！」她叫道，我們抱在一起哭了起來。

她是多麼欣喜若狂，又怎麼對我又笑又哭；她顯示出怎樣的驕傲、快樂和悲傷，我不忍一一細說。但我相信，那天早上是我──也是她──一生中最恣意歡笑和流淚的一次。

「巴吉斯先生一定會很高興的，」皮果提用圍裙擦著眼淚說，「這比好幾包膏藥對他更有好處。我可以告訴他你來了嗎？你要不要上去看他呢？親愛的。」

我當然要去。我和皮果提一起上樓，在房間外等了一分鐘，讓她先去通知巴吉斯先生，然後我才出現在那位病人面前。他十分熱誠地接待我。由於痛得太厲害，他不能和我握手；當我坐到他床邊時，他說他彷彿像在布蘭德斯通大道上為我趕車一樣感到快活。

「我願意很久了吧？少爺。」巴吉斯先生慢慢地微笑著說。

「很久了。」我說道。

「我一點也不後悔，」巴吉斯先生說道，「有一次你告訴我，說她會做各種糕餅、點心和各種飯菜，你還記得嗎？」

「是啊，我記得很清楚。」我答道。

巴吉斯先生溫和地把目光轉向太太說道：「她，皮果提，是世上最能幹、最好的女人。任何給予她的讚美，她都配得上，而且還不只這樣！親愛的，妳準備一點好吃好喝的招待客人，可以嗎？」

皮果提和我離開了臥室。我告訴皮果提說史蒂爾佛也來了，果然，沒過多久他就來了。我相信，對皮果提來說，他不僅是我的朋友，還是她的恩人。她滿心感激地接待他。他那隨和活潑的好性格、平易近人的舉止、英俊秀氣的面容，以及與各種人侃侃而談的天份，使她不到五分鐘就完全折服了。

他和我留在那裡吃晚飯。之後，我們在那間小客廳裡有說有笑，皮果提談到那間她為我準備的臥室，談到留我過夜的準備，也談到她希望我在她家住下。我便朝史蒂爾佛看看，心中一陣猶豫，他立刻領悟了。

「當然，」他說道，「我們在此地逗留期間，你睡在這裡，我睡在旅店。」

「這樣似乎太不夠朋友了，史蒂爾佛。」我立刻說道。

「嘿，這裡可是你的家！」他說道，「和那相比，這點小事又算得上什麼呢？」

他一直是那麼惹人喜歡，直到八點我們去皮果提先生家時還是這樣。事實上，他始終那麼討人喜歡；我當時曾經想到，由於他意識到自己擅於與人交往，這激發了他體貼人的願望。直到後來，我才明白他只是懷著輕浮的好勝心，憑著一時心血來潮，想賺取他人好感，就像演一齣戲一般，而這好感對他來說卻毫無價值。

不過當時，我仍懷著那種有增無減的忠誠和友情和他一起走在黑暗中的沙地上，來到那條舊船。環繞我身旁的風嘆息著，比我第一次造訪皮果提先生家時的那晚嗚咽得更加傷心。接近那條船時，我們不再說話，輕輕地朝門那裡走去。我把手放在門閂上，低聲叫史蒂爾佛靠近我，然後走了進去。

我們進屋時，皮果提先生一臉歡喜，使勁大笑著張開粗壯的雙臂，好像在等著小艾蜜莉投進他懷裡；漢姆一臉讚美的神氣中混雜著欣喜和羞怯，他握著小艾蜜莉的手，好像要把她交給皮果提先生；小艾蜜莉本人又羞又怕，卻因為皮果提先生的反應而高興；她正要從漢姆身邊撲進皮果提先生懷裡時，卻因我們的出現而停了下來，只有在暗處的康密奇太太仍像瘋了似地不斷鼓掌。

我站在那驚慌失措的一家人中間，與皮果提先生四目相視，向他伸出了我的手。忽然，漢姆大聲叫道：

「大衛少爺！大衛少爺！」

我們大家立刻握手問好，七嘴八舌地聊了起來。皮果提先生見到我們兩人好不得意，簡直不知該說什麼好，只是一次又一次地和我握手，然後又和史蒂爾佛握手，再把他一頭蓬亂的頭髮揉得更亂，得意地大笑。

「嘿！你們兩位先生來了，我相信，這是我一生中最快樂的事了！艾蜜莉，我親愛的小精靈，到這裡來！這是大衛少爺的朋友，就是妳以前聽說過的那位先生。他和大衛少爺來看妳了！」

一口氣說完這段話後，皮果提先生又滿懷熱情地捧住艾蜜莉的臉吻了十多次，然後慈愛地把她的臉靠在他那寬闊的胸膛上撫摸。最後他放開她，任由她跑進我以前住的那個小房間；他則繼續打量我們兩人，因為太過高興，竟差點喘不過氣來。

「如果你們兩位先生聽到這件事，還不能理解我的心情，那我就只好請你們原諒了。」皮果提先生說道，「艾蜜莉，親愛的！——她知道我就要宣佈了，所以她逃走了。」說到這裡，他又忍不住那陣歡喜了，「能不能請妳去叫她出來？太太。」

康密奇太太點點頭就走開了。

「如果，」皮果提先生坐在火爐旁邊說道，「我一生最快樂的夜晚不是今晚，那我就是一隻蛤蜊！我無法說得更明白了，先生。我的艾蜜莉，」他小聲對史蒂爾佛說道，「就是你剛才見到的那一位——」

史蒂爾佛點了點頭，他的神情是那樣關切，顯得十分討人喜歡。

「當然，」皮果提先生說道，「她就是那樣的人。謝謝你，先生。」

漢姆向我點了幾下頭，好像他也正想說這種話。

「我的艾蜜莉，」皮果提先生說道，「一直就住在我們家裡。雖然我是個粗人，但我一直相信，這個眼水汪汪的人兒是世上絕無僅有的。她不是我的孩子，但我愛她，愛得不能再愛了！你明白的。」

「我明白。」史蒂爾佛說道。

「我知道你明白，先生。」皮果提先生說道，「這裡還有一個人，自從艾蜜莉的父親去世後就認識她。從她是小女孩開始，到長大成人，他都一直看著她。他不是什麼了不起的人物，就像我一樣粗魯；但大致來說，他是個誠實的小伙子，心腸也好。」

我從沒見過漢姆像當時把嘴張得那樣大。

「無論這個幸運的水手做什麼，」皮果提先生滿面春風地說，「他的心總是掛在小艾蜜莉身上。他一切都聽她的，像她的僕人；為了她，他甘願不吃不喝，最後總算讓我明白是怎麼回事了。現在，我可以指望看見我的小艾蜜莉風光出嫁了。她會嫁給一個能保護她的老實人。不論我什麼時候會葬身海裡，只要那人活著，我的小艾蜜莉就不會遭受危險。」

皮果提先生熱情地揮著手，然後他的目光和漢姆相遇，又互相點點頭。

「嘿！我勸他去向艾蜜莉開口。但他比一個孩子還要怕羞，於是我親自去說了。她回答我：『什麼！他？噢！舅舅，這麼多年來，我很熟悉他，也很喜歡他，但我絕不能嫁給他——他是那麼好的一個人！』我只好吻了她一下，對她說：『親愛的，妳是對的。妳自己去選擇吧。』」

說到這裡，皮果提先生的臉上又露出了得意的表情。他把一隻手放在我的膝上，另一隻放在史蒂爾佛的膝上，然後對我們說道：

「就這樣，兩年過去了。突然，一天晚上——也就是今晚——小艾蜜莉下工回家，他也跟著她來了！這個年輕的水手一邊抓住她的手，一邊高興地對我叫道：『看！她就要成我的妻子了！』於是，她又害羞又開心地說：『是呀，舅舅！只要你高興。』——只要我高興！」皮果提先生高興得搖頭晃腦，「老天！我當然應該高興了！就在這時，你們進來了。瞧！這就是即將和她結婚的人！」

為了表示信任和友好，歡天喜地的皮果提先生朝漢姆打了一拳，把他打得幾乎站立不穩。這時，漢姆感到似乎有必要說點什麼，便十分吃力地結結巴巴說道：

「大衛少爺……你第一次來時，我就想，她會長成什麼樣子呢？我看著她……像花一樣長大。我願意為她犧牲生命……先生們……我覺得，我只想要她，她勝過我所能想到的一切。我……我真心愛她。在所有的陸地上，或是海洋上……沒有一個男人能愛他的妻子勝過我愛她。」

看到漢姆這樣一個大塊頭為了那個美麗的少女而發抖，我覺得好不感動。我不知道自己的情感有多少仍受到童年回憶的影響；我當時是否還懷著對小艾蜜莉的純真幻想呢？我也不知道；我只知道我因為這一切而滿心喜樂，儘管這種喜樂一開始是帶有一些傷感的。

「皮果提先生，」史蒂爾佛也說道，「你是一個真正的好人，你有權利享受你今晚的這種快樂，我向你保證！漢姆，恭喜你！科波菲爾，撥一撥爐火，讓它燒得更旺！皮果提先生，如果你的外甥女不肯走出來，我就要走了。在這樣一個夜晚，在你們的火爐旁，哪怕是用全印度群島的財富來換，我也不肯讓這裡空一個座位呢！」

於是，皮果提先生就進去找艾蜜莉了。一開始，艾蜜莉怎麼也不肯出來，於是漢姆又進去了。不久後，他們把她帶到了火爐前，她很緊張，羞答答的；但看到史蒂爾佛那麼溫和謙恭地對她說話，她漸漸壯了膽子。他巧妙地避開使她不安的話題，與皮果提先生聊起船隻、潮汐和魚類，與我談論在薩倫學校與皮果提先生見面的事；他輕鬆自如，侃侃而談，終於讓現場的氣氛變得無拘無束。

小艾蜜莉那天晚上很少說話，但是她看、她聽，她神色興奮，樣子也很可愛。史蒂爾佛講了一則悲慘的沉船故事，講得彷佛這一切就發生在他眼前一般；艾蜜莉一直盯著他，好像也正目睹著那一切。接著，他講了一個他自身的冒險軼聞，小艾蜜莉的笑聲頓時像音樂一樣在船裡散播開來，我們大家也大笑起來。他還唱了一首水手的歌，唱得那麼動人，那麼好聽，我幾乎感到那繞著屋子悲鳴的風也在傾聽呢。

我們直到深夜才告別。當時，我們用餅乾和魚乾當宵夜，史蒂爾佛從口袋裡掏出一瓶荷蘭酒，我們兩人把它全喝了。我們高高興興地道別，他們都站在門口，盡可能為我們照路，我能看到從漢姆身後望著我們的那對可愛的藍眼睛，還聽見她叮嚀我們一路小心的柔美聲音。

「一個多迷人的美人兒！」史蒂爾佛挽著我的手說道，「哈！這是一個奇怪的地方，他們也是群怪人。跟他們混在一起真有一種截然不同的感覺呢！」

「我們多麼幸運，」我接著說道，「遇上了他們訂婚的快樂場面！我從沒見過這麼快樂的人，我們來了，分享了他們這率真的喜樂，多麼開心！」

「他是個很蠢的傢伙，配不上這個女孩，對嗎？」史蒂爾佛說道。

他剛才對皮果提一家人那麼親熱，因此這冷淡的話出乎我意料之外，令我大吃一驚。我馬上轉身看他。見到他眼中的笑意，我又放心了，於是我答道：

「啊！史蒂爾佛，你當然有資格取笑窮人！我瞭解你。我看出你是怎樣透徹地瞭解他們，怎麼巧妙地體察這些漁夫的快樂，怎樣滿足我的保姆的愛心，我知道，這些人的每一種情感都會打動你。為了這個，史蒂爾佛，我更加倍地崇拜你、愛你！」

他停下腳步，看著我的臉說道：「科波菲爾，我相信你是誠實的、善良的。我希望我們都是！」說完，他快活地唱起皮果提先生的歌，同時和我很快地回到雅茅斯。

第二十二章 一些舊事物

史蒂爾佛和我在那一帶住了兩個多禮拜。我們待在一起的時間很多，但偶爾也分開幾個小時。有時候，他和皮果提先生乘船出海，我則留在岸上；有時候，我聽說他去了附近的酒店，在那裡請那些漁夫喝酒；還聽說他披了漁夫的衣服，在海上待了一整晚，早潮後才回來。不過，我知道他喜歡把他好動的個性和勇敢的精神發洩在新奇的事物上，所以對他的作為一點也不感到吃驚。

至於我，我獨自去了一趟布蘭德斯通，回憶我走過的每一步路，深深留戀著我永遠不能忘懷的舊地。我的舊家變化很大，樹木被修剪過，花園已荒蕪，房屋的一半窗戶都關著。屋裡已有了新的房客，那是一個瘋男人和照顧他的人。我來到樹下埋葬我雙親的墳墓旁；由於皮果提的愛護，那墳墓一直很整潔，而且被修成一片花園了。我在那裡走來走去，讀出墓石上的名字，回味著我與母親在一起的時光。

我經常懷著悲喜交雜的心情來到老家，直到黃昏才離開。但是，當我晚上回到房間，與史蒂爾佛一同坐在火爐邊，又不禁滿心感激——有史蒂爾佛、皮果提這樣的朋友，又有姨祖母這樣仁慈的家人，雖然失去了父母，但我多麼幸福！

當我作完這種遠途散步時，要回到雅茅斯，搭渡船是最便捷的。渡船把我載到鎮與海之間的一片沙灘上，我可以從那裡一直走過去，不用在大路上繞大彎。由於皮果提先生的住所就在那偏僻的地方，距我所經之地不過一百碼，我總是走過去看看。史蒂爾佛通常在那裡等我，我們一起頂著冷峭的寒氣和漸濃的霧氣朝鎮上閃閃爍爍的燈火走去。

一天夜裡，我比平常晚一點回來。我發現史蒂爾佛獨自在皮果提先生家中，坐在火爐前沉思。他十分專心，竟沒發現我走近他。我在他身邊站住，看著他，只見他皺著眉頭沉思。我把手放在他肩上，他嚇了一大跳。

「你像魔鬼一樣降臨！」他幾乎生氣地說道。

「你在做什麼呢？」我在他身旁坐下問道。

「我在看火中幻景呢。」他馬上回答。

「但你不讓我看。」我說道，因為他立刻就用一塊木頭把火撥了撥。

「你看不見的，」他說道，「我恨黃昏。它既不是白晝，也不是黑夜。你回來得這麼晚！跑去哪裡了？」

「我去向我的老家告別。」我說道。

「坐下來吧。」史蒂爾佛環顧房間四周說道，「我正在想，總有一天，這麼快樂的一家人，也會離開我們，或是去世，或是遭遇我們不知道的什麼傷害。大衛，我真希望自己也有一個嚴父呢！」

「我親愛的史蒂爾佛，這是怎麼了？」

「我真希望我以前受過更好的指導！」他叫道，「真希望我過去更好地指導過自己！」

他的舉止中有種傷心的沮喪，這令我詫異極了。

「當個貧苦的皮果提先生，或是當他那愚笨的侄子，」他站起來，倚著爐架，對著火爐說道，「也比做我自己要好！儘管我比他們富有、聰明，我卻巴不得能成為他們！」

我困惑得一聲不吭地看著他。他站在那裡，手支著頭，鬱悶地低頭看火。終於，我請求他告訴我為什麼這麼苦惱，但他這時卻大笑起來。

「沒什麼，科波菲爾，沒事了！」他回答道，「我不再苦惱了。不過，我還是得說，如果我有一個堅毅嚴格的父親，一定對我有益呢！也對別人有益。」

他的臉總是表情豐富，但當他看著火說這幾句話時，他臉上顯出我從未見過的真誠。

「就聊到這裡吧！」他說道，「現在，差不多該吃飯了。」

「但是其他人都去哪了？」我說道。

「誰知道呢！」史蒂爾佛答道，「我閒逛到碼頭找你之後，又逛到這裡，但一個人也沒看見。」

這時，康密奇太太提著一個籃子出現了，她說她忙著在皮果提先生回港前去買些必需品，而漢姆和艾蜜莉也出門了。史蒂爾佛用高興的問候和幽默滑稽的擁抱把康密奇太太逗樂以後，就挽著我的手離開了屋子。他的情緒又像平時那樣快活了，當我們走在路上時，他又生氣勃勃地談笑風生了。

「這麼說來，」他快樂地說，「明天我們就要離開了，是嗎？」

「我們說好的，」我答道，「你知道，我們已經訂了馬車的座位。」

「唉！無法挽回了。」史蒂爾佛說道，「我真想一輩子在這裡的海上晃來晃去。我相信，我一定會是一個不錯的舵手。」

「皮果提先生說你是個奇才呢！」我接著說道。

「一個航海奇才，對吧！」史蒂爾佛說著笑了起來，「我甚至在這裡買了一艘船呢！」

「真的嗎？史蒂爾佛，」我停下腳步叫了出來，因為我第一次聽說這件事呢，「你也許一輩子都不會想再來了呢！」

「這我就不知道了，」他答道，「我很喜歡這裡。不管怎麼說，我已經買了一條正在出售的船——皮果提先生說那是一艘快船。當我不在時，皮果提先生就是那艘船的主人。」

「我明白你的意思了！史蒂爾佛，」我開心地叫道，「你假裝是買給自己，實際上是要為他做件好事！我親愛的、善良的史蒂爾佛，我要怎麼對你的慷慨贈與表示感謝之意呢？」

「沒什麼，什麼都別說了。」他謙虛地說道，「這條船必須重新裝配。我要把利蒂默留下來監工，這樣我才放心。我告訴過你利蒂默已經到這裡了嗎？」

「沒有。」

「哦，對了！今天早上到的，帶來了母親的一封信。」

我們目光相遇時，我看出他的嘴唇發白了。我猜想他與母親間發生了什麼爭執，才使他陷入我在那火爐邊見到他時的那種心境。我向他暗示了這一點。

「哦，不！」他搖頭微笑著說，「根本不是這回事！言歸正傳吧。現在，我打算為那艘船重新命名。」

「叫什麼呢？」我問道。

「小艾蜜莉。」

我忍不住露出了讚賞的表情，他看著我，又像往常那樣微笑起來。

「看，」他看著前方說道，「真正的小艾蜜莉來了！那傢伙也和她一起，是嗎？老實說，他是個真正的騎士，從不離開她呢！」

漢姆現在是個船塢工匠了，他在這方面很有天份，已成了一個熟練的工人了。他穿著工作服，模樣粗魯卻很有男子氣概；他臉上的神情坦率誠實，再加上一種毫不掩飾的滿足感和熱戀中的表情，我覺得實在好看極了。當他們走近時，我覺得這兩人簡直是天造地設的一對。

他們停下來和我們說話；她羞答答地從他的手臂中抽出手來，又紅著臉把手伸向史蒂爾佛和我。我們說了幾句話後，他們就走開了，但她卻再不願挽漢姆的手了，只是羞怯地一個人走。我看著他們的背影漸漸在月光下消失，感覺一切都很美、很可愛，史蒂爾佛似乎也這麼想。

突然，一個年輕女人從我們身邊走過——顯然，她在跟蹤他們。我們並沒注意到她的行為，但我卻不經意看到了她的臉。她穿得很單薄，看上去大膽、強悍、矜持而貧窮。她彷彿一心只想著跟蹤那兩個人；當黑暗的地平線吞沒了他們的身影後，她的身影也消失了。

我與史蒂爾佛在旅店吃了晚飯，之後又在火爐邊談了一整晚。夜深了，史蒂爾佛上樓去睡了，我則回到巴吉斯先生的房子。在那裡，我看見漢姆在屋外踱來踱去，感到很奇怪；更奇怪的是我聽說艾蜜莉正在屋裡。

「是這樣的，大衛少爺，」他猶豫地答道，「艾蜜莉正和一個人在裡面談話呢。」

「我想，」我笑著說道，「這就是你在這裡的原因了，漢姆。」

「嘿，大衛少爺，的確是這樣的。」他又壓低了嗓門，很嚴肅地補充道：「那是一個女人，少爺，一個年輕女人，是艾蜜莉偶然認識的，但我們認為她們不應該再來往。」

聽到這話，我便想到幾小時前我見過的那個跟蹤他們的黑影。

「這是個窮女人，大衛少爺，」漢姆說道，「受到全鎮的唾棄。大街小巷的人都唾棄她，就連埋在墳墓裡的死人也不會像她那樣令人厭惡。」

「就是我們今晚在沙灘上見到的那個女人嗎？」

「沙灘？」漢姆說道，「好像是這樣，大衛少爺。當時我不知道她在後面呢！少爺。但後來她偷偷來到艾蜜莉的窗前，看到燈亮後，就低聲叫道：『艾蜜莉，艾蜜莉！看在基督的份上，用女人的心腸對待我吧。我從前也和妳一樣呀！』大衛少爺，這話聽來倒也不假。」

「的確是，漢姆。那艾蜜莉是怎麼做的？」

「艾蜜莉說：『哦！瑪莎，怎麼會是妳？』——原來那女人叫做瑪莎．恩德爾，比艾蜜莉大兩三歲，和她一起上過學，還一起在服飾店裡共事過一段時間呢！」

「我從沒聽說過這個人。」我說道。

「是這樣的，大衛少爺，」漢姆繼續說道，「她想和艾蜜莉說話，但艾蜜莉不能那麼做，因為她的舅舅回家了——他是那麼有德性、那麼善良的人，絕不願意看到艾蜜莉跟那種女人待在一起。」

我感受得出這話的真實性，點了點頭。

「艾蜜莉就在一張紙片上寫了一些字，再交給她，叫她來到這裡。」他往下說道，「她說：『把這紙片交給我的姨媽巴吉斯太太，她會把妳留在屋裡。等舅舅出門後，我就可以來了。』她又把這件事告訴我，求我帶她來這裡。我能怎麼辦呢？她根本不應該跟這種人來往的，但一看到她的眼淚，我又無法拒絕她。」

我緊緊地握住他的手，什麼話也說不出來。之後的一兩分鐘裡，我們一言不發地踱來踱去。後來，門開了，皮果提出現了，她向我們招手，示意我們進去。我看見那個少女就在火爐旁，她坐在地上，頭和手臂放在一把椅子上；從她那姿勢看來，我猜艾蜜莉剛從椅子上起身，她也許剛把頭枕在艾蜜莉的膝上呢。那少女的頭髮蓋住了臉，我不能看清她的長相；不過，我看得出她很年輕，白膚白淨。皮果提和艾蜜莉似乎都哭過，屋裡一片沉寂，沒有人說話，只聽得見碗櫃旁那只荷蘭鐘的滴答聲響。

「瑪莎想去倫敦。」最後，艾蜜莉開口了。

「為什麼要去倫敦？」漢姆馬上問道。

他站在她們中間，同情而嫉妒地看著伏在那裡的少女。他同情她的傷心，卻嫉妒她擁有艾蜜莉的那麼多友情。他們兩人都用很柔和、低沉的聲音說話，但很清楚，好像她生病了一樣。

「那裡比這裡好，」這是瑪莎的聲音，雖然她仍一動不動，「那裡沒人認識我，而這裡誰都認識我。」

「她要去那裡做什麼呢？」漢姆問道。

她抬起頭，茫然看了一下四周又低下頭。

「她要走正途了，」小艾蜜莉說道，「你不知道她對我們說過什麼。對嗎？姨媽。」

皮果提同情地搖搖頭。

「我要去試試，」瑪莎說道，「如果你們肯幫我離開的話，我也許會變好的。哦！」她渾身可怕地發抖起來，「幫我離開這座小鎮吧！這裡的人從我還是孩子時就認識我了！」

艾蜜莉把手向漢姆伸去，我看見漢姆把一個小帆布袋放到她手裡。她以為是她自己的錢包，接過後就往前走了幾步，這時才發現不是；她又回到漢姆面前，把那個小帆布袋給他看。

「這都是妳的呀！艾蜜莉，」他說，「凡是我的全都是妳的！親愛的。」

她眼中又充滿了淚水，轉過身朝瑪莎走去，對瑪莎說了什麼。接著，我看到她彎下腰，把錢放進瑪莎懷裡，然後又低聲說了些什麼，還問夠不夠用。「用不完呢！」對方答道，然後握住她的手吻起來。

最後，瑪莎站了起來，披上頭巾，並用頭巾掩住臉大哭起來，慢慢走向門口。離開前，她停了一下，好像想說什麼，又像是要轉過身來。可是她沒說出任何話來，只是發出一種低微的呻吟聲，就這樣走了。

剛關上門，小艾蜜莉急忙看看我們三人，便用手捂住臉嗚咽起來。

「別這樣！艾蜜莉，」漢姆輕輕拍著她的肩膀說道，「別這樣。妳不該哭的，親愛的。」

「哦！漢姆，」她傷心地哭喊著，「我不像別的女孩那麼好！我知道，有時我沒有應有的感恩之心！」

「有的，妳有，一定有！」漢姆說道。

「沒有！沒有！沒有！」小艾蜜莉嗚咽著搖頭叫道，「我不像別的女孩那麼好！不像！不像！」

她不停地哭，好像她的心都裂開了。

「我太不珍惜你的愛情了，我知道我是這樣的！」她嗚咽道，「我總是和你鬧脾氣，對你變心，但我根本不該那麼做，你從來不會那樣對我。我為什麼老是對你那樣呢？我明明只應該想著怎麼感謝你、怎麼讓你開心才是呀！」

「妳總是讓我開心，」漢姆說道，「親愛的！看到妳，我就開心。想到妳，我就開心。」

「噢，那還不夠！」她叫道，「那是因為你好，而不是因為我好！哦，我親愛的，如果你愛上另一個人，一個比我更堅定、更可貴的人，一個全心全意愛你而不像我這樣善變的人，你也許會更幸福呢！」

「可憐的女孩，」漢姆小聲說道，「瑪莎把她弄得昏頭了。」

「姨媽，」艾蜜莉嗚咽道，「請妳來吧！讓我枕在妳身上吧。噢！我今晚好傷心，姨媽。哦！我不像別的女孩那麼好。我不像，我知道！」

皮果提已坐到火爐前的椅子上，艾蜜莉跪在她身邊，摟住她的脖子，誠懇地抬頭望著她的臉。

「哦，姨媽，幫幫我呀！漢姆，親愛的，幫幫我！大衛，念在昔日的友誼份上，一定要幫幫我呀！我要做一個比現在更好的女孩，我要有比現在更懂得感恩。我要更深切地體會到：做一個好人的妻子，過一種平靜的生活，是多麼幸福！唉，我的親人們！我的親人們！」

她把頭垂在皮果提的胸前，漸漸地不再像孩子一般痛苦悲哀地懇求，只是靜靜地哭泣。我的老保姆則像安慰一個嬰兒那樣撫摸她。

等她慢慢平靜下來，我們就湊過去安慰她，一下子說打氣的話，一下子和她開個小玩笑。終於，她抬起頭來和我們說話了。我們不停地說，一直說到她面露微笑，然後大笑，終於懷著羞愧坐起來。皮果提把她散開的捲髮綁好，替她擦乾眼淚，又把她打扮得整整齊齊，免得被她的舅舅看出任何異狀。

那天晚上，我看到我過去從未見她做過的事：我看到她天真地吻她未婚夫的臉，並漸漸向他那壯實的身軀靠攏，好像他是她最可靠的支柱一樣。在月光下，他們並肩走著，我發現她雙手挽住他的手臂，離他更近了。

第二十三章　我選擇了職業

第二天吃早餐時，我收到姨祖母的一封信。由於信中提到的問題，史蒂爾佛或許可以提供建議，我決定把它留到旅途中再討論。眼下我們正為向朋友辭行而忙得不亦樂乎。皮果提，還有她娘家所有的人，都為我們的離開感到由衷的感傷；當我們提著行李上車時，有許多水手來幫史蒂爾佛的忙。總而言之，我們的離去使得每個人既惋惜又羨慕，但留下最多的是難過。

在動身後的一段時間裡，我們沒說一句話。史蒂爾佛很沉默，我則一心想著何時重訪舊地，到時候我與他們又會有些什麼變化。生性樂觀的史蒂爾佛很快就開心起來，話也變多了。他扯扯我的手臂說道：

「喂，大衛，你早餐時說的那封信是怎麼回事呀？」

「哦！」我把信從口袋裡拿出來，「這是我姨祖母寄來的。」

「她說了些什麼呢？有什麼問題嗎？」

「嗯，她提醒我，我這次出門旅行應該處處留心，也要動腦筋想想。」

「你當然沒忘記這麼做吧？」

「事實上，我幾乎把這件事忘得一乾二淨了。」

「關於這件事，你的姨祖母有什麼意見嗎？」

「哦，是的，」我說道，「她問我願不願意當一個代訴人。你覺得怎麼樣？」

「我不知道，」史蒂爾佛滿不在乎地答道，「我想，你當什麼都一樣。」

「代訴人是什麼呀？史蒂爾佛。」我問道。

「那是一種修道院的辯護士，」史蒂爾佛答道，「它與博士院的關係，就像律師和法庭的關係一樣。博士院就在聖保羅教堂附近一個冷清的角落裡，人們在那裡研究教會法，用古老陳朽的法案來玩把戲。」

「辯護士和代訴人不一樣吧？」我問道，有點糊塗了。

「不一樣，」史蒂爾佛答道，「辯護士是民法學家，是在大學裡得到博士學位的人。而代訴人雇用辯護士，雙方形成一種嚴密的合作關係。大致上，我勸你進博士院去，大衛，在那裡能得到更好的地位。」

我聽著史蒂爾佛用輕薄的口氣談論這一問題，想像著聖保羅教堂附近那個「冷清的角落」裡莊嚴、古老和肅穆的氣氛。我對姨祖母的意見沒有什麼不滿；她把這問題交給我自行決定，同時又告訴我，說她最近為了立我為繼承人的遺囑一事去博士院見過她的代理人，因此想到這一問題。

「無論怎麼說，你的姨祖母為你安排得很好，大衛，」我提到這點時，史蒂爾佛說道，「我的建議是，你應該進博士院。」

於是我下定了決心；接著，我又告訴史蒂爾佛說我姨祖母在城裡等我。她在信上寫道，她已在林肯院廣場的旅館裡住了一個禮拜。當我們抵達倫敦後，他就回家去了，並約定後天來看我；我則坐車去了林肯院廣場。

姨祖母擁抱我的時候哭了起來，但又強裝笑臉，說如果我那可憐的母親還活著，無疑也會落淚的。

晚飯按照吩咐擺了上來，包括一隻烤雞、一份煎肉，還有一些蔬菜。這些餐點看上去都很好，我吃得很痛快；但姨祖母吃得很少，因為她對倫敦的食物一直有某種獨特的看法。

「這隻雞肯定是在一個地窖裡長大的，」姨祖母說道，「除了在又破又舊的菜車上，牠從未見過天日。真希望這煎肉是牛肉，但顯然這是不可能的。依我看，在這座城市裡，除了垃圾，沒什麼是真的。」

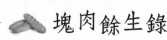

「妳不認為這隻雞會是從鄉下來的吧？姨祖母。」我暗示道。

「當然不是，」姨祖母馬上說道，「倫敦的商人從不老實地做生意。」

我不想去反駁這說法，但我吃得很多。姨祖母見我這樣也非常滿意。餐桌收拾乾淨後，珍妮為她挽好頭髮，戴上睡帽，又把她的長袍摺到膝蓋上。我也為她調好一杯熱騰騰的摻水酒，擺上一片切好的烤麵包。姨祖母一邊吃著，一邊慈祥地看著我。

「嘿，特洛，」她開始說道，「你覺得那個當代訴人的計畫怎麼樣？你想過沒有？」

「我想了很多，也和史蒂爾佛商量過了。我的確喜歡這計畫，它很合我意——只有一個困難。」

「什麼困難？說吧，特洛。」

「據我所知，這是一種名額有限的職業。會不會要花很多錢呢？」

「為了讓你簽約學習，」姨祖母答道，「需要剛好一千英鎊。」

「唉，親愛的姨祖母，」我把椅子朝她挪近了一點，「就是這點讓我不安。這可是一大筆錢呀！妳已經為我的教育花費夠多了，我想，一定有其他不必破費的選擇，只要有決心，肯吃苦，也能夠出人頭地。妳不覺得我去試試那些方法更好嗎？付那麼多錢真的是對的嗎？我親愛的姨祖母，我希望妳能再想想看。」

姨祖母把麵包吞下，不斷打量我，然後把杯子放到火爐架上，叉起雙手，對我說道：

「特洛，我的孩子，如果我一生有什麼夢想，那就是使你成為一個善良、明理、快樂的人。當你滿身灰土、倉皇狼狽地出現在我面前的那一刻，也許我就這麼想了。從那時候開始，特洛，你就是我的一種光榮、一種驕傲、一種快樂。我對於我的財產沒什麼可惋惜的，在我這把年紀，只要你是一個有愛心的孩子，能容忍我的古怪想法，對我而言也就夠了。」

這是我第一次聽到姨祖母講出她的內心話，那種寬大的氣度使我對她更加敬重了。

「現在我們達成共識了，特洛，」姨祖母說道，「我們就不必再談這件事了。吻我一下吧，明天吃完早餐我們就去博士院。」

我們在火爐邊談了很久，便各自回到房間了。隔天中午，我們動身前往博士院裡的史賓羅－喬爾金事務所。姨祖母將錢包交給我保管，裡面有十幾個基尼和一些銀幣。我們在艦隊街的一家玩具店參觀了一下，然後又去拉蓋特山和聖保羅教堂。經過拉蓋特山時，我發現姨祖母加快了腳步，顯得神色慌張。同時，我還看到一個表情陰沉、衣衫不整的男人跟在我們後面，近得可以碰到她。

「特洛！我親愛的特洛！」姨祖母抓住我的手，驚恐萬分地叫道，「我不知道該怎麼辦才好！」

「別緊張，」我說道，「沒什麼好怕的。走進一家商店裡，我馬上把這傢伙趕走。」

「不，不！孩子，」她馬上說道，「千萬別對他說什麼。我求求你，我命令你。」

「哎呀！姨祖母，」我說道，「他只不過是個想要點錢的乞丐罷了。」

「你不知道他是做什麼的！」姨祖母答道，「你不知道他是誰！也不知道你在說些什麼！」

我們就這麼說著，來到一個無人的門口停下，他也停了下來。

「別看他！」我忿忿地轉過頭去時，姨祖母說道，「去叫輛馬車，親愛的，然後到聖保羅教堂等我。」

「等妳？」我重複道。

「是的，」姨祖母答道，「我必須一個人走。我必須和他走。」

「和他？姨祖母，和這個傢伙？」

「我很清楚我在做什麼，」她答道，「我必須去。去幫我叫輛馬車吧！」

儘管我很驚詫，但我無法違抗這一嚴厲的命令。我跑了幾步，叫了一輛經過的空車。我幾乎還來不及放下踏板，我姨祖母就一下跳進了車廂，那人也跟了進去；接著，她焦急地向我擺手，要我走開，然後對車伕說，「隨便去什麼地方都行！一直往前走！」馬車立刻從我身邊經過，往山上駛去。

一瞬間，我想起了狄克先生過去告訴過我的事。我相信這人就是狄克先生神秘地提到的那個人；但他究竟抓住了我姨祖母的什麼把柄，我一點也想像不出來。我在教堂的院子裡等了半個小時，好不容易鎮靜下來，這時便看見馬車回來了。車伕在我身邊停下車，車裡只坐著姨祖母。

她仍然很激動。她叫我上車，吩咐車伕隨意地行駛，接著對我說道：「我親愛的，永遠別問我是怎麼回事，也永遠別提起它。」一直到她完全恢復平靜，才叫我下車。當她把錢包交給我讓我付車錢時，我發現所有的基尼都不見了，只剩下那些銀幣。

我們沿著一道低矮的拱廊走向博士院，經過幾處安靜的院子和幾條狹窄的通道，來到史賓羅－喬爾金的事務所。他的文書提菲先生起身迎接姨祖母，將我們領進史賓羅先生的房間。

「史賓羅先生還在法庭裡呢！夫人，」那文書說道，「不過法庭離這裡很近，我立刻派人去請他。」

在史賓羅先生到來前，我向四周打量一番。屋裡的器具擺設都很老舊了，積滿了灰塵，書桌上的絲絨布也完全褪了色。桌上有許多紙卷，還有各種抄寫的宣誓詞，裝訂得很牢固，捆成一卷卷的。這副景象使我對代訴人這一職業十分滿意。當我正懷著越來越多的好感審視這些東西時，聽到房間外傳來急促的腳步聲，史賓羅先生穿著鑲白皮邊的黑袍，匆匆走進來。他邊走邊摘下帽子。

他是個小個子，生著淡黃色頭髮，打扮整潔，衣著看上去是如此周全和僵硬，看起來幾乎無法彎下腰了。他坐到椅子上看桌上那些文件時，只能像小丑那樣扭動上半身。聽完姨祖母介紹我之後，他很有禮貌地說道：

「科波菲爾先生，你想加入我們這一行是嗎？幾天前，我有幸會見特洛伍德小姐，無意間提到此處尚有一空缺；特洛伍德小姐說她有一個特別疼愛的侄孫，希望能為他求得一體面的職位。我相信你一定就是——」他對我行了一個禮。

我鞠了一躬，以示承認，並說我很高興有這個機會，並且樂意嘗試看看；但在我對這職業有更進一步的瞭解之前，還無法肯定地說我會喜歡它。

「哦！當然，當然，」史賓羅先生說道，「在這裡，我們有一個月的見習期。此外，我有一位合伙人，喬爾金先生。」

「押金是一千英鎊嗎？」我說道。

「是的，」史賓羅先生說道，「我曾對特洛伍德小姐說過，我並不怎麼在乎金錢，但喬爾金先生對這個問題有另一套看法，我不能不尊重他。事實上，他認為一千鎊還太少呢。」

「我想，先生，」我說道，仍想為姨祖母省點錢，「如果說，有一個見習的副手特別出色，熟悉各種業務；那麼，在約期的最後幾年，是否能給他——」

史賓羅先生沒等我說出「薪水」二字，便急著插嘴道：

「沒有，科波菲爾先生，我不願說出我對這點有什麼看法；但我相信，喬爾金先生是不會答應的。」

想到這個叫喬爾金的人，我就垂頭喪氣。不過，我後來發現他其實是個氣質憂鬱、脾氣溫和的人。他從不出現在事務所，卻任由別人把各種壞名聲加在他身上——如果有一個職員要求加薪，那麼喬爾金先生就會拒絕這一請求；如果一個顧客的訟費未及時付清，那麼喬爾金先生也堅持要付清，哪怕史賓羅先生於心不忍，喬爾金先生也絕不肯通融。當我年紀大了一點，我才漸漸理解史賓羅—喬爾金事務所的辦事原則。

當時講定，我隨時可以開始我的見習期；姨祖母不必留在城裡，見習期滿也不必再來，因為契約可以由別人送到家裡給她簽字。當我們講到這裡時，史賓羅先生提議我現在就去法庭參觀。我懷著好奇心前往了，把姨祖母留在原地。

史賓羅先生領我走過一個鋪了石頭的院子，院子周圍是些簡樸的磚房，這裡就是官舍，裡面住著史蒂爾佛提到過的那些辯護士。我們往左走進一間大房間，這裡的前半部用欄杆隔著；在一個U形高台兩邊，有各種穿紅袍、戴假髮的紳士，坐在老式的大椅子上。我知道這些人就是博士了。高台前方有一張小桌，一位老先生坐在那裡，這是審判長；高台兩側，坐著與史賓羅先生同等級的一些紳士。當時，一位博士正慢條斯理地引證一條條冗長的證據，而且不時在一些細節上重複申論。我一生中從未見過任何像這裡一樣安逸、令人昏昏欲睡的地方。

這個地方的氣氛很令我滿意，我告訴史賓羅先生說我看夠了，於是我們便回去見我姨祖母。不久後，我與她走出了博士院，回到林肯院廣場的旅館。我們又針對我的計畫談了一陣子。

「我打聽到，阿德爾菲有一間附傢俱的律師公寓出租，一定會很合你意。」她從衣服口袋裡取出一張從報上剪下的廣告。廣告上說，在阿德爾菲的白金漢街，有一間帶傢俱、臨河、而且舒適的律師公寓出租，非常適合一個單身年輕人，可立即遷入，房租也很低廉。

「哦，這太合適了！姨祖母。」我想像著住在公寓裡的生活，不禁滿臉發紅。

「那我們現在就去看看吧。」姨祖母說著，又把剛取下的頭巾戴上。

我們出發了。房東克魯普太太帶我們參觀了那棟公寓。要租的套房位在最高的一層樓，離樓梯很近。房裡有一條不大的幽暗走廊，還有一間小小的食品貯藏室、一間客廳、一間臥室。傢俱很舊，但還過得去。窗邊就是河。

由於我很喜歡這個住處，姨祖母便租了一個月，期滿可續租十二個月。克魯普太太提供住宿和飲食，其他用品也已備齊。於是我決定後天就搬進來。

回去的路上，姨祖母告訴我，她確信我接下來要過的生活將使我變得堅定而自信——這兩種特質正是我目前缺乏的。第二天，我寫了一封信給艾格尼絲，說了要拿走行李的事，也談到我最近的狀況。信由姨祖母回家時順便帶去。她為我留下很多錢，應付我在見習期的一個月內的一切開銷。當她的馬車走後，我向阿德爾菲廣場轉過身來，不禁回想起昔日我在這座城市徘徊的情景，也玩味著把我帶回上層社會的這幸運的轉變。

第二十四章　我第一次放蕩

獨佔一間寬敞的套房，真是件快樂的事。我能在這裡隨心所欲地行動，能邀請任何人上門作客，進出時也不需向任何人打招呼，真是再愜意不過了。對我來說，這一切都很令人高興；但偶爾也會感到寂寞。

在晴朗的早晨，這種生活似乎很新鮮、自在。但是，當天色漸漸變暗，生活似乎也下沉了。在燭光下，我很少有愉快的時候。我想與人交談，也想念艾格尼絲。我發現，這個曾使我愉快的地方，如今彷彿一片空白。

我在那裡住了兩天，史蒂爾佛還沒有來過。我擔心他生了病。第三天，我提早一點離開博士院，步行到海蓋特。史蒂爾佛夫人見了我很開心；她說，史蒂爾佛和一個同學去拜訪朋友了，明天才會回來。

由於她堅持留我吃飯，我就留下了。我們一整天談的話題只有史蒂爾佛。我告訴她，他在雅茅斯多麼受到歡迎，達特爾小姐神秘兮兮地作出各種暗示，但對我所說的一切仍十分感興趣。她的長相仍然像我初次見到時那樣，但是與這兩位女士的應酬是那麼令人愉快，我甚至覺得我有點愛上她了。那天晚上，尤其是夜裡走回家時，我不禁心想，如果在白金漢街有她陪伴，那該多麼有趣。

早上，去博士院之前，我正在喝咖啡時，史蒂爾佛便走了進來，讓我大吃一驚。

「我親愛的史蒂爾佛！」我叫道，「我還以為永遠見不到你了呢！」

「我回家的隔天早上就被人帶走了。」史蒂爾佛說道，「嘿！科波菲爾，你在這裡過得多麼愜意啊！」

我懷著不小的自豪感，帶他參觀我的住處，連食品貯藏室也給他看了。他對這個地方讚不絕口。「我告訴你，朋友，」他說道，「我真想把這裡當做為我在城裡的據點呢！除非你命令我離開。」

這真是一句令人開心的話。我對他說，他得等到世界末日才會接到這種命令。

「你要吃點早餐嗎？」我摸著鈴繩說道，「克魯普太太可以為你弄點咖啡，我再用平底鍋為你煎火腿。」

「不，」史蒂爾佛說道，「我待會就要和一個朋友共進早餐，他住在考文特花園的比薩旅館。」

「你會回來吃晚餐嗎？」我說道。

「非常遺憾，我不能。有兩個傢伙纏著我不放。明天一早，我們三人就得一起走了。」

「那就帶他們來這裡吃晚餐吧，」我急著說道，「你認為他們會願意來嗎？」

「哦，他們當然願意了，」史蒂爾佛說道，「不過，我們會打擾你的。你還是跟我們去外面吃吧。」

我說什麼也不肯答應，因為我早就想在家裡舉行一個小小聚會了。再說，經過他那番稱讚後，我對這個房間懷有一種新的自豪，打算盡可能發揮它的長處。於是我要他替我邀請那兩位朋友晚上六點來吃飯。

當天晚上，史蒂爾佛帶著兩位朋友上門了。其中一人叫葛蘭格，另一人叫馬坎，兩人都很風趣活潑。葛蘭格比史蒂爾佛稍稍年長，馬坎看上去很年輕，我想他不過二十歲。

「我在這裡過得挺舒適呢！科波菲爾先生。」馬坎說道。

「這地方不壞，」我說道，「房間也還算寬敞。」

「我希望你們兩個胃口都還好吧？」史蒂爾佛說道。

「老實說，」馬坎說道，「住在城市似乎有助於消化。我整天都覺得餓！」

宴會進行得很順利，我們開懷痛飲，興致越來越好。我一改平日的舉止，為自己的笑話開懷大笑，也為別人的笑話開懷大笑。我威脅史蒂爾佛把酒遞給我；我承諾要去牛津拜訪一次，並宣佈每週舉行一次這樣的聚會；我像瘋了一般從葛蘭格的鼻煙盒中吸了那麼多煙，以至於不得不到食品貯藏室裡一連打了十幾分鐘的噴嚏。

我們有說有笑，乾杯得越來越頻繁，酒一瓶又一瓶地開。我提議為史蒂爾佛乾杯，為他連喝了九杯，之後又喝了好多。當我繞過桌子去和他握手時打碎了手裡的酒杯。

有人吸煙，於是我們全都跟著吸了。接著，史蒂爾佛發表了一篇關於我的演說，讓我感動得幾乎聲淚俱下。我向他致謝，並希望在座的客人以後每天都能和我一起吃晚餐，以便永遠地享受這種交際之樂。

我從臥室的窗戶探出身去，一邊把頭抵在石欄杆上讓腦袋清醒，一邊感受吹過臉上的微風。我對自己說：「你為什麼學吸煙？你應該明白這是不好的。」然後，我又在鏡子裡搖搖晃晃打量自己的模樣。在鏡子裡，我顯得很蒼白，目光呆滯。我喝醉了。

什麼人對我說道：「我們去看戲吧！科波菲爾。」之後，我便感覺史蒂爾佛笑著拉住我的手，把我拉出了門。我們下樓時一個接一個，快到樓下時，有什麼人摔倒而滾了下去——那個人似乎就是我。

這是一個霧濛濛的夜，路燈四周冒著一團霧氣。史蒂爾佛在一根燈柱下拍拍我身上的泥土，幫我把衣帽整理好，又說道：「你還好嗎？科波菲爾。」我似乎對他說：「再好不過了。」

有個坐在窗戶裡的人朝我們看，一邊從什麼人手上拿過錢，一邊問我是否跟他們一起的，他似乎在猶豫是否該讓我進去。過了一會，我們就坐在一個暖烘烘的戲院的高處。往下看，我覺得下面好像一個冒煙的大坑，擠在坑裡的人看上去模糊一片。還有一個大舞台，台上有一些人正說著一些聽不懂的話。有許多明亮的燈光，有音樂，還有女人，其他還有什麼我就不知道了。

由於什麼人的提議，我們決定去女士專用的包廂。我從一個穿著大禮服、戴著眼鏡的男人身邊走過，又從一個照出我全身的大鏡子前走過。然後，我被帶進一個包廂，我似乎說了什麼話，使得周圍的人大喊：「不要鬧！」女人們向我投來憤怒的目光，還有——什麼！是的，艾格尼絲，她和我不認識的一男一女坐在同一個包廂裡，就在我前面。現在，我又看到她的臉了，我相信她當時一臉的驚奇和痛惜。

「艾格尼絲！」我口齒不清地說道，「哎呀，艾格尼絲！」

「噓！別出聲！」她答道，我不明白為什麼這樣，「你打擾了觀眾。看看台上！」

我照她所說的做，想注意台上，也想聽聽上面在演些什麼，卻什麼也看不清楚。我又慢慢望向她，見她縮進一個角落，把戴著手套的手放在額頭上。

「艾格尼絲！」我說道，「妳不舒服嗎？」

「是的，是的。不要理我，特洛伍德，」她答道，「聽！你馬上就要走了吧？」

「我馬上就要走了？」我意識不清地重複道。

「是呀。」

我有種愚蠢的想法，想告訴她我要留下來，等著扶她下樓。我相信，我當時確實把這想法說了出來；因為她仔細看了我一下後，好像明白了，便低聲說道：

「如果我誠心地請求你，我知道你會聽話的。現在，走吧，特洛伍德，為了我，請你的朋友把你送回家去吧！」

當時，我已清醒了一些；儘管很生她的氣，卻也感到害臊，只說了聲「再見」，就起身出去了。我的朋友都跟著我。我們回到了臥室，只剩史蒂爾佛留下來陪我，他幫我脫衣。我告訴他，說艾格尼絲是我的妹妹，還請他拿開瓶器來，好讓我再開一瓶酒。之後，我躺在床上，說了一整夜的夢話。

第二天，我清醒之後，立刻感到痛苦、悔恨和羞愧，並為了我犯下的各種我已記不清的罪過感到恐懼！我躺在舉行過宴會的噁心房間裡，暈頭轉向。那煙的氣味！那狼藉的酒瓶！想外出卻起不了床的無力感！哦，這是什麼樣的一天啊！

第二十五章　幸運天使和凶神

經過了那頭痛噁心、後悔可悲的一天後；第三天早晨，一位腳伕拿著一封信上樓來。我接過信，一眼認出那是艾格尼絲的字，頓時相當激動。腳伕一面把信交給我，一面說要回信。我把房門關上，讓他在樓梯口等著，然後走回餐桌旁，開始拆開那封信。

那是一封寫得非常和善的短信，隻字未提我在戲院中的行為。信中只寫道：「親愛的特洛伍德，我住在荷伯恩的伊利巷、我父親的代理人華特布魯克先生家裡，你今天可以來看我嗎？時間由你決定。艾格尼絲上。」

為了寫出一封令我自己滿意的回信，我花了很長時間。我至少重寫了六封。我先是寫道：「親愛的艾格尼絲，我該如何把那令人作噁的印象從妳的記憶中抹去呢？」寫到這裡，我不願再寫下去了，便把它撕了。接著，我又寫道：「親愛的艾格尼絲，莎士比亞曾說：『有人會把敵人送進自己嘴裡，多麼奇怪！』」但這風格使我想起馬坎，於是我又寫不下去了。我甚至想寫詩，但寫出來的東西只令人好笑。經過多次嘗試後，我寫道：「親愛的艾格尼絲，妳的信就像妳本人一樣——我還能對它作出什麼更高的讚美呢？我將會在四點鐘到訪。大衛上。」

當天下午三點半，我便匆匆離開了事務所，並在幾分鐘內找到了那個地址。那裡也是華特布魯克先生的事務所。我被帶進一間精巧的小客廳，艾格尼絲正在那裡編織一個錢包。她看上去那麼安靜、善良，使我那麼鮮明地回憶起在坎特伯雷的快樂和充滿朝氣的學校生活，還有前天晚上我喝醉後酒氣沖天、傻頭傻腦的可憐樣。由於沒有別人在一旁，我羞愧地哭了。

「艾格尼絲，如果不是妳，而是任何其他人，」我對她說道，「我一定不會像現在這樣在乎；但當時看見我的偏偏是妳呀！我真恨不得我當場死掉。」

她把手放在我手臂上，我感到那麼多的愛護和安慰，不自覺地把它放到我唇邊，感激地親吻它。

「坐下吧，」艾格尼絲說，「別苦惱了，特洛伍德。如果你不能全心地信任我，那你還能信任誰呢？」

「啊！艾格尼絲，」我接著說道，「妳是我的幸運天使！」

她一面憂鬱地微笑，一面搖頭。

「是的，艾格尼絲，我的幸運天使！妳永遠是我的幸運天使！」

「如果我是，特洛伍德，」她說道，「那麼我認為，有件事我不得不做。」

我一頭霧水地望著她，但我已預感到她要說什麼了。

「我想警告你，」艾格尼絲堅定地看我一眼說道，「警惕你的凶神。」

「親愛的艾格尼絲，」我開始說道，「如果妳是指史蒂爾佛——」

「我說的正是他，特洛伍德。」她立刻回答。

「那麼，艾格尼絲，妳冤枉他了！他怎麼可能是我的凶神？難道他不是我的指導者、扶持者或朋友嗎？啊，我親愛的艾格尼絲，妳只根據前天晚上看到的一切來評斷他，這不是太不公平了嗎？」

「我不是根據我前天晚上看到的一切來評斷他的。」她心平氣和地答道。

「那又是根據什麼呢？」

「根據很多事——這些事本身微不足道，但把它們綜合在一起，我認為就不能等閒視之了。我一部分根據你對他的評論，也根據你的性格，還根據他在你身上產生的影響。」

她那柔和的聲音裡，似乎有某種東西觸動了我的心弦。這條弦只對這一種聲音產生反響，那聲音總是真摯懇切，有一種使我順從的力量。我坐在那裡望著她，她則低頭看著手中的針線活；每當她說一句話，史蒂爾佛在我心裡的印象就變得黯淡一些，雖然我仍十分仰慕他。

「像我這樣離群索居的人，」艾格尼絲又抬起頭來，「對世事知道得不多，卻也敢那麼堅決地勸告你，這對我來說是很大膽的。但我知道我為什麼這麼說，特洛伍德；這是因為對我們一起長大的那種親切回憶，也因為我對你的關懷。我堅信我的話是正確的。當我警告你，說你已經結交了一個危險的朋友時，我覺得說話的人好像是另一個人，而不是我。」

她沉默下來，我又望著她，聽著她的話，而史蒂爾佛的影子又淡了些。

艾格尼絲停頓了一會，又接著說：「我並不是要求你立刻改變你那根深蒂固的情感——那是不通情理的。我只請求你，特洛伍德，要是你有時想起我，」她靜靜地微笑著說道，因為她明白我這時想插嘴了，「就想想我說過的話吧。你願意原諒我這麼說嗎？」

「要等到妳公正地評論史蒂爾佛並喜歡他的時候，我才肯原諒妳。」我答道。

「不到那時就不肯嗎？」艾格尼絲說道。

當我這樣提到史蒂爾佛時，我看見她臉上閃過一陣陰影，但她又對我微笑了。我們又像以往那樣完全地信任彼此了。

「妳什麼時候才會原諒前天晚上的我呢？艾格尼絲。」我說道。

「到我想起來時。」艾格尼絲說道。

她本不想再談這事了，但我有滿腹的話非說不可。我硬纏著告訴她，我是怎麼失去理智，怎麼在一連串的偶然後被帶進戲院；說著，我又把史蒂爾佛在我意識不清時怎樣照顧我仔細說了一遍，這才覺得安心了。

「你別忘了，」我一說完，艾格尼絲就平靜地說道，「你曾經答應過我，當你陷入情網時也要告訴我。在拉金斯小姐以後的那人是誰呀？特洛伍德。」

「沒有呢，艾格尼絲。」

「肯定有一個，特洛伍德。」艾格尼絲翹起一個手指笑道。

「沒有呀！艾格尼絲，我是說真的。沒錯，史蒂爾佛夫人家有一位小姐，她很聰明，我也喜歡和她說話。她叫做達特爾小姐——但我並不愛慕她。」

艾格尼絲為自己的眼力而笑了起來。她對我說，她應該拿一本小筆記簿，把我每次熱戀的日期、時間、結局都記下來。接著，她問我有沒有見到尤利亞。

「尤利亞．希普？」我說道，「沒有見到。他在倫敦嗎？」

「他每天到事務所來，」艾格尼絲答道，「他比我早一個禮拜來倫敦。我怕他是來幹壞事的。」

「會是什麼壞事呢？」我問道。

艾格尼絲放下針線活，兩手交叉著，用她那雙清秀溫柔的眼睛沉思地看著我。

「我相信，他要和爸爸合伙了。」

「什麼，尤利亞？那個卑賤的人竟爬到這個地位了？」我生氣地叫道，「妳沒阻止過嗎？艾格尼絲，想想這會變成一種什麼關係呀！妳得發表意見，妳必須阻止妳父親這種瘋狂的行為！艾格尼絲。」

我說話時，艾格尼絲仍然看著我，對我的激動報以淡淡的微笑，並微微搖頭。然後她答道：

「當你離開後不久，爸爸就向我透露了這件事。他一面想裝出一切是由他作主的，一面卻無法隱藏被人脅迫的事實。眼見他在這兩種心情中掙扎，真令我傷心。」

「脅迫他？艾格尼絲，誰脅迫她？」

「尤利亞，」她遲疑片刻答道，「他讓爸爸無法離開他。他陰險、狡猾，抓住爸爸的弱點，先是助長它，再利用它，直到——直到爸爸害怕他。」

我明知她可以說得更多，但我卻不能追問，免得讓她痛苦；因為我知道，她之所以不說，是出於對她父親的愛護。但我隱隱覺得，這絕不是一朝一夕的事情。我不說話了。

「他威脅爸爸，控制爸爸，」艾格尼絲說道，「這是他的拿手好戲。他表面上顯得服從和感激，實際上卻握有無限的權力，我真怕他為所欲為！」

我說他就像一隻獵犬，我當時對這個比喻很滿意。

艾格尼絲繼續說道：「當時，他對爸爸說他要離開。我從未見過爸爸那麼沮喪過；正因為這樣，他打算用合伙的方式來挽留他，儘管他也為此而苦惱、羞愧。」

「妳怎麼看待這件事呢？艾格尼絲。」

「我做我希望是對的事。」她答道，「為了爸爸，我必須犧牲一點。我會鼓勵他這麼做，因為這樣可以減輕他的壓力——希望如此！這樣可以讓我有更多時間陪伴他。噢！特洛伍德，」艾格尼絲以手掩面，滿臉淚水叫道，「我幾乎認為，我根本是爸爸的敵人，不是他的女兒。我知道，他是因為愛我而變了的，他是為了專心照顧我才減少他的交際和業務的。我知道他為我推掉了多少工作；為了我的舒適，他犧牲了他的生活，削弱了他的精力。如果我能把一切安排好該有多好！如果我能使他振作該有多好！都是我害得他日益衰老的！」

我從沒見艾格尼絲哭過。即使是我們過去離別時，我也只見她把那善良的臉轉過去，卻從沒見她這麼悲傷。我只能無可奈何地對她說：「求求妳，艾格尼絲，別這樣！我親愛的妹妹！」

「我們單獨相處的時間不會太多了，」艾格尼絲說道，「趁著還有機會，我要懇求你，特洛伍德，對尤利亞保持友好，別厭惡他。也許他不該受這樣的待遇，因為我們並不知道他到底有什麼錯呀。不管怎樣，想想爸爸和我！」

艾格尼絲沒再說什麼，因為這時門開了，華特布魯克太太走了進來。我依稀記得在戲院裡見過她，但她顯然把我記得很清楚。幸好，她漸漸發現我是一個規矩的年輕人，對我的態度也大為緩和了。她請我第二天來吃晚餐，我接受了這一邀請，然後告辭了。離開時，我去事務所找尤利亞，但他不在，於是我留了一張名片給他。

第二天，我去吃晚餐時，發現自己並不是唯一的客人。我被華特布魯克先生介紹給一位衣著華麗的女人。她是亨利．史派克夫人，她的丈夫也在場，兩人都十分受到敬重；根據艾格尼絲所說，他們與財政部關係密切。

接著，我看到了尤利亞。他穿著一身黑衣，神情謙卑。我和他握手時，他告訴我他十分榮幸，由衷地感激我結交他。我巴不得他少說幾句，因為那一整晚，他都一臉感激地圍在我身邊；只要我對艾格尼絲說一句話，他就會用那張蒼白臉上的大眼睛從背後猙獰地盯著我們。

還有一些別的客人，僕人一一通報了他們的名字。有一個人引起了我注意，因為我聽到他被通報為特雷多先生。我的思緒立刻飛回到薩倫學校，我不禁猜想，難道就是我的那位同學嗎？我興致勃勃地尋找特雷多先生。他是一個冷靜沉著的年輕人，舉止謙恭，生著一頭可笑的頭髮，眼睛睜得大大的。他躲在一個遙遠的角落裡，我好不容易才發現他，並認出他確實是昔日那個可憐的小男孩。他很熱情地問候了我。

吃完飯後，我把特雷多介紹給艾格尼絲。特雷多很靦腆，但討人喜歡，還是跟過去一樣好脾氣。由於他明天早上要動身遠行，今晚必須早點離開，我不能和他暢談；不過，我們交換了住址，約好等他回倫敦後再相聚。他聽說我見到了史蒂爾佛，非常感興趣，並且熱情洋溢地稱讚他。我要他把對史蒂爾佛的看法說給艾格尼絲聽，但艾格尼絲卻只是看著我，並在沒人注意時輕輕搖了搖頭。

她告訴我，她幾天之內也要離開。想到這麼快又要和她分手，我不免難過，於是整個晚上都陪在她身邊。我和她談話，聽她唱歌，這又使我愉快地回憶起在她那個古色古香的家中度過的幸福時光，我真想永遠待在那裡。直到華特布魯克先生客廳的燈全熄了以後，我才不甘願地和她道別。那時，我比任何時候都強烈地感覺到，她真是我的幸運天使，她那可愛的臉龐和平靜的微笑彷彿天使的光芒般照耀著我的全身。

客人都走了，只剩下尤利亞。他一直在我們附近走來走去。當我下樓時，他跟隨在後；我走出房子時，他又緊貼我身旁。雖然我並不想和他來往，但想起了艾格尼絲的請求，便問他願不願意到我的公寓去喝一杯。

「哦，真的嗎？科波菲爾少爺，不，科波菲爾先生，」他答道，「請你見諒，一時還改不了口——我希望你不是勉強自己邀請像我這樣一個卑賤的人吧？」

「這沒什麼勉強的。」我說道，「你來嗎？」

「我非常願意去。」尤利亞扭扭身子說道。

「好，那就走吧！」我說道。

我不由自主地對他有些失禮，但他顯然不把這些放在心上。我們一路上沒說什麼。回到我的公寓後，我拉著他的手，帶他走上漆黑的樓梯。我感到他那隻又濕又冷的手就像蟾蜍，我真想把它扔下而跑開。然而我想到艾格尼絲的話，仍把他帶到我的火爐邊，為他送上一杯熱咖啡。

「哦，真的，科波菲爾先生，」尤利亞說道，「我從來不敢想像，我會像現在這樣受到你招待呢！話說回來，我經歷了那麼多不可思議的事——我猜，科波菲爾先生，你已聽說我升遷的消息了吧？」

他把茶匙轉來轉去，那陰森的紅眼睛轉向我卻不看我，隨著呼吸不停抽動的鼻孔中那凹痕仍然像過去一樣令人厭惡，再加上他全身從頭到腳像蛇那樣蠕動，這使我暗自心驚，留這個人作客使我不安。

「是的，」我說道，「一點點。」

「啊！我就知道艾格尼絲小姐會知道這件事的！」他平靜地接著說道，「我很高興艾格尼絲小姐知道這件事。噢！謝謝你，科波菲爾先生。」

我氣得牙癢癢的，因為他刻意誘導我說出有關艾格尼絲的事。但我只是喝著咖啡。

「你簡直是一位預言家了！科波菲爾先生，」尤利亞繼續說道，「你曾經對我說，或許我有朝一日會成為威克費爾德先生的合伙人，或許會有一個威克費爾德—希普事務所，你忘了嗎？也許你忘了，不過，當一個人身處卑賤之中時，他會把這些話牢記在心，念念不忘呢！」

「我記得我說過，」我說道，「不過我當時認為可能性很小。」

「哦，誰會認為有可能呢？」尤利亞興奮地說道，「我當時也不太相信。我記得我回答說自己太卑賤了——我當時的確是這麼想的。」

他勉強擠出一個笑容，坐在那裡看火。我看著他。

「但是最卑賤的人，或許會是一名優秀的助手。」他又繼續說道，「你知道的，我曾做過威克費爾德先生的優秀助手，我也許能做得更優秀呢！哦，他是多麼可敬的人，不過他多麼大意呀！」

「我很遺憾聽到這些話，」我忍不住尖刻地說道，「不論從什麼觀點來看。」

「的確如此！科波菲爾先生，」尤利亞答道，「不論從什麼觀點來看——尤其是從艾格尼絲小姐的觀點來看！科波菲爾少爺，你還記得嗎？有一次，你說每個人都讚美她，我還為了這話感謝你呢！」

「我還記得。」我冷冷地說道。

「哦，太好了！你還記得。」尤利亞叫道，「想想吧，是你第一次在我這卑賤的心中燃起了希望的火花呢！」

說完，他把咖啡攪了又攪，小口喝了起來。他用他那可怕的手輕輕撫摸他的下巴，看著火，又打量著這個房間，然後向我露出微笑。他心懷那種過分的謙卑扭來扭去，一次又一次地攪咖啡、喝咖啡，但什麼也不說。

「照你所說的，」我終於說道，「威克費爾德先生過去很大意，是嗎？」

「哦，是的，一點也沒錯，」尤利亞說道，「非常地大意。科波菲爾少爺，這件事我只能跟你一個人說，而且不能說得太多：在過去的幾年裡，任何人只要處在我的位置，如今都能把威克菲爾德先生按在大拇指下——」尤利亞慢慢地說著，同時把他的手伸到桌上，又把他的拇指按在上面，按得桌子直晃。

「啊，是的，毫無疑問，」他用柔順的聲音繼續說道，「威克菲爾德先生一定蒙受了某些損失、羞辱。他知道我是一個卑賤的助手，卻把我放在我不敢奢望的地位上。我多麼感激他啊！」

我看著他那被紅紅爐火映照的陰險的臉，心裡是何等的憤怒。

「科波菲爾先生，」他這時說道，「我是否耽誤你就寢了？」

「沒什麼，我一向很晚睡。」

「謝謝你，科波菲爾少爺！的確，自從你第一次和我說話之後，我卑賤的地位就漸漸有了提升；但我仍然卑賤，我希望我永遠卑賤。不過我想，你總不會把我想得更加卑賤吧？科波菲爾少爺，是嗎？」

「不會的。」我勉強說道。

「謝謝你！」他拿出手帕來擦他的手心，「對了，關於艾格尼絲小姐——」

「怎麼了？」

「你覺得她今晚很美吧？科波菲爾少爺。」

「我覺得她永遠都是那樣，在各方面勝過周圍一切的人。」我答道。

「噢！謝謝你，一點也沒錯！」他叫道，「噢，謝謝，謝謝！」

「不用，」我傲慢地說道，「你沒有謝我的理由。」

「嘿，科波菲爾少爺，老實告訴你，」尤利亞更加用力地擦著手，「儘管我的家世是如此卑賤，但我一直愛著艾格尼絲小姐。噢！我不怕把我的秘密告訴你，科波菲爾少爺。我懷著多麼純潔的愛情愛著她啊！」

我當時彷彿有種狂熱的衝動，想抓起火爐裡火鉗把他刺穿。在我心中，艾格尼絲的身影被這紅頭髮畜生的妄想褻瀆了；但我仍然鎮靜下來，問他是否曾經把他的感情向艾格尼絲表白過。

「哦，沒有呢！」他答道，「除了對你，我沒有向任何人透露過。你知道，我才剛脫離我那卑下的地位，必須先讓她明白我對她父親多麼有用。她那麼愛他！科波菲爾少爺，我相信，為了父親，她會對我好的。」

我已看出這個惡棍的陰謀，也明白他為什麼會對我說出這件事。

「如果你好心幫我守住秘密，」他接著說，「而且不妨礙我，我將會十分感激。我知道你心地仁慈，但你是在我卑賤時認識我的，說不定會在我的艾格尼絲面前反對我——她是我的，科波菲爾少爺，我總有一天會讓這件事實現！」

親愛的艾格尼絲！那個可愛善良的人，誰也配不上她，卻要成為這樣一個惡棍的妻子！

「別急，科波菲爾少爺，」尤利亞繼續陰險地說道，「我的艾格尼絲還很年輕，我也還要爬到更高的地位。在時機完全成熟以前，還有許多事要安排。所以，我還有很多機會讓她明白我的心願。哦！我知道你絕不會反對我的——因為你一定不希望為那個家帶來麻煩——這讓我多麼放心啊！」

他握起我的手，緊緊捏了一下，然後低頭看了看他的錶。

「哎呀！」他說道，「超過一點了，時間過得真快呀！科波菲爾少爺。我住在新運河下游的一家旅館，那裡的人們或許兩小時以前就睡了呢！」

「真是抱歉，」我馬上說道，「我這裡只有一張床，而且我——」

「哦，不需要床，科波菲爾少爺，」他一條腿抬起，謙虛地答道，「不過，你肯讓我睡在火爐前嗎？」

「如果你不介意，」我說道，「就睡我的床吧，我在火爐前睡。」

他為此謙讓了好一陣子。我怎麼也無法說服他睡我的臥室，只好把他安置在火爐前。我用沙發墊、一張毯子、一條桌布、一條乾淨的餐巾、一件大衣為他鋪了床，又借給他一頂睡帽。他感激不盡地睡了。

我永遠忘不了那一夜，忘不了我怎樣輾轉難眠，怎樣為了艾格尼絲和這傢伙的事而苦惱，怎樣思考我應該做些什麼，怎樣決定為了她的安寧而隱忍。只要我一閉上眼睛，眼前就出現艾格尼絲的影子。她目光柔和、滿懷愛憐地看著她父親，就像我平常看到的那樣；她面帶懇求的神情使我感到莫名的恐怖。當我醒來時，想到尤利亞就睡在隔壁，這記憶頓時像一個惡夢般使我備受折磨。

早晨，看到他走下樓梯時，我感到黑夜也和他一同離開了。我去博士院時，特別吩咐克魯普太太別關上窗戶，好讓我的房間通風，除掉他的氣味。

第二十六章　我墜入了情網

艾格尼絲要離開倫敦的那一天，我又見到了尤利亞。我去為她送行，發現他也在那裡，準備搭同一輛車回坎特伯雷。在車窗前，尤利亞也像在餐桌旁那樣，沒有片刻休息，如一隻禿鷹那樣在我們附近盤旋，把我和艾格尼絲說的字字句句完全攝入耳中，一點也不放過。

他那晚在火爐邊說的話令我陷入一種苦惱的處境。我反覆想著艾格尼絲對這件事的看法：「為了爸爸，我必須犧牲一點。我會鼓勵他這麼做。」為了父親，她不惜作出任何犧牲；毫無疑問，尤利亞完全知道這一點，而且以他的那種狡詐利用了這一點。

然而，我又非常明確地知道，這種犧牲最終必然會毀掉艾格尼絲的幸福，而她對此卻絲毫沒有察覺。如果我向她預警即將發生的事，有可能傷害到她；因此我什麼也沒多說就和她分手了。她從車窗向外微笑著揮手以示道別，而纏住她的惡魔則在車頂上扭來扭去，彷彿已把她捏到手掌心，大獲全勝了。

有很長一段時間，我都無法忘記和他們離別時的情景。艾格尼絲寫信告訴我她已平安到家，我卻像看到她離開時那樣悲哀。無論何時，只要我陷入沉思，一定會想到這個問題，於是我的不安又比過去增加了一倍。

我有足夠的時間來消化我的不安。沒過多久，史蒂爾佛來信說他在牛津，這讓我感到寂寞萬分。我相信，當時的我已對他有了一種不信任感；儘管我的回信寫得熱情洋溢，但心底卻希望他此時不要回來倫敦。顯然，艾格尼絲對我的影響遠大於我想見到他的願望；同時，由於艾格尼絲在我的思想和興趣中佔了那麼大的比例，她對我的影響也就更大了。

日子一天又一天地過去了，我成了史賓羅－喬爾金事務所的實習生。在簽約成為實習生的那一天，史賓羅先生對我說，要不是他女兒即將從巴黎回來，而家裡的事務又一團亂，他肯定會很樂意邀請我去他在諾伍德的家，以慶祝我們的新關係。不過，他表示，等他女兒回家後，他希望能有機會招待我。我向他表示了謝意，也知道了他有一個女兒。

史賓羅先生很守約。過了一兩個禮拜，他又提起這件事，並說如果我願意在禮拜六去他家並一直待到禮拜一早上，他會十分榮幸。我一口答應，他便決定用他的四輪馬車接送我。

史賓羅先生的住宅有個可愛的花園。雖然當時並非花季，我仍被那整理得美侖美奐的花園迷住了。那裡有一片可愛的草地，有一叢叢的樹木，有我在昏暗中仍可辨出的觀景小徑，小徑上有搭成拱型的棚架，棚架上有各色的花草。

「史賓羅小姐就在這裡一個人散步，」我心想，「天哪！」

我們走進燈火通明的住宅，走過掛有各式高帽、軟帽、外套、格紋上衣、手套、鞭子和手杖的走廊。史賓羅先生對迎上前來的僕人說道：

「朵拉小姐在哪裡？」

「朵拉！」我心想，「多美的名字！」

我們走進附近的一個房間，我聽到一個聲音說道：「科波菲爾先生，這是小女朵拉，以及朵拉的密友！」無疑，這是史賓羅先生的聲音，但我聽不見了，也不在意是誰的了。一瞬間，一切都消失了。我成了一個俘虜、成了一個奴隸——我無法自拔地愛上了朵拉．史賓羅！

我覺得她不是凡人，是仙女！是所有人都渴慕的事物。我頓時墜入了愛情的深淵。在深淵邊上，我沒有停一下，沒有向下看，也沒有回頭，連話都來不及和她說一句，就頭朝下地墜落下去了。

「我，」我鞠躬後，一個熟悉的聲音說道，「從前見過科波菲爾先生。」

說話的不是朵拉，而是那個密友——莫德斯通小姐！

我當時似乎不很吃驚，吃驚這一本能已不存在於我身上了。在這個世界上，除了朵拉，一切令人吃驚的事物都微不足道了。

「莫德斯通小姐，妳好嗎？我希望妳很好。」我說道。

「很好。」她答道。

「莫德斯通先生好嗎？」

「舍弟十分健朗，謝謝你。」

史賓羅先生看到我們彼此相識，也吃驚不已，這時他插嘴道：

「科波菲爾，我很高興得知妳與莫德斯通小姐早就認識。」他說道。

「科波菲爾先生和我，」莫德斯通小姐板著臉，不動聲色地說道，「是親戚。我們一度相依為命，當時他還是小孩。在那以後，命運把我們分開。我幾乎認不出他來了。」

我答道，無論在何地，我都能認出她來。這是千真萬確的。

「承蒙莫德斯通小姐好意，」史賓羅先生對我說道，「願意做為小女朵拉的密友。朵拉自由便喪母，多虧了莫德斯通小姐當她的伙伴和保護人。」

當時，我心頭一下閃過一個念頭，我覺得莫德斯通小姐與其說是保護人，不如說是攻擊者。但當時除了朵拉以外，我對任何問題都不會多想，我只是把握機會看著她。我相信我從她那任性的舉止中看出了她與她的這位密友並不怎麼親密。

就在這時，我聽到鈴聲；史賓羅先生說這是通知晚餐的鈴聲。於是我先回房裡去了。我一邊換衣服，一邊想著那迷人的、孩子氣的、眼睛明亮的、可愛的朵拉，她的身材多姣好，面容多嬌豔，她的風度多文雅、多麼多變又多麼迷人啊！

鈴聲又一次響起，我匆匆下樓去。那裡已有一些客人了，但除了朵拉，我絲毫不記得還有誰在那裡；除了朵拉，我不記得桌上有什麼菜餚。我坐在她身旁，和她談話。她的聲音細聲細氣，悅耳動聽，她的笑容魅力橫生，她的舉手投足都愉快動人，使我成了她死心塌地的奴隸。她的一切都是嬌小的，越嬌小也越可愛。

當我們回到客廳時，莫德斯通小姐那冷酷而又漠然的表情，使我美妙的幻想蒙上了一絲陰影，我擔心她會在朵拉面前誹謗我。幸好，一件出乎意料的事使我釋然了。

「大衛．科波菲爾，」莫德斯通小姐向我招手，把我叫去一扇窗前，「借一步說話。」

我走到那裡，與她四目相視了。

「大衛．科波菲爾，」莫德斯通小姐說道，「我不必多談什麼家務事，那並不是令人愉快的話題。」

「一點也沒錯，小姐。」我說道。

莫德斯通小姐低下頭。「我不打算掩蓋這事實，那就是在你小時候，我對你並不滿意。這看法或許是錯的，你也許已經變好了。現在，這已經不會妨礙我們各自的生活了。對你，我可以堅持自己的看法；對我，你也可以堅持你自己的看法。」

這次換我低下了頭。

「不過，這些看法，」莫德斯通小姐說道，「沒必要在這裡起衝突。既然命運使我們又聚到一起，那麼我們還有可能再次相遇。我建議，讓我們暫時像親戚那樣相處吧，但我們誰也不要談到對方。你同意嗎？」

「莫德斯通小姐，」我答道，「我覺得，妳和莫德斯通先生對我很殘酷，對我母親很刻毒。我只要活著，就不會改變這看法。不過，我完全同意妳的建議。」

莫德斯通小姐又閉上眼、低下頭。然後，她只用她那冰冷堅硬的手點了點我的手，就這樣走開了，態度仍像過去那樣傲慢。

那個夜裡，我聽著我心目中的皇后彈奏著吉他，一邊用法語唱迷人的小曲。我深深陶醉在幸福之中。當莫德斯通小姐帶她回房間時，她微笑了，向我伸出她那芬芳的手。我在一面鏡子裡看了自己一眼，我那傻乎乎的模樣如同傻子一樣。我在一種如痴如醉的狀態下入睡，在一種脆弱迷戀的心境中起床。

這是個晴朗的早晨，時間還早，我覺得我應該去那些拱形花棚下的小徑上走走，回憶她的身影。我走過走廊時，碰見了她的狗吉普。我溫和地朝牠走去，但牠卻齜牙咧嘴，鑽到一把椅子下面大聲吠叫，一點也不願接受我的撫摸。

花園裡涼爽而安靜。我一邊走，一邊幻想，如果我能和這美人訂婚，會幸福到何等地步。只要能稱呼她朵拉，寫信給她、愛她、崇拜她，相信她也同樣思念我，這就是我在世上最大的心願了。這時候，我在轉角處遇見了她。

「妳起得真早，史賓羅小姐。」我說道。

「房間裡那麼無聊，」她回答道，「莫德斯通小姐又那麼荒謬。她說什麼要等天氣乾一點再出來——乾一點！」說到這裡，她發出悅耳的笑聲。「好好的禮拜天早上，我總得做些什麼才是。何況，這是一天中最亮的時候，你不這麼認為嗎？」

我結結巴巴地說，我覺得當時的確很亮，但一分鐘前還是很黑暗呢！

「你是在開玩笑吧？」朵拉說道，「還是天氣真的變了？」

我又結結巴巴地說，這不是開玩笑，實在是清清楚楚的事實，雖然我並沒感到天氣有什麼變化——我又很不好意思地補充道，是我的心情有了變化。她立刻把她那捲髮搖了下來，遮住了她羞紅的臉。

「妳剛從巴黎回來嗎？」我說道。

「是的，」她說道，「你去過巴黎嗎？」

「沒有。」

「哦！我希望你也能去那裡看看。你一定會很喜歡它的！」

一陣悲哀不由得浮上了心頭——她竟希望我走！她竟以為我會走！這讓我受不了。我瞧不起巴黎！瞧不起法國！我說，目前，無論為了任何理由，我都不會離開英國，什麼也打動不了我。她又搖了搖那些捲髮。這時，她的那隻狗沿著小徑跑了過來。牠似乎很嫉妒我們，拚了命地朝著我叫。她把牠抱在懷裡撫摸，但牠還是叫個不停。她又拍拍牠。牠閉上眼，舔了她的手，又把頭抵著她那有小酒窩的下巴，終於安靜下來了。於是我們向一間溫室走去。

「妳和莫德斯通小姐並不親密，是吧？」朵拉說道。

「不，」我答道，「一點也不親密。」

「她有點討人厭，」朵拉噘著嘴說道，「我真想不通，爸爸為什麼找了這樣一個討人厭的傢伙當我的伙伴——是不是？吉普。我們不會信任那種性格乖僻的人，我們想信任誰就信任誰，我們要尋找自己的朋友，不要他幫我們找——是不是？吉普。」

吉普發出舒服的聲音做為回答。

「真叫人難過，就因為我們沒有一個慈祥的母親，就必須有一個像莫德斯通小姐那樣乖戾討厭的老傢伙隨時盯著——是不是？吉普。沒關係，我們不要信任她，不管她怎樣，我們都要盡可能讓自己快樂，我們要捉弄她，不巴結她——是不是？吉普。」

我們來到了溫室。這裡陳列著許多美麗的天竺葵。我們在天竺葵前徘徊，朵拉不時停下來稱讚某一盆花，並孩子氣地把狗抱起來嗅那些花。直到今天，那幅畫面仍令我印象深刻。沒過多久，莫德斯通小姐找到了我們，她挽起了朵拉的手臂，要我們回去吃早餐。

由於茶是朵拉泡的，我不知道我喝了多少杯。但我還記得，我坐在那裡拚命喝，一直喝到我幾乎失去意識。不久，我們就去教堂。莫德斯通小姐坐在朵拉和我之間，但我聽見了她唱詩——當時，全體聽眾都不存在了。這就是我對那次禮拜的全部記憶。

那天我們安安靜靜地度過了，沒有客人來。我們散了一次步，吃了家庭晚餐，晚上就看書。莫德斯通小姐捧著一本大的講道集，眼睛卻盯著我們，認真地監視我們。史賓羅先生頭上頂著小手帕，坐在我對面，絲毫不知道我正在幻想中把他當成了丈人擁抱呢！夜裡向他道晚安時，他也絲毫沒想到在我的幻想中，他已答應了我和朵拉的婚事，我正為他祝福呢！

隔天一大清早，我們就動身了，因為法庭正在審理一樁案子。不過，朵拉在早餐桌上又泡了茶。當她抱著吉普站在台階上時，我在馬車上向她又傷心又高興地摘帽致意。那天離開法庭時，我曾發了瘋似地盼望史賓羅先生會再帶我回家，不過他並沒有這麼做。

我一天又一天、一個禮拜又一個禮拜地做夢。我走遍了倫敦，在設有最好的女性用品店的街道走來走去；

我像一個不得安寧的鬼魂那樣逗留在商品展覽館；我已精疲力盡，卻仍艱辛地在公園裡徘徊。有時，過了很久，我偶然見到了她，或看到她在車窗後揮揮手，或與她和莫德斯通小姐走一小段路，並和她說幾句話。但我總是很悲哀，因為我從未說過一句重要的話，或感到她完全不瞭解我多麼痴情，甚至覺得她一點也不把我放在心上。理所當然，我一直盼著再度被邀請去史賓羅家；但我不斷失望，因為我從未再受到這種邀請。

第二十七章　特雷多

過了幾天，我忽然想去看看特雷多。他住在坎頓區獸醫學院附近的一條街上，當天下午我便前去拜訪他。我發現那條街並不像我想像的那麼好，那裡又臭又潮溼，還特別髒，瀰漫的氣息使我不自覺地想起和米考伯夫婦同住的日子。

我來到地址上的那棟住宅，依照女僕的指點走上樓梯。特雷多已在樓梯口等著我了。他見到我很高興，誠懇地歡迎我進去他的臥室。臥室在房子的前半部，雖然沒多少傢俱，卻也十分整潔。房間裡有張沙發床，一旁的文件堆後方是他的書桌，他正穿著一件舊上衣在那裡做事。在臥室的一個角落裡，有件東西被一大塊白布整齊地蓋著。我猜不出那是什麼。

「特雷多，」我坐下後又握住他的手說，「看到你真高興。」

「我也很高興，科波菲爾，」他接著說，「我在伊利巷見到你時就十分開心，也相信你看到我十分開心，所以我給你的是這個地址，而不是律師公寓的地址。」

「哦，你有律師公寓嗎？」我說道。

「嗯，我與另外三個人合租了一間律師公寓，以及一個文書，我每個禮拜付他半克朗。」

他一邊這麼解釋，一邊微笑，我覺著那微笑中包含了他昔日的質樸、善良、溫順，以及不幸。

「我通常不會告訴別人這裡的地址，」特雷多說道，「並不是因為我驕傲，而是因為那些來見我的人不會願意來這種地方。對我自己而言，我仍然與困難搏鬥著，如果還裝模作樣，未免太可笑了。」

「華特布魯克先生告訴我，你正在學法律。」我說道。

「是的，」特雷多搓著手說道，「我正在學法律，已經學了好一陣子。不過，那一百鎊的學費真是個不小的負擔！」

特雷多像要被拔掉一顆牙那樣退縮地說道。

「特雷多，當我看到你時，你知道我在想什麼嗎？」我問他。

「不知道。」

「你過去常穿的那身天藍色的衣服。」

「啊！當然了，」特雷多笑著叫了起來，「老天！那些日子還挺快活的，不是嗎？」

「我想，如果我們的校長不虐待我們，日子會更快活。」我答道。

「也許吧，」特雷多說道，「不過，那時還有許多趣事呢！你還記得在寢室裡的那些夜晚嗎？我們常吃的宵夜？我們常講的故事？哈！你還記得我為梅爾先生哭而挨打的事嗎？老克里柯！我真想見見他呢！」

「他對你很壞呢，特雷多。」我忿忿地說。

「是這樣嗎？」特雷多馬上說道。「也許吧，不過那已是好久以前的事了。老克里柯！」

「當時你是由一個叔叔撫養的嗎？」我問道。

「是的，當時我有一個叔叔。當我離開學校後不久，他就死了。」

「真的？」

「哦，真的，他是一個退休的布商，曾立我為他的財產繼承人。但我長大後，他又不喜歡我了，於是和他的女管家結婚了。後來他去世了，她又嫁給一個年輕人，我從此孑然一身。」

「老天！特雷多，那你有得到什麼好處嗎？」

「哦，有的，」特雷多說道，「我分到了五十鎊。我沒有一技之長，起初不知該如何是好。不過，靠著一個同學的介紹，我開始靠抄寫法律文件餬口。之後又為他們記錄案件、作摘要，以及各種類似的事情。後來，我決定學習法律，於是進了華特布魯克先生的事務所。另一方面，我又認識一個出版界人士，我靠著替他編纂書籍維持生計，一邊籌措學費。」

他說話時，仍然維持他那一貫愉快親切的神情。我點了點頭。

「就這樣，靠著省吃儉用，我終於湊齊了一百英鎊。」特雷多說道，「儘管我背負了不小的壓力。我希望總有一天會否極泰來的。嘿，科波菲爾，看到你那麼高興，我打算什麼都不瞞你了。老實說，我訂婚了。」

噢！訂婚，我立刻想到了朵拉。

「她是一位牧師的女兒，住在德文郡。」特雷多說道，「她比我年長一點，卻是個最可愛的女孩！我相信，我們還要再一段時間才能結婚，不過她願意等我，科波菲爾，就算等到六十歲也願意！」

特雷多得意地微微一笑，站了起來，把手放在那塊白布上。

「不過，我們已向家庭生活邁出了第一步。你瞧，」他驕傲地掀開那塊布，「我們已經買了一點傢俱。這是一個花盆和一個架子，是她親自挑選的，可以擺在一個客廳的窗台上；還有這張小桌，是我買的，上頭可以擺上一本書，或是一杯茶——多麼棒呀！」

我對這兩件東西大加稱讚，特雷多又小心翼翼地蒙上那塊白布。

「總之，」特雷多又說道，「我會盡可能好好努力。我的收入不多，但我的開銷也不大。我時常和樓下的那些人一起吃飯，他們真是些討人喜歡的傢伙。米考伯先生和太太都有很豐富的經驗，是很棒的伙伴。」

「我親愛的特雷多！」我連忙叫道，「你在說什麼？」

特雷多瞪大眼睛看著我，不懂我為何如此吃驚。就在這時，門上響起了兩下敲門聲，這種聲音我曾在溫莎巷聽過很多次，它使我心中的懷疑頓時消散。沒過多久，米考伯先生——他的緊身褲、他的手杖、他的硬領、他的眼鏡一點也沒變——帶著上流人士的神情走進了房間。

「請你見諒，特雷多先生，」米考伯先生停了來說道，「我不知道府上還有一位貴客呢。」

他向我微微鞠躬，又拉了拉他的硬領。

「你好嗎？米考伯先生。」我說道。

「先生，您真是客氣。我一切安好。」他說。

「米考伯太太呢？」我接著問道。

「感謝上帝，她也一切安好。」

「孩子們呢？米考伯先生。」

「先生，」米考伯先生說道，「我很高興地說，他們亦健康無恙。」

目前為止，米考伯先生一點也沒認出我來。不過，這時看到我微笑，他更仔細打量了我的臉，退後一步大叫道：「這有可能嗎？難道我有幸又看到了科波菲爾嗎？」

於是，他熱情萬分地握住我的手。

「哎呀！特雷多先生，」米考伯先生說道，「想不到你竟認識我的老朋友。親愛的，快來！特雷多先生要介紹一位先生給妳！」他向樓下的米考伯太太喊道，又馬上轉回來和我握手。

「我們的好朋友博士怎麼樣？科波菲爾，」米考伯先生說道，「坎特伯雷的各位都好嗎？」

「他們都好。」我說道。

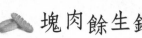

「很高興聽你這麼說，」米考伯先生說道，「你會發現，科波菲爾，我們目前正過著一種半隱居的生活；但你知道，在我一生中，我已戰勝了許多困難，越過了許多障礙。如今，我需要暫停下來，等待一個好機會。我有各種理由相信，我很快就會一飛沖天了。」

我正表示我的欣慰時，米考伯太太進來了。與過去相比，她的衣著不那麼整潔了，但她還是多少打扮了一下，並戴著一副褐色手套。

「我親愛的，」米考伯把妻子領到我面前說道，「這裡有一位名叫科波菲爾的先生，想和妳敘舊呢！」

米考伯太太是那麼地激動，幾乎暈了過去。不過，她很快就冷靜下來，並說見到我真令她歡天喜地。我們一共聊了半個小時，我問起她孩子的情況，她說他們都已長成了小巨人，不過她並沒有帶他們出來見我。

米考伯先生很希望我能留下來吃晚飯，要不是我從米考伯太太的眼色中看出了窘迫，我一定會當場答應的；不過，我還是告訴特雷多和米考伯夫婦，希望他們能訂出一個日子去我那裡吃飯。

離開後，米考伯先生一直送我來到街頭轉角處，他在那裡對我說道：

「我親愛的科波菲爾，在目前這樣的處境中，能與你那傑出而聰明的朋友特雷多毗鄰而居，令我感到莫大的安慰。我如今從事穀類生意，這不是什麼有利可圖的事業；不過，我很愉快地補充一句：我已經得到了一個機會，我相信這機會可以使我和你的朋友一生衣食無虞。你也許還不知道，米考伯太太可能又要生了，但她的娘家竟對此表示不滿，我真不明白這干他們什麼事！但我拒絕那種裝模作樣的關心，我輕視它！」

然後，米考伯先生握握我的手，走了。

第二十八章　米考伯先生的挑戰

約定的時間到了，我的三位客人一起上門。米考伯先生的硬領比過去更高了，眼鏡上繫了條新緞帶；米考伯太太的帽子用淺棕色的紙包著；特雷多一手托著那帽子，一手扶著米考伯太太。他們都很喜歡我的住所。我把米考伯太太領到我的梳妝台前；她看到上面那些為她預備的東西時，大為高興，並叫米考伯先生進去看。

「我親愛的科波菲爾，」米考伯先生說道，「這裡多麼豪華！這種生活方式使我想到我單身時的生活，當時米考伯太太還沒被請到婚姻之神的祭壇前立下誓約呢！不過，」他突然認真地對妻子說道，「我明白了，當命運把妳交給我時，或許已註定妳與我將長期與財務困境搏鬥了。我感到遺憾，但我能忍受。」

「米考伯！」米考伯太太哭喊道，「這是我的錯嗎？我從未拋棄過你，永遠也不拋棄你！米考伯。」

「我的愛人，」米考伯先生大為感動地說道，「妳會寬恕，我相信，與我們共患難過的科波菲爾也會寬恕。因為這只不過是那些小人——也就是自來水公司的那些傢伙——一時衝動的情緒發洩罷了。你們會憐憫它的放肆，而不對其加以責備。」

於是，米考伯先生摟抱米考伯太太，握我的手。我從這隻字片語的暗示中推測出，由於未按時繳納水費，他們家的自來水在當天下午被自來水公司停了。

為了讓米考伯先生忘記這令人愁苦的事，我立刻將他們帶到了餐桌前。他那懊惱的情緒頓時全消，更說不上絕望了。他為我們調製潘趣酒，當他攪動、調和、試味時，那張容光煥發的臉真是讓人驚奇不已。至於米考伯太太，她從我臥室出來時可愛極了，雲雀也不會比這個出色的女人更快樂了。

然而，宴會不算成功，甚至失敗極了。羊腿送上來了，裡面紅紅的，外面卻白灰灰的，還散佈了一層像沙子的東西，好像曾掉進了廚房裡的爐灰中一樣。鴿肉餡餅看起來倒不壞，但只是虛有其表。要不是我的客人們興致勃勃，或是米考伯先生機靈地提出一個建議為我解了圍，我一定會感到無地自容。

食品貯藏室裡有個烤肉架，米考伯先生要我把它拿來，由特雷多把羊肉切成片，米考伯先生在上面撒上胡椒、芥末、鹽和辣椒；我則將其一片片放到架上，在米考伯先生的指示下用一把叉子來轉動肉片並取下；米考伯太太用一個小小的湯鍋燉煮蘑菇醬汁。我們一邊吃著，一面注意碟子裡烤好的肉片，一面留神在火上冒出騰騰熱氣的肉片。

由於這種烹飪方法新奇、美妙又熱鬧，大家忙得汗流浹背，但十分開心。在這動人的熱鬧和香氣中，我們把那條羊腿吃得只剩下骨頭。米考伯先生和太太得意洋洋的，特雷多邊切邊吃，一邊開懷大笑。我相信，沒有比這更成功的宴會了！

我們正興高采烈時，房裡忽然來了個外人。泰然自若地拿著帽子站在我面前。這是利蒂默。

「什麼事？」我不禁問道。

「請原諒，先生。我的主人不在這裡嗎？」

「不在。」

「你沒見到他嗎？先生。」

「沒有。是他叫你來這裡找他的嗎？」

「不完全是，先生。不過，我想，既然他今天不在這裡，或許明天會來。」

「什麼？他要從牛津過來了嗎？」

「我應該猜到他明天才會到的，先生，這是我的錯。」

「萬一你見到他，」我說道，「請對他說，很遺憾他今天不在這裡，因為他還有一個老同學也在呢！」

「當然，先生！」他朝我和特雷多鞠了一躬，並看了特雷多一眼。

「對了，利蒂默。」當他朝門口走去時，我忽然想起什麼，對他說道。

「是，先生。」

「你之前在雅茅斯待了很久嗎？」

「不會很久，先生。」

「你看到那艘船完工了嗎？」

「是的，先生，我就是為了看那艘船完工而留在那裡的。」

「我猜，史蒂爾佛先生還沒見過那艘船吧？」

「我不能說，先生。我想——不過，先生，我實在不能說，再見，先生。」

說完這幾句話，他向在場的所有人都相當恭敬地鞠了一躬便出去了。他走了以後，我才感到如釋重負，除了因為一種自卑的感覺而不自在以外，我的良心也因為不信任他的主人而苦惱著。

米考伯先生用了許多誇讚利蒂默的話把我從沉思中喚醒。他把利蒂默稱為無可挑剔的僕人，並且當之無愧地代我們接受了利蒂默鞠的那一躬。

之後，米考伯先生喝了一杯潘趣酒，我與特雷多也這樣做了。米考伯太太說她只要喝一點，但我們都不答應，硬是為她倒了滿滿一杯。她一邊喝著酒，一邊對我們侃侃而談。她提到，米考伯先生在倫敦先後投身過煤業與穀業，但收入不佳；因此，她認為抽傭金的工作是無利可圖的，只有釀酒這樣的產業值得米考伯先生從事，但那些釀酒公司卻不肯聘用他；接著，她又說米考伯先生的風度非常適合銀行業，唯一的缺點是沒有人會把錢交給他保管。

「只剩下一條路了，」米考伯太太振振有詞地說道，「我認為米考伯先生應該籌措一筆現金，用期票借貸。然後，他應該進城去，把那張期票拿到金融市場，能換到多少，就算多少。我相信這種投資一定會獲利的，我也是這樣告訴米考伯先生的。」

說完這些，米考伯太太謝絕了我們再乾一杯的請求，回到我的臥室去了。我祝賀米考伯先生擁有這樣一個賢內助，特雷多也這麼做了。米考伯跟我們輪流握過手，然後在臉上蒙上小手帕，又興高采烈地喝了起來。

米考伯先生接著又對特雷多發表了一篇熱烈的讚美詞。他說特雷多是個好人，他很榮幸能結識他。他滿懷同情地提到那位與特雷多相愛的年輕女士，並為她乾了一杯，我也一樣。特雷多向我倆表示感謝，質樸而坦誠地說道：「感謝你們。我敢向你們擔保，她是最可愛的女孩！」

在那之後，米考伯先生又體貼而禮貌地提到我的戀愛問題。經過一連串臉紅、結巴和否認，我終於拿著酒杯說：「好！我為朵拉乾一杯！」這句話讓米考伯先生興奮極了，他要米考伯太太也出來為朵拉乾杯。

我們一直談到晚上十點多，米考伯太太才終於站起身來，又把那帽子用淺棕色紙包好，再戴上軟帽。當特雷多穿外套時，米考伯先生趁機塞給我一封信，要我等他們離開後再看。接著，他牽著妻子，特雷多拿著帽子隨後。他們下樓時，我刻意把特雷多留了下來。

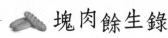

「特雷多，」我說道，「米考伯先生不是壞人，很可憐。不過，如果我是你，我絕不會借給他什麼的。」

「我親愛的科波菲爾，」特雷多笑道，「我並沒有什麼可借的呀！」

「你有一個名字，你知道的。」我說道。

「哦？難道那是可以借的東西嗎？」特雷多若有所思地說道。

「當然。」

「哦！」特雷多說道，「是的，當然了！我非常感激你，科波菲爾。不過——我恐怕已經借給他了。」

「用在做某種投資的期票上嗎？」我問道。

「不，」特雷多說道，「是另一種用途。」

「希望將來不會出什麼事。」我說道。

「希望不會，」特雷多說道，「不過，我想不會有什麼事的，因為他前一天還告訴我，說他會有辦法償還的。」

這時，米考伯先生抬頭朝我們這裡看，我只來得及把我的告誡又重複了一遍，特雷多就下去了。

我回到火爐邊，正在幽默地回想米考伯先生的性格及我們的淵源時，忽然聽到一陣急促的上樓腳步聲。一開始，我還以為是特雷多回來取米考伯太太遺忘的什麼東西；但隨著腳步聲越來越近，我聽出來了。那是史蒂爾佛的腳步聲。

「嘿，大衛，別發呆了！」史蒂爾佛親熱地握了我的手又很快樂地甩開，笑著說道，「我發現你又在請客了，你們這些博士院的傢伙真是城裡最快活的人了！不像我們牛津人。你還好嗎？」他一邊在我對面的沙發上坐下，把爐火撥旺，一面用那愉快的目光打量我的房間。

「我很好。」我盡可能熱情地對他說，「不過，今晚並不是請客，雖然也有三個客人。」

我用簡短的幾句話向他介紹了米考伯先生。他聽了開心大笑，說米考伯先生是個應該結識的人，他總有一天要結識他。

「不過，你猜我們另一個朋友是誰？」我問道。

「誰知道，」史蒂爾佛說道，「不是個惹人厭的傢伙吧？我覺得他看起來有點面熟。」

「特雷多！」我得意地說道。

「他是誰？」史蒂爾佛漫不經心地問道。

「你不記得特雷多了？忘了在薩倫學校和我們住同一間房的特雷多？」

「哦！那傢伙，」史蒂爾佛說道，「他還像以前那麼心腸軟嗎？你在哪裡遇到他的？」

我一直覺得史蒂爾佛有些瞧不起特雷多，因此盡可能地說他的好話。史蒂爾佛點頭笑了笑，說了句他也喜歡那位老同學。說完，他又把話題岔開，問我有什麼吃的，我便把剩下的鴿肉餡餅端出來。

「嘿！大衛，多麼豪華的一頓晚餐！」他跳了起來，坐到桌邊大叫，「我要大吃一頓，因為我是從雅茅斯來的。」

「我還以為你是從牛津來的呢。」我緊接著說道。

「不，」史蒂爾佛說道，「我去航海了——這更有意思呢。」

「利蒂默剛才來這裡找過你，」我說道，「我還以為你在牛津呢。不過，現在想起來，他的確沒承認過這一點。」我忽然想知道那裡的一切，問道：「你在雅茅斯住了很久嗎？」

「不久，」他答道，「只不過是一個禮拜左右的浪蕩罷了。」

「他們都還好嗎？當然，小艾蜜莉還沒有結婚吧？」

「還沒有呢，但也快了——我想就在幾個禮拜內吧，或是幾個月內，遲早要結婚的。對了，」他放下刀叉，開始在衣服口袋裡摸索，「我替你帶了一封信來。」

「誰寫的？」

「你的老保姆。她丈夫叫什麼來著——情況不妙，信裡提到了一些壞消息。」

他把信交給我。信是皮果提寫的，比以往的更潦草也更簡短；信上提到她丈夫的情況，隻字未提及她的辛勞和護理，全是有關他的好話。整封信都是她那質樸的天真和毫不矯飾的懇切，我明白這都發自她的內心。

我閱讀那封信時，史蒂爾佛一個勁地大吃大喝。

「這是件令人傷感的事，」他說道，「不過，太陽每天落下，人類每分鐘在死亡，我們不應該被逃不了的命運嚇住了。向前！越過一切障礙，在競爭中獲勝！」

「在什麼競爭中獲勝呢？」我說道。

「在我們已投入的競爭中，」他說道，「向前！」

當他停下來，把他那俊秀的頭略略後仰，舉起手中的杯子看著我時，我看出儘管他臉色紅潤，有海風洗刷過的痕跡，但也有某種緊張，就好像他曾從事過一段時間的危險工作；那精力被激發起來後，仍狂熱地在他內心激蕩。我猜想，或許他曾與凶險的海浪或惡劣的天氣有過一番較量。

「史蒂爾佛，」我說道，「如果你精神還好的話——」

「我精神總是亢奮的，能做任何你喜歡的事，」他說著，從餐桌邊移到火爐邊。

「那麼，我告訴你吧，史蒂爾佛。我得去看看我的老保姆。雖然我未必能為她做什麼有益的事，或給她什麼實際的幫助；不過，她那麼關心我，我的拜訪一定能為她帶來一些安慰。你認為我該不該走一趟呢？」

他露出心神不寧的樣子，坐在那裡想了想後，才回答道：「可以！去吧，你不會妨害人的。」

「你才剛從那裡回來，」我說道，「應該不會想陪我一起去吧？」

「是呀，」他答道，「今晚我得去海蓋特。我有這麼久沒見到我母親了，難免有些過意不去呢！順帶一提，你明天就要出發嗎？」他把一隻手放在我肩上說道。

「是的，我想是那樣。」

「後天再去吧。我本來還打算請你來和我們住幾天呢！誰知道你偏偏要去雅茅斯。」

「史蒂爾佛，你自己老是神出鬼沒，還敢說我呢！」

他默默地看了看我，仍像先前那樣握住我的手搖了幾下，然後說道：

「來吧，明天一定要來，和我們開開心心過一天！誰知道我們什麼時候才會再見面呢？」

我答應明天去。他穿上外套，點起雪茄，走著回家去。我也穿上外套，和他一起走到空曠的大路上，街上早已一個人都沒有。他一路上興高采烈；分手時，我轉頭朝他望去，見他意氣風發地往前走，不禁想起他說「越過一切障礙，在競爭中獲勝！」暗自希望他投身的是一種有價值的競爭。

我回到房裡更衣時，看到了米考伯先生的信。我這時才想起這封信，便拆開來讀。信是晚餐前一個半小時寫的，內容如下：

親愛的科波菲爾：

實不相瞞，我的事業已經一敗塗地。我的住宅與各項財產現已被扣押，而我親愛的朋友湯瑪斯．特雷多先生的一切財產亦然。特雷多先生曾好心在我的一張期票上簽名，金額是二十三鎊四先令九便士半，現已到期，卻無法兌現。如今，我將這些令人難堪的事實告訴你，內心真是懊悔不已。

威爾金．米考伯

可憐的特雷多！不過，我很瞭解米考伯先生，也預料他遲早會再從挫敗中站起來；但我夜裡沒睡好，因為擔心著特雷多，擔心著那住在德文郡的牧師女兒——她是一個那麼可愛的女孩，而且願意等待特雷多一直到六十歲，或是任何年紀。

第二十九章　再訪史蒂爾佛的家

早上，我向史賓羅先生請了一天的假，來到海蓋特。史蒂爾佛見到我十分高興，羅莎．達特爾小姐也是如此。

不過，我發現達特爾小姐對我的觀察更密切了；我還發現她好像把我的臉和史蒂爾佛的作比較，她仔細監視我們兩人，鬼鬼祟祟地等著看我們之間會發生什麼。我雖然沒做什麼虧心事，但在她那奇特的目光下仍感到不自在。

整整一天都是如此。如果我在史蒂爾佛房間裡和他談話，就會聽見從外面的小走廊裡傳來她衣裙的窸窣聲；如果我和他在屋後的草地上遊玩時，就會看見她的臉在窗前晃來晃去，緊盯著我們。下午，我們四個人一起外出散步時，她的手像彈簧一樣握住了我，把我拉到後面，趁史蒂爾佛母子不注意時對我說：

「你已經好久沒來了，」她說道，「顯然，你的工作把你全部的注意力都吸引過去了，是嗎？」

我回答說我很喜歡那職業，但它也並不是那麼完美。

「哦！原來如此，」羅莎說道，「你是說那職業有點枯燥乏味，是嗎？」

我回答說，也許它的確有點枯燥乏味。

「嗯，所以你需要一點安慰和刺激——或類似的東西？」她說道，「當然了，不過你對他——唔，是不是太那個了一點呢？」

她朝著史蒂爾佛的方向瞥了一眼。

「難道——我只是猜想，他對我們是不是不那麼在意了呢？也許，他對於拜訪他的老家不再那麼熱中了吧？——嗯？」她又朝他飛快地瞥了一眼，也那樣瞥了我一眼，好像想看透我內心深處的想法。

「達特爾小姐，」我答道，「請別認為——」

「我沒有呀！」她說道，「別誤會了，我沒有在懷疑什麼，我只是問一個問題。我不發表任何意見，只會根據你的話來判斷。那麼，不是那樣的囉？很好，我很高興聽到你這麼說。」

「那當然不是事實，」我不知所措地說道，「即使史蒂爾佛離家的日子比以往來得長，也不關我的事。事實上，要不是現在聽妳說，我根本不知情呢！我有好一陣子沒見到他了，直到昨晚才見到他。」

「沒見到他？」

「的確如此，達特爾小姐。」

她看著我時，我感到她的臉更咄咄逼人，也更蒼白了。她直直地盯著我說：「他到底在幹什麼呢？」

我把這幾個字重複了一遍，因為我也很吃驚。

「他到底在幹什麼呢？」她似乎懷著某種狂熱說道，「他總是用不可捉摸的眼神虛偽地看我，他究竟有什麼企圖呢？如果你是高尚的、忠實的，我希望你告訴我，正在引導他的是憤怒、是仇恨、是驕傲、是浮躁、是瘋狂的白日夢，還是愛情？到底是什麼呀？」

「達特爾小姐，」我答道，「我看不出史蒂爾佛跟我第一次來這裡時有什麼不同。我怎麼也看不出來。我相信什麼事也沒有，我甚至不懂妳在說些什麼。」

她仍然直直盯著我，一陣抽搐或顫抖使她掀起了嘴唇的一角，好像對任何輕視或蔑視她的人發出一絲憐憫。她馬上把手按在嘴上，說了句：「關於這件事，我希望你絕對保密。」就再也不吭聲了。

有兒子侍奉一旁，史蒂爾佛夫人特別開心，而史蒂爾佛這回也特別關心她，表現出特別的敬意。另一方面，他又從容地運用他那絕妙的口才，力圖使古怪的達特爾小姐變成一個令人愉快滿意的伙伴。我看到她的面容和態度一點一點地改變著；她漸漸懷著越來越多的欽佩望著他，並在他的魅力前越來越軟弱，雖然她心底仍忿忿不平，彷彿不滿意自己的軟弱似的。終於，我看到她那銳利的目光變柔和了，她的笑容變得溫柔了，我不再像先前那樣對她充滿畏懼，我們坐在火爐旁有說有笑，彷彿像一群孩子那樣無拘無束。

吃完晚飯，達特爾小姐離開了餐廳，我們仍在原地待了一會兒。「她在彈豎琴呢，」史蒂爾佛在餐廳門口輕聲說道，「這三年來，我從未聽她彈過。」他奇怪地微笑著說道，但那笑容立刻消失了。於是，我們走進了客廳，發現她一個人待在那裡。

「別起來！」史蒂爾佛說道，「我親愛的羅莎，別起來！為我們唱一首愛爾蘭歌吧。」

「你喜歡愛爾蘭歌嗎？」

「喜歡極了！」史蒂爾佛說道，「大衛在這兒，他也喜歡音樂呢！為我們唱首愛爾蘭歌吧，羅莎！讓我像平常那樣坐著聽。」

他在豎琴邊坐下。她則站了一小會兒，若有所思。終於，她坐下來，把琴朝身邊一拉，就彈唱起來。我感覺到，在她的歌聲中有某種可怕的東西，使得那首歌成為我一生中聽過最不平凡的歌。那歌聲彷彿是從她的情感深處迸發出來的，她婉轉的歌聲又多少表現了她的情感。當音樂停止時，她的情感好像縮成了一團。

史蒂爾佛離開座位，走到她身邊，愉快地摟住她說道：「嘿！羅莎，將來我們會非常相愛！」她打了他，像野貓一樣粗暴地把他推開，然後衝出了房間。

「羅莎怎麼了？」史蒂爾佛夫人進來說道。

「她當了一會兒的天使，母親，」史蒂爾佛說道，「所以，按照她的習慣，她又要變回魔鬼了。」

「你應該小心點，別招惹她，詹姆士。她的脾氣已經很壞了，記住，別逗她了。」

羅莎沒再回到客廳。直到我向史蒂爾佛道晚安時，也沒人再提到過她。當時，他問我是否曾見過像這樣又凶又捉摸不透的人。我對此表示了驚訝，並問他知不知道她為什麼突然發這麼大的脾氣。

「誰知道！」史蒂爾佛說道，「隨你怎麼想——也許根本沒有理由呢！我跟你說過，她把每樣東西都拿來磨，磨得越來越尖。她是一種帶刃的東西，得小心對付。晚安！」

「晚安！」我說道，「我親愛的史蒂爾佛！我明天一早就要走了，再見！」

他不願放我走開。他站在那裡，伸開兩隻手臂，一隻手搭在我的肩上。

「大衛，一旦發生什麼事讓我們隔絕了，你應該記得我最好的一面。我們說好了，萬一環境將我們分開了，記得我最好的一面！」

「史蒂爾佛，在我眼中，你沒有最好的一面，也沒有最壞的一面。我全心全意地敬重你！」

說完，我們各自回房了。黎明時分，我悄悄起床，迅速穿好衣服，再朝他房裡看。他睡得很香，就像在學校時那樣安安逸逸躺著，頭枕在臂上。於是我靜靜地離開了他。

第三十章　一種損失

我在晚上抵達雅茅斯，先去了旅館。我知道皮果提的那間客房此刻很可能已經有人住了，因此我先去了旅店，在那裡吃飯，並訂下床位。

之後，我來到巴吉斯家，輕輕敲了門。出來開門的是皮果提先生，他見到我並不像我預料的那麼吃驚，後來皮果提也是那樣。我猜，人們在等待那重要的時刻來臨時，一切其他的變化和驚訝全都不足為奇了。

我和皮果提先生握手之後走進廚房，他把門輕輕關上。火爐旁坐著雙手掩面的艾蜜莉，她身旁站著漢姆。我們壓低聲音說話，不時停下來聽聽樓上的動靜。

「你的心地真好，大衛少爺，」皮果提先生說道。

「太好了。」漢姆說道。

「親愛的艾蜜莉，看啊，」皮果提先生叫道，「大衛少爺來了。嘿！打起精神來，好孩子，不跟大衛少爺說句話嗎？」

她的身子顫抖了一下。我碰了碰她的手，感到是那樣冰涼；她立刻抽回了他的手，然後從椅子上溜走，悄

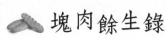

悄從她舅舅的另一側走過去，俯在他胸前，依然那樣一言不發、渾身發抖。

「像這樣多情的心，」皮果提先生用他那粗糙的大手撫摸著她那濃密的頭髮，「是禁不起這種悲哀的。這對年輕人來說很正常，大衛少爺，他們從沒見過這種苦難，會表現得怯弱也是很自然的呀。」

她把他抱得更緊，不抬起頭來，也不說一句話。

「時候不早了，我親愛的，」皮果提先生說道，「漢姆來接妳回去呢！嘿，和另外一顆多情的心一起回去吧。什麼？艾蜜莉，妳說什麼？好孩子。」

我聽不到她說的話，但他好像聽到了什麼一樣俯下頭來，然後說道：

「讓妳和舅舅一起留下？嘿，妳不會這麼說吧？小女孩。妳的未婚夫不是來這裡接妳回去了嗎？喏，瞧這小傢伙，竟然寧可依靠我這樣一個粗人，誰想得到呢！」皮果提先生無比驕傲地對我們說道，「不過，海裡的鹽還沒有她對舅舅的愛那麼多呢！這個傻乎乎的小艾蜜莉。」

「艾蜜莉這麼做是對的，大衛少爺，」漢姆說道，「看！既然艾蜜莉想這麼做，而且她看起來好像很焦急，也可以讓她留在這裡過夜。我也留下吧！」

「不，不，」皮果提先生說道，「像你這樣快結婚的男人，不應該荒廢一天的工作。你回去睡吧！我會替你好好照顧艾蜜莉。」

漢姆聽從了這番勸說，拿著帽子走了。當他向她吻別時，她似乎把舅舅摟得更緊了，甚至想躲開她那未來的丈夫。我跟著他去關門，以免驚擾了全屋人的安寧。當我回來時，發現皮果提先生仍在對她講話。

「喏，我要上樓去，告訴妳姨媽說大衛少爺來了，這會讓她高興的呢！」他說道，「妳可以在火爐邊坐坐，把這雙冰冷的小手烤一烤。用不著害怕或傷心。什麼，妳要跟我一起去？好，一起去吧！大衛少爺，就算她的舅舅被趕出家門，或被推到水溝裡，」皮果提先生再次驕傲地說道，「我相信她也會陪我一起的呢！嗯，不過，很快就會有別人取代我了——很快就會有別人了！艾蜜莉。」

我獨自留在火爐前，回想著艾蜜莉對死的懼怕，以及她反常的精神狀態。我一面這麼想，一面坐在那裡數時鐘的滴答聲，這使我更感到周圍的肅穆和寂靜。皮果提來了，她把我摟在懷裡，一次次地祝福我、感謝我，說她在苦惱中把我看做非比尋常的安慰。然後，她請我上樓去，並哽咽地說巴吉斯先生一向喜歡我，對我讚譽有加，在陷入昏迷前常提起我；她相信如果他清醒過來，看到我一定會很開心的。

當我見到巴吉斯先生時，我感到他醒來的可能性是很小的了。他的頭和肩膀伸在床外，看來十分不舒適。

「巴吉斯，我親愛的！」皮果提先生和我站在床邊時，皮果提俯身對他說道，「我親愛的少爺來了，把我們撮合在一起的大衛少爺來了！巴吉斯，替你傳信的人呀！你知道的。你不跟大衛少爺說話嗎？」

他仍然像石頭一樣不能言語，沒有知覺。

「他就要隨潮水而去了。」皮果提先生用手捂住嘴對我說道。

我的雙眼模糊了，皮果提先生的雙眼也模糊了。但我還是低聲又說道：「隨潮水一起？」

「沿海的人們，」皮果提先生說道，「不到潮水退盡是不會嚥氣的，不到潮水漲滿是不會出生的。三點半退潮，接著會有半小時的平潮。如果他能拖到潮水再次漲起時，他就能活過滿潮，隨下一次退潮而去。」

我們留在那裡，守著他，守了好幾個小時。他始終處於同樣的精神狀態。終於，他開始虛弱地說胡話了，而且說的是送我去學校時的事。

「他醒過來了。」皮果提說道。

皮果提先生碰碰我，敬畏地低聲說道：「他快要隨潮水而去了。」

「巴吉斯，我親愛的！」皮果提說道。

「皮果提，」他虛弱地說道，「天底下再沒有比她更好的女人了！」

「看哪！大衛少爺來了！」皮果提說道，因為他現在睜開眼了。

我正要問他還認不認得我時，卻見他想努力伸出手來，臉上帶著愉快的笑容，清晰地對我說道：

「巴吉斯願意！」

正是退潮時分。他隨潮水一起去了。

第三十一章　一種更大的損失

按照皮果提的請求，我決定留下，送巴吉斯先生最後一程。很久以前，皮果提就用自己的積蓄在我老家的墓地裡、在靠近她女主人的墓旁買了一小塊地，以備他們夫妻倆今後安葬之用。

巴吉斯先生的遺囑被找了出來。他留下三千英鎊的存款，其中一千鎊的利息留給皮果提先生做養老金；皮果提先生死後，本金由皮果提、艾蜜莉和我平分。他把其他的財產都留給皮果提，並指定皮果提為他的財產繼承人和遺囑執行人。我在儀式中宣讀這些文件，並向人們解釋條款，感到自己儼然是一個真正的代訴人了。

在葬禮前的一個禮拜裡，我一直忙著處理皮果提繼承的全部遺產、安排各種事務，並在每件事上做她的代表和顧問。在那段時間裡，我沒有看見過艾蜜莉，但人們告訴我，說她兩個禮拜後就要舉行婚禮了。

葬禮當天，巴吉斯先生的遺體由皮果提兄妹伴送到布蘭德斯通，我則在那之前就到了墓地。那裡一個人也沒有，靜悄悄的。一切都結束後，我們在墓園中散了一個小時的步，並在我母親墳前的樹上摘下一些新葉。

我的老保姆和我第二天要去倫敦，辦理有關遺囑的事。那天夜晚，一家人將回到老船屋裡團聚。漢姆會在往常的時間去接艾蜜莉，我則從從容容走到那裡，而皮果提兄妹會在火爐旁等我們。

當我抵達雅茅斯時已是晚上了。當時，雨下得很大，氣候惡劣，但是雲層後仍有月光，所以並不很黑。屋裡看上去十分舒服，皮果提先生已開始吸著煙，晚餐也正在準備著。爐火燒得很旺的，灰已經撥過了；皮果提坐在她的位子上，靜靜地做著針線活。康密奇太太也坐在她的老地方，跟往常一樣悶悶不樂。

「你第一個到！大衛少爺，」皮果提先生面露喜色地說道，「請坐，少爺，我們真心誠意地歡迎你！」

「謝謝你，皮果提先生。嘿，皮果提！」我一面吻她，一面說道，「妳還好嗎？」

「哈！」皮果提先生在我們身旁坐下，搓著手笑了起來。他這樣笑是因為近來的苦惱總算放下了，也因為他性格直爽。「她再心安不過了，少爺。她對死者盡到了責任，死者也知道這點，而且對她做了應做的。」

說完，他看了看荷蘭鐘，便起身把燭花剪下，把蠟燭放在窗台上。

「嘿！」皮果提先生高高興興地說道，「亮了！你知道的，少爺，天黑後，這條路並不怎麼明亮，因此只要一到艾蜜莉回家的時間，我就把蠟燭放在窗台上。這麼做有兩個目的，」皮果提先生開心地俯身對我說道，「就像艾蜜莉說的，第一個是告訴她：『家在這裡！』第二個是告訴她：『舅舅在家！』」

「真像個小娃娃！」皮果提說道，不過仍感到很有趣。

「哈！」皮果提先生笑著說道，「我已經習慣了。妳知道，我已經打定主意，即使她結婚離開這裡後，我也要像現在一樣把蠟燭放在這裡。不管我住在哪裡，也不管我命運如何，不管她在不在，我都要把燈放在窗上，然後像現在這樣坐在火爐前，作出等她的樣子！」他忽然不笑了，合起手掌說道：「嘿，她來了！」

進來的只有漢姆，他戴了一頂把臉遮住的大油氈帽。

「艾蜜莉在哪裡？」皮果提先生問道。

漢姆的頭動了一下，好像她就在外面。皮果提先生從窗台上取下蠟燭，放到桌上，然後忙著撥火爐的火。

這時，一直不吭聲的漢姆說道：

「大衛少爺，你可以出來一下，看看艾蜜莉和我要給你看的東西嗎？」

我們出了屋子。我感到又驚又怕，因為我發現他面色十分蒼白。他匆匆忙忙把我推到門外，把門關上，只剩下我倆在一起了。

「漢姆，出什麼事了？」

「大衛少爺！」他心碎地哭了出來。我被他的舉動弄得不知無措，不知道自己在想什麼，也不知道自己在害怕什麼了，只是看著他發呆。

「漢姆，可憐的好人！快告訴我是怎麼回事！」

「大衛少爺，我的愛人——我心中的驕傲和希望——她走了！」

「走了？」

「艾蜜莉逃走了！哦，大衛少爺，想想她是怎麼逃走的，我希望仁慈的上帝在她遭到毀滅和侮辱前就奪走她的生命，殺死比一切都可愛的她！」

他把臉轉向混濁的天空，握起顫抖著的雙手，身軀因痛苦而扭動。

「你是個有見識的人，大衛少爺，」他又說道，「告訴我，我應該怎麼告訴其他人呢？」

就在這時，我看到門開了，皮果提先生的臉露了出來。我立刻聽見一陣哭聲和叫聲，女人們圍著他轉來轉去。我們都回到屋裡，我拿著漢姆給我的那張紙，皮果提先生的背心撕破了，頭髮也散亂了，臉和嘴唇慘白，血一直流到胸前，呆呆地望著我。

「讀吧！少爺，」他聲音發抖地說，「讀慢一點，我怕我聽不明白。」

在一片死寂中，我讀著那張墨漬斑斑的紙條。信上的日期是昨天晚上。

當我還是心地純潔時，你對我的愛也遠超過我應得的。當你看到這張紙時，我已走得很遠很遠了。早晨，我離開了我那親愛的家。我暗自發誓，除非他能讓我成為一名夫人，否則我就永遠不回來。當你讀到這封信時，我已經不在了，噢！但願你知道我心裡多麼難過！但願你知道我多麼痛苦！不過，我罪孽深重，不配說得更多。噢！把我想成一個很壞的人吧，這樣你才會好受些。

噢！不要想起過去你們大家對我多好，也不要想起我們曾經要結婚，想像我已經死去了。求上帝憐憫我的舅舅！告訴他，我從未像現在這樣愛過他。安慰他，並愛上一個能在舅舅面前取代我的好女孩，一個忠於你、配得上你的正直女孩，反正不是我。上帝保佑大家！

我會經常為大家祈禱。如果他不讓我成為一名夫人，我就不為自己祈禱。我把我最後的愛獻給舅舅，把我最後的眼淚和感激獻給舅舅！

我讀完後好一陣子，皮果提先生仍呆呆地站在那裡望著我。後來，我鼓起勇氣抓住他的手，努力請他控制自己。他答道：「謝謝你，少爺，謝謝你！」卻仍然一動也不動。

漢姆也對他說話。皮果提先生緊握住他的手，但仍然那樣一動也不動，沒人敢驚擾他。

終於，他慢慢地把目光從我身上移開，彷彿從一場夢中醒來一樣，然後望了望四周，低聲說道：

「那男人是誰？我要知道他的名字。」

漢姆看了我一眼，我頓時感到受了重重一擊，不自覺地往後退。

「有一個可疑的男人，」皮果提先生說道，「他是誰？」

「大衛少爺！」漢姆懇求道，「請你先出去吧，讓我把該說的告訴他。你不應該聽的，少爺。」

我又感到重重一擊，一下子倒在一張椅子上。我想說什麼，舌頭卻被捆住一般，視線也模糊了。

「我要知道他的名字！」我又聽到這話。

「過去，有一陣子，」漢姆結結巴巴地說，「有個僕人時常過來。還有一個主人。他們是一起的。」

皮果提先生仍像先前那樣一動也不動，目光都投向他了。

「昨晚，有人看到，」漢姆說道，「他和我們那可憐的女孩在一起。他已經潛伏在這一帶一個禮拜了。別人以為他走了，其實他是躲起來了。請你出去吧！大衛少爺，求求你！」

我感到皮果提摟住了我的脖子。可是，就算這房子會塌下來，我也無法動彈。

「今天早上，就在天快亮時，一輛陌生的馬車停在鎮外，就在諾維奇大路上，」漢姆繼續說道，「那僕人帶著艾蜜莉朝馬車走去，另一個人早已坐在車上，也就是那個男人。」

「老天！」皮果提先生倒退幾步，彷彿想起什麼可怕的東西一樣，「別告訴我，他的名字是史蒂爾佛！」

「大衛少爺，」漢姆泣不成聲地叫道，「這不是你的錯！我一點也不怪你。不過他的名字是史蒂爾佛，他是個該死的惡棍！」

皮果提先生一聲也沒喊，一滴眼淚也沒流，仍然一動也不動。忽然間，他突然清醒過來，一把從牆上扯下他的粗毛衣。

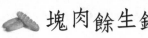

「幫我穿上！快！」他急躁地說道，「把那帽子遞給我！」

漢姆問他要去哪裡。

「我要去找我的外甥女，我要去找我的艾蜜莉！我要先去把那艘船鑿穿，然後淹死他！就算他坐在我面前，」他瘋狂地伸出右拳說道，「把我打得奄奄一息，我也要淹死他！這就是我想做的——我要去找我的外甥女！」

「去什麼地方呢？」漢姆在門口攔住他喊道。

「無論是什麼地方，就算走遍世界，我也要找到我的外甥女，把她帶回來！別攔我！」

「別這樣！」康密奇太太插進他們之間哭喊道，「別這樣！丹，先坐下，好好想一想吧！想想她是個孤兒，漢姆也是個孤兒，我又是個可憐的老太婆，是你收留了我們大家——希望這樣可以使你的心軟下來，丹，」她把頭枕在他肩上說道，「你就會對這種悲哀感到不那麼難受了。因為你知道，丹，這個家一直是我們這麼多年來的安身之處！」

這時，他變得柔順了。我本想跪下求他饒恕我帶來的破壞，饒恕並不再詛咒史蒂爾佛，但聽到他哭時，這一切便被另一種更好的感情取代了。我那滿溢的痛苦找到了同樣的出路，我也放聲大哭。

第三十二章　漫長的旅程

不久，這件事便傳遍了全鎮。當我隔天早上走過街道時，不斷聽到人們在門前談論這事。多數人責罵她，少數人則責罵他，但對她的舅舅和未婚夫一致懷著溫柔、體貼和尊敬的心情。這兩個人一大早便在海灘上慢慢散步，出海的人見到他們連忙避開。人們三五成群地站在一起，同情地議論著。

當我在海灘上再次遇到他們時，天色已大亮。他們一直坐在那裡，因為通宵未眠而疲憊不堪，但仍像大海那樣深沉、堅定。

「少爺，我們已經談了很多，並且看到我們應走的路了。」我們三人默默走著，皮果提先生對我說道。

我無意間朝漢姆看了一眼，一種恐懼的想法油然而生──他的臉上沒有怒意，卻有一種堅定的決心──一旦他看到了史蒂爾佛，就會殺死他。

「我在這裡的責任已經盡了，」皮果提先生繼續說道，「我要去找我的外甥女，那是我永遠的責任。」

我問他要去什麼地方找她時，他搖了搖頭。接著他又問我是否第二天就回倫敦。我告訴他，如果他願意，我隨時都可以走。

「我要和你一起走，少爺，」他說道，「如果你覺得合適，那就明天吧。」

我們又默默走了一會。

「漢姆要維持他目前的工作，和我妹妹一起生活。」皮果提先生又說道，「至於我的家，無論白天黑夜，酷暑嚴寒，它會永遠保持她認得的那個模樣。萬一她流浪回來了，我不會讓她有任何陌生的感覺。她能從窗口看見火爐邊她的位子，看到康密奇太太也在那裡；她也許會鼓起勇氣，戰戰兢兢地溜進去；也許她會在她的床上躺下，在那她熟悉的地方讓疲倦的身心得以休息。」

我什麼話也說不出來。

「每天晚上，」皮果提先生說道，「一定會有蠟燭點在窗台上，和以前完全一樣。一旦她看到它，就會知道那是在呼喚她。天黑後，要是有人輕輕敲了門，漢姆，你別去開門，讓你姑媽去迎接我那墮落的孩子！」

他默默走在我們前頭。我又看了漢姆一眼，看到他臉上還是那種表情，眼神依舊呆呆望著遠處的太陽。我們不知不覺回到了家裡，康密奇太太正忙著做早餐。一見到皮果提先生，立刻溫柔而愉快地跟他說話，我幾乎認不出她來了。

「我親愛的丹，」她說道，「你總得吃點什麼，保持體力呀！沒有體力，你什麼也做不了的。」

她把早餐一一端上來後便退到窗前，認真地把皮果提先生的一些衣服補好並整齊地疊放起來，放進一個水手用的袋子裡。這時，她又用先前那種安詳的態度說道：

「無論何時，丹，我都會在這裡，事事按你的意願辦。我沒什麼學問，不過，當你在外時，我會常常寫信給你，把信寄到大衛少爺那裡。也許你也會常常寫信給我，把你那淒涼的旅程告訴我呢。」

「恐怕妳在這裡會孤獨一人了。」皮果提先生說道。

「不，我不會的，你不必牽掛我，我有許多事要做，要為你打理這個家，等你回來。天氣好的時候，我要像過去一樣坐在門口，如果有人回來了，他們就會看見一個對他們一片真誠的老太婆。」

在這麼短的時間裡，康密奇太太彷彿變了一個人，我不禁對她產生了敬意。整整一天，她為了皮果提先生忙進忙出，把槳呀、網呀、帆呀、繩子呀、圓木呀、沙包等東西搬回雜物間；儘管辛苦，但她任勞任怨，似乎早已忘了自身的不幸了。一直到黃昏，當屋裡只剩下她、我和皮果提先生三人，而皮果提先生精疲力竭地睡去時，她才發出一陣拚命壓抑住的哽咽和哭泣，然後送我到房門口並說道：「上帝保佑你，大衛少爺，愛護那可憐的好人吧！」說完，她便回皮果提先生那裡去了。我也上了床，一直睡到早上。

早上，皮果提先生和我的老保姆來叫我，我們就一早就到了馬車售票亭。康密奇太太和漢姆已在那裡為我們送行。

「大衛少爺，」皮果提先生把行李放上車時，漢姆把我拉到一邊小聲說道，「他的生活全破碎了。他不知道何去何從，也不知道前方有什麼。除非找到他想找的人，否則他會流浪一輩子！你會好好照顧他吧？大衛少爺。」

「相信我，我一定好好照顧他。」我親切地握住漢姆的手說道。

「謝謝你，少爺。至於我，我會跟往常一樣好好幹活的，請不必擔心。」

於是我們相互告別。康密奇太太淚眼汪汪，一面盯著坐在車頂上的皮果提先生，一面跟著馬車沿街跑著，不時撞到迎面的人；直到帽子完全變了形，一隻鞋也掉在人行道上，她才坐在一間麵包店的台階上喘口氣。

抵達目的地以後，第一件事是為皮果提兄妹找住處。我們在一家雜貨店的頂樓找到一個乾淨又便宜的房間，那裡離我的住處只隔了兩條街。接著，我在一家餐廳買了些冷食，然後帶他們回我的住處喝茶。

在來倫敦的路上，皮果提先生向我提起一件事：他建議我們先去和史蒂爾佛夫人見面。於是，我當晚就寫了一封信給史蒂爾佛夫人。我盡可能溫和地告訴她皮果提先生受到的傷害以及我在這次事件中的責任。我說，雖然他地位低卑下，卻擁有最高尚正直的品格，希望她不會拒絕他的上門。我們約好隔天下午兩點前去拜訪。

第二天，我們按時赴約。一位僕人領我們進了客廳，我看見史蒂爾佛夫人已坐在那裡了；當我們進去時，達特爾小姐從房間的另一個角落走來，站在史蒂爾佛夫人的椅子後面。

我從這位夫人的表情看出，她已經從兒子那裡聽說了他的行為，因此對我信上的內容並不感到特別震驚；而且由於溺愛兒子，她對此事並未抱有太多歉意。她直挺挺地坐在扶手椅上，神情莊嚴、堅定、沉著，彷彿對任何事都處之泰然。

「我知道你為何而來，我對此很抱歉。你希望我做什麼呢？」一陣沉默後，她首先開口道。

皮果提先生從懷裡掏出艾蜜莉的信，攤開遞給她。

「請妳讀讀這個，夫人。這是我外甥女親筆寫的呀！」

她讀了信，仍和先前那樣莊嚴沉著，一點也沒被信的內容打動。然後，她把信還給他。

「我想知道，他是否會實現他的諾言，讓我的外甥女成為一名夫人？」皮果提先生說。

「不。」她答道。

「為什麼不呢？」

「這是不可能的。他會辱沒自己的家門。你應該知道，她的地位比他低得多了！」

「那就提高她的地位吧！」皮果提先生說道。

「她沒受過教育，沒見識。」

「那就把她教化得更好吧！」

「即使如此，她那些卑賤的親戚也會累及她的地位。」

「聽著，夫人，」他平靜地慢慢說道，「我知道妳愛妳的孩子，但我也愛我的外甥女。就算我擁有全世界的財富，只要能把她買回來，我也絕不吝嗇！只要能把她從這恥辱中解脫出來，我絕不會讓她受辱！我們可以不再看到她那可愛的臉，可以不再管她；我們願意遙遙思念著她，也願意把她託付給她的丈夫——前提是我們在上帝面前完全平等！」

她聽完這番話，儘管態度仍然那樣傲慢，但回答時語氣顯然較為柔和了。她回答道：

「我不作任何辯護，也不作任何反駁。但我要再重複一遍：那是不可能的。那樣一樁婚姻會徹底斷送我兒子的前途。如果有其他什麼可做為補償的話——」

「夠了，夫人，」皮果提先生激動地打斷了她的話，「過去，妳的兒子曾在我的家裡、在我的火爐旁、在我的船上笑著，友好地看著我，但他同時又是那麼陰險，使我想起來就要發瘋！現在，如果妳打算用錢來彌補我外甥女所受的傷害，那妳就和他一樣壞！甚至比他更壞！」

她頓時臉色大變，臉頰因憤怒而漲得通紅。她雙手緊握扶手，用不堪忍受的樣子說道：

「那麼我和我的兒子產生了隔閡，你又該怎麼補償我呢？比起我的母愛，你的父愛又算什麼？你們的痛苦與我相比又算什麼？」

達特爾小姐輕輕推她，低下頭小聲對她說話，她根本不想聽。

「不，羅莎，我就是要說！我的兒子，曾是我活著的目的，我從來沒有忽略過他，我總是設法滿足他的每一個心願，從他出生後就沒和他分開過；如今，他卻為了跟一個窮女孩同居而拋下了我！為了那女孩，他用欺騙回報我的信任；為了那可悲的愛情，他竟忘了對母親的孝道和親情！這難道不是傷害嗎？」

達特爾小姐又想安慰她，但沒什麼效果。

「別說話！羅莎，我還沒講完呢！隨便他怎麼揮霍我給他的金錢吧！隨便他想去哪都可以。只要他願意回來，我隨時都張開雙手歡迎他。但只要他不肯放棄她，謙卑地到我面前請求寬恕，他就永遠別想接近我！這是我的堅持，也是我們的分歧！」她又用一開始那種傲慢的神情看著她的客人，「這難道不是傷害嗎？」

我聽著這話，看到說這話的母親時，彷彿也看到了反抗這話的兒子，並聽到他說的話。過去，我在他身上見到的那種頑固和自負，此刻在她的身上分毫不差地顯露出來了。我發現他們母子倆的性格是如此相近。

最後，她大聲說道，這次談話再繼續下去也沒有用，她希望現在就結束。她姿態高雅地起身，準備離開那房間時，皮果提先生表示她不用那樣做。

「我不會對妳有什麼妨礙的，我沒什麼話要說的了，夫人，」他一面向門口走去，一面說道，「我已經做了我認為該做的事了。只是我從不指望在這地方發現什麼希望，這個家太邪惡了，我和我的家人都不能忍受。我不能在正常的心情下對它抱有任何希望。」

說完，他帶著我們走了。那時候，她站在她的扶手椅旁，宛如一幅雍容華貴、面貌清秀的肖像畫。

我們沿著走廊往外走，經過了兩扇通往花園的玻璃門。這時，達特爾小姐無聲無息地跟了上來，對我說道：

「你把這個人帶來這裡，幹得好！」

那種輕蔑和憤怒是如此強烈，使她的臉色暗下來，也使她那漆黑的雙眼如火般燃燒。那條疤痕變得比平常更加顯眼，同時不斷地發抖，她便舉起一隻手朝它按去。

「你認為，把這個人帶來這裡、替他說話，這麼做是對的嗎？」她說道，「你是個老實人，回答我！」

「達特爾小姐，」我馬上說道，「妳當然不會不講情理地責怪我！」

「你為什麼讓這兩個瘋子決裂？」她答道，「難道你不知道這兩個頑固而驕傲的人都發瘋了嗎？」

「這是我的錯嗎？」我反問道。

「是你的錯嗎！」她答道，「你為什麼把這個人帶來這裡？」

「他受了很大的傷害呀，達特爾小姐，」我答道，「也許妳不知道。」

「我知道。」她按著胸口，好像要把心裡的暴風雨扼止住，「詹姆士．史蒂爾佛，他生有一顆虛偽、腐敗的心，是個不忠實的人。但是對於這個人和他那個卑賤的外甥女，我用得著去知道或關心嗎？」

「達特爾小姐，」我連忙說道，「妳在進一步傷害他。他已被傷得很深了。再會了，我只想說一句話：妳對他太不公平了。」

「我沒有，」她答道，「他們是一群卑賤的東西。我恨不得用鞭子抽她一頓。」

皮果提先生一聲不吭走過去，出了門。

「唉！可恥呀，達特爾小姐！」我忿忿地說道，「妳怎麼忍心踐踏他、傷害他！」

「我恨不得踐踏他們所有人，」她說道，「我恨不能拆掉他的房子、在她臉上烙上印記、讓她穿上破衣服然後丟到街上去餓死。如果我有權力審判她，我一定這麼做。我憎恨她！如果我有機會當面斥責這個不要臉的東西，無論她在哪裡，我也一定要那樣做！」

她這番激烈的話在我耳中，只不過是一種用瘋狂的情感掩飾著的軟弱。就算她的聲音不提得那麼高，那種感情同樣表露無遺。我見過各種感情的表達，但從沒見過像她那樣的方式。

皮果提先生正一邊沉思一邊走下山坡，我趕上了他。他對我說，他本打算在倫敦辦的事此刻已不再讓他掛心了，他決定當天晚上就踏上旅途，尋找他的外甥女。回到雜貨店的小房間後，我把這些話告訴皮果提，她說她已經知道這件事了，但對於他要去什麼地方，她同樣一無所知，不過她相信他已有計畫了。

我們匆匆吃了晚飯，之後又在窗前坐了一個小時，沒說什麼話。最後，皮果提先生起身，拿出他的袋子和粗手杖，把它們放到桌上。他從妹妹那裡拿了一點錢，做為他的旅費；當時我想，這些錢只夠他維持一個月。他答應有消息會寫信給我，於是背起袋子，拿起手杖，向我們倆道別了。

「祝妳順利，親愛的妹妹，」他摟著皮果提說道，「你也一樣，大衛少爺。」他又握了我的手，「我要去找她，把她帶回家。如果我遭到什麼不幸，請記住，我留給她的最後一句話是：『我仍然愛我那親愛的孩子，我原諒了她！』」

說完後，他戴上帽子，走下了樓梯。我們把他送到門口。那是一個暖和乾燥的黃昏，大路上此刻一個行人也沒有。他從小巷轉角處進入一片血色的餘暉中，從我們的視線中消失了。

第三十三章 快樂時光

在這段日子裡，我對朵拉的愛越來越深了。當我失望、痛苦時，就在她身上尋找安慰。我在生活中受到的欺騙越大、感到的苦惱越多，朵拉那顆高掛在天空中的星星就越明亮。

一天夜裡，我將這個重大秘密委婉地告訴了皮果提。她很感興趣，但她無論如何也不能接受我對這一問題的看法。她一味地偏袒我，根本不能理解我為什麼憂愁，為什麼垂頭喪氣。「那位小姐能得到這樣一個英俊的情人，她該知足了。」她說道，「至於她父親，唉！他還指望什麼呢？」

不過，史賓羅先生那代訴人的服裝和氣質改變了皮果提的看法，使她對這個在我眼裡日益神聖的人越來越尊敬了。我覺得，當他直挺挺坐在法庭上，被那些文件包圍著時，就像汪洋大海中的一座燈塔一樣，向四周散發出一輪光圈。

我相當驕傲地親自處理皮果提的事務。我為那遺囑作了證明，去遺產稅務局確定了款項，帶她去了銀行，不久就把一切都安排好了。事情了結後，一天早上，我帶她去事務所繳納手續費。提菲先生告訴我，史賓羅先生帶一個要領結婚證書的人去宣誓了，很快就回來，於是我便與皮果提在房間裡等。

沒過多久，史賓羅先生回來了。但皮果提和我都沒心情看他，因為這時我們看到和他同行的正是莫德斯通先生。他的樣子沒怎麼變，頭髮跟以前一樣濃密、烏黑，眼神也和從前一樣不可信任。

「啊，科波菲爾，」史賓羅先生說道，「我相信，你認識這位先生吧？」

我向莫德斯通先生微微欠身，皮果提只對他點點頭。他冷不防遇見我們兩個，一開始有點狼狽，但很快就恢復鎮定，向我們走來。

「我希望，」他說道，「你的學業還好吧？」

「你不會感興趣的，」我說道，「如果你想知道——的確很好。」

我們相互打量。他又對皮果提開口了。

「至於妳，」他說道，「知道妳丈夫去世了，我很遺憾。」

「這不是我人生中第一次遭受打擊了，莫德斯通先生，」皮果提渾身發抖地說，「幸好，我沒有摧殘任何人的生命，也沒有讓任何可愛的人痛苦得提早死去！想到這一點，我便覺得愉快。」

他陰鬱地——甚至是懊悔地——看了她一眼，然後又把頭轉向我。

「我們短時間內大概不會再見了——無疑，這令我們雙方都滿意，因為這種見面從來不會讓人愉快。你一直反對我為了你好而行使的權威，我也不指望你會心存感激。我們兩人之間有種不相容的成見——」

「已經很多年了，我相信。」我打斷了他的話說道。

他笑了笑，那雙黑眼睛惡毒地瞥了我一眼。

「這種成見腐蝕了你的童心！」他說，「也削弱了你那可憐的母親的歡樂。你說得對，不過，我希望你會變好，也希望你會改正自己。」

說到這裡，他走進了史賓羅先生的房間，低聲進行了一番談話。最後，他用他那種圓滑的態度高聲說道：

「史賓羅先生善於處理家庭糾紛，也知道這些糾紛多麼複雜、多麼麻煩！」他一邊說著，一邊繳了證書費，然後從史賓羅先生手中接過疊得整整齊齊的證書，並聽他說了一些祝福的客氣話，便走了出去。

史賓羅先生似乎不清楚莫德斯通先生和我之間的關係；即使他想過這問題，也似乎認為我的姨祖母才是我們家中的主人，有什麼人正在反對她。他對我說：

「特洛伍德小姐是很堅定的，絕不會向反對者妥協。我仰慕她的品格，也祝賀你站到了正確的一邊，科波菲爾。親戚間的爭端是令人遺憾的，但這種事情十分常見；最重要的是要在正確的一邊。」我想，他的意思是說站在有錢的那一邊。

「我想，這總算是美好婚姻了吧？」史賓羅先生又說道。

我解釋說，我對這樁婚姻一無所知。

「真的？」他說道，「從莫德斯通先生無意間透露的幾句話來看——還有莫德斯通小姐的暗示——我應該說，這總算是美好婚姻了。」

「你是說有錢嗎？先生。」我問道。

「是的，」史賓羅先生說道，「但也因為女方貌美。我聽說了。」

「是嗎？他的新夫人年輕嗎？」

「剛成年，」史賓羅先生說，「這麼急迫，我還以為他們早就在等待這事了呢！」

「上帝拯救她吧！」皮果提忽然說道。

皮果提的事情辦完了。她回到她的住處，史賓羅先生則和我一起去法庭，辦理當天負責的案件。當時，史賓羅先生告訴我，說下禮拜是朵拉的生日，如果我願意出席那天舉行的一個小餐會，他將十分高興。我立刻神魂顛倒了。

於是，在那之後的幾天，我處於一種痴呆的狀態中。我買了一條新的領巾，又買了新的靴子，還買了一只精巧的小籃子，裡面裝著刻有熱情詞語的餅乾。當天早晨六點，我在考文特花園市場為朵拉買了一束花；十點鐘，我騎著專門為這次宴會租下的一匹灰色駿馬，趕往諾伍德。

我在花園前下了馬，穿著那新買的靴子走過朵拉坐著的草地，看到了何等美妙的一副景象！——在這樣美麗的早晨裡，她就坐在紫丁香樹下的椅子上，頭戴一頂白帽，穿著一件天藍衣裙，身旁飛著一群蝴蝶。

在場的還有一位年輕小姐，大約二十歲，名叫茱麗亞．米爾斯，她是朵拉的密友。吉普也在那裡。當我獻上花束時，牠又嫉妒得齜牙咧嘴。

「哦！謝謝你，科波菲爾先生，多可愛的花呀！」朵拉說道。

看到她把花按在她那帶著酒窩的下巴上，我就陶醉得渾身無力，什麼話也說不出來。接著，她又把我的花拿給吉普嗅；但是吉普氣沖沖地低吼，拒絕嗅它。朵拉笑了出來，並把花拿得更靠近牠。吉普咬了一朵天竺葵的花，朵拉就打牠，並噘起了小嘴說道：「可憐的花兒！」話裡充滿了痛惜之情，我真恨不得自己是那朵花！

「告訴你一個好消息，科波菲爾先生，」朵拉說道，「那個惹人厭的莫德斯通小姐不在這裡。她去參加她弟弟的婚禮了，至少有三個禮拜不在。這難道不令人開心嗎？」

我說，我相信她一定很開心，而凡是她開心的事我也開心。米爾斯小姐看著我們，露出洞察一切的微笑。

「她是我這輩子見過最惹人厭的人，」朵拉說道，「你無法相信，她脾氣多壞，多惹人討厭，茱麗亞。」

「是呀，我相信，親愛的。」茱麗亞說道。

這時，史賓羅先生走出了屋子。朵拉走到他面前說道，「看！爸爸，多美的花呀！」而米爾斯小姐則若有所思地微笑，似乎在說：「你們這些小傢伙，盡情揮霍這美好的早上吧！」然後，大家都離開草地，上了早已備好的馬車。

他們三人坐在馬車裡，還有他們的籃子、我的籃子、吉他盒；我騎馬跟在車後，朵拉則背對著車伕，與我面對面。她把花束放在靠墊上緊挨著她，為了避免把它碰壞，她不准吉普碰到它。她不時拿起花束，嗅它的香氣。在這種時刻，我們的眼神總會相遇，使我幾乎就想從馬背上跳起來。

我不知道我們走了多遠，終於來到一座小山上的一片草地；地面柔軟，有遮蔭的大樹，有歐石南，還有各色美景。我很懊惱地發現還有別人在場，並暗自將所有男人看做不共戴天的敵人——尤其是一個年長我三四歲、長著一臉紅鬍子的傢伙。

我們一起打開籃子，準備野餐。那個男人自稱會做沙拉，硬要出風頭。一些年輕的小姐便為他洗萵苣，並在他的指導下切菜。朵拉便是其中之一。後來，我甚至看見他端著盤子在朵拉腳邊吃飯！於是，我也刻意接近一位穿紅裙的小姐，不停地向她調情。當大家為朵拉乾杯後，我向她鞠了一躬，和她的眼神相遇，我感到她眼色中流露出祈求；但是，那眼神是從那男人的頭上方看過來的，於是我又硬下心腸了。

野餐結束後，大家都散開了。我一個人懊惱地在樹林裡走來走去，猶豫是否該藉口身體不適而提早逃走——但我不知道該逃去哪裡。這時，我遇上和米爾斯小姐走在一起的朵拉。

「科波菲爾先生，」米爾斯小姐說道，「你不高興呢。」

我向她道歉，說一點也沒有不高興。

「還有朵拉，」米爾斯小姐說道，「妳也不高興呢。」

哦，不！一點也沒有不高興。

「科波菲爾先生，朵拉，」米爾斯小姐以一種老成的神情說道，「別這樣，別為了一點小小的誤會而使春天的花朵枯萎，因為花朵一旦枯萎了就不會再開。在陽光下閃閃發光的泉水，不該因為三心二意而將它阻塞；撒哈拉沙漠裡的沃土，不該因為漫不經心而使它荒蕪。」

我渾身發燒，不知道自己究竟做了什麼。我只知道我握著朵拉的小手吻，她也讓我吻！我覺得，我們都已進了天堂最美好的地方了！

我們不再分開了。一開始，我們就遠離其他人，在樹林裡走來走去；我挽著羞答答的朵拉的手，心想要是能就這樣永遠迷失在樹林裡，那該有多幸福！

可惜，時間過得太快。我聽到人們在笑，在叫朵拉的名字；於是我們走回去。他們要求朵拉唱歌，那紅鬍子想去馬車上拿琴盒，但朵拉說只有我知道琴盒在哪。這一來，紅鬍子就失望了。我拿來琴盒，打開蓋子，取出吉他，在她身邊坐下；我為她拿著手帕和手套，品味著她可愛的聲音唱出的每一個音符。她是為愛我而唱的，別人可以喝彩，但與他們一點關係也沒有。

我陶醉了，生怕太幸福了反而不是真的。我怕我會突然醒來，發現自己正睡在自己的公寓。可是朵拉唱著，別人唱著，米爾斯小姐也唱著。夜色降臨，我們開始煮茶、喝茶，我又像先前那樣快樂了。

餐會散了。所有人都各自離開，我們也在漸漸黯淡的餘暉下踏上回家的路。史賓羅先生喝了酒，在馬車的一角沉沉睡著了。於是，我終於能與朵拉談話了。她誇讚我的馬，還拍了牠；她的披肩快掉了，我便不時伸出手替她圍好。途中，善良的米爾斯小姐甚至為我做了一件仁慈的事。

「科波菲爾先生，」她說道，「過來一下吧。我有幾句話要對你說呢！」

我騎在那匹駿馬上，手扶車門，向米爾斯小姐那邊俯下身。

「朵拉要和我住在一起了。她後天就會跟我一起回家；如果你願意來訪，我相信我父親一定很高興見到你的。」

我默默地為米爾斯小姐祝福，一邊把她的住址珍藏在記憶中最安全的角落。接著，我又面露感激，用最熱烈的詞語告訴米爾斯小姐，說我對她的成全多麼感謝，對她的友情又是如何珍視。

米爾斯小姐和藹地把我打發走了。「回朵拉那邊去吧！」她說道，於是我去了。朵拉探出車外和我談話，我們一路上說個不停；而在那段時間裡，米爾斯小姐就在一旁看著月亮吟詩。

諾伍德很快就到了。史賓羅先生邀我到他的家坐坐，我答應了。我們吃了夾心麵包，喝了淡啤酒。在明亮的房子裡，朵拉的臉紅通通的，可愛極了，我無法移開視線，只能坐在那裡痴痴地看；直到聽見史賓羅先生的鼾聲，我才意識到該走了。我騎著馬回到倫敦，當我終於在床上躺下時，已經是一個被愛情奪去了理智的小傻瓜了。

第二天早上醒來，我決心向朵拉表白我的愛情，以得知我的命運如何。我就這樣煩惱了三天，考慮了各種可能的結局；最後，我把自己盛裝打扮一番，懷著求婚的決心去了米爾斯小姐家。

我被領到樓上一個房間，米爾斯小姐和朵拉都在那裡，吉普也在。米爾斯小姐在抄樂譜，朵拉在畫花。當我認出那是我送她的花時，我感到多麼得意啊！米爾斯小姐見到我很開心，她應酬了幾分鐘後，便起身離開了房間。

「希望那天晚上你的馬不會太累，」朵拉抬起她那秀美的眼睛說道，「因為那條路可真夠長的呢！」

「那條路的確很長，」我說道，「因為一路上沒什麼支持著牠呀。」

「可憐的東西，你沒有餵過牠？」朵拉問道。

「嘿——」我解釋道，「牠一直被照料得很好。我的意思是，牠享受不到我因為那麼靠近妳而得到的那種幸福呀！」

朵拉把頭俯在她的圖畫上，停了一會兒。在她開口說話前，我渾身像火一樣發熱，兩腿僵硬，坐在那裡動彈不得。

「但那一天有段時間，你似乎並未感受到那種幸福呀。」她稍稍抬起眉毛，搖搖頭說道，「當你坐在基特小姐身邊時，你一點也不在乎那種幸福呢。」

基特小姐就是那位穿紅裙的小姐。

「當然，我不知道。但你為什麼要那樣呢？」朵拉說道，「你為什麼要把那稱做幸福？不過，你一定是口是心非；我相信，你有隨意做任何事的自由。吉普，你這淘氣鬼，到這裡來！」

一瞬間，我攔住吉普，把朵拉摟到懷裡，不停地對她說話。我告訴她我有多麼愛她，告訴她沒有她我一定會死去，告訴她我把她當成偶像般崇拜。吉普在一旁發瘋似地叫個不停。

朵拉低下頭哭泣、發抖。我的口才越來越流利了：我說如果她希望我為她死，我會心甘情願結束自己的生命；我還說生活中不能沒有她，我不能忍受這種生活，也不願忍受；我又說自從第一次見到她起，日日夜夜的每一分鐘我都愛她；我說相愛的人有很多，但沒有任何人比得上我對她的愛。吉普叫得更加起勁了。

最後，朵拉和我心平氣和地在沙發上坐下了，吉普也躺在她膝蓋上平靜地對我眨眼了。我心醉神迷，如痴如狂。朵拉和我訂婚了。

不過，朵拉告訴我：沒有她爸爸同意，我們絕不能結婚。同時，我們得先對史賓羅先生保密；儘管我當時根本不覺得這是什麼可恥的秘密。

朵拉把米爾斯小姐找回來。她為我們祝福，向我們保證她永遠是我們的朋友。

接下來的時間多麼自在，多麼空洞、快樂而又傻氣！在這段時間裡，我忙著量朵拉的手指，準備訂作戒指；忙著將尺寸交給珠寶商，並與他討價還價。在這段時間裡，我因擁有這秘密而好不得意，樂得到處走來走去。在這段時間裡，我與她在花園裡相會，坐在涼亭的暗處喁喁低語。

在這段時間裡，我們第一次發生了爭吵，那是在訂婚後不到一個禮拜；她把戒指還給我，還附上一張摺成三角形的短箋，上頭寫道：「我們的愛情在胡鬧中開始，在瘋狂中結束？」這幾個可怕的字使我扯著自己的頭髮，為一切痛哭不已！在這段時間裡，我跑去找米爾斯小姐，懇求她挽救這個瘋狂的局面；她擔起這使命，把朵拉帶來，規勸我們相互讓步，不要走入撒哈拉沙漠！我們哭了，也和好了，又那麼幸福了，並且約定從今以後每天寫一封信給對方。

多麼自在的一段時間！多麼空洞、快樂而又傻氣的一段時間！我一生有許多回憶，但沒有任何回憶能像那些時光一樣，使我回想起它們時那樣會心一笑。

第三十四章　驚人的消息

朵拉和我訂婚後，我馬上寫了一封長信給艾格尼絲。在信中，我設法讓她明白我有多麼幸福，朵拉又是個多麼可愛的人兒。我請求艾格尼絲，請她千萬別把這愛情歸為那種沒大腦、隨時可變的一類，或者把這想成我們時常嘲笑的那種幼稚的幻想。我向她擔保，這愛情的確是深不可測、空前絕後的。

當我寫信時，我回憶起她那明亮而平靜的雙眼和溫柔的臉龐，於是，我感到我那由於幸福而變得亢奮、浮躁的心情得到了寧靜的撫慰，我哭了起來。我記得，那封信寫到一半時，我手托著頭坐在那裡，心中恍惚地想到艾格尼絲將是我的家庭中不可缺的；只有她存在的家才會是幸福的。無論我處在什麼樣的感情中——愛情、歡樂、憂傷、希望和失望——我的心彷彿都自然而然地轉向那裡；在那裡，我得到了庇護和最好的朋友。

我沒有提到史蒂爾佛的事。我只告訴她，由於艾蜜莉私奔，雅茅斯經歷了沉痛的悲哀，而後面的一切又使這件事在我身上造成了雙倍的創傷。我知道她的直覺一向那麼敏銳，也知道她永遠不會先說出他的名字來。

郵車很快為我帶來她的回信。讀著她的信時，我彷彿聽見艾格尼絲在對我說話。那封信就像她在我耳邊懇切的說話聲。

我近來不在家時，特雷多已來過兩三次了。他見到了皮果提，聽皮果提說她是我舊時的保姆後，已和她相處得很好了。他曾留下來和她一起談過我，但我恐怕說話的主要是皮果提，而且談得相當久——因為只要談到我，她就停不下來，願上帝保佑她！由於這樣，我與特雷多約好在一個下午見面。

「親愛的科波菲爾，」特雷多喊道，他準時在門口出現了，「你好嗎？」

「親愛的特雷多，」我說道，「很高興終於見到你了。我先前不在家，真是抱歉。不過，我近來有點忙——」

「是呀，我知道，」特雷多說道，「當然了，我猜她住在倫敦。」

「什麼？」

「她——嗯，我是指，朵拉小姐呀，你知道的，」特雷多紅著臉說道，「她住在倫敦吧？」

「哦，是的，住在倫敦附近。」

「也許你還記得，我的未婚妻，」特雷多嚴肅地說道，「住在德文郡——所以，我沒有你那麼忙。」

「這麼難得與她相見，」我馬上說道，「真是苦了你了。」

「哈！」特雷多沉思著說道，「的確難以忍受，不過這也是沒辦法的。」

「我想也是，」我微笑著，「幸好你的毅力和耐性是那麼不可動搖，特雷多。」

「天哪，」特雷多想了想這話後又說道，「你真的是那樣想的嗎？科波菲爾。不過，我的蘇菲是那麼好的一個女孩，也許是她把這種美德傳給我的吧！現在你這麼一講，科波菲爾，我毫不懷疑是這樣。」

特雷多告訴我，蘇菲在十個姐妹中排行第四；由於家境不好，她總是犧牲自身的交際和享受，照料其他的姐妹，以及臥病在床的母親。我由衷敬佩這位小姐的美德，並一心希望善良的特雷多不要受騙上當，以免妨害了他們的未來，於是我問米考伯先生近況如何。

「他很好，科波菲爾，謝謝你，」特雷多說道，「我現在不和他住在一起了。」

「不住在一起了？」

「是的，」特雷多壓低了聲音說道，「由於他在財務方面的困難，他已化名為莫蒂默，天黑之前絕不出門，出門時也戴上眼鏡。由於積欠房租，我們的住宅遭到強制扣押。看到他們那麼悲慘，我不得不在他們提到過的那張期票上簽名。幸好，問題獲得解決了，科波菲爾，你可以想像出我心裡多麼愉快。」

「嗯哼！」我說道。

「可是這幸福很快又過去了，」特雷多繼續說道，「因為，就在同一個禮拜裡，房子又遭到第二次扣押。這一回終於把那個家拆散了。從那以後，我搬到了一間小公寓裡，米考伯家的人也變得神出鬼沒了。舊貨商人甚至把蘇菲的花盆和架子、還有那張小桌也都拿走了呢！」

「多麼殘酷啊！」我憤怒地叫了起來。

「這也是沒辦法的，」特雷多畏縮地說道，「不過，我現在有錢把它們買回來了，那幾樣東西今天被拿出來拍賣了。但我只在街對面看了看，因為萬一那舊貨商看到了我，老天，那他就要漫天開價了！因此我想，要是你不反對，請你的好保姆跟我一起去，讓她替我去講講價錢。」

我告訴他，皮果提一定很樂意幫助他。我們三個可以一起去那裡。不過有個條件，那就是他應該下定決心，不再把他的名字或任何東西借給米考伯先生。

「我已經這麼做了，親愛的科波菲爾，」特雷多說道，「我對自己發了誓，不再有什麼猶豫了。我已經還清了那次倒楣的債務；當然，我毫不懷疑，如果米考伯先生做得到，他一定會為我還的。」

我不願傷害我朋友的信心，只得同意他的話。又談了一會後，我們就去雜貨店找皮果提，與她一起去見那舊貨商。談判的結果是，她用相當便宜的價錢買回了那幾樣東西，特雷多簡直樂不可支。

他興高采烈地回家了，皮果提和我則回到我的住處。上樓時，我發現樓梯上有人剛走過的痕跡。走上去後，我發現我的房門大開，還聽到裡面傳來聲音。我與皮果提面面相覷。

我們走進客廳，發現在那裡的不是別人，而是我姨祖母和狄克先生。我當時多麼吃驚啊！姨祖母正坐在一堆行李上喝茶，狄克先生心思重重地倚在一只大風箏上，他身邊的行李更多。

「姨祖母！」我叫道，「哈！多麼意想不到的驚喜！」

我們熱情地擁抱，狄克先生也和我握手。

「喂！」姨祖母對在一旁畏畏縮縮的皮果提說道，「妳好嗎？」

「妳還記得我姨祖母吧？皮果提。」我說道。

「孩子，看在上帝的份上，」姨祖母叫道，「別再用那個怪名字稱呼她了！畢竟她已經結了婚——這真是再好不過了。唔，妳現在姓什麼？」她對皮果提說。

「巴吉斯，夫人。」皮果提禮貌地說道。

「很好。巴吉斯，妳好嗎？」

她伸出了手，皮果提連忙走過去握手，並行了禮。

「我們都老了，我知道，」姨祖母說道，「我們以前只見過一次面，妳知道，當時我們處得不太好！特洛，親愛的，再來一杯茶。」

我恭敬地把茶遞給坐得直挺挺的姨祖母，又建議她別坐在箱子上。

「讓我拿張椅子過來吧，姨祖母，」我說道，「何必坐得這麼不舒服呢？」

「謝謝你，特洛，」姨祖母答道，「我寧可坐在我的財產上。」

我很瞭解姨祖母，知道她來這裡一定有個重要的目的。我發現，當她認為我在注意別的事時，她的目光就停留在我身上；她外表依然堅定鎮靜，但內心似乎懷著少見的遲疑。我開始回想，我是否做了什麼對不起她的事。最後我想到，我還沒把朵拉的事告訴她呢！難道會是因為這件事嗎？

「特洛，」姨祖母喝完茶，擦了擦嘴，終於開口說道，「你已經堅強了嗎？有自信心了嗎？」

「我希望是這樣，姨祖母。」

「那麼，親愛的，」姨祖母看著我說道，「想想看，我為什麼今晚寧可坐在我的財產上呢？」

我搖了搖頭。

「因為，」姨祖母說道，「這就是我全部的財產了。因為我已經徹底破產了！」

即使那棟房子連同我們所有人都掉到河裡，我也不會比聽到這句話更驚訝了。

「我徹底破產了，」姨祖母平靜地把手放到我肩上說道，「除了那棟小屋以外，我在世上的所有財產都在這個房間裡了。我把那小屋出租給別人，珍妮也留在那裡。巴吉斯，也許妳能為我和狄克先生安排一下住處。住哪裡都行，只要度過今晚。明天我們還要再談談這件事。」

她摟著我的脖子，哭著說她只是為我感到傷心，我這才從震驚和憂慮中清醒過來。不一會兒，她就克制住這種感情，並懷著強裝出來的得意說道：

「我們應該勇於面對失敗，不要被嚇倒了，親愛的。我們必須戰勝不幸！」

第三十五章　我受到挫折

等我冷靜下來後，我向狄克先生建議說，他可以去雜貨店睡皮果提先生之前留下的那張床。我帶他去了那裡，順便向他打聽姨祖母破產的經過；不過，正如我所料，他對此也一無所知。

另一方面，姨祖母仍然一派冷靜，這給了我們一大鼓舞。她睡在我的床上，我就睡在客廳裡守護她。她對這個鄰河的住處評價很高，聽到他這麼說，我也多少感到欣慰了。

「特洛，」吃宵夜時，她對我說道，「我很喜歡你的巴吉斯。」

「能聽妳這麼說，真令我開心。」我說道。

「她很愛你呢，你知道嗎？」

「為了證明這點，她什麼都願意做。」我說。

「是呀，我相信，」姨祖母接著說道，「她曾經請求我讓她拿些錢出來，因為她已經有很多了——真是個傻瓜！」

姨祖母高興的淚水一滴滴流入了麥酒裡。

「她是我見過最可笑的一個人，」姨祖母說道，「當我第一次見到她和你那可憐的母親在一起時，我就知道她是最可笑的人。不過，巴吉斯是有優點的。」

她裝出要笑的樣子，把手放到眼上。之後，她一邊繼續吃烤麵包，一邊往下說。

「唉！我都知道了。你帶狄克先生出去以後，巴吉斯和我談了很多，我一切都知道了。真不知那個可憐的女孩去哪了，我感到奇怪，她們為什麼沒有在壁爐上把她們的腦漿撞出來呢？」

「可憐的艾蜜莉！」我說道。

「唉，別跟我說她可憐，」姨祖母馬上說道，「在惹出這些麻煩以前，她就應該想到的！吻我一下，特洛，我為你的遭遇感到難過。」

我俯過身去，她把杯子放在我膝蓋上阻止了我，然後說道：

「哦！特洛，你以為你也戀愛了，是嗎？」

「以為？姨祖母！」我叫道，臉變得通紅，「我全心全意崇拜她！」

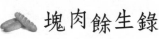

「是叫朵拉吧，」姨祖母說道，「你是說那個小傢伙很迷人，是嗎？」

「我親愛的姨祖母，」我答道，「沒有人能想像得到她多麼迷人！」

「她不愚蠢吧？」姨祖母說道。

「愚蠢？姨祖母！」我震驚地叫道。在這之前，我一次也沒想過這個問題。

「不輕浮吧？」姨祖母說道。

「輕浮？姨祖母！」我再次叫道。

「夠了，夠了！」姨祖母說道，「我只不過問問罷了。我並不想貶低她。可憐的小情人！你們以為自己是天造地設的一對，想像扮家家酒那樣生活，像兩個可愛的小娃娃，是不是呀？特洛。」

她的神情溫和，又有些憂心忡忡，我被深深感動了。

「我知道，我們年輕，沒有經驗，」我答道；「也許我們有許多愚蠢的想法；但我們彼此真正地相愛，真的。如果我想到朵拉會愛上別人，或不再愛我；或認為我會愛上別人，或不再愛她；我會發瘋的！」

「唉！特洛，」姨祖母搖搖頭，鄭重地微笑著說道，「盲目呀，盲目呀！」

她停了一下，又繼續說道：「話雖如此，我並不打算讓兩個年輕人喪失信心，或弄得他們不開心。所以，儘管這只不過是少男少女之間的一樁戀愛，而少男少女的戀愛往往毫無結果，我們仍然要認真對待，希望將來有個好結局。在那之前，還有各式各樣的考驗。」

老實說，這番話聽在一個熱戀中的人耳裡是不怎麼舒服的；但我很高興能與姨祖母分享我的秘密。我擔心她有些累了，於是，我真誠地為她的慈愛表示感謝後，便向她道了晚安，她拿著睡帽進我的臥室去了。

當我躺下時，感到好不悲傷！我一次又一次地想到我如今的窮困，想到我不再會有向朵拉求婚時的自信；想到我應該把我的經濟情況老實告訴朵拉，要是她認為合適，就可以解除婚約。我想到在我漫長的見習期間，毫無任何收入，該如何度日；想到我什麼忙也幫不上姨祖母；想到我身無分文，不能買一點小禮物給朵拉，不能騎灰駿馬，也不能打扮得體體面面！我知道這麼想是卑鄙、自私的，但我卻不能停止這樣想。那一夜我多麼悲傷啊！

我的姨祖母也很不安，因為我不時聽見她來回踱步。那一晚，她有兩三次穿著睡袍，像一個被驚擾了的鬼魂一樣來到客廳裡，走到我睡的沙發前，自言自語地說著「可憐的孩子！」這時，我才明白她多麼無私地關心我，而我又怎麼能自私地只想到自己呢？這使我加倍地悲傷。

我不久就想到：我應該設法解除我的學習契約，要回那筆學費。於是，隔天一大早，我抱著這種決心來到事務所，一邊思念著朵拉，一邊等待史賓羅先生的出現。

「你好嗎？科波菲爾，」他來時對我說道，「天氣很好呢！」

「天氣真好，先生，」我說道，「在你去法庭前，我可以和你說句話嗎？」

「當然可以了，請說吧。」

「說來遺憾，我從我姨祖母那裡聽到一個令人氣餒的消息。」我說。

「老天！該不會她病了吧？」

「與她的健康無關，先生，」我答道，「她受了重大損失——事實上，她的財產所剩無幾了。」

「你嚇壞我了！科波菲爾。」史賓羅先生說道。

「是真的，先生，」我搖搖頭，「她的處境糟透了，因此我想問你，能不能解除我的契約，讓我們拿回學費？——當然，不是全部。」

他露出驚訝而失望的表情。「解除契約？科波菲爾，你確定？」

我用不太有把握的態度向他解釋，說我必須出外謀生，否則真不知道該如何餬口。

「我很遺憾聽你這麼說，」史賓羅先生說道，「而且，不論有什麼理由，解除契約都是沒有前例可循的，這不符合我們這一行的規矩。何況，我的合伙人喬爾金先生也不會答應的。很抱歉，這件事沒得商量！科波菲爾。」

顯然，想收回姨祖母的那一千英鎊是不可能的了。當我離開事務所，往公寓走去時，我心中滿懷失望，但這種失望也難免夾雜著自私的理由，因為我想起了我與朵拉的前途。

我正在努力朝最壞的方面想，這時一輛出租馬車跟上了我，並在我身邊停下，我不禁抬頭看去。從車窗裡，一隻白淨的手向我伸來，那張臉在向我微笑。我頓時感到了寧靜和幸福。

「艾格尼絲！」我高興地叫道，「哦，能在這種時候見到妳是多麼大的快樂！」

「真的嗎？」她說道，聲音那麼誠懇。

「我很想和妳談談！」我說道，「一看到妳，我胸中的煩惱就一掃而空！如果我有一頂魔術師的帽子，我只想要妳，其他什麼人也不要。」

「是嗎？」艾格尼絲連忙說道。

「啊！當然也要朵拉。」我承認道，臉也紅了。

「當然，先要朵拉，我知道。」艾格尼絲笑著說道。

「不過，第二個就要妳！」我說道，「妳要去哪裡？」

她正要去我的住處看望我姨祖母。天氣很好，於是她離開了那輛馬車，挽起我的手，我們一起往前走。我覺得她就像希望的化身，當她在我身邊時，我瞬間感受到了多麼巨大的變化！

姨祖母曾寫過一封短信給她。她在信中說她遭到不幸，要永遠離開多佛；不過她心情平靜，不需要任何人為她擔心。艾格尼絲是來倫敦看我姨祖母的，她說她爸爸也和她一起來了，除此之外，還有尤利亞。

「他們現在是合伙人了？」我問道。

「是的，」艾格尼絲說道，「他們來這裡辦事，我也順便跟他們來了。不過，我也不單純是來看你姨祖母的——老實說，我不放心爸爸和他一起外出。」

「他對威克費爾先生的影響那麼大嗎？艾格尼絲。」

艾格尼絲搖搖頭。「家裡發生那麼大的變化，你幾乎要認不出來了。尤利亞和他母親如今跟我們住在一起，他就睡在你的舊臥室裡。」

「但願他做惡夢！」我說道，「他不可能在那裡住太久的。」

「最糟糕的是，」艾格尼絲說道，臉色依舊那麼平靜，「我不能隨意接近爸爸了；因為尤利亞妨礙了我們。我再也不能保護他了。不過，我希望純潔的愛情和忠誠最終能佔上風，勝過世上的一切邪惡或災難。」

她臉上的笑容十分迷人，是我從未見過的；正當我陶醉在這種笑容之中時，它一下子又消失了。因為我們已經接近我的住處了。

姨祖母見到艾格尼絲開心極了。艾格尼絲把帽子放到桌上，坐在她身邊；這時，我看到她那柔和的眼神和光滑的前額，不禁覺得她坐在那裡再合適不過了。她那麼年輕、純真，卻深受我姨祖母的信任；她那純潔的愛心和忠誠是多麼有影響力！

我們開始談論姨祖母的損失。我告訴她們我那天早上嘗試的事。

「你不該這麼做，特洛，」姨祖母說道，「但你的用意是好的。你是一個善良的孩子，我為你感到自豪。現在，特洛，艾格尼絲，讓我們來正視你姨祖母的問題吧，看看究竟發生了什麼事。」

我看得出，艾格尼絲的臉色一下子變得蒼白，她很注意地朝姨祖母看。姨祖母也看著艾格尼絲。

「我曾有一筆財產，」姨祖母開始侃侃而談，「儘管不多，但足以維持生活。有一段時期，我用我的錢買了英國公債；後來又接受了代理人的建議，投入了以不動產為抵押的貸款。這筆生意做得不錯，獲利也不少，直到我把借出去的債全部收回。當時，我發現我的代理人不像過去那麼有生意頭腦了——那就是妳父親，艾格尼絲。於是我自作主張，把資金投入了一個國外市場，然而，這卻是失敗的開始。」姨祖母揉揉鼻子說道，「起初，我在礦業失利，然後又在潛水業上失利；最後，我在銀行方面也失利，這使得一切都完了。那家銀行在地球的另一頭，它倒閉了，一點錢也付不出來了，而我的積蓄全在那裡面——就是這樣。」

姨祖母說完，又朝艾格尼絲看了看，艾格尼絲的臉色漸漸恢復了。

「親愛的特洛伍德小姐，這就是全部的經過嗎？」艾格尼絲說道。

「我想是的，孩子，」姨祖母說道，「除非我還有更多的錢可以損失。」

艾格尼絲一直屏氣細聽。她臉色仍不斷變化，但呼吸自如些了。或許她一直擔心她那不幸的父親要為這件事負責。姨祖母握住她的手大笑起來。

「這就是全部經過嗎？」姨祖母重複道，「嘿！是的，這就是全部，之後就是『她從此過著幸福的日子』。我想過了，那間小屋，假設每年可賺得租金七十鎊，便足夠我們生活了。再說，還有狄克先生呢！他每年有一百鎊的進帳──不過那當然得花在他自己身上。妳想說什麼嗎？艾格尼絲。」

「我想，特洛伍德，」艾格尼絲猶豫著說道，「如果你時間充裕──」

「我時間很充裕，艾格尼絲。我下午四五點後就沒事了，我的早晨也有空。」我說道，想到我花了那麼多時間在城裡晃逛、在諾伍德大道上散步，不禁有些臉紅了，「我時間很充裕呢！」

「那麼，」艾格尼絲走到我面前低聲說道，「我想你不會反對當一個文書。」

「艾格尼絲？」

「因為，」艾格尼絲繼續說道，「史特朗博士已經退休了，也已定居倫敦。據我所知，他問過爸爸，能不能介紹一個文書給他。你不認為，與其雇用別人，倒不如讓他心愛的學生待在身邊嗎？」

「親愛的艾格尼絲！」我說道，「沒有妳我該怎麼辦！妳永遠是我的幸運天使，我知道妳是的！」

艾格尼絲愉快地笑著說道，有朵拉一個幸運天使就夠了；然後她又提醒我，博士習慣在清早和晚上工作，很符合我的時間。這個建議讓我快樂極了，我立刻聽從艾格尼絲的勸告，寫了一封信給博士，說明我的目的，並約定次日上午十點去拜訪他。他就住在海蓋特，我親自去寄了信。

當我回來後，門上忽然傳來敲門的聲音。我開了門，進來的不僅有威克費爾德先生，還有尤利亞。我已經很久沒見到威克費爾德先生了；在聽過艾格尼絲的話後，我已預料他會有一番變化，但他的樣子仍讓我大吃一驚。使我吃驚的並不只是他那蒼老的模樣，不只是他那不健康的紅臉，不只是他那突出而充血的雙眼，不只是他那神經質地顫抖的雙手，也不只是他那英俊的外貌已蕩然無存；而是高貴可敬的他竟甘心受尤利亞──那卑賤的化身──的支配。他們的關係對調了，尤利亞處於主動地位，威克費爾德先生則處於服從地位，我為這種變化感到痛心不已。

艾格尼絲小聲對他說：「爸爸，特洛伍德小姐在這裡呢！還有特洛伍德，你好久沒見到他了！」於是他走過來，很不自然地把手伸向我姨祖母，然後又和我握手。這一瞬間，我看到尤利亞的臉上露出了令人厭惡的笑容。我猜艾格尼絲也看到了，她連忙避開他。

「嘿！威克費爾德，」姨祖母說道，「剛才，我告訴你女兒我是怎麼處理我的錢的，因為你在業務方面日益生疏，我無法信賴你了。我們討論出了不錯的結論。依我看，艾格尼絲真抵得上一個事務所呢！」

「如果卑賤的我可以說一句，」尤利亞痙攣了一下說道，「我完全贊同特洛伍德小姐的話。如果艾格尼絲小姐是一個合伙人，我一定非常快活。」

「你已經是一個合伙人了，」姨祖母馬上說道，「我想，你大概滿足了吧。你還好嗎？先生。」

聽到這樣冷淡的問候，尤利亞立刻向姨祖母道謝，還希望她也很好。

「還有你，科波菲爾先生，」尤利亞繼續說道，「我希望你也很好！雖然目前你們遭遇了不幸，我仍然很高興見到你。話說回來，人的成就不是靠著財富，而是靠著——以我這卑賤的能力，我實在不好意思說是靠什麼。」他搖尾乞憐地說道，「不過不是靠著錢！」

說到這裡，他就握住我的手。不過他這回離我遠遠的，彷彿有點怕我。

「你覺得威克費爾德先生的氣色如何？科波菲爾先生，」他可憐兮兮地說道，「這些年來，我們的事務所並沒有什麼變化，只不過我卑賤的地位得到了一點提升，」他又補充道，「艾格尼絲小姐也變得更美了。」

說完這句恭維話，他用一種令人難以忍受的方式手舞足蹈起來，連我的姨祖母也看不下去了。

「停！停！」姨祖母嚴厲地說，「他在幹什麼呀？別像觸了電一樣跳來跳去！先生。」

「請妳原諒，特洛伍德小姐，」尤利亞答道，「我知道妳心情不好。」

「滾一邊去吧！先生，」姨祖母強硬地說，「別胡說！我心情好極了。如果你是條鰻魚，那你儘管像鰻魚那樣動吧；如果你是一個人，就管好你的手腳！」姨祖母很生氣地說道，「你會把我逼瘋的！」

說完這番話後，姨祖母惡狠狠地動了動身子，搖了搖頭；這使得尤利亞感到有些難為情，他轉過來用一種卑微的語氣對我說道：

「我明白，科波菲爾少爺，特洛伍德小姐雖然是個卓越的女人，性子卻很急，她或許還無法習慣我如今的地位。不過，我還是得說，如果有威克費爾德－希普事務所可以效勞之處，我們會十分榮幸的。不是嗎？」尤利亞對他的合伙人說道，並令人生厭地笑著。

「尤利亞是我的得力助手，」威克費爾德先生勉強地回答，「我完全同意他所說的。」

「哦，被這樣信任，是多麼大的一種獎賞啊！」尤利亞晃著一條腿說道，「正因為如此，我希望能盡量減輕事務帶給他的疲勞！科波菲爾少爺。」

「我為此感到欣慰，」威克費爾德先生仍沉悶地說道，「這樣的一個合伙人，減輕了我的精神負擔。」我知道，是那個卑賤的傢伙逼威克費爾德先生說這些話的。我再次看到他臉上露出令人生厭的笑容，也看到他注視我的目光。

「你不走嗎？爸爸，」艾格尼絲關切地說道，「不跟特洛伍德和我一起走回去嗎？」

尤利亞搶在他的合伙人回答之前說道：

「我事先已有了約，不能繼續陪你們。不過，我很樂意讓我的合伙人代表我。艾格尼絲小姐，再見！科波菲爾少爺，再見！我向貝茜．特洛伍德小姐獻上我卑賤的敬禮。」

他一邊說著，一邊吻他的手，像一個假面具那樣斜睨著我們走了出去。

我們坐在客廳裡，談到我們在坎特伯雷的美好時光，就這樣過了一兩個小時。在艾格尼絲的鼓舞下，威克費爾德先生很快就恢復了風采；不過，仍然有某種根深蒂固的壓抑纏著他不放。話雖如此，他臉上總算露出了喜色。

之後，我去了他們的住處，與他們一起吃飯。飯後，艾格尼絲像以前那樣坐在父親身邊，為他斟酒。她為他斟多少，他便喝多少，就像一個乖孩子一樣。天色暗下來後，我們三人一起坐在窗前；天色全黑後，他躺到一張沙發上，艾格尼絲用枕頭墊起他的頭，俯在他身上一會兒。當她回到窗前時，儘管光線很暗，我仍能看出她眼中閃亮的淚光。

在黑暗中，她坐在窗前，向我談到朵拉並聽我讚美朵拉，然後她又誇讚她是個小仙女，把她自己那閃爍的純潔光輝撒在這小仙女周圍，變成了一圈光環。於是我覺得這小仙女更加可愛天真了！

我下樓時，街上有個乞丐；當我正想著她那寧靜純潔的眼睛，並向窗子回過頭去時，被那乞丐嚇了一跳——他彷彿在重複早上的一句話般說道：「盲目呀！盲目呀！盲目呀！」

第三十六章　我滿懷熱忱

隔天早上，我動身前往海蓋特。如今我不再氣餒了，不怕襤褸的外衣，也不留戀灰色的駿馬；對我們近來的遭遇，我完全改變了最初的態度。我決定向姨祖母證明：她過去對我的栽培並未白費；我要利用我過去受過的所有歷練，懷著堅定的意志去工作，直到得到朵拉為止。

途中，我走進了一棟招租的小屋，仔細察看了一番。這棟小屋很適合我和朵拉：房前有一個小花園，吉普可以在那裡跑來跑去；樓上有個最好的房間，那可以留給我的姨祖母住。當我走出那小屋時，感到身上更熱、步伐也更快了。

當我走近博士的住處時，我看到他在花園裡散步，仍是那身穿著。我大膽地推開門走向他，他轉過身，若有所思地看了看我，顯然完全沒想到會是我；然後他仁慈的臉上綻開笑容，他用雙手握住我的手。

「嘿！科波菲爾，」博士說道，「你長大了！你好嗎？見到你真是開心。」

我向他問候，也問候史特朗夫人。

「哦！是的，」博士說，「安妮很好，她一定也高興見到你。還有——哦！當然，你還記得傑克．麥爾頓先生吧？科波菲爾。」

「記得很清楚，先生。」

「當然，他也很好。」

「他已經回來了嗎？先生。」我問道。

「是的，麥爾頓先生受不了印度的氣候，馬克蘭太太很擔心他，所以我們就叫他回來了。我們介紹他去了一間小小的專利所，那地方比較適合他。」

說完，博士用手扶住我的肩膀，仁慈地看著我，一邊走，一邊繼續說道：

「老實說，親愛的科波菲爾，關於你的這個提議，我十分滿意。不過，你不認為你有資格從事更好的工作嗎？把你的青春歲月奉獻在我能提供的可憐職務上，不是太可惜了嗎？」

我用激動的口氣堅持了我的請求，並提醒博士說我已有了個職業。

「是呀，是呀，」博士答道：「的確如此。當然，你正在見習期中，這很重要。不過，我的朋友，一年七十鎊也太少了。」

「我親愛的老師，」我由衷地說道，「我欠你的恩情已遠遠超過我所能接受的了。如果你肯接受我的早晨和晚上，並認為這些時間值一年七十鎊，你就給了我一種難以言盡的恩惠了。」

「天哪！」博士天真地說，「你想想，用這麼一點換到那麼多呀！老實說，如果還有更好的機會，你會去嗎？——你保證？」博士說道，他過去總用這句嚴肅的話激發學生們的自尊心。

「我保證！先生。」我按照昔日學校的作風答道。

於是，這件事就這麼定了。我提議的早晨和晚上對他來說再合適不過，因為他習慣在白天散步並思考。他告訴我，傑克．麥爾頓前陣子做過他的臨時秘書，卻把他的文件弄得亂七八糟的；不過我們很快就能把這種情況糾正過來，重新讓工作步上軌道。後來，當我開始工作時，我發現麥爾頓闖的禍比我預料的更討厭，因為他不僅弄出數不清的錯，還在博士的手稿上留下了不少塗鴉。

我與博士約好隔天早上七點開始工作。我們每天早上工作兩小時，晚上工作兩到三個小時，禮拜六和禮拜天除外，好讓我有休息的時間。這些條件在我看來非常優厚了。

從那時起，我每天早上五點起床，晚上十點才到家。但我對這種忙碌感到快樂，從不因為任何原因放慢腳步；我覺得自己越累，就越對得起朵拉。同時，我削減了髮油的用量，不再用香皂和香水，並且以極低的價格賣掉了三件背心，因為這些東西對我艱苦的生活來說實在太奢侈了。

然而，我對此仍不滿足，急於想找更多的差事來做。我去找了特雷多。當時，他住在荷伯恩的城堡街，我帶狄克先生一起去看他。之所以帶狄克先生一起去，一方面是因為他十分同情我姨祖母的不幸，一方面又擔心我太過操勞，而他卻不能為我們有點幫助；他開始為此苦惱，變得無精打采，也更難寫完那份呈文了。我打算去試試，看特雷多能不能幫我的忙。

特雷多熱情接待了我們，並很快和狄克先生成為朋友。接著我們談了正事。我曾告訴特雷多，許多名人都是因為報導了議會的辯論而發跡的；特雷多也對我說過，他對報紙業的前景相當看好。於是我們將這兩件事合在一起，特雷多向我指出了要投身這一行所需具備的技能——要熟悉它們或許得花上好幾年。但我充滿幹勁，決定立刻開始努力學習。

「非常感謝你！親愛的特雷多，」我說道，「明天我就開始學習。」

特雷多露出吃驚的樣子，但他怎麼也想不出我有多高興呢。

「我要買一本相關的技能書。」我說道，「我要在博士院裡學習，我在那裡有很多閒暇時間。我會把法庭上的發言記錄下來，做為一種練習。特雷多，我親愛的朋友，我一定要通曉這種技能！」

「天哪，」特雷多瞪大了眼睛說道，「我不知道你竟是一個這麼有決心的人呢！科波菲爾。」

確實，連我自己也不知道這一點呢！接著，我把這事擱在一邊，又提到狄克先生的問題。

「你是一個很好的書法家吧？先生。科波菲爾曾告訴過我。」

「非常好的！」我說道。的確，他的字十分工整。

「那麼，或許你可以抄寫文章看看？」特雷多說道。

狄克先生一臉惶惑地看看我。我搖搖頭，他也搖搖頭，而且嘆氣。

「把有關那份呈文的事告訴他吧。」狄克先生說道。

我便向特雷多解釋，說要狄克先生在寫呈文時不把查理一世加進去何其困難。這期間，狄克先生一面吮著拇指，一面十分認真地看著特雷多。

「不過，我這裡的文件都是已經擬好的，」特雷多想了想說道，「狄克先生根本不要動腦筋。這不就沒什麼問題了嗎？」

這番話讓我們產生了一絲希望。特雷多和我交頭接耳商量了一會兒，最後得出一個計畫。狄克先生第二天就按照那計畫開始工作。

果然，他做得很不錯。我永遠忘不了在之後的那個禮拜六晚上，他是如何把他十先令九便士的工錢在盤子上擺成一個心形圖案，眼含著快樂和驕傲的淚水，把它們獻給我的姨祖母。「現在不會餓肚子了！特洛伍德。」狄克先生握著我的手說道，「我要供養她！先生。」

又過了一陣子，特雷多轉交給我一封信。那是米考伯先生寫給我的，內容如下：

我親愛的科波菲爾：

當你收到這封信時，我們過去一直期待的某種機遇已經來臨了。我們將遷往一座美麗的海濱市鎮，米考伯太太和孩子也將隨我同去。有鑑於這一去也許會是數年，又或許是永別；因此，在離別前夕，若您肯與我們共同的朋友特雷多先生一起蒞臨寒舍，與我們交換彼此的祝福，那對我將是一大榮幸。

威爾金．米考伯

知道米考伯先生已擺脫了困境，而某種機遇又真的出現了，我的確很高興。聽特雷多說，信上提到的約會就在當天晚上，我立刻表示願意前往。於是，我們一起去了米考伯先生在格雷學院路的住處。

那住所的陳設十分簡陋，他們最小的孩子就躺在客廳裡一座空蕩蕩的床架上。米考伯先生已在一個角落調製飲料。我向四周看了看，發現他們的財產全都收拾好了，但總數並不算多。我向米考伯夫婦表示了祝賀。

「感謝你，親愛的科波菲爾先生。」米考伯太太說道，「儘管我認為，對於米考伯先生這樣具有才幹的人，把他困在一個大教堂的城鎮裡實在是一種犧牲，但是，這也是沒辦法的事。」

「哦，你們要去一個大教堂的城鎮？」我說道。

正在為我們倒酒的米考伯先生答道：

「是去坎特伯雷呢！其實，親愛的科波菲爾，我已和我們的朋友希普先生簽了合約，我將以機要秘書的身分協助他的業務。」

我瞪大了眼睛看米考伯先生，但他卻因我的吃驚而非常得意。

「讓我從頭向你解釋，」他打著官腔說道，「不久前，我聽從米考伯太太的建議，在報上刊登了廣告，結果被我的朋友希普發現了，決定雇用我，」米考伯先生說道，「希普先生是一個非常精明的人，他沒有把薪水訂得太高，但也足以解除我的經濟壓力了。我會把我微不足道的一點口才與知識奉獻給他。我已經由過去的訴訟中累積了一些法律知識，還會立刻攻讀英國最重要的法學著作《釋法》。我相信，這些必會對我的事業有所助益。」

我心裡仍為米考伯先生宣佈的消息感到吃驚，並不斷思索其中的意義。之後，米考伯先生又為我們斟了幾杯酒；我提醒特雷多應該為我們朋友的健康和幸福乾杯。我請米考伯先生為我們斟滿酒，按規矩乾了杯，接著和他握手，又吻了米考伯太太，就這樣紀念這重大的聚會。

在我們即將分手的時候，米考伯先生很嚴肅地說道：

「在離別之前，我還有一件事要做。我的朋友特雷多先生曾為了我的方便而在期票上簽名，並為此捲入了麻煩，」他仔細察看了有關文件，「根據我的記錄，總金額為四十一鎊十先令十一便士半。在償還我的債務前，就離開這座城市和特雷多先生，這令我感到痛苦不已。因此，我已立下一張四十一鎊十先令十一便士半的借據，懇請我的朋友特雷多先生收下它，以恢復我的道德尊嚴，使我從此能再坦然地面對他。」

說完這番話，米考伯先生也被自己的話感動了。他把那張借據塞到特雷多手裡，並祝他萬事如意。我相信，米考伯先生或許覺得這就等於還了錢，連特雷多自己也這樣相信了。

由於採取了這一道德的行為，米考伯先生在我們面前又變得那麼坦然。我們熱情洋溢地分手。回家途中，我暗自想著這一切離奇矛盾的事，不禁想到，米考伯先生之所以從未向我借錢，或許是念在我曾做過他房客的舊情上吧。如果他向我借錢，我也肯定不忍拒絕他的——我相信也他知道這一點，這正是他為人可貴之處。

第三十七章　一點疑慮

又一個禮拜六來了。在這個禮拜六的晚上，朵拉就會到米爾斯小姐的家了。當米爾斯先生出門後，我便會去那裡喝茶——朵拉將在客廳中間的窗戶裡掛上一具鳥籠，以此為信號通知我。

我們已在白金漢街安頓得很好了。狄克先生仍快樂地繼續抄寫工作；姨祖母把我們的住處做了一些小改良，使這個家顯得更闊氣了。她把食品貯藏室變成了更衣室，又為我買了一副床架，並裝飾了一番，使它看上去像個書架。

皮果提雖然仍對姨祖母抱有往日的敬畏之心，卻漸漸成了她最好的朋友。然而，就在我要去米爾斯家喝茶的那個禮拜六，她就要回去了——她得回去照顧漢姆呀。「再見了，巴吉斯，」我姨祖母說道，「多保重呀！我以前從沒想到我會因為和妳分開而感到難過呢！」

我帶皮果提去搭馬車。分手時她哭了，像漢姆那樣再三叮嚀我，要我好好照顧皮果提先生——自從他在那個晴朗的下午動身後，我們就不曾有過他的消息了。

「唉，我親愛的大衛，」皮果提說道，「如果你在見習期間需要錢，或者期滿後需要資金開業，儘管向你的皮果提開口。除了你以外，我還能把錢借給誰呢？」她又小聲對我說：「還有，我親愛的，告訴那個美麗的小天使，我好想見見她，哪怕只見她一分鐘也好！也告訴她，在她嫁給我的孩子之前，我一定來為你們把你們的家佈置得漂漂亮亮！」

我對她說，除了她，我不許任何人碰我們的家。這話讓皮果提好不開心，她這才高興地離開了。

到了晚上預定的時間，我去了米爾斯家。我發現窗戶裡沒掛鳥籠，米爾斯先生還沒有外出。我等了好一陣子，終於，他出去了，然後我看到朵拉掛上了鳥籠，並在陽台上張望；她一看到我，就跑進了房間。沒過多久，朵拉來到客廳門口迎接我，吉普也頭昏腦脹地叫著爬出來；於是我們三個便快活而親熱走進去。就在這極其快樂的時刻，我決定把我的傷感拋出來；倒不是我有意掃興，只是因為我太掛念這件事了——我很突兀地問朵拉，問她能不能愛一個乞丐。她用惹人憐愛的驚訝神情看了我。

「你怎麼會問我這麼傻的問題？」朵拉噘起小嘴說道，「愛一個乞丐？」

「朵拉，我親愛的！」我說道，「我就是一個乞丐！」

「你怎麼這麼笨，」朵拉打我的手說道，「笨到在這裡胡說八道？我要叫吉普咬你了！」

她那天真的樣子真是世上最有趣的了，不過我必須說實話；於是我又鄭重地說道：

「朵拉，我的生命！我是你倒了楣的大衛！」

「如果你再這麼胡鬧，」朵拉搖搖她的捲髮說道，「我真的要叫吉普咬你了！」

然而，我的態度是那麼認真，朵拉不再搖她的捲髮了。她開始露出又害怕又著急的樣子，把發抖的小手放在我肩上，然後哭了起來。太可怕了！我在沙發前跪下，安撫她，求她不要傷心；但她只是不停地哭喊著。

經過一番激烈的懇求和抗議，我總算能讓朵拉惶恐地看著我了。她那柔軟可愛的小臉貼在我的臉上。我摟著她，告訴她我多麼愛她，只是因為我現在窮了，我認為我應該主動提出解除婚約，即使我會因此一蹶不振也一樣；但如果她不怕窮，仍然願意跟著我，對我將是一大激勵。我會努力幹活，用血汗換來一點乾麵包。

「妳的心還屬於我嗎？朵拉，」我高興地問道，發現她仍然緊緊依偎著我。

「哦！是的，」朵拉叫道，「是的！完全屬於你，哦！不要那麼可怕！」

我可怕？我使朵拉害怕？

「別說窮，也別說什麼努力幹活！」朵拉更用力地依偎著我說，「哦，不要，不要嘛！」

「我最親愛的人，」我說道，「用血汗換來的乾麵包——」

「哦！夠了，我也不要聽什麼乾麵包！」朵拉說道，「吉普每天十二點鐘得吃一塊羊排，要不然牠就會餓死了！」

我被她那天真的模樣迷住了。我滿腔憐愛地向她解釋，說吉普一定能準時吃到牠的羊排。我把我們未來的家和我的工作描述了一番，仿照我在海蓋特看到過的那棟小屋，還提到我姨祖母住的那個房間。

「我現在不可怕了吧？朵拉。」我溫柔地問道。

「哦，不了，不了！」朵拉叫道，「但我希望你的姨祖母常留在她自己的房間裡！我還希望她不是個喜歡教訓人的老傢伙！」

如果我能比過去更愛朵拉，我相信我會那樣做的。但我發現她有些不太實際。而當我發現自己的熱情也難以影響她時，這使我的信心也受了挫折。我試圖再努力一次。等她完全平靜下來，開始把玩吉普的耳朵時，我鄭重地說道：

「我親愛的，我可以提一件事嗎？」

「哦！請不要講太實際的事，」朵拉有點生氣地說，「因為那使我害怕！」

「我的愛人，別害怕，堅忍的性格和力量能使我們承受得住一切。」

「但我一點力量也沒有，」朵拉搖著捲髮說道，「我有嗎？吉普。噢！快親親吉普，一定要乖乖的！」她抱起吉普要我親時，我無法抗拒了。為了向我示範，她嘟起她那小小的紅嘴唇，作出接吻的樣子，並堅持要我學著她在吉普的鼻子上親一下。我被她迷得神魂顛倒，照著她的吩咐做了，那一瞬間，我人性中嚴肅的那一部分蕩然無存。

「不過，朵拉，我的愛人！」我終於恢復了我的本性說道，「我要提一件事。」

看到她合攏小手舉起，祈求我不要再變得可怕時，就連法官也會對她產生憐憫之心的。

「我不會那樣做的，我的寶貝，」我向她保證道，「不過，朵拉，我的愛人，要是妳有時能想想，妳和一個窮人訂了婚——」

「不要，不要！千萬不要！」朵拉叫道，「那太可怕了！」

「我親愛的，一點也不！」我興沖沖地說道，「如果妳有時能想想，偶爾留意妳父親的家政，努力養成一種小小的習慣——例如說在記帳方面——」

可憐的朵拉半嗚咽半絕望地哭著接受了這個建議。

「這對我們將來很有用的，」我繼續說道，「如果妳能答應我，說妳會讀一本小小的——一本小小的烹飪書，那將會對我們有益的。因為，我的朵拉，我們目前的人生旅程是坎坷的，必須靠自己去鏟平。我們應該勇敢起來，我們的前方有各種障礙，我們應該勇往直前，掃除這些障礙！」

我的表情十分興奮、熱情，握著拳頭，迅速地說著。噢！她是那麼惶恐。於是，我完全失去理智了，在客廳裡轉來轉去，胡言亂語一通。我記得，我在她臉上潑水，我跪下，我抓自己的頭髮，罵自己是畜生、冷酷的禽獸；我懇求她原諒我，勸她把頭抬起來；我把米爾斯小姐的針線盒亂翻一通，想找到鎮靜劑，結果卻把針灑在朵拉的身上；我朝吉普揮拳頭，牠像我一樣失去理智了。等米爾斯小姐來到客廳時，我已被各種荒唐可笑的事情弄得筋疲力盡了。

「發生了什麼事呀！」米爾斯小姐來救援她的朋友時叫道。

「是我，米爾斯小姐！是我幹的！看看這個破壞狂吧！」我說道，把臉藏到了沙發墊裡。

一開始，米爾斯小姐還以為我們吵了一架呢！但她很快就發現事實真相，因為我親愛的朵拉摟住她，告訴她我是一個可憐的窮人，然後又為我哭，並摟住我，問她該不該把她所有的錢都交給我保管。最後她撲在米爾斯小姐脖子上嗚咽，好像她的心被撕碎了一樣。

米爾斯小姐安慰了朵拉，於是我們全都冷靜了下來。當我們完全恢復了，朵拉便上樓化妝，米爾斯小姐叫人準備餐點。在那裡，我對她解釋了我沒能對朵拉說清楚的事，又問她，我曾經很迫切介紹的那類東西，例如帳簿、家政、烹飪書等，是否具有實用價值。

米爾斯小姐想了想，然後說道：

「科波菲爾先生，我要對你說實話：那些建議對我們的朵拉不適用。朵拉是大自然寵愛的孩子；她是光明、活力和快樂的化身。我坦白告訴你，能這樣做當然最好，但是——」她搖搖頭。

米爾斯小姐最後的話使我受了鼓舞。我問她，如果她有機會引導朵拉為了將來的家務作準備，她願意這麼做嗎？米爾斯小姐的回答是肯定的，我又進一步問她，她願不願意保管那本烹飪書，並在適當的時機勸朵拉收下這本書？米爾斯小姐接受了這個委託，但她的態度並不樂觀。

過了一會兒，朵拉回來了，她看上去是那麼可愛，我真懷疑我是否真的該用世俗的小事來惹她心煩。

喝過茶以後，我們就彈吉他；朵拉又唱了一些法國的歌，大家都很開心。我們的歡樂只遭到了一點小挫折，那是在我離開前的時候。當時，米爾斯小姐不經意地提到隔天早晨，我便說道我得五點起床，因為我必須努力工作。聽到這話，朵拉便不彈琴，也不唱歌了。直到我向她道別時，她用她那可笑的嬌嗔對我說道：

「喏，別那麼早起床，你這個壞孩子。太胡鬧了！」

「我的愛人，」我說道，「我得工作呀！」

「別工作了！」朵拉馬上說道，「為什麼要工作呢？」

看著那張可愛又吃驚的小臉，我只好裝出滿不在乎的樣子，說我們必須為了生存而工作。

「哦！多可愛呀！」朵拉說道。

「我們不工作要怎麼生活呢？朵拉。」我說道。

「怎麼生活？怎樣都可以呀！」朵拉說道。

她似乎覺得問題這樣就算解決了，便得意地給了我一個發自心底的吻。

好吧！我愛著她，我繼續愛著她——一心一意、徹頭徹尾。不過，當我一面努力工作，勞勞碌碌，一面卻不時思考著：我那次為什麼會讓朵拉受驚呢？我要怎樣才能與天真無邪的她一同過著艱難的生活？我時常這麼想，想到我覺得自己的頭髮正在變白。

第三十八章　分道揚鑣

一天，我和往常一樣來到博士院時，看到史賓羅先生站在門邊，他正在自言自語，樣子極為嚴肅。他見到我，並未以平常的那種熱情向我道早安，卻用一種疏遠的冷漠神色看著我，邀我和他一起去一家咖啡館。

我跟在他身後，忐忑不安，渾身發熱。我看到他昂著頭，神情好不傲慢，令人絕望，我擔心他已察覺了我和朵拉的事。當我在咖啡館裡發現莫德斯通小姐的身影時，更加確信了這種猜測。她把她那冰冷的手指伸給我，同時僵硬地坐在那裡。史賓羅先生關上門，叫我坐下，他自己卻站在火爐前的那塊地毯上。

「莫德斯通小姐，」史賓羅先生說道，「請妳把那東西給科波菲爾先生看看吧。」

莫德斯通小姐打開了她的手提包，從裡頭拿出了我最近寫給朵拉的那封充滿熱烈情話的信。

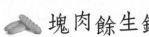

「我相信，這是你的筆跡吧？科波菲爾先生。」史賓羅先生說道。

我愣住了，當我回答「是的，先生」時，我覺得我聽到的不是自己的聲音。

「如果我沒猜錯，」史賓羅先生說道，這時莫德斯通小姐又從她的提包裡拿出一疊以藍緞帶捆著的信，「這也是你寫的吧？科波菲爾先生。」

我懷著再畏怯不過的心情，從她手上接過那些信，看到信的第一行寫著「一向是我最親愛的、屬於我的朵拉」、「我最愛的天使」、「我永遠最珍愛的人」這類詞語時，我的臉一下子紅了，並低下了頭。

當我把信交還史賓羅先生時，他冷冷地說道：「不必了，謝謝！我不會奪走你的這些信。莫德斯通小姐，請往下說吧！」

那個文雅的人沉思著看看地毯，很惡毒地說道：

「我應該承認，我已經懷疑這件事好一陣子了。當史賓羅小姐和大衛．科波菲爾第一次見面的時候，我就觀察了他們的互動。當時，我得到的結論是不佳的，人心的險惡是那樣地——」

「小姐，」史賓羅先生插嘴道，「請妳只說事實就好。」

莫德斯通小姐搖搖頭，好像在抗議這無禮的打岔一樣，然後又裝出一副了不起的樣子，說道：

「我剛才說過，先生，在這件事上，我已經懷疑了好一陣子。我時常想找到證明這些懷疑的證據，卻苦無收穫。不久後，由於我弟弟的婚事，我離開了一段時間；當我回到諾伍德後，我發現史賓羅小姐的態度更可疑了，尤其是在她從她的朋友米爾斯小姐那裡回來以後。於是我嚴密地監視史賓羅小姐。」

我親愛的天真的小朵拉！一點也沒察覺到這惡毒的眼光。

「我一直找不到證據，」莫德斯通小姐又說道，「直到昨天晚上，我看見那隻小狗在客廳裡又跳又滾又叫，咬著一個什麼東西。我對史賓羅小姐說道：『朵拉，狗咬著什麼？那是紙呀！』史賓羅小姐馬上把手伸進長袍，驚叫了一聲。我攔住她說道：『朵拉，我親愛的，讓我去拿吧！』」

哦！吉普，可恨的小狗，你這可惡的小東西，原來都是你惹的禍！

「史賓羅小姐，」莫德斯通小姐說道，「想使我心軟，就用了親吻、針線盒、一些小珠寶來收買我——我當然置之不理。我朝那隻狗走去，冒著被咬的危險奮力奪下了那封信。讀完後，我斷定史賓羅小姐手中還有許多這樣的信；在我的逼問下，她終於交出了現在大衛．科波菲爾手上的那一疊信。」

說到這裡，她停了下來，一面關上提包，一面閉上她的嘴，露出不屈不撓的樣子。

「科波菲爾先生，你已經聽到莫德斯通小姐說的了，」史賓羅先生說道，「你有什麼話要說的嗎？」

我彷彿看到我那整夜哭泣的美麗人兒——彷彿看到孤立無援、身處孤獨中的她——彷彿看到她那麼懇切地哀求那個鐵石心腸的女人——彷彿看到她徒勞地親吻那女人，獻上那針線盒、首飾——彷彿看到她完全是因為我而遭遇那些難堪和苦惱——這使我的自尊心大受打擊。我感到自己渾身顫抖，儘管我竭力想掩飾。

「我只能說，」我答道，「一切都是我的錯。朵拉她——」

「請你稱呼她史賓羅小姐。」她父親很嚴厲地說。

「——她受到我的勸誘，才答應隱瞞這件事。我感到很後悔。」

「你太不應該了，先生，」史賓羅先生說道，一面在火爐前走來走去，「你正在偷偷做一件不合乎禮儀的事，科波菲爾先生。我帶你來我家，完全地信任你，而你卻濫用我的信任，這實在太不光彩了。」

「我也這麼認為，先生。」我回答道，「不過，史賓羅先生，老實說，我起初一點也沒想到，我會如此愛著史賓羅小姐——」

「呸！胡說！」史賓羅先生臉都紅了，「請你不要當著我面說你愛我的女兒！科波菲爾先生。」

「如果我不這麼說，我能為我的行為辯護嗎？先生。」我很謙恭地說道。

「說了就能為你的行為辯護嗎？」史賓羅先生陡然停下，說道，「你考慮過你們兩人的年齡嗎？科波菲爾先生。你考慮過這會破壞我與我女兒之間的信任嗎？你考慮我女兒的身分、我為她的將來訂出的計畫，以及我要留給她的遺囑嗎？你考慮過任何事情嗎？科波菲爾先生。」

「恐怕考慮得很少，先生，」我夠恭敬地回答，感到很傷心，「可是請相信我，我已經考慮過我自己的處境。事實上，我們已經訂婚了——」

「不要跟我說什麼訂婚！科波菲爾先生。」史賓羅先生用力擊掌說道，樣子既可憎又滑稽。

「我知道我目前的境況不佳，先生，」我不理會他，繼續說道，「但是我會用我一切的力量，去改善這種境況。我相信我一定能做到的。你願意給我時間嗎？不管多久？我們兩個都還這麼年輕呀！先生——」

「你說得沒錯，」史賓羅先生皺著眉頭說道，「你們兩個都還年輕。這全是胡鬧。別再胡鬧了，把這些信拿去，扔到火裡吧！把史賓羅小姐的信給我，也扔到火裡。我們以後的往來只限於公事，就這樣吧！科波菲爾先生，你不是一個笨蛋，只有這樣做才是合理的。」

然而，我絕不能同意這種做法，因為有一樣東西比理性更高，那就是愛情，我愛朵拉，朵拉也愛我，這種愛超越了塵世的一切。不過，我沒有直截了斷地表達我的想法，而是盡可能說得很委婉；但我暗示出，我對於這件事十分堅決。

「很好，科波菲爾先生，」史賓羅先生說道，「那我就必須管教我的女兒了。」

一旁的莫德斯通小姐意味深長地表示，史賓羅先生早該那麼做了。

「我必須管教我的女兒，」史賓羅先生在這種支持下說道，「如果你不肯收回那些信的話。」

是的，我告訴他，我希望他不會因為我不肯從莫德斯通小姐手裡拿回那些信而生我的氣。

「也不肯從我手裡拿回嗎？」史賓羅先生說道。

是的，我懷著深深的敬意說道，我也不肯從他手裡拿回。

「很好！」史賓羅先生說道。

隨之而來的是一片沉寂。終於，我下定決心，無聲地向門口走去，好顧及他的感情；他忽然把手插到了衣服口袋裡，十分誠懇地說道：

「科波菲爾先生，也許你知道，我女兒正是我的遺產繼承人吧？」

我連忙回答說，我希望他不要因為我不顧一切的愛情，而認為我別有用心。

「我並沒有那麼想。」史賓羅先生說道，「只不過，我不會允許我為我女兒作的打算被這樣一種胡鬧的行為打亂。也許我——或許在某個緊急時刻，我不得不挺身守護她，避免任何愚蠢的婚姻造成無可挽救的後果。嗯，科波菲爾先生，我希望你別逼我重新變更我那早已立好的遺囑。」

他渾身有一種平靜從容的氣氛，我被深深感動了。他那麼安靜、那麼從容；顯然，他把後事也安排得十分周密妥當，想到這一切真使我動容。我深刻地感受到這一點，並看到淚水浮上了他的雙眼。

但我能怎麼辦呢？我不能放棄對朵拉的愛。他要我用一個禮拜考慮他說過的話，我不得不答應了。然後，我盡可能地在臉上表現出沮喪和堅定的神情走出了那個房間。

我來到事務所，在我的書桌旁坐下，十分痛苦地想著。想到朵拉在諾伍德受到的嚇唬、委屈，而我卻不能在那裡給她安慰，這使我懊惱不已，於是我寫了一封瘋狂的信給史賓羅先生。我懇求他，千萬別因為我的厄運而責備她，我哀求他愛惜她的溫柔，不要把這朵嬌嫩的花折傷，彷彿忘了他是她的父親，而把他看成了一個妖怪。我封好信，趁他不在時放到他的書桌上。我從他那半掩的門中看到他回來後讀了那封信。

那天下午，在他離開之前，他把我叫進房間，對我說，我完全不必為她女兒的幸福感到不安。他說，他已向她表明，這一切完全是胡鬧。他還認為自己太過放任孩子了。

「如果你是愚蠢的，或固執的，科波菲爾先生，」他說道，「你會使我把女兒再送到國外一個學期。不過我相信你不會那樣。我希望，幾天後你就能變聰明一些。至於莫德斯通小姐，我尊敬她的警覺性，也很感激她；但我已叮嚀她對此事保密。科波菲爾先生，我目前唯一的希望就是忘記這件事，而這也正是你必須做的！」

老天！我立刻寫了短信告訴米爾斯小姐這件事，並請求她當晚接見我。我在信上對她說，我的理智已快崩潰，只有她能使它恢復原狀。當天晚上，我見到了米爾斯小姐，她已收到朵拉的一封急信，告訴她一切都敗露了，並說：「哦！務必來我這裡，茱麗亞，務必要來！」不過，考慮到那些長輩的心情，米爾斯小姐並沒有應邀前往。

聽完她的話，我感到更苦惱了。但米爾斯小姐答應我，她明天一早就會去看朵拉，設法用眼神或言語讓她明白我的忠誠和痛苦。我們心情沉重悲傷地道別了。

我回到家，把這一切告訴了姨祖母；儘管她盡可能安慰了我許多，我仍然心灰意冷地上床睡覺，心灰意冷地起床，心灰意冷地出門。那是禮拜六早上，我徑直去了博士院。

我來到事務所的門口，看到馬車伕和搬運工都站在門外談話，還有六七個人朝著窗戶張望，我不禁大吃一驚。我加快腳步，揣摩他們的神情，從他們中間穿過，急急忙忙走了進去。文書們都站在事務所裡，卻沒有人在工作。

「這真是可怕的災難！科波菲爾先生。」我進去時，提菲先生說道。

「怎麼了？」我叫道，「發生什麼事了？」

「你不知道嗎？」在場的人都叫了起來。

「不知道呀！」我逐一看著他們的臉說道。

「史賓羅先生——」

「他怎麼了？」

「死了！」

一瞬間，我被一個文書扶住了，以免跌落地上。他們把我扶到一張椅子上坐下，解開我的領巾，拿了些涼水來。我不知道這樣過了多久時間。

「死了？」我說道。

「昨天他在城裡吃過晚飯，親自駕車回去，」提菲先生說道，「馬車回到了家，在馬房前停下；馬車伕提著燈出來，卻發現車上一個人也沒有，轠繩在地上拖著，已經斷了。全家人立刻驚慌起來，有三個人沿著大路走去，在離家一哩遠的地方找到了他，距離教堂不遠。他臉朝下躺在那裡，一半身子在路邊，一半在人行道上，也許是因為癲癇發作而跌出來的。當時他已經失去意識了，人們儘快找來了醫生，還是回天乏術。」

我無法說明這消息把我投入一種什麼樣的心境。這件事突如其來地發生了，而且發生在一個與我起過爭執的人身上。他不久前還在這個房間裡，現在這裡卻只剩下一片虛空，這種感覺是無法言喻的。尤其，在我內心最深處，我懷有一種對死的嫉妒；我覺得，死的力量會把我在朵拉心中的位置推翻。我想到她的悲哀，想到她會對別人哭泣或得到別人安慰，便覺得不安。

我當晚就去了諾伍德。我在門口探問時，從一個僕人那裡得知米爾斯小姐也在屋裡，我便以姨祖母的名義寫了一封信給她。我十分誠懇地哀悼史賓羅先生的去世，還流下了眼淚。我請求她，如果朵拉肯聽，就告訴她說史賓羅先生曾以絕對仁慈和體諒的態度和我談話；他提到她時只有慈愛，而無半句責備。

第二天，姨祖母收到一封簡短的回信，收件人寫的是姨祖母的名字，信卻是寫給我的。朵拉非常哀傷，當她的朋友問要不要向我致意時，她只是哭個不停地說：「哦！親愛的爸爸。哦！可憐的爸爸。」

出事以來，史賓羅先生的合伙人喬爾金先生一直在諾伍德，直到幾天後才來到事務所。他和提菲先生關起門密談了一會兒後，忽然打開門往外看，向我招手，叫我進去。

「唉！」喬爾金先生說道，「科波菲爾先生，我們一直在檢查死者的書桌、抽屜，以及其他收納文件的地方，想尋找他的遺囑。我們什麼地方都找過了，卻一點蹤跡也沒有。如果你願意，不妨幫我們找找。」

我們立刻開始尋找。喬爾金先生打開了所有的抽屜和書桌，拿出了所有的文件。我們把事務所的文件放在一邊，把私人文件放在另一邊，後者的數量並不多。我們的態度很嚴肅；每看到一件小的日常飾物、或筆盒、或戒指、或任何令我們回憶起史賓羅先生的小物品時，我們就放低了說話聲。最後，喬爾金先生說道：

「史賓羅先生是個做事一板一眼的人。我認為，他根本沒有立過遺囑。」

「啊！我知道他立過！」我說道。

他倆都停下來看著我。

「在我最後見到他的那一天，」我說道，「他告訴我他曾經立過，而且早就安排好了。」

喬爾金先生和提菲先生都搖搖頭。

「這好像沒希望了。」提菲先生說道。

「完全沒希望了。」喬爾金先生說道。

「你們總不會懷疑——」我說。

「親愛的科波菲爾先生！」提菲先生把手放到我肩上，一面搖著頭說道，「如果你在博士院待的時間跟我一樣久，就會知道：人們在這個問題上是這麼地變化無常。因此，我的意見是——沒有遺囑。」

我認為這似乎不可思議，但事實證明確實沒有遺囑。根據史賓羅先生的文件來判斷，他也沒想過要立遺囑，因為沒有找出任何與遺囑有關的備忘或草案。

幾乎同樣令我吃驚的，是他的業務已陷入極其混亂的狀態。根據推測，這些年來，史賓羅先生在這些問題上就沒有清楚的概念；同時，博士院是一個講究排場和面子的地方，他在生活上的開銷多過了他的薪水收入，這使得他的財產已消耗得很厲害了。諾伍德已拍賣了一次傢俱和租賃權；提菲先生還告訴我，償清死者的債務，再扣除事務所的爛帳後，剩下的遺產估計不到一千英鎊。

這件事一直拖了六個禮拜，這期間我受盡了折磨。米爾斯小姐告訴我，傷心的朵拉在提到我時除了說「哦！可憐的爸爸，我可憐的爸爸！」以外，什麼也不說。我聽了這話簡直傷心欲絕。

我還聽說，除了兩個姑媽外，朵拉再也沒有別的親戚了。這兩個姑媽隱居在普特尼，多年來很少與她們的兄弟通信；然而，她們這時卻突然出現了，還提出要帶朵拉回普特尼住。朵拉抱住她們哭道：「哦，是呀！姑姑，請帶茱麗亞和我還有吉普去普特尼吧！」於是，葬禮後不久，他們就去了那裡。

我千方百計地跟去那裡，在那裡徘徊。為了盡到友誼的責任，米爾斯小姐開始寫日記，記錄朵拉生活中的一切。她時常出來與我見面，並把日記帶來借我讀，這成了我當時唯一的慰藉。我覺得，我彷彿曾住在一座用紙牌搭成的宮殿裡，宮殿倒了，只剩下米爾斯小姐和我在一片斷垣殘壁中；而一位殘酷的魔法師在那天真的女神周圍畫了道魔圈，沒有任何東西可以載我飛入那圈子裡去。

第三十九章　威克費爾德與希普

或許是我長期的垂頭喪氣開始使我的姨祖母不安了，她找了個藉口，希望我能回多佛看看房屋出租的情形，並和房客簽訂一個較長的租約；至於珍妮，她被史特朗夫人雇去了，我每天都能在博士家看到她。

儘管要我離開米爾斯小姐是很難的，但我打算聽從這個命令；因為這樣一來，我可以和艾格尼絲安靜地共度幾個鐘頭。我向史特朗博士請了三天假。博士院方面，我並不在意那裡的職責；老實說，自從史賓羅先生去世後，我們在代訴人的圈子裡名聲已一落千丈；喬爾金先生是一個懶散而無能的人，完全無法支撐這個事務所，當我想到這點，不禁痛惜姨祖母的那一千英鎊。

我動身去了多佛，發現那房屋的一切都讓人放心，於是在那裡住了一夜，次日我就步行前往坎特伯雷。又是冬天了，清新寒冷的風刮著，這種天氣加上連綿起伏的高地，使我精神振作了不少。

我來到威克費爾德先生的住宅，在樓下那個尤利亞過去常坐著的小房間裡，我發現了米考伯先生。他穿著一身像是法官制服的黑衣，正在聚精會神地寫什麼。他看到我非常高興，但也有點不安。

「你覺得法律怎麼樣？米考伯先生。」我問道。

「我親愛的科波菲爾，」他答道，「在一個富於想像力的人看來，法律或許是過於繁瑣；不過，這仍不失為一種偉大的事業！」

然後他告訴我，他們全家已住進了尤利亞過去住的房屋。我又問他，他是否滿意他朋友希普先生對他的待遇。他先起身看看門是否關緊了，然後才低聲答道：

「科波菲爾，一個處於財務困境下的人往往處於不利的地位。當經濟壓力使我不得不預支薪水時，那不利的地位也得不到改善。我只能說，對於我那些難以啟齒的請求，我的朋友希普先生都採取了體面而有智慧的做法。」

「我猜，他在金錢方面不會很大方的。」我說道。

「對不起！」米考伯先生有點不自然地說道，「我是根據我的經驗來談我的朋友希普先生呢！」

「你的經驗都那麼順利，我真高興。」我說道。

「感謝你的關心，我親愛的科波菲爾。」米考伯先生說道，然後哼起一支小曲。

「你常見到威克費爾德先生嗎？」我換了個話題說道。

「不常見到。」米考伯先生輕蔑地說道，「我覺得，威克費爾德先生十分和善，只不過他過時了。」

「恐怕是他的合伙人有意讓他變成那樣的呢。」我說道。

「親愛的科波菲爾，請允許我多說一句，」米考伯先生不安地在座位上轉了幾下，說道，「身為希普的機要秘書，我希望任何人都能對與本事務所有關的事情加以冷靜評判。我相信你不會見怪吧？」

我似乎在米考伯先生身上看出一種不自然的變化，好像他對這新工作並不適應，但我覺得我沒有見怪的權利。我把這想法告訴了他，他似乎放下心來，便和我握手。

「科波菲爾，」米考伯先生說道，「我敢向你保證，我很喜歡威克費爾德小姐。她是個優秀的女孩，集魅力、美貌和美德於一身。」

「我很高興聽你這麼說。」我說道。

「老實說，在我們有幸和你共度的那個愉快的下午，要不是曾聽你說你愛的是朵拉，」米考伯先生說道，「我一定會認為是艾格尼絲了。」

我暫時告別了米考伯先生，並請他替我問候他家人。我離開時，他又重新坐著拿起了筆，腦袋不時左右晃動。這時，我明確地感受到，自從他加入這一行業以來，我和他之間便插入了某樣東西，使我們不再能像過去那樣彼此理解，也把我們談話的性質完全改變了。

那間古老雅致的客廳裡沒有人，卻察覺得出希普太太住過的痕跡。我向艾格尼絲的房裡看去，看到她坐在火爐邊，在一張書桌旁寫東西。

她抬起頭來，看見了我，那專注的臉上發生了快樂的變化。她親切地問候並歡迎我。

「啊！艾格尼絲，」我們並肩坐下時，我說道，「我最近真想念妳！」

「真的？」她馬上說道，「又想念了！那麼快嗎？」

我搖搖頭。「我不知道為什麼會這樣，艾格尼絲，我似乎缺少一種我應有的精神。住在這裡的那些快樂日子裡，妳總是為我出主意，而我也自然而然地向妳求助——我的確認為我缺少某種東西。」

「那是什麼呢？」艾格尼絲高興地說道。

「我不知道它確切叫什麼，」我答道，「我想，我是個誠懇和有毅力的人吧？」

「我相信是的。」艾格尼絲說道。

「也還有忍耐力吧？」我有點遲疑地說道。

「對呀，」艾格尼絲笑著回答道，「一點都沒錯。」

「可是，」我說道，「我卻那麼傷心，那麼憂愁，那麼缺乏自信心，那麼優柔寡斷；我知道我一定缺少——也許，某種信賴嗎？」

「如果你願意的話，也可以那麼說。」艾格尼絲說道。

「好！」我馬上說道，「當妳來到倫敦，我信賴妳，立刻就有了目的，也有了辦法。妳走後，我失去了它，但我來到這裡後又馬上不一樣了。進到這個房間以後，我的苦惱仍然纏著我，但卻有一種力量支配著我，使我漸漸變化。這種力量究竟是什麼呢？艾格尼絲。」

她低下頭，看著爐火。

「妳知道，」我說道，「任何時候，要是我不在我親愛的妹妹身邊——」

艾格尼絲抬起了頭，仰起那聖潔的臉，把她的手伸給我。我吻了她的手。

「艾格尼絲，不管什麼時候，要是沒有妳指導我、糾正我，我就會像失去理智一樣，陷入困境。當我終於來到妳這裡時，我立刻得到了平安和幸福。現在，我像疲倦的遊子回到家一般，感到了幸福的安息！」

我說得是那麼誠懇，甚至連自己都被感動了。我聲音漸弱，最後捂住臉哭了起來。艾格尼絲用她那妹妹一般的寧靜態度，用她那明亮的雙眼、她那柔美的聲音、她那可愛的安詳神情，很快就使我擺脫了這種脆弱，並誘使我說出我們離別後發生的一切。

「事情就是這樣，艾格尼絲，」我講完以後說道，「啊，我完全信賴妳！」

「你不應該信賴我的，特洛伍德。」艾格尼絲愉快地微笑著說道，「你應該信賴另一個人。」

「妳是指朵拉？」我說道。

「當然。」

「唉，艾格尼絲，關於這點——」我有點不安地說道，「我恐怕很難。儘管她是純真的化身，但她也是個膽怯軟弱的人兒，容易擔驚受怕。」

於是，我向艾格尼絲談到了我的貧困，談到烹飪學、家政、帳簿等等。

「噢！特洛伍德，」她微笑著說，「你還是那麼魯莽！雖然你的問題十分實際，但沒有必要讓一個膽怯軟弱、天真可愛的女孩吃驚呀。可憐的朵拉！」

「那我應該怎麼做呢？」

「我覺得，」艾格尼絲說道，「你應當採取正當途徑，寫信給那兩位姑媽。難道你不認為任何秘密通信都是徒勞的嗎？——總之，我覺得，那種鬼鬼祟祟的做法不像你的作風呢！」

「不像我的作風？恐怕妳高估我了，艾格尼絲。」我說道。

「確實如此，就你性格的坦率而言。」她馬上說道，「如果是我，我一定寫信給那兩位姑媽，盡可能坦白地把一切經過都向她們承認；接著，我會請她們允許我偶爾拜訪她們家。考慮到你還年輕，又正在努力謀求出路，我想你一定願意接受她們提出的任何條件。我還會請求她們，不要不問朵拉的意見就拒絕你的請求，還要請她們在適當的時機和朵拉討論這個問題。還有，不要操之過急或要求太多。我會相信我的忠誠和毅力——還有朵拉。」

「可是，要是她們又嚇著了朵拉呢？」我說道，「或者朵拉仍然只是哭，而不肯提起我呢！」

「會那樣嗎？」艾格尼絲仍一臉溫柔體貼的樣子問道。

「上帝保佑她！她像一隻鳥一樣纖細，」我說道，「這很有可能！或者萬一那兩位史賓羅小姐不願意聽我解釋呢？畢竟那種上了年紀的女人有時脾氣是很古怪的呀！」

「我認為，」艾格尼絲抬起她那柔和的眼睛看著我，「不需要考慮那些。只要考慮這樣做是否得體；如果是，那就去做。」

於是，我不再抱著什麼懷疑。那一整個下午，我懷著輕鬆的心情和責任重大的使命感，著手撰寫這封信。為了這一重要目的，艾格尼絲把她的書桌讓給我。但在那之前，我得先下樓去見威克費爾德先生和尤利亞。

我在花園裡一棟新建的辦公室裡發現了尤利亞。他仍然裝出低聲下氣的樣子接待我，然後陪我去威克費爾德先生的辦公室；這裡的設備都已被撤掉，挪到了那間新的辦公室裡面。當威克費爾德先生和我寒暄時，那位新合伙人就站在火爐前取暖，並用那瘦骨嶙峋的手摸下巴。

「在你停留坎特伯雷期間，你就先住在我們這裡吧。特洛伍德。」威克費爾德先生一邊說，一邊不斷用眼神徵求尤利亞的同意。

「有空的房間嗎？」我說道。

「當然，科波菲爾先生，」尤利亞說道，「如果你願意，我可以把你過去的房間讓出來。」

「不，不，」威克費爾德先生說道，「何必麻煩你呢？還有另一間房呢。」

「哦，沒關係，這是我的榮幸呀！」尤利亞露出牙笑著說道。

不過，我堅持要住另一間房，事情就這麼定了。離開他們後，我再次回到樓上。我本希望只有艾格尼絲在那，卻發現希普太太也坐在火爐邊做針線活，儘管無奈，我仍向她友好地行了個禮。

「我感謝你，先生，」她回答道，「我很好——要是能看著尤利亞成家立業，我就覺得心滿意足了。你覺得他看上去還好嗎？先生。」

我覺得他看上去跟以前一樣令人厭惡，但我說我看不出他有什麼不好的。

「你不覺得他變了嗎？」希普太太說道，「恕我直言，我的看法與你不同。你看不出他瘦了一些嗎？」

「我不覺得他比以前更瘦。」我答道。

「你看不出來！」希普太太說道，「確實，你不是以一個母親的眼光來看他的。」

當她和我四目相對時，我覺得她的眼光是那樣凶狠。接著，她的眼光滑過我，轉向了艾格尼絲。

「妳看不出他有一點消瘦和憔悴嗎？威克費爾德小姐。」希普太太問道。

「不。」艾格尼絲平靜地做著針線說道，「妳太關心他了。他很好呀。」

希普太太一面大大抽了口氣，一面重新編織手裡的活。

直到吃晚飯前，她片刻也沒有離開過，單調刻板地一下一下動她的針。我心裡想著那封信，每當我抬起頭來，總看到艾格尼絲那沉思的臉上掛著天使般的表情在鼓勵我，也感到那險惡的目光從我身上滑到她身上，再回到我身上，最後又落到針線上。我感覺她在爐火映照下就像一個醜惡的女妖，隨時準備撒出手中的網。

吃晚飯時，她還是眼皮一下也不眨地繼續監視著。晚飯後，她的兒子接替了她的崗位。當房裡只剩下威克費爾德先生和他時，他一面扭動身子，一面斜睨我，使我忍無可忍。在休息室裡，則有他的母親在；當艾格尼絲唱歌或彈琴時，她就坐在鋼琴邊。我明白，這是他指派給她的任務。

這種情形一直持續到就寢時。看到那對母子像兩隻蝙蝠那樣俯臨著這個住宅，用他們凶惡的形體遮得房子黑黑的，我感到非常不安。一整夜，我幾乎沒怎麼睡。第二天，監視又開始了，並持續了一整天。

接近黃昏時，我一個人走出去，默默想著該怎麼辦，是否應該把尤利亞在倫敦對我說過的話繼續瞞著艾格尼絲，因為這問題又使我非常不安了。就在這時，我聽見背後有人呼喊我，隨之出現的是一個細長的身影。我認出那是尤利亞。

「你要去哪裡？」我說道。

「我正想趕上你呢！科波菲爾少爺，希望你肯賞給我一個和老朋友一起散步的機會。」他說著，又不知是友好還是嘲諷地扭了下身子，然後走在我身邊。

「老實說，我之所以一個人散步，就是想遠離不相干的人。」

他斜睨了我一眼，很勉強地微笑著說道：「你指的是我母親嗎？」

「沒錯，我說的就是她。」我說道。

「啊！不過，你知道，我們是那麼卑賤。」他馬上說道，「所以我們必須小心翼翼，以防被別人暗算了——在愛情之前，一切戰略都是正當的呀！先生。」

他又用手搓著下巴，一面輕聲冷笑。我覺得他的樣子就像一頭凶狠的狒狒。

「你知道，你是一個非常危險的對手，科波菲爾少爺。一直都是。」他冷笑著說道。

「你搞錯了，」為了艾格尼絲，我仍然強忍著，盡可能溫和地說道，「我除了把威克費爾德小姐當成妹妹一般，沒有別的意思了。」

「嘿！科波菲爾少爺，」他回答道，「也許是，也許不是，誰知道呢？總之，小心為上。」

「我老實告訴你吧，」我又說道，「我已經和一位年輕的小姐訂婚了。我希望這消息能讓你快活。」

「你敢發誓？」尤利亞一把抓住我的手，用力推了一下，「哦！科波菲爾少爺，你應該早點告訴我這件事的；那樣的話，我就不會起疑了。既然如此，我馬上就叫母親走開。這真是太讓人高興了！我知道，你會寬恕我因為愛情而做的這一切的，是嗎？」

他不斷用他濕滑的手指捏我的手，我盡可能想不失禮地把手抽出來，卻辦不到。他把我的手拉進他那深紫色外套的袖子下，我幾乎身不由己地跟他手挽著手一起走了。我們往著回家的方向走去。

「你應該明白，」在一段沉默後，我說道，「我相信，艾格尼絲像月亮一樣，遠遠凌駕於你，遠遠在你一切希望之外！」

「她很安靜，是嗎？」尤利亞說道，「非常安靜！嗯，老實說，科波菲爾少爺，你從沒像我喜歡你那樣喜歡我。你覺得我徹頭徹尾地卑賤吧？我對此一點也不感到意外。」

「我不喜歡人們隨便說自己卑賤。」我答道。

「也罷，」尤利亞說道，他在月光下顯得軟弱而蒼白，「你很難想像一個處在我這種地位的人多麼卑賤，科波菲爾少爺。我父親和我都是在慈善機構受教育的，我母親也是在一個慈善機構長大的。他們從早到晚教我要謙卑——對任何事物都得謙卑，永遠明白自己多麼卑賤，在比我們高貴的人面前自卑。由於謙卑，我的父親成為了教會的低等職員；上流人士稱他為恪守規矩的人，所以提拔了他。因此父親曾對我說：『記住，尤利亞，要謙卑！那樣你才能得到提拔。』」

我第一次領悟到，原來這令人厭惡的虛偽的謙卑是一種家教。我已見到了它的果實，卻從未想到那種子。

「當我很年輕時，」尤利亞說道，「我就明白謙卑的功用了，我也一直身體力行。我拚命忍受屈辱。在求學方面，我也保持謙卑；當你主動提出教我拉丁文時，其實我比你懂得還多。父親說過：『人們喜歡高於你，你就待在下面吧！』我至今仍然很卑賤，不過，我已經得到一點權力了！」

我明白，他說這番話是為了向我表示：他決心用權力來補償自己了。我從未對他的卑鄙、狡猾、陰險有過半點懷疑，但現在才完全領悟到，那種卑劣、殘酷的恨意是來自長年的壓抑。

他滿意地說出了這些話，便收回他的手，再次撫摸自己的下巴。我們一起走回去，一路上卻不再說什麼。他的情緒異常地高昂。吃飯時，他的話比平常更多；他問他母親，他是否已到了結婚的年齡，接著又朝艾格尼絲看。那一刻，我真恨不得衝上去揍他一頓。晚飯後，只剩下我們三個男人時，他更大膽了。他酒喝得很少，但或許是因為太過得意，因而顯得如痴如醉了。

「我們難得有一位客人，先生，」他向坐在桌子另一頭的威克費爾德先生說道，「如果你不反對，我建議再用兩杯酒向他表示歡迎。科波菲爾先生，祝你健康和幸福！」

他向我伸過手，我不得不握住它；接著，我又懷著截然不同的感情握了那一位老人的手。

「嘿！合伙人，」尤利亞又說道，「我要再為一個人乾杯，我卑賤地請你斟滿酒杯，因為我把她視為她那性別中最神聖的。我敬佩她——崇拜她。」

她父親拿著空杯。我看到他放下杯子，看著她母親的畫像，把手放到前額上，痛苦地退回扶手椅中。

「艾格尼絲，」尤利亞竟說道，「是她那性別中最神聖的，我可以放心地這麼說。當然，身為她的父親是令人驕傲的，可是身為她的丈夫——」

她父親慘叫了一聲，從桌旁站了起來。

「怎麼了？」尤利亞面如死灰，「我希望你沒瘋吧？威克費爾德先生。如果別人有得到艾格尼絲的權利，那麼我當然也有了。我有比別人更大的權利呀！」

威克費爾德先生發了狂，撕扯頭髮，敲打腦袋，用力把我推開，用力掙扎，不作任何回答，也不朝任何人看，拚了命地掙扎著。他睜大兩隻眼睛，臉扭曲得變了形，看起來真是可怕。我激動萬分，語無倫次地懇求他冷靜下來；我懇求他想到艾格尼絲，想到我和艾格尼絲的關係，回想艾格尼絲是怎樣和我一起長大的，我如何尊敬她、愛慕她，她又是怎樣令他驕傲和快樂。也許是我的話有了效果，也許是他的狂熱已宣洩完，漸漸地，他終於冷靜下來了。

「我知道！特洛伍德，我親愛的孩子和你——我知道！不過，看看他！」

他指著尤利亞。那傢伙縮在一個角落裡，目瞪口呆，面如土色，他似乎盤算錯了。

「看那個虐待我的人，」他說道，「在他面前，我一點一點地放棄了名字和名譽、和平和寧靜、住宅和家庭。」

「我為你保全了你的一切，」尤利亞不滿地說道，神色有些驚恐，「別傻了，威克費爾德先生。如果我做得太過分了，使你忍無可忍，我想我可以退讓一步吧？」

「我以為每個人的動機都是單純的，」威克費爾德先生說道，「我讓他與我合伙，好謀取更大的利益；我認為這樣做是對的。可是，看看他！他都做了些什麼啊！」

「你最好阻止他，科波菲爾，」尤利亞指著我叫道，「他就要說出一種——一種會令他後悔的話了！」

「我就是要說！」威克費爾德先生絕望地喊道，「與其受你擺佈，我何不受其他人的擺佈呢？」

「聽著！」尤利亞繼續警告我說道，「如果你不止住他的嘴，你就不再是他的朋友了！威克費爾德先生，你為什麼不能受別人擺佈呢？因為你有一個女兒。別忘了我們之間的事。你沒看到我盡可能地謙卑嗎？如果我說得太多了，我感到抱歉。你還想怎麼樣呢？先生。」

「噢！特洛伍德，」威克費爾德先生絞著手叫道，「從我第一次在這個家裡見到你以後，我已淪落到什麼地步了呀！軟弱的放任毀了我。我在記憶上放任自己，在疏忽上放任自己；我對她母親懷抱的哀傷成了病態，我對她懷抱的愛心成了病態。我把災難帶給我所愛的人！我以為我能專心愛著一個人，而不愛其他人；我以為我能專心哀悼一個人，而不去同情其他人。於是，我扭曲了我的原則，我使我這顆病態怯懦的心痛苦，而它也使我痛苦。我的悲傷是卑劣的，我的愛心是卑劣的，我想逃避它們的心態也是卑劣的！噢！看看我這副德性吧，恨我吧，拋棄我吧！」

他倒在一張椅子上，無力地嗚咽，一瞬間迸發出的興奮漸漸離開了他。尤利亞從角落裡走了出來。

「我不知道我一時糊塗說了些什麼，」威克費爾德先生伸出手，好像在求我別責怪他一樣，「他知道得最清楚，」他又指著尤利亞說道，「因為他總在我身邊出壞主意。你知道，他是我脖子上的磨石。你看到他在我家的模樣，就知道他在我事務所裡的作風了。你剛才都聽到他說的話了，我還能再說什麼呢？」

「什麼也不要說了！你根本什麼也不用說，」尤利亞半反抗半乞求地說道，「我相信你是喝醉了，明天你再好好想想，先生。如果我一時失言，那又有什麼關係呢？我從不會堅持我說的話呀！」

門開了，面無血色的艾格尼絲悄悄走了進來，摟住威克費爾德先生的脖子說道：「爸爸，你不舒服了。跟我來吧！」他把頭倚在她肩上，滿臉羞慚地和她走了出去。她的眼光和我的眼光只相遇了一下，但就在那一瞬間，我看出她已明白發生的一切了。

「我沒想到他會發這麼大的脾氣，科波菲爾少爺，」尤利亞說道，「不過，這沒什麼，明天我就會與他和好。這也是為了他的利益，我謙卑地關心著他的利益。」

我沒理睬他，逕自上樓去了，來到過去我讀書的房間，艾格尼絲經常安靜地坐在一旁。我拿起一本書，努力往下讀。我聽見鐘敲過十二點，我仍然讀著；這時，艾格尼絲輕輕碰了我一下。

「明天一早你就要走了，特洛伍德。現在先讓我們說聲再見吧！」

她哭過，但她的臉是那麼平靜、那麼美麗。

「願上帝保佑你！」她說著把手伸給我。

「親愛的艾格尼絲！」我回答道，「我知道妳不希望我提起今晚的事；不過，難道一點辦法也沒有嗎？」

「還有上帝呢！」她答道。

「我……我只能帶著我的苦惱來找妳，卻什麼也不能為妳做嗎？」

「你已經大大減輕了我的煩惱。」她答道，「親愛的特洛伍德，這就夠了。」

「親愛的艾格尼絲，」我說道，「你擁有我所缺乏的——善良、果斷，以及一切高貴的品質——或許我沒有資格為妳擔心或幫助妳；但妳知道我多麼愛妳，欠妳多少恩情。妳絕對不會為了一種錯誤的孝心而犧牲自身吧？艾格尼絲。」

她比以往任何時候都激動，她把手從我手裡抽出，往後退了一步。

「請妳說妳沒有那種想法！親愛的艾格尼絲，我的妹妹！想想妳那具有寶貴稟賦的心智，想想妳那寶貴的愛心！」

她帶著不驚訝、不怨恨的笑臉告訴我，說她一點也不為自己擔憂，然後她稱我為哥哥，向我告別，就離去了。

天還沒亮，我就在旅店門口搭上馬車。當我正坐在那裡想著她時，尤利亞的腦袋忽然從馬車旁冒了出來。

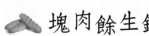

「科波菲爾！」他抓著車頂的鐵條說道，「我相信，你會很高興聽說我與威克費爾德先生已經和好了。嘿！我雖然卑賤，但對他有用。他還是明白自己的利害關係的！科波菲爾少爺。」

我克制了自己，說我為他已道歉了感到高興。

「哦！當然，」尤利亞說道，「既然我這麼卑賤，道個歉又算得上什麼呢？」他又扭了一下，「你曾經摘過沒熟的梨嗎？科波菲爾少爺。」

「我想我摘過。」我答道。

「我昨天晚上那麼做了。」尤利亞說道，「不過它遲早要熟的，我願意等。」

他說了一番客套話。車伕上來後，他就離開了，嘴裡似乎吃著什麼以抵禦早晨陰冷的寒氣。不過，看他嘴巴的動作，彷彿梨已經熟了，他正吸著它的味道呢。

第四十章　流浪的人

一回到白金漢街，我便著手撰寫給那兩位老小姐的信。隔天早上，我把寫好的信給姨祖母看，她表示滿意。於是我把信寄出了，並耐心地等待回信。

過了大約一個禮拜，一個雪夜，我從博士家往回走；那一天冷極了，一場刺骨的東北風已刮了一陣子，如今風與白晝都已結束，開始下起了雪。當我穿過聖馬丁教堂巷時，在一個轉角處看見一張女人的臉；那張臉也朝我看看，然後就消失在一條窄巷裡了。我彷彿覺得曾在什麼地方見過那張臉。

在教堂的台階上，有一個駝背的人影，這人正把背上的東西放在雪地上，並加以整理；當我看見那張臉的同時也看見了這個人。這時候，他站了起來，轉身朝我走來——我和皮果提先生面對面站住了。

同時，我想起了那張臉。那是瑪莎，艾蜜莉的密友。

我與皮果提先生親熱地握手，一時間誰也說不出話來。

「大衛少爺！」他緊緊握住我的手說，「很高興看到你，少爺。真是巧啊！」

「的確很巧，我親愛的老朋友！」我說。

「我本想今晚去找你，少爺，」他說道，「但我知道你姨祖母住在那裡，我怕時間太晚了。所以我打算在明天離開前一大早去看你呢，少爺。」

「你又要走了？」我說道。

「是呀，少爺，」他耐心地搖搖頭說道，「我明天就走。」

「你剛才要去哪裡？」我問道。

「嘿！」他抖著他頭髮上的雪說道，「我要去找地方過夜。」

在我們旁邊，有一個馬廄的院子，它的側門通往金十字旅館。我指了指那扇門，挽起他的手走去。院子外有兩三家旅店開著門，我朝一間看去，裡面很空，爐火紅紅的，我就帶他進了這家。

在燈光下，我看出他不僅頭髮又長又亂，他的臉也被陽光曬得黑黑的。他的頭髮比以前白，臉上和額上的皺紋比以前深；但他看上去很健康，像一個意志堅定的人，沒什麼能使他疲乏。他把帽子上和衣服上的雪抖落，面對我在桌邊坐下後，又伸出粗糙的手和我熱情地握手。

「我走了很遠，大衛少爺，」他說道，「但打聽到的事很少。不過，我還是要全部告訴你。」

我向侍者叫了一杯麥酒。當酒端上來時，他坐在那裡陷入了沉思，表情極為莊重，使我不敢驚擾。

「當她還是個孩子的時候，」忽然，他抬起頭說道，「她常告訴我許多關於大海的事，談到豔陽高照下蔚藍的港口。當時我想，也許因為她父親是淹死的，所以她才會那麼想。也許她相信——或是希望——他已經漂到某個四季如春、一片光明的國土上去了。」

「這是一種幼稚的幻想。」我接過來說道。

「當她失蹤時，」皮果提先生說道，「我就想，他一定是帶她去了那些國家。我心裡明白，他一定對她吹噓那些地方的好，她會怎樣在那裡成為夫人；他用這些話說服了她。見過他母親後，我就確信自己猜對了。於是我決定去法國。」

我看見門動了一下，雪飄了進來，一隻手輕輕伸進來，使門關不上了。門外是瑪莎，她一臉憔悴，聚精會神地聆聽著他說的話。

「我找到一個有權勢的英國人，告訴他我正在找我的外甥女。他為我辦了一些通行必需的文件，還要給我錢，不過我婉拒了。他說：『我已經寫了信過去，你可以在當地得到一些照應。』我盡可能感謝了他，然後就出發去了法國。」

「只有你一個人？而且步行？」我說道。

「大部分是步行，」他答道，「有時搭便車。每到一個市鎮，就去旅店，在院子裡等待會說英語的人出現。我告訴他們我在找我的外甥女，他們便告訴我旅店裡住著哪些人；要是艾蜜莉不在那裡，我就接著往前走。最後，我走到海邊了。我決定航海去義大利。到了那裡，我仍然像先前那樣流浪。終於，我打聽到她在瑞士的山裡，我披星戴月地朝那些大山走去，並翻過了它們。當我接近我打聽到的地點時，不禁開始想：等我看見她時，應該怎麼辦？』」

那張聚精會神的臉依然在門前俯著，似乎對夜裡寒冷的空氣毫無感覺；她用雙手乞求我不要把門關上。

「我從沒責怪過她，」皮果提先生說道，「一點也沒有！只要讓她看看我的臉，讓她聽聽我的聲音，讓我站在她面前一動也不動，使她想起她拋棄的那個家，她的孩提時代——哪怕她已成了夫人，她也會俯在我腳前的！我常在夢中聽見她叫我舅舅，也夢見她倒在我面前如同死去一般；我常在夢中把她抱起來，小聲對她說：『艾蜜莉，親愛的，我原諒妳了，現在還要帶妳回家！』」

他停下來，搖搖頭，然後嘆了口氣，又往下說。

「現在我不在乎他了。艾蜜莉就是一切。我知道，一旦我找到她，她就會跟著我走，我去哪，她就去哪，永遠也不會再離開我——我當時一心想的就是這些，我相信我不會看他一眼。可是，大衛少爺，又落空了！——我慢了一步，他們已經走了。我沒打聽到他們去了哪裡，於是我只得走回家。」

「你回來多久了？」我問道。

「大約四天了，」皮果提先生說道，「天黑以後，我回到了那艘舊船旁，也看到窗上點燃的蠟燭。我走近它，並往裡頭看，看到康密奇太太按照我們約定的那樣獨自坐在火爐邊。我叫道：『別怕！是丹呀！』於是就走進去。我從沒料到，那艘船會變得那麼令人感到生疏！」

他從懷裡的一個口袋拿出一個裝著兩三封信的紙包，放到桌上。

「這是在我離開幾天後寄來的，」他從包裡拿出一封信，「還附有一張五十英鎊的支票，包在一張紙裡，註明是給我的，是夜裡放到門下面的。她想隱藏她的筆跡，但她瞞不了我。」

他細心地把支票摺好，放到一邊。

「這是兩三個月前寄來的，」他打開另一個紙包，「是給康密奇太太的，你可以讀讀，少爺。」

我讀道：

當妳看到這些字跡，並知道是出自我這有罪的手時，妳會怎麼想呢？可是，請對一個可憐的女孩發發慈悲吧！再告訴我他好不好，他說了我什麼——噢！我一想到這件事，心就碎了！我明白我是咎由自取，不過，請聽聽我的苦惱，對我發發慈悲吧！我今生再也見不到的舅舅，他到底怎麼樣了？也寫信告訴我吧！

如果妳對我的請求不為所動，在妳拒絕可憐的我之前，先問問他吧！如果他願意讓妳寫信給我——我想他會願意的，哦！我想他會的，因為他向來是那麼地勇敢而寬厚——那麼就告訴他，當我在夜裡聽見刮風的聲音時，總覺得那風是為了他和舅舅，正要趕去上帝那裡去控告我呢！告訴他，如果我明天會死，我一定用我最後的呼吸為他和舅舅禱告！

在這封信裡也夾了一些錢，五英鎊。皮果提先生一樣摺好。他告訴我，信是經由幾個中間人送來的，無法推斷出她寄信的真正地址。

「寄過回信嗎？」我問道。

「由於康密奇太太對寫信不在行，」他回答道，「因此便由漢姆起草，她抄了一份。他們告訴她我去外面找她了，還把我臨走時的話告訴了她。」

「你手裡是另一封信嗎？」我問道。

「是錢，少爺，」皮果提打開一點說道，「十英鎊，你看。裡面寫著『一個忠實的朋友贈』，和第一次一樣。不過，第一次是放在門下，這次卻是前天由郵差寄來的，我正要按照郵戳去找她。」

他把郵戳給我看，那是上萊茵的一個小鎮。我又問他漢姆的情況，他搖搖頭。

「他勤奮工作，」他說道，「在那一帶，他的名聲好極了。他從未在別人面前抱怨什麼；不過，我妹妹相信這件事大大地傷了他的心。」

「可憐的人，我相信是這樣！」

「他一點也不在乎自己，大衛少爺，」皮果提先生陰鬱地說，「一點也不愛惜自己的生命。在險惡的天氣裡，每當有危險的工作，他總是勇往直前，搶在伙伴前面。不過，他仍像孩子一樣溫順。」

他心事重重地把所有的信收好，放回口袋裡。門外的臉消失了，我看到雪片依然飄進來，可是那裡誰也不在了。

「好，」他看著他的提包說道，「大衛少爺，既然今晚已經見到你，我明天一早就可以走了。我要走一萬哩，即使走到倒下，我也要把那些錢還給他，把我的艾蜜莉帶回來。如果我沒能找到她，也許她有一天會聽到她的舅舅一直找她，找到他嚥下最後一口氣。這消息也足以使她回家了！」

他站起來，我也站起來；出門之前，我們又握了手。我陪他走過西敏寺橋，然後在薩里堤岸上分手；我看見那個孤單的身影消失在寒冷的夜色之中。

第四十一章　朵拉的兩個姑媽

兩位老小姐的回信來了。她們向我致意，並說已對我的信進行了充分考慮。她們認為，對於我在信上提及的問題，藉由書信發表意見是不妥的；如果我願意在某一天，帶著一位密友親自上門，她們一定會很高興談論那個問題的。

我立刻恭恭敬敬地回覆說，我會在指定的時間去拜訪兩位史賓羅小姐，並帶著我的朋友湯瑪斯．特雷多先生一同前往。這封信一寄出，我就陷入了神經亢奮的狀態，這種狀態一直持續到那一天。

尤其，在這樣一個緊要關頭，我卻失去了米爾斯小姐珍貴的幫助——米爾斯先生突然心血來潮，打算投入印度的貿易，他要茱麗亞和他一起去。就這樣，我還沒從上一次的打擊中恢復，又受到了一次打擊。

到了那個重要的日子，我帶著特雷多去了普特尼。由於過度激動，心緒又極不安寧，我無法把注意力集中到任何東西上，面容和神情都不討人喜歡，特雷多便建議我在路旁的酒店喝一杯麥酒再走。

當女僕開門時，我依稀覺得自己成了供人觀看的展示品；還依稀覺得我不知怎地跌跌撞撞走進一條走廊，又走進一間正對著花園的小客廳。我還依稀覺得我坐在一張沙發上，看見特雷多摘下帽子。我依稀覺得聽見一個時鐘在爐架上滴答作響。我還依稀覺得，我四處尋找朵拉的身影，卻一無所獲。我還依稀覺得，我聽到吉普在遠處叫過一次，但馬上被什麼人制止了。終於，我感到自己把特雷多往一旁推去，然後糊裡糊塗地向兩位老小姐鞠躬。那兩位小姐都穿著黑衣，長得很像已故的史賓羅先生。

「請坐。」其中一位女士說道。

我記得我跌到特雷多身上，又坐到一隻貓上，後來又不知坐到什麼東西上。終於，我能看得清楚了，我看出這兩位小姐都比史賓羅先生年長，兩人的年齡相差六至八歲；年紀小的那位手裡拿著我的信，年紀大的那位則兩臂叉在胸前，像尊雕像。兩人看起來都舉止僵硬、腰板挺直、面容鎮靜。

「你就是科波菲爾先生吧？」拿信的妹妹對我說道。

我似乎鞠了一躬，然後尊敬地洗耳恭聽。

「我們侄女的地位，由於我弟弟法蘭西斯的死而發生了很大變化，」她說道，「因此我們對她的前途的看法也有了變化。科波菲爾先生，我們相信你是一個優秀且可敬的青年，也相信你對我們侄女懷有一種愛情。」

我回答說，沒有人能像我那樣愛朵拉。特雷多也嘟噥了一些什麼以證實我的話。

「你請求我們允許你，以我們侄女的正式求婚者的身分前來拜訪。我與家姐已仔細考慮過了這件事，也讓我們的侄女看過那封信，並與她進行了討論。我認為，你的確非常喜歡她。」

「認為？噢！小姐們，我——」我欣喜若狂地說道。

那位姐姐看了我一眼，請我不要打斷她妹妹的話，我表示了歉意。

「年輕人那種輕浮的愛情，就如同灰塵之於磐石一樣，」妹妹繼續說道，「由於不知這種愛情能否持久，有無真實基礎，因此我們姐妹倆一直拿不定主意——」

然而，我極其熱烈地表示我如何愛朵拉，遠勝過我言語所能表達的，也遠勝過於人們能相信的；我所有的朋友都知道我多麼愛她，我的姨祖母、艾格尼絲、特雷多，一切認識我的人都知道我多麼愛她；我的愛情是如何真摯。我請特雷多予以證實，於是特雷多便加以附和，他像國會議員那樣慷慨激昂地陳詞，用無懈可擊的言語和坦率實際的態度證實我的話，顯然讓兩位女士留下很好的印象。

「我是以一個有經驗者的身分說的，」特雷多說道，「因為我本人已和一位年輕的女士訂了婚——她是十姐妹中的一個，就住在德文郡。」

「特雷多先生，」妹妹顯然在他身上發現了有趣之處，「那麼，你或許可以證實我剛才說的話吧——也就是，愛情是謙遜的、退讓的、必須耐心等待的？」

「完全正確，小姐。」特雷多說道。

「因此，我們認為，像科波菲爾先生和我們侄女這樣年輕的人，他們的愛情必須經過我們親自考察，才算得上慎重。目前，我們對他們的感情一無所知，也就無法判斷這其中有多少可信之處，所以我們有意讓科波菲爾今後前來拜訪。」

「兩位親愛的小姐！」我叫道，頓時如釋重負，「我永遠忘不了妳們的恩惠！」

「不過，」妹妹繼續說道，「目前，我們會把這種訪問視為對我們的訪問。在我們得到一個考察他們的機會之前，我們不能承認科波菲爾先生和我們侄女之間有任何正式婚約。」

「科波菲爾，」特雷多轉向我說，「我相信，你覺得沒有比這更合理也更謹慎的方法了吧？」

「再也沒有了！」我叫道，「我完全能理解她們的用意。」

「既然如此，」妹妹又補充道，「有一個條件。我們必須得到科波菲爾先生明白無誤的保證，即在他和我們的侄女之間，不得有任何秘密的通信；在向我們提出要求、並得到我們的同意之前，不得私下有任何計畫。一旦我們達成了協議，就不能以任何理由破壞。我們之所以希望科波菲爾先生帶一位密友前來，就是為了避免一切爭議。如果兩位對於這項協議有任何遲疑，你們可以慢慢考慮。」

我如痴如醉，立刻回答她們完全不用考慮。我非常激動地聲明我將嚴格遵守協議，並請特雷多作證。

「那麼，我們歡迎科波菲爾先生每個禮拜天來吃晚飯，時間是三點。其他的日子裡，我們歡迎他來喝茶。時間是六點半。次數以兩次為限。」她說。

我鞠了一躬。

條件已說定，那位妹妹站了起來，請特雷多先生准許我們告退一分鐘，然後叫我跟她一起走。我跟著她，渾身發抖，被帶進一個房間。在那裡，我看到我可愛的朵拉穿著黑長裙，捂著耳朵，小臉面對著牆，站在門後哽咽著；吉普頭上繫著一條手帕躺在一旁。

「我最親愛的朵拉！現在，千真萬確，妳永遠是我的了！」

「噢！不，」朵拉乞求道，「求求你！」

「妳不永遠是我的嗎？朵拉。」

「噢！是的，當然是的，」朵拉說道，「但我那麼害怕！」

「害怕？」

「噢！是的，我不喜歡他，」朵拉說道，「他為什麼不走呢？」

「誰呀，我的寶貝？」

「你的朋友呀！」朵拉說道，「不關他的事。他一定是個很蠢的傢伙！」

「我的愛人！」再沒有比她那天真爛漫的模樣更討人喜愛的了，「他是個最好的人呢！」

「噢！不過，我們並不需要什麼最好的人呀！」朵拉噘嘴說道。

「我親愛的，」我想說服她，「妳很快就會熟悉他，也會很喜歡他的。我姨祖母以後也會來拜訪的，妳一定會很喜歡她的。」

「不，請別帶她來！」朵拉匆忙吻了我一下，合掌說道，「不要！我知道，她是個愛搬弄是非的老傢伙！別讓她來這裡，大衛！」

這時，怎麼勸也沒有用的。於是我笑、我讚美她，我心中充滿了愛情和歡樂。要不是她的姑媽來把我帶出去，真不知道我會在那裡逗留多久，完全把特雷多忘了。我想帶朵拉出去見特雷多，但我才剛說出口，她就跑回房間裡，把自己鎖在裡面；於是，我只好一個人出來，和特雷多一起離開了。

回到家，我立刻將一切經過告訴了姨祖母。她見我那麼開心，她也非常開心，並答應要馬上拜訪朵拉的兩位姑媽。可是當天晚上，我正寫信給艾格尼絲時，她卻在房間裡不停踱步。

我寫給艾格尼絲的信十分熱情，充滿感激；我把聽從她勸告而得到的好結果一一告訴她。她很快就回覆了，回信裡充滿希望和懇切之情，也洋溢著歡樂。

我比過去更忙了，由於我每天要去海蓋特，無法時常赴茶會；我請求史賓羅小姐允許我每個禮拜六下午造訪，而禮拜日則照常前往。於是，每個週末都是我最快樂的時間，我在其他日子總是盼望它們儘快來到。

姨祖母和兩位史賓羅小姐處得還不錯，這使我大為放心——在那次會面的幾天後，姨祖母就正式登門拜訪；又過了幾天，朵拉的兩個姑媽也打扮齊整地來回訪。之後，大約每隔三四個禮拜，她們就會進行一次友好的訪問。

漸漸地，我為一件事感到頗為苦惱。那就是大家似乎不約而同地把朵拉當成一件漂亮的玩具或寵物。姨祖母說她是一朵小花；兩位史賓羅小姐的樂趣便是照顧她、為她捲頭髮、製作飾物，把她看成一個受嬌寵的孩子。我覺得她們對待朵拉，就像朵拉對待吉普一樣。

我決心和朵拉談談。於是有一天，當我們外出散步時，我對她說，希望她能讓長輩們對她另眼相看。

「因為，親愛的，妳知道，」我說道，「妳不是一個孩子了呀。」

「夠了！」朵拉說道，「我要生氣了！」

「生氣？我的愛人。」

「我相信她們對我很好，」朵拉說道，「我也很快樂呀！」

「沒錯，但我最親愛的人兒！」我說道，「妳可以很快樂，但也應受到正確的對待呀！」

朵拉恨恨地看了我一眼——多麼可愛！接著便開始嗚咽起來。她說，如果我不喜歡她，為什麼要和她訂婚？如果我不能容忍她，為什麼不現在就走開？

這麼一來，我還能怎麼辦？我只能吻著她的眼淚，不斷告訴她我多麼愛她。

「我相信我很重感情，」朵拉說道，「大衛，你不該虐待我呀！」

「虐待！我的寶貝！無論怎樣，我怎麼會——怎麼可能——虐待妳呢！」

「那就不要挑剔我，」朵拉說道，並嘟起了嘴，「我會變好的。」

然後，她主動請我把我曾提到過的烹飪書給她看，並請我教她記帳。這下子，我總算滿意了。在下一次的拜訪時，我帶去了那本書，並事先精心包裝了一番，使它看起來特別吸引人；當我們散步時，我又把姨祖母的一本帳簿給她看，還給她一些白紙簿、一個精美的鉛筆盒、一盒鉛筆，好讓她練習。

可是那本烹飪書使朵拉頭疼，數字讓她哭了出來。於是，她把那些數字擦掉，在白紙簿上畫滿小花朵，還有我和吉普的肖像。

又一次，禮拜六下午我們散步時，我試著像玩遊戲一樣教她一些家政方面的技巧。例如說，經過一家肉店時，我對她說道：

「喏，我親愛的，如果我們結婚了，妳去買一隻羊腿來做晚飯，妳想知道該怎麼買嗎？」

朵拉的臉頓時沉了下來，她又把嘴嘟起來，彷彿想用一個吻堵住我的嘴。

「妳想知道該怎麼買嗎？我的寶貝。」我重複道，也許我很固執。

朵拉就想了想，然後很得意地答道：「嘿，老闆知道怎麼賣就好，我幹嘛要知道呢？哦！你這傻孩子！」

又有一次，我看著那本烹飪書向朵拉問道，如果我們結婚了，我想吃一份好吃的愛爾蘭燉菜，她該怎麼做呢？她回答說，只要吩咐僕人去做就好了；然後她用她的兩隻小手抓住我，可愛地大笑起來。

結果，那本烹飪書被堆在屋角，供吉普站在上面，同時叼起那個鉛筆盒；看到朵拉那麼開心，我也為我買了那本書而高興。

於是，我們的生活又回到吉他、花卉畫，回到無止盡的跳舞與唱歌之中。有時，我覺得最好向史賓羅小姐暗示，說她太把我的心上人當成一個玩具了。不過，我有時會恍然大悟，發覺自己也正在這麼做。

第四十二章　災禍

過了一陣子，艾格尼絲和父親到博士家小住兩個禮拜。博士想和威克費爾德先生談談，並給他一些幫助；艾格尼絲兩次來倫敦就是為了這件事。第二天，尤利亞跟她的母親也來了，我對此毫不意外。

「你知道，科波菲爾少爺，」他和我在博士的花園裡彆扭地散步時說道，「戀愛的人總有點善妒——無論怎樣，他們總是對自己愛的人十分關心。」

「你現在又嫉妒誰呢？」我說道。

「沒有什麼特別的人——至少沒有男人。」

「你的意思是嫉妒一個女人了？」

他陰險地斜睨了我一下，大笑起來。「當然，科波菲爾少爺，」他說道，「老實說，我在史特朗夫人眼裡並不是一個討人喜歡的男人，從來不是。」

他用一種下流的狡猾神情看著我，一邊搔著下巴，一邊繼續說道：

「當我還是一個卑賤的文書時，她從來就瞧不起我，總是把艾格尼絲留在她身邊，總是只把你當成朋友，科波菲爾少爺。當時我的地位遠在她之下，也在他之下——」

「難道你不知道博士的為人嗎？」我說道，「難道他是那種會鄙視你的人嗎？」

他又斜眼看我，把脖子伸得長長的，並答道：

「老天！我指的不是博士。不！可憐的傢伙，我指的是麥爾頓先生！」

我完全灰心了。我在這件事上抱著的一切懷疑和憂慮、博士的所有幸福和安寧的可能、一切可能使清白遭受玷汙、名聲遭受敗壞的可能，全都落入這傢伙的掌握中了，我一下全明白了。

「每當他來到事務所，總是把我呼來喚去，好像他的下人一樣，」尤利亞說道，「他是你們上層人之中一分子！我過去很怯懦，很卑賤——現在也如此。但我不喜歡他對我的那種態度！」

他停止搔他的下巴，同時不停地側目看著我。

「她是個可愛的女人。我知道，她也會唆使艾格尼絲瞧不起我，」他露出惡毒的得意表情，「所以我要盡可能破壞這種交情。我反對這種友情。我不怕對你承認，我天生有一種斤斤計較的性格，我要排除一切障礙。只要我可以，我絕不會讓別人暗算我！」

「你總是在暗算別人，所以認為別人也都在這麼做。」我說道。

「也許吧，」他答道，「不過我仍然要盡我所能。我雖然是個卑賤的人，但也不能仍人欺侮。事實上，他們早該閃開了！我會告訴你我的做法的，科波菲爾少爺——是麥爾頓先生在拉鈴吧？先生。」

「好像是吧。」我盡可能冷淡地答道。

尤利亞突然住了嘴，把他的手夾在膝蓋之間中，笑得喘不過氣來。他的笑是沒有聲音的，沒有一絲聲音從他嘴裡漏出來。他的舉止很令人憎惡，尤其是這種笑，使我厭惡得不和他告別就走掉了。

隔天晚上，一個禮拜六，我帶艾格尼絲去看朵拉。我先和史賓羅小姐安排好這次訪問，然後請艾格尼絲去喝茶。我既驕傲又擔心，十分不安；我為我可愛的朵拉驕傲，又為艾格尼絲是否喜歡她而擔心。

當我把艾格尼絲介紹給她的兩位姑媽時，她並不在客廳裡，而是羞答答地躲起來了。我知道該去哪裡找到她；果然，我又在那一扇陰暗的門背後找到用手堵住耳朵的她。當時，她說什麼也不肯出來；然後她請求我再等五分鐘。當她終於挽著我走向客廳時，她那可愛的小臉變紅了，而且從沒那麼美過；等我們走進客廳時，她的小臉又變白了，也有一萬倍的美麗。

朵拉很害怕艾格尼絲。她曾告訴我，她知道艾格尼絲太聰明了。不過，當她看到艾格尼絲那麼友好誠懇、體貼和善，不禁驚喜地叫了出來，並熱情地摟住艾格尼絲的脖子，把她的天真的臉偎著艾格尼絲的臉。當我看到她們倆並肩坐在一起，看到我的愛人那麼自然地抬頭迎接那誠懇的目光時；當我看到艾格尼絲投在她身上的那溫柔可愛的眼神時，我從沒那麼快樂過。

每個人都能深深感受到艾格尼絲那高尚可愛的精神。她對朵拉喜愛的東西都平靜地予以讚賞，她和吉普見面時的態度、見到朵拉羞於像平常那樣坐在我身旁時她表示出的愉快、她謙和的舉止和安詳的態度引起朵拉的信任而使她臉上泛起的一大片紅暈……總之，我們的聚會因為她的存在而十全十美。

「妳居然會喜歡我，」朵拉喝茶時對她說道，「我高興極了，我本以為妳不會喜歡我。我現在比過去更需要被人喜歡呢！因為茱麗亞．米爾斯已經走了。」

艾格尼絲說，她恐怕我已經把她形容成一個令人討厭的傢伙了，可是朵拉馬上予以糾正。

「噢！不對，」她搖著她的捲髮說道，「完全是讚美。他那麼看重妳的意見，我都嫉妒了。」

「我無法對他的感情發表意見，」艾格尼絲笑著說，「那不值得一聽。」

「但是，請妳把那些意見給我吧！如果妳願意的話。」朵拉用誘人的態度說道。

我們對朵拉想討人喜歡的心情加以嘲笑。朵拉說我是隻大笨鵝，她根本不喜歡我。那個夜晚就這樣飛逝而過，馬車接我們的時間到了。當我一個人站在火爐前時，朵拉悄悄溜了進來，按照慣例給我臨別前的一吻。

「如果我很久以前就認識了她，」朵拉用她的右手撫摸著我的鈕扣說道，她那晶瑩的眼光更加閃亮了，「難道你不認為我會更聰明一點嗎？」

「我的愛人！」我說道，「妳在胡說什麼啊！」

「艾格尼絲和你是什麼關係？你這親愛的壞孩子。」朵拉仍然玩著那顆鈕扣。

「沒有血緣關係，」我答道，「但我們像兄妹一樣一起長大。」

「我不明白，你怎麼會愛上我？」

「也許因為我一看見妳就不能不愛上妳！朵拉。」

「如果你根本沒見過我呢？」朵拉轉著另一粒鈕扣說道。

「如果我們根本就沒出生呢！」我高興地說道。

我默默地欣賞著那摸著我鈕扣的柔軟小手，看那偎在我胸前的成束長髮，還有輕輕抬起又垂下的睫毛，我不知道她這時在想些什麼。終於，她抬起雙眼看著我，又踮起腳給了我可愛的吻——一次、兩次、三次——這才走出了房間。

之後，她和艾格尼絲親熱地告別。朵拉答應會寫信給艾格尼絲，只要艾格尼絲不會嫌她寫得一塌糊塗；艾格尼絲也答應寫信給朵拉；她們在車門前再次告別。然後，不顧姑媽的攔阻，朵拉又跑到車窗前第三次向艾格尼絲告別，並叮嚀她寫信，一面對坐在前面的我搖她的捲髮。

馬車把我們留在考文特花園附近，我們下了車，沿著通往博士家的大路在星光下走著。艾格尼絲親切熱情而坦白真誠地讚美了朵拉，並細心地提醒我對那個孤兒的責任。我告訴她，這都是她的功勞。

「當妳坐在她身旁時，」我說道，「妳就像是她的守護神一樣。」

「一個可憐的神，」她說道，「但是忠實的。」

她那清晰的聲音直入我心底，我不禁自然而然地說道：

「我覺得，妳看起來比平常快樂多了。我希望妳在家裡快活一些了吧？」

「我覺得快活多了，」她說道，「我很快活，無憂無慮。」

我看著那張仰望天空的美麗面孔，覺得它在那些星星下顯得格外高貴。

「家裡並沒有什麼變化。」艾格尼絲過了一會兒說道。

「他——我不想讓妳難過，艾格尼絲，」我說道，「不過，他有再提到我們上次分別時談到的事嗎？」

「沒有，還沒有。」她回答道。

「我很擔心這件事。」

「你不用擔心這件事。記住，我對單純的愛心和真理有信心。別為我擔心，特洛伍德，」過了一會兒她又繼續說道，「我絕不做你害怕我做的那件事。」

儘管我從不認為那件事有可能發生，但能聽到她本人鄭重的口頭保證，我仍感到說不出的安慰。

「這次回去後，妳還要多久才會來倫敦？難道我們沒有機會再單獨相處了嗎？」我問道。

「也許要過很長的時間，」她答道，「為了爸爸，我最好留在家裡。不過我會和朵拉保持通信的。」

我們來到博士住宅的院子時，夜已漸深。艾格尼絲在那裡向我道晚安。

「不要為我們的不幸和憂愁苦惱，」她向我伸出手說道，「沒有比你的幸福更令我快樂的了。無論何時，只要你能幫助我，那就相信我——我一定會向你求助的。上帝保佑你！」

在她快活的微笑裡，在她高興的聲調裡，我彷彿又見到了我的小朵拉。我心中充滿愛情和感激，站在門廊上望了一會兒星星，這才慢慢走開了。當我正要走出院門時，偶然回頭看到了博士書房的燈光，便決定去向他說聲晚安。我回頭輕輕穿過門廊，悄悄推開門朝裡頭望去。

在昏暗的光線中，我首先看到的人卻是尤利亞。他用一隻瘦削的手掩著嘴，另一隻則放在博士的桌子上；博士就坐在他的椅子上，雙手捂住臉；威克費爾德先生身體向前傾，猶豫不安地摸著博士的手臂。一瞬間，我以為博士生病了，連忙往前走了一步。可是一看到尤利亞的眼光，我就知道是為什麼了。我本想退出去，可是博士向我做了一個留下的手勢，我只好留下了。

「無論怎麼樣，」尤利亞扭動了一下身體說道，「我們可以把門關上。沒必要讓全鎮的人都知道。」他一邊說，一邊踮著腳走到門邊，小心地把門關上。然後又走回去，像先前那樣站著。他的口氣和舉止中，都有一種肆無忌憚的放縱，比他所採取的任何舉動都令人難以忍受。

「科波菲爾少爺，我把我們談到過的問題告訴博士了。」尤利亞說道，「我冒昧而卑賤地向史特朗博士提出警告，要他注意史特朗夫人的行為。你知道，要揭露這種不愉快的事，連我也感到相當猶豫；不過，我還是決定老實說出來。我已經對史特朗博士說了——」

就在這時，博士發出了一聲呻吟。我相信，任何人聽了那聲音都會被感動的，但尤利亞卻不為所動。

「任何人都看得出來，」他又說下去，「麥爾頓先生和史特朗夫人的關係太過密切了。我相信，麥爾頓先生之所以從印度回來，正是為了這個原因；而他留在這裡，也是為了這個原因。」他轉向威克費爾德先生，「我相信，一直以來，我的合伙人也是抱著這種看法的。嘿！威克費爾德先生，我說得沒錯吧？」

「看在上帝的份上，我親愛的博士，」威克費爾德先生對博士說道，「別把我的懷疑放在心上。」

「夠了！」尤利亞搖頭叫道，「多麼沉痛的證明，是吧？老天，當我還只是他事務所裡的一個文書時，我就看到他好幾次為那件事感到不安，想到艾格尼絲小姐與她的交情而生氣；你知道，這是無可厚非的，身為一名父親，會這樣不安和生氣都是應該的。」

「我親愛的史特朗，」威克費爾德先生聲音顫抖地說道，「我一直有一個壞習慣，就是去揣測每一個人的動機，用狹窄的標準來衡量一切行為。由於這種錯誤的見識，我也許曾陷入過那一類懷疑中。」

「你有過懷疑，威克費爾德，」博士頭也不抬地說道，「你有過懷疑！」

「我曾經有過，當然，」威克費爾德先生說道，「上帝饒恕我——我想你也有過。」

「沒有，沒有！」博士用最痛苦的聲調馬上說道。

「我曾經以為，」威克費爾德先生說道，「你有意把麥爾頓打發到國外，使他遠離她。」

「不是的，不是的！」博士連忙說道，「我只是為了讓安妮高興，想為她的童年玩伴盡點心力罷了！」

「我現在知道是這樣了。」威克費爾德先生說道，「但是我當時錯誤地以為，在年齡那麼懸殊的情形下，一個這麼年輕貌美的女人，即使她是發自內心地尊敬你，但也可能是為了你的財產而嫁給你的。我知道，或許我忽略了人性中那些美好的情感與特質，但是現在，我請求你鄭重考慮這個問題吧！」

天性善良的博士伸出手。威克費爾德先生低下頭，把他的手握了一會兒。

「我相信，」尤利亞像條海鰻一樣扭動著說道，「這件事讓大家都感到不快。可是，既然都說到這個份上了，我得冒昧地說，想必科波菲爾也注意到這件事了。」

我轉向他，問他怎麼敢把我牽扯進去！

「哦！別否認了，科波菲爾，」尤利亞渾身扭動著說道，「你心知肚明，那天晚上我暗示你時，你立刻就明白我指的是什麼。別再否認了！雖然我知道你是出於一片好心，但還是乖乖承認吧！科波菲爾。」

我看到博士把他溫和的目光轉向了我，我的臉上再也藏不住往日的擔憂和記憶了。所有人又都沉默了，博士站起來，在房間裡來回踱步，隨即又坐回他的椅子上，用令人起敬的坦然態度說道：

「我相信，我應該負很大的責任。我使我心愛的人受了折磨，受到毀謗——這全是因為我。」

尤利亞作出吸鼻涕的樣子，似乎算是表示同情。

「要不是因為我，」博士說道，「我的安妮永遠不會成為被毀謗的對象。各位，我已經老了，也許我的命已經不值錢了，但我仍願意用它來擔保她的名譽！」

他懷著無比的威嚴說這番話，使我想起了小說中偉大的騎士精神。聽到他提起妻子時表現出的尊敬和親愛，還有他對她的純潔沒有半點懷疑的虔敬，使他在我眼裡成了無比高尚的人。

「不過，我不打算否認，」他繼續說道，「是我讓她陷入這不幸的婚姻中的。當她還很年輕時，我就和她結婚了。那時，她的品格還沒定型，我打算親自塑造她的品格。出於對她的愛，我曾盡我所能地教導她。如果我利用她的感激和愛慕而委屈了她，我在我的內心請求我的妻子饒恕！」

他走到房間的另一頭又走回來，握著椅子的手也因為他的激動而發抖。

「我把自己看成她的一頂保護傘。我相信，儘管我們年齡懸殊，她仍然可以和我過得幸福美滿。我並不是沒有考慮過她會變心，不過，我相信如今的她擁有更成熟的判斷力了——我相信是這樣的！各位。」

他那普通的外表似乎被他的忠誠和寬厚照耀得容光煥發。他說的每一個字都那麼有力，勝過任何華麗的詞語。

「當我看到她對她昔日的玩伴懷有愧疚之情，我知道這是理所當然的。如果說她對他懷著天真的悔恨，懷著假設沒有我會怎麼樣……等等這類無可指摘的想法，我認為這也是難免的。可是，各位，除此之外，絕對不能把任何曖昧的話或任何懷疑與她的名字聯繫在一起！」

他的誠懇善良和他的純潔愛心交相輝映，我雙眼充滿淚水，看不見他了。他向門口走去，並說道：

「各位，我已把我的心事告訴你們了，我相信你們會認真考慮的。從今以後，永遠不要再提起此事。威克費爾德，向我伸出你那友好的手臂，扶我上樓吧！」

威克費爾德先生朝他跑過去。他們什麼話都沒說，一起慢慢走出了房間，尤利亞在後面看著他們。

「好吧，科波菲爾少爺，」尤利亞溫順地向我轉過身來，「這件事的結果不像我預期的那麼好。那個老傢伙就像磚頭一樣盲目！不過我想，這個家已經倒了大楣了！」

「你這惡棍，」我憤怒地說道，「為什麼把我拉進你的圈套？你這個滿口謊言的壞蛋！」

看到他臉上仍露出暗暗得意的樣子，我再也忍不住了，伸出拳頭揮了過去。他抓住我的手，與我僵持著站在那裡，相互打量，就這樣站了好一陣子。

「科波菲爾，」他終於有氣無力地說道，「你把理性都拋棄了？」

「我拋棄了你，」我把手掙脫，「你這隻狗！我和你永不往來。」

「永不？」他說道，「嘿，你這樣是不是忘恩負義呢？」

「我早就告訴過你，」我說道，「我厭惡你。現在，我已更明白地表現給你看了。我何必怕你呢？你到底還想做什麼？」

又過了好久。他看著我時，雙眼似乎聚集了各種醜惡的眼色。

「科波菲爾，你一向和我作對。你在威克費爾德先生家時就是如此。」他說，「但我仍然喜歡你。」

我懶得理會他，拿起帽子要離開。他連忙擋在我面前。

「科波菲爾，」他說道，「爭鬥要有兩個對手。但我不願做其中的一個。」

「你可以滾開！」我說道。

「別那麼說，」他答道，「你會後悔的，你怎麼可以把你的壞脾氣表現出來呢？這反而使你顯得不如我了。不過，我原諒你。」

「你？原諒我？」我輕蔑地重複道。

「你沒有別的選擇了，」尤利亞答道。「想想吧，你打了我，但我一向把你當成朋友，你這麼做大錯特錯！你不能把這視為一種勇敢的行為，只能接受原諒——是的，我原諒你，也不會把這件事告訴別人。總之，沒有兩個對手也就不會有爭鬥了，我絕不做其中的一個，我要做你的朋友。」

我把他推到一邊，拉開門走了出去。那一瞬間，我覺得自己簡直與他一樣卑劣了。他比我還瞭解我自己；如果他反擊或公開挑釁我，那對我反而會是一種安慰或開脫，但他卻對我那麼有禮貌，反而使我苦惱不已。

之後的幾天，博士藉口身體不適，大部分的時間都不見客。在這段期間，艾格尼絲和她父親已經離開了。在恢復工作的前一天，博士寫了張短信給我，信上告誡我永遠不許提起那晚的事情。我曾把那件事對我姨祖母談過，但沒有再向任何其他人說過，包括艾格尼絲，我相信她也沒有起半點疑心。

我相信，史特朗夫人當時也沒懷疑過；直到幾個禮拜後，她才有了一些變化。起初，她對博士說話時的慈祥態度好像有些吃驚，也對博士設法討她開心的舉動感到不解。我們工作時，她常坐在一邊，一臉疑惑地看著他，有時又含淚走出房間。不知不覺，她美麗的容顏被一種不悅的影子籠罩，那影子一天天地加深。

博士的外表更蒼老、更嚴肅了，但對安妮也更遷就、更慈祥，更關心了。她生日的那天早晨，我們工作時，她又走來坐在窗前，帶著一種怯懦不安的神情。我看到他雙手捧起她的額頭吻，然後激動萬分地走開了。她呆呆地留在原地，然後低下頭，握著手哭了起來，我無法形容她有多傷心。

在那之後，我覺得她彷彿有話想對我說。但她從沒說出口。博士曾嘗試過許多討她開心的方法，但是安妮總是懶洋洋的，好像對什麼都沒興趣。

我想不出辦法，我的姨祖母也想不出來。奇妙的是，最後卻是靠著狄克先生解決了這個問題。

他又找回了往日與博士散步的愛好。他總是津津有味地聽著博士讀他的著作；當博士與我工作時，狄克先生便和史特朗夫人散步，修剪她心愛的花，拔掉花壇邊的雜草。他說的話不多，但他那殷勤友好的臉、那沉靜的性格，使得他和史特朗夫婦彼此有了心靈的默契。就這樣，他成為這對夫婦之間的一座橋樑。

「除了我以外，再也沒有人知道他是怎麼樣的一個人了！」我們談起這件事時，姨祖母總會得意地說道，「狄克會突顯出他自己的不凡來！」

就在這時，我忽然收到了米考伯太太的一封信，這使我大吃一驚。

親愛的科波菲爾先生：

這封信想必讓你十分意外。但是，我身為人妻與人母的感情渴望一點安慰，由於我不願向娘家的人求助，因此只得找上我的朋友兼前任房客，也就是你，科波菲爾先生。

近來，米考伯先生完全變了一個人。他變沉默了，變得神秘兮兮的。在他的妻子眼中，他成了一個謎。如今，我對他的瞭解，除了他從早到晚在事務所工作以外，其他就一無所知了，我的兒女們甚至說他像個傻瓜。

不只這樣，他的脾氣變壞了。他和兒女們越來越疏遠，甚至對剛出生的孩子也漠不關心。我們把家用開支省了又省，但還是很難從他那裡拿到錢，他甚至以死相逼，也不肯向我們透露原因。

這實在令人難以忍受，也令人傷心。你明白我有多麼軟弱無能，如果你肯在這種困難的時刻給予指教，告訴我應該怎麼辦才好，我與我的孩子將會感激不盡的。

愛瑪．米考伯

對於經驗豐富的米考伯太太，我認為除了勸她以耐心和善心去感化丈夫以外，其餘的建議都是不恰當的。但那封信使我很掛念他。

第四十三章　另一次回顧

一年過去了，我已經二十一歲，達到法定成年的年齡了。我終於把那複雜的速記學精通了，靠著這門技術，我為一家報社記錄議會的辯論，從中又得到一筆不錯的收入。

除此之外，我也開始從事另一種職業。我抱著姑且一試的心態寫了些文章，寄到一家雜誌社去，那家雜誌居然刊登出來了。在那之後，我又寫了許多東西，這些小品能為我賺進一些稿費。

我們從白金漢街遷到一棟很令人喜歡的小屋裡，離我上次看中意的那一棟很近。可是，我姨祖母不肯住在那裡；她已把多佛的住宅賣掉了，硬是要住到附近一棟更小的房子裡去。原因是我要結婚了。

是的！我要和朵拉結婚了。兩位史賓羅小姐已同意了這件事。她們興致勃勃地為我的寶貝剪裁胸衣紙片，有時和一個拿著量衣尺的學徒爭執；一個縫紉師寄住在家裡，不時把朵拉找去試穿什麼玩意兒。晚上，當我們在一起時，每過五分鐘，便有一個討人厭的傢伙敲門並說道：「朵拉小姐，請妳上樓！」

年長的史賓羅小姐和我姨祖母走遍了倫敦，挑選一件件傢俱，並叫朵拉和我去看。其實她們根本不必這麼做，直接把東西買下來就好；因為，當我們去看一個爐欄和烤肉架時，朵拉看見一個屋頂有鈴鐺的中國式小狗屋，她十分喜歡。我們買下那狗屋後，吉普花了很長的時間才習慣這個新家；不管牠走進還是走出，屋頂上的小鈴鐺便齊聲響起來，使牠十分驚恐。

皮果提也來幫忙，從早到晚忙個沒完。她把一切東西擦了一遍又一遍，直到跟她的額頭一樣光滑才罷手。

一天下午，我與特雷多到博士院領結婚證書。當它放在我桌上時，特雷多半羨慕半敬畏地看著它。在那上面，大衛．科波菲爾和朵拉．史賓羅兩個名字像是沉緬在昔日的甜蜜夢境中一般連在一起。

蘇菲和艾格尼絲將是我們婚禮的伴娘。當天下午三點，蘇菲來到了朵拉姑媽的家。她的臉真討人喜歡，雖然算不上美麗絕頂，但十分可愛；她是我見過的人之中最和藹、最天真、最誠實、最動人的。特雷多很自豪地把她介紹給我們，我們紛紛讚美他的選擇，使他得意極了。

接著，我從坎特伯雷來的馬車上接來了艾格尼絲。她那令人愉快的臉再次出現在我們中間。艾格尼絲很喜歡特雷多，看到他們相見，看到特雷多向她介紹世界上最可愛的那位女孩時臉上的光彩，真是趣事一件。

我們過了很愉快的一個夜晚，我簡直無法相信這是真的。我無法鎮靜，手足無措，覺得自己處在一種恍恍惚惚、心神不寧的狀態中；好像我這一兩個禮拜一直在做夢一般。我想不起昨天離我們多遠了，覺得那張證書已被我放在口袋裡過了好幾個月。

第二天，所有人浩浩蕩蕩去參觀那棟房子。那是一棟精美的小屋，它的一切都是新的；地毯上的花像是剛摘下的，壁紙上的綠葉像是新長出的；潔白的紗簾、薔薇色的傢俱，還有朵拉那頂繫著藍絲帶的草帽——當我第一次見到她時，她就是戴著這頂帽子——也已掛在牆上了；吉他盒擺在一個角落；吉普的中國式寶塔把每個人都絆了一下，這東西在這棟房子裡實在嫌大了一些。

婚禮前一晚，我在告別前，又溜進我常去的那個房間。朵拉不在那裡，我猜想她們還沒試好新裝呢。這時，小史賓羅小姐朝房裡偷偷看了看，很神秘地告訴我，說她就要來了。沒過多久，我聽到門外傳來一陣窸窣聲，然後又有人敲門。

我說道「進來」，但那人又敲門。我走到門口，想知道外頭是誰。在門邊，我看到一雙明亮的眼睛，一張紅通通的臉。那是朵拉。史賓羅小姐已把明天婚禮的衣帽為她穿戴上了，叫她讓我看看。我把我的嬌妻摟在懷裡，史賓羅小姐便發出一聲驚呼——因為我把帽子弄翻了。朵拉又哭又笑，想不到我會那麼喜歡。

「你覺得好看嗎？大衛。」朵拉說道。

我當然覺得好看了！

「你真的很喜歡我嗎？」朵拉說道。

由於這個問題，史賓羅小姐又驚叫了起來，以提醒我朵拉只能供觀賞，絕不能碰。於是，朵拉在一種快樂的驚慌狀態中站了一兩分鐘，供我觀賞。然後、她摘掉了帽子跑開了。隨後，她又穿著平日的服裝回來，問吉普說，我是不是娶了個漂亮的小美人，牠原不原諒她的嫁人；然後她又跪下，叫吉普站到那本烹飪書上。

我回到住處，比過去更覺得如夢似幻。隔天早上，我很早就起床，到海蓋特大路接我的姨祖母。姨祖母穿著紫色絲衣，戴著白帽子，這身打扮對她來說十分稀奇。珍妮站在一旁看著我。皮果提正準備去教堂，她要在廊座上觀禮。將在聖壇前把朵拉交給我的狄克先生已把頭髮捲好。特雷多則穿得五顏六色。

一路上，姨祖母一直牽著我的手。當我們到教堂時，她讓坐在前座的皮果提先下車，她用力捏了我的手，然後吻了我一下。

「上帝保佑你！特洛，我對自己的孩子也不會愛得更多了。今天早上，我又想起了你的母親呢。」

「我也很想念她。我還想著妳給我的一切好處，親愛的姨祖母。」

「什麼也別說了，孩子。」姨祖母說道，接著，我們便與特雷多和狄克先生來到教堂門口。

沒過多久，朵拉和其他人一起走進來。教堂的接待人員要我們在聖壇前排成隊列。接著，教士和文書出現了，一些船夫和其他觀眾悠閒自在地走了進來。婚禮儀式由深沉的聲音宣告開始，所有人都肅然起敬。

小史賓羅小姐第一個嗚咽了起來；艾格尼絲照顧著朵拉；姨祖母臉上淌著淚水，卻仍然裝出嚴肅的樣子；朵拉抖得很厲害，回答問題時聲音很微弱。我們雙雙跪下，朵拉漸漸不再發抖了，她一直握著艾格尼絲的手。儀式在祥和而莊嚴的氣氛中完成，然後我們含著淚水微笑看著對方，帶著青春洋溢的氣息。在聖器室裡，我年輕的妻子大哭起來，她為她可憐的、親愛的父親感到難過。

不過，她很快又破涕為笑。我們都在登記簿上簽了名。我進去廊座找皮果提，把她帶來簽名。皮果提趁著沒人看到時擁抱了我，向我回憶我親愛的母親結婚時的情景。

一切完畢後，我們都離開了。我自豪地挽著我可愛的嬌妻走下通道，穿過人群。我聽見人們低聲說我們是多麼年輕的一對，她是個多麼討人喜歡的小新娘。在回家的車上，大家都興高采烈，七嘴八舌。蘇菲告訴我，說她看到人們向特雷多索取我的結婚證書時，她差點昏了過去，因為她認為他會把證書弄丟。艾格尼絲快活地大笑；朵拉非常喜歡艾格尼絲，一分鐘也不肯和她分開，一直緊緊握住她的手。

我吃了一頓豐盛的早餐；吉普也吃了喜餅，但吃完以後很不舒服。吃完以後，朵拉離開我們去更衣，姨祖母和大史賓羅小姐和我們留下來；我們一起散步，她們都感到既開心又自豪。

朵拉已換好衣服了，跟著小史賓羅小姐一起出現。所有女孩都朝她圍了過去，我的寶貝在這些花衣和緞帶的包圍中幾乎透不過氣來，她一邊笑著一邊突圍，投入了我嫉妒的懷抱中。

我們手挽手離開時，朵拉停下腳步往回看，並說道：「如果我曾得罪過什麼人，或有什麼地方對不起什麼人，請忘掉這些吧！」說著又哭了起來。我夢見她搖擺著小手，我們又往前走。她又停下來往回看，並朝艾格尼絲跑過去。她特別給了艾格尼絲一個吻，向她道別。

「你現在快樂嗎？你這傻孩子，」在馬車裡，朵拉對我說道，「你確定以後不會後悔嗎？」

我彷彿看到那些日子的幻象正從我身邊掠過。它們已經過去了，我又得接著講述我的故事了。

第四十四章 我們的家務事

蜜月已過，女儐相們也都回家去了，我發現我和朵拉坐在我們的小房子裡。要是把以前那有趣的戀愛比喻為工作，那我現在就完全失業了。這種情形真令人感到奇怪呀！

把朵拉永遠留在那裡了，這真是難以想像的事。不用再出門去看她，不再有機會為她苦惱，不必再寫情書給她，不再千方百計和她單獨見面，多麼不可思議！晚上，當我在寫作時抬起頭來，看到她就坐在對面，我便感到這多麼奇妙呀。我們的單獨相處已成理所當然，不再受任何人約束；我們訂婚時的浪漫都束之高閣，任憑它們腐爛了；我們不用再討好別人，只要取悅彼此一生一世。

議會中有辯論時，我往往很晚才會回家。當我走在路上，想到朵拉在家時，不禁覺得奇怪！起初，我吃晚飯時，看到她輕輕下樓和我說話，覺得真是件奇妙的事。知道她會把頭髮用紙捲起，覺得真是件可怕的事。親眼看到她那麼做時，覺得真是件驚人的事。

在料理家務上，我們雇了一個僕人來為我們管家，這讓我們吃足了苦頭。她叫瑪麗安。我們雇她時，拿到一張品行證明書；根據這份文件記載，她能勝任所有家務。她是個壯年女子，生著一張冷峻的臉，皮膚上有點紅斑。她曾作過不酗酒和不偷竊的保證；所以，當我們發現她醉倒在燒水鍋裡，我寧可相信她是急病發作，並把茶匙的遺失歸咎於清潔工人。

可是，她太讓我們苦惱了。我們感到我們不知所措，並為這件事起了第一次口角。

「我最親愛的心肝，」一天，我對朵拉說道，「妳認為瑪麗安有時間觀念嗎？」

「怎麼了？大衛。」正在繪畫的朵拉停了下來，抬起頭天真地問道。

「我的愛人，因為已經五點鐘了，我們四點鐘就應該吃飯了。」

朵拉默默地看看鐘，流露出認為鐘太快了的意思。

「恰好相反，我的愛人，」我看著我的錶說道，「它還慢了幾分鐘呢！」

我的妻子走過來，坐在我膝蓋上，好言好語哄我別說話，並用鉛筆在我鼻子中間畫了一條線。雖然這很好玩，但總不能拿來填飽肚子呀。

「我親愛的，」我說道，「妳不認為妳該勸誡瑪麗安嗎？」

「哦，不！對不起，我不能，大衛！」朵拉說道。

「為什麼不能呢？我的愛人。」我輕輕問道。

「因為我是那樣一隻小笨鵝，」朵拉說道，「她也知道我是的！」

我覺得這種見解是無法有助於約束瑪麗安的，我皺起了眉頭。

「哦！壞孩子，額頭上長了多醜的皺紋呀！」朵拉說道。她還坐在我膝蓋上，用鉛筆塗那些皺紋；她還用鉛筆點她的紅嘴唇，把它們塗得黑黑的。她在我額頭上畫畫時看起來那麼認真，我不禁笑了起來。

「這才是好孩子，」朵拉說道，「笑起來才好看。」

「可是，我的愛人——」我說道。

「不，不！我求求你！」朵拉吻了我一下叫道，「別淘氣！別那麼認真！」

「我的寶貝太太，」我說道，「我們有時應該認真。來！坐在我旁邊這張椅子上！鉛筆給我。喏！我們應該談談——妳知道，親愛的，人不吃飯就出門是很難受的。對嗎？」

「對。」朵拉小聲地回答。

「我的愛人，妳抖得多厲害呀！」

「因為我知道你要罵我了。」朵拉可憐兮兮地說道。

「我的甜心，我只是要講道理。」

「哦！可是講道理比罵人更糟，」朵拉絕望地叫道，「我不是為了聽人講道理才結婚的。如果你要對我這樣一個可憐的小東西講道理，你應該事先告訴我，你這個殘忍的孩子！」

我想安撫朵拉，可是她把臉別過去，把捲髮向左右搖動著說道：「你這殘忍的孩子！」她說了那麼多遍，我都不知道該怎麼辦才好了。於是我懷著不安的心情在房裡來回踱了幾趟，又走回來。

「朵拉，我親愛的寶貝！」

「不，我不是你的寶貝。你一定後悔娶了我，要不然，你就不會對我講道理了！」朵拉說道。

這責難實在太不公平，我板起了臉孔。

「喏，我親愛的朵拉，」我說道，「妳太孩子氣了。妳的話是沒道理的。妳一定還記得，昨天晚飯我才吃一半就得出門；前天又因為太匆忙，只吃了生牛肉，害我覺得很不舒服；而今天，我根本就沒吃飯！我無意責備妳，親愛的，不過，這讓人很不高興。」

「哦！你這殘忍的孩子，說我是個讓你討厭的妻子！」朵拉哭著說道。

「我親愛的朵拉，我從沒說過那種話呀！」

「你說我讓你很不高興！」朵拉說道。

「我是說這家務讓人很不高興。」

「那也一樣！」朵拉哭得很傷心。

我懷著對我那妻子的愛情，又在屋裡踱了一圈，懊惱得只想把頭朝門上撞。我又坐下說道：

「我沒有責備妳，朵拉。我們兩人都有很多要學。我只想告訴妳：妳應該學會管教瑪麗安。同樣，為了妳自己——也為了我——做一點事。」

「我真驚訝，你竟然說出這種無情的話！」朵拉說道，「你明明知道，前幾天，因為你說想吃點魚，我就親自走幾哩路訂了一條，讓你大吃一驚。」

「當然，我還記得，我親愛的寶貝，」我說道，「也很感謝，所以我怎麼也不會說妳買了一條鮭魚——兩個人是吃不完的。我也不會說那條魚太貴了，牠花了我們一英鎊六先令。」

「你吃得那麼開心！」朵拉嗚咽著說，「還說我是一隻可愛的小老鼠呢。」

她哽咽啜泣，那麼難過，彷彿我說了什麼嚴重的話。於是我只好匆匆出門了。我在外面逗留到很晚。一整夜，我都因悔恨交加而悲傷；我覺得自己簡直就是個凶手，一直隱約為了某種罪惡感而困擾。

我到家時，已經是凌晨兩三點了。我發現姨祖母在家裡等著我。

「有什麼事嗎？姨祖母。」我慌慌張張地問道。

「沒什麼，特洛，」她答道，「坐下，坐下。朵拉剛才不怎麼高興，我陪了她一會兒。」

我用手支著頭，坐下來盯著火爐，感到無限的悲哀和沮喪。就在這時，我發現姨祖母正盯著我的臉瞧，那眼神中含著焦慮，但頃刻就消失了。

「我向妳保證，姨祖母，」我說道，「想到朵拉那麼難過，我自己也一整夜都不安心。不過，我只是和顏悅色地和她提到了我們的家務，沒有別的意思。」

姨祖母點點頭表示稱許。

「你得有耐心，特洛。」她說道。

「當然有。我從來沒想要不講道理呀！姨祖母。」

「不，不，」姨祖母說道，「不過，朵拉是朵嬌嫩的小花，風也要柔和地吹才是。」

我打心底感激姨祖母對我的妻子那麼溫和，我相信她也知道我是如此。

「姨祖母，」我又說，「妳不認為，可以由妳給朵拉一點勸告和指導嗎？」

「特洛，」姨祖母馬上緊張地答道，「不！別要求我做那種事！」

她說得那麼激動，我吃驚地抬起頭來。

「孩子，你明白的，」姨祖母說道，「如果我介入，那麼我們之間很快就會不和；我將會讓朵拉不快樂，也讓你不快樂。我要我愛的孩子們喜歡我，也希望她像一隻蝴蝶一樣快樂。不要忘了你母親第二段婚姻後的情形，別把你遭遇過的禍害加於我和她身上！」

我立刻意識到姨祖母是正確的，也領會了她對我妻子的寬厚之情。

「特洛，這只不過才剛開始，」她繼續說道，「羅馬不是一天造成的。你憑著自己的喜好選擇了一個可愛、熱情的妻子，你的責任就是根據她擁有的特質來評價她，而不要根據她沒有的特質，就像你當初選中時她一樣。如果可能，你應該培養她，使她得到她還沒有的特質。如果不可能，你就應該使自己習慣她沒有那種特質的事實。不過，要記住，我親愛的，你們的前途掌握在你們自己手中，沒人能幫助你們；你要憑自己的能力去應付。這就是婚姻。願上天保佑你們！特洛。」

姨祖母很平靜地說了這番話，並吻了我一下以示祝福。說完，她用一條手帕把頭包起，要我送她出去。她站在門外，舉起燈照著我，我覺得她眼裡有種憂鬱的目光，但我不怎麼在意，因為我一心想著她那番話。

朵拉穿著小拖鞋下樓來迎接我，因為沒有別人在場了。她靠在我肩上哭，說我多麼殘忍，她多麼淘氣；我相信，我也說了差不多的話。於是我們言歸於好，都同意這將是我們婚姻中的最後一次爭執。

在家政上，我們依舊面臨各種考驗。我們把瑪麗安辭退了，後來卻發現茶匙不見了；她還用我的名義在外借了一些錢。我們又雇了基奇布里太太，她很勤勞，但她太老、太虛弱了，不能勝任她的工作。於是我們又找來另一個人。她很溫柔，但她托著茶盤上下樓梯時總會摔倒；由於她造成的損失，我們不得不解雇她。在那之後又來了好幾位不中用的女僕。

與我們來往的每個人似乎都在欺騙我們。我們一進商店，商人就把各種瑕疵品拿出來。我們買的龍蝦都是灌過水的，我們買的肉都是咬不動的，我們買的麵包幾乎沒有皮。小販的帳本上時常出現令人莫名其妙的項目，彷彿我們曾用去一整個地窖的奶油，或是英國一年的胡椒消耗量；但事實上，我們家裡什麼都沒有。

特雷多有時上門拜訪。每當我們在餐桌旁坐下，總感到室內擁擠不堪，找起東西來又覺得空間太大，什麼也找不到。我懷疑這是因為沒有一件東西是放在正確位置上的，除了吉普的寶塔以外。各種雜物永遠堵塞著來往的通道——寶塔、吉他盒、朵拉的畫架、我的書桌把特雷多團團圍住，使他幾乎用不了刀叉。

吉普總是在桌上走來走去，把腳踩在鹽裡或融化的奶油裡，還不停朝著特雷多狂叫，在他的盤子上跑來跑去。地板上，碗盤和調味瓶四處堆置，如同戰場上的散兵一般。當我打量著眼前的燉羊腿時，不禁納悶它為何長得如此奇形怪狀，也許是肉鋪老闆把世上所有殘廢的羊都買了下來吧。但我沒有說出這種想法。

「我的愛人，」我對朵拉說道，「那個盤子裡是什麼呀？」

「牡蠣，親愛的。」朵拉怯生生地說道。

「多麼棒啊！」我放下切肉的刀和叉叫道，「特雷多最喜歡牡蠣了！」

「是的，大衛——」朵拉說道，「所以我買了滿滿的一小桶。可是——我怕它們有點不對勁。」說到這裡，朵拉搖搖頭，眼裡淚光閃閃。

「只要把兩片殼揭開就行了。」我說道，「把上面的殼去掉吧，我的愛人。」

「去不掉。」朵拉很費力地嘗試著，樣子有些狼狽。

「我猜，科波菲爾，」特雷多打量著那一道菜說道，「這是因為——它們從沒被打開過。」

這些牡蠣還沒被打開過。我們沒有劈牡蠣的刀，就算有也不會用。於是我們只好眼睜睜地看著那些牡蠣，一邊吃羊肉。但是羊肉沒有煮熟，於是我們改吃鹹肉——幸好貯藏室裡有冷鹹肉。

當我的妻子以為我一定很煩惱時，她是那麼悲哀；當她發現我並不煩惱時，又是那樣高興；於是，我隱忍的不快也頓時煙消雲散了，我們度過了一個快樂的夜晚。特雷多和我喝酒時，朵拉把手支在我的椅子上，不時對我耳語，說我太好了。後來，她為我們準備茶。她的一舉一動都那麼好看，就像一個在玩玩具的孩子一樣。然後，特雷多和我玩了紙牌，一邊聽朵拉彈著吉他唱歌；我感覺我們的訂婚和結婚都像是一個溫柔的夢，我第一次聽她唱歌的那一晚還沒過完呢！

特雷多離去時，我出門送他。當我回到客廳時，朵拉把她的椅子挪近我。

「我很慚愧，」她說道，「你能不能教教我？大衛。」

「我得先教自己，朵拉，」我說道，「我跟妳一樣笨拙呢，親愛的。」

「但是你可以學呀，」她接著說道，「你是一個聰明的人！」

「胡說！小老鼠。」我說道。

「我真希望，」我的妻子想了想，又說道，「我能去鄉下，和艾格尼絲一起住一年！」

「為什麼要那樣？」我問道。

「我相信她能讓我有長進，我也相信我能跟她學習。」

「那要等適當的時機，我的愛人。這麼多年來，艾格尼絲一直忙著照顧她的父親。在她還是一個孩子時，她就在這麼做了。」

「你願不願意用另外一個名字叫我？」朵拉一動也不動地問道。

「什麼名字呢？」我微笑著問道。

「一個很傻的名字，」她搖了搖捲髮說道，「小太太。」

我笑著問她，她為什麼希望我這麼稱呼她。她一動也不動，我把她摟得更緊了。她答道：

「傻瓜，我並不是要你用這個名字代替朵拉。我只是說，你應該照這個名字對待我。當你要對我發脾氣時，就對自己說：『她只不過是我的小太太罷了！』我使你失望的話，你就說：『我就知道，她只是一個小太太！』當你發現我不能達到你的期待時，你就說：『我那愚蠢的小太太依然愛我呢！』因為我的確愛你。」

我從沒對她認真過；直到那時，我也沒想到她會那麼認真。可是當她聽到我那時發自肺腑的話，她是那麼快樂，閃著淚光的眼睛還沒乾，她就笑盈盈了。不久，她真的成了我的小太太——她坐在中國寶塔外的地板上，為了懲罰吉普剛幹的壞事而搖著那些鈴鐺；而吉普只是趴在門裡，不時眨眨眼，懶得理會這種捉弄。

不久以後，朵拉告訴我，說她決定成為一名了不起的管家。於是，她削尖鉛筆，買了本大帳簿，把所有被吉普撕下的烹飪書的書頁全部釘回去，準備努力學習。然而，那些數字仍然那麼頑強，她才辛辛苦苦在帳本上記下兩三個項目，吉普就搖著尾巴從那一頁上走過，把它們踩得面目全非。這一來，她又把注意力轉向了吉普，把牠的鼻子塗黑以示懲罰，或是教吉普躺在桌上耍把戲。

有時候，她決定認真了，她就拿著寫字板和一小籃帳單坐下，試著作出一些成果。她仔細審核後，記錄在寫字板上，然後又擦掉，並反覆地扳著她的手指。她是那麼煩惱、那麼沮喪、那麼一臉不快樂。看到她明亮的小臉黯淡了——而且是為了我！我很痛苦，於是輕輕走過去，說道：「怎麼了？朵拉。」

朵拉絕望地抬起頭回答：「它們不肯聽話！它們讓我頭疼！它們根本不肯照我的意思做！」

我便說：「讓我們一起試試看吧。讓我來做給妳看，朵拉。」

於是，我向她作示範。朵拉的注意力集中了五分鐘，然後就厭倦了，開始捲我的頭髮，玩弄我的衣領。如果我不理會她的這種遊戲，她就露出憂傷和恐慌的表情。這一來，我就想起她是我的小太太，並感到內疚。我只好立刻放下鉛筆，拿起了吉他。

就這樣，我獨自承擔了我們生活中的勞苦和憂慮，沒有人可以分擔。在我們那一團亂的家務上，我們仍和過去一樣，但我已經習慣了。令我高興的是看到朵拉不再那麼煩惱了。她還是跟以前一樣天真，一樣活潑快樂；她很愛我，總用以前的小玩意兒來為自己找樂子。

當議會有辯論，我很晚才回家，朵拉絕不肯先睡。一聽到我的腳步聲，她總是下樓來接我。晚上，當我在家寫作時，不論到多晚，她總是坐在我旁邊，而且那麼沉默。我以為她已經睡著了，但只要我一抬起頭，總能看到她那藍眼睛安靜地看著我。

「哦！辛苦的孩子。」一天夜裡，我收拾書桌時和她眼光相遇，她對我說道。

「多辛苦的小女孩！」我說道，「下次妳應該先去睡，我親愛的。」

「不，不要趕我去睡！」朵拉走到我身邊懇求道，「千萬別那樣！」

「朵拉？」我大吃一驚，她趴在我脖子上哭了，「妳不舒服？不開心？」

「不！很舒服，很開心！」朵拉說道，「可是你得讓我留下來看你寫！」

「哈，半夜裡那雙明亮的眼睛多麼好看呀！」我答道。

「它們真的明亮？」朵拉笑著說道，「我多麼高興。」

「小虛榮鬼！」我說道。

「如果你真的覺得它們好看，那就讓它們留下來看你寫！」

「我怕那樣它們就不會更明亮了。」

「會的！因為在那種時候，當你心中充滿默默的幻想時，你就不會忘記我了。如果我說一句很傻——比平常還傻的話，你會介意嗎？」朵拉打量我的表情說道。

「那是什麼美妙的話呢？」我問道。

「請讓我拿那些筆。」朵拉說道，「看你那麼勤懇工作，我也想做些什麼。我能拿那些筆嗎？」

一想起我說「可以」時她那可愛的笑臉，淚水就湧上我的眼睛。從那以後，每當我坐下寫作時，她就常拿著一束備用的筆坐在旁邊。我向她要一支新的筆時，她感到非常愉快。於是我想出一種讓她開心的方法——我故意請她抄寫一兩頁原稿。於是朵拉高興了起來；她為這項任務作了許多準備，花了不少時間抄寫，有時被吉普打斷而停了下來。每當她在末尾簽了名，像學生交考卷那樣把稿拿給我、聽我誇獎她時，她開心地摟住我脖子的表情總令我感動不已。

然後，她就拿起整串的鑰匙，並把它們裝到一個小籃子裡，繫在她纖細的腰上，叮叮噹噹地在屋裡巡視。我很少看見這些鑰匙真正派上用場，它們除了成為吉普的玩具以外，幾乎沒什麼用處。可是朵拉喜歡這麼做，我也很喜歡。她深信自己在料理家務上有了一些成就。我們就這樣玩家家酒一般快樂地生活著。

第四十五章　狄克先生證明了自己

我離開博士已有一段時間了。但我們的住處相距不遠，我經常見到他，也一起去拜訪過他。

這些日子，安妮的母親馬克蘭太太一直住在博士家裡，她是位目光銳利的老太太，總是不放過任何佔博士便宜的機會。姨祖母時常對我說，她不認為有這麼一位婦人在家，能對博士的夫妻關係有什麼積極的作用。相反地，她很相信狄克先生；她總說，他的腦中顯然有某種主意；只要他下定決心，一定能做出了不起的大事。不過，狄克先生完全不知道這種預言；他對博士和史特朗夫人依舊如故，既沒有什麼進展，也沒有什麼倒退，像一棟建築那樣牢固地矗立在原來的基礎上。

在我結婚幾個月後的一天晚上，姨祖母和朵拉都不在家，狄克先生忽然在客廳裡，意味深長地說道：

「特洛伍德，你瞭解你姨祖母嗎？」

「一點點。」我答道。

「她是世上最奇妙的女人！兄弟。」

他滿懷讚嘆地說了這句話後，面露莊重的神情坐下，瞪著我看。

「喏，孩子，」狄克先生說道，「我要問你一個問題。你是怎麼看待我的？」

「一個親愛的朋友。」我說道。

「謝謝你，特洛伍德。」狄克先生開心地和我握手並笑著說道，「可是，我的意思是，孩子，」他摸了摸他的額頭，「你在這方面是怎麼看待我的呢？」

我不知道怎麼回答，他便自己想了一個回答。

「頭腦簡單？」他說道。

我本想反駁這個結論，卻被他阻止了。

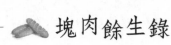

「是的，我是的！她故意說我不是，她不肯聽這種話，但我確實是。如果沒有她的幫助，我早就被幽禁起來過苦日子了。可是現在，我要供養她！我從沒花掉我抄寫賺來的錢。我把那些錢放在一個箱子裡，並且已經立下遺囑：我要把全部的錢都留給她——她就要大富大貴了！」

狄克先生拿出小手帕擦擦眼睛，然後又把手帕仔細摺好，收進口袋。

「現在你是一個學者了，特洛伍德，」狄克先生說道，「你是一個優秀的學者了。博士也是一個優秀的學者；你知道他一向怎樣對待我，從不因他的智慧而自傲，反而相當謙卑，甚至願意結交愚笨的我。我把他的名字寫在一張紙上，隨著風箏送上了天空。天空很高興地收下他的名字，並因他的名字變得更加晴朗。」

我很誠懇地說，博士是我們最尊敬、最稱許的人。他聽了很快樂。

「他那美麗的夫人是一顆星，」狄克先生說道，「一顆發光的星。我曾感受過她散發的光芒。可是，兄弟，」他把椅子挪近了點，把一隻手放到我膝蓋上，「烏雲，烏雲呀！」

他臉上佈滿了愁雲，我一面搖頭回答他，也露出了憂愁。

「是什麼烏雲呢？」狄克先生說道。

他那麼懇切地注視著我，那麼急著想知道，我只好吃力地回答他，說得又慢又清楚。

「他們中間有了不幸的分歧，」我答道，「有一種令人不快的隔閡、一種秘密。有可能和他們的年齡差距有關，也有可能是毫無理由的。」

狄克先生一邊聽著，一邊沉思著點了點頭。

「博士不生她的氣吧？特洛伍德。」過了一會兒，他說道。

「不，他很愛她。」

「那麼我就明白了！孩子。」狄克先生說道。

他拍了拍我的膝蓋，又回到他的位子上，眉毛抬得高高的。他那突如其來的喜悅使我以為他比先前更瘋瘋癲癲了。突然，他又恢復了莊重，把身子向前傾，畢恭畢敬地說道：

「世上最奇妙的女人，你的姨祖母，她為什麼沒有設法加以補救呢？」

「這問題太微妙，也太困難，不便加以干預。」我答道。

「優秀的學者，」他用手指著我說道，「你為什麼也沒有想辦法呢？」

「因為同樣的理由。」我答道。

「喏，我知道了！孩子。」狄克先生說道。於是，他比先前更加高興地站在我面前，一邊點頭，一邊拍著胸膛。「一個可憐的瘋子、一個頭腦簡單的人、一個優柔寡斷的人——也就是我，決心使他們和好！孩子，我要試試看！他們不會責備我，不會反對我；即使我做錯了，他們也不會計較。有誰會跟狄克先生計較呢？狄克算得上什麼！呸！」他不屑地噓了一口氣。

這時，我們聽到姨祖母和朵拉的馬車來到花園前的聲音。

「別提一個字！孩子，」他低聲說道，「就交給傻乎乎的狄克——瘋瘋顛顛的狄克吧！兄弟，我會有辦法的。當你和我談過這些以後，我相信我有了辦法，一點也沒錯！」

狄克先生沒有再發表過他的意見。我對他的計畫十分好奇，因為在那一瞬間，我彷彿看出他那奇特的頭腦中發出一線理性的光芒；可是，一連兩三個禮拜過去了，我沒有聽到任何消息，不禁暗自納悶。後來，我開始認為，由於他思維混亂，他要不是忘了他的想法，就是放棄了。

一個晴朗的夜晚，姨祖母和我去拜訪博士的住宅。當我們到達時，史特朗夫人剛離開花園，狄克先生還在那裡，正在幫園丁修剪一些樹木。博士在書房裡接待客人；但史特朗夫人說客人就快走了，請我們留下來等一會兒。我們和她走到客廳，在一扇窗前坐下。

我們才剛坐了一會兒，馬克蘭太太便匆匆忙忙地跑進來，喘著氣說道：「我的上帝！安妮，妳為什麼不告訴我書房裡有客人？」

「我親愛的媽媽，」她平靜地答道，「我不知道妳對這件事這麼有興趣。」

「這件事！」馬克蘭太太一下倒在沙發上說道，「我一生從未這麼吃驚過呢！」

「那麼，妳去過書房了？媽媽。」安妮問道。

「當然去過！我親愛的，」她用力答道，「我看見那個博士正在立他的遺囑呢！」

史特朗夫人立刻轉過頭來。

「一點也沒錯！親愛的安妮，」馬克蘭太太拍著手說道，「立遺囑！他真有先見之明。我這就告訴你們是怎麼回事。你知道，特洛伍德小姐，剛才我經過書房，發現那裡有燈光，就開了門，看見博士正和兩位法律界的朋友在一起。他們三人都站在桌子邊，博士手拿著筆。他說：『諸位，為了表示我對史特朗夫人的信任，我決定把一切無條件地留給她。』一聽到這句話，我立刻上氣不接下氣地跑回來了。」

史特朗夫人推開窗子，走到門廊上，靠著一根柱子站在那裡。

「我想得一點也沒錯！當史特朗博士來見我，向我要求娶她時，我就對安妮說過：『親愛的，依我看，妳下半輩子的生活有著落了！史特朗博士絕不會虧待妳的。』」

她說到這裡時，鈴響了，我們聽到客人們走出去的腳步聲。

「一切都辦好了，」老太太聽了一會後說道，「他已經簽了字，蓋了章，也交出去了。好極了！現在，安妮，我要去書房看看博士。特洛伍德小姐，大衛，你們也跟我一起來吧！」

我們陪著她去了書房。博士就坐在書桌旁，四周擺著他的藏書；我們又看到史特朗夫人悄悄走進來，臉色蒼白地顫抖著。狄克先生扶住她的手，把另一隻手放在博士的手上，他不禁面無表情地抬起頭往上看。當博士抬起頭時，他的夫人單膝跪在他腳旁，祈求般地舉著手，凝視他的臉。

我還能清楚記得博士當時溫和的舉動和驚訝、他夫人祈求態度中交織的尊嚴、狄克先生和藹的關切、以及我姨祖母小聲說「他瘋了」時的懇切。

「博士！」狄克先生說道，「究竟有什麼隔閡？看這裡！」

「安妮！別跪在我面前，我親愛的！」博士叫道。

「我偏要！」她說道，「我請求大家都留在這裡！哦！我的丈夫，打破這個長久的沉默吧！讓我們雙方知道，橫在我們中間的是什麼！」

「我親愛的安妮，」博士親熱地抱著她說道，「如果由於時間的流逝，我們的婚姻生活發生了無可避免的變化，那不是妳的錯，而是我的。我的愛情、讚美和尊敬都沒變，我希望能讓妳快樂。我真心愛妳、尊敬妳。起來吧！安妮，求求妳！」

但她不肯起來。看了他一會後，她更偎近他，把手橫放在他的膝上，把頭垂到手上，說道：

「如果這裡有我的朋友，願意為了我或我的丈夫，在這個問題上說句話；如果這裡有我的朋友，願意說出對我的任何猜疑；如果這裡有我的朋友，尊重我的丈夫並關心我，也知道怎樣幫助我們和好——我請求他站出來說句話！」

一片沉重的寂靜。經過一番痛苦的遲疑，我打破了那寂靜。

「史特朗夫人，」我說道，「我知道一件事，史特朗博士曾請求我保守秘密。但是現在，我相信要是再保守下去，將會使信任和體貼被誤解。妳的請求解除了他對我的約束。」

她把臉轉向我，露出懇求的表情。

「我們將來的和睦或許在你手裡，」她說道，「我相信你不會有絲毫隱瞞的。我知道，我從你口中聽到的話將會顯示我丈夫高尚的心；無論你認為那些話會怎麼觸犯我，都不必在意。請老實說吧！」

聽了這樣懇切的請求，我立刻把那晚在這個房間裡發生的一切說了出來。我說完後，安妮有一會兒沒出聲，仍然低垂著頭。然後，她拿起博士的手，托到胸前親吻。狄克先生輕輕地扶住她。接著，她站了起來，靠著狄克先生，望著她丈夫，用溫順的聲音說道：

「現在，我要把自從我們結婚以來我心裡的種種想法，一五一十地說出來。」

「不必了，安妮，」博士說道，「我從沒懷疑過妳。這麼做是沒必要的。」

「很有必要，」她堅持地說，「我應該把我的整顆心在那寬厚忠誠的靈魂前打開——上帝知道，我一天比一天更愛也更敬重那個人！」

於是她開始說了。

「當我還很年輕時，」安妮說道，「我所獲得的一切知識都來自於一個耐心的朋友和老師——他是我父親的朋友，也是我永遠敬重的人。是他在我的頭腦中首先注入思想，並打上了品格的烙印。當我長大後，他依然在我心中佔據同樣的地位；我以得到他的關心而自豪，對他懷著強烈的愛慕、感激和依戀。我把他當成一個父親、一個導師，以他的讚美而自豪。因此，媽媽，當妳突然把他以結婚對象的身分介紹給我時，我多麼不知所措啊！」

「一開始，我覺得這變化太大，也損失太大，我既激動又痛苦。然而，我們還是結了婚。我從沒想過從他那裡得到什麼世俗利益，我年輕的心裡只有敬意，沒有那種渺小的念頭。儘管如此，當我看到許多不正當的要求以我的名義壓在你身上時，看到你如何被人利用我的名義愚弄時，看到關心你利益的威克費爾德先生多麼憤慨時；我開始感到，人們正在懷疑我是用愛情換取金錢。這種懷疑進一步成了強加於你的屈辱。我的靈魂知道，我在結婚那天就完全獻上了我的愛情和名譽，但我心裡總是懷著這恐怖和煩惱，我無法告訴你們那是什麼滋味！」

「就在那時，媽媽非常關心我的表哥麥爾頓。我喜歡過他，」她溫柔但毫不猶豫地說道，「我們曾經是一對小情人。如果沒發生什麼變化，也許我會以為自己真的愛他，並與他步入不幸的婚姻。在婚姻中，沒有任何懸殊大過思想和理念的不合。」

當我注意聽下面的話時，我仍不斷品味那句話：「在婚姻中，沒有任何懸殊大過思想和理念的不合。」彷彿這句話中有什麼特別之處我無法體會。

「我們沒有任何共同之處，我早就發現了這一點。即使我不為許多其他的事感激我丈夫，也該為了他把我從不成熟內心的第一次衝動中解救出來而感激他！」

她站在博士面前一動也不動，懷著一種使我感動的誠懇往下說，聲音仍像剛才那樣平靜。

「麥爾頓希望憑著我的關係，從你那裡得到一些好處。我對他這種謀利的行徑感到不以為然；儘管如此，在他出發去印度前，我從未瞧不起他。直到後來，我漸漸發覺他懷有一顆虛偽的心，而且忘恩負義。從那時起，我開始在威克費爾德先生的眼神中讀出了一些懷疑，感到一層疑雲籠罩在我的生活之上。」

「沒那回事！安妮，」博士說道，「絕對沒有！」

「我知道你沒有！我的丈夫，」她含淚接著說，「但你永遠不會知道，被人們懷疑我的忠貞是買來的，同時又被各種懷疑的眼光所纏繞，這是一種什麼樣的滋味！我很年輕，也沒人可以請教；媽媽和我的想法又是那樣大相逕庭！如果我猶豫不決而隱瞞我所遭受的屈辱，那是因為我尊敬你，也希望你尊敬我！」

「安妮，我純潔的女兒！」博士說道，「我親愛的孩子！」

「我常想，你可以娶的人有很多，她們絕不會為你帶來這樣的累贅和煩惱，她們會使你的家變得可貴。我常憂愁地想，我應該繼續當你的學生，甚至像個孩子一般。我常常害怕自己配不上你的學問和智慧。如果我隱瞞了這些想法沒有告訴你，那也是因為我尊敬你，也希望你有一天尊敬我。」

「那一天已經持續很久了，安妮，」博士說道，「得有一個漫漫長夜了。」

「我注意到了你近來的變化，我既痛苦而憂傷地看著那變化。有時我想起我過去的擔心，有時也作過一些悲觀的假設；直到今天晚上，我才知道，即使在這種誤解下，你仍對我懷有那麼高貴的信任！我不期望我的愛情和孝心能配得上你那寶貴的信任，但我可以在知道這一切後，對著你這張親愛的臉抬起我的眼睛，並鄭重宣佈，我從沒有任何對不起你的心思，我那不輸你的愛情和忠誠也從未動搖過！」

她摟住他的脖子，他也把頭倚在她頭上，他的白髮和她的棕髮混在一起。

「哦！摟緊我，我的丈夫，永遠別拋棄我！不要覺得我們之間有什麼差異懸殊，因為，除了我有許多不成熟之處外，我們並沒有差異。每過一年，我對這一點就更明白一些，也越來越重視你。哦！摟住我，我的丈夫，因為我的愛情是建立在磐石上的，它是不會變的！」

在那之後的寂靜中，我姨祖母莊重地走到狄克先生身旁，摟住他吻了一下。

「你真是個出色的人！狄克，」姨祖母表情果決地說道，「別再裝出那副傻樣子，我什麼都知道了！」

說完，姨祖母扯著他的袖子，一面朝我點頭；於是我們三個悄悄溜了出門，朝家裡走去。然而，一路上，我仍然想著史特朗夫人說過的話：「在婚姻中，沒有任何懸殊差異能大過思想和理念的差異」、「不成熟內心的第一次衝動」、「我的愛情是建立在磐石上的。」我們到家了，腳下是被踩過無數次的落葉，秋風正在刮著。

第四十六章　新的消息

一天晚上，我正在散步，一邊構思我當時正在寫的一本書——隨著我的努力，我的寫作事業越來越成功，已開始寫我的第一部長篇小說了。回家時，我經過史蒂爾佛夫人的住宅，無意間朝那裡瞥了一眼。

那住宅一向沉悶、陰鬱，那些窄小的舊式窗戶看上去令人不快，總是淒涼地緊閉著。有一條走廊穿過鋪石子的小院，通往一個長年封閉的入口。有一扇特別的樓梯圓窗，它是唯一未被百葉窗遮住的窗子，亦透出無人居住的荒涼氣象。我不記得我曾看過那宅邸透出過一線燈光，彷彿屋裡的人全死去了。

當我正在屋外沉思時，身邊一個聲音讓我大吃一驚。那是個女人的聲音，我轉過頭去，立刻認出那就是史蒂爾佛夫人的女僕。

「對不起，先生，你能進去和達特爾小姐談談嗎？」

「是達特爾小姐叫妳來找我的嗎？」我問道。

「不是今晚，先生。達特爾小姐前幾天曾看到你經過，於是交代我，要是再看見你走過，就請你進去見她。」

當我跟著她走進屋時，我問起史蒂爾佛夫人的狀況。她說她的主人不太好，常把自己關在房間裡。

達特爾小姐正坐在一個陽台上，望著遠方的景色。當我走近時，她看到了我，便欠身表示禮貌。我覺得她比上次見到時更蒼白、也更消瘦了，閃閃發光的眼睛也更亮了，那道傷疤更明顯了。她面露輕視的神色。

「那個女孩又跑走了。」她說道。

「跑走？」

「是的！從他那裡，」她笑著說，「至今還沒有找到她，或許她已經死了。」

她那得意的殘忍模樣，是我在任何一張臉上都沒見過的表情。

「你想知道她的情況嗎？」

「想。」我說道。

她難看地笑著站了起來，向一旁的樹籬走了幾步，高聲說道：「過來！」彷彿在呼喚一頭牲畜。沒過多久，她帶著利蒂默先生回來了。這名僕人朝我鞠了一躬，然後怯生生地站到達特爾小姐後面。

「喏，」她看也不看他，傲慢地說道，「把她跑走的事告訴科波菲爾先生。」

利蒂默先生毫不失態，又微微鞠了一躬，一字一句地開始說道：

「自從那位小姐在詹姆士先生的保護下離開雅茅斯後，詹姆士先生和我就與她住在國外。我們去了許多地方，走遍不少國家。我們去過法國、瑞士、義大利，幾乎所有地方都去過了。詹姆士先生的確很愛那位小姐；在很長的一段時間裡，他表現出了少見的成熟穩重。那位小姐也十分聰明，會說各地語言，使人察覺不出她是個鄉下人。無論我們到哪裡，她都受到交口稱讚。」

他稍稍停了下來。只見達特爾小姐把一隻手叉在腰上，煩悶地眺望遠方，緊咬著下嘴唇以阻止顫動。利蒂默暗自笑了笑，又接著說道：

「就這樣過了一些日子，那位小姐開始變得無精打采的。或許正是她的那種脾氣使詹姆士先生厭煩了，生活不那麼順心了，詹姆士先生又開始躁動不安了。他越躁動不安，她的情緒也越糟，於是兩人漸漸有了爭執。一天早上，詹姆士先生終於受不了了，一大早便從那不勒斯附近動身，聲稱一兩天後就回來，並交代我向那位小姐告知真相——也就是說，為了雙方幸福，他不回來了。」

「我負起這重責大任，把他離開的事情說出來。沒想到，那位小姐竟出乎意料地狂暴；她像是瘋了一樣，必須很用力地按住她，才能阻止她用刀自殺，或是跳入海裡，或是把腦袋朝地板上撞。最後，我只好把她身邊的危險物品拿走，然後把她監禁起來。儘管如此，她還是逃脫了；她推開一扇釘死的窗戶，墜落在下方的葡萄架上。從那以後，就再也沒人見過她。」

「她大概死了。」達特爾小姐微笑著說道。

「也許她投水自殺了，小姐，」利蒂默先生答道，「要不然，她會得到船夫們的幫助。由於在下層待習慣了，她總喜歡去海邊和他們聊天，並坐在他們的船邊。詹姆士先生不在時，我常看到她一整天這樣做。有一次，詹姆士先生發現她對那些孩子說自己是船夫的女兒，而且小時候常在海灘上玩，他感到很不高興。」

「最後，我明白她是找不到的了，我便去約定的地方見詹姆士先生，把發生的一切向他報告。我們為此爭了起來。我認為，為了維護我的人格，我應該離開他——我已經受了詹姆士先生很多氣，但他把我侮辱得太過分了！他傷了我的心。由於已經知道他們母子間的反目，也知道她會多麼憂傷，我就冒昧回到英國，報告我所知道的事。」

他說完了。達特爾小姐看了我一眼，好像要問我還有沒有其他問題。於是我說道：

「我想問你，」我不客氣地說道，「你們是不是扣住了她家人寫給她的信？」

「先生，我的回答是，詹姆士先生不喜歡收到令人憂鬱和不愉快的信。」

說完，他恭恭敬敬地朝我鞠了一躬，又朝達特爾小姐鞠了一躬，然後就從他來時經過的樹籬拱門走出去了。達特爾小姐和我默默打量了彼此一會兒，她的態度仍然和她叫那僕人出來時一樣。

「除此之外，他還說過，」她慢慢抿著上唇說道，「他的主人正在西班牙沿海航行。不過，我知道這不是你關心的。那個被你當成天使的惡魔——我指的是他在海邊撿到的那個下賤女人，」她向我睜著那雙黑眼睛，舉起她那熱情的手指，「也許還活著——因為，我相信，越下賤的東西就越不容易死。如果她還活著，你一定要找到她，好好看住，以免她再有機會誘惑他。這也是我請你進來的原因。」

這時候，有人來到了我身後。那是史蒂爾佛夫人。她向我伸出手的態度比過去更加冷淡，她的莊嚴也比過去增加了許多。但我看出，她仍然忘不了我對她兒子的舊情。她變化很大，那健康的身體已不像當年挺直，雍容的臉上也有了深深的皺紋，頭髮幾乎全白了。

「把一切都告訴科波菲爾先生了嗎？羅莎。」

「是的。」

她點點頭。「我和我兒子通過幾封信，但我無法使他重新意識到自己的義務和孝道。因此，我希望靠著這種方式，讓你曾經帶來這裡的那個人減輕一點憂慮，也使我兒子不再陷入一個惡毒的圈套。」

她挺直了身子坐在那裡，向遠處直視。

「夫人，」我彬彬有禮地說道，「我懂了。我向妳保證，我不會誤解妳的動機。但我也應該說明，由於我從童年就結識了那個受到傷害的家庭，也很瞭解她；如果妳認為那個受了這種屈辱的女孩沒有受到殘酷的欺騙，而且現在還願意投向令郎的懷抱，那妳就大錯特錯了！她寧可死一百次也不願再那樣做了。」

「夠了，羅莎，夠了！」史蒂爾佛夫人阻住了正想反駁的達特爾小姐，「沒關係，由它去吧！先生，我聽說你結婚了？」

我回答說我已結婚多時了。

「一切還好嗎？在我的隱居生活裡，很難聽到什麼消息。但我知道，你開始成名了。」

「我總算有榮幸受到一些稱讚。」我說道。

「你沒有母親吧？」她聲音柔和地問道。

「沒有。」

「太遺憾了，」她馬上說道，「她會以你為榮的！先生，再見。」

她懷著高傲的執拗伸出她的手，我接過了。我感覺到她的手很鎮靜，彷彿她的內心也很平和；她的驕傲似乎可以抑制她手上的脈搏，並在她臉上蒙上一層面紗。她坐在那裡，從面紗後面向遠方直視。

我離開了她們，思考著我聽到的那些話，我覺得應該告訴皮果提先生才對。於是第二天夜裡，我便去倫敦看他。那些日子，我曾無數次看到他在夜深時分出現在街上，想從無家可歸的寥寥人群中找出他想見到卻又怕見到的人。

他在漢格福德市場的小雜貨店樓上有一個住處。我去了那裡，發現他正坐在窗前讀書，窗台上放著一些他種的花草。那房間乾淨整齊，隨時作好迎接她的準備。他每次出去，總是抱著能把她帶回家的希望。他沒聽見我敲門，直到我把手放到他肩上，他才抬起頭來。

「大衛少爺！歡迎你！感謝你來看我，請坐！」

「皮果提先生，」我接過他遞過來的椅子說道，「我聽說了一些消息。」

「關於艾蜜莉的？」

他很激動地把手放到嘴上，認真地看著我的眼睛，臉色都變白了。

「這消息沒有指出她的行蹤，但她已經不跟他在一起了。」

他坐下來，聚精會神地看著我，很沉默鎮靜地聽我述說。當他漸漸把眼光從我臉上移開，用手支著前額往下看時，他那莊重的臉上顯出極大的忍耐。他沒插嘴說一句話，也沒動一下，好像在透過我的敘述追尋她的身影，而把其他的一切身影全都放過，彷彿他們都不存在。

我說完了，他仍捂住臉，一言不發。我向窗外看了一會兒，打量那些花草。

「你有什麼看法？大衛少爺。」他終於問道。

「我覺得她還活著。」我答道。

「我不知道。也許這件事對她打擊太大，她心裡又一團亂——」他一面沉思著，一面用微弱的聲音吃驚地說道，然後在房間裡走來走去，「可是，我也覺得她一定還活著！無論是睡著還是醒著，我都相信我能找到她——過去這念頭引導我、支持我，我不相信我會猜錯！不，艾蜜莉還活著！」

他把手堅定地放到桌上，黝黑的臉上露出堅定的表情。

「我親愛的朋友——」我想起了一件事，說道。

「謝謝你，謝謝你，好心的少爺。」他用雙手握著我的手說道。

「如果她來倫敦——這很有可能，因為有什麼地方能像這種大城市一樣容易隱姓埋名呢？她不回家，除了躲起來，又能有什麼目的呢？——如果她來到倫敦，我相信有一個人比任何人都更容易遇見她。你還記得瑪莎嗎？」

「我們鎮上的瑪莎？」

「是的，你知道她在倫敦嗎？」

「我在街上看到過她。」他聲音顫抖地回答。

「但是你不知道，」我說道，「在她離開家鄉以前，艾蜜莉曾與漢姆一同接濟過她。你也不知道，當我們之前在旅店裡談話時，她一直在門外偷聽。」

「在那個下著大雪的夜晚？」他驚訝地說道。

「就是那個夜晚。我認為我們應該找她談談，你明白嗎？」

「很明白，少爺。」

「你說你見過她。你認為你找得到她嗎？」

「大衛少爺，我想我知道該去什麼地方找她。」

「好極了，天色快黑了，我們能不能現在就去找她？」

他同意了，準備和我一起去。我不動聲色地觀察他，只見他仔細地整理好那個小房間，把蠟燭準備好，再把床鋪好，然後從抽屜裡拿出一件為她買的衣服，和別的衣服一起摺好，還拿出一頂軟帽，一起放到一張椅子上。他什麼也沒解釋，但我能想像，這些衣服已經等了她許多個夜晚了。

「唉！大衛少爺，」我們來到樓下時，他說道，「過去，我一直把那個女孩看成艾蜜莉腳下的汙泥。上帝饒恕我！現在不同了。」

我們走在路上時，我向他問起漢姆的近況。他的回答幾乎和過去一模一樣：漢姆仍然像以前那樣生活著，絲毫不重視自己的生命；但他從來不會抱怨，大家都喜歡他。

我問他，他覺得漢姆是如何看待那導致他們不幸的災禍的？有沒有危險？——舉例來說，要是漢姆遇見了史蒂爾佛，他會怎麼做？

「我也不知道，少爺，」他答道，「我也曾經問過自己這個問題，但怎麼也猜不出答案。儘管他的脾氣仍然那麼好，他對我說話仍然很恭敬，我卻越來越猜不透他的心思了。老實說，這比他冒險行事更讓我著急！雖然我不相信他會在任何情況下動武，但還是希望他們兩個不要遇上對方。」

我們穿過神殿酒吧，進了城。他不再說話，而是在我身邊一心一意想著他生活中唯一的目的。他那種專心的模樣使他在人群中顯得格外孤單。我們離黑衣教士橋不遠時，他轉過頭來，向對街一個孤零零的女人指去，我便知道那就是我們要找的人。

我們穿過街道，遠遠跟在她身後，打算等到了一個人煙罕至的地方再與她談話。終於，她轉入一條偏僻的黑暗街道，喧鬧聲和人群都被拋在大路上了。這時我們才加快腳步，向她趕過去。

第四十七章　瑪莎

我們來到一個荒涼的區域，這裡既沒有碼頭，也沒有房屋。一條流得很緩慢的運河把河裡的淤泥積在監獄的牆邊，許多小船和駁船就擱在爛泥上；附近的沼澤地裡長滿了亂草，有的地方插著腐敗的工程支架。我們在河邊叫住了她，她尖叫一聲，用力要掙扎，但一隻有力的手忽然抓住了她。她抬起吃驚的眼睛，看出那是誰的手後，便倒在地上不再掙扎了。

「瑪莎，」我俯下身去，一面扶她，一面說道，「妳知道這是誰嗎？」

她軟弱地回答：「知道。」

「妳知道我們今晚已經跟蹤妳很久了嗎？」

她搖搖頭，既不看他，也不看我，只是一臉羞愧地站在那裡。

「妳願意談談妳在那個雪夜裡那麼關心的事嗎？」我友好地說道。

她又嗚咽起來，說了些因為我沒把她從門口趕走而感謝我的話。

「我不會為自己辯護，」她停了一下說道，「我壞，我無可救藥，我沒有任何希望了；可是請告訴他，先生，」她已經避開了他，「如果你能對我寬厚點，告訴他：我絕不是他不幸的原因。」

「沒有人說妳是原因呀。」我誠懇地說道。

「如果我沒認錯人，」她斷斷續續地說道，「那天夜裡——她那樣同情我、體貼我，那樣仁慈地對待我，不像別人那樣躲著我——來到廚房裡的人，就是你對嗎？先生。」

「是我。」我說道。

「如果我做了什麼對不起她的事，」她神情可怕地看著河水說，「我早就跳進河裡去了。如果我和那件事有半點牽連，我在冬天裡連一個晚上也熬不過。」

「她逃走的原因已很清楚，」我說道，「和妳毫無關係。我們完全相信。」

「在那個雪夜之前，我就從鎮上的人那裡聽說了發生的事，」瑪莎哭著說，「我知道，人們會想起她曾經和我很要好，會說是我引誘了她！上帝知道，只要她能重獲清白，我寧可去死！」

她長期以來已不習慣克制自己，那悔恨和悲哀的迸發之強烈令人感到可怕。她倒在地上，兩手分別抓著些石頭，緊緊地握著，好像要把這些石頭揉碎。

「我該怎麼辦呢？」她絕望地掙扎著說道，「我是一個孤單的禍害，我對我身旁的每個人都是活生生的恥辱。我該怎麼活下去呢！」突然，她朝我的同伴轉過身去，「當她是你的驕傲時，如果我在街上碰她一下，你就會認為我傷害了她。你不會相信我說的每一個字！即使是現在，如果她和我交談過一句，也會讓你感到奇恥大辱！我並不怨恨。我知道我們之間有很大的差距，但我仍然感激她、愛她。哦！不要以為我內心的愛已蕩然無存了，你們可以拋棄我，可以殺了我，因為我墮落成這樣，因為我曾認識她——但是不要那樣看我！」

她這麼發狂地請求他時，他默默看著她。當她安靜下來時，他輕輕把她扶起來。

「瑪莎，」皮果提先生說道，「我不會對妳作什麼評論，我的孩子，絕對不會。近來，我的精神上已發生了許多變化。」停了一會，他又說道：「妳還不知道我們找妳的原因，冷靜下來，聽聽我們的問題吧！」

她站在他面前，畏畏縮縮地，像是怕被他看著，但她不再那樣大吼大叫宣洩自己的激動和悲哀了。

「在下大雪的那一晚，」皮果提先生說道，「如果妳聽到了大衛少爺和我的談話，妳就應該知道：我正在到處尋找我的外甥女。她就像我的女兒一樣，所以我瞭解：如果她再見到我，一定永遠不再離開我；另一方面，她也一定會千方百計地躲避我——因為我們之間插進了羞恥。」

從他說的這番淺顯易懂的話裡，我知道他已從各個方面考慮過問題了。

「根據我們的推測，」他說道，「她有一天會孤苦伶仃地來倫敦的。我們都相信，妳在她遭遇的一切事情上是清白的。妳說過，她對妳和氣、善良、溫柔，上帝保佑她！我知道她就是那樣的人，永遠是那樣的。要是妳感謝她、愛她，那就盡可能幫我們找到她吧！願上帝報答妳！」

她馬上盯著他——這也是她第一次這麼做，好像不相信他的話。

「你願意相信我？」她吃驚地低聲問道。

「完全相信！」皮果提先生說道。

「如果我找到她，就和她說話；如果我有地方讓她住，就和她一起住；然後，瞞著她來找你們，帶你們去見她，對不對？」

我們倆幾乎異口同聲答道：「對！」

她抬起眼睛，鄭重發誓，說要用全部的心力做到這件事，絕不動搖，絕不變心，絕不放棄一線希望。於是我們又把知道的事情都說給她聽。她聽得很仔細，臉部表情也不斷變化；但始終堅定不移。她眼中不時充滿淚水，但她努力抑制下來，彷彿完全變了一個人。

最後，我把我與皮果提先生的住址寫在筆記本上，再撕下那一頁給她。她把紙藏進她破爛的衣服中。我問她住在什麼地方，她愣了一下，說她哪裡也住不久，還是不知道為好。

皮果提先生小聲提醒我一件事，我便拿出了我的錢包。可是，我無法勉強她收下任何錢，也不能說服她答應總有一天會接受。她滿心感謝我們的好意，但怎麼也不肯接受我們的錢。

「我也許找得到工作，」她說道，「我要去試試。」

「至少，在試之前，接受一點幫助吧！」我馬上說道。

「我不是為了錢才答應的，」她答道，「就算我挨餓，我也不能拿錢。給我錢，就等於收回了你們的信任，收回了你們給我的目的。」

「我們只是想給妳一點幫助。」

她渾身發抖，嘴唇打顫，臉色更加蒼白了。她回答道：

「你們好像想拯救一個可憐的人，使她改過自新。如果我能為你們做點好事，能在我艱難的生活中第一次受人信任，這就是對我最大的幫助了。」

她忍住眼淚，然後伸出顫抖的手摸了一下皮果提先生，就沿著荒涼的路走了。她大概已病了很久，我看出她衰弱憔悴，深陷的眼睛裡流露出了苦難和忍耐。

我與皮果提先生各自離開了。我走上了回海蓋特的路。當我到家時，已是半夜；我很驚訝地看到姨祖母的屋門開著，門裡一道昏暗的燈光一直照到對街。我立刻趕過去，想弄清楚發生了什麼事。令我意外的是，我看到有個男人站在她的花園裡。

我在院外茂密的樹葉下站住。當時，月亮已升起，卻被雲遮住了；我認出那就是我一度認為是狄克先生幻想的那個人，也是我和姨祖母在倫敦街上遇到的那個人。他朝四周東張西望地看著，神色貪婪急躁，好像想馬上離開。

走廊裡的燈光暗了一下，姨祖母出來了。她一臉激動，把一些錢放進那人手裡。我聽到錢幣叮噹作響。

「才這些錢，能做什麼？」他問道。

「我拿不出更多了。」姨祖母答道。

「那我就不走，」他說道，「嘿，妳可以收回去！」

「你這個人真壞！」姨祖母很生氣地說道，「你怎麼能這樣對我？不過，我又何必多問？因為你知道我多麼軟弱！為了永遠躲開你的騷擾，除了讓你回去受你應受的懲罰外，我還能做什麼呢？」

「是啊，妳有什麼理由不這麼做呢？」

「有什麼理由！」姨祖母答道，「你的心腸多麼惡毒啊！」

他站在那裡，相當不悅地搖了搖錢，又搖了搖頭。終於他說道：

「所以，妳只肯給我這麼多了？」

「我能給的只有這麼多了，」姨祖母說道，「你知道我破了產，比先前更窮了。我已經告訴過你。既然拿到了錢，你為什麼還要讓我再忍受看到你的痛苦，讓我為了你現在這副德性而難過？」

「如果妳是說我變窮酸了，」他說道，「別忘了，我過的是貓頭鷹的生活呀！」

「你幾乎把我過去的一切都奪走了，」姨祖母說道，「你使我的心多年來對這個世界厭倦、冷漠。你虛偽冷酷刻薄地對待我。去懺悔吧！別在你已為我造成的創傷上再增加新的創傷了！」

「嘿！」他接過去說道，「說得好聽！好吧，我會盡力的，我想。」

看到我姨祖母那因憤怒而流下的眼淚，他不禁面露愧色，垂頭喪氣地離開了花園。我裝出剛到的樣子，趕緊走了兩三步，正好在門口和他撞個正著。我們不懷好意地打量了彼此。

「姨祖母，」我急忙說道，「這人又來恐嚇妳了！讓我跟他說。他是誰？」

「孩子，」姨祖母抓住我的手說道，「進來，十分鐘以內別跟我說話。」

我們來到她的小客廳坐下。姨祖母退到一扇屏風後面，擦了擦眼睛。大約過了十五分鐘，她又出來，到我身邊坐下。

「特洛，」姨祖母平靜地說道，「那是我的丈夫。」

「妳的丈夫？姨祖母，我還以為他死了呢！」

「對我來說他是死了，」姨祖母答道，「但他還活著！」

我驚訝得說不出話來，只是呆坐在那裡。

「現在的貝茜．特洛伍德，看起來一點也不像是個柔情萬千的人，」姨祖母鎮靜地說道，「但是當她還很信任那個人的時候，她確實是那樣的。當時她很愛他，向他完全獻出了她的愛情。但是他的回報卻是掏空她的財產，也幾乎掏空了她的心。於是，她把所有愛情都放進了墳墓，深深埋在地下。」

「親愛的姨祖母！」

「我很寬容地離開了他。我本可以用一點錢就打發他，但我沒有那麼做。不久，他就把我給他的一切揮霍殆盡，並且越來越墮落，還娶了個女人，成了一個賭棍、一個騙子！你已經看到他現在的模樣了，但我和他結婚時，他還是一個堂堂正正的英俊男子呢！而我則是一個蠢蛋，竟相信他是榮譽的化身。」

她把我的手握一下，然後搖搖頭。

「現在，我不把他放在心上了，特洛。不過，我不願看到他受到法律懲罰；每當他出現時，我都給他一大筆錢，然後叫他走開。和他結婚時，我是一個傻瓜；直到現在，我在這件事上還是一個無可救藥的傻瓜！」

姨祖母用一聲長嘆結束了那話題，然後摸著她的衣服。

「嘿，我親愛的！」她說道，「你已經知道了來龍去脈。我們不再談這件事了；當然，你也別對任何人說起。這是我可笑的過往，我們要保守這個秘密！」

第四十八章　家庭

結婚大約一年半以後，我的著作終於問世了，並且取得了不錯的成果。同時，我還在報紙上和其他地方發表作品。由於這些成功，我從此不必再出席議會的那些辯論了。

歷經了幾次失敗的嘗試後，我已完全放棄了管理家務。我們對那些事聽其自然，只雇了一個小僕人來管理。這個小傢伙每年要花去我們十英鎊六先令，他最主要的工作卻是與廚師吵架。每當我們舉行小餐會時，或有幾個朋友來訪時，他總是高呼救命，在飛舞著的鐵器追逐中踉踉蹌蹌逃出廚房。我們想把他辭掉，但他對我們很有感情，不肯走。我們一作出要趕他走的暗示，他便大哭起來，使我們不得不把他留下。

幸好，我們終究擺脫了他——他把朵拉的錶偷去賣錢，卻在回家途中被逮到，從他身上搜出了四先令六便士。他隨即被送上了法庭。

要是他不悔過，事情也就會這樣結束了；然而他的的確確悔過了，而且以一種特別的方式——例如說，在我出庭作證的第二天，他揭發了地下室一個籃子的秘密，廚師在籃子裡藏滿了酒。一兩天後，他又由於良心責備，揭發了廚師的一個女兒每天早晨來我們家偷拿麵包一事。他還坦承自己是如何收了送牛奶人的賄，把家裡的煤給他。又過了兩三天，警局通知我，他供出廚房垃圾中藏了牛肉和床單。過了不久，他又透露送酒人曾想對我們的住宅行竊，於是那人馬上被捕了。成為這樣的受害者，我感到很慚愧，我寧可多給他一點錢，請他再別說了；但他對此一無所知，仍然不斷地供出一些令人難堪的真相。

這一切使我認真地反省，也讓我對我們的錯誤有了新的見解。儘管我很體諒朵拉，我也不得不在一個晚上把這些事告訴了她。

「我的愛人，」我說道，「想到我們缺乏條理和秩序，不僅使自己受累，也連累了別人，我很苦惱。」

「你已經安靜了很久，現在你又要淘氣了！」朵拉說道。

「不！親愛的，讓我向妳說明我的意思。」

「我認為我不用知道。」朵拉說道。

「但我想讓妳知道。放下吉普。」

朵拉用吉普的鼻子來碰我的鼻子，試圖改變我的嚴肅，但是她沒成功，只好命令吉普進去狗屋裡，然後握住我的手，一副無可奈何的樣子看著我。

「事實上，我親愛的，」我開始說道，「由於不夠謹慎，我們不僅失去了錢財和安樂，有時甚至失去了和氣。我們也縱容了所有與我們來往的人——我開始懷疑，這些人之所以壞，是因為我們自身並不好。」

「哦！多嚴重的罪名，」朵拉睜大眼睛叫道，「你是說你看到我偷金錶囉！」

「別胡說，我親愛的，誰提到金錶了？」

「你呀！」朵拉馬上說道，「你知道你說了。你說我不好，還拿我跟他比。」

「跟誰比？」我問道。

「跟那個小僕人哪！」朵拉嗚咽道，「哦！你這個殘忍的人，把你心愛的妻子和一個被判刑的小僕人比！為什麼你不在結婚前把這想法告訴我？你這個冷酷的人，為什麼你那時不說你覺得我比一個被判刑的小僕人更壞呢？哦，你把我看得多壞呀！哦，天啊！」

「朵拉，我的愛人，」我一面說著，一面想把她按在眼睛上的小手帕拿開，「妳這種說法真可笑，而且大錯特錯。」

「你常說他是個不誠實的人，」朵拉嗚咽道，「現在，你又這麼說我了！哦，我該怎麼辦！我該怎麼辦！」

「我的寶貝，」我說道，「我求妳好好聽我說的話。如果我們不懂得對我們雇用的人盡責，他們也不會對我們盡責。我恐怕我們向人們提供了犯錯的機會——即使我們並非有意，但我們那樣漫不經心地處理家務，的確會讓別人變壞。我們應該想到這點的，朵拉，我對此感到不安。」

朵拉躲在小手帕後面，一邊嗚咽一邊說：如果我覺得不安，為什麼我要結婚？如果我不能忍受她，為什麼不把她送回普特尼的姑媽那裡，或送到印度的米爾斯小姐那裡？米爾斯小姐見到她一定很高興，不會把她當成被判刑的小僕人，也絕不會那樣稱呼她。看到朵拉那麼苦惱，使我也很苦惱；我覺得這種努力是無益的。

於是我又想到另一種方法——塑造她的思想。我立即著手進行。當朵拉很孩子氣而我又打算迎合她時，我就努力裝出嚴肅的表情——這使她不安；我向她談我思考的問題，讀莎士比亞給她聽，讓她疲倦得不得了；我還常在不經意間告訴她一點有用的常識或意見——我一說出口，她就嚇得跳起來。無論我怎麼做，她總能憑直覺猜出我的動機，使我的計畫難以進行；尤其是，她覺得莎士比亞是個可怕的怪人。

堅持了好幾個月後，我發覺我的做法幾乎沒有效果。我開始想：也許朵拉的思想已經被塑造過了，定了型了。

經過這一番波折，我終於放棄了我那難以達成的目的，決心去習慣我妻子的現狀，不再用任何方法來改造她。我打從心底對我自作聰明的做法感到厭倦，也不希望我的愛人被拘束；於是，有一天我為她買了副耳環，為吉普買了條項圈，帶回家討她開心。朵拉果然為這兩件小禮物歡天喜地，高興地吻我。

我坐在沙發上，為妻子戴上耳環，然後告訴她：我恐怕我們近來不那麼和睦了，而這都是我的錯。

「朵拉，我的生命，老實說，」我說道，「我曾想做個聰明人。」

「也讓我變聰明，」朵拉怯生生地說道，「是嗎？大衛。」

我以點頭作回答，並吻那張開的嘴。

「沒有用的，」朵拉搖頭說道，把耳環搖得叮噹作響，「你知道我是一個什麼樣的人，也知道我一開始就要你怎麼叫我。如果你不能那樣做，恐怕你也不會愛我。你敢說，你從沒想過，當初最好——」

「最好什麼？我親愛的。」我問，因為她不肯講下去了。

「沒什麼！」朵拉說道。

「沒什麼？」我重複道。

她摟住我的脖子，一邊笑，一邊把她的臉伏在我肩頭上。

「我的確想過，我當初最好就別去想塑造我的小太太的思想。」我自嘲道。

「這就是你以前想做的事？」朵拉叫道，「哦！多可怕的孩子。」

「但我再也不試了，」我說道，「因為我非常愛本來的她！」

「別說謊——真的嗎？」朵拉朝我挨近了些，問道。

「為什麼我要把我的寶貝擁有這麼久的東西改掉呢？」我說道，「無論妳變得怎麼樣，也不會比原本的妳更好，我親愛的朵拉。我們不要再自作聰明了，只要維持原狀，快快樂樂。」

「要快快樂樂！」朵拉馬上說道，「對！每天都這樣！你不會介意一點小差錯吧？」

「不，不，」我說道，「只要盡力就好。」

「你不會再說，我們害別人變壞了，對吧？」朵拉又說，「那很令人生氣。」

「不，不。」我說道。

「在我看來，愚蠢比不快樂要好得多，對不對？」朵拉說道。

「本來的朵拉比世界上一切其他的都好。」

「世界上！啊，大衛，那太誇張了！」

她搖搖頭，把那明亮愉快的眼睛轉向我，吻我，大笑起來，然後蹦蹦跳跳地走了，去為吉普戴上項圈。

我對朵拉進行的最後一次改造就這樣結束了。在進行的當下，我並不快樂；我不能忍受我那自命清高的想法，也不能在這種改造和朵拉的希望之間取得平衡。我決定獨自去改善我們的生活，但我感到我力不從心了。一種不愉快的感覺在我的心裡漸加深；它並不很清晰，就像夜裡聽到的一首模模糊糊的憂傷樂曲。我非常愛我的妻子，也很快樂；但我從前曾隱約期待的幸福並不是我現在正享受的，似乎缺了些什麼。

「不成熟內心的第一次衝動。」我不斷想起史特朗夫人說的這句話。我常常在半夜醒來時還想著這幾個字，我記得我甚至在夢裡從牆上看到這幾個字。因為我知道，當初我愛朵拉時，我的心是不成熟的；如果我的心是成熟的，我現在就絕不會有這種想法。

「在婚姻中，沒有任何懸殊差異大過思想和理念的差異。」我也記得這句話。我曾嘗試讓朵拉適應我，後來發現這是辦不到的；我只好使自己適應朵拉，和她分享我能分享的，使她快快樂樂，而一切重擔則由我自己扛在肩上。我的內心變得越來越成熟，這使我變得越來越快樂；尤其是，也讓朵拉的生活充滿了陽光。

在那一年中，我曾希望有一雙比我更靈巧的手來幫忙塑造她的個性，我曾希望她肚裡的嬰兒有一天能使我的小太太成熟；但期待落空了──那個小天使在他的小監獄門前飛了一圈後，又自在地飛跑了。從那時起，朵拉的身體不像從前那樣健康了。她不能跑，也不太能走了；她的樣子仍然很美，也很快樂，可是過去圍著吉普跳舞的那雙靈活小腳變沉重了，不肯再多動了。

每天早上，我把她抱下樓，晚上又把她抱上樓。她總是摟住我的脖子大笑，吉普則圍著我們又叫又跳，跑在最前面，到了樓梯口又喘著氣回頭監視我們。姨祖母抱著一大堆披肩、枕頭，跟在我們後面，狄克先生負責舉蠟燭。我們是一支快樂的隊伍，而我的小太太就是隊伍中最快樂的一個。

然而，有時我抱起她，感到她在我懷裡變輕時，一種可怕的失落感便油然而生，好像我正在朝一個會使我生活凍僵的冰天雪地接近。我盡可能不去想這件事，直到一天夜裡，我聽到姨祖母向她說道：「再見！小花兒。」我才一個人坐在書桌邊，心想這多麼不吉利呀！花還在樹上盛開時就枯萎了！我哭了起來。

第四十九章　我一頭霧水

一天早上，我接到一封由坎特伯雷寄到博士院的信。我有些吃驚地讀道：

親愛的先生：

如今的我正處於危急之中，再無希望，再無快樂，也再無平安可言。因此，我想作一回短暫的躲避，重遊倫敦故地。後天晚上七點，我將會在最高法院拘留所的南牆外側。若我親愛的朋友科波菲爾先生與湯瑪斯．特雷多先生願屈尊前來，與我略敘舊情，我將不勝感激。

威爾金．米考伯

我把這封信讀了好幾遍。雖然我知道米考伯先生的文筆一向誇張，但仍然感覺到，在這封信背後隱藏什麼重要的訊息。我放下信來，想了想，又拿起來讀了一遍。就在我困惑地猜測時，特雷多來了。

「親愛的朋友，」我說道，「你來得正好，快用你冷靜的判斷力幫幫我吧！我剛收到米考伯先生的一封奇怪的信。」

「真的？」特雷多叫了起來，「老實說，我也收到了米考伯太太的一封信呢！」

他這麼說著，一邊把他收到的信拿出來和我交換。那封信是這樣的：

親愛的湯瑪斯．特雷多先生：

說來心痛，一度極為愛家的米考伯先生與他的家人越來越疏遠了。他的行為也越來越蠻橫、粗暴，甚至有精神錯亂的跡象。我常聽他說他把靈魂出賣給了惡魔。他變得疑神疑鬼；要是不小心冒犯了他，哪怕是極輕微的話，他也會忿忿地吵著要離婚。

我無意間發現，米考伯先生要去倫敦了。今天早餐前，他偷偷在一張紙上寫了一個地址，並掛在一個棕色的提包上，但被我看到了。那是在金十字街。我能冒昧地請求你到該處見我丈夫、並試著勸勸他嗎？我能冒昧地請你為我們一家調解糾紛嗎？如果我的要求不會太過分的話。另外，也請代我問候科波菲爾先生。

愛瑪．米考伯

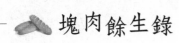

「你覺得那封信怎麼樣？」我讀完以後，特雷多問道。

「你覺得那一封又怎麼樣？」我也反問他。

「我覺得，這兩封信都寫得很誠懇，他們夫妻對彼此的計畫似乎都不知情。」他說，「無論如何，我們應該寫一封信給她，並告訴她，我們一定會去見米考伯先生。」

我對這意見大為贊同，於是我立刻以我們兩人的名義寫了一封安慰的信給米考伯太太，並且簽了名。當我們步行去城裡寄信時，特雷多和我進行了好一陣子的討論，並作了種種揣測；之後，甚至又請我姨祖母參與了我們的討論。不過，我們唯一的結論是：我們必須按時赴米考伯先生的約。

我們比約定的時間早了十五分鐘到達，米考伯先生已經在那裡了。他抱著雙臂，神色傷感地看著牆壁；當我們招呼他時，他的態度顯得很狼狽，比過去少了些紳士風度。不過，開始談話後，他便漸漸恢復了常態。

「親愛的科波菲爾，」他傷感地說道，「還記得這座監獄嗎？過去，我們曾一起躲在裡面；在這裡，不會有債主來敲門，也不需要應付訴訟，審判的結果會自動從門口投進來，日子過得多麼無憂無慮！」

「從那以後，我們都有了變化，米考伯先生。」我說道。

「當我住在這個避難所時，」米考伯先生傷心地說道，「我與我的同類是平等的，如果他冒犯了我，我可以揍他的頭。但現在，我和我的同類不再保持這種平等關係了。」

「顯然，你的心情不怎麼好呢，米考伯先生。」特雷多說道。

「是的，先生。」米考伯先生說道。

「我希望，這不是因為你對法律感到厭惡了。」特雷多說道。

米考伯先生沒有作任何回答。

「我的朋友希普還好嗎？米考伯先生。」經過一番沉默後，我問道。

「我親愛的科波菲爾！」米考伯先生忽然變得激動起來，臉色蒼白地說道，「如果你把我的雇主當成你的朋友，我對此感到遺憾！如果你把他當成我的朋友，我則予以嘲笑！無論你以什麼身分問候我的雇主，請你原諒，我的回答只會是：無論他的健康怎麼樣，他的相貌狡猾，內心凶狠惡毒！請允許我拒絕談論這使我陷於絕境的話題。」

我向他道了歉，又說道：「那麼，我可以問問我的老朋友威克費爾德先生和小姐好嗎？」

「威克費爾德小姐一直是一個典範，」米考伯先生的臉色漸漸轉紅，「她是光明的化身。我親愛的科波菲爾，她是我那悲慘生活中唯一的燦爛星光！我尊敬她，讚美她的品格，熱愛她的慈愛、忠實和善良——快帶我走吧！」米考伯先生說道，「把我帶到一個僻靜的地方去！我再也受不了這個話題了！」

我們把他扶到一條窄巷裡，他拿出小手帕，背貼著牆。

「這是我的命運，」米考伯先生嗚咽道，「我們天性中較美好的那一部分成了對我的懲罰。對威克費爾德小姐的敬意是我胸中的利箭。請你們扔下我，任我去流浪吧！害蟲很快就會來結束我的生命了。」

我們沒有聽從他的要求，而是一直陪著他。後來，他收起小手帕，拉起硬領，又哼起小曲。這時候，我便向他建議道，如果他願意坐車去海蓋特，我會很高興把他介紹給我的姨祖母，並留他在家裡住一夜。他欣然答應了。

我們又手挽手走去，坐上一輛馬車，一路平安地到了海蓋特。我心裡忐忑不安，不知該說些什麼才好，特雷多也是一樣。米考伯先生似乎仍十分憂愁；儘管他偶爾哼些小曲來振作精神，但他那戴歪的帽子卻將他的哀傷表露無遺。

一聽到通報，我姨祖母立刻迎了出來，非常誠懇地接待米考伯先生。狄克先生也出來與米考伯先生握手，他的熱情令患難中的米考伯先生感動不已。不過，當我們進屋後，仍感到相當拘謹、不自在，米考伯先生顯然想說些什麼，卻又猶豫不決。特雷多坐在椅子上，瞪著眼，眼光在地面和米考伯先生之間來回巡視，什麼也不說。只有姨祖母，她目光銳利地盯著這位客人，比我們都更鎮靜。她首先開口了：

「你是我侄孫的老朋友了，米考伯先生，」姨祖母說道，「我早就希望能結識你。」

「夫人，我也一樣。」米考伯先生答道。

「我希望米考伯太太和你的家人都平安，先生。」姨祖母又說。

米考伯先生低下了頭，之後又彷彿下定決心地說道：「他們只是像貧困無助的人所能期望的那樣平安。」

「老天！先生，你這話是什麼意思呀？」姨祖母叫道。

「我們的生計岌岌可危，夫人。」米考伯先生答道，「我的雇主——希普先生——他曾對我說，如果他不雇用我，我大概只能當一個江湖賣藝的，去吞刀、吞火，或是教我的孩子耍把戲來掙錢，而米考伯太太可以拉手風琴助興呢！」

說到這裡，他從椅子上站起來，拿出那條小手帕，開始大發牢騷。

「我的工作，」他用手帕捂著臉說道，「是需要冷靜和尊嚴才能幹的。我幹不下去了！絕不可能！」

「米考伯先生，這是為什麼呢？請說出來吧，這裡沒有外人。」我說道。

「沒有外人！」米考伯先生重複道，於是把藏在心底的秘密全講出來了，「老天！正是因為沒有外人，我的心情才會這樣。這是為什麼？先生們，就因為那惡棍，就因為卑鄙，因為欺騙、偽詐、陰謀；這一切壞東西的名字就是——希普！」

姨祖母拍拍手，我們大家都不約而同地站了起來。

「我決定了！」米考伯先生激動地揮舞著手帕，「我再也不要過那種生活了！我是個可憐人，被剝奪了一切生活中的喜樂。過去，我受到那惡魔的控制，現在，我要把我的妻子奪回來，把我的家人奪回來，即使要我明天去吞刀，我也願意！」

我從沒見過這麼激動的人。我想使他冷靜下來，以便好好商量；但他越來越亢奮，根本聽不進一句話。

「在我把那可惡的毒蛇——希普——輾碎以前，」，米考伯先生怒吼著，「我絕不和任何人握手！在我把維蘇威火山移到那惡棍的頭上，並引爆之前，我絕不接受任何人的款待！在我把那騙子的眼睛戳瞎之前，這裡的酒我一口也吞不下！在我把那虛偽的小人壓成粉末之前，我——不要再認識任何人，也絕不——哦！絕不說一句話！」

他費力地說出那些奇怪的句子，模樣真是可怕。之後，他倒在椅子上，汗流浹背，瞪著我們，臉上出現了各種不尋常的表情，喉結不斷起伏，看上去就像要死了。我想給他一點幫助，但他對我揮了揮手。

「不！科波菲爾，在威克費爾德小姐因為那惡棍——希普——而遭受的損失得以彌補之前，我什麼也不說——絕對保密！哦，別告訴任何人！下禮拜的今天，你們都去坎特伯雷旅店，米考伯太太和我會在那裡，一起揭穿那令人髮指的惡棍——希普！就這麼說定了，再見！我的朋友們。」

說完這些後，米考伯先生就衝出了屋子，留下我們目瞪口呆地站在原地。

第五十章　皮果提先生夢想成真

自從我們和瑪莎在河堤上談話已經過了幾個月了。在那之後，我沒有再見過她，但她和皮果提先生通過幾次信。她滿懷熱忱地幫忙，卻還沒有結果；我漸漸對艾蜜莉的歸來不抱希望，越來越相信她已經死了。

皮果提先生依然堅持自己的信念。他堅信能找到她，從來沒有動搖過。由於擔心老家的窗戶內沒有燈光，他曾在夜裡步行回雅茅斯確認；為了能從報紙上讀到一點和她有關的消息，他曾拄著拐杖走了七八十哩；一聽到達特爾小姐告訴我的話，他就搭船去了那不勒斯，然後又回來了。他的旅行都很艱辛，因為他一味節省，希望把錢留給艾蜜莉。在這所有的尋覓中，我從沒聽過他訴苦，從沒聽他說累，或說他感到心灰意冷。

一天夜裡，他來到我家，告訴我，他前天晚上外出時，看見瑪莎在他的住處附近等他。瑪莎請他在下一次見到她之前，無論如何不要離開倫敦。

「她告訴過你為什麼嗎？」我問道。

「沒有，大衛少爺，」他沉思著回答道，「我也這樣麼問了她，但她說她不能講。」

對於這消息，我除了祝他順利以外，什麼也沒說了；我已很久不用渺茫的希望來鼓勵他了。我也不知道這消息在我心裡引起了什麼樣的臆測，反正那些臆測都是很沒把握的。

大約兩個禮拜後的一天晚上，我一個人在花園裡散步。當時已下了整整一天雨，空氣中還是潮濕的；樹上的葉子十分茂密，吸飽了水而低垂著。雨已經停了，天色有些灰暗，但透過小屋旁的葡萄架和常春藤，仍能看得到花園外的大路。正當我腦中轉著各種念頭時，不經意把眼光投向那一邊，看到一個穿著破爛外衣的身影。那身影忽然向我俯下身子，並招招手。

「瑪莎！」我朝那身影走過去並說道。

「你能跟我走嗎？」她急切地小聲問道，「我去了他那裡，但他不在。聽說他很快就會回來，於是我在他的桌上留下了訊息。我有消息要告訴你，你能馬上來嗎？」

我立刻走出大門，緊緊跟在她身後；她示意我不要出聲，然後便朝倫敦的方向轉過身去。從她衣服上的泥漬來看，她是從倫敦走來的。

我攔住一輛過路的空馬車，與她坐了上去。我問她應該把馬車駛去哪裡時，她答道：「去黃金廣場，越快越好！」說完，她就蜷縮在車廂一角，用一隻顫抖的手捂住臉，好像禁不起任何聲音刺激一樣。

我們在廣場入口下了車。我叫車伕把車停在那裡，以備不時之需。她拉著我的手，帶我走進那些陰暗的巷道。我們在一棟出租給貧民的住宅前停下來，她鬆開我的手，示意我跟她走上一條公用樓梯。

我們往最上面一層走去。途中有兩三次，我隱約看見一個女人的身影在我們前面往上走。當我們轉進頂樓最後一段樓梯時，看到那個身影在一扇門前停了一下，然後轉動門把，走了進去。

「這是怎麼回事！」瑪莎低聲說道，「她進了我的房間。我不認識她呀！」

但我認識她。我驚奇地認出她是達特爾小姐。

接著，我聽見房間裡傳出動靜。瑪莎與我躡手躡腳上了樓，然後，她推開一扇沒鎖的小後門，走進一間小閣樓，這閣樓與她的房間只隔了一扇半開的小門。我們氣喘吁吁地在這裡停下，我從門縫中看出，裡頭是一個相當大的房間，擺了張床，牆上有些普通的船的圖畫。我看不見達特爾小姐，也看不見跟她說話的人。

有一會兒靜寂無聲。瑪莎一隻手捂住我的嘴，另一隻放在耳邊做出傾聽狀。

「我不在乎她不在家，」我聽見達特爾小姐傲慢地說道，「因為我是來找妳的。」

「我？」一個柔軟的聲音接著說道。

一聽到這聲音，我渾身一顫——這是艾蜜莉的聲音！

「是的，」達特爾小姐答道，「我特地來看妳。什麼？妳不為妳幹的那些醜事感到害臊嗎？」

她語調中那堅決而冷酷的憎恨、那殘忍而嚴厲的鋒芒、那壓抑著的憤怒，使她整個人彷彿就在我面前一樣。我好像看見她站在燈光下，看到她目光炯炯的黑眼睛，還能看見在她說話時不斷顫動的那條傷疤。

「我特地來看詹姆士·史蒂爾佛的心上人，看那個跟他私奔而使她家鄉的人都鄙視她的丫頭，看那個配得上史蒂爾佛的大膽、放肆的女人是什麼樣子！」

傳來一陣窸窣聲，好像是那受了侮辱的少女往門口的方向跑。那說話的人立刻把她攔在門口，還朝地上跺了一下腳。

「別動！」她說道，「否則我要向這棟房子裡和街上的人揭露妳的醜事！我要攔住妳，抓妳的頭髮，用石頭打妳！」

「哦！看在上帝的份上，饒了我吧！」艾蜜莉絕望地叫道，「不管妳是什麼人，親愛的小姐，想想我受的苦，想想我是怎麼墮落的吧！哦！瑪莎，快回來呀！哦，我的家呀，我的家呀！」

達特爾小姐坐在靠門的一張椅子上，眼睛朝下看，或許艾蜜莉就伏在她面前的地板上。這時，她在我和燈光中間，我可以看到她噘起的嘴，還有她那貪婪得意而又殘酷的眼神。我想立刻出面制止那談話，轉念一想，又覺得自己沒有資格，只有皮果提先生有救贖她的權利。他什麼時候才會來？我急躁地心想。

「妳這個假貞潔、裝模作樣的東西！」她說道；「把妳那偽裝的本事留著去騙那些會輕信妳的人吧！妳想用眼淚打動我嗎？這並不比妳的笑臉更能迷惑我，妳這個下賤的奴隸！」

「哦！發發慈悲吧，」艾蜜莉叫道，「對我表示一點同情吧，否則我會發瘋、會死的！」

「比起妳犯的罪來，這懲罰一點也不重。妳知道自己做了些什麼嗎？妳想過被妳毀掉的那個家嗎？」

「唉！我何嘗不是每天每夜都想著它呢？」艾蜜莉叫道，這時我終於看到了她；她跪在地上，頭仰著，臉色蒼白地向上看，瘋狂地向前伸出雙手，頭髮披散。「無論我睡著還是醒來，沒有一刻不想到它。它還是像我當初離開時的那個樣子！哦，我的家啊！最親愛的舅舅！如果你知道你的愛心在我墮落時帶給我的痛苦，那你一定非常愛我，也絕不會再一如既往地愛我了！對我發怒吧，那至少能讓我好過一點！我在這世上得不到半點安慰，因為他們都那麼愛我！」

她伏在達特爾小姐跟前，乞求似地想去抓住她的裙角。達特爾小姐卻像一尊銅像般無動於衷。她緊閉著嘴，好像正在努力克制自己——否則，她會去踢那可憐的少女的。

「妳的家！」她終於怒不可遏地說道，「妳以為我會想到妳的家嗎？妳以為妳那個卑賤的家還能遭受多大的損失嗎？不，我說的是他的家！——也就是我現在住的地方。妳——」她伸出手，指著伏在地上的艾蜜莉說道，「就是讓那對高貴的母子失和的原因，就是毀了那個妳連做僕人的資格都沒有的家庭的原因，就是那憤怒、怨恨、責難的原因！這個賤貨被從海邊撿起，被寵愛了一個小時後，又被扔回了原處！」

「不是的！不是的！」艾蜜莉握起手說道，「他和我偶然相識時——但願從沒有過那一天，但願我從沒遇上他！——我也是一個跟妳一樣的好女人。如果妳也認識他，妳也許就會知道，對一個軟弱而愛慕虛榮的女人來說，他有多大的吸引力。我並不打算為自己辯護，但我很明白——他也很明白，他千方百計欺騙我，於是我相信了他，信任了他，也愛上了他！」

達特爾小姐一下子從座位上跳起來，朝她撲了過去。她的臉那麼凶狠，憤怒使她渾身上下都變得可怕，我幾乎要衝到她們中間，擋住她狂怒的拳頭。她揮了空，站在那裡，喘著氣，同時以極度的仇恨看著艾蜜莉，由於輕視和憤怒而全身發抖。

「妳愛他？妳？」她握著顫抖的拳頭叫道。

艾蜜莉已退到我看不見的一個角落，沒有回答。達特爾小姐慢慢地笑了起來，手指著艾蜜莉，好像她是一個受到人神共棄的可恥東西。

「她愛他！」她說道，「這樣一塊行屍走肉！她竟敢說他曾經喜歡過她？哈！簡直一派胡言！」她的嘲笑比她那不加掩飾的憤怒更加嚴厲。不過，她只宣洩了片刻，又馬上克制住情緒。

「我特地來這裡，好見識一下妳是個什麼東西。現在我滿足了，我也要告訴妳：妳最好馬上回去妳的那個家，把妳的頭藏在那些正在等妳、覬覦妳的錢的人的懷裡吧！等到一切都過去，妳又可以相信、信任並愛上其他人了！躲起來吧，躲在一個人們找不到的地方，無聲無息地活著——可以的話，無聲無息地死去，免得妳那不安份的心又去誘惑更多的人！」

「天哪！天哪！我該怎麼辦？我該怎麼辦？」可憐的艾蜜莉絕望地叫道。我相信，即使是最鐵石心腸的人，聽了這聲音也會感動的，但在達特爾小姐的微笑中卻沒有一絲憐憫。

「怎麼辦？」達特爾小姐答道，「在妳的回憶中過幸福的日子吧！把妳的餘生用來回憶妳對詹姆士的愛情吧！如果那些驕傲的回憶仍無法支持妳，那就去嫁給一個好人，滿足他的虛榮吧！如果這都不行，那就去死！隨便妳怎麼做都行——去找條路，逃到天上去吧！」

樓梯上遠遠傳來一陣腳步聲。我確信，那正是他的腳步聲，感謝上帝！同時，達特爾小姐一面緩緩從門口走開，離開了我的視線。

「不過，記住！」在打開另一扇門走出去時，她嚴厲地補充道，「我已下定決心，除非妳一點也不讓我知道妳的行蹤，或者除非妳把那漂亮的面具摘下，否則我一定要把妳趕到世界的盡頭！我說到做到！」

樓梯上的腳步聲越來越近了——越來越近——和剛剛下樓的她擦身而過，衝進了房間。

「舅舅！」

緊接著這兩個字，是一聲可怕的叫喊。我等了一下，便走進房裡，看見他抱起了失去知覺的她。他朝她的臉端詳了幾秒鐘，然後俯下去吻了一下——啊！多慈愛的一吻！然後，他抽出一條手帕蓋在她的臉上。

「大衛少爺，」他蒙上她的臉後，用顫抖的聲音說道，「感謝上帝，我的夢想成真了！我誠心誠意地感謝祂，因為祂用祂的意志把我引到我的寶貝這裡！」

說著，他把她抱在懷裡，看著那被蒙上的臉，把那失去知覺而一動也不動的她抱下樓去。

第五十一章　更長的旅程

隔天早上，我和姨祖母在花園裡散步時，僕人通報皮果提先生要找我談話。我們朝大門走去，在半路遇到了他。姨祖母已經從我這裡得知一切；她什麼也沒說，表情誠懇地走上前和他握手，然後拍了拍他的手臂。

「我現在要進屋去了，特洛，」姨祖母說道，「我要去照料小花，她馬上要起床了。」

「我希望不是因為我在這裡吧？夫人，」皮果提先生說道，「妳是因為我才要離開的嗎？」

「你有話要說，朋友。我不在場比較好。」姨祖母答道。

「如果妳允許的話，夫人，」皮果提先生馬上說道，「如果妳不嫌我囉嗦，我希望妳能聽我說。」

「是嗎？」姨祖母也欣然說道，「那我相信我會聽。」

於是，她挽著皮果提先生的手，和他一起走到一座小涼亭裡。她坐在一張凳子上，我坐在她旁邊，皮果提先生仍然站著。他開始說了：

「昨天晚上，我找到了我那親愛的孩子，把她帶回我早就為她準備好的住所。好幾個小時裡，她一點也不認識我；她認出我以後，就跪在我腳前，像祈禱一樣，把一切經過告訴了我。老實說，當我聽到她的聲音，看到她伏在地上時，我內心充滿感激，但又感到痛苦。不過，痛苦的時間並不長，因為我終於找到她了。」

「你是一個富於犧牲精神的人，」姨祖母說道，「會得到報答的。」

皮果提先生向我姨祖母點點頭，以表示感謝，然後又接著他的話題繼續說。

「我的艾蜜莉，她被那個負心漢的僕人囚禁在一棟房子裡——願上帝懲罰他！——但她夜裡從那裡逃走了。那是一個漆黑的夜，她暈頭轉向地在海邊亂跑，銳利的岩石割破了她的腳，她也沒有察覺。終於，天亮了，又刮風又下雨，她筋疲力盡地倒在海灘上，被一個經過的女人救起了。」

「當艾蜜莉把這女人看清楚了，她認出那是常在海邊與她談話的其中一個人；每當艾蜜莉經過那裡時，她總會送花給她。當時，那女人問她為什麼會淪落到這個地步，艾蜜莉告訴了她事情經過；於是她決心帶她回家——她真的那麼做了！」皮果提先生捂著臉說道。

自從艾蜜莉那晚逃走後，我還沒見過什麼事能比這善舉更讓他感動。姨祖母和我都不想驚擾他。

「她收留了艾蜜莉，替她保守秘密，並要她的鄰居也保守秘密。期間，艾蜜莉生了一場大病，她在昏迷中不斷說著話，要人們替她回雅茅斯通報她的病情，並請求家裡的人原諒她；另一方面，她又覺得那個僕人一直躲在窗外，正等著抓她，於是她苦苦哀求那好心的女人別拋棄她。她有時處在驚疑不定的狀態，有時卻放聲高歌，或是大笑！這種情形不知持續了多久。最後，她陷入了長久的昏睡。」

「她醒來時是個美好的下午。一切都那麼安靜，除了海灘上的濤聲外，什麼聲響也沒有。一開始，她還以為這是一個禮拜天早晨，而她就在家裡呢！可是，她看到窗外的葡萄葉，還有遠處的小山，這些都不是家鄉的景物；接著，她的朋友進來照顧她，她這才想起自己身在離家很遠的地方，以及為什麼在那裡。於是，她俯在那好心女人的胸口上哭了起來。」

談到艾蜜莉的這位好朋友時，他又忍不住流下眼淚。

「艾蜜莉漸漸康復了。她決定離開那個好心的女人回自己的國家了。於是，那女人和她丈夫把她送上去利佛諾的小商船，然後再從那裡去了法國。他們不願意收她的錢，儘管他們很窮；他們的善行比世上的一切珍寶都更永恆！」

「艾蜜莉到了法國，在港口的一個旅店當女僕，專門侍候旅行的女客人。可是，有一天，那個僕人也來了——但願他永遠別讓我遇到，否則我不知道會怎麼對付他！——一看到他，她又膽戰心驚，於是再次逃走了。她在多佛上岸，回到了英國。」

「一到英國，艾蜜莉立刻想起她的家。可是，她擔心得不到原諒，擔心被人議論，擔心我們之中有人因她而送了命——她擔心的事情太多了，因此她打消這個念頭，來了倫敦——她從沒來過這個地方，而且又孤零零的，身無分文。她才剛到這裡，就遇見一個長得還算體面的女人，她說能為她介紹一些縫紉的工作，還能為她找一個住宿的地方——她答應了，想不到卻誤上賊船。就在我的孩子處在危急關頭時——」他激動得渾身發抖地高聲說道，「忠於她的瑪莎救了她！」

我高興得不禁叫出了聲。

「她是個善良的孩子。由於她自己吃了那麼多苦，她知道去哪裡找她，也知道該怎麼辦——她辦到了！她氣急敗壞地趕到那裡，叫醒睡眼惺忪的艾蜜莉，把她帶出了那個陷阱。她告訴艾蜜莉，說她已經見過我，知道我愛她、原諒了她。接著，她把艾蜜莉安頓在她的家裡，細心照顧她。第二天晚上，她立刻來找我，然後又去找你，大衛少爺。她沒告訴艾蜜莉她出門的目的，以免艾蜜莉感到害怕或是躲起來。至於那個殘忍的女人是怎麼知道她在那裡的，我不知道，也不在乎，反正我已經找到我的外甥女了。」

「整整一晚，艾蜜莉都跟我在一起。她的話不多，只是傷心地哭，摟著我的脖子，把頭枕在我懷裡。我們明白，我們可以永遠信任彼此了。」

他不再往下說了，把手平穩地放在桌上，那手似乎有一種足以征服獅子的意志。

「至於今後的生活，」我開口了，「你已打定主意了吧？朋友。」

「是的，大衛少爺，」他答道；「我們會移居到澳洲。到了那裡，再也沒有人可以責備我的寶貝了。我們會在那裡展開我們的新生活！」

我問他什麼時候出發。

「今天早上我去碼頭打聽過了。大約兩個月後，有一艘船將會起航。我們就坐這艘船。」

「不帶別人？」我問道。

「啊，大衛少爺！」他答道，「你知道，我妹妹很關心你們一家人，也只習慣英國的生活，讓她去不合適。除此之外，別忘了她還有個人要照顧呢！」

「可憐的漢姆！」我說道。

「我的妹妹會替他料理家務。同時，他與她很親近。他能夠安安靜靜地向她訴說心事。可憐的人！」皮果提先生搖搖頭，「留給他的並不多，不能再失去僅有的這一點了！」

「康密奇太太呢？」我說道。

「嗯，關於康密奇太太，我打算替她安排一個新的家。在我走之前，我會給她一筆生活費，讓她能過上舒適的日子。她是最忠心的人。這樣一個好女人，在這樣的年紀，又孤身一人，當然不能勉強她搭船去既陌生又遙遠的地方，在那裡的森林和荒野裡過著流浪生活。因此我決定這樣為她安排。」

他沒有忽略任何人。他想到每個人的權利和要求，除了他自己。

「在我們動身前，」他繼續說道，「艾蜜莉得和我住在一起——可憐的孩子，她太需要安靜和休息了！她得準備一些必要的衣物，我希望當她發現自己又在她粗魯卻慈愛的舅舅身邊時，能漸漸忘記煩惱。」

我姨祖母點點頭，同意他所說的，並對皮果提先生表示十分贊許。

「還有一件事，大衛少爺。」他說道，把手伸進衣服口袋裡，鄭重地取出我先前見過的那個小紙包，在桌上打開。「這是那些錢——五十鎊十先令，再加上她用掉的錢。我打算在動身前，把這些錢裝進一個信封，再連同一封信交給他母親。我會簡明扼要地告訴她這是什麼的代價，還要告訴她：我走了，這筆錢再也無法還給我了。」

我告訴他，我覺得這樣做很對。

「我差點忘了，」他包好那小紙包並放回口袋後，又鄭重地笑著說道，「今天早上出門時，我拿不定主意，不知道該不該把這件事親自告訴漢姆。所以，出門前我寫了封信，送到郵局去了，信上說明了一切經過，還說我明天要回去處理一些該辦的事，而且——也許是向雅茅斯告別。」

「你願意讓我跟你一起去嗎？」看出他有話想說，我便問道。

「只要你願意幫忙，大衛少爺，我相信他們會很高興見到你的。」他答道。

於是，次日早上，我們坐上了去雅茅斯的馬車。當我們接近目的地時，我想起自己應該迴避一下，好讓皮果提先生和家人單獨享受重逢的喜悅，便離開了他，獨自到鎮上散步了一會兒。

當我來到漢姆的家，發現皮果提已經搬到那裡住下，把巴吉斯先生的房子出租了。我在廚房裡見到了他們，康密奇太太也在，她們都用圍裙捂著眼睛。漢姆去海灘上散心了，但他不久就回來，並且很高興能見到我。為了打起眾人的精神，我們聊起了皮果提先生在澳洲的前景；期間雖然不時隱約提到艾蜜莉，但從不說出她的名字。在場的人中就屬漢姆最為冷靜。

皮果提把我帶進一間小臥室，告訴我，漢姆總是那副模樣。她相信他的心被傷透了，但他既勇敢又和氣，幹活比那一帶的任何工人都賣力。他有時會在夜裡提起他們在船屋裡的往日生活，也說起童年時的艾蜜莉，但從不提到成年後的她。

我感覺出，漢姆的表情顯示想和我單獨談談的願望。於是，我決定隔天晚上到他回家的路上等他。打定這個主意後，我就上床了。那一天，皮果提先生沒有在沒有在窗台上擺蠟燭。

第二天整整一天裡，他專心處理他的漁船和繩具，把他認為對他有用的財產收拾好，用車送往倫敦，其餘的都送人，或是留給康密奇太太。我忽然有一種傷感的願望，想在那舊船被廢棄前再看它一眼，便與他們約好晚上在船屋裡碰面。但我仍決心要先見漢姆。

我在沙灘上一個僻靜的地方見到了他，然後與他往回走，好讓他有機會和我說話。我猜得沒錯，當我們才剛走了幾步，他就說道：

「大衛少爺，你見到她了嗎？」

「只有一下子，是在她昏迷的時候。」我溫和地答道。

我們又走了一段路，他又說道：

「大衛少爺，你覺得你想看到她嗎？」

「那樣也許會讓她非常痛苦。」我說道。

「我也想到了這點，」他答道，「一定是這樣的，少爺。」

「如果你有什麼話不方便當面說出口，我可以為你寫信給她。」

「謝謝你，好心的少爺！我覺得我有幾句話想說。」

「什麼話呢？」

我們又默默走了一會，然後他才說話。

「不是我原諒她了。相反地，我希望她原諒我，因為我把愛情強加在她身上。我常在想，如果她沒有答應嫁給我，也許就能把我當成朋友一樣信任，會把她心裡的掙扎告訴我，和我商量。那樣我也許就能救她。」

我握握他的手說道：「就是這些話嗎？」

「還有別的，」他鎮靜地回答道，「請你告訴她：我並不傷心，依然很愛她、憐惜她。並讓她相信：我並不感到生活乏味，依然懷抱希望。當邪惡的人不再騷擾、疲乏的人得以休息時，我能夠毫無怨恨地見到她，使她那愁苦的靈魂得到安慰；但是，不要讓她以為我會結婚，或認為別人能代替她。」

我再次握住他的手，告訴他我一定盡心達成他的委託。

「謝謝你，少爺，」他回答道，「我很明白，我再也見不到他們了。當你最後一次見到他時，請把一個孤兒的孝心和感激告訴他，他一直待我比親生父親還好。」

他輕輕揮了揮手，轉身走了。我在後面看他在月光下走過曠野的身影，見他向海上一道銀光轉過臉去，邊看邊走，一直到變成遠方一團模糊。

我來到船屋時，門大開著，裡面的傢俱全搬空了，只剩下一口舊箱子；康密奇太太坐在那箱子上，膝蓋上放著一個籃子，眼瞪著皮果提先生。皮果提先生把手肘靠在壁爐架上，注視著爐裡將熄的餘火；當我一走進去，他就滿懷希望地抬起頭，高高興興地開口了。

「你是來道別的，對嗎？大衛少爺，」他舉起蠟燭來說道，「現在都空了，對吧？」

「你們的動作真是快。」我說道。

「嘿！我們一點也沒偷懶，少爺，康密奇太太幹起活來十分勤快。」

坐在箱子上的康密奇太太仍不說一句話。

「瞧！這就是你以前和艾蜜莉一起坐的那個箱子，我打算隨身帶著它。」皮果提先生說道，接著便請康密奇太太站起來，好讓他把那箱子搬出門。這時，康密奇太太突然仍下籃子，抱住他的手臂。

「丹！」她嚷道，「我親愛的丹，我絕不願意留下來！你別想把我留下來，丹！哦，千萬別那樣做！」

皮果提先生吃了一驚，看看康密奇太太，再看看我，然後又看著康密奇太太，彷彿大夢初醒。

「別這樣，親愛的丹，別這樣！」康密奇太太激動地叫道，「帶我和你一起走，帶我跟你和艾蜜莉一起走！我願意做你的老女僕，既長久又忠心，反正千萬別扔下我！丹。」

「親愛的太太，」皮果提先生搖搖頭說道，「妳不知道那段路多麼漫長，那裡的生活多麼苦！」

「我知道！丹，我猜得出！」康密奇太太叫道，「但我還是要說：如果不帶我走，我就去濟貧院死掉！我可以挖地，可以做工，可以吃苦——你不相信！丹，我發誓，就算我窮到餓死，也絕不會動那筆養老金！丹，只要你答應我，我願意跟著你和艾蜜莉去天涯海角！我知道，你覺得我是孤苦伶仃的；但是，親愛的丹，只要能跟你們在一起，就不再是那樣的了！大衛少爺，快幫我勸勸他！我瞭解他，也瞭解艾蜜莉，瞭解他們的煩惱憂愁；我可以隨時安慰他們，為他們操勞！丹，親愛的丹，讓我跟你們一起去吧！」

然後，康密奇太太懷著一種純樸的熱誠，還懷著他應得的純樸感激，握住他的手吻了起來。

我們把箱子搬出去，又吹熄了蠟燭，把門鎖上，離開了這艘舊船。它變成了黑夜中一個深黑的點。次日，我們回倫敦時，我與皮果提先生坐在車廂外，康密奇太太和她的籃子就在後座上。康密奇太太很快活。

第五十二章　火山爆發

當米考伯先生約定的日子到來的前一天，我姨祖母和我商量該怎麼去。因為她很不願意離開朵拉——啊！那時我抱朵拉上下樓已經全然不費力氣了。

我們都認為，她應該留在家裡，由狄克先生和我做代表。但就在我們決定這麼做時，朵拉卻說，如果姨祖母以任何藉口留在家裡，她絕不原諒她自己，也絕不原諒她的壞孩子。於是，我們又猶豫不決了。

「我不要跟妳說話！」朵拉對我姨祖母搖著她的捲髮說道，「如果妳不去，我就要淘氣！我要讓吉普整天朝著妳叫。我要說妳是個討厭的老東西！」

「夠了，小花。」姨祖母笑著說道，「妳知道妳離不開我。」

「我可以，」朵拉說道，「妳對我一點用也沒有。妳從來沒有為我一天到晚跑上跑下，妳從來沒有坐下跟我講大衛的故事——哦！妳從來不做讓我高興的事，不是嗎？親愛的。」朵拉連忙吻我的姨祖母，並說道：「做了，妳做了！我只是開玩笑的！」她生怕我姨祖母會當真呢。

「不過，姨祖母，」朵拉撒嬌地說道，「妳一定要去。如果妳不去，我就要淘氣，吉普也一樣！如果妳不去，妳會永遠後悔的。除此之外，」朵拉把她的頭髮往後收攏，驚奇地看看我姨祖母和我，「你們兩個為什麼不一起去呢？我的病其實並不嚴重。很重嗎？」

「咳！什麼問題呀！」姨祖母叫道。

「胡說八道！」我說道。

「對呀！我知道我是個愚蠢的小東西，」朵拉噘起小嘴，「那麼，你們就一定要一起去，否則，我不相信你們。而且我要哭了！」

從我姨祖母的表情能看出她已開始讓步了。朵拉也看出了，她十分開心。

「我知道，你們會帶回來很多有趣的故事的，」朵拉說道，「別再愁眉苦臉了，你們只是去過一夜而已。你們走之後，吉普會照顧我的。在離開之前，大衛把我抱上樓，我在你們回來前就不下來。你們還要幫我帶一封責備的信給艾格尼絲，因為她好久都沒來看我們！」

我們不再商量，決定一起去。我們還說朵拉是裝病的小騙人精，因為她想要人們多關心她。她很開心，也很快樂。於是我們四個──姨祖母、狄克先生、特雷多，還有我──當夜便坐車去了坎特伯雷。

半夜時分，我們來到米考伯先生要我們等他的那間旅館。我在那裡收到一封信，說他隔日早上九點半來和我們會面。於是我們各自就寢了。

第二天早晨吃飯時，每個人坐立不安，心浮氣躁。除了狄克先生，大家都沒有胃口。我們越來越急切地期盼米考伯先生的到來；姨祖母在房裡踱來踱去，特雷多裝出讀報的樣子坐在沙發上，不時瞪著天花板；我則朝著窗外東張西望。當鐘剛敲過九點半，他就在街上出現了。

「各位先生，小姐，」米考伯先生說道，「早上好！我親愛的先生，」他對和他熱情握手的狄克先生說道，「你真是好極了。」

「嗯，先生，」姨祖母戴上手套對他說，「我們已經準備好了。不管是維蘇威火山，還是什麼別的，只要你喜歡，隨時都可以爆發了。」

「夫人，」米考伯先生答道，「我相信妳不久就要看見一場火山爆發了。老實說，我曾就此事與特雷多先生交換過意見。」

「的確如此，科波菲爾，」特雷多一臉驚訝地對我說道，「米考伯先生把他正在考慮的事和我商量過，我也盡我所能提出了意見。」

「現在，」米考伯先生又說，「我希望各位能委屈一下，聽從我個人的指揮。」

「我們答應你，米考伯先生。」我說道。

「感謝你，科波菲爾先生，」米考伯先生馬上說道，「你們的信任不會落空的。請允許我先走五分鐘，然後在我的雇主威克費爾德—希普的事務所裡等待你們上門拜訪威克費爾德小姐。」

姨祖母和我都朝特雷多看看，他點點頭以示同意。接著，米考伯先生朝我們大家鞠了一躬就走了。他臉色蒼白，舉止十分僵硬。

我請求特雷多解釋一下時，他只是勉強地笑笑，搖了搖頭。五分鐘過去了，我們大家一聲不吭地朝那棟古老的宅邸走去。我們發現米考伯先生正在樓下辦公室的大書桌旁，裝出努力工作的樣子。他的背心裡插了一支大界尺。

「你好嗎？米考伯先生。」我說。

「科波菲爾先生，」米考伯先生嚴肅地說道，「我很好，希望你也好。」

「威克費爾德小姐在家嗎？」我說道。

「威爾費爾德先生因病臥床了，他患了風濕熱。」他答道，「至於威克費爾德小姐，我相信她一定會很樂意見見老朋友的。請進吧！先生。」

他把我們領到餐廳前，一邊打開威克費爾德先生辦公室的門，一邊大聲通報我們的名字。尤利亞．希普正在那個房間裡，他顯然對我們的來訪大吃一驚，皺起了眉頭，又把手抬到下巴上。這暴露出了他內心的慌張與失態。不過，那只是一剎那的事，他很快又恢復往常那種低聲下氣的謙卑模樣了。

「哈！多麼意想不到的榮幸，」他說道，「科波菲爾先生，我希望你好，也希望科波菲爾太太好。事實上，我最近聽說她的健康不太好，感到很不安呢！」

我任由他握我的手，內心卻感到羞愧極了。

「這些日子以來，這個事務所已經變了不少，不是嗎？特洛伍德小姐，」尤利亞滿臉堆笑說道，「但是我沒有變化。」

「嗯，先生，老實說，我認為你一直很忠於你年輕時的抱負呢！」姨祖母回答。

「謝謝妳的誇獎！特洛伍德小姐，」尤利亞說道，又那樣令人厭惡地扭動著，「米考伯，快去通報艾格尼絲小姐——還有我母親。她看到這些客人一定會覺得很榮幸呢！」尤利亞擺放椅子時說道。

「你不忙吧？希普先生。」特雷多忽然說道。

「不忙，特雷多先生，」尤利亞答道，他已坐回他辦公的椅子上，合攏那雙瘦削的手，夾在兩膝之間。「不像我希望的那麼忙。你知道，要不是因為威克費爾德先生什麼都做不了，米考伯和我也不至於這麼忙了。可是，我相信，為他工作是種義務，也是種快樂。你沒見過威克費爾德先生吧？特雷多先生。」

「沒有，」特雷多答道，「否則也許早該由我來伺候你了，希普先生。」

聽了這句奇怪的話，希普不由得陰險而猶豫地朝他看了看。但當他一看見特雷多那表情和氣、態度老實的模樣，他便放心了；於是他全身又痙攣似地抽動一下，然後說道：

「很遺憾，特雷多先生，否則你一定會像我們大家一樣尊敬他。關於他的優點，你只要問問科波菲爾先生就知道了。」

這時，艾格尼絲由狄克先生陪著進來了。她不像平常那樣鎮定，我覺得，她顯然有些過慮和過勞了；不過，她誠摯的舉止和安詳的美貌更富於溫和的光輝。

她向我們問候時，我看到尤利亞在監視她，就像一個陰謀要毀滅幸運天使的醜陋魔鬼。這時，米考伯先生悄悄向特雷多打了一個暗號，於是特雷多走了出去。

「你先走開，米考伯。」尤利亞說道。

米考伯先生仍筆直地站在門前，手裡提著那把尺，坦然地打量著他的雇主。

「你還在等什麼？」尤利亞說道，「沒聽見我叫你走開嗎？米考伯。」

「聽見了！」米考伯先生答道，仍然一動也不動。

「那你為什麼還在這裡？」尤利亞說道。

「因為我高興。」米考伯先生激動地說道。

尤利亞臉色大變，一種不正常的灰色爬上他微紅的雙頰。他神色緊張地盯著對方。

「你這個敗家子，別逼我開除你！」他乾笑著說道，「快滾！我待會再去找你。」

「如果，這個世界上只有一個惡棍，」米考伯先生突然慷慨激昂地說道，「那麼，這個惡棍的名字就是希普！」

尤利亞愣住了。他一邊用陰險惡毒的表情打量我們，一邊說道：

「啊！很好，這是個陰謀！你串通了我的手下，是嗎？科波菲爾。不過，你討不到什麼便宜的，我很瞭解你。我們彼此從來就沒有好感，你剛來這裡時就是一隻驕傲的狗崽子。你嫉妒我的升遷，是嗎？你想毀掉我，不過你不會成功的！米考伯，你滾開！我等一下再去找你算帳。」

「米考伯先生，」我說道，「這傢伙變了，不僅說出了真話，也使我相信他已經窮途末路了。儘管用你的計畫對付他吧！」

「你們在胡鬧，是嗎？」尤利亞用手擦去額頭上的汗，並低聲說道，「收買了我的手下，一個人渣——就像被人收養的你一樣！科波菲爾——你想用他的謊言來敗壞我的名聲？特洛伍德小姐，妳最好快阻止他們，否則我要叫妳的丈夫糾纏妳！還有妳，威克費爾德小姐，如果妳多少還愛妳的父親，就別跟他們起鬨。如果妳加入了，我就要把他毀掉！好好想想吧，米考伯，現在還來得及罷手，我勸你趕快滾開，等一下我再找你算帳——我母親在哪裡？」他似乎發現特雷多不在那裡，吃了一驚。

「希普太太來了，先生，」特雷多一邊帶著那位老太太回來，一邊說道，「我已經冒昧地向她介紹過了自己。」

「什麼？你介紹了什麼？你打算做什麼？」尤利亞問道。

「我是威克費爾德先生的朋友兼代理人，先生，」特雷多用一種公正的態度說道，「我的口袋裡有一份他委託我在一切問題上代表他的授權書。」

「那個老頭兒喝醉了！」尤利亞說道，他的樣子更醜陋了，「你的授權書是騙來的！」

「我知道，他已經被人騙去了某種東西，」特雷多又說道，「你也知道這點，希普先生。如果你高興的話，我們可以就這一問題詢問米考伯先生。」

「尤利亞！」希普太太焦急地比著手勢說道。

「妳別說話，母親。」他馬上說道。

「可是，我的尤利亞……」

「請妳別說話，母親，讓我處理，好嗎？」

雖然早就知道他的謙卑是一張假面具，他外在的一切都是奸詐的偽裝；但真正看到他摘下面具，表現出那樣惡毒、傲慢、仇恨，對他做過的壞事那樣洋洋得意，同時又為無法蒙蔽我們而著急的樣子時，就連我——認識他這麼久，而且一向憎惡他——也大吃一驚。

他來回看著我們，一邊搓著下巴。最後，他半哀求半辱罵地對我說道：

「科波菲爾，你這個自以為是的傢伙！你覺得串通我的手下做一些鬼鬼祟祟的事情很正派，是嗎？你一點也不擔心我會如何報復，也不擔心自己將因此落入何等窘境嗎？很好，我們走著瞧！」

發現他的話完全無法嚇住我，他便一下子坐到他的桌旁，雙手插到口袋裡，蹺起一隻腳，頑固地等著即將發生的事。這時，米考伯先生忽然走上前，抽出胸前那把尺，然後從衣服裡拿出一大張摺好的文件，把它打開，彷彿欣賞藝術品般看了看上面的字，開始讀道：

「親愛的特洛伍德小姐和諸位先生，我即將在你們面前揭發這個前所未有的惡棍。我並不需要人們對我有什麼好感，自從出生以來，我就一直是龐大債務下的犧牲品，我一直受到殘酷的環境愚弄，羞辱、匱乏、絕望、瘋狂不時出現在我的生活中——」

儘管他把自己描述成這些可悲的災難的犧牲品，但朗讀時所表現出的得意，卻令人感到嘆為觀止。

「——在羞辱、匱乏、絕望和瘋狂的壓迫下，我進入了名為『威克費爾德—希普』、實際上卻由希普一人控制的事務所。任職期間，我的薪水除了每週二十二先令六便士外，其餘的數目需根據我在工作上的努力而定——說得更明白點，由我的品格惡劣程度而定，由驅動我的貪婪而定，由我家庭之困境而定，由我和希普之間的道德相似程度而定！我很快就發現，我的工作其實是一連串的作假，並欺騙一位名為威克費爾德的先生。這位先生被人用盡方法算計、欺詐、行騙；但是那個惡棍，希普，卻仍然大談他對這位先生的感激和友誼——這多麼邪惡！」

聽到這裡，尤利亞臉色鐵青，朝那封信衝過去，好像要把它撕掉。米考伯先生立刻用那把界尺擊中他伸出的手指，發出清脆響亮的一聲。

「該死！」尤利亞痛得扭來扭去，一面說道：「我要報仇！」

「再過來呀！你這無恥的髒東西！」米考伯先生喘著氣說道，「如果你的腦袋過來，我也要把它敲破。來呀，來呀！」

尤利亞一面自言自語，一面活動那受傷的手。過了一會兒，他慢慢解下領巾包紮他的手，然後用另一隻手握著，又坐回桌邊，把那張忿忿不平的臉垂下。看到這副情景，米考伯先生又接著讀那篇演講稿。

「如今，我不再為了錢欺騙自己的良心，決心揭發希普的一切罪行。這件事已計畫了一年之久，我這就向你們說明：首先，隨著威克費爾德先生的辦事能力和記性大不如前，希普刻意把事務弄得一團亂，使威克費爾德先生不得不依賴他處理。在這種情形下，他把重要文件冒充成不重要的文件，騙得了威克費爾德先生的簽名。他勸誘威克費爾德先生授權他動用一筆代人保管的錢，金額高達一萬兩千六百一十四鎊兩先令九便士，用以支付根本不存在的債務。同時，他使人相信，這件事從頭到尾都是由於威克費爾德先生的不誠實，並以此要脅他、折磨他。」

「你必須拿出證據！科波菲爾，」尤利亞恫嚇著搖搖頭說道，「拿出來！」

「你可以問問希普，是誰住進了他的房子。」米考伯先生停止了讀信，對我說道。

我看到尤利亞那不停搔著下巴的瘦長手指停了下來。

「順便問他，」米考伯先生說道，「他是不是在那裡燒過一本筆記簿。如果是，就再問他，燒完後的灰燼在什麼地方？叫他問問威爾金·米考伯吧，那樣一來，他可以聽到一種完全不利於他的證詞！」

米考伯先生的這幾句話，讓那位母親嚇得六神無主，連忙激動地叫道：

「尤利亞，尤利亞！要謙卑，投降吧！我親愛的。」

「母親！」他答道，「請妳別說話，好嗎？妳慌了，不知道自己在說些什麼。」

米考伯先生優雅地整了整包裹在領巾裡的下巴，又繼續讀他的稿。

「第二，希普已有好幾次，有系統地在各種記錄、帳本和文件上偽造威克費爾德先生的簽名。舉例來說，由於威克費爾德先生年老體衰，他的死亡有可能會引起人們察覺一些事，而危及希普的地位；於是希普替威克費爾德先生立了一張借據，寫明由他代為償還前文提及的一萬兩千六百一十四鎊兩先令九便士，外加利息，藉以保全威克費爾德先生之名譽。實際上，這一債務早已付清，而他一毛錢也沒出。這張簽了威克費爾德先生的名字、並由我證明的借據，便是希普偽造的。我從他的筆記簿中發現幾個相同的偽造簽名。至於我剛才提到的借據，如今就在我手中。」

尤利亞吃了一驚，從口袋裡掏出一串鑰匙，打開了一個抽屜；但他馬上意識到自己的舉動，就不看抽屜，又向我們轉過身來。

「今天早上，我已將這張借據交給了特雷多先生，」米考伯先生又說，「他可以證明這一點。」

「的確如此。」特雷多證實道。

「尤利亞，尤利亞！」那個母親叫道，「要謙卑，投降吧！各位先生，如果你們肯給我兒子一些時間考慮，我知道他會謙卑的！科波菲爾先生，我相信你知道他一向都很謙卑的呀！」

「母親，」他不耐煩地說道，「妳乾脆一槍打死我。」

「可是我愛你！尤利亞，」希普太太叫道，「看到你惹惱這位先生，使自己的處境陷入危險，我就著急！我不能眼睜睜看著你因為驕傲而闖禍。當這位先生在樓上告訴我，說案子已經敗露時，我立刻告訴他，說我敢保證你是謙卑的，可以補救的。哦！看我是多麼謙卑啊，各位先生，別再追究他了！」

「別說了，母親。」尤利亞皺起眉頭，隨即又看著我說道：「你還有什麼要說的？如果有就快說吧！」

米考伯先生馬上又重新讀起來。

「第三，也是最後一項，我現在要用希普的假帳本，以及他的筆記，來證明這幾年來希普是如何利用威克費爾德先生的軟弱、過失，以及他的品德、父愛、榮譽，以達到他卑劣的目的；證明希普是如何欺騙威克費爾德先生，從他那裡掠奪錢財；證明希普是如何打算把錢全部搞到手後，便進一步完全控制威克費爾德先生和小姐；證明希普在幾個月前是如何勸誘威克費爾德先生先生放棄股份，甚至拍賣住宅中的器具，所得利益歸入自己的名下；證明希普如何利用威克費爾德先生的名義，對外放高利貸，使他的名譽蒙羞——威克費爾德先生以為他的家境、名譽及一切其他希望都毀了，只好把僅剩的希望寄託在這個禽獸身上；這個禽獸一方面使他離不開自己，另一方面卻一步一步地毀滅他。」

在我身邊的艾格尼絲悲喜交加地哭泣，我低聲安慰了她幾句話。米考伯先生唸完後，既傷感又得意地把信摺好，鞠了一躬後遞給我姨祖母。

多年以前，我第一次到這裡時，就注意到房間裡有一個鐵保險箱。當時，鑰匙就插在上面，這似乎讓尤利亞起了疑心。他朝米考伯先生看了一眼，朝那裡走去，吱咯一聲打開箱門，發現裡面是空的。

「帳本在哪裡？」他滿臉驚慌地叫道，「有人偷走了帳本！」

米考伯先生指了指自己。「是我幹的。今天早上，我跟往常一樣，從你那裡拿到鑰匙，打開了它，把帳本拿走了。」

「別急，」特雷多說道，「帳本已由我收下。我將以律師的身分保管它們。」

這時候，一直安靜看著一切的姨祖母突然撲向了尤利亞，並用雙手抓住他的領口。我們都大吃一驚。

「把我的財產還給我！」我姨祖母答道，「艾格尼絲，我親愛的，我一直以為我的錢是被妳的父親賠光的；不過現在，我知道這傢伙才應該為那筆錢負責！我非要回來不可！特洛，來，向他討回那筆錢！」

我心想，或許姨祖母以為他把錢藏在他的領子裡呢！因為她不停扯著他的領子不放。我連忙站到他們中間，向她保證：我們一定會讓他歸還一切非法所得。於是，她平靜了下來，泰然自若地回到座位上坐下。

在那幾分鐘裡，希普太太一直勸兒子要謙卑，並向我們大家一一下跪，瘋狂地發誓。尤利亞把她扶到椅子上坐下，然後忿忿地站在她身邊，用手抓住了她的手臂，氣勢洶洶地對我們說道：

「你們想幹什麼？」

「第一，」特雷多答道，「你必須立刻把我們剛才提到的轉讓契約交給我。」

「假如我沒有呢？」他插嘴說道。

「但是你有，」特雷多說道，「因此，你必須吐出你侵吞的一切東西，償還每一分錢。所有合伙營業的帳目和文件，所有的現金和證券——總之，這裡的一切，都必須由我們接管。」

「我需要一點時間考慮。」尤利亞說道。

「當然。」特雷多回答道；「不過，在你正式作出答覆前，我們要保管這些東西。請你留在你的臥室裡，不得與任何人通訊。」

「辦不到！」尤利亞說道，並咒罵了一聲。

「那麼，梅德斯通監獄會是個理想的拘留地。」特雷多說道，「儘管那樣會多花些時間，而且也無法由我們全權處理；但是無疑，法律會處罰你。科波菲爾，能請你去市政廳請兩位員警來這裡嗎？」

聽到這話，希普太太又開口了。她在艾格尼絲面前跪下，求她為他們說情，並聲明他是很謙卑的，所有的指控也都屬實；如果他不肯合作，她也願意照我們說的去做……等等。她為了兒子，簡直都要急瘋了。

「住口！」他咆哮道，然後用手擦了擦臉，「母親，別說了。好吧！把轉讓契約給他們吧。去拿吧！」

於是，希普太太上樓去了，沒過多久便把契約拿了回來，還拿來了裝契約的盒子。後來，我們又在那盒子裡發現很有用的一本存摺和另一些文件。

「好，」特雷多這時說道，「希普先生，你現在可以慢慢考慮了。」

尤利亞走出房間時，目光一直沒有離開過地面，手就摸在下巴上。走到門口，他停下來說道：

「科波菲爾，我一向恨你。你一直是個得意的小人，總是和我過不去。」

「我早就告訴過你了，」我說道，「由於你的貪欲和狡猾，你遲早會斷送自己。如果你願意好好反省，或許還有重新來過的機會呢。」

「一派胡言，」他帶著譏諷的神色說道，「我相信，謙卑是不會吃虧的。要不是謙卑，我就騙不了我那個可敬的合伙人了。還有你，米考伯，你這個老壞蛋，我總有一天會報復你的！」

米考伯先生一直挺著胸膛，絲毫不理睬他的恐嚇。當尤利亞離開房間後，米考伯先生轉過身來，請在場的所有人跟他回家，一同見證他和米考伯太太之間恢復信任。

「米考伯太太和我之間的隔閡現在已經消除了。」米考伯先生說道，「我們一家人又可以和平相處了。」

不過，艾格尼絲必須回到她父親那裡去，而且還必須有一個人看守尤利亞。於是，特雷多留了下來，由狄克先生，姨祖母與我一起陪米考伯先生回家。在匆忙向艾格尼絲告別時，我想到這個早晨她或許已脫離煩惱，便覺得十分感謝我幼年的苦難，它使我能結識米考伯先生。

我們來到米考伯先生的家。一走進客廳，我們立刻被那一家人圍住了。米考伯先生大叫：「愛瑪！我的生命！」便撲進了米考伯太太懷裡；米考伯太太尖叫一聲，把丈夫摟住。他們的孩子也在一旁紛紛表示高興。

「愛瑪！」米考伯先生說道，「烏雲從我的心頭移開了。過去在我們之間保持了那麼久的信任又恢復了，再也不會有嫌隙了。現在，歡迎貧窮！」米考伯先生流著淚叫道，「歡迎苦難，歡迎無家可歸，歡迎飢餓、襤褸、暴風雨和行乞！相互信任能支持著我們走到最後！」

說完，米考伯先生把米考伯太太放在一把椅子上，把所有的子女都抱過來摟住。他一面對我說著未來的種種淒涼悲慘，一面叫孩子去坎特伯雷鎮上賣唱，因為他再也無法養他們了。

姨祖母沉思了一會後說道：

「米考伯先生，為什麼你不考慮移居海外呢？」

「夫人，」米考伯先生答道，「這是我年輕時的夢想，壯年時的志向。」

順帶一提，我敢說，在這以前他根本沒想過此事。

「哦？」姨祖母朝我看了一眼說道，「那麼，如果你們現在移居海外，這對你們自己和你們的子女大有好處呢！」

「可是，資金呢？夫人。」米考伯先生憂愁地說道。

「資金？」我姨祖母叫道，「既然你已經幫了我們一個大忙，有什麼報答方式比為你們籌措資金更好呢？」

「我們不能接受，」米考伯先生熱情地說，「如果可以借我一筆足夠的錢，每年利息五分，由我個人負責——如果我開出十二個月、十八個月、二十四個月償還的期票，使我有時間可以等待機遇出現——」

「如果可以？當然可以了，只要你開口就行，條件由你定。」姨祖母說道，「請你們好好考慮吧。大衛的一些朋友不久後就要去澳洲，如果你們決定了，何不搭乘同一艘船呢？你們可以相互照應呀！」

「只有一個問題，我親愛的夫人，」米考伯太太說道，「我想知道，那裡的氣候是合乎健康的吧？」

「是全世界最好的！」姨祖母說道。

「還有，」米考伯太太連忙說道，「那裡是否有讓米考伯先生這樣優秀的人才施展抱負的機會呢？」

「對一個品行端正、勤懇踏實的人來說，再也沒有比那裡更有機會的地方了。」

「既然如此，我親愛的夫人，我相信那將是我們一家最適合去的地方。」米考伯先生說道。

我無法忘記他是如何一下子變成一個最快樂、最充滿希望的人，而米考伯太太又是如何馬上談起袋鼠的習性！他和我們一起走回家，在經過坎特伯雷的市集時，他裝出一副匆匆忙忙的辛苦樣子，好像並不習慣在那裡的生活，並以一個澳洲農夫的眼光看待走過的公牛。

第五十三章　再一次回顧

朵拉已經病了很久。我在心裡已經習慣了她生病，我已不能計算時日了。實際上，那只是幾個禮拜或幾個月，並不很久；但在我的人生經歷中，那是一段令人非常疲勞的日子。

他們不再對我說「再等幾天」了，我已開始有了隱約恐懼——或許，我再也不能看到我的小太太和她的吉普在陽光下賽跑了。

吉普好像也變老了。也許是因為牠的女主人不再給牠鼓舞、使牠年輕了吧。牠無精打采，視力減退，四肢無力。我的姨祖母都為牠發愁了，牠也不再仇視她了。當牠睡在朵拉床上時，牠朝坐在床邊的姨祖母爬去，柔和地舔她的手。

朵拉躺在那裡，向我們微笑著。她看上去真美，從不抱怨，從不焦躁。她說，我們都對她太好了，她知道我太疲乏了。姨祖母沒好好睡過一覺，總那麼周到、仁慈地照顧她。有時，朵拉的兩位姑媽來探望她，於是我們談起我們結婚的日子，以及一切快樂的時光。

我們坐在那間安靜的整潔小臥室裡，度過一個又一個安息而停頓的小時。儘管如此，在那無數次的陪伴時中，有三次仍十分生動地烙印在我腦海裡。

一次是在早晨。姨祖母將朵拉打扮得整整齊齊，她叫我看她那頭好看的長髮是怎樣在枕頭上像波浪一樣起伏；她叫我看她的頭髮多長又多亮；還告訴我，她喜歡把她的頭髮蓬蓬鬆鬆地收在髮網裡。

「不是我自誇，你這個嘲笑人的孩子，」我微笑時，她說道，「是因為你常說你覺得它們美；還有，當我開始想念你時，我時常照鏡子，想知道你會不會很想得到一束呢！哦，我給你一束時，大衛，你是多麼傻乎乎的一個孩子呀！」

「那是在妳畫我給你的花束時，在我告訴妳我多麼愛妳時。」

「哦！但是我不願意告訴你，」朵拉說道，「那時，我是怎樣對著那些花兒哭，因為我相信你是真心愛我！等我還能再像過去那樣到處亂跑時，我們再去看看那些地方。在那些地方，我們曾像一對小傻瓜一樣。我們到那些地方去散散步，也別忘了可憐的爸爸，好嗎？」

「好的，我們一定那樣做，過得快快樂樂的。所以妳應該趕快好起來，我親愛的。」

「哦，我馬上就會好起來了！我已經好多了，你不知道！」

一次是在晚上。我一樣坐在床邊，朵拉把臉轉向我，臉上帶有一點笑意。這時，我已不再抱著她上下樓梯了，她整天都躺著了。

「大衛！」

「我親愛的朵拉！」

「我想見艾格尼絲。我好想見她。」

「我一定寫信給她，親愛的。」

「多可愛、多好心的孩子！大衛，抱抱我。我親愛的，這的確不是胡思亂想，我真的好想見她！」

「我相信，只要我這麼告訴她，她就一定會來。」

「樓下變得很冷清了，是不是？」朵拉摟著我的脖子小聲問道。

「我看到妳的座位空著，哪能感到不冷清呢？」

「我的座位空著！」她默默摟住我，「你真的想我嗎？大衛，」她抬頭看著我，愉快地笑著，「即使我那麼可憐、任性而且傻乎乎？」

「我的心肝，在這世界上，我最想的除了妳還有誰？」

「哦！我好高興，也好難過！」她更偎近了我一些，用雙臂摟住了我。她又哭又笑，然後安靜了下來，十分愉快。「就這樣！替我問候艾格尼絲，告訴她我好想見她。我沒有別的願望了。」

「還有身體好起來！朵拉。」

「唉！大衛，有時我想，我再也不會好起來了！」

「別這麼說！朵拉，我最親愛的愛人，別那麼想啊！」

「如果我忍住，我一定不那麼想，大衛。但我很快樂，雖然我的丈夫在他那小太太的空位前太寂寞了！」

最後一次是在夜裡。我仍然和她在一起。艾格尼絲已經到了，並和我們一起度過了一個晚上和一整個白天。她、姨祖母和我，大家一起陪朵拉從早上坐到晚上。我們談得不多，但是朵拉很滿足，很愉快。這時又剩下我們兩個了。

我已經意識到，我的小太太就要離開我了，但我卻不願接受這個事實。我不能體會它的含意。那一天裡，我已經好幾次躲起來哭。我想讓自己想開些，也想安慰自己；我希望我多少能做到這點。但我的內心不願去相信：那結局是不可避免的。我握起她的手，我擁有她的心，我明明白白看出她對我的愛，我不能放棄她活下去的那種渺茫而黯淡的希望，它像一個影子在我心頭徘徊。

「我想跟你說一些話，大衛。你不介意吧？」她溫柔地看了我一眼。

「當然了，我的寶貝。」

「因為我不知道你會怎麼想，也不知道你有時是怎麼想的。也許你已經時常那麼想了。大衛，親愛的，恐怕我結婚時太年輕了。」

我把臉挨近她的枕頭。她注視著我的眼睛，很柔和地說話。她繼續說時，我漸漸心碎地察覺到，她已經把自己當成一個逝去的人了。

「我親愛的，我那時太年輕了。不僅年紀輕，而且閱歷淺薄，思想幼稚。我那時是怎麼樣的一個小傻瓜！

我想，也許我們應該像小男孩和小女孩那樣戀愛一場，然後忘掉它。因為，我並不適合做個妻子。」

我拚命忍住了眼淚，然後答道：「哦！朵拉，我的愛人，我也並不適合做個丈夫呀！」

「我不知道，」她搖搖捲髮，「也許吧。可是，要是我再能幹些，或許也能讓你更能幹些。再說，你很聰明，而我從來不聰明。」

「我們已經很快樂了，我親愛的朵拉。」

「我過去很快樂。可是，隨著時間流逝，我親愛的孩子對他的小太太也會厭倦的。她越來越不能成為他的伴侶，他也越來越感到這個家中的欠缺。她無法被改變什麼了，還是順其自然吧。」

「哦！朵拉，親愛的，別這麼對我說。每一個字都像是責備！」

「不，一點也不，」她吻著我答道，「哦，我親愛的，你不應該受到什麼責備，我太愛你了——除了漂亮，這就是我唯一的優點了。我不會責備你一個字。樓下是不是太冷清了？大衛。」

「非常！非常！」

「別哭呀！我的椅子還在那裡嗎？」

「還在那裡。」

「哦，我可憐的孩子哭得多痛苦呀！別哭呀，別哭呀！喏，答應我一件事。我要跟艾格尼絲說一些話。你下樓時，就請她到我這裡來。還有，我跟她說話時，不准任何人進來——哪怕是姨祖母也一樣。我只想跟艾格尼絲一個人說話。」

我答應了；但是，由於太過傷心，我無法離開她的身邊。

「我說了，還是順其自然吧！」她一面摟住我，一面低聲說道，「哦，大衛，再過一些年後，你一定不會像現在這麼愛你的小太太了。而且，再過幾年，她一定會讓你難堪、失望，你對她的愛也許剩不到現在的一半呢！我知道我太年輕，太愚蠢，還是順其自然的好！」

我走進客廳，向艾格尼絲傳達了朵拉的話。她上去了，留下了我和吉普。

吉普躺在牠的絨布鋪位上，煩躁不安，昏昏欲睡。月光皎潔，我朝窗外的夜色望去，又落下了熱淚，我那不成熟的心受到了很沉重的責備。我坐在火爐邊，懷著朦朧的悔意，回想起我們結婚以來我心頭暗暗滋長的感情，以及我和朵拉之間的每一件小事。那親愛的孩子，我最初認識她時的影子，不斷從我記憶的海洋裡翻騰出來，經我們年輕時愛情的渲染而仍有無限魅力。如果我們只是像小男孩和小女孩那樣相愛，然後忘記它，是不是真的更好些？不成熟的心，回答吧！

時間就這樣過去了。終於，我被艾格尼絲的叫聲驚醒了。吉普比先前更煩躁了，牠爬出牠的狗屋，朝我看了看，又往門口方向走，然後哀嚎著想上樓。

「今天晚上別上去，吉普，今天晚上別上去！」

牠慢慢走到我身邊，舔著我的手，抬起牠那目光遲鈍的雙眼看著我的臉。

「哦！吉普，也許再也上不去了！」

牠在我腳前趴下，像是要睡那樣伸展開身子，哀嚎了一聲。牠死了！

「哦！艾格尼絲，快看這裡！」

那張滿是憐憫和悲傷的臉，那如雨一般落下的眼淚，那使我感動的沉默，那舉向天空的莊重的手！

「艾格尼絲？」

完了！我眼前一片黑暗。有一段時間，在我記憶中是片空白。

第五十四章　米考伯先生的安排

朵拉的死帶給我極大的打擊。我感到我的前途已到了盡頭，我一生的精力和活動都就此完結了，除了墳墓，我再也找不到逃避的地方。

我不知道，我應該出國的建議是什麼時候被提出來的，而認為我應該換一個環境好幫助我恢復平靜的意見又是如何得到同意的。在那些悲傷的日子裡，艾格尼絲的精神是那樣滲透在我們的思想言行中，我相信，這一計畫也應歸功於她的影響。

於是，我即將出國了。當我的亡妻的一切可以消失的東西都掩埋後，我便等著米考伯先生啟程的日子。由於特雷多的邀請，我與姨祖母、艾格尼絲來到坎特伯雷，直接去了米考伯先生家。自從我們上一次的聚會以來，特雷多一直在那裡和威克費爾德先生家中辛苦工作。當我穿著喪服走進屋時，可憐的米考伯太太見了大為動情，多年來的貧困並未消磨掉她心中的好意。

「米考伯先生和太太，」我們坐下後，我姨祖母說道，「你們考慮過我那關於移民海外的建議了嗎？」

「我親愛的夫人，我們很樂意接受。」米考伯先生答道。

「那就好了，」我姨祖母說道，「我相信你們的這一決定將會有各種好結果的。」

「感謝妳，夫人，」他接著說道，於是掏出一個記事本看看，「至於我們這一行所需的經濟資助，我已從各個方面仔細考慮過。我提議把我的期票訂為十八個月、二十四個月、三十個月。我先前曾提議十二個月、十八個月、二十四個月，但我擔心這樣一來，恐怕沒有充分時間等待機遇出現。當第一批期票到期時，我們的收穫也許不太好，也許沒收成——我相信，勞動力在我們即將辛勤耕作的那一帶，會是很難取得的。」

「隨你看著辦吧，先生。」我姨祖母說道。

「小姐，」他回答道，「米考伯太太和我都十分感激你們的好意。我希望一切能按照規矩來。當我們即將翻開人生全新的一頁時，在我們將要退後一步以從事不尋常的飛躍時，我的自尊心認為，一切應該比照男人之間的規矩。」

我不知道米考伯先生最後這句話有什麼意義，但他似乎對這句話非常得意。我姨祖母回答，既然雙方都同意，她認為在這個問題上不會有什麼困難。米考伯先生和她的意見一致，於是帶著妻子離開了，以免打擾到我們。

「親愛的科波菲爾，我希望你不會太累吧？」當那對夫婦離開後，特雷多靠在椅子上對我說道。

「我已經恢復過來了，」我說道，「倒是我的姨祖母，你知道她為我做了多少嗎？」

「當然，當然，」特雷多回答道，「誰忘得了呢？」

「還不只這樣，」我說道，「在過去的兩個禮拜裡，她又有了新的煩惱。她每天都進出於倫敦城。有幾次，她都是一大早就出門，夜晚才回來。昨天晚上，雖然她明知第二天要遠行，回家時也幾乎是半夜了。但她仍然體貼別人，不肯把令她苦惱的事告訴我。」

我說這番話時，姨祖母面色蒼白，臉上顯出了深深的皺紋，一動也不動地坐在那裡。我說完後，幾顆淚珠流到她的雙頰上。她把手放在我手上。

「沒什麼，特洛，一切就快結束了。你很快就會知道真相。喏，親愛的，讓我們專心處理這一切吧。」

「說來真令人高興，威克費爾德小姐，」特雷多開始說道，「這陣子，威克費爾德先生已經好了很多。擺脫了附身這麼久的惡鬼，生活中恐怖的陰影也消除了，他幾乎變成了另外一個人，就連他已受損的記憶力和處理事務的能力也有了恢復。他已經能在一些事情上協助我們。在清點了所有的基金，以及對許多雜亂的事務和偽造的文件進行整理後，我們斷定：威克費爾德先生能在沒有任何赤字的情況下，結束他的業務。」

「啊，感謝上帝！」艾格尼絲熱情地叫道。

「不過，」特雷多說道，「留下來的生活費用——假設連房子都出租——最多也不過幾百鎊。因此威克費爾德小姐最好考慮一下，他是否應該繼續保有他居住了這麼久的房子——」

「我已經考慮過了，」艾格尼絲說道，「我覺得，這是不應該的，也是絕對不行的，哪怕是由一個我非常感激、虧欠非常多的朋友勸告也一樣。」

「我只是給予一個建議，僅此而已。」特雷多說道。

「我很高興聽你這麼說。」艾格尼絲堅定地說道，「只要爸爸能恢復清白，我還指望什麼？我一直想，但願我能解除他所受的苦，報答他給予我的深厚愛護，把我的生命奉獻給他。這是多少年來我最大的希望。至於第二大的希望，則是由我來承擔起我們未來的生活重擔。」

「妳想過該怎麼辦嗎？艾格尼絲。」我問道。

「經常想過。我不害怕，親愛的特洛伍德。我有成功的把握。這裡有這麼多人認識我，看得起我，他們都可以相信。我們需要的並不多，只要把舊家出租，然後辦一所學校，我就能過得很快活了。」

她熱情而不失平靜地說著這些話，非常快樂。這使我清清楚楚地想起了那棟親愛的老房子，然後又想起我那冷清的家。激動之下，我幾乎說不出話來。

「再來，特洛伍德小姐，關於妳的那筆財產——」特雷多說道。

「夠了，先生，」我姨祖母嘆了口氣說道，「我要說的是：如果那筆財產失去了，我承受得住；如果沒有失去，我也很高興收回。」

「我相信，那筆錢原有八千鎊，是統一公債？」特雷多說道。

「沒錯。」我姨祖母答道。

「但我查到的只有五千鎊。」特雷多很惶恐地說道。

「就這麼多了。」我姨祖母答道，「我自己賣掉了三千鎊。其中的一千鎊拿來做為特洛伍德的學費，另外兩千我放在身邊，以備不時之需。我沒有跟你說起這筆錢，特洛，因為我想看看你會如何度過困境。你幹得很好——堅忍、獨立、克制！我很欣慰。」

「這麼一來，我們已經把所有的錢都找回了。」特雷多喜形於色地說道。

「怎麼找回的呢？先生。」我姨祖母問道。

「也許妳以為這筆錢被威克費爾德先生誤用了吧？」特雷多說道，「但實際上，公債是被賣掉的。那惡棍對威克費爾德先生佯稱，他把這筆錢留下來貼補其他虧空，並說這是奉了他的指示。由於內疚，威克費爾德先生後來竟還付給妳幾次利息，儘管他明知本金已經不存在了。這麼一來，他也就成了參與這樁詐欺的共犯了。」

「後來，他寫了一封信給我，」我姨祖母補充道，「把自己稱為強盜，並冠上前所未聞的罪名，指控他自己。收到那封信以後，我在隔天一早去拜訪他，並當著他的面燒掉了那封信。我還告訴他，如果他能為我和他自己討回公道，那就去做；如果不能，就為他女兒保守這個秘密。」

我們大家都不說話，艾格尼絲把臉遮了起來。

「更令我吃驚的是，」特雷多說道，「尤利亞千方百計要得到這筆錢，不僅是為了滿足他的貪欲，也是出於他對科波菲爾的恨意——他明明白白地對我這麼說。他說，他甚至願意拿出這麼多錢傷害科波菲爾。」

「哈！」姨祖母一面沉思著皺眉頭，一面看著艾格尼絲說道，「他究竟怎麼了？」

「我不知道，」特雷多說道，「他帶著母親坐上往倫敦的夜班車走了，從此我再也不知道他的情況。」

「你認為他有錢嗎？特雷多。」我問道。

「哦，我想他有。」他很認真地搖搖頭答道，「我敢說，他一定靠著這種手段騙到很多錢了。不過，科波菲爾，如果你有機會觀察過他的經歷，你一定會發現：無論如何，金錢也無法使他不作惡。他是那樣一個天生的偽君子，不管他有什麼目標，都不肯用正當手段達成。這就是他對自己那卑微地位的報復。因此，他對每一個擋在他目標中間的人都懷有仇恨或猜忌，並使他那彎曲的小路變得更加彎曲了。」

「他是一個卑鄙的怪物！」我姨祖母說道。

「我從來不知道，」特雷多若有所思地說道，「許多人可以變得非常卑鄙，只要他們存心那麼做。」

「那麼米考伯先生呢？」我姨祖母說道。

「啊，」特雷多高興地說道，「我真應該好好誇讚米考伯先生一番。要不是他忍耐和堅持了那麼久的時間，我們是不可能有今天的成果的。與尤利亞相比，我認為，當米考伯先生以沉默向尤利亞妥協時，他是為了伸張正義而伸張正義的。」

說到這裡，特雷多又焦慮不安地看著我姨祖母，說道：

「還有一件事，科波菲爾，我希望你和你姨祖母能原諒我，因為我怕我會觸動你們的心事，」他猶豫地說道，「不過，我還是覺得應該提醒你。在米考伯先生揭發真相的那一天，尤利亞曾威脅著提起你姨祖母的丈夫——」

姨祖母巍然坐著，很鎮靜地點了點頭。

「也許，」特雷多說道，「那不是毫無理由的中傷吧？」

「不是。」我姨祖母答道。

「真的有那樣一個人，而且會完全受他操縱嗎？」

「是的，我的好朋友。」我姨祖母說道。

「那麼，用得著我——或科波菲爾——幫什麼忙嗎？」特雷多不安地說。

「不用，」我姨祖母說道，「謝謝你，親愛的，那恐嚇影響不了我。什麼都別說了。」

那一天晚上的談話就這樣結束了。悲傷和疲勞使我們再也支撐不住了，姨祖母和我決定明天就回倫敦。離開前，我們說好，米考伯先生把他的財物賣給舊貨商後就跟我們一起走；在特雷多的指揮下，威克費爾德先生將在短期內結束業務；艾格尼絲在那之前也會去倫敦。我們在那棟老房子裡度過了一晚。

第二天，我們回到姨祖母的小屋——不回我的住宅了；當她和我像平常一樣在就寢前坐在一起時，她說道：

「特洛，你真的想知道我近來有什麼心事嗎？」

「我真的想知道，姨祖母。我一直為了妳那不願透露的悲哀和憂慮感到不安。」

「即使沒有我這小小煩惱，你也已經夠悲哀了，」我姨祖母親切地說道，「我不會再對你隱瞞什麼事了，特洛。」

「我明白，」我說道，「可是，請現在告訴我吧。」

「明天早上，你肯跟我一起搭車走一小段路嗎？」我姨祖母問道。

「當然。」

「在九點鐘，」她說道，「到時我會告訴你一切，親愛的。」

我們準時在九點乘一輛馬車出發，朝倫敦趕去。最後，我們來到一間大醫院前，醫院附近停著一輛樸素的靈車。車伕認得我姨祖母，按照她的手勢把車慢慢趕開，我們跟在後面。

「你現在知道了，特洛，」姨祖母說道，「他已經走了！」

「他在這間醫院過世的嗎？」

「是的。」

她一動也不動地坐在我身邊。不過，我看到她臉上又淌滿了淚水。

「他曾在這裡住過一次，」姨祖母然後說道，「他病了很久——這麼多年來，他一直身體衰弱。當他知道自己來日無多時，立刻派人通知我。他當時又感到懊悔——非常懊悔。」

「我知道妳去了，姨祖母。」

「我去了。後來，我時常和他待在一起。」

「他是在我們去坎特伯雷的前一晚去世的吧？」我說道。

姨祖母點頭。「現在沒有人可以傷害他了，」她說道，「那種恐嚇是沒有用的。」

我們坐車出了城，來到霍恩西墳場，隨著那輛樸素的靈車來到一個角落，在那裡舉行了葬禮。

「三十六年前的今天，我結婚了。」當我們走回馬車時，我姨祖母說道，「願上帝饒恕我們所有人！」

我們無言地坐著，她一直握著我的手。後來，她突然哭了，並說道：

「我和他結婚時，他還是一個儀表堂堂的人物，特洛。後來，令人傷心的是他變了！」但這情形並沒持續很久。哭過以後，她很快就鎮靜下來了，甚至也高興了一點。她說，她的神經有點衰弱，要不然她不會這樣的。願上帝饒恕我們大家！

第五十五章　暴風雨

移民者離開英國的日子很快就要到了，我那仁慈的老保姆來到了倫敦。我們剛見面時，她都為我幾乎心碎。我常常和她、她的哥哥，還有米考伯一家在一起，但我從未見到艾蜜莉。

我姨祖母和我已經遷出了海蓋特。我準備去外國，她準備回到她在多佛的小屋。我們在考文特花園找到一個臨時住所。一個晚上，我正一邊走回家，一邊回憶起我上次去雅茅斯時和漢姆說過的話。原本我打算等離開後再寫一封信給艾蜜莉，現在我有些動搖了，覺得最好現在就寫；這樣一來，當她收到我的信後，或許會願意由我轉告她那不幸的愛人一句臨別之言。我應該把這一機會留給她。

於是，在上床前，我坐在臥室裡寫信給她。我在信上說我已見到了漢姆，並轉達他要我跟她說的話。我把信放在外面，準備一早就送出，並註明請皮果提先生轉交艾蜜莉，接著便去睡了。

第二天，我姨祖母悄悄來到床前把我叫醒。她對我說道：

「特洛，我親愛的。皮果提先生來了。要請他上來嗎？」

我說要，不一會兒他就上來了。

「大衛少爺，」我們握過手後，他說道，「我把你的信交給了艾蜜莉，她就寫了這個，並要我請你看看。

如果你認為信上的內容沒什麼不妥的，就請你代為轉交。」

「你看過了嗎？」我說道。

他悲傷地點點頭。我打開信，看到上頭寫著：

我已得到你的口信。哦！我該如何感謝你那仁慈而純潔的好心呢？我把那些話牢記在心，至死不忘。那些話是些鋒利的刺，也是極大的安慰。

我為那些話禱告。永別了！我親愛的，在這個世界上，我們永別了！在另一個世界上，如果我得到赦免，我可以成為一個小孩去你那裡。無限感激，無限祝福。祝你永遠平安！

這就是那封淚痕斑斑的信。

「我可以告訴她，說你認為沒有不妥，願意替她轉交嗎？少爺。」皮果提先生說道。

「沒問題，」我說道，「不過我想，我要再去一趟雅茅斯。在開船以前，我還有足夠的時間來回一趟。我一直掛念他的情況，這一次我要把她的親筆信交到他手上，然後你可以在出發前告訴她，他已經收到信了，這對他們雙方都會是一件好事。我鄭重地接受了這個委託，我會做得十分周到。今天晚上我就動身。」

雖然他拚命想勸阻我，但我明白他也認同我那麼做，於是我的決心更堅定了。他為我在郵車上訂了個座位，當天晚上，我便重新踏上了那段旅途。

「你不覺得天色很特別嗎？我從未見過這種天色呢！」離開倫敦後不久，我問那個車伕道。

「我也沒見過這樣的。」他回答道，「那是風呀！先生，我想海上就要出事了。」

天上的雲一片暗黑色，像是染上了黑煙一樣；它在空中起伏翻騰成一堆，令人膽戰心驚；月亮像發了瘋一樣，不顧一切地想從那雲堆鑽過去，彷彿在裡頭迷了路。風已經刮了整整一天，但仍然很大。又過了兩小時，風勢更加凶猛，天色更加陰暗了。

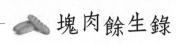

到了夜色更深時，雲緊緊聚合在一起，把天空嚴嚴實實地遮了起來；風越來越猛了，風勢仍在增大，直到我們的馬也幾乎無法逆風而行了，我們常擔心馬車會因此被吹翻。一陣陣暴雨急急地像刀一樣落下，我們連忙停在路旁的牆腳或是樹下，再也無法堅持下去了。

破曉時，風刮得更猛。馬車一吋一吋地往前挪，抵達伊普斯維奇時已很晚了。我們發現市集上有一群人，這些人因為害怕煙囪被吹掉，夜裡就起床了。我們換馬時，聚集在旅店前的人們告訴我，一間教堂屋頂的鐵皮被掀掉了，落在一條街上，把那條街也阻斷了；另一些人告訴我們，說有幾個從附近村子來的人，曾見到一些大樹被連根拔起，還見到一團團被吹到田裡或路上的乾草堆。那暴風雨絲毫沒有變弱，反而更強了。

隨著我們前進，越靠近海邊，風勢就越強得可怕。海水灌出來，把雅茅斯附近好幾哩的平原都淹沒；每一個小水窪、每一條水溝，都使勁拍打著堤岸，鼓足它們的力量向我們猛烈進攻。我們看到海時，地平線上不時有浪頭從翻滾的深淵騰起，就像是一座座高塔。

我們終於來到一間旅店。訂好床位後，我沿著大街走去看海，一路上小心地提防著墜落的石板和瓦片，拉住被風吹得天旋地轉的路人的衣角，艱難地往前行走。我來到海邊時，看到在建築物後躲著的不僅是船夫，鎮上一半的人都來了；一些人不時頂著風去看海，然後被吹得踉踉蹌蹌回來。

我站到這些人群中，發現婦人們在哭泣，因為她們的丈夫乘著捕魚的船出海，還沒有回來。人群中還有頭髮灰白的老水手，他們看著天空，一邊搖頭，一邊小聲耳語；還有焦急的船主們，有擠在一起湊熱鬧的小孩，有激動而不安的船夫，他們用望遠鏡觀察大海，好像在觀察一個敵人一樣。

我沒有在人群中發現漢姆的影子，便頂著狂風到他家去。他家裡沒有人，於是我又去他幹活的工廠，在那裡打聽到他已去了羅斯托夫特，做一種需要他的技術的緊急修船工作，不過他隔天早晨可以按時回來。

我回到旅店，洗了澡，換了衣，卻睡不著。這時是下午五點。我在大廳的火爐邊坐了幾分鐘，一位僕人告訴我，說在幾海浬外有兩艘運煤船已連同所有船員沉入海底了；還有一些船仍在拋錨處吃力地掙扎，想艱難地躲開海岸。如果天候再這麼惡劣下去，那就會要了他們的命！

聽到這些不幸的消息，我不禁開始為漢姆感到擔心。我怕他會經由海路從羅斯托夫特回來，並且失事。這種擔憂越來越強烈，我決定在吃晚飯前去船塢一趟，問問船匠們的看法，看他是否可能走海路回來。如果可能，我就要馬上趕去那裡，親自把他帶回來。

當我走到船塢，發現一名提著燈的船匠正在鎖門。他聽了我的問題，立刻大笑起來，並說不用害怕——即使是頭腦不清醒的人，也絕不會在這種暴風雨中開船的，何況是善於航海的漢姆呢？

於是我走回了旅店。狂風仍然加強著。外頭的怒號和咆哮、門窗的叮噹撞擊、煙囪的搖晃、房子的震動、海水的喧騰，比早晨時更可怕了。我食不下嚥，坐立不安，仍然為漢姆的安危擔心著。

我想用一兩杯酒提提神，卻毫無效果。接著，我在火爐前昏昏睡去，卻仍能感受出屋外的喧鬧，我的身體由於不可思議的恐怖而發抖著。我又踱來踱去，試著讀一份舊報。最後，我決心上床去睡。

我躺了幾個小時，時而想像聽到海上的慘叫，時而清楚聽到信號槍的聲音，時而聽到鎮上有房子坍塌。有幾次，我起身朝窗外看，可是除了蠟燭的光芒，以及我的臉映在玻璃窗上的倒影外，什麼也看不見。

我漸漸感到疲累了，便昏昏入睡。當我終於醒過來，天已大亮，已是八九點鐘了。這時，有人敲我的門並叫喊著。

「什麼事？」我叫道。

「一艘船破了！就在附近！」

我一下子跳下床，問道：「什麼船？」

「一艘從西班牙或葡萄牙運水果和酒來的帆船！如果你想看，就快點！根據他們推測，它隨時會被打成碎片呢！」

那緊張的聲音沿著樓梯叫喊而去，我立刻披上衣服往街上跑去。我前方有很多人也都朝海邊跑。我追過了許多人向前跑，不久就看到那發怒的大海了。

風勢依舊十分猛烈。被攪動了一整夜的海比我昨天見到的更可怕了；它的每一個形態，都有一種擴張的態勢；浪頭一個又一個掀起，一個比一個高，一個壓下另一個，數不盡的浪蜂擁而至，氣勢令人心驚膽戰。

我向海裡那艘破船望去，可是除了一個又一個噴著白沫的巨大浪頭，我什麼也看不見。站在我身旁一個船夫伸出他的手臂向左邊指，於是我看到了。老天！在離甲板六呎到八呎的地方，一條船桅折斷了，向一邊倒下，被混亂的帆布和繩具糾纏住；當船身不停晃動時，那團破損的東西撞著船側，好像要把它鑿穿。我看見船上的人正用力砍掉那些東西，其中一個長著長捲髮的人特別活躍，引人注目。就在這時，海面上又掀起一個高浪，把人們、圓木、桶、板、上層船舷、還有那一堆像玩具一樣的東西全部捲入翻騰的海中，從岸上發出了一片驚叫聲。

副桅依然矗立，破帆和斷繩索在上面晃來晃去。但我身旁那位漁夫告訴我，那艘船就要從中間折斷了，我也這麼想，因為那晃動和衝擊太猛烈了，任何人造的東西都無法長期承受住的。他正在說這話時，岸上的人又發出一聲同情的驚呼——四個緊握船桅索具的水手和那艘破船一起從海裡浮了起來，最高處就是那長捲髮男子的活躍身影。

船身像一頭被逼瘋了的野獸一樣在海面上掙扎，一會兒看不見了，一會兒又露出來。船上的人越來越少，只剩下兩人了，岸上的人也越來越苦惱。男人們呻吟著捏緊了拳頭，女人們尖叫著把臉轉過去。有些人瘋了一般沿著海岸線跑來跑去，朝著遠方呼救。我發現我也是這些人之中的一個；我們毫無理智地向一群水手們哀求，求他們別讓這最後兩個絕望的人在我們眼前消失。

他們也很激動地解釋，兩個小時前，救生船就已經準備好，但是無法出發；也沒有人肯冒著危險捆著繩子游過去，連接破船和岸上；除此之外，再也沒別的方法可試了。這時，我看到人群中又有了新的騷動，並看到群眾一一讓開，漢姆從他們中間走了出來。

我向他跑去，再次哀求他救援那兩人。然而，當我一看到他臉上那種堅毅和向海張望的表情——那正是艾蜜莉逃走那天早上他的表情——我立刻想起這件事有多麼危險。我用雙臂摟住他，並求我剛才求過的那些人，求他們攔住他，別讓他去送死，別讓他離開海灘！

岸上又響起一陣驚叫。我朝那破船看去，只見那船帆殘酷地一下又一下打下來，把其中一個倖存者打落了，然後又威風凜凜地把僅剩的那個人甩得飛起來。

這時，漢姆愉快地握著我的雙手，說道：「如果我註定死在這裡，那我願意接受；如果命不該絕，我可以等待。上帝保佑你，保佑大家！各位，幫我準備好！我要去了。」

他就像是眾人的領袖。一瞬間，我被狠狠地推到一邊。周圍的人把我擋住，我在混亂中聽到人勸我，說無論有沒有幫手，他都決心要去，我這樣阻攔他們，只會對他的安全不利。我看見人們從絞盤上取下繩子，鑽進人圈裡；接著，漢姆穿著水手衣褲，一個人站在那裡，手裡拿著一條繩子；還有一條繩子一頭拴在他身上，另一頭盤在沙灘上，由幾個助手遠遠地拿著。

那艘破船就要裂開了。那個倖存者仍然緊緊抱住船桅；船已漏水了，他腳下的立足點一分一秒地下沉，預告他死亡的喪鐘敲響了，我們大家看到他揮動著帽子。那一刻，我覺得我都快瘋了——因為那動作使我想起我昔日的一個摯友。

漢姆一個人站在那裡望著海，他身後是緊張屏息的一片沉寂，面前是那暴風。當一個大浪退去時，他回頭看了看那些握著繩子的人，便隨著浪頭沖進了海中。他立刻和海浪搏鬥起來，忽而與高山一起升起，忽而與深谷同時墜下；很快地，他又被推到岸上，人們趕緊把繩子收了起來。

他受傷了。我看到他臉上有血，但是他根本沒想到這一點。他又匆匆忙忙地出發了。他奮力朝破船游去，時而沉入起伏的泡沫，時而朝岸的方向倒退，時而又向船的方向漂浮。那段距離並不算長，但是海和風的力量使他艱難地掙扎著。終於，他接近了那艘破船。他離得那麼近，再往前靠一步就抓住它了。但就在這時，一股高山一般的深綠色海水從船的那側朝岸的方向湧來，他似乎一下就躍了進去，船也不見了！

我跑到他們收繩子的地方，只見海裡有些漂浮的木片，彷彿剛才不過打破了一個木桶。每個人的臉上都露出惶恐。他們把他拖到我腳前——他死了。他被抬進最近的房子裡，這時沒有人再阻攔我；我留在他身邊，用盡了一切急救的方法，但他已經回天乏術，他那顆寬厚的心也永遠安靜下來不動了。

當一切希望都宣告破滅後，我在床邊坐了下來。這時，一個和艾蜜莉與我從小認識的漁夫來到門口，低聲叫我。

「先生，」他說道，他滿臉熱淚，嘴唇顫抖著，面如死灰，「你願意過來一下嗎？」

我靠在他伸出來扶我的手臂上，失魂落魄地問道：「那具屍體靠岸了？」

「是的。」

「我認識那具屍體？」我問他道。

他什麼也不說，只是把我帶到海邊。就在當年她和我一起尋找貝殼的地方，就在皮果提先生那艘舊船昨夜被風吹散後遺留下碎片的地方，就在被他傷害的那個家的遺跡之中，我看見史蒂爾佛頭枕著手，躺在那裡，就像我過去在學校裡見到他躺著時那樣。

第五十六章　新傷舊創

人們抬來一具擔架，把他放在上面，用一遮屍布蓋起來，朝鎮上抬去。所有抬他的人都認識他，跟他一起出過海，看過他那惹人喜愛的模樣。他們在狂暴的咆哮中、在人群的騷動中抬著他，到那死神已降臨的小屋。

當他們把屍架放到門口時，他們相互看來看去，又看看我，然後低語起來。我知道是為什麼——他們覺得，把他和漢姆放在同一個房間裡似乎不妥。

我們一起到了鎮上，把擔架抬進了旅店。我這時已經恢復理智，便請人雇了一輛車，好在當晚把屍體運回倫敦。我知道，照顧這屍體以及委婉地通知他母親這噩耗，都只能由我去做，我也懇切地想盡我的責任。

為了不驚動鎮上的人，我決定在夜間動身。可是，當我乘車走出院子時，仍有許多人在那裡守候；雖然時近半夜，人們仍不斷朝這裡聚集。車在大路上走了一小段後，我還不時看到越來越多的人走來；不過，漸漸地，包圍我和我幼年摯友的只剩下荒涼的黑夜和寂寥的田野了。

中午時分，我抵達海蓋特。我下車步行到那棟宅邸前，發現它一點也沒變：沒有一扇百葉窗被拉上；那沉寂的鋪石院子，那通往廢棄側門的長廊，都毫無生氣。風完全平息了，一切都紋絲不動。

我拉了鈴，女僕將我領進客廳，接著便去通報主人。我在那裡坐下，等她回來。客廳裡過去的那種愉悅氣氛早已蕩然無存，百葉窗關閉著，豎琴無人彈奏，他幼年的畫像就在那裡，他母親保存他書信的盒子也放在那裡——我不知道她現在還讀不讀那些信，將來還讀不讀那些信！

女僕回來了，她告訴我史蒂爾佛夫人有病在身，不能親自下樓。不過，如果我願意的話，她很高興在臥室中接見我。於是不久後，我就站在她面前了。

她住在史蒂爾佛的臥室裡，或許是為了紀念他；當然，由於同樣的原因，他過去的體育用品和學校的作業，仍像他離開時那樣陳列在房裡。不過，她卻對我說，她之所以離開自己的臥室，是因為那裡的環境對她的健康不利。

在她身旁的是達特爾小姐。從她那黑眼睛停在我身上的那一刻起，我就知道她已明白我是來傳達噩耗的。那道傷痕立刻凸了出來。她朝椅子後面退了一步，免得史蒂爾佛夫人看見她的臉；同時，她用那種從不迴避、從不猶豫的鋒利目光打量我。

「看到你服喪，我很難過，先生。」史蒂爾佛夫人說道。

「我不幸成了鰥夫。」我說道。

「你還太年輕，這樣的損失對你來說太難受了，」她接下去說道，「我很遺憾，也很悲痛。希望時間能撫平你的傷痛。」

「我希望我們都能被時間撫慰，親愛的史蒂爾佛夫人，我們在最沉重的不幸中只能信賴這一點了。」

我那誠懇的態度、我眼中的眼水，都使她感到吃驚。接著，我努力控制我的聲音，輕輕說出他的名字，可是我的聲音顫抖了。她低聲自言自語地把他的名字重複了兩三遍。然後，她強作鎮靜地對我說道：

「我兒子病了？」

「病得很重。」

「你見過他嗎？」

「見過了。」

「你們和好了嗎？」

我不能回答是，也不能回答不是。她把頭稍微轉向身旁的達特爾小姐。就在這時，我用唇語對羅莎說：「死了！」我緊緊注視著她的反應。顯然，她對這件消息還沒有心理準備，只見她懷著絕望和恐怖的情緒，把雙手伸向空中，然後一下子捂住了臉。

那位夫人用呆滯的目光看著我，用手支住額頭。我勸她冷靜，準備承受我不得不告知的事；不過，我應該勸她哭才是，因為她像一尊石像一樣坐在那裡。

「我上次來這裡時，」我結巴地說，「達特爾小姐告訴我，說他四處航海。前天晚上的海面十分可怕，如果他那一晚在海上，靠近一個危險的港口，正如我所聽說到的，如果我見到的那艘船真的是他……」

「羅莎！」史蒂爾佛夫人說道，「到我這裡來！」

她去了，可是她的臉上沒有絲毫同情。當她和他的母親面對面站著時，她的眼睛發出火一樣的光芒，並爆發出一陣可怕的笑聲。

「喏！」她說道，「妳的驕傲得到滿足了吧？妳這個瘋女人。現在，他向妳贖了罪了——用他的生命！妳聽到了嗎？——他的生命呀！」

史蒂爾佛夫人僵硬地坐在椅子上，睜大眼望著她。除了發出一聲呻吟，她沒有吭一聲。

「唉！」羅莎激動地捶胸叫道，「看看我吧！呻吟，嘆氣，看看我！看這裡！」她拍著那道傷痕，「看看妳那死去的兒子的傑作吧！」

那位母親不時發出的呻吟刺痛了我的心——始終含糊、始終不流暢，始終伴隨著頭部軟弱的動作，臉上卻沒有變化；始終從僵硬的嘴唇和緊閉的牙縫中擠出，似乎牙關已鎖，面部痛得麻木了。

「妳記得他是什麼時候做的嗎？」她往下說道，「妳還記得，由於繼承了妳的天性，由於受到妳的嬌慣、縱容，他在什麼時候做了這件事，使我一生都毀了容嗎？看著我！我到死都會帶著他冷酷的痕跡。為了妳把他塑造成這樣而呻吟、嘆息吧！」

「達特爾小姐，看在上帝的份上……」我勸她道。

「我就是要說！」她把那閃閃發光的眼睛對著我說道，「別說話！看著我，妳這個自以為是而又虛偽的母親！為了妳養育他而呻吟吧！為了妳縱容他而呻吟吧！為妳失去了他而呻吟吧！為我失去了他而呻吟吧！」

她握起拳頭，瘦削的身子顫抖著，好像她的激情正把她一點一點地殺掉。

「被他的任性傷害的是妳！被他的傲氣傷害的是妳！頭髮變白時才後悔不該生下這麼個東西的是妳！從小嬌縱他、使他一事無成的也是妳！現在，妳多年苦心總算得到回報了！」她可怕地叫道。

「哦！達特爾小姐，妳多麼可恥、多麼殘忍！」我說。

「別管我，我還是要對她說。」她立刻說道，「當我站在這裡時，這世上沒有任何力量可以阻止我了！這麼多年了，我都一聲不吭，現在還不能說話嗎？我一直比妳更愛他！我可以愛他，不求回報；如果我成了他的女人，我甘願為了他難得的一句情話，做他的奴僕！誰比我更明白我的內心？妳刻薄、驕傲、死板、自私；我的愛情可以專一——可以把妳那一文不值的啜泣踩在腳下！」

她睜著發光的眼睛跺著腳，好像真要那麼做。

「看這裡！」她拍著嘴上的疤痕說道，「當他長到懂事的時候，他明白了，也後悔了！我能對他唱歌、對他說話，對他的行為表示關心，努力學習使他感興趣的知識；我吸引了他的注意。在他最純潔、最真摯時，他愛過我——是的，他愛過我！有好幾次，他用小小的藉口支開妳，他摟抱過我！」

當她這麼說的時候，她的狂熱中包含一種諷刺的驕傲，還含有一種熱情的回憶，一種柔情密意的餘燼又在那回憶中短暫復燃。

「我墮落了——我成為一個玩物，一個消遣的工具，隨他高興便拿起、放下、戲弄。等到他漸漸厭倦時，我也漸漸厭倦了。當他的愛火熄滅時，我無法強迫他娶我，也不再花費力氣去鞏固我的地位。我們不動聲色地疏遠。也許妳已經看出來了，但妳並不為之惋惜。從那時起，我不過是你們眼中一件殘破的東西，沒有眼睛，沒有耳朵，沒有感情，沒有記憶。呻吟吧！為妳把他弄成那樣子而呻吟吧！不要為妳的愛呻吟。我告訴妳，我曾經比妳更愛他！」

她那發亮的眼睛緊緊盯著那張呆滯的臉和那雙木然的眼睛。當那位夫人再次發出呻吟時，她一點也不為所動，彷彿那張臉只是一幅畫。

「達特爾小姐，如果妳殘忍到不願同情這位痛苦的母親……」我說道。

「誰同情我呢？」她尖銳地反問道，「是她撒下這樣的種子。讓她為她今天的收穫呻吟吧！」

「如果他的過失……」我開始說道。

「過失！」她聲淚俱下地叫道，「誰敢詆毀他？他的靈魂比任何他屈尊結交的朋友都高貴一百萬倍！」

「沒有人比我更愛他，沒有人比我更想念他，」我回答，「我的意思是，如果妳不同情他的母親，如果他的過失使妳蒙受痛苦……」

「那不是真的！」她扯著她的黑髮叫道，「我愛他！」

「如果妳至今仍無法忘記他的過失，看看那個人吧！即使把她當成一個陌生人也好，救救她吧！」

在這段時間裡，史蒂爾佛夫人的樣子從未變化。她一動也不動，像死了一般僵硬，呆呆地瞪著眼，不時以同一種暗啞的方式發出呻吟，頭部無可奈何地抖動；除此以外沒有半點生氣。達特爾小姐突然一下子跪在她前面，為她鬆開衣服。

「我恨你！」她悲痛和憤恨交加地回頭看著我說道，「你的出現就是不幸！我恨你！滾！」

她把那個已不動的身體抱起，並跪在那裡俯身朝她哭著、喊著、吻著，像對孩子一樣把她搖來搖去，用盡各種溫柔的方法想讓它從麻痺中甦醒。我悄悄轉過身，走出了房間。

天色暗下來時，我又回到那棟住宅。我們把他放在他母親的臥室裡。僕人告訴我，她的情況仍和之前一樣，達特爾小姐一直沒有離開過她；醫生們已被請來，並試過許多種方法；但她除了不時發出呻吟外，仍像尊石像般躺著。

我在那可怕的住宅裡走遍每一個地方，把所有的窗戶遮上。我最後才遮上他躺的那個房間的窗子。我舉起那隻沉重的手按在我胸前，世界似乎死了、沉寂了，只有他母親的呻吟偶爾打破這死寂。

第五十七章　移民者

當我還沒意識到這些打擊對自己的感情傷害有多大時，便想起了我的另一項義務，那就是把發生的事情隱瞞那些正準備動身的人，使他們對此一無所知，而能高高興興地出發。

那天晚上，我把米考伯先生拉到一邊，請他把那災難的消息瞞著皮果提先生。他懇切地答應照辦，並說會把所有可能透露那消息的報紙攔截下來。

「在那消息透露給他之前，必須先過我這一關！」他拍著胸膛說道。

為了適應即將面臨的新環境，米考伯先生擺出一副海盜的英勇架式，彷彿他生長於荒野，早已過慣了不文明的野蠻生活，就要重返他的荒野去了。除此之外，他買了整套油布衣服，以及一頂塗了防水材料的草帽，臂下還夾著水手用的望遠鏡，加上他不斷朝天空觀察惡劣氣象的警戒眼神，簡直比皮果提先生更像一個漁夫。他的全家人也已作好了動身的準備。我看到米考伯太太戴上了最堅固的帽子，把帽繩緊緊繫在下巴下，披上一層厚重的披巾，在腰後打了一個結。米考伯小姐也重重武裝起來，以迎接最險惡的暴風雨；米考伯少爺被水手內衣和一大件毛絨絨的外衣包得密不透風，其他的孩子也像火腿一樣被裹進了防水的袋子裡。

米考伯家住在一個髒兮兮又東倒西歪的小酒館裡。由於他們即將移民海外，因而成了附近一帶人們的關注焦點，我們不得不躲進他們的臥室裡。我姨祖母和艾格尼絲都在那裡，忙著為孩子們整理衣物。皮果提在那裡靜靜地幫忙，她面前擺著一些年代悠久的針線匣、量衣尺和蠟燭，這些東西已經歷過無數的變故。

當米考伯先生把皮果提先生帶進來時，我好不容易才對他說出我已把信送到，家鄉一切安好，這讓他們都很開心。

「船什麼時候開呀？米考伯先生。」我姨祖母問道。

「夫人，」他答道，「我們已經得到通知，必須在明早七點以前上船。」

「噢！」我姨祖母說道，「這麼早！這是航海的慣例嗎？皮果提先生。」

「是的，小姐，它要沿河順流而下呢！如果大衛少爺和我妹妹明天下午在格雷夫森德上船，他們就可以見到我們最後一面了。」

「我們一定會那麼做的。」我說道。

「在我們出海之前，」米考伯先生對我說道，「我的朋友湯瑪斯．特雷多先生是那麼客氣，他說會派人送來一點潘趣酒，為我們餞行。我想，要是特洛伍德小姐和威克費爾德小姐肯賞光——」

「我很高興能為你乾杯，祝你一切幸福、成功！」我姨祖母說道。

「我也一樣！」艾格尼絲微笑著說道。

米考伯先生馬上跑到樓下的酒館，不一會兒就帶回一個冒著熱氣的罐子，興致勃勃地開始調酒。我看見他用一把折疊刀削檸檬皮，那把刀實際上是拓荒者用的刀，大約兩呎長。米考伯太太和兩個最大的孩子也都有相同的工具，而別的孩子則用粗繩子把木勺繫在身上。又因為預見到海上和荒原的生活，米考伯先生沒有用酒杯為家人斟酒，而是用是一組骯髒的小錫罐。他當時開心的模樣我還是第一次見到呢！

「我為你們大家乾杯，以表示我的欽佩，也祝你們得到一切幸福和成功！」我的姨祖母舉杯說道。

皮果提先生也放下他正摟著的兩個孩子，一起為他們乾杯。他和米考伯先生親熱地握手，他那褐色的臉上綻放著微笑，神采飛揚。這時，我覺得，不管他去什麼地方，一定會闖出一條路，獲得好名聲，並受人愛戴。

連孩子們也奉命把各自的木勺在酒罐裡沾一下，為我們祝福。這項活動結束後，我姨祖母和艾格尼絲站起來，向即將移民的人告別。這訣別真是令人悲傷，她們都哭了，孩子們直到最後才肯放開艾格尼絲。

第二天早上，我又去為他們送行。他們已在五點鐘搭一艘小船動身了。我覺得這更加突顯了離別的感傷氣氛。

下午，我的老保姆和我一起去格雷夫森德。我們發現那艘船停在河裡，被一些小船圍住了。正好是順風，起航的信號旗就掛在桅頂。我立刻雇了艘小船，載著我們穿過那些散佈在河中的小船。我們登上了大船。

皮果提先生正在甲板上等我們，他把我們帶進了船艙。我本來擔心他會對發生的事情有所耳聞，可是一見到米考伯先生從黑暗裡走出來，我便放了心。他以朋友兼保護人的神氣挽住皮果提先生，並告訴我說自從昨天晚上起，他們倆就幾乎沒有分開過片刻。

船艙裡是那樣封閉、黑暗，一開始我幾乎什麼也看不見；不過，當我的眼睛漸漸習慣了黑暗，艙裡的情況也變得清晰可見了。我身處船的大橫樑、貨物堆、帶環的鏍絲釘之間，在乘客們的床架、箱匣、包裹、桶子、各色行李堆中。在稀稀疏疏的燈光下，人們一群群聚在一起，結識新朋友，告別舊朋友；大家有哭有笑，邊吃邊喝，有些人已在船裡佈置好了他們小小的家，把年幼的孩子放在凳子上或圍椅上，其他沒有地盤的人則神情沮喪地走來走去。從出生不到兩週的嬰孩，到行將就木的老年人；從靴子上還帶著泥土的農夫，到皮膚上還有煤灰的鐵匠；各種年齡、各種職業的人都被塞進那狹小的船艙裡了。

就在這時，我看到一個身影，很像艾蜜莉；她正照顧著米考伯家的一個孩子，就坐在打開的艙門邊。同時，另一個身影正與她吻別。當那個身影靜靜地從人群中退出時，我不禁想起了艾格尼絲！不過，由於倉促和混亂的氣氛，也由於我的思緒迷離紛亂，我又捕捉不住那個身影了。我只知道，當我們即將離開時，我的保姆就在我身旁的一口箱子上哭；康密奇太太則在一個穿著黑衣、俯著身子的年輕女人幫助下，忙著整理皮果提先生的東西。

「離別之前，還有什麼要說的嗎？大衛少爺。」皮果提先生說道。

「有一件事，」我說道，「瑪莎！」

他碰碰我剛才提到的那個年輕女人肩膀，於是瑪莎來到我面前。

「上帝保佑你！你這個好人，」我叫道，「你也帶她去！」

她用大哭替他作了回答。在那種時刻，我什麼話也說不出來了。我緊握住他的手，向他致上由衷的敬愛。時間已到。我擁抱了他。然後，我把我那痛哭流涕的保姆挽住，匆忙離開。我們走下大船，回到我們的小船，然後停在附近目睹它起航。時值黃昏，夕照滿天暉映，那艘大船就在我們和晚霞之間逆光而立，它上面的每一根繩索和圓木都清晰可見，船身靜臥在紅霞暉映的水上，熠熠生輝，顯得既悲壯又淒涼。聚在船邊的所有人都在那一刻摘下帽子，一片沉寂。我從沒見過這種場面。

不過，那只是一瞬間的事。當船帆臨風升起、船開始移動時，當所有小船上突然發出驚天動地的歡呼、而大船上的人也以呼喊回應時，我聽著那喊聲，看著帽子和手帕揮舞，忽然，我又看見她了——我感到我的心都要迸開了！

她就在她舅舅身旁，倚在他肩上顫抖。他用急切的手指向我們，於是她看見了我們，向我們揮手作最後告別。哦！艾蜜莉，美麗而軟弱的艾蜜莉，用妳那顆受傷的心去信賴他、依戀他吧！他已用他那偉大的愛的全部力量去愛妳了！

他們離開人群，相依在甲板上，為玫瑰色的晚照籠罩著；她依偎著他，他扶持著她，莊嚴地在我們視線中消失。當我們上岸時，夜幕已落在肯特的山上，黯然沉重地罩住了我。

第五十八章　出國

向我襲來的是一個漫長黑暗的夜，徘徊不去的是許多希望、許多珍貴的回憶、許多無益的悲痛與悔恨。它們的影子與夜幕一起走來。

我離開了英國。直到那時，我還不知道我承受的打擊如此之大。我拋下所有親愛的人走了。我以為那打擊已經過去，當我懷著我那不成熟的心獨自出發時，對於它不得不承受的創傷還毫無知覺。

我並沒有很快覺悟，而是一點一滴地領悟到的。出國時，我內心的寂寞感不斷加深、擴大。一開始，我以為那是因為痛失親人的悲傷和沉痛，而還不能分辨出其他的東西。不知不覺，它變成了和我失去的一切有關——愛情、友誼、興趣；和被破壞的一切有關——我最早的信任、我最早的熱情、我生活中的一切理想和追求；和殘留下來的一切有關——那是一種前途晦暗、有如被洗劫的荒涼和廢墟一樣的感受，絕望的感受。

我為我那英年早逝的小太太哀悼，我為那一向受我愛慕、欽佩的他哀悼，我為在狂暴的大海中找到安息的那顆受傷的心哀悼，我也為那質樸真誠的家中那些漂泊他鄉的人哀傷。我陷入了重重悲哀之中，看不到任何希望之光。我被悲痛壓得彎了腰，我在心裡告訴自己：它永遠不會減輕了。

當這種絕望達到頂點時，我幾乎認為自己要死了。有時候，我覺得我寧可死在家鄉，我也真的回頭走去；有時候，我卻從一個城市往另一個城市走，尋找我不知道的某種東西，並扔掉我同樣不知道的某種東西。我在外國的城市、宮殿、教堂、寺院、書畫、城堡、墓地、千奇百怪的街道等新奇事物中走過；我走在這些蘊藏了歷史和幻想的古老所在，仍背負著我那痛苦的重擔，對在眼前消失的一切都沒有感覺。我心如槁木，只孕育著悲哀。

我在這種心境下旅行了好幾個月。我想出各種莫名其妙的理由阻止我回家而繼續在外逗留。有時，我心緒煩亂地走過一處又一處，根本停不下腳步；有時，我卻在同一個地方住很久。無論身在何處，我心中沒有任何目標，有如一個沒有靈魂的軀殼。

我來到瑞士。從阿爾卑斯山的一個谷口來到了義大利，然後和一個嚮導在那些大山中的小徑上來回穿梭。我在那險峻的高峰和峭壁上，在那轟鳴的湍湍急流和冰雪下的莽莽荒原中發現了崇高和神奇，但也僅此而已。

一天傍晚，我在日落前走下一座山谷，準備在那裡休息。當我沿著山麓蜿蜒的小路下山時，我看到山谷在遠處閃光；這時，我覺得有一種久違的對美和靜的感受襲來，並在心頭隱隱喚醒了柔情。我懷著一種奇特的心情停了下來，幾乎感到我的內心深處能夠有較好的變化了。

當夕陽籠罩了眾山時，我走入了谷地。這一帶是山麓的延伸，一片青蔥碧綠；在那些柔軟的草木之上，黑色的樅樹叢像楔子一樣伸出，擋住了崩落的雪。再往上便是一行峭壁，灰色的石頭，光亮的冰，還有一片綠茵茵的牧場，所有這一切最終都溶入山頂的白雪。山坡上散佈著稀稀落落的小木屋，每一個小點都是一戶人家，和背後那些巨峰相映，小得似乎連玩具都不如。村落中有一條小溪，它從凌亂的石堆中穿過，喧鬧著向樹木之間流去；村裡有座小橋橫溪而立。在那安靜的空氣中，遠處傳來一陣牧人的歌聲；當一片璀璨絢麗的晚霞在半山腰飄過時，我幾乎認為那歌聲來自天上。在這樣的一片寧靜中，大自然突然對我說話了；它安慰我，使我把疲倦的頭枕到草上，然後哭了起來——這是朵拉死後我第一次哭。

晚飯前，我收到幾分鐘前寄到的一包信件，於是便走到村外，想在那裡讀信。我已好久沒收過信件，而我離家後也從未寄過信，只寫過一些報平安及報告行蹤的短信。

我拿起那一包信，打開它。是艾格尼絲的筆跡。

她說她很快樂，事情如她希望的那樣順利。她只這樣提到自己，其他的內容談的全是我。她沒對我作任何勸告，沒把任何義務加在我身上，只以她特有的誠摯情感告訴我，她是多麼地相信我。她說，我一定能從痛苦中獲益。她知道，磨難會使我的性格昇華、變得堅強。她十分相信，由於我經歷的苦難，我會對未來有更堅定、更高尚的追求。於是，她為我感到驕傲，也明白我會繼續努力不懈。她知道，悲哀在我的心中不是軟弱，而是力量；由於我童年已承受過許多，所以更大的憂患也會鼓勵我前進，使我更加成熟。她把我託付給上帝，並說會永遠懷著妹妹般的誠摯愛我，無論我去什麼地方，她的精神都與我相伴，並以我為榮。

我把信放進胸前的口袋裡，然後回想起自己一小時前的樣子。儘管我聽到的一切聲音都在變弱，儘管我看到晚霞正在變暗，山谷中的一切色彩都黯淡，山頂上金色的雪逐漸與灰色的天空合為一體；但我覺得我心中的黑夜正在逝去，一切黑暗正在變亮。沒有任何言語可以表示我對她的愛情。從那以後，她在我心中就更可愛了。

我在就寢前寫了回信。我告訴她，我一向需要她的鼓勵；沒有她，我就無法成為她想像中的我；既然她希望我做一個那樣的人，我就一定要試著那樣做。

我果然努力去做了。再過三個月，我就在悲哀中度過一年了。我下定決心，在那三個月過去之前，我不作任何決定，就住在那個山谷及其附近的一些地方。

三個月過去了，我決定再在國外住一段時間。我便旅居在瑞士；因為只要一想到那個夜晚，我就越來越喜歡那個地方了，並試著重新用筆開始工作。

我對艾格尼絲給我的建議懷著謙卑之心而無比信賴。我尋求大自然，我的尋找不是徒勞；我曾一度對人類的一切都感到索然無味，此時又重新燃起興趣。沒過多久，我在山谷中的朋友幾乎就像在雅茅斯那麼多了。

我從早到晚工作，忍耐著、努力著，不停工作。我把我的親身經歷寫成了一本小說，再寄給特雷多，請他在適當的時機替我發表。這本書大受好評；我從旅行者的口中得知，我在國內的名氣越來越響亮了。經過一番休息，我又抱著滿腔熱情投入寫作。這是我的第三部小說。它還沒有寫到一半，我突然感到歸心似箭。

我不知道自己是從什麼時候開始有那種光明希望的，或許應該將它歸功於艾格尼絲。我也說不出，究竟是在我陷入悲哀後的什麼時候開始，我忽然想到，我在輕率的青年時期已拋棄了她那寶貴的愛情。我相信，當我過去感到痛失某種難以解釋的東西時，我曾聽到那遠方思想的低語；而當這思想以一種新的責備和悔恨進入我心中時，正是我如此傷心孤單地被留在這個世界上之時。

如果當時，我和她在一起的機會多，我一定會因軟弱和孤獨而把這想法流露出來。在我離開英國時，我就曾這樣擔心。我不忍再失去半點她姐妹般的感情；我的想法一旦流露出來，必然會使我們的關係變得拘謹。我早已習慣用另一種角度看待她對我的感情。即使她曾用另一種愛情愛過我，那我也已把它扔開了。如今，這愛情已不復存在。當我們兩個都是小孩時，我就習慣於我們原有的關係，於是，我把我的熱情用在別的對象身上。我本來可以做的事，我卻沒有做；正是我和她本人的那顆高尚的心，使得艾格尼絲在我心中成為那樣的人。

當我的內心開始有了變化時，當我更想進一步瞭解自己時，由於某種模糊的證明，我看到了一個可以不再重蹈覆轍的機會——我可以有幸和她結婚。然而，隨著時間推移，這朦朧的前景也消失了。如果當時她愛過我，那麼，我只要想到我對她的信賴、她對我那浮躁的心的瞭解、她為了當我的妹妹而作的犧牲，以及她已取得的成功，我就只能把她看得更加聖潔。如果她從未愛過我呢？那我又能相信她這時會愛我嗎？

一想到她的恆心和耐心，我便覺得自己軟弱；現在更覺得如此。哪怕我在很久以前也許還勉強與她般配，但我已今非昔比了，她也不同了。時機已過了，我錯過了那時機，失去了她是我咎由自取。

這些想法使我感到苦惱、悔恨，但我仍清楚地意識到：既然我在希望尚存時輕率地背棄了那可愛的少女，那麼在希望已蕩然無存時，我就應該識相地拋棄對她的思念——每次一想起她，我就這麼想。於是，我不再欺騙自己了——我愛她，我崇拜她，但我知道為時已晚；我們之間那長久的關係不會再有變化了。

我離家整整三個年頭，期間，在我的腦中縈繞著、沉浮著的就是這些矛盾和混亂。三年過去了，就在日落的那同一時刻，在那同一個地方，我站在載我回家的輪船甲板上，遙望那玫瑰色的水——那正是三年前帶我離開的船映出倒影的地方。

三年算起來很長，身處其中時卻彷彿一晃而過。我覺得故鄉很可愛，艾格尼絲也很可愛——但她不是我的，她永遠不會屬於我了！她本來可以是我的，但那都是過去的事了。

第五十九章　歸國

我在一個寒冷的秋夜抵達了倫敦。天色很暗，又下著雨，我坐上一輛馬車，朝著家的方向駛去。

當時，我的姨祖母已搬回多佛；特雷多在我走後就開始承辦一些法律業務，如今住在格雷學院。在最近的幾封信中，他告訴我自己就快和那世上最可愛的女孩結婚了。他們估計我在聖誕節前回家，卻想不到我會提前返國，因此我打算給他們一個驚喜。

我在格雷學院的咖啡廳門前下車，向侍者打聽到特雷多住在頂樓的那一排房間後，便走出後門，爬上老舊的樓梯。當我上樓時，我似乎聽到了一陣歡樂的笑聲。那是兩三個女孩發出的笑聲。我正要站住細聽時，腳下忽然踩了個空，踏進了樓梯的一個破洞裡；等我爬起來時，屋裡又是一片悄然了。

我找到寫有「特雷多先生」字樣的房間，敲了敲門。裡面傳出一陣很大的騷動，卻沒人應門。我只好再次敲門。這次，一個像是助手的小伙子出來了。他氣喘吁吁的，卻瞪著我，好像要我主動說明自己的身分。

「特雷多先生在嗎？」我說道。

「是的，先生。但他正在忙。」

「我要見他。」

這小伙子打量了我一會兒，決定放我進去。他把門開得大一些，請我先走進一座前廳，再走進一間小小的休息室。在那休息室裡，我看見我的朋友坐在桌旁，俯在一大疊文件上，他也氣喘吁吁的。

「我的上帝！原來是科波菲爾！」特雷多叫道，一下子撲進我懷裡，我便把他緊緊抱住。

「一切都好吧？我親愛的特雷多。」

「一切都好，我親愛的科波菲爾，只有好消息呢！」

我們兩個都高興得哭了起來。

「我親愛的科波菲爾，我許久不見的朋友，見到你我多麼高興啊！我曬得多黑！我多麼高興！我發誓，我還從沒這麼快樂過呢！從來沒有！」

我也同樣無法表達我的感情。一開始，我連話也說不出來。

「我親愛的朋友！」特雷多又說，「你已經那麼有名了！我了不起的科波菲爾！天啊，你什麼時候回來的？從什麼地方回來的？你一直在做些什麼？」

他把我推進了火爐邊的一張椅子上，不等我作出回答，便不停地用一隻手撥火，一邊用另一隻手扯我的圍巾——原來他把圍巾當成外套了。他還沒放下火鉗，就又擁抱我，我也擁抱他，兩個人都笑得擦起眼睛才坐下，然後又隔著火爐握手。

「想不到你這麼早就回來！」特雷多說道，「可惜沒趕上典禮！」

「什麼典禮？我親愛的特雷多。」

「老天！你還不知道嗎？」特雷多把眼睛瞪得大大地問道，「親愛的科波菲爾，我結婚了！」

「結婚了？」我愉快地叫道。

「噢！是的，」特雷多說道，「是由哈雷斯牧師主持的——和蘇菲結婚——就在德文郡。嘿！我親愛的朋友，她就在窗簾後面呢，快看！」

那個世上最可愛的女孩立刻就從她躲著的地方紅著臉走了出來，我見了大吃一驚。我相信，這世上再也沒有比她更愉快、更和善、更誠懇、更高興、更美麗的新娘了。我像老朋友一樣吻她，真心誠意地祝他們幸福。

「天啊，」特雷多說道，「這場團聚多令人開心！你也變黑了！我親愛的科波菲爾。天哪！我多麼高興！」

「我也一樣。」我說道。

「我相信我也一樣！」蘇菲笑著說道。

「我們大家要多快樂就有多快樂！」特雷多說道，「連那些女孩也很快樂——哦！天哪，我差點把她們忘了！」

「忘了？」我說道。

「那些女孩，」特雷多說道，「蘇菲的姐妹。她們來倫敦見見世面，和我們住在一起。唔——剛才在樓梯上跌倒的是你嗎？科波菲爾。」

「是呀。」

「那麼，當你在樓梯上跌倒時，」特雷多說道，「我正在跟那些女孩玩。事實上，我們在玩『大風吹』的遊戲，可是這個遊戲在學院裡顯得不太體面，讓客人看到不太好，所以她們跑開了。但她們一直在聽著呢！」

特雷多看著另一個房間的門說道。

「對不起，我竟然引起這麼一場驚慌。」我又笑了起來。

「別這麼說，」特雷多很開心地接著說道，「如果你看到她們在你敲門後慌張跑開，又跑回來撿從她們頭上落下的梳子，再瘋瘋狂狂地跑開，你就不會這麼想了。我的愛人，妳可以把那些女孩帶來嗎？」

蘇菲輕快地跑開了，接著傳來她在隔壁房間引起的一陣轟笑。

「多麼歡樂，不是嗎？我親愛的科波菲爾。」特雷多說道，「不過，我們的新家就不怎麼像樣了。就連蘇菲住在這裡也是不合乎規矩的，但我們沒別的地方可去。我們已作好過苦日子的準備。儘管如此，蘇菲是個了不起的主婦！雖然我們只有三間房，但她卻用最奇妙的方法安頓好那些女孩，她們睡得要多舒服就有多舒服。三個住在那間房——」特雷多邊說邊指著，「兩個住在那裡。」

我不禁向四下打量，想找出留給特雷多和他新婚妻子的空間。特雷多明白了我的意思。

「嘿！」特雷多說道，「上禮拜，我們在這裡的地板上鋪了一張臨時的床。不過，樓頂上有一個小房間，是蘇菲一個人用紙把它糊好的，她想給我個驚喜。那裡目前就是我們的臥室了。那真是個美妙無比的小窩，從那裡看到的風景很不錯呢！」

「你終於幸福地結婚了，我親愛的特雷多！」我說道，「恭喜你！」

「謝謝你，親愛的科波菲爾，」我們再次握手，特雷多說道，「是啊，我的確很幸福。瞧瞧那些老朋友！」特雷多得意地朝那個花盆和花盆架點點頭，「那張桌子也在；其他一切傢俱都是樸素而實用的。至於金銀器具，唉！我們連支茶匙都沒有呢。」

「一切都要靠工作來賺取。」我愉快地說。

「的確如此，」特雷多答道，「一切都要靠工作賺取。我們當然有茶匙了，只不過是合金的罷了。」

這時，蘇菲帶著姐妹出來了。她們個個都那麼健康、那麼富於朝氣。她們都很好看，卡洛琳小姐是最漂亮的，不過蘇菲的愉快容顏中有一種更宜室宜家的溫暖，那勝過漂亮；這也使我相信我的朋友選對了伴侶。我們都在火爐邊坐下，特雷多太太準備好茶後，就在火爐旁的一個角落裡靜靜坐下烤起了麵包。她在烤麵包時告訴我，說她見過艾格尼絲了。當他們去肯特郡作蜜月旅行時，她又在那裡見到了我的姨祖母。她們兩人都很好，時常談到我的事。

我發現，在這個家裡，特雷多是最高權威，也是他妻子生活中的偶像；無論發生什麼變故，他的地位絕不會動搖；無論她遭遇什麼，她也永遠會對他毫無保留地信仰、毫無保留地膜拜。

他們一家人和樂的模樣令我看得著迷。他們為那些女孩驕傲，對她們的一切想法都言聽計從。在那裡，她們是真正的主人，蘇菲和特雷多細心照料她們，而眾姐妹也對蘇菲和特雷多懷有極大的愛心和敬意。

我起身告辭，向那一家人道了晚安後，便回到旅館，坐在火爐邊細細回味著那幅畫面。漸漸地，我從思考他的幸福，變成單純觀察火中的景象。看著那些煤塊迸裂、變形時，我不禁想起我一生經歷的重大起伏和別離。自從三年前離開英國後，我就再也沒見到煤火了；但我見過許多柴火，當木柴成為灰燼而與爐底的灰堆混為一體時，我也常在低落的情緒中想著自己什麼時候死去。

當時，我可以認真但不痛苦地回想過去了，也可以勇敢地思考未來了。家庭，對我來說已是虛無了；我本應將更深的愛情傾注到她身上，卻稱她為妹妹。她會結婚，會有新的人佔據她的愛情；而當她那樣做時，她將永遠不知道我心中的愛。這是公平的，我應該為我那魯莽感情的過失付出代價。我所收穫的正是我播種的。

這時候，我的目光落在一張臉上。這張臉好像由我對早年生活的記憶而產生的聯想那樣，從爐火裡騰起似的。那是齊力普醫生，就是我在本書第一章裡受過他照顧的那位；我記得，他是在七年前離開布蘭德斯通的，從那時起我就再沒見過他。他正在角落的一處陰影裡讀報，身旁放了一杯加熱的葡萄酒。

我走到他坐的地方說道：「你好嗎？齊力普先生。」

他並未立刻認出我，不安地答道：「謝謝你，先生。我很好。希望你也好。」

「你不記得我了嗎？」我說道。

「嘿，先生，」齊力普先生很謙恭地打量著我，一面搖頭，「我似乎有點印象。我覺得你有一點面熟，先生，但我實在想不起你的大名。」

「可是，在我知道我的名字以前，你就知道它了。」我說道。

「真的嗎？先生，」齊力普先生說道，「難不成，我有幸接生過——」

「是的。」我說道。

「天哪！」齊力普先生叫道，「可是，毫無疑問，你一定變了很多吧？先生。」

「或許是。」我說道。

「那麼，先生，」齊力普先生說道，「希望你能原諒我向你請教你的大名。」

我把我的姓名告訴了他，他非常感動，連忙鄭重地和我握手。

「天哪！原來是科波菲爾先生，」齊力普先生把頭歪向一邊端詳著我，並說道，「哦！我相信，如果我剛才能看得更仔細些，應該能認出你的。你和你那可憐的父親十分相像呢！先生。」

「但是我從未見過自己的父親。」我說道。

「當然，這的確令人遺憾。」齊力普先生用一種安慰的口氣說道，「你有孩子嗎？先生。」

我搖搖頭。

「聽說你幾年前喪偶，」齊力普先生說道，「我是從你繼父的姐姐那裡聽說的。她可真是個堅定的人物，對吧？」

「哈！是的，」我說道，「很堅定。你在哪裡見到她的？齊力普先生。」

「你不知道吧，先生，你的繼父又成為我的鄰居了。」齊力普先生一臉平靜地微笑說道，「他娶了當地一個相當有錢的年輕女士——可憐的人呀！」

「那對姐弟又在故技重施了，是嗎？」我說道。

齊力普先生一邊搖頭一邊調酒，然後一點一滴地喝下去。

「她是個可愛的女人，先生。」他神情悲哀地說道。

「現在的莫德斯通太太？」

「是的，一個可愛的女人，」齊力普先生說道，「我相信，她要多溫柔就有多溫柔！但自從結婚以後，她在精神方面完全被擊潰，幾乎成了一個嚴重的憂鬱症患者。」

「我相信他們又把她硬塞進他們那可惡的模具裡去了。願上帝拯救她！」我說道。

「老實說，夫妻間一開始還有些爭執，」齊力普先生說道，「但她現在完全只是個影子了。自從他的姐姐來幫忙以後，那對姐弟幾乎把她改造成了一塊木頭。結婚以前，莫德斯通太太還是位活潑的姑娘，但她被他們的陰森與苛求活生生毀掉了！現在，她和他們一起出門，不像一名妻子，反而像個囚犯呢！」

齊力普先生侃侃而談著。在之後的半個小時裡，話題回到了他自己身上；他滔滔不絕地談論他自己的事，包括在我出生的那一夜，他被我家裡的那位小姐嚇了一跳的事。我告訴他，我明天一早要去看我的姨祖母——就是他提到的那位可怕的小姐；我還告訴他，她其實是最和善的一個女人，如果他多瞭解她一點就會知道了。他蒼白無力地淡淡一笑回答：「她真的是這樣嗎？先生，真的嗎？」

沒過多久，他便回房間就寢了。由於十分疲乏，我也回去睡了。第二天，我坐上去多佛的馬車，並在我姨祖母喝茶的時間衝進了她的老客廳。她、狄克先生、還有親愛的皮果提，都張開雙手用歡喜的眼淚迎接我。當我們開始談話時，我說出遇見齊力普先生的事，以及他對我姨祖母懷有恐怖的記憶，這使她感到很有趣。她和皮果提聊了很多我母親的後夫和那位小姐的事，但我相信，我姨祖母絕不肯用任何名字來稱呼那對姐弟。

第六十章　艾格尼絲

我與姨祖母一直談到深夜。我們談到了認識的人們這幾年的近況：米考伯先生怎樣寄回一筆筆小數目的錢以償還債務；珍妮怎樣在我姨祖母回多佛後又來侍候她，並和一個酒店老闆結了婚；我姨祖母又是如何對這一偉大的決定表示認同，並親自參加了那場婚禮。當然，我們沒有忘了狄克先生。我姨祖母告訴我，他藉由抄寫手邊的一些東西，把查理一世拋到了一邊；現在他是自由而快樂的了，而這也成為她生活中的最大的快樂和收穫之一。

「特洛，你什麼時候要去坎特伯雷呀？」忽然，姨祖母拍拍我的手，對我說道。

「姨祖母，如果妳不和我一起去，我就明天早上騎馬去。妳去嗎？」

「不！」她用那慣常的簡潔語氣說道，「我不想出門。」

「那我就騎馬去。」我說，「要不是急著見到妳，我就會先在那裡停留了。」

她聽了我的話很開心，但她說道：「別擔心，特洛，我這身老骨頭還能撐到明天呢！」見我若有所思地坐在那裡盯著火，她又拍拍我的手。

我之所以若有所思，是因為我在接近艾格尼絲的同時，也感受到那揪心已久的懊悔。這懊悔使我領悟了我年輕時不曾領悟的東西；也許它已減輕許多，但仍然是懊悔。「哦！特洛，盲目、盲目、盲目呀！」姨祖母說道。

我們兩個都沉默了幾分鐘。當我抬起眼睛時，我發現她目不轉睛地盯著我。也許她已看出我的心思了。

「你會發現，她父親已是白髮蒼蒼的老人了，」我姨祖母說道，「但在各方面來說，他比過去更好了——他得到了重生，不再用他那狹小的眼界來衡量別人的歡樂和憂傷了。你也會發現，她仍然一如既往地善良、美麗、誠懇、無私。如果我能說出更好的讚美詞語，我一定用來形容她。」

對她怎麼稱讚也不會過分；對我怎麼責備也不會過頭。哦！我偏離正途多遠了呀！

「如果她把周圍的女孩也教導得像她一樣，」我姨祖母誠懇地說道，「她就沒白活這一生了！有用和快樂，正像她過去所說的！她怎麼會沒用和不快樂呢！」

「艾格尼絲有沒有——」我自言自語道。

「嘿！嘿！有沒有什麼呀？」我姨祖母很尖銳地說道。

「有沒有愛人？」我說道。

「二十個呢！」我姨祖母懷著一種憤怒的驕傲叫道，「自從你離開，她完全可以結二十次婚呢！」

「毫無疑問，」我說道，「這是當然的。可是有沒有配得上她的愛人呢？艾格尼絲不會看上配不上她的人呀？」

我姨祖母用手托著下巴沉思了一會兒。她慢慢抬起眼皮看著我說道：

「我懷疑她有一個心上人，特洛。」

「一個有出息的人？」我說道。

「特洛，」我姨祖母很嚴肅地說道，「我不能說。我連對你說這些話的權利也沒有。她從來沒對我說過，這只不過是我自己的猜測罷了。」

她看著我，那麼關切，那麼注意，我甚至發現她在顫抖了。這時，我察覺到她對我最近的心思非常留意。在那許多個日子裡，我的內心反覆交戰後所下的決心這時更堅定了。

「如果是那樣，」我開始說道，「我希望……」

「我不知道是不是那樣，」我姨祖母趕緊說道，「別把我的懷疑放在心上。也許它們是毫無根據的。」

「如果是那樣，」我重複道，「艾格尼絲會在她認為適當的時機告訴我的。我相信，我曾向她坦承過那麼多的秘密，她也不會瞞著我這麼重要的事的。」

姨祖母將目光緩緩收回。她沉思著用手捂住眼睛，慢慢地將另一隻手放在我肩上。我們就這樣坐在那裡回憶往事；一直到我們各自就寢，我們都沒有再說任何一句話。

一大清早，我騎馬前往我曾受過教育的地方。雖然我抱著戰勝自己的決心，但一想到馬上就要見到她了，我內心仍覺得無法放鬆。

我抵達了那棟古老的住宅，朝曾被尤利亞、米考伯先生佔據的那個小房間裡張望。我看到這房間已被改裝成一個小客廳，事務所已經不見了；除此以外，屋裡仍和我第一次見到它時一樣整潔。我請接待我的新女僕轉告威克費爾德小姐，說一位從海外回來的朋友要問候她。接著，我被帶著走上那光線幽暗的樓梯，來到那絲毫沒有變化的客廳。架子上還放著艾格尼絲和我當年讀過的書，我過去做功課的書桌也還擺在原位。尤利亞曾硬加在這個家裡的變化都消失了，一切都回到了那個快樂的歲月裡。

牆上的那扇小門開了，艾格尼絲向我走過來，她美好明淨的眼光與我的相遇。她站住了，把手放在她胸前。我把她摟進懷裡。

「艾格尼絲，我親愛的女孩！我來得太突然了！」

「不，不！看到你我很高興，特洛伍德！」

「親愛的艾格尼絲，又見到了妳，我多幸福呀！」

我緊緊摟住她，有一會兒我倆都沒說話。然後我們並肩坐下。她天使般的臉轉向了我，她那歡迎的表情正是我無時無刻都在內心裡嚮往的。

她那麼誠實、那麼美麗、那麼善良，我簡直找不到可以表達我情感的詞句。我想為她祝福，想向她道謝，想告訴她，我受了她多大的影響；但我的一切努力都是枉然。我的愛和喜樂是難以言表的。

她用她特有的那可愛的祥和使我平靜了下來。我談起我們的分別。她對我說她曾瞞著我探望過艾蜜莉的事，對我深情地談起朵拉的墳墓。她憑她高尚心靈的本能輕柔和諧地撥動了我的記憶之弦，使我可以平靜地聽那若有似無的淒哀音樂，卻又不用躲避被它喚醒的其他記憶。當那全部樂音中有她——我生命中的幸運天使——可愛的旋律時，我又怎麼會躲避呢？

「妳自己呢？艾格尼絲，」我慢慢說道，「談談妳自己吧。妳幾乎從未對我說過妳這些日子的生活呢！」

「我有什麼好說的呢？」她容光煥發的臉上佈滿微笑地說道，「爸爸很平安。你都看到了，我們安安靜靜地生活在我們自己的家裡。我們的憂愁消失了，我們的家又回復了原樣；親愛的特洛伍德，這就是一切了。」

「這就是一切了？艾格尼絲。」我說道。

她帶著一絲不安望著我，顯得吃驚。

「再也沒有別的什麼了？妹妹。」我說道。

她臉上褪去的紅暈又回來了，然後再度褪去。她微笑了，我覺得那微笑中含有一種無言的悲哀。她又搖搖頭。

我本想請她談談我姨祖母暗示的那問題，因為我雖知道那秘密會令我痛苦，但我要磨練我的心，盡我對她的責任。不過，一見她這麼不安，我就不去談那問題了。

「妳有很多事要做吧？親愛的艾格尼絲。」

「學校的事？」她又神情泰然地抬起眼睛說道。

「是呀，學校的事很辛苦吧，是嗎？」

「那種辛苦是讓人愉快的。」她回答道，「或許，不該用辛苦兩個字形容它。」

「凡是好事，對妳來說都不難。」我說道。

她臉上的紅暈再次出現、消失。當她低下頭時，我又看到那同樣悲哀的微笑。

「你可以待到爸爸回來，跟我們一起度過這個白天吧？」艾格尼絲高興地說道，「或許，你可以在你的臥室住一晚？我們仍然把那房間叫做你的臥室呢！」

我說不行，因為我已答應過姨祖母晚上回去她那裡，但我會盡興地在這裡度過整整一個白天。

「我還得工作一會兒呢，」艾格尼絲說道，「不過這裡有很多舊書，還有舊的樂譜。」

「連那些花也還在。」我朝四下看了看，說道，「而且還是過去那一種。」

「你在國外的日子，我一直讓一切保持過去的樣子，」艾格尼絲笑著回答，「因為那時我們很幸福。」

「我們那時的確很幸福！」我說道。

「一切能使我想起哥哥的東西，都是我最好的伴侶，」艾格尼絲用她熱誠的目光高興地看著我說道，「連這個也跟以前一樣叮叮噹噹地響著呢！」她把依然掛在她腰上的那個裝滿鑰匙的小籃子指給我看，又笑了笑，接著從她先前進來的那扇門出去了。

在等她回來的時間裡，我到街上散了步。我一邊走著，一邊回想起那些求學的時光，回想起謝福德小姐和拉金斯大小姐，還有所有那些沒有結果的愛情、舊日的喜好和憎惡。除了艾格尼絲，當年的一切都已隨時間逝去了；只有她一直是我頭上的一顆星，越來越亮，越來越高。

我回去時，威克費爾德先生已經在家裡了。他是從城外兩哩的一座花園回來的，如今他幾乎每天去那裡，以管理花園為樂。我發現他確實像我姨祖母說的那樣；當我們與許多小女孩一同坐下吃晚餐時，他彷彿是牆上那英俊肖像畫的一個影子。

我記憶中的那個家又充滿了昔日的祥和、安寧。晚餐後，威克費爾德先生不再喝酒，我們便都去了樓下，艾格尼絲和她的學生在那裡唱歌、玩遊戲、做功課。喝過茶後，那些孩子離開了我們，我們三人就坐在一起，聊起了往事。

「我過去做了許多令我悔恨的事，特洛伍德，」威克費爾德先生搖了搖白髮蒼蒼的頭說道，「不過，就算我可以把過去一筆勾消，我也不會那麼做。那樣一來，我也會抹消那忍耐、忠誠、孝心和天真的愛心。不！哪怕我忘掉自己，也不能忘掉這一切！」

「我明白，先生，」我溫和地說道，「我尊敬那些歲月，一直都尊敬。」

「可是沒人知道她做了多少，忍了多少，她怎樣努力掙扎——親愛的艾格尼絲呀！」他回答。

她懇求似地把手放到他的手臂上，請他別再說下去了。她的臉非常蒼白。

「好了，好了！」他嘆了口氣說道，「嘿！我還沒把她母親的事告訴過你呢，特洛伍德，你聽說過嗎？」

「沒有呢，先生。」

「故事並不長，但充滿了痛苦——她違背了她父親的意願嫁給了我，於是他們父女斷絕了關係。在艾格尼絲出生之前，她曾請求他原諒她，但他心腸非常硬，仍然拒絕了她。她傷心極了。」

艾格尼絲靠在他肩上，輕輕摟住他的脖子。

「她有一顆多情而溫柔的心，」他說道，「她的心受了傷。我非常瞭解她的心情。她很愛我，卻從來沒有快樂過；她就一直暗自忍受這種痛苦。她的身體原本已不健康，又受到了這一打擊；於是她漸漸憔悴，最後去世了，只留下出生兩個禮拜的艾格尼絲，還有你第一次見到我時就有的滿頭白髮。」

他親吻艾格尼絲的臉頰。

「我對我的女兒懷有的感情是病態的，但那時我的精神是完全不健康的。我不再說這事了，我不想談我自己，只想談她的母親和她。你瞭解艾格尼絲，我總是藉由她的個性追憶她母親的一些往事；因此，今晚我把這故事告訴你，我相信你會明白一切的。」

他那垂下了的頭，她那有如天使般的臉和孝心，使這故事有一種比過去更悲哀的淒涼感。艾格尼絲從父親身旁站起，輕輕走到她的鋼琴邊，彈起我們過去在一起時她常彈奏的一些老曲子。

「你還有出國的打算嗎？」我站到她身邊時，她問道。

「我的妹妹對此有什麼意見嗎？」

「我希望你不要再走了。」

「那我就不想再走了，艾格尼絲。」

「既然你問我，我認為你不應該再走了，」她溫柔地說道，「你那日漸增長的聲望和成功已經證明了你的能力，就算我願意愛惜我哥哥，時光或許也不肯呢！」

「是妳造就我的，艾格尼絲。妳應該很明白這點。」

「我造就你？特洛伍德。」

「是的！艾格尼絲，我親愛的女孩！」我俯身對她說道，「今天一見到妳時，我就想告訴妳自從朵拉去世後一直縈繞在我心頭的一件事。妳還記得嗎？妳當時從樓上下來，到我的小房間裡看我，然後手指向天空？」

「哦！特洛伍德，」她回答道，兩眼充滿淚水，「那麼可愛，那麼坦白，那麼年輕！我怎麼能忘呢？」

「從那時起，我就常常想到：我認為妳——我的妹妹——一直都像妳當時那樣，一直向上指著。艾格尼絲，妳一直指引我走上更好的路，一直指引我向上，更加向上！」

她只是搖頭。我從她的淚光後看到那同樣悲哀恬靜的微笑。

「因此，我是這樣地感激妳，這樣離不開妳，我心底的感情是難以言表的。我希望妳知道，卻又不懂該如何讓妳知道：我要一輩子依賴妳，接受妳的指引，就像過去在妳的指引下穿過黑暗一樣。無論發生什麼事，無論妳與誰建立什麼樣的新關係，無論我們之間有什麼變化，我都永遠敬愛妳。我最親愛的妹妹，我要永遠看到妳在我前面，向上指著！」

她把手放到我的手中，對我說，她為我說的那番話感到自豪，雖然我太過獎了。於是，她又溫和地彈起琴，只是不再把目光從我身上移開。

「艾格尼絲，妳知道嗎？」我說道，「今晚我聽到的話，就好像是我最初見到妳時對妳所懷的情感的一部分，好像是我在輕狂的學生時代坐在妳身邊時對妳所懷的情感的一部分。」

「你知道我沒有母親，」她微笑著答道，「所以對我懷有同情。」

「不僅如此，艾格尼絲，我知道，在妳身邊環繞著一種無法言喻的溫柔和親切的特質。這種特質在別人身上會變成憂傷，但在妳身上就不同了。」

她仍然望著我，同時溫柔地彈著琴。

「妳一定會取笑我的想法吧?艾格尼絲。」

「不會的!」

「我真的覺得,在妳的生命結束之前,無論有多少障礙,妳都會永遠保持熱情,絕不會改變的。妳會取笑我的這些話嗎?妳會取笑我的這種夢想嗎?」

「哦,不會的!哦,不會的!」

就在那一瞬間,一道苦惱的陰影從她臉上掠過;但就在我剛察覺到那陰影時,它便消失了。她看著我,仍然面帶微笑,十分平靜,繼續彈奏著。

我在寂靜的夜色中騎馬回家,風像一個不安的夢一般從我身邊吹過。我想到那一切,便擔心她其實並不快樂。我是不快樂的;但到目前為止,我已完全拋開了過去。想到向上指著的那個她時,就覺得她彷彿向我指著上面那個天空。在那裡、在不可思議的未來,我還可以懷著在塵世上未表白過的愛情愛她,也可以告訴她,當我在這世上愛她時,我內心的一切鬥爭。

第六十一章 兩個可笑的懺悔者

那段時間,我一直寄居在多佛的姨祖母家,一邊完成我的書。我經常去倫敦,體驗當地熱鬧的都市生活,或和特雷多商量一些公事。我在國外期間,他用非常精準的判斷力替我管理財務,使我的財產日漸增長;當我的名氣為我帶來大量陌生人的信件時,我聽了特雷多的建議,由他代我簽收所有信件,我不時到他家裡處理那些信件。

當時，那些女孩們都已回家了。蘇菲一整天待在房間裡，一邊做針線活，一邊望著樓下的小花園。她總是那麼一個快樂的主婦；沒有客人來訪時，她就哼起德文郡的小調，使屋裡洋溢著溫馨的氣息。

一開始，我不明白為什麼常見到蘇菲在一本練習簿上寫字，也不明白為什麼她一看到我就把那本簿子闔上，趕緊塞進抽屜裡。不久後，真相大白了。一天，剛從法院回家的特雷多從他的書桌裡拿出一份文件，問我覺得上頭的字寫得怎麼樣。

「哦！別這樣，湯姆！」正在火爐前為他烤鞋的蘇菲叫道。

「我親愛的，為什麼不呢？」特雷多心情愉快地說道，「你覺得如何？科波菲爾。」

「很工整，」我說道，「我沒見過這麼老練的書法。」

「不像一個女人的傑作，對吧？」特雷多說道。

「一個女人的？」我重複道，「泥瓦工程比這更像一個女人的傑作呢！」

特雷多大笑起來。於是他告訴我，這正是蘇菲的筆跡；他還告訴我，蘇菲認為他不久後會需要一名文書，於是她打算做那個文書；他又告訴我，她從一個字帖裡學會了那種字體，並且可以在一小時裡抄完好幾頁。

「她是一位多麼可敬的太太！親愛的特雷多。」當她紅著臉走開後，我說道。

「千真萬確！她是最可愛的女人！她處理家事的模樣，她的敏捷、家政常識、金錢概念和條理性，還有她的溫柔性格，全都是最好的！科波菲爾。」

「我相信你們使彼此都成了世上最幸福的人。」我說道。

「的確如此。」特雷多又說道，「在那些漆黑的早晨，她點著蠟燭起床，忙著安排一天的家事。不管天氣好壞，她總是早早去了市場，用最便宜的材料準備當天的晚餐，做布丁和餡餅，把一切做得井井有條，把自己打扮得整潔光鮮；夜裡總是陪我坐著，總是溫柔可人，一心為了我好——是啊！我是最幸福的人。」

他穿上她為他烤暖的鞋時，對那雙鞋也流露出愛惜的樣子，把腳舒舒服服伸到爐柵上。

「儘管我們不富有，卻過得很快樂，」特雷多說道，「有的晚上，我們就在家裡，關上外門，拉上窗簾——那都是她親自縫的——還有什麼地方能比這裡更舒服呢？天氣晴朗時，我們去外面散步，有時朝珠寶店的櫥窗裡看，我把那些閃亮亮的東西指給蘇菲看，如果我買得起，我一定把那鑽石手環買來送她！蘇菲也指給我看那鑲寶石的金錶，如果她買得起，也會把它買來送我。我們選出我們喜歡的勺匙、刀叉、糖夾，彷彿我們真的已經買下一樣。然後，我們漫步來到廣場，看到一棟出租的房子，我們就打量它，並說等我當上了法官，就要把它租下來。偶爾，我們會花一半的票價，坐在戲院的後排座位上看戲。步行回家時，我們也許會去食品店買點吃的，或跟魚販買一隻小龍蝦拿回家，一邊暢談，一邊享用一頓美好的晚餐。嘿！科波菲爾，你知道，要是我當上法官，就不能再這麼生活了！」

「不管你當上什麼，我相信你都能過得快快樂樂的。」我說，「跟你過去在學校的模樣相比，你現在的情況真令人難以置信呢！」

特雷多含笑望著火爐，用他一慣的寬容口氣說道：「老克里柯。」這讓我想起了一件重要的事。

「對了，特雷多，我收到一封那個老壞蛋寄來的信。」

「從克里柯校長那裡？真的？」他叫道。

「他現在不當校長了，」我從一大堆信件中翻出一封，說道，「他退休了，現在是米德塞克斯的一個法官了。他在信裡告訴我，他想讓我見識正在實施中的監獄懲戒的新制度，能使犯人不再變壞並且真正悔改——也就是隔離禁閉。他對他的成果十分滿意。你意下如何？願意跟我一起去嗎？」

「我不反對。」特雷多說道。

「那我就寫信這樣告訴他。我相信，你還記得那個把兒子趕出了家、使妻女過得痛不欲生——更別說如何對待我們了——的克里柯吧？」

「一點也沒忘。」特雷多說道。

「雖然我從未見過他對任何人有過同情心，」我說道，「可是讀了他的信，你卻會發現他對所有重罪犯都極富同情心呢！」

特雷多聳聳肩，很不以為然。我們訂好了參觀的時間，當晚便按照我們的計畫寫了信給克里柯先生。

在約定的日子裡，特雷多和我去了克里柯管理的監獄。那是棟龐大、堅固的建築，我們被帶進一個氣勢雄偉的辦公室裡，在那裡見到了我們的老校長。他比過去蒼老了許多，臉色雖然紅潤，但雙眼深陷，頭髮也已掉光了。他向我們寒暄幾句後，便領著我們與幾位先生走進牢房前的走廊，逐一訪問所有犯人。

當我們巡視時，我常聽人說到「二十七號」，好像他是最受重視的，簡直是個模範犯人。我還聽說，二十八號也是一個不尋常的大人物，但跟二十七號的事蹟相比略顯遜色。這使我很感興趣，迫不及待地想見一見這二號人物。

我們終於來到他的牢房門前。克里柯先生從門上的一個小孔向裡面張望後，十分得意地告訴我們，他正在讀一本《讚美詩集》呢！於是隨行者立刻騷動起來，都想看看這位出類拔萃的二十七號。克里柯先生下令把牢房的門打開，請二十七號到走廊上來。命令被執行了，特雷多和我大吃一驚——這個悔悟了的二十七號正是尤利亞・希普。

他也馬上認出了我們。他出來後，就立刻跟過去一樣扭動著身子，說道：

「你好，科波菲爾先生。你好，特雷多先生。」

這一問候引起在場的人們交口稱讚，似乎為了他竟肯屈尊向我們打招呼而感動。

「喂，二十七號，」克里柯先生憐惜而讚賞地說道，「你今天覺得怎麼樣呀？」

「我是很謙卑的，先生。」尤利亞答道。

「你一向都這樣呀！二十七號。」克里柯先生說道。

這時，又有一位先生十分關心地問道：「你過得舒服嗎？」

「是的，謝謝你！先生，我在這裡過得比外面舒服。我現在知道我的錯誤了，先生，這就使我舒服了。」

尤利亞立刻回答。

有幾位先生大為感動，於是又一位先生極為動容地上前問道：「你覺得伙食怎麼樣？」

「謝謝你，先生，」尤利亞一臉謙卑地答道，「昨天的牛肉比我喜歡的硬些；不過，我應當忍受。我已經犯了錯誤，先生，我應該毫無怨言地忍受。」

人群中又響起一陣讚嘆的低語。二十七號站在我們中間，彷彿是一位散播光明的聖人一樣。接著，放二十八號出來的命令也下達了。我已經吃了不少驚，因此當我看見利蒂默拿著一本聖書走出來時，只感到一種無可奈何的困惑了。

「二十八號，你心情怎麼樣呀？」一位先生問道。

「謝謝你，先生，」利蒂默答道，「我現在知道我的錯誤了，先生。當我想到我從前的伙伴的過失時，我感到非常不安，先生。但我相信他們會得到寬恕的。」

「你快樂嗎？」發問的人鼓勵地點點頭問道。

「謝謝你，先生，我很快樂。」

「你有什麼感想嗎？有的話就說吧，二十八號。」發問的人又說道。

「先生，」利蒂默頭也不抬地說道，「如果我的眼睛沒有看錯，在場的先生中有一位是我過去認識的。如果那位先生知道我從前的錯誤完全是由於受到那位年輕的主人影響所致，還由於在他們誘導下使我陷入了無法自拔的罪惡泥淖；那麼，我希望那位先生引以為鑑，也不要指責我放肆。這是為了他好呀！我醒悟到自己過去的錯誤了，我希望他也會對他的罪惡有所悔悟。」

我看到幾位先生用手捂住了自己的眼睛，彷彿他們剛走入聖殿一樣。

「你的想法值得贊許，二十八號。」發問者接下去說，「還有別的事嗎？」

「先生，」利蒂默微微抬了抬眉毛，「曾有一個陷入迷途的年輕女子，我本想救她，卻沒有成功。我懇求那位先生替我轉告那位女子，我已寬恕了她對我做的一切，我也勸她悔改——如果那位先生肯幫我這點忙的話。」

「毫無疑問，你的話一定也使那位先生像我們一樣感動至極。他會答應你的。」那人回答。

「謝謝你，先生，」利蒂默說道，「各位先生，我祝你們平安，也希望你們和你們的親人能發現自己的過失，並加以改正！」

說完，二十八號便走進了自己的牢房。他的門關上時，人群中響起一陣低語，都稱讚他是個體面的人物。

「喏，二十七號，」克里柯又轉頭問尤利亞，「有什麼別人可以幫你做的事嗎？如果有就說吧。」

「我謙卑地懇求，請允許我再寫信給家母。」尤利亞晃著腦袋說道。

「當然可以。」

「謝謝你，先生！我很擔心家母的安危。」

有人不小心問了為什麼，但馬上就被人憤慨地小聲制止說：「別出聲！」

「永遠的安全，先生，」尤利亞朝聲音發出的方向扭著身子答道，「我希望家母能和我待在一起。如果我沒來過這裡，我永遠也無法過得像現在這樣舒服。我希望家母也能到這裡來；甚至，如果所有人都能被抓到這裡來，一定對他們有益的。」

這觀點引起人們極大的滿意——我相信比過去所有的話都更令人滿意了。

「在我到這裡之前，」尤利亞偷看了我一眼，「我總是犯錯，但現在我意識到我的錯誤了。外面的世界有許多罪惡，我母親也有許多罪惡；除了這裡面以外，世上到處都充滿了罪惡。」

「你確實改過自新了吧？」克里柯先生說道。

「哦！是的，先生。」這個很有前途的悔悟者叫道。

「如果你出去了，你不會再重蹈覆轍了吧？」有人問道。

「哦！不會了，先生。」

「很好，」克里柯先生說道，「這很令人滿意。你已經向科波菲爾先生打過招呼了，二十七號。你還想再對他說些什麼嗎？」

「你在我進來這裡以前就認識我，科波菲爾先生，」尤利亞惡毒地看著我說道，「你認識我時，我雖然犯了錯，但我是謙卑的，是溫和的——但你卻那麼粗暴，科波菲爾先生，你知道，你曾打了我一巴掌。」

大家都很同情他。幾道憤慨的目光射向了我。

「可是，我原諒你，科波菲爾先生。我原諒每個人，懷恨在心不是我的作風。我寬宏大量地原諒你，希望你今後能控制你的情緒。我希望威克費爾德先生能悔改，威克費爾德小姐以及那一伙有罪的人都能悔改。你過去吃過苦，我希望那些苦對你有益；不過，你要是能進來這裡就更好了！威克費爾德先生和威克費爾德小姐也是。我能給你——科波菲爾先生——以及在場各位先生的最大祝福就是：希望你們能被抓到這裡面來！當我想起我過去犯的錯誤以及我此刻的感想時，我相信，這一定會對你們有益的。我憐憫那些沒有進來過的人！」

在一片讚美聲中，他溜回了他的牢房。看見牢門鎖上後，特雷多和我都感到莫大的欣慰。

這就是這座監獄的風格。我很想問一下這兩人究竟為了什麼案子被關進來。那些先生卻似乎不願談到這一點。直到我和一位獄卒打過招呼，才終於打聽到了原因——他說，二十七號是因為一樁銀行的案件入獄的。

「在英格蘭銀行詐騙嗎？」我問道。

「是的，先生。詐財、偽造，還有其他罪名。他唆使一些共犯，策劃了一樁詐取大筆款項的罪行。法院判他們終身流放。二十七號是那一伙犯人中最狡猾的，他幾乎使自己完全脫罪；可是沒有完全成功，他被銀行抓住了一點把柄。」

「你也知道二十八號的罪狀嗎？」

「二十八號也是流放。他曾經和一個年輕的主人去國外，在途中偷了主人大約兩百五十鎊的現金，還有一些貴重物品。不過最後被逮住了。」

至此，我們已經把那裡的一切都看過了。我很想告訴克里柯先生，二十七號和二十八號仍舊和過去一樣，並沒有悔改；他們的坦白只不過是徹頭徹尾、居心不良的謊言，好讓他們在法庭上得到減刑。不過，那是沒用的，我們只能把他們交給法律制度和他們自己，而我們則滿懷詫異回了家。

「過度發揮一種偽善的議題也許是件好事，」我說道，「因為它很快就會使人厭惡了。」

「我也這麼希望呢。」特雷多答道。

第六十二章　一盞明燈

聖誕節將近，我也已回家兩個多月了。我常常見到艾格尼絲。我每個禮拜至少一次騎馬去看她，並在那裡度過一個白天。每當我在夜裡離開她時，都感到惆悵不已，出國期間盤據我心頭的那種淒涼、憂傷感覺也再次浮了上來。

我曾試圖把它們推開，決心接受我應得的位置。可是，當我對艾格尼絲讀我寫的東西時，當我看到她傾聽時那聚精會神的表情時，當她感動得或哭或笑時，當我聽到她對我的故事那麼誠懇地發表意見時，我就會想到，我本該有什麼樣的命運呀！不過，我只是想想，僅此而已。

艾格尼絲對我懷有一種愛情，如果我把它搞混了，那我就是自私的、而且笨拙地侮辱了它，從此不可復得。我堅信：既然是我造成了現在的我，我也獲得了我急於追求的東西，我就沒有權利再抱怨，而只能忍受。我對艾格尼絲的責任和我成熟的內心使我感覺到了這一切，並明白了這一切。

但是我愛她！我恍惚地覺得，總有一天，我能無愧無悔地向她坦白我的愛情。到了那時，如今的一切都成了過去；到了那時，我可以說：「艾格尼絲，當我回家時，我確實是那麼想的；在那以後，我也沒有再愛過別人了！」這種想法成了對我的一種安慰。

從我回來的那一晚起，我姨祖母和我之間就有一種默契。我們都同時想到了這個問題，但都不用言語表達出來。當我們按照過去的習慣在夜晚相對而坐時，總是保持這種默契，對一切沉默不語，卻又像是已毫無保留地說出來了。我相信她在那天已經瞭解我的想法，也瞭解我為什麼不明確表達我的想法。

然而，艾格尼絲至今還沒有向我公開她的新秘密，這讓我不禁懷疑，她是否已經知道我的心意，為了不使我痛苦才沒有明說？若真是這樣，那我的一番苦心不就白費了嗎？這種疑惑重壓在我心上，使我決心弄個清楚。

那是一個凜冽的冬日。幾個小時前下過雪，雪積得不算厚，在地面上凍得硬硬的。我窗外的海上刮著從北方來的大風。我想起那吹過人跡罕至的瑞士山區的風雪，把它與荒涼的海上相比，思考著哪裡更寂寞些。

「今天騎馬外出嗎？特洛。」我姨祖母從門口探進頭來問道。

「是的，我要去坎特伯雷。今天可是騎馬的好日子呢。」我說道。

「我希望你的馬也這麼想，」我姨祖母說道，「牠垂著頭和耳朵站在門口，好像寧可待在馬房裡呢！」

「牠等一下就會有精神了。」我說道。

「不管怎麼說，這旅行對牠的主人有好處。」姨祖母看看我桌上的稿件說道，「啊！孩子，你在這裡坐了很久了，我從不知道寫作會這麼辛苦！」

「寫作是一件使人著迷的事，姨祖母。」

「啊！我知道，企圖心、讚美、同情——還有許多別的，是嗎？嘿！得了吧。」她在椅子上坐下。

「關於艾格尼絲的戀愛，妳有更多的消息嗎？」我不經意地問道。

「我想我有，特洛。」她抬起頭來望著我，眼光中懷著懷疑、憐憫、顧慮。

「什麼？」

「我相信艾格尼絲就要結婚了。」

「上帝保佑她！」我高興地說道。

「上帝保佑她，」我姨祖母說道，「還有她的丈夫！」

我連忙告別姨祖母，輕輕走下樓，騎馬離開了。我比之前更有理由去做我決心要做的事了。

我抵達了坎特伯雷。艾格尼絲一個人在家，正在爐火邊看書，她的學生這時都已回家去了。見到我進來，她便放下書，像往常那樣歡迎我，然後拿著她的針線籃在一扇窗前坐下。

我坐在她附近，談起我正在做的事，以及什麼時候將會完成，還有我上次見面以來的進展。艾格尼絲很高興，她笑著預言道，我很快就會聲名大噪，到時她就不能再這樣和我交談了。

「所以，我要盡可能把握現在的時光，跟你說話。」艾格尼絲說道。

我看著她的臉，她專心做著手上的活。這時，她抬起她溫柔明亮的眼睛，看到我正在注視她。

「你有心事！特洛伍德。」

「艾格尼絲，我能不能把我的心事告訴妳？我就是為了這個而來的。」

她放下手裡的針線，集中注意力聽我說。

「我親愛的艾格尼絲，妳懷疑我對妳的忠誠嗎？」

「不！」她帶著吃驚的神情答道。

「妳懷疑我不像過去那樣對妳了嗎？」

「不！」她像剛才一樣答道。

「當我回到英國時，我想告訴妳我欠妳多少人情，我對妳懷有怎樣的熱情，妳還記得嗎？」

「我記得，」她輕輕地說道，「記得很清楚。」

「妳有個秘密，」我說道，「告訴我吧！艾格尼絲。」

她垂下了眼睛，渾身發抖。

「我已經聽說，妳將妳寶貴的愛情給了某一個人。不要把對妳的幸福這麼重要的事瞞著我吧！如果妳還像過去一樣信任我，就讓我在這件比一切都重要的事情上當妳的朋友，當妳的哥哥吧！」

她眼光中含著祈求（甚至是責備）從窗前站起，跑到房間另一頭，雙手捂住臉哭了起來，我的心彷彿受了拷打一般。然而，這眼淚卻喚醒了我心中某種東西——某種希望。不知怎地，這些眼淚和深埋在我記憶中的那平靜而悲哀的微笑重疊在一起，與其說是用恐懼和悲傷，不如說是用希望震撼了我。

「艾格尼絲！妹妹！我親愛的！我什麼地方做錯了？」

「你走吧！特洛伍德。我不太舒服，不太自在。我會慢慢告訴你的——以後我再寫信告訴你。可是不要現在對我說，不要！」

「艾格尼絲，我不忍看到妳這樣；一想到我害妳這麼難過，這使我痛苦不堪。我最重視的女孩，如果妳不快樂，就讓我分擔妳的不快樂吧！如果妳需要幫助或建議，讓我來設法給妳吧！如果妳心負著重擔，讓我來設法減輕它！我現在活在這世上，不是為了妳，又是為了誰呢？」

「哦，放過我吧！我不舒服！以後再說吧！」她仍然說道。

不知是不是一種自私的錯誤情感促使我往下說？既然有了一線希望，那麼是不是有一種我從不敢奢望的機會出現了呢？

「我一定要說！我不能讓妳就這麼離開我！看在上帝的份上，艾格尼絲，在經過這麼多年、經歷過這麼多遭遇後，我們不該再誤會了！我一定要說明白。如果妳有疑慮，怕我會嫉妒妳獻出的幸福，怕我不肯把妳讓給妳親自挑選的愛人，怕我不肯在遠處欣賞妳的幸福——請妳千萬別這樣想！因為我不是那種人，在我對妳的感情中，沒有半點自私的東西！」

這時，她平靜了。過了一會兒，她把蒼白的臉轉向我，然後低聲斷斷續續卻清清楚楚地說道：

「基於我們之間的純潔友誼，我不得不告訴你：你錯了。我能做的就是這樣。這些年來，如果我有時需要幫助和建議，我已得到它們了；如果我有時不快樂，這也成為過去了；如果我心上有重擔，它們也已被減輕了；如果我有什麼秘密——不是新的，也不是你所猜想的那樣——我不能說出來，也不能與別人分擔。這秘密早就屬於我一人，也將永遠屬於我一人。」

「艾格尼絲！站住！等一下！」

她正要走開時，我摟住她的腰，把她攔住了。我思考著她所說的「這些年來」、「不是新的」；一剎那間，新希望、新想法，一起在我腦中飛旋，我生活中的所有色彩都在變化！

「親愛的艾格尼絲！我最崇拜和尊敬的人——我如此專心愛著的人！在我今天到這裡之前，我一直告誡自己絕不能這麼說；我覺得我可以一輩子隱藏我的心思，直到我們老了以後再坦白。可是，艾格尼絲，如果我真的有一線希望，我能夠在未來的某一天，用不同於妹妹的稱呼來叫妳——」

她淚如泉湧，但這和她剛才落的淚不同。我在她現在的淚水裡看見希望在發光。

「艾格尼絲！我永遠的導師，最好的扶持者！如果妳從前能多關心自己一點，少關心我一點，我想我那粗淺的幻想永遠也不會離開妳的！不過，妳仍然那麼好，當我過去面臨各種希望和失望時，妳都那麼關心我！直到現在，信任妳、依賴妳已成為我天性一部分了，即使在我愛妳愛得痴狂時也是如此！」

她仍被我扔在懷中，仍在哭泣，但不是悲哀，而是愉快的了。

「當我愛著朵拉時，妳是知道的——」

「是的！」她真誠地叫道，「我當時也很為你高興的。」

「當我愛她時——即便在那時，要是沒有妳的同情和諒解，我的愛情也不會圓滿。而當我失去她時，艾格尼絲，如果沒有妳，我會變成什麼樣子呢？」

她又朝我懷裡偎緊了些，更貼近我的心了。她把顫抖的手放在我肩上，望著我的那雙可愛眼睛裡閃著晶瑩的淚光。

「親愛的艾格尼絲，我出國，因為我愛妳。我留在國外，因為我愛妳。我回到英國，也因為我愛妳！」

這時，我一五一十地告訴她我曾有過的內心鬥爭、我曾做出的結論；我盡可能地把我的心思完全向她坦白。我盡可能地向她說明，我曾怎樣希望自己能更瞭解她，也瞭解我自己；我怎樣遵從因為這種瞭解而得出的結論；就是在那一天，我仍懷著忠於這結論的一顆心來到她這裡。我想，如果她愛我，願意讓我做她的丈夫，那絕不是因為我有什麼價值，而是因為我對她的真誠愛情，以及我愛情成熟時所遭遇的各種困難；正因為如此，我才決定表白我的愛情。

「我很幸福，特洛伍德。我的心很充實。不過，有件事我必須說。」

「親愛的，是什麼？」

她把她柔和的雙手放在我肩上，平靜地端詳我的臉。

「你不知道嗎？」

「我不敢猜測那是什麼。告訴我吧！親愛的。」

「我一直都愛你！」

哦！我們多麼幸福。我們不為我們經歷過的痛苦而流淚，只為我們永不再分離的幸福流淚！

在那個冬夜，我們一起到野外散步，寒冷的空氣似乎也分享著我們心底的幸福和平靜。我們一邊徘徊，一邊向空中望去，先升起的星星開始閃爍了。我們感謝上帝，把我們引領到這種安寧。

夜間，當月光照耀時，我們一起站在那扇古老的窗戶前。艾格尼絲對著月亮抬起她平靜的眼睛，我隨她的目光看去。這時，我的心上出現了一條漫長的大路，我看到一個衣衫襤褸、三餐不繼、孤苦伶仃的孩子向前走著。他終於把此時在我身旁跳動的那顆心稱為他自己的了。

我們來到姨祖母面前時，已是隔天將近晚餐的時間了。她正戴著眼鏡坐在火爐旁看書。

「天哪！」姨祖母在暮色中打量著說，「你帶誰回來了呀？」

「艾格尼絲。」我說道。

姨祖母立刻滿懷希望地看了我一眼，可是見我仍和平常一樣，她又失望地取下眼鏡，在鼻子上擦了擦。不過，她仍親熱地問候艾格尼絲。沒過多久，我們便坐在已點上燈的客廳裡吃晚餐了。姨祖母有兩三次把戴上眼鏡打量我，每次都失望地取下，然後把眼鏡在鼻子上擦。

「順帶一提，姨祖母，」吃完飯後，我說道，「我跟艾格尼絲說了妳告訴我的事。」

「什麼！特洛，」姨祖母臉都紅了，「你不該這麼做的，你答應過我要保密。」

「我相信，妳不會生氣吧？當妳聽說艾格尼絲並未因為戀愛的事憂愁時，我相信妳是不會生氣的。」

「胡說！」姨祖母說道。

眼見姨祖母就快被惹惱，我認為最好結束這個玩笑。於是，我把艾格尼絲摟到她椅子後面，然後我們一起向她俯下身去。姨祖母轉頭看了我們一眼，拍了一下手，立刻陷入狂喜之中。當她恢復鎮靜後，又撲向皮果提，一邊叫她老傻瓜，一邊用力擁抱她；然後，她又擁抱狄克先生，並把理由告訴了他們。

在姨祖母上次和我交談時，我不知她是好意撒謊，還是真的誤解了我的感情——當時她說艾格尼絲就要結婚了。不過現在，我比任何人都更知道這句話有多真實了。

我們在兩個禮拜後結了婚。婚禮只邀請了特雷多夫婦和史特朗夫婦。在他們的一片興高采烈中，我與艾格尼絲搭上了馬車。我把我一向擁有的一切珍貴希望的泉源摟在我懷裡；我的中心、我的生活、我自己、我的妻子和我對她的愛，都置於磐石上了！

「我親愛的丈夫！」艾格尼絲說道，「我終於可以這樣叫你了。我還有一件事要告訴你。」

「告訴我吧！愛人。」

「在朵拉去世的那天夜裡，她要你來找我。」

「是的。」

「她告訴我，她留給我一件東西。你能猜出那是什麼嗎？」

我相信我能。我把妻子摟得更緊一些了。

「她告訴我，她向我作最後一次請求，也留給我最後一項責任。」

「那就是——」

「我必須來佔據那個空位！」

於是，艾格尼絲俯在我胸前哭了起來；我和她一起哭，雖然我們很幸福。

第六十三章　一個客人

我們結婚後已過了十個年頭。在之後的日子裡，我的事業進展得很順利，我的家庭也幸福美滿。一個春天的晚上，艾格尼絲和我坐在倫敦家中的火爐邊，我們的孩子正在屋裡遊戲。這時，我聽說有位陌生人要見我。

我的僕人問他是不是為了業務而來，他作了否定的回答。他說他專程來看我，是從很遠的地方來的。據我的僕人說，他已經很老了，看上去像個農夫。

「讓他上來吧！」我說道。

不久，一個健康的白鬍子老人走了進來，在門口站住。小艾格尼絲——我們最大的孩子——被他那模樣吸引住了，便跑過去把他拉進來。我還沒看清他的臉，我的妻子就跳了起來，用一種高興而激動的聲音對我叫道：這是皮果提先生呀！

的確，這就是皮果提先生。他已是一個老人了，不過是個紅顏白髮、精神抖擻的老人。他在火爐邊坐下，把孩子們抱到膝蓋上。火光映照著他的臉，我覺得他仍像過去那樣健壯，而且是個英俊的老人。

「大衛少爺，又見到你和你那親愛的太太了！你過得多麼幸福呀。」那熟悉的聲音說道。

「的確非常幸福！老朋友。」

「還有這些可愛的孩子們，」他說道，「看看這些小花兒！嘿，大衛少爺，我第一次見到你時，你就跟這最小的差不多高呢！當時，艾蜜莉也大不了多少，我們那可憐的男孩也不過是個不成熟的孩子罷了！」

「在那之後，發生了多麼大的變化呀！」我說道，「既然你來了，務必在我們這裡住下。好讓我聽聽這十年間的事情！」

「你一個人來的嗎？」艾格尼絲問道。

「是的，太太，」他吻她的手說道，「只有我一個人。不過，我只能停留幾個禮拜。」

「這麼快又要回去了？」

「是的，太太，」他答道，「我來之前答應過艾蜜莉了。妳知道，我一天比一天衰老，如果我這次不回來，大概永遠也回不來了。所以我想，在我變得太老以前，我一定要來看看大衛少爺和妳的幸福模樣。」他仔細地端詳我們，好像怎麼也看不夠。艾格尼絲笑著把捲髮撥到後面，好讓他看得更清楚。

「現在，」我說道，「把關於你們的一切事情告訴我們吧。」

「好的，大衛少爺，」他說道，「我們在當地過得十分順利。我們很努力地做工，雖然一開始有些辛苦，但無論是幹活、養羊或是其他家畜，我們總是能取得不錯的收穫。大致就是這樣，上帝保佑！」

「艾蜜莉呢？」艾格尼絲和我一起問道。

「自從離開你們後，她的心情一直很低落——要是她當時得知大衛少爺那麼好心地隱瞞了我們的一些事的話，我想她一定活不下去了。不過，她開始照顧船上的一些窮人和孩子；靠著這樣忙碌、這樣行善，她漸漸擺脫了沮喪。」

「她什麼時候才得知那消息？」我問道。

「在我聽說那消息後，又瞞了她將近兩年。我們當時住在很偏僻的地方。一天，我正在田裡幹活，一名來自英國的旅行家路過那一帶，人們立刻招待他進屋，並給他食物——當地的移民者都是這樣做的。他隨身帶來一份舊報紙，上面記載著關於那場暴風的消息。她就那樣知道了。我夜晚回家時，發現她已經知道了。」

他說這幾句話時，聲音壓得很低，我十分熟悉的那種嚴肅神情又浮上了他的臉。

「知道那消息後，她變了很多嗎？」

他搖搖頭。「她一直不願意與人來往。不過，孤獨對她也有好處；再加上工作的忙碌，使她不得不分心管理很多事，於是就這樣熬了過來。大衛少爺，如果你看到現在的艾蜜莉，不知道還能不能認出她來呢！」

「她變了那麼多？」我問道。

「我不知道。我每天都看到她，所以不確定。不過，她身材嬌小，有點單薄，藍藍的眼睛那麼溫柔而悲傷；小臉蛋精緻好看，頭微微低著；聲音和舉止都那麼安靜——幾近畏怯了。這就是艾蜜莉！」

我們靜靜地望著他，他一動也不動地看著火。

「有人以為她遇人不淑，也有人認為她已喪偶，沒有人知道真正的原因。她本來有很多次結婚的機會，但她卻說永遠也不嫁人了。和我在一起時，她總是很開心；但只要別人一出現，她就立刻躲起來。她願意去任何地方照顧一個病人、教導一個小孩，或幫一個女孩準備婚禮；她一心一意愛護她的舅舅；她勤快，無論年輕人還是老人都喜歡她，凡是有困難都來找她求助。這就是艾蜜莉！」

他用手抹了臉一把，輕輕嘆了口氣，目光從爐火上抬了起來。

「瑪莎還跟你們在一起嗎？」我問道。

「她第二年就結了婚。那是一個年輕人，一個工人，他趕著老闆的貨車去市場，經過我們那裡，就提出娶她的請求——在那裡，女人是很稀罕的呢！之後兩人就一起搬到內陸去了。」

「康密奇太太呢？」

皮果提先生一下子大笑起來。「你相信嗎？嘿，也有人向她求婚呢！不過，康密奇太太什麼也沒回答，只是立刻拿起一桶水，朝那個求婚者的頭上澆去。他嚇得大叫救命。直到我趕回來，他才得以脫身。」

皮果提先生又哄堂大笑，艾格尼絲和我也陪著他笑。

「不過，我應該為她說幾句公道話，」當我們笑完後，他又擦擦臉接著說道，「她完全照她答應我們的那樣做了，而且做得更好。再也沒有一個女人像她這樣誠心地幫忙了，大衛少爺。我從沒看過她有一分鐘感到孤單，即使身處陌生的殖民地也是一樣。她沒有再想起過她的亡夫了。」

「米考伯先生呢？」我說道，「他的境況還不錯吧？」

皮果提先生把手伸進胸前的口袋，拿出一個摺好的紙包，然後小心翼翼從裡頭取出一小張報紙。

「你知道，大衛少爺，由於我們漸漸富足，我們已經離開內陸，搬到一個城鎮，就在米多貝港附近。」

「米考伯先生也住在你們附近嗎？」我問道。

「是呀，」皮果提先生說道，「他十分盡心盡力——我從沒見過有什麼上流人士像他這樣盡心盡力。當我看到他那禿頭在太陽下流汗時，我幾乎認為他那個腦袋會融化掉呢！他現在是一個區長。」

「一個區長？」

皮果提先生指著報紙上的一段。那是《米多貝泰晤士報》，我把那段大聲讀出來：

昨日，米多貝區長威爾金．米考伯先生在酒店大廳舉行宴會。與會來賓甚多，將酒店擠得水洩不通。在場的仕女、名流和貴紳，皆向這位德高望重的區長致上敬意。宴會由米多貝區薩倫學校校長梅爾博士主持。餐後演唱了讚美詩，區長的公子也在唱詩班中，並進行了多次乾杯的儀式。梅爾博士在稍後發表了一段感性的演講，並特地表彰了區長的貢獻，博得眾人一致喝彩。隨後是區長的致詞，這確是一篇不朽的傑作，他在致詞中提及了他成功的原因，並告誡年輕人應當謹慎，切勿欠下無力償還之債務；這些教誨令在座之人感動得聲淚俱下。典禮後舉行了舞會。在眾多舞伴中，尤以威爾金．米考伯先生的公子和梅爾博士之四小姐海倫娜女士最為令人注目。眾人狂歡一夜，直至清晨才散會。

我又回頭去看梅爾博士的名字。能在這麼快樂的報導中看到他的名字，知道他已脫離貧窮，真令人高興。這時，皮果提先生又指著報紙的另一部分，我的目光落到了自己的名字上，於是我讀道：

致名作家大衛．科波菲爾：

自上次會面以來已過了很久，相信你在英國早已功成名就了。儘管無法見到我年輕時代的朋友，但我片刻也沒有忘了我們的交情。如今，我們共同的朋友即將離開此地，返回英國，我要藉這個機會，代表全體米多貝的居民感謝你施予我的恩惠。

努力！親愛的科波菲爾，你的名聲早已遍及此地，你的作品亦為人所熟讀。儘管我們之間相隔甚遠，也別為此感到孤獨、憂傷。努力！我親愛的先生，你的前途無量，米多貝的居民也將心存喜樂，期盼你未來的成就！

區行政官　威爾金・米考伯

閱讀過其他的報導後，我推測米考伯先生就是這份報紙的主編。在同一份報上，還登有他寫的有關造橋的另一封信，以及他的書信集即將出版的廣告等；此外，如果我沒猜錯，那篇社論也是他的大作。

皮果提先生住在我家期間，我們在許多個夜晚談了有關米考伯先生的事。他在英國逗留了一個月，他的妹妹和我姨祖母都來倫敦看他。當他動身時，艾格尼絲和我送他上船。這是我們最後一次為他送行了。

動身前，他和我一起去了雅茅斯，去看我為漢姆造的小墓碑。我依照他的請求把那上面的碑文抄下來，又見他俯下身去，從墓上拔了一束草，抓了一把土。

「這是給艾蜜莉的。」他一面把那些東西放入懷中，一面說道，「我答應過她，大衛少爺。」

第六十四章　最後的回顧

我的傳記即將進入尾聲。在結束本書前，我再來作一個最後的回顧。

我的姨祖母已經八十歲了。她戴著度數更深的眼鏡，身子仍然筆挺，而且還能在冬日裡一口氣走六哩路呢！她多年前不曾滿足的願望終於實現了——她真的成了貝茜・特洛伍德（我最小的女兒）的教母。小朵拉（二女兒）常說她把貝茜寵壞了。

我慈祥的老保姆皮果提總是陪在她身旁。她也戴上了眼鏡，仍然在夜裡的燈光下做針線活。她的雙頰和雙臂曾經是那麼硬、那麼紅，如今也乾癟了、發皺了；她那深黑色的眼睛也變得淡了些，但她那粗糙的食指卻一點也沒變。

今年暑假，我發現我的兒子們正圍著一個老頭兒，看他放風箏。他以難以形容的歡天喜地望著天空。接著，他開開心心地和我打招呼，又點頭又擠眼的，還低聲說：「特洛伍德，你聽了一定很高興：我打算開始寫那呈文了！你的姨祖母是世上最優秀的女人！」

那位拄著拐杖、駝著背的貴婦人是誰？她臉上仍刻有昔日驕傲和美麗的痕跡，看得出她無力地與內心那易怒、遲鈍、驕橫、暴躁的東西抗爭著。她在花園裡，身邊站著一個嘴唇上有道白色疤痕的女人，這個女人模樣尖刻陰鬱，已憔悴了。讓我聽聽她們在說什麼。

「羅莎，我已忘了這位先生的姓了。」

羅莎向她彎下身子，對她說道：「科波菲爾先生。」

「看到你服喪，我很難過，先生。希望時間能撫平你的傷痛。」

她那暴躁的隨從斥責她，告訴她我沒有服喪，並提醒她再看看我。

「你見過我兒子了，先生，」那年長的夫人說道，「你們和好了嗎？」

她痴痴地看著我，手放到額頭上呻吟起來。突然，她用一種可怕的聲音叫道：

「羅莎，過來。他死了！」

羅莎在她腳邊跪下，時而安慰她，時而與她爭吵，時而惡狠狠地告訴她說：「我一向比妳更愛他呢！」時而又把她像病人那樣抱住，哄她入睡。我時常看見她們這樣，年復一年地過著日子，我就在她們這樣時離開了她們。

一艘印度來的船把米爾斯小姐帶回英國了。她已經嫁給一個蘇格蘭老富翁，變得驕橫而尊貴。她有一個黑人用金盤子托著名片和信給她，又有一個頭綁著鮮豔圍巾、身著細麻布衣的黑人女子隨身侍候她；她的脖子都被金錢鎖住了，再也不去想別的或說別的了。我還是喜歡在撒哈拉沙漠的那個她呢！

傑克．麥爾頓先生進了專利局。他仍然瞧不起為他謀到這職務的人，竟在我面前把博士稱為「有趣的老古董」。

史特朗博士，我永遠的朋友，仍孜孜不倦地編著他的書，享受與夫人的家庭之樂。他家中的那位老婦人已威風大減，不再像過去那樣嘮嘮叨叨了。

特雷多同樣勞勞碌碌地在法學院的律師事務所裡工作。在他的腦袋上，頭髮因為律師假髮的不斷摩擦而越來越少了。不過，他已經搬進了新家。那棟房子很大，但特雷多把他的文件放在他的更衣室，和靴子擺在一起；他和蘇菲則擠到樓上的房間裡，那最好的臥室留給那些女孩了。當我和他們吃飯時，特雷多仍然跟過去一樣樸實、一樣坦誠，他像一個族長一樣坐在大餐桌的另一頭，蘇菲坐在他對面的位子上對他微笑，兩人中間那些閃閃發亮的餐具不再是合金的了。

我決定就寫到這裡。當那一張張臉逐漸消失在我眼前時，有一張臉像天國之光一樣仍照在我身上，使我看清了一切。這張臉高出一切之上，超出一切之外。這張臉永存不消。我轉過頭去，看見我身邊那美麗寧靜的臉。我的燈光暗下去了，時間已是深夜，但那個親愛的人仍陪伴我。沒有她，就沒有我。

哦！艾格尼絲，哦！我的靈魂。當我的一生真的走完時，但願妳的臉也像這樣陪在我身邊；當現實的一切都像我此時拋開的影子那樣在我眼前融化、散去時，但願我仍能看到在我身邊向上指著的妳！

A Christmas Carol

小氣財神 1843

聖誕夜裡，安詳靜謐，白雪紛飛；
三位不速之客悄悄造訪——
第一位客人，將帶你看見過去，
兒時的你，是否天真快樂、感恩知足？
第二位客人，將帶你看見現在，
如今的你，是否不忘初衷，與人為善？
第三位客人，將帶你看見未來，
成為過往的你，為世人留下了什麼？
在這感恩的日子裡，重新點亮慈善的光輝！

Oliver Twist

~Anthology of Charles Dickens

第一章　馬利的鬼魂

馬利死了。他的死是無庸置疑的。在登記簿上，由牧師、執事、殯儀員，以及主要送葬者見證了他的喪葬。史克魯奇也簽了名。史克魯奇在交易所裡名聲很好，凡是他願意插手的事情，全都沒有問題。

老馬利像釘死的門釘一樣死了。

史克魯奇知道他死了嗎？當然知道。史克魯奇是他的合伙人，是他指定唯一的遺囑執行人，是他唯一的遺產管理人，是他唯一的財產受讓人，是他唯一的剩餘遺產繼承人，也是他唯一的朋友和送葬者。然而，即使是這樣一位朋友，他對於馬利的死也不是那麼難過，而就在舉行葬禮時，他還錙銖必較地省下了不少開銷。

史克魯奇一直沒有把馬利的名字塗掉。好幾年以後，商店的門上仍然寫著「史克魯奇－馬利」。有時候，人們稱史克魯奇為史克魯奇，有時候又稱他為馬利，不過他兩個名字都接受──對他說來，那是一樣的。

哦！他可是個一毛不拔的人。他是一個善於壓榨、掠奪、搜刮、糾纏，而又貪得無厭的老惡棍！又硬又銳利，就像一塊打火石，卻永遠打不出慷慨的火花；而且深居簡出、孤單乖僻，就像一隻牡蠣。他內心的冷酷使他蒼老的臉蒙上了一層嚴霜，凍壞了他的尖鼻子，凍皺了他的臉頰；凍得他腳步僵硬，眼睛發紅，嘴唇發紫；凍得他用吱吱喳喳的聲音說些尖酸刻薄的話。他的頭上是一層皚皚白霜，兩撇眉毛和堅硬的下巴也是如此。他走到哪裡，就把低溫帶到哪裡。在大熱天裡，他把他的辦公室弄得冷冰冰；到了聖誕節，他也不上升一度使那裡解凍。

外界的熱和冷影響不了史克魯奇。沒有溫暖能使他熱起來，也沒有寒冷的天氣能使他覺得冷。沒有一陣風刮得像他那樣冰涼刺骨，沒有一場雪下得像他那樣鐵石心腸，也沒有一次大雨落得像他那樣毫不留情。再惡劣的天氣──雨、雪、冰雹──都願意大方地佈施，但史克魯奇從來不幹。

從來沒有人在街上和顏悅色地叫住他，說一聲：「親愛的史克魯奇，你好嗎？你什麼時候來看我呀？」從來沒有乞丐哀求他賞一個銅板，沒有小孩子問他現在幾點鐘了，也沒有一個人肯向他問路。不過，史克魯奇才不在乎呢！他巴不得人們都離他遠遠的。

一個聖誕節夜裡，史克魯奇坐在辦公室裡忙碌著。天氣昏暗陰沉，寒冷徹骨，而且大霧瀰漫。他能夠聽見外頭的人們快速地踱來踱去，雙手拍打著胸膛，雙腳在石板路上蹬著，好讓身體暖和起來。鐘剛敲過三點，但是天色已經很暗了，屋外的霧越來越濃，對面的房子只剩下幢幢的黑影，一切都朦朦朧朧的。

史克魯奇辦公室的門開著，好讓他可以監視他的職員。那職員待在外面那間陰暗的小房間裡，正在抄寫信件。史克魯奇生著非常小的爐火，但是職員的爐火卻比他的更小，看起來好像只燒了一塊煤炭。因此，他只得圍上他的白羊毛圍巾，試著靠燭火取暖。

「聖誕節快樂！舅舅，上帝保佑你！」一個興高采烈的聲音傳來。史克魯奇的外甥忽然出現在辦公室裡。

「呸！騙人的鬼把戲。」史克魯奇說。

史克魯奇的外甥在大霧和嚴寒中趕了好久的路，全身暖呼呼的。他的臉又紅又漂亮，他的眼睛閃著光，他的呼吸中又冒著熱氣。

「你該不會說，聖誕節是騙人的鬼把戲吧？舅舅。」

「我就是這個意思！」史克魯奇說，「什麼聖誕節快樂？你有什麼權利快樂？你有什麼理由快樂？你明明那麼窮！」

「如果是這樣，那你有什麼權利不快樂？你有什麼理由不快樂呢？你那麼富有呀！」外甥也興奮地回答。

史克魯奇一時答不出來，只得又說了一聲「呸」，並重複一句「騙人的鬼把戲」。

「別生氣，舅舅。」外甥說。

「怎麼可能不生氣！」舅舅反問，「生在這樣一個充滿蠢蛋的世界上！什麼聖誕節快樂？聖誕節有什麼好處？你只會發現自己老了一歲，但財產卻沒有增加，而且還得付一大堆的帳單！如果我可以，」他憤慨地說，「我要把每個嚷著『聖誕節快樂』的傻瓜丟進鍋裡，跟布丁一起蒸熟，然後串起來吃掉！」

「舅舅！」外甥求情說。

「孩子！」舅舅嚴厲地回答，「去過你的聖誕節吧！但願它會給你許多好處。」

「也許會有的。雖然我沒有從它們那裡得到過錢，但我也許已經得到了一些東西。」外甥回答說，「聖誕節是一個仁愛、寬恕、慈善、快樂的節日。據我所知，在一整年之中只有這一天，人們會把他們緊閉的心扉無拘無束地打開，並且想到比他們卑微的人們。因此，舅舅，我相信聖誕節是有好處的。上帝祝福它！」

待在隔壁的職員也情不自禁地歡呼起來。

「再讓我聽到你喊一聲，」史克魯奇對職員說道，「你就會失去這份工作。」

「不要生氣，舅舅。來吧！明天來我們家吃飯。」

史克魯奇惡狠狠地說，他死也不去。

「為什麼呢？」史克魯奇的外甥嚷道。

「因為你結婚了。再見！」

「可是，舅舅，你在我結婚以前也從沒來看過我。為什麼現在卻把這件事當做理由呢？」

「再見！」史克魯奇說。

「我什麼也不跟你要，什麼也不求你。為什麼我們不能好好相處呢？」

「再見！」史克魯奇說。

「看到你態度這麼堅決，我由衷地感到遺憾。我們之間從未爭吵過。不過，我仍然要保持聖誕節的好心情。所以，祝你聖誕節快樂！舅舅。」

「再見！」史克魯奇說。

「祝你新年快樂！」

「再見！」史克魯奇說。

他的外甥毫無怨言地離開了辦公室。他在門口站住，也祝職員聖誕節快樂。職員儘管身子很冷，卻熱情地回應了祝賀。

「這個傢伙，」史克魯奇嘟噥道，「一個禮拜只賺十五個先令，還有老婆孩子要養，還敢說什麼聖誕節快樂！我真該隱退到精神病院去了。」

職員一邊把史克魯奇的外甥送出門，一邊又把另外兩個人迎進來。他們是兩個魁梧肥胖的紳士，看上去和藹可親；這時他們脫下了帽子，站在史克魯奇的辦公室裡，手中拿著簿子和紙張，向他鞠躬。

「這裡是史克魯奇—馬利商店吧？」其中一個紳士看著名單說，「我可以榮幸地稱呼您為史克魯奇先生，或馬利先生嗎？」

「馬利先生過世整整七年了。」史克魯奇回答說，「他正是在七年前的今天晚上死的。」

「我們相信，他的合伙人一定也跟他一樣慷慨。」

確實如此，馬利就跟史克魯奇一樣吝嗇。一聽到「慷慨」兩個字，史克魯奇立刻皺起了眉頭。

「史克魯奇先生，在這個一年中最幸福的日子裡，」紳士拿起一支筆，說道，「我們應該幫助那些貧困窮苦的人們。他們此刻正遭受巨大的痛苦；成千上萬的人缺乏生活必需品，還有更多人缺乏生活上的安慰。」

「難道沒有監獄嗎？」史克魯奇問。

「有很多。」紳士說道。

「還有濟貧院呢？」史克魯奇追問。

「也有很多。」紳士回答說。

「很高興聽到你這麼說！」史克魯奇說，「我還以為這些能夠提供窮人幫助的場所剛好都關門了呢！」

「但是我們認為，這些地方無法提供足夠的物資。我們希望能募得一筆錢，來為窮人買一些肉、酒和禦寒的東西。之所以選擇聖誕節，是因為和其他的日子比起來，現在更是窮人飢寒交迫、而富人尋歡作樂的時候。你能給多少呢？先生。」

「一毛也不給！」史克魯奇說，「紳士們，我從不過聖誕節，也不想出錢給那些懶惰的人過聖誕節！我已經捐了很多錢給我剛才提到的那些機構，那些窮光蛋必須到那裡去！」

「許多人進不去——還有許多人寧死也不肯去。」

「要是他們寧願死，」史克魯奇說，「那就去死吧！也能減少過剩的人口了。這不關我的事，我店裡的工作已經夠我忙個不停了。再見！紳士們。」

兩位紳士明白多說無益，便告辭了。史克魯奇繼續工作著，心裡得意極了。

這時，迷霧更濃了，天色更暗了。教堂的古老塔樓已經看不見了，它的鐘仍在雲霧裡每時每刻地敲響。空氣更加寒冷，在大街上法院的轉角處，一些工人正在修理煤氣管。人們在一個火盆裡生起了火，許多衣衫襤褸的男人和孩子團團圍在四周，興高采烈地烤著手。聖誕紅的樹枝和小紅果在商店櫥窗的炙熱燈火中嗶剝作響，店裡的明亮把路人蒼白的臉照得緋紅。家禽店和食品雜貨店的顧客絡繹不絕，如同場面盛大的展覽。

終於到了商店打烊的時間。史克魯奇不樂意地從書桌旁站起身來，職員立刻滅掉了蠟燭，戴上帽子。

「我想，你明天要請一整天的假吧？」史克魯奇說。

「是的，先生，如果您方便的話。」

「不方便！」史克魯奇說，「也不公平。要是我因此扣你半克朗的薪水，你一定會覺得吃虧了吧？」

「可是，你請一天假，我照樣付你薪水，你卻不認為我吃虧。」史克魯奇又說。

職員苦笑著。

職員說，一年只不過就這麼一次。

「這也不代表你每年的十二月二十五日就可以搶我的錢！」史克魯奇一邊說，一邊扣上大衣鈕扣，「不過，我還是讓你放一天假。但是後天早上可要來得更早一些！」

職員答應照辦，史克魯奇便嘟噥一聲，走了出去。職員關好了店門後，立刻披上他的羊毛圍巾，用最快的速度跑回坎頓的家。

史克魯奇在他常去飯館裡吃了晚飯，看完了所有的報紙，然後欣賞一下他的銀行存摺，以消磨夜晚的時間，就回家去睡覺了。他住在已故合伙人的房子裡，那是蓋在一個院子裡的一棟陰森的建築，既老舊又寒酸，除了史克魯奇，誰也不願住進去。

院子裡很暗，史克魯奇用雙手摸索著前進，來到了漆黑老舊的正門前。他拿出鑰匙插進鎖孔，忽然間，他不經意地看了門環，發現那已經不是門環，而是馬利的臉！

那是馬利的臉。它不像院子裡其他的東西一樣模糊不清，而被一圈黯淡的光暈圍繞著；它並不怒氣沖沖，或是猙獰凶惡，而是像馬利過去看他的表情；它的眼鏡推到額頭上，它的頭髮奇怪地飄動，好像被微風或熱氣吹著似的，那雙眼睛雖然睜得大大的，可是一眨也不眨。

正當史克魯奇盯著這個幻影看的時候，它又變回了一個門環。

史克魯奇嚇了一大跳。但他還是把剛才縮回去的手伸到鑰匙上，堅定不移地一轉，並且走進去，點亮了蠟燭。在關上大門以前，他猶豫不決地站了片刻，小心翼翼地打量了那扇門一番。不過，門上除了那只門環的螺絲以外，什麼也沒有。他嘴裡嚷著「呸，呸！」一邊把門砰地一聲關上。

他把門拴上，經過走廊，走上樓梯，回到了自己的房間裡。一進到房間，他立刻巡視了每一個角落，看看一切是否安然無恙——客廳、臥室、倉庫，一如既往。沒有人躲在桌子下，也沒有人躲在沙發下；壁爐裡生著小火，湯匙和餐盆收得好好的，一小鍋燕麥粥正放在爐架上。床底和廁所都沒有人，倉庫也沒有異狀。

他心滿意足，便關上房門，把自己鎖在裡面。採取了這樣安全的措施後，他終於解下了圍巾，穿上了睡衣和拖鞋，戴上了睡帽，坐在爐火前吃燕麥粥。

壁爐很老舊，是很久以前一個荷蘭商人造的，壁爐周圍鋪著別出心裁的瓷磚，拼出許多聖經故事裡的圖畫。然而，史克魯奇卻發現，原本光滑空白的一塊塊瓷磚，上面都畫著一幅馬利的肖像。

「騙人的鬼把戲！」史克魯奇說，一面往房間另一頭走去。

來回踱了幾次後，他又坐下來，把頭往後仰靠在椅背上。這時候，他的視線忽然停留在牆上的一只鈴鐺上，感到一種難以言喻的恐怖——當他瞧著那只鈴鐺時，鈴鐺忽然搖晃起來。起初晃得很輕微，簡直沒有一點聲音；但是不久便越來越響亮，使得整棟屋子裡所有的鈴鐺都這樣響起來。

不知道響了多久，所有的鈴鐺又忽然同時安靜下來。接著從樓下傳來噹噹聲，好像有誰拖著一條沉重的鐵鍊在地窖裡走路。史克魯奇這時想到，據說幽靈都是拖著鐵鍊的。

砰的一聲，地窖的門被撞開了，於是他聽見樓下的聲音更響了。接著那個聲音爬上樓梯，徑直地朝他的房門接近。

「還是騙人的鬼把戲！」史克魯奇說，「我才不相信呢！」

可是他的臉色卻變了。這時候，那東西毫不停步，直直地穿過厚厚的房門，進入房間裡，來到他的眼前——那是馬利的鬼魂！

它還是那張臉，一模一樣。它綁著辮子，穿著過去常穿的背心、緊身衣褲和皮靴。他拖著的鍊子纏繞著他的腰，很長，像一條尾巴盤繞在身上；構成那條鍊子的是銀箱、鑰匙、掛鎖、帳簿、契據，以及沉重的金屬錢包。他的身體是透明的，因此，當史克魯奇打量他時，能看穿他的背心，看到他的上衣後面的兩顆鈕扣。

不過，他還是不相信。儘管他把那個幻影看得清清楚，看見他就站在眼前，能感受到它冰冷的眼睛寒光四射；但他還是不相信，並且試圖說服自己的知覺。

「喂！怎麼啦，」史克魯奇說，聲調像平常一樣刻薄而冷酷，「你找我幹嘛？」

「有很多事！」那是馬利的聲音，毫無疑問。

「你是誰？」

「我在生前是你的合伙人雅各．馬利。」

「這不可能！」史克羅奇說道，「這全是騙人的把戲！我告訴你，世上沒有幽靈！」

鬼魂一聽到這句話，便發出一聲可怕的喊叫，同時搖動它的鐵鍊。那聲音是那樣陰森恐怖，使得史克魯奇緊緊抓住座椅，以免暈了過去。但還有更令他害怕的事呢！只見幽靈解下繞在頭上的綳帶，似乎覺得房裡太熱，它的下巴頓時垂到胸前來了！

史克魯奇雙膝下跪，十指交叉地在臉前緊握著。

「天哪！」他說，「可怕的幽靈，你為什麼來找我？」

「對於每個人來說，」鬼魂回答，「他軀體裡的靈魂必須時常在他的同類之間活動，必須走遍四面八方。要是他生前靈魂沒有走動，那麼死後就要罰他這樣做！他的靈魂註定要浪跡天涯，而且要眼睜睜地看著那些分享不到的事物——那些事物本來可以在世上分享，並且成為幸福！」

這個鬼魂又發出一聲叫喊，搖動著鐵鍊，搓著黑影朦朧的雙手。

「告訴我，你為什麼戴著腳鐐和手銬？」史克魯奇顫抖著說。

「我戴上自己生前鍛造的鐵鍊，」鬼魂回答說，「我一吋一吋地鍛造了它，心甘情願地把它纏繞在身上，心甘情願地佩戴著它。難道你對我這副模樣感到陌生嗎？」

史克魯奇顫抖得更厲害了。

「你是否想知道，」鬼魂又問，「你自己身上纏繞著的那一條鐵鍊又是多麼重、多麼長呢？在七個聖誕夜以前，它就已經跟我的這條一樣重、一樣長了！在那之後，你又在它上面花了不少精力。現在它已經是一條極為沉重的鐵鍊了！」

史克魯奇看看他周圍的地板，想發現自己是否被一條五六十噚長的鐵鍊圍繞住。但他什麼也沒看到。

「雅各，」他哀求著說，「老雅各．馬利，再告訴我更多的事情吧！說些安慰我的話吧！」

「我沒什麼可以說的，」鬼魂回答，「阿貝尼薩．史克魯奇，安慰必須從另一個世界，由另外的使者傳送給另外一種人。我沒什麼可以說了。我不能休息，不能耽擱，也不能在任何地方逗留。過去，我的靈魂從來沒有走出辦公室，也從來沒有越過那兌換零錢的小窗口，去看看外面的世界；現在，我必須去這麼做！」

史克魯奇思索著鬼魂的話。忽然，他帶著一本正經且不失恭敬的神情問道：

「你的旅程一定很漫長了，雅各。」

「漫長得很！」鬼魂重複他的話。

「七年來，你一直在旅行？」

「全部的時間，」鬼魂說，「沒有休息，沒有安寧。受到永無止盡的悔恨折磨。」

「你走得快嗎？」

「駕著風的翅膀。」鬼魂回答說。

「七年來，你大概已經走過很多地方了？」史克魯奇說道。

鬼魂聽到這句話，又發出一聲叫喊，同時把它的鐵鍊在這黑夜的寂靜中弄得叮噹作響，駭人聽聞。

「哦！我被拴著、綁著，戴上腳鐐與手銬，」這個幻象說，「不懂得金錢對於有限的生命來說是多麼虛無；不懂得辦公室對於寬廣的世界來說是多麼渺小；不懂得一生中的機會錯過以後，就再也無法彌補損失！然而我過去就是那樣！哦！就是那樣！」

「但你過去一直是一位很好的生意人，雅各。」史克魯奇結結巴巴地說。

「生意！」鬼魂叫喊著，又搓起雙手來，「人類才是我的生意，公眾福利才是我的生意，慈善、憐憫、寬厚和仁愛——這一切才是我的生意！我在商業上的交易對我的人生只不過是冰山一角！」

它伸直手臂，舉起鐵鍊，好像那就是它一切悲傷的根源，然後又把鐵鍊重重地扔在地上。

「每年的聖誕節，我總是格外痛苦，」這個幽靈說，「為什麼我從前總是低著頭，匆匆忙忙地走過人群；而不稍微抬起頭來，關心一下我的同胞們呢？」

史克魯奇聽見幽靈這樣說，感到不勝惶恐，不由得劇烈地顫抖起來。

「聽我說！」鬼魂又說道，「我的時間快要結束了。我今晚來這裡是要警告你：你還來得及避開跟我相同的命運。我是為你帶來機會和希望的，阿貝尼薩。」

「你一直是我的好朋友，」史克魯奇說，「謝謝你！」

「你將會被三位精靈纏住，」鬼魂繼續說，「明天鐘敲一點的時候，將會有第一位精靈來拜訪你。後天晚上的同一個時間，將會有第二位精靈。大後天晚上的十二點，當最後一下鐘聲停止的時候，是第三位精靈。我們不會再見面了，為了你自己好，你一定要記住我對你說過的話！」

鬼魂說完了這段話，就從桌子上拿起綳帶，像原來那樣裹著頭，然後把鐵鍊一圈圈地繞到一隻手臂上，朝著窗戶退去。每當它後退一步，窗子就自動升起一點；等它終於退到窗前，窗戶已經完全打開了。天空中傳來嘈雜的鬧聲，那是斷斷續續的哀悼和悔恨的聲音，是難以形容的悲傷和自怨自艾的哭泣，鬼魂靜聽了一會兒之後，也參加了這悲哀的輓歌，並且飄向窗外那淒涼又黑暗的夜空之中。

史克魯奇跟到窗口，好奇心使他不顧一切向外望去。空中佈滿了幻影，遑遑不安地飄來蕩去，一面前進，一面呻吟。每一個幻影都像馬利的鬼魂那樣戴著鐵鍊，有幾個被鎖在一起，沒有一個是自由的。它們一面懊悔著沒能在生前多做些善事，一面漸漸消失在迷霧中。黑夜又重新被寂靜所包圍。

史克魯奇關上窗戶，然後察看鬼魂進來的門。門仍然鎖得嚴嚴實實，門閂也沒有動過。他正想說一聲「騙人的鬼把戲！」可是才說了第一個字就停住了。由於情緒一時的激動，或者由於白天的疲勞，或者由於時間太晚，他徑直走到床邊，衣服也沒有脫掉，一倒下去便睡著了。

第二章　第一個精靈

史克魯奇醒來的時候，天色還是很黑。他向四面張望，簡直難以分辨哪裡是窗戶，哪裡是牆壁。他竭力張大眼睛在黑暗中窺探；這時，附近一座教堂裡的鐘聲正敲響四刻鐘，他便側耳傾聽現在幾點了。

令他驚訝的是，鐘聲敲了六下、七下，又敲了第八下，就這樣慢條斯理地一直敲到十二點，然後停住了——十二點！他上床的時候已經兩點多了，那座鐘一定有什麼問題。十二點！

他拿出他的錶，好證明那座鐘確實故障了。可是錶上的時間同樣是十二點！

「這是不可能的，」史克魯奇說，「我不可能已經睡了一整天，但是現在也不可能是中午十二點！」

想到這裡，他不禁毛骨悚然，手忙腳亂地爬下床來，摸索著走到窗口。外頭仍然大霧瀰漫，天氣酷寒，街道上一片寂靜無聲。

史克魯奇又回到床上去，一遍又一遍地想著，卻怎麼也想不通。他越想越糊塗，越想越煩惱，卻無法不去想。馬利的鬼魂使他苦惱極了。每當他告訴自己，說那只是一場夢的時候，他的思想卻又像一根強勁的彈簧那樣，彈回到原來的地方，向他提出同樣的問題，使他從頭到尾想一遍：「到底是不是一場夢呢？」

他就這樣躺著。直到鐘聲又敲過三個一刻鐘，他忽然想起來，那個鬼魂曾警告過他，在鐘敲一點的時候，將會有第一個精靈來訪。他決定睜開眼睛躺著，直到那個時刻過去。

這一刻鐘多麼長！他不只一次地以為自己一定不知不覺地睡著，錯過了時間。終於，鐘聲響起了。

「叮——噹——」

「過去四分之一了。」史克魯奇心想。

「叮——噹——」

「過去一半了！」

「叮——噹——」

「還剩四分之一。」

「叮——噹——」

「時間到了！」史克魯奇興奮地叫了出來，「什麼也沒有發生！」

報四刻的鐘響完了，接著又用一種低沉的、鬱悶的、空洞的、淒涼的聲音敲響了一點鐘。剎那間，房間裡光芒四射，他床上的帷幔被拉了開來。

帷幔是被一隻手拉開的，就在他的臉朝著的那一面。史克魯奇嚇得坐起身子，發現自己正面對面地看著那個拉開床帷的客人，距離它很近。

它是一個奇怪的形象——好像一個孩子，卻又像個老人。它的頭髮披散在腦後，一直拖到背上，彷彿因為上了年紀而變白；但是那張臉卻沒有一絲皺紋，皮膚也泛出嬌嫩的紅暈。它的手很長，而且肌肉發達，似乎有無窮的力量。它的雙腿極為纖細，四肢都是赤裸的。它穿著一件潔白的束腰外衣，腰間綁著一根閃閃發光的帶子，光彩奪目。它手裡拿著一根新摘下來的聖誕紅樹枝，但它的衣服卻用夏天的花朵裝飾著。不過，最奇怪的是，它的頭頂上竟發射出一道明亮的光線，而他的腋下則夾著一個巨大的帽子，就像是燈罩一般。

史克魯奇凝神地看著這個精靈。他發現它的腰帶一會兒明亮，一會兒又暗下去；一會兒這裡發光，一會兒又換別的地方發光；它的形象也隨著光線變幻著，一會兒只有一隻手，一會兒只有一條腿，一會兒又長著二十條腿，一會兒又沒有頭，一會兒沒有身子。那些消失的部分，一下子融入漆黑之中，連一點輪廓也看不出來；一下子卻又變回原來的樣子，並且看得清清楚楚。

「你就是第一位精靈吧？先生。」史克魯奇問。

「正是！」

那聲音柔和而又親切，說得特別低，好像不是近在他身旁，而是離得遠遠的。

「你是誰？」史克魯奇問道。

「我是過去的聖誕節鬼魂。」

「很久的過去嗎？」史克魯奇一邊問，一邊打量著它矮矮的身材。

「不。是你的過去。」

史克魯奇忽然有個奇特的想法，他請求那位精靈戴上帽子。

「什麼！」鬼魂嚷起來，「難道你要用世俗的雙手把我發出的光明熄滅嗎？人們用情欲製作了這頂帽子，強迫我在漫長的歲月把它戴在頭上。你就是那些人之中的一個，難道這還不夠嗎？」

史克魯奇恭恭敬敬地說道，自己沒有任何冒犯的意思；然後又鼓起勇氣問它來這裡有何貴幹。

「為了你的幸福！」鬼魂說。

史克魯奇嘴上說他非常感謝，但是心裡卻不禁想著，要是它能不來打擾他，讓他安安穩穩地休息一夜，那才更好呢！或許是精靈聽見了他內心的想法，它立刻說道：「那麼，準備改過自新吧！」

它一面說，一面伸出它的強壯的手，輕輕地抓住史克魯奇的手臂。

「站起來！跟我走！」

史克魯奇還來不及求饒，便被那隻手拉得站了起來。然而，一發現精靈正朝著窗戶走去，他又一把抓住它的長袍，不斷懇求它。

「我只是一個凡人，不會飛的！」

精靈把手放在他的胸口。「只要讓我的手在這裡碰一下，你就會得到那種能力了！」

剛說完這句話，他們就穿過了牆壁，站在一條開闊的鄉村道路上，兩邊都是田野。城市完全消失了，連一點影子也看不見了；黑暗和迷霧也同樣消失不見，眼前正是一個晴朗、寒冷的冬日。白雪覆蓋著大地。

「老天！」史克魯奇十指交握在一起，向四面張望，「我小時候就是在這裡長大的！」

「你還記得這條路嗎？」精靈問。

「記得嗎！」史克魯奇熱烈地高聲說道，「我蒙著眼睛都會走！」

「可是，你竟把它遺忘了這麼多年！」鬼魂說，「我們往前走吧。」

他們順著那條路走去。史克魯奇認出了每一扇門、每一根柱子、每一棵樹。後來，遠處出現了一座小鎮，那裡有橋、有教堂，還有一條彎曲的河流。他們看見一些孩子騎著小馬朝他們疾馳而來，向其他坐在馬車和貨車上的孩子大聲呼喊。這些孩子全都興高采烈，彼此大吵大嚷，使得廣闊的田野裡充滿了歡樂的音樂。

「這些只不過是往事的影子。」鬼魂說，「他們看不見我們。」

當那群活蹦亂跳的孩子來到他們面前時，史克魯奇認出了他們，並且喊出每一個人的名字。他看見他們開開心心地跑過去，在十字路口和偏僻小路上分手，並且對彼此互道聖誕快樂。他感到心裡莫名地激動。

「學校裡的人還沒有全部離開，」鬼魂說，「有一個孤單的孩子還待在那裡，他的朋友們都不理他。」史克魯奇說他認識那個孩子。他嗚咽地哭起來。

他們離開大路，轉進一條熟悉的小徑，不久就來到一棟暗紅色的大樓前。這是一棟很大的房子，但已經破敗；牆壁生著青苔，門窗都腐朽了；家禽在馬廄裡呱呱亂叫，大搖大擺地走著；馬房和木棚裡都長滿了雜草。他們走進那間淒涼的門廳，發現屋內同樣佈置簡陋、荒涼空曠，空氣裡散佈著一種泥土的氣息。

鬼魂和史克魯奇穿過門廳，走到屋後的一扇門前。門在他們面前開了，呈現出一個空蕩蕩的房間，幾排未經油漆的長凳和書桌，使屋內顯得更加空曠。在一張書桌前，一個孤單的男孩正靠著微弱的爐火在讀書。史克魯奇在一張長凳上坐下，淚眼矇矓地望著那被人遺忘的可憐的男孩。那正是他自己。

精靈碰碰他的手臂，指著他小時候專心讀書的樣子。忽然間，窗外出現一個穿著外國衣服的人，他的腰帶裡插著一把斧頭，手握韁繩，牽著一匹馱著木柴的驢子。

「哎呀！那是阿里巴巴！」史克魯奇興奮地叫嚷起來，「那是親愛的、誠實的老阿里巴巴！沒錯，我認識他！有一年的聖誕節，當我一個人孤單地留在這裡的時候，阿里巴巴也像這樣走了過來！還有瓦倫丁，」史克魯奇，「跟他的那個粗魯的弟弟奧森。他們也過來了！還有一個傢伙，他穿著內褲睡著了，被人丟在大馬士革的城門外！你看見了嗎？還有那個蘇丹的馬伕，他正倒立著掛在那裡呢！活該，誰叫他跟公主結婚！」

要是讓史克魯奇的生意伙伴們聽見他用這種喜氣洋洋的態度，對這種事情發出真誠的大笑，並且看見他興奮得漲紅的臉，一定會大吃一驚。

「看那隻鸚鵡！」史克魯奇叫起來，「綠身體、黃尾巴、頭頂上長出像萵苣一樣的東西！牠就在那裡，當魯賓遜．克盧梭航行海島一周回來後，鸚鵡對他說：『可憐的魯賓遜．克盧梭，你去哪裡了？魯賓遜．克盧梭！』他以為自己在做夢，但是他不是做夢，那是鸚鵡在叫他！他立刻嚇得朝小河邊跑去了，哈！哈！」

這時，他忽然改變了臉色，憐憫起小時候的自己，說道：「可憐的孩子啊！」他哭了起來。

「我希望……」史克魯奇用袖口擦了擦眼睛，「可是，現在已經太遲了。」

「怎麼了？」精靈問道。

「沒有什麼。」史克魯奇說，「沒有什麼。昨天晚上有一個孩子在我的店門口唱著聖誕歌，我真希望當時給了他一點什麼獎賞。」

鬼魂若有所思地微笑著，一面揮手，一面說：「讓我們看看另一個聖誕節吧！」

它的話一說完，小時候的史克魯奇忽然變大起來，這個房間也變得更暗一些、更髒一些；牆壁鑲板在縮小，窗戶在裂開，灰泥一片一片地從天花板上掉下來，露出了裡面一根根的樑柱。史克魯奇並不知道發生了什麼事，他只發現眼前又是孤零零的過去的自己，當時其他的孩子們都已經回家去過快樂的聖誕節了。

他現在不看書了，而是絕望地來回踱步。史克魯奇瞧著鬼魂，傷感地搖搖頭，焦急地朝門口望著。

門開了，一個小女孩飛快地跑進來，雙臂抱著他的脖子，一再吻他，稱呼他「親愛的哥哥」。

「我是來接你回家的！親愛的哥哥，」那女孩拍著小手，彎腰笑著說，「接你回家，回家！」

「回家嗎？芬。」男孩問道。

「對！」女孩滿心歡喜地說，「回家，再也不來了！回家，永遠不離開了！爸爸比過去變得慈愛多了，家裡就像天堂一樣！在一個美好的晚上，我正要上床睡覺的時候，他是那樣溫和地對我說話，於是我再一次鼓起勇氣問他：可不可以讓你回家。他說好，你可以回家，還叫我搭一輛公共馬車來接你！而且你就快變成大人了！」這個孩子睜大眼睛說，「你再也不用回到這裡來啦！但是首先，我們要在一起度過這個聖誕假期，要過一個全世界最快樂的假期。」

「芬，妳長大了！」那個男孩子喊著說。

女孩拍手笑著，想要摸摸他的頭，但是個頭太小，便又笑起來，踮起腳尖來擁抱他。然後，她帶著稚氣的急躁神情拉著他朝門口走去，而他則開心地跟著她走了。

一陣可怕的喊聲在門廳裡響了起來。「喂！把史克魯奇少爺的箱子搬下來！」同時，校長本人出現在那裡，以一種凶狠、傲慢的眼光瞪視著小史克魯奇，和他握手，把他弄得膽戰心驚。接著，他把他和他妹妹帶到一間最好的客廳裡，在那裡拿出一個酒瓶和一塊糕餅，分給這兩個孩子吃。史克魯奇少爺的皮箱被放上車了，兩個孩子歡天喜地和校長道別後，便鑽進車子，沿著校園小徑驅車而去。

「她永遠是一個嬌嫩的人兒，一陣風都可以把她吹得凋謝。」鬼魂說，「但她卻有一顆偉大的心！」

「她的確是。」史克魯奇大聲說。

「她死的時候是位夫人，」鬼魂說，「而且，據我所知，她留下了孩子。」

「她生了一個。」史克魯奇回答說。

「沒錯。」鬼魂說，「那就是你的外甥！」

史克魯奇看起來十分不安，他簡單地回答說：「是的。」

他們才剛剛離開那所學校，一瞬間卻又置身在城市裡熱鬧的大街上了。各式各樣的行人來來往往，街道上到處是貨車與馬車，一副熙熙攘攘、雜亂歡騰的景象。從每一間商店的佈置來看，顯然又到了聖誕節。當時是黃昏時分，街道上都亮著燈。鬼魂在一家店門口站住，問史克魯奇認不認識這個地方。

「當然了！」史克魯奇說，「我曾經在這裡當過學徒呀！」

他們走了進去。一位頭戴假髮的老紳士正坐在一張高高的書桌後面，史克魯奇一看見他，就萬分激動地叫出來：

「老天，是老費茲威格！上帝保佑他，費茲威格又復活了！」

費茲威格放下手中的筆，抬頭看看時鐘。時鐘指著七點。他搓搓手，摸了摸他寬大的背心，便用他那爽朗快活的聲音高喊道：「喂！阿貝尼薩！狄克！」

這時的史克魯奇已長成一個青年，敏捷地走進來，由他的同學陪同著。

「那是狄克．威爾金！」史克魯奇對鬼魂說，「天哪，是他沒錯！是狄克。他過去跟我非常要好。可憐的狄克！親愛的，親愛的！」

「嘿！我的孩子們，」費茲威格說，「今天晚上不幹活了。聖誕夜快樂！狄克。聖誕夜快樂！阿貝尼薩。

讓我們把窗戶關起來，動作快！」老費茲威格喊著，雙手拍了一下，拍得很響。

兩名學徒動作迅速地照辦了。接著，他們又在費茲威格的指示下，把房裡的每一件傢俱都搬開，在房間中央騰出了一大塊地方。地板掃乾淨了，灑了水，燈芯都修剪了，柴火都丟進壁爐了；於是，這間辦公室立刻成了一座既舒服又暖和、既乾燥又明亮的舞廳。

隨即走進來一位小提琴手，站上那張高高的書桌，開始調音。然後是費茲威格太太，她是一個胖嘟嘟的快活婦人。然後是三位費茲威格小姐，笑盈盈地，可愛極了。還有她們的六位年輕的追求者。店裡的員工也都進來了；有那位女僕，她帶著她的麵包師表哥；以及那位女廚師，帶著一位送牛奶的朋友。附近的鄰居全都來了，一個接一個；有的人羞答答，有的人威風凜凜，有的人優雅大方，有的人笨手笨腳，有的人爭先恐後……總之，大家都來了。

舞廳裡立刻分成二十對舞伴，手挽著手繞了半圈，又從另一面轉過來；跳到中間，又跳回來，在舞池的每一個角落歡樂地旋轉著。老費茲威格拍手一邊觀看，一邊大叫：「跳得好啊！」接著又玩了遊戲、吃了蛋糕、喝了葡萄酒、端上了一大塊烤牛肉，然後是燉牛肉、碎肉餡餅，以及許多啤酒。

當時鐘敲了十一點的時候，這場家庭舞會宣告結束。費茲威格先生和太太站在門邊，與每一位離開的客人握手，並祝他們聖誕快樂。等到大家都已告辭，只剩下那兩位學徒的時候，他們也向那兩位這樣做了。快樂的時光就這樣消逝了，兩個小伙子一一爬上床去——床在店後方的一個櫃台下面。

在這段時間裡，史克魯奇看起來失魂落魄的。他整顆心靈都融入了那副場景，和從前的自己融合在一起。他證實了每一件事情，回憶起每一件事情，欣賞著每一件事情，並且經歷了最奇怪的感動。直到此刻，他看見從前的自己和狄克兩張容光煥發的臉轉了過去，才想起鬼魂，並感覺到鬼魂正目光如炬地瞧著他。

「一點小事，就能讓這些傻子感激不盡。」鬼魂說。

「小事嗎！」史克魯奇回答。

精靈向他示意，要他仔細聽兩個青年的談話。他們正在由衷地讚美費茲威格。聽完之後，精靈說：

「難道不是嗎？他只不過花了幾鎊的小錢——也許是三四鎊吧。就讓你們對他讚譽有加了。」

「不是這樣的，」史克魯奇被它的話激怒了，他說話的樣子就像年輕時的他那樣，而非年邁的他，「我的雇主有權力讓我們快樂或是不幸，讓我們的工作輕鬆或是繁重，成為一種娛樂或是一種苦役。他的權力存在於他的言語和神情之間，存在於十分瑣碎而微不足道的小事之中；但那又怎麼樣？他給予別人的幸福，就像一大筆財產那樣珍貴！」他感到了精靈的目光，便住了口。

「怎麼了？」鬼魂問。

「沒什麼。」史克魯奇說，「我真希望現在能跟我的職員說幾句話。」

就在這時，過去的他把燈熄滅了。於是史克魯奇和鬼魂又並肩站在室外了。

「我的時間不多了，快！」精靈說道。

一瞬間，史克魯奇又看見了他自己——他現在長大一些了，是一個生氣勃勃的年輕人。他的臉上還沒有中年人又粗又硬的皺紋，卻開始蒙上了憂慮和貪婪的跡象，眼睛中有一種貪得無厭的神色，一刻也不停地轉動，顯示出一種根深柢固的欲望。

他不是獨自一個人，而是坐在一位穿著喪服的金髮少女的身邊。她的眼睛中含著淚水，從鬼魂身上發出的光把那淚水照得閃閃發光。

「在你眼中，我一點也不重要。」她柔聲說，「另一個偶像已經取代了我。假如那個偶像能在將來使你得到快樂和安慰，正像我想做到的那樣，那麼我就沒有任何悲傷的理由了。」

「什麼偶像取代了妳呢？」他反問道。

「金錢。」

「這是世上最公平的交易！」他說，「世上沒有什麼像貧窮一樣痛苦，卻也沒有什麼像追求財富一樣受到如此苛刻的對待！」

「你太害怕這個世界了。」她溫和地回答，「我看見你原本其他更崇高的志向一個接一個地消失了，只剩下那個最主要的欲望——也就是金錢——佔據了你的心，不是嗎？」

「那又如何？」他反駁道，「即使我變得這樣，但我對妳可沒有變心！」

她搖搖頭。

「不是嗎？」

「我們的婚約已經訂下很久了。訂下婚約的時候，我們兩人都很窮窮，並且安於貧窮；我們願意共同努力改善我們的處境。然而，你變了，當初你可不是這樣的人呢！」

「我當時還只是個孩子。」他不耐煩地說。

「你心知肚明，」她回答說，「只有我沒有變。當我們是一條心的時候，我們還能夠期待幸福的到來；但如今我們的想法不同了。我一次又一次地盼望你回心轉意。可是現在已經太遲了，我只想與你分手。」

「難道我曾經要求過分手嗎？」

「在言語上，從來沒有。」

「那麼，在什麼方面有？」

「在改變了的性情上，在轉化了的精神裡，在生活的氣氛中，也在一切事物中——那些事物曾使我的愛情在你眼中有一點價值。而現在，你只把另一種希望當成生活中最大的目標。」

他似乎要不由自主地接受這一指責。但他仍內心掙扎著說：「妳是這樣想的嗎？」

「如果我能不這樣想，我該有多高興！」她回答，「但是我知道，那種希望是多麼地強烈而不可抗拒！你怎麼可能會選擇一個沒有嫁妝的女孩呢？即使你現在選了我，難道你將來就不會感到後悔嗎？因此，我決定跟你分手。我帶著充滿愛情的心，為了對他——也就是過去的你——的愛情而分手。」

他正要開口說話，但她轉過頭去避開他，繼續她的話。

「你也許會因為這件事感到痛苦，但那只是非常短暫的痛苦。你很快就會開開心心地忘掉這段往事，好像你只不過從一場不值錢的夢醒來罷了。願你在你已經選擇的人生中過得幸福！」

她離開了他，他們就此分手了。

「精靈啊！」史克魯奇說，「不要再給我看什麼了！帶我回家吧。你為什麼要折磨我呢？」

「再看一個影子！」鬼魂大聲喊道。

「不要再看了！」史克魯奇嚷著，「不要再看了！我不想看了。不要再給我看了！」

但是這位無情的鬼魂用雙臂把他架住，硬要他看下一幕。

他們這時來到另一個場景了：一間不大的屋子，也不怎麼漂亮，但充滿舒適的情調。在那冬天的爐火旁坐著一位美麗的女士，太像剛才那一位了；這時的她已是一位高雅的夫人，正坐在她女兒的對面。房間裡的聲音真是喧鬧極了，因為還有更多的孩子，數不清有幾個。但沒有人責備這種吵鬧；相反地，母親和女兒正開懷大笑，十分讚賞，甚至女兒不久後也加入了這場遊戲之中。

這時候，響起了一陣敲門聲。那位女士立刻站起來，與吵吵嚷嚷的孩子們一同到門口迎候他們的父親。他們的父親回來了，背著一個裝滿聖誕禮物的袋子。於是，男孩們一陣大吵大鬧，你爭我奪，爬到他的身上，深入他的袋子，搜刮他的東西，緊緊抓住他的領巾，摟住他的脖子，用拳頭捶他的背，激動萬分地踢他的腿！每一個禮物打開時都引起了一陣驚喜的呼聲。最後，男孩們興高采烈地走出了客廳，回到房裡睡覺了。客廳又恢復一片寂靜。

房子的主人在壁爐邊坐了下來，女兒親熱地依偎著他。史克魯奇想到另一個這樣的人兒，同樣優雅動人，同樣朝氣蓬勃，而可能稱他為父親；在他生命最淒涼的冬天裡，可能是一段春光明媚的日子——他的目光又漸漸變得模糊起來。

「貝兒，」丈夫微笑著轉向妻子說道，「今天下午我看見妳的一個老朋友。」

「那是誰？」

「妳猜！」

「我怎麼猜得到？」她說道。他笑了，她也跟著笑了。「是史克魯奇先生吧！」

「正是他！我走過他的店外，看見窗戶裡點了一支蠟燭，便忍不住看了一眼。我聽說，他的合伙人病倒了，就快死了。以後就只剩下他一個人坐在那裡，孤孤單單地過完下半輩子。我相信就是這樣。」

「精靈啊！」史克魯奇聲音哽咽地說，「帶我離開這地方吧！」

「我跟你說過，這只是往事的影子。」鬼魂說，「你選擇了你要的生活。現在，你為什麼要哭呢？」

「帶我走吧！」史克魯奇大聲嚷著，「我受不了啦！」

他轉過身來，只見鬼魂的表情十分怪異，那是他看過的許多臉的片段合在一起。他立刻和它扭打起來。

「放開我！帶我回去！別再纏著我！」

鬼魂沒有任何一點抵抗，任憑它的對手如何掙扎也不為所動。史克魯奇看到它頭上的光燃燒得越來越旺，隱隱約約地把這道光和它對他的影響聯想在一起，於是他抓過那頂燈罩，一下子蓋在鬼魂的頭上。

精靈在燈罩下癱軟下來，燈罩漸漸蓋住它整個軀體。但是，不管史克魯奇怎樣往下壓，仍無法完全遮住那光線——光線從燈罩下流出來，瀉在地上，像是一片連綿不斷的洪流。

他感到自己筋疲力盡，被一陣不可抗拒的睡意所擊倒；同時，他感覺自己又回到了臥室裡。他又捏了那頂帽子最後一下，便鬆開了手。接著，他踉踉蹌蹌地來到床前，就這樣跌進了酣睡的深淵。

第三章　第二個精靈

史克魯奇再次驚醒了。他坐在床上，集中自己的思想。當時鐘聲又快敲響一點鐘了，他相信自己在這個緊要關頭恢復知覺，是為了特定的原因，也就是跟第二位精靈見面。為了避免再次被突然蒞臨的訪客嚇到，他把床帷全部拉開，再躺下身來，虎視眈眈地盯著床的四周。

教堂的鐘聲敲完了一點，卻沒有任何精靈到來。史克魯奇驚疑不定。五分鐘過去了，十分鐘過去了，十五分鐘過去了，可是什麼也有出現。然而，一片紅豔的光線漸漸流瀉到他的床上，他默默地等待著，就躺在床上那一片紅光的中心。他不明白這是怎麼一回事，但心想這怪異的光線或許是來自隔壁房間，於是便輕輕地爬下床，踮著腳走到房門口。

就在史克魯奇的手剛碰到門鎖的時候，傳來一個陌生的聲音，呼喚著他的名字，叫他進去。他服從了。

那仍然是他自己的房間，但已經有了一番令人驚訝的變化。牆壁四周和天花板上都掛滿了綠色植物，看起來就像一座小樹林；而它的每一個角落都閃耀著紅通通、亮晶晶的果實。聖誕紅的鮮嫩葉子反射著亮光，好像許多小鏡子散佈在四面八方。一大爐燒旺的火，轟隆隆地朝煙囪裡竄去。地板上，堆著滿滿的火雞、烤鵝、野味、家禽、醃野豬肉、火腿、乳豬、一串串香腸、碎肉餡餅、葡萄乾布丁、一桶桶牡蠣、熱騰騰的栗子、鮮紅的蘋果、多汁的橘子、芬芳的梨子、碩大的蛋糕，一碗碗熱騰騰的甜酒蒸氣把房裡弄得霧濛濛的。床上坐著一位笑嘻嘻的巨人，手裡舉著一根火把，好把光線照到東張西望的史克魯奇身上。

「進來！」精靈大聲喊著，「進來！好好看著我吧，老傢伙！」

史克魯奇膽怯地走進去，在這位精靈面前低下頭來。儘管精靈的眼睛既明亮而仁慈，他卻不敢直視它。

「我是現在的聖誕節鬼魂，」這位精靈說，「看著我！」

史克魯奇恭敬地照做了。精靈穿著一件簡樸的深綠色長袍，像是披風，用白色的皮毛鑲著邊。那件長袍寬鬆地披著，露出了它那寬廣赤裸的胸膛，好像不屑用任何陰謀詭計把它掩飾起來。在長袍下方，可以看見它的雙腳也是裸露的。它的頭上戴著一圈由聖誕紅的樹枝編成的圓冠，閃射著冰一般的光。它有一頭深褐色的長捲髮、親切和藹的臉、閃閃發光的眼睛；它的手掌伸展張開，聲音輕鬆愉快，舉止毫不做作，表情興高采烈。腰間佩著一把古代的劍鞘，裡頭卻沒有劍。

「你從未看見過像我一樣的精靈吧！」這位精靈大聲說。

「從來沒有。」史克魯奇回答了它的話。

「你沒有見過我的兄弟們嗎？」精靈又問。

「我想我沒有。」史克魯奇說，「你是不是有許多兄弟呢？精靈。」

「不只一千八百個。」鬼魂說。

「多麼大的家庭！」史克魯奇嘟囔地說。

現在的聖誕節鬼魂站了起來。

「精靈啊，」史克魯奇低下頭說道，「帶我去你要我去的地方吧！昨天晚上我被強迫跟著走，並得到了一個寶貴的教訓。今天晚上，要是你也有什麼想教訓我的話，就請讓我從中得到益處吧！」

「抓著我的長袍！」

史克魯奇按照它的命令做了，並且抓得緊緊的。

房裡的一切瞬間消失了。他們這時站在聖誕節早晨的市區街道上，那裡正演奏著一種聒噪刺耳但卻生動活潑的音樂。這是人們在家門口的人行道上、屋頂上鏟著積雪的聲音。積雪轟隆地從屋頂上崩落到路面上來，飛濺成一股小小的暴風雪，讓孩子們看得欣喜若狂。

賣家禽的店鋪仍然半開著門，賣水果的店鋪則琳琅滿目。一只只鼓得圓圓的籃子裝滿了栗子，懶洋洋地靠在門口。還有那些西班牙洋蔥，帶著紅光滿面的臉，長得肥肥胖胖，就像一位胖嘟嘟的修道士。梨子和蘋果堆得高高的，簡直像一座座金字塔；還有一串串葡萄，正在引人注目的鉤子上晃來晃去。雜貨鋪裡，茶葉和咖啡的混合香氣薰得人們心醉不已；葡萄乾堆得高高的，杏仁如此雪白，肉桂又長又直，其他的香料也都芬芳無比；蜜餞用糖漿漬成甜餅，沾上芝麻，令看到的人都垂涎三尺。一切東西都非常可口，而且穿著聖誕節的盛裝。顧客們在這充滿希望的日子裡來來往往，手中的籃子不時互相碰撞。

沒過多久，鐘聲響起了。人們又穿著最漂亮的衣服，帶著最愉快的笑臉，成群結隊穿過街道，往一座座教堂走去。與此同時，不計其數的人，從一條條巷弄裡、從一個個轉角處湧現出來，帶著食物到麵包坊裡去。史克羅奇發現，當這些貧窮的歡宴者經過時，精靈便將火把裡的香料灑到他們的食物裡。這是一種奇妙的火把，有一兩次，當那些窮人由於彼此相撞，爭吵了起來，精靈便用火把對他們灑了幾滴水，他們立刻恢復高興的心情，並且說，在聖誕節這天吵架，是一件多麼丟臉的事啊！

漸漸地，教堂鐘聲停止了，麵包房打烊了；但在每一個烤麵包的爐灶上，在那瀰漫開來的蒸氣之中，還看得見熱騰騰的食物，以及烹調的過程。爐灶上鋪著的石塊也在冒煙，好像也正被烹煮。

「你從火把上灑下來的東西中，有什麼特別的好味道嗎？」史克魯奇問。

「有。是我自己的味道。」

「你會把它賜給所有人嗎？」史克魯奇問。

「賜給所有人。貧窮的人給得更多。」

「為什麼呢？」史克魯奇問。

「因為窮人最需要。」

他們無聲無息地向前走，來到了市郊，逕直朝著史克魯奇的職員家走去。精靈站在門檻上，一邊微笑，一邊用它的火把澆灑，以祝福鮑伯．克拉奇——那名職員——一家平安。這時候，克拉奇的妻子站了起來；儘管她穿著破舊的長外衣，但是繫著豔麗的緞帶——它很便宜，六個便士就能打扮得漂漂亮亮。她的二女兒貝琳達也繫著豔麗的緞帶，正在幫媽媽鋪桌布。兒子彼得穿著寬大的襯衫，正拿著一把叉子翻動平底鍋的馬鈴薯，儼然是一個小大人。兩個更小的孩子一男一女飛奔而來，他們已經聞到烤鵝的香味，開心地繞著桌子跳起了舞。

「你們的爸爸怎麼啦？」克拉奇太太說，「還有你們的弟弟提姆，還有瑪莎，他們遲到了！」

「我來了！媽媽。」一個女孩一邊說一邊出現了。

「瑪莎來了！媽媽，」兩個小孩喊道，「看！瑪莎，這裡有一隻好大的鵝！」

「哦！我親愛的，妳怎麼那麼慢！」克拉奇太太吻了她十幾次，又替她解開了她的圍巾和帽子。

「昨天晚上我們有許多事要忙，」女孩回答說，「今天早晨又得收拾乾淨，媽媽！」

「好啦！回來了就好，」克拉奇太太說，「到壁爐邊坐下來烤火吧，我親愛的，上帝祝福妳！」

「不，不！爸爸回來啦！」兩位小孩又一齊喊道，「躲起來！瑪莎，躲起來！」

瑪莎真的躲了起來。他們的父親鮑伯進了門，他圍著一條羊毛圍巾，穿著縫了補丁、但十分整潔的衣服；小提姆坐在他的肩膀上——可憐的小提姆，他的腳有毛病，帶著一根小拐杖，手腳都用鐵架子支撐著。

「怎麼了，我們的瑪莎在哪裡呀？」鮑伯環顧四周，大聲說道。

「還沒回來。」克拉奇太太說。

「還沒回來？」鮑伯說，他高興的情緒忽然一落千丈，「連聖誕節都不回來！」

瑪莎不願見到父親那麼失望，因此提早從小倉庫的門後跑了出來，投入他的懷裡；同時，兩個小孩一把拉走提姆，把他帶進廚房，好讓他聽聽布丁在鍋子裡唱歌的聲音。

「小提姆的表現怎麼樣？」克拉奇太太問道。

「好極了！」鮑伯說，「不過，不知道為什麼，他變得有些沉默寡言，老是一個人想著奇奇怪怪的事。在回家的路上，他告訴我說，在教堂裡的時候，他希望大家都看見他，因為他是一個瘸子；要是人們能想起耶穌曾在這個日子讓跛腳的乞丐走路，讓瞎眼的人看見，他們一定會感到很欣慰的。」

鮑伯談起這件事的時候，他的聲音顫抖。接著他又說提姆的身體越來越健壯，他的聲音顫抖得更厲害了。

傳來了小提姆的拐杖在地板上敲著的聲音。鮑伯的話才剛說完，他就走了出來，被他的哥哥和姐姐扶到壁爐邊的凳子上。這時候，鮑伯捲起袖子，開始在一個大水罐裡調製飲料，他一下又一下地攪拌，再把它放到爐火上加熱；小彼得和那兩位活蹦亂跳的孩子跑去拿烤鵝，他們很快便趾高氣揚地列隊而回。

隨之而來的是一陣快樂的喧鬧。克拉奇太太把醬汁燒得滋滋作響；彼得用令人難以置信的活力把馬鈴薯搗爛；貝琳達小姐在蘋果醬裡加糖；瑪莎把一個個盤子擦乾淨；鮑伯把提姆扶到桌子一角，坐在他身邊；兩個孩子替每一個家人排好了椅子，然後便坐上自己的座位，興奮地嚷著要吃鵝。

一盤盤菜肴終於都擺好了，飯前的禱告也做過了。孩子們屏息默默等待著。克拉奇太太舉起切肉刀，慢慢地戳進鵝的胸膛裡；一瞬間，鵝肚裡的填料迸發出來，一陣驚喜的喃喃聲圍繞著餐桌響了起來。所有人都對那隻鵝讚不絕口。牠既肥嫩又鮮美，體積龐大，價格卻便宜。再加上蘋果醬和馬鈴薯泥，對於全家來說，簡直是一頓最豐富的饗宴。全家人都吃得飽飽的，尤其是幾個最年幼的孩子，他們吃得津津有味，連眉毛上都沾了菜葉與洋蔥。這時，貝琳達替每個人換了乾淨的餐盤，克拉奇太太獨自離開了餐廳，沒過多久，便端著布丁出現了。多麼棒的布丁！它像一顆佈滿斑點的大炮彈，又硬又結實，在燃燒著的白蘭地之中大放異彩。

晚餐結束了，餐桌清理乾淨了，壁爐打掃過了，爐火生旺了。人們把裝著混合飲料的大水罐、蘋果和橘子放到桌上，又把滿滿一罐的栗子放進爐子裡烤。接著，克拉奇一家人圍著壁爐坐下，鮑伯開開心心地將飲料倒進酒杯裡，舉杯說道：「我親愛的家人，祝你們大家聖誕節快樂！上帝保佑我們！」

全家人都回應著這句話。

「上帝保佑我們所有人！」小提姆說，他是最後一個。

他緊挨著他的爸爸，坐在自己的小凳子上。鮑伯握住他憔悴的小手，好像十分疼愛這個孩子，希望一直把他帶在身邊，不要被別人奪走。

「精靈啊，請告訴我，小提姆能不能活下去？」史克魯奇問道。

「我看見一個的空座位，」鬼魂回答說，「就在那冷清的壁爐一角，還有一根沒有主人的拐杖小心地保存在那裡。很不幸地，這孩子將會死去。」

「不，不！」史克魯奇說，「哦，不行！仁慈的精靈，請你饒了他吧！」

「生死有命，我能怎麼樣呢？」鬼魂回答，「要是他寧願死，那就去死吧，也能減少過剩的人口了。」

史克魯奇低下頭，聽著他自己說過的話被這位精靈複述一遍，感到悔恨和悲痛不已。

「史克魯奇啊，」鬼魂說，「如果你心中還有人性，別再說這種邪惡的話了！難道你有權利決定什麼人應該活、什麼人應該死嗎？在上帝的眼裡，比起成千上萬的窮人，也許你還更沒有價值、更不配活下去呢！」

面對鬼魂的譴責，史克魯奇彎下了腰，一邊顫抖，一邊盯著地上。這時，他聽到有人說出他的名字。

「我要向你們提起史克魯奇先生，這場宴會的主辦人！」鮑伯說。

「什麼主辦人！」克拉奇太太嚷道，臉都漲紅了，「我真希望他在這裡。我要當面告訴他我對他的看法，給他一頓痛罵！」

「親愛的，別這麼說。今天是聖誕節呢！」

「是啊，正因為是聖誕節，我們更應該向史克魯奇這樣一位令人討厭的、小氣的、苛刻的、無情的人舉杯祝福。你知道他就是這樣的人！鮑伯，沒有人比你知道得更清楚了，可憐的人啊！」

「我親愛的，今天是聖誕節。」鮑伯仍溫和地回答。

「我要為了你和這節日向他祝福，」克拉奇太太說，「而不是為了他本人。祝他健康！聖誕節快樂！新年快樂！——毫無疑問，他此刻一定非常快樂！」

她舉杯以後，孩子們也都跟著做。在他們一整晚的活動之中，這是最令人提不起勁的一件事。小提姆最後一個祝福，但他也心不在焉。史克魯奇是這個家庭的凶神；一提起他的名字，就在這個宴會上投下了一層黑暗的影子，整整五分鐘都無法消散。

等到這件事情過去之後，他們又恢復了原先的高興。鮑伯告訴大家，他為小彼得找到了一件差事，一個禮拜可以掙到五先令六便士呢！幾個孩子都歡天喜地，彼得也裝出威風凜凜的模樣。接著，在帽子店當學徒的瑪莎告訴大家，幾天以前，她曾在店裡看見一位勳爵，那位勳爵長得跟彼得差不多高——聽見這句話，彼得又把衣領拉得挺挺的，一副神氣的樣子。最後，小提姆為全家唱了一首歌，歌聲既哀傷而又輕柔，但唱得的確很好。

他們不是一個富有的家庭，但他們全都快樂、感激，彼此友愛，心滿意足地過著聖誕節。精靈帶著史克魯奇離開了他們。但史克魯奇仍眼睜睜地盯著這一家人，特別是小提姆，直到他們消失為止。

天色漸漸暗了下來，雪下得很大；史克魯奇和精靈沿著街道一路走去，一家家廚房裡、客廳裡，以及各式各樣的房間裡透出熊熊的爐火，十分壯觀。不時有兒童跑出屋外，爭先恐後地到雪地上迎接回來的家人。

現在，他們已經站在一片淒慘而又荒涼的曠野之中；只見怪石嶙峋，亂七八糟地堆在地上，溪流隨心所欲地向四面八方流淌；地面光禿禿的，只長著苔蘚、荊棘，以及叢生的雜草。夕陽在天空留下了一抹火紅的晚霞，然後越來越低，越來越低，終於消失在濃厚的夜幕中。

「這是什麼地方？」史克魯奇問。

「這是礦工們生活的地方，他們在地底下辛勤地勞動。」精靈回答。

一線亮光從一間茅屋的窗戶裡透出來，他們便迅速朝那裡走去，穿過了一堵牆壁。只見一群快樂的人圍在熊熊的爐火旁，那是一位老頭兒和一位老婦人，以及他們的兒子和孫子們，所有人都盛裝打扮。那位老人正在唱一首聖誕歌，每隔一段時間，全體便加入合唱。當他們提高嗓子的時候，這位老頭子也唱得又歡樂又響亮；當他們停下來的時候，他的聲音也衰落下來。

精靈沒有在這逗留太久，它帶著史克魯奇離開曠野，一轉眼間就來到了海裡。這真讓史克魯奇膽戰心驚！他回頭一望，看到身後是一排可怕的岩石，那是陸地的盡頭；他的耳朵被雷鳴般的海水震聾，海水翻滾著、吼叫著，在被它侵蝕成的大洞穴之間洶湧澎湃，狂暴地要想沖垮大地的基礎。

那裡矗立著一座孤立的燈塔，就在離海岸一里格左右、由沉沒的岩石形成的暗礁上。長久以來，海浪沖刷和撞擊著這塊暗礁，令人觸目驚心。燈塔裡的兩位看守已經生起了火；他們坐在一張粗糙的桌旁，兩隻粗糙的手碰在一起，用罐子裡的烈酒互祝聖誕快樂，並一邊唱著雄壯的船歌。

鬼魂又迅速前進，走在波浪起伏的海面上。直到他們離海岸已經很遠，登上了一艘船。他們站在舵手身旁，站在船頭的瞭望員身旁，站在值班的船員的身旁；所有人都嚴守各自的崗位。儘管海上漆黑一片，危機四伏，但每一個人都哼著聖誕節的曲子，想著聖誕節的事情，或是輕聲地與同伴討論聖誕節的快樂，以及對家的思念。船上的每一個人，不論醒著還是睡著、好人還是壞人，在這一天裡都只對別人說親切的話，並對彼此分享喜悅；他們想起在遠方的人們，也知道那些人正在想著他們。

正當史克魯奇感到驚訝不已時，忽然聽見一陣開懷大笑，這令他更加驚訝。他聽出那正是他外甥的聲音，並且發現自己已經在一間明亮的、乾燥的房間裡，而精靈微笑著站在一旁，帶著讚賞的表情看著他的外甥。

「哈！哈！」史克魯奇的外甥大笑著，「哈！哈！哈！」

他捧著肚子，搖頭晃腦，臉扭曲成奇形怪狀的樣子；他的妻子也笑得跟他一樣歡樂。他們請來聚會的朋友們同樣笑得前仰後合。

「真的！他說聖誕節是騙人的鬼把戲！」史克魯奇的外甥嚷道，「他真的那樣說呢！」

「弗雷德，那他才更可恥！」他的妻子忿忿地說。

「他只是一個可笑的老頭兒，」史克魯奇的外甥說，「而且一點也不討人喜歡。不過，他的那些討人厭的行為已經為他帶來了應有的懲罰，因此，我對他沒有什麼不滿的。」

「弗雷德，我敢說他一定非常有錢。」他的妻子說，「至少你一直是這樣告訴我的。」

「那又怎麼樣呢？親愛的，」外甥說，「他的錢對他一點用也沒有！他既沒有用錢做過任何好事，也不懂得用錢讓自己過得更舒適。哦！我為他感到難過，即使想生他的氣也做不到。有誰因為他的吝嗇而受罪呢？只有他自己！瞧，他不喜歡我們，不肯來跟我們一起吃飯。結果呢？他損失了多好的一頓晚餐！」

「的確如此，我認為他損失了一頓很棒的晚餐。」他的妻子附和道，其餘賓客也都這樣說。

「多麼可惜！」史克魯奇的外甥接著說，「由於他的吝嗇，他損失了愉快的朋友們，比他在金錢裡、在他發霉的辦公室裡、或是在他灰塵遍佈的房間裡所能找到的朋友更加愉快！不管他是否願意，我仍打算每年都邀請他，因為我憐憫他。他可能至死都要詛咒聖誕節，但是他遲早會喜歡上它——我一定要做到這一點。我相信我昨天已經打動了他。」

客人們又放聲大笑，因為他居然說打動了史克魯奇！不過因為他的脾氣好，對這種嘲笑絲毫不在乎。他們又開開心心地喝了酒。

喝完茶後，他們演奏了一些音樂。史克魯奇外甥的妻子很會彈豎琴，她彈了一首簡單的小曲，史克魯奇想起當他在寄宿學校裡的時候，那個來接他回家的女孩就很喜歡這首曲子。一聽見這首樂曲，精靈曾使他看見的一切事物頓時又湧到他的心裡；他越來越感動，想到要是許多年以前，他能夠常常聽到這首曲子，他或許已經用他的雙手做出了許多善事，他的人生也會很不一樣。

過了一會兒，人們玩起遊戲來。這個遊戲叫做「對或錯」，由史克魯奇的外甥想一樣東西，其餘的人來猜出那是什麼，而他只需回答「對」或「錯」。經過一連串的問題，賓客推測出那是一種動物——一種活的、令人討厭的、野蠻的、有時咆哮、有時冷笑、有時說人話的動物，住在倫敦，在大街小巷活動，既不用來展覽，也不被人牽著走，不在市場被人宰殺，更不住在動物園裡；既不是馬，也不是驢子、牛、老虎、狗、豬、貓、熊……。每當人們提出一個問題，這位外甥就會爆發出一陣大笑；他開心得簡直無法形容，不得不從沙發上站起來跺腳。最後，有人嚷道：

「我猜出來啦！弗雷德，我知道那是什麼了！」

「是什麼呢？」

「就是你的舅舅史克魯奇！」

果然猜中了。大家都感到佩服不已，不過有些人抗議說，剛才問到「是不是一隻熊？」的時候，他應該回答「對」才是；因為史克魯奇就跟熊一樣孤僻！

「既然他為我們帶來了不少歡樂，我們應該為他的健康乾一杯。」弗雷德說，「這裡有一杯香甜的熱酒，因此我要說：『為史克魯奇舅舅祝福！』」

「為史克魯奇舅舅祝福！」人們喊道。

「祝這位老人家聖誕快樂！新年快樂！」史克魯奇的外甥說，「雖然他不會接受我的祝福，但還是希望他過得快樂！為史克魯奇舅舅祝福！」

史克魯奇的心情漸漸變得輕鬆愉快；要是精靈肯給他時間的話，他或許會向在場的這些人回敬，並用一種聽不見的言語來感謝他們。但當他的外甥剛說完最後一個字，這副景象就消失不見了。他和精靈又踏上他們的旅程了。

他們看到了很多，走得很遠，拜訪了很多家庭，看到大家都過得快快樂樂的。精靈在每張病床邊一站，病人們就變得愉快起來；一來到異鄉客地，旅行者就覺得更接近家鄉了；站在辛勤工作的人們身邊，他們就滿懷信心地期盼著未來；站在窮人旁邊，他就感到了富足。在濟貧院裡、醫院裡，以及監獄裡，在苦難的每一個藏身之處，精靈都留下了它的祝福。

史克魯奇發現，這位精靈的樣子漸漸變老了。直到他們離開一個兒童們的聚會，一同站在一個空曠的地方時，史克魯奇注視著精靈，看到它的頭髮都變白了，他不由得問道：

「精靈們的壽命是不是都這麼短暫呢？」史克魯奇問。

「我的生命在這個世上是很短暫的，」精靈回答說，「今天晚上就結束了。」

「今天晚上！」史克魯奇喊了出來。

「今天晚上十二點整。聽！時間快到了。」

此時，教堂鐘聲正敲著十一點三刻。

「那是什麼？」史克魯奇忽然望向精靈的長袍，「我看見有個奇怪的東西從你的長袍下露出來了。那是一隻腳，還是一隻爪子？」

「可能是一隻爪子，因為它上面沒有肉。」精靈悲傷地回答道，「你看！」

它從長袍裡抓出兩個孩子——可憐、淒慘、可怕、醜陋、悲苦。他們跪在它腳邊，緊緊抓住它的長袍。

「哦！史克羅奇，看吧，看吧！看看這裡吧！」精靈高聲呼喊。

那是一個男孩和一個女孩，面黃肌瘦，衣衫襤褸，愁眉苦臉，但又那樣卑躬屈膝，匍匐在地。他們的身軀本該具有優美的青春，以及鮮豔的色彩；但卻彷彿有一隻乾癟的手在擰他們、扭他們，把他們撕扯成破布條一般。在他們本該充滿純潔與天真的眼睛裡，卻潛藏著魔鬼惡毒的凶光。多麼令人害怕！

「精靈啊！他們是你的嗎？」史克魯奇心驚膽戰，嚇得往後退。

「他們是人類的，」精靈低頭看著他們，「但是他們依附我，來向我申訴。這個男孩叫做『無知』，這個女孩叫做『貧困』。小心他們兩個！尤其是這個男孩，我看見他的額頭上寫著『滅亡』。千萬別讓他進到你的家裡！」精靈喊道，它伸出手指向城市，「誰要是對你提到他，你就罵誰！誰要是收留了他，你就詛咒誰！」

「難道他們沒有收容所或其他地方可去嗎？」史克魯奇問道。

「難道沒有監獄嗎？」精靈最後一次用他自己的話回敬他，「難道沒有濟貧院嗎？」

教堂的鐘聲敲響了十二點。

史克魯奇四面環顧，尋找精靈的影子，可是看不見它了。等到最後一響停止了，他想起馬利的預言；他抬起眼睛，看見了一個莊嚴肅穆的幻影。它披著衣服，戴著帽子，像一陣迷霧般朝他飄來。

第四章　最後一個精靈

這個幻影慢慢地、陰沉地、無聲無息地飄過來了。它全身裹在一件深黑色的長外套裡，看不出形狀；除了一隻伸出來的手以外，什麼也看不到，彷彿融入了夜色之中。史克魯奇跪了下來。

當它來到史克魯奇的面前時，他覺得它又高大又威嚴，覺得它神秘的形象使他心裡充滿一種肅然起敬的恐懼。不過，這位精靈既不說話，也不行動。

「你是未來的聖誕節鬼魂吧？」史克魯奇說。

精靈不回答，只是用手向前指著。

「你要帶我去看還沒有發生、但是將會發生的事情的影子，對嗎？」史克魯奇又問道。

那件長外套的頂端收縮了一下，精靈似乎點了點頭。

這個無聲無息的幽靈讓史克魯奇害怕極了，他的兩腿直打哆嗦，幾乎連站都站不穩了。他知道在那件漆黑的衣服後面，有一雙眼睛正聚精會神地盯著他；但他卻什麼也看不見什麼，只看見一隻鬼怪的手，以及一堆高大的黑影。他懷著一種模糊不清的恐懼喊道：

「未來的鬼魂啊！我知道你是來幫助我的，我也十分感激，希望能從此改過自新；不過，難道你不打算跟我說話了嗎？」

它仍然不回答，那隻手筆直地指向前方。

「帶路吧！」史克魯奇說，「我知道，夜晚正迅速流逝，剩下的每一分鐘都十分寶貴。帶路吧！精靈。」

這位幻影又像剛才那樣飄走了。史克魯奇跟在它的影子裡，他覺得那影子把他托起來帶走了。

他們來到城市的中心地帶。在倫敦的交易所裡，他們混在人群中間，看見商人們匆匆忙忙地來來去去，把錢幣在口袋裡弄得叮噹作響；他們三三兩兩地談論生意，又看看懷錶，一邊盤算，一邊玩弄著他們的印章。這副景象是史克魯奇十分熟悉的。

精靈停在一小群商人旁邊。史克魯奇看見那隻手正指著他們，他就走上前去聽他們的談話。

「不，」一位胖子說，「總之，這件事我不太清楚。我只知道他已經死了。」

「他什麼時候死的？」另一個人問。

「我想是昨天晚上吧。」

「怎麼，發生了什麼事？」第三個人問，「我還以為他永遠不會死呢！」

「我不知道。」第一個人打著哈欠說。

「他怎麼處理他的財產？」

「我沒有聽說，」那個胖子說道，又打了一個哈欠，「也許留給他的公司了吧！我只知道他沒有留給我。」

這句玩笑話引起了大家一陣笑聲。

「葬禮一定十分寒酸，」胖子說，「我敢打賭，一定沒有任何人會參加。我們要去湊個熱鬧嗎？」

「要是供應午餐的話，我倒不介意走一趟。」前一個人回答。又是一陣大笑。

「嘿，老實說，我並不在意午餐，」頭一個發言者說，「不過，要是有任何人願意去的話，我也不妨走一趟。因為每當我回想起來時，我總認為自己或許是他最好的朋友——畢竟我們每一次見面，都會停下來講幾句話呢！再見。」

說話的人各自走開了，混入了其他一群群的人裡。史克魯奇認識他們所有人。他朝精靈看著，想猜出發生了什麼事。

幻影繼續飄到一條街道上。它的手指向兩個人。史克魯奇也認識那兩個人，他們都是商人，非常富有，而且地位很高。史克魯奇一直將這兩人當成事業上的榜樣。

「您好嗎？」一個人說。

「很好，您也好嗎？」另一個人回答。

「好！」第一個人說，「魔鬼終於得到應有的下場了，不是嗎？」

「我是這樣聽說的。」第二個人回答，「天氣很冷，對嗎？」

「聖誕節總是這樣的。您喜歡溜冰嗎？」

「不溜，不溜。我還有別的事情要忙呢！再見。」

沒有其他的話了。他們就此分手。

史克魯奇心想，這些談話可能有什麼含意。他們的談話不太可能跟他的老合伙人馬利的死有什麼關係，因為那是過去的事；但他也想不出任何自己認識的人，能夠與這些談話聯繫在一起。

他們離開了這個繁忙的區域，走到城裡一個偏僻的角落。史克魯奇過去從未來過這裡——道路又髒又窄，店鋪和房屋都破破爛爛的；人們衣不蔽體，酒氣沖天，面目可憎。一條條巷弄和走道，就像水溝一樣，發出惡臭的氣味，佈滿垃圾和汙垢。這裡的每個地方都散發著罪惡、骯髒和苦難的氣息。

在這黑暗淵藪的深處，有一家專門收購廢物的店鋪。店裡的地板上，堆放了各式各樣的工具與廢鐵；一個白髮蒼蒼的老人坐在其中，正悠然自得地吸著煙斗。史克魯奇和精靈來到他面前。就在這時，一位婦女拿著一個大包袱走進來；她的後面跟著另一位婦女，也拿著包袱；在她們後面又緊跟著一個穿黑衣的男人。他們一看見彼此，先是驚訝得呆住了，隨即便連同那老人爆發出一陣大笑。

「好啊！一個打雜工、一個洗衣工、一個殯儀員！這是你們最好的巧遇地點。」老人把煙斗從嘴上拿開，說道，「進來吧！到客廳裡來。」

他們穿過一塊破布簾，來到客廳裡。這時，第一位婦女把她的那包東西扔在地板上，帶著洋洋得意的神情坐在一張凳子上；她兩臂交叉，手肘放在膝蓋上，驕傲地望著另外兩位。

「這有什麼關係呢？蒂爾伯太太，」她說，「每一個人都得為自己著想嘛！他自己不就是這樣嗎？」

「的確！妳說得對，」那個洗衣女工說，「沒有人比他更自私了。」

「死人還需要這些東西嗎？這個缺德的老吝嗇鬼，」打雜女工繼續說，「如果是那樣，那他生前為什麼不通情達理一些呢？要是他通情達理，那麼在他臨終前，就會有人來照顧他，而不是孤孤單單地躺在那裡，嚥下最後一口氣。」

「沒有比這更正確的話了。」蒂爾伯太太說。

「但願這個包袱再重一點才好！」這個婦女說，「老喬，幫我把它打開，看看裡面的東西值多少錢。」不過，那個男人搶先一步走上前，希望老人能先看看他的戰利品。於是老人打開他的包袱，檢查了裡面的東西。那並不是一大筆交易，只不過是一兩個印章、一個鉛筆盒、一副鈕扣，以及一個不值錢的胸針罷了。他把東西一一仔細查看，作出估價，最後加在一起。

「這些玩意兒的價值連六便士都不到！」老人說，「下一個是誰？」

下一個是蒂爾伯太太。她拿了幾條被單和毛巾、一件衣服、兩根銀茶匙、一把方糖鉗，還有幾隻靴子。

「至於妳，」老喬說，「雖然好一些，但也值不了幾個錢。」

「現在打開我的包袱吧。」第一個婦女說。

喬跪了下來，把包袱上的結一個個解開，拖出來一大卷又重又黑的東西。

「這是什麼？床帷嗎？」他說，「妳該不會在他還躺在床上的時候，就把它拆下來了吧？」

婦人哈哈大笑。「我正是這樣做的！」她回答說，「幹嘛不呢？」

「好呀！妳總有一天會發財的。」喬說。

「喬，我敢向你保證，對於一個像他這樣的吝嗇鬼，只要我能夠撈到任何好處，就絕對不會手軟。」打雜女工冷冷地回答。

「這是他的毯子嗎？」老喬問，又拿出一條破布。

「是呀，」這個婦女回答，「我敢說，沒有毯子，他大概也不會著涼。」

「而這是他的襯衫？」

「沒錯，最好的一件！」她說，「上面沒有一個破洞，也找不出磨損的地方，而且質料很好。要不是我早一步拿到手，他們可能已經把它浪費掉了。」

「浪費掉了？」老喬問。

「也就是說，穿在他身上，埋進墳墓裡去。」她大笑著回答，「反正有一條白布蓋著屍體，也就夠了。再說，即使穿上這件襯衫，也不會讓他變得更好看一些。」

史克魯奇心驚膽戰地聽著這段對話，並用深惡痛絕的眼神看著這群人。這時候，只見老闆拿出一個裝錢的布袋，把每個人應得的酬勞放在地上。

「哈，哈！」那個婦女再次大笑，「你們看，這就是他的結局！他活著的時候，把每一個人都從他身邊趕跑了；他死了以後，卻使我們得到好處！哈，哈！」

「精靈啊！」史克魯奇從頭到腳打著寒顫，「我明白了，我明白了！這個不幸的人很可能就是我。現在，我的命運正朝著這個方向發展。仁慈的上帝，這是什麼東西！」

他恐懼地往後退，因為景象忽然改變了。他現在幾乎碰到一張床——一張光禿禿的、沒有床帷的床；在床上，一條破舊的被單下面，躺著一個被蓋住的東西，那東西無聲無息。忽然間，一道黯淡的光線射在床上，照出了那一具遭人洗劫、被人遺棄、沒人照顧、也沒人為之哭泣的屍體。

史克魯奇朝精靈看去。它堅定不移的手正指著屍體的頭；那塊蓋屍布是馬馬虎虎地鋪上去的，只要史克魯奇輕輕一掀，就能夠露出它的臉。但是他沒有勇氣去掀開它，正如同他沒有勇氣擺脫身邊的鬼魂一樣。他心想，要是這個人現在能夠死而復生，他的第一個想法會是什麼呢？是繼續貪得無厭、斤斤計較嗎？這些想法為他帶來了多麼美妙的結局！

「精靈啊！」史克魯奇說，「這是一個可怕的地方，我不會忘記它的教訓。快帶我離開這裡吧！」

可是精靈仍用一根絲毫不動的手指指著它的頭。

「我懂你的意思，」史克魯奇又說，「要是我做得到，我會做的。但是我沒有勇氣呀！」

這一次，精靈似乎在望著他。

「假如城裡有誰為了這個人的死而動情的話，」史克魯奇痛苦地說，「求求你，精靈，帶我去見他吧！」

精靈把它漆黑的長袍張開了，好像翅膀一樣。當長袍再次收攏，史克魯奇的眼前呈現出一個日光照耀的房間，一個母親和她的孩子們待在那裡。

她正在房裡踱來踱去，似乎在等待著什麼人，顯得十分焦急。每聽見一個聲音，她就要從窗戶裡往外看，或是看看時鐘，或是拿起她的針線活，可是什麼也做不了，並且對孩子們的玩鬧感到不耐煩。

終於聽到那等待已久的敲門聲了。她匆匆忙忙趕到門口，迎接她的丈夫。這個男人雖然年輕，卻一副飽經風霜、抑鬱沮喪的樣子；不過，現在他的臉上卻有著一種奇怪的表情。那是一種嚴肅的高興，他為這種表情感到可恥，因而竭力克制著。

他坐下來吃晚餐。他的妻子小心翼翼地問他有什麼消息，他顯得有些為難，不知道該如何回答。

「你只要回答，是『好』還是『不好』？」她問道。

「不好。」

「那麼我們完了嗎？」

「不，還有希望，卡洛琳。」

「除非他大發慈悲，」她感到驚訝，「那才有希望！真是那樣的話，簡直就是奇蹟了。」

「他已經沒辦法大發慈悲了。」她的丈夫說，「他死了。」

她聽到這句話，立刻雙手交握，說出了感激的言語。但很快地，她又祈禱上帝寬恕她，並且感到抱歉——儘管最初的話才是她的真心話。

「昨天晚上我去見他，想請他寬限一個禮拜；但那個女工告訴我他病了。我還以為那是他避不見面的藉口呢！結果卻是真的。他當時不僅病了，而且病得快要死了！」

「那麼我們欠的債將來要付給誰呢？」

「我不知道。但我們有更多的時間籌錢了。今晚我們總算可以安安穩穩地睡一覺了！卡洛琳。」

的確，儘管他們希望能表現出一些哀悼之情，但他們的內心確實輕鬆多了。孩子們一聲不響地圍在一旁，聽著大人們難以理解的話，他們的臉蛋也更加光彩煥發了。由於這個人的死，這個家卻變得更歡樂了！

「哦！精靈啊，」史克魯奇說，「你只讓我看到一個人的死帶來的幸福！這令我感到害怕。請讓我看看一個人的死帶來的悲傷吧！」

鬼魂帶領他穿過幾條街道，那都是他熟悉的地方。他們一路走去的時候，史克魯奇東張西望，似乎想尋找自己的身影，但是毫無結果。他們走進了鮑伯．克拉奇的家。他看見那位母親和孩子們圍在壁爐邊坐著。

屋裡一片沉默。那幾位愛吵鬧的孩子安靜得好像一座座雕像，他們坐在那裡，抬頭望著正在讀書的彼得。那位母親和她的幾個女兒正專心地做針線活。但所有人都非常安靜。

忽然，那位母親把她的針線放在桌上，一隻手蒙住臉。

「這顏色傷我的眼睛。」她說。

這顏色嗎？啊，可憐的小提姆！

「現在又好多了，」她說，「是蠟燭的光讓我眼花的。等你們的爸爸回家時，我絕不能讓他看見我模糊的眼睛。就快到他回家的時間了。」

「早就過了。」彼得闔上書說道，「不過，媽媽，這幾天他回來得比平常更晚一些。」

一家人又都陷入沉默。最後，她開口了，聲音平穩而又愉快，只有一次頓了一下：「我記得他曾經把……把小提姆扛在肩膀上，走得多麼快啊！」

「我也記得，」彼得大聲說，「他常常這樣。」

「我也記得！」另一個孩子喊道，大家都說還記得這件事。

「不過，他背起來很輕，」她接著說，「他的爸爸又那麼愛他，因此一點也不覺得麻煩……不覺得麻煩。你們的爸爸回來了！」

她急忙趕出去迎接他。鮑伯依舊圍著那條羊毛圍巾，走了進來。全家人都爭先恐後地去擁抱他；接著，兩個孩子爬到他的膝頭，把小臉一左一右貼在他的臉上，好像在說：「爸爸，別把這件事放在心上。別難過！」

鮑伯非常開心。他高高興興地和全家人說著話，又瞧瞧桌上的針線活，稱讚妻子和女兒們十分勤勞。

「你今天去了那裡，對嗎？鮑伯。」他妻子問。

「是的，親愛的。」鮑伯回答，「我真希望妳也去了。看一看那個青翠的地方，會使妳心情舒暢許多。不過，妳以後會常常去那裡。我已經向他許願，說每個禮拜天都要去看他——我可憐的孩子！」

他忽然失聲痛哭，再也忍不住。然後他離開客廳，上了樓，來到一個房間裡。房裡燈火通明，並掛著聖誕節彩飾，一張椅子擺在床邊。鮑伯坐在椅子上沉思了片刻，讓自己冷靜下來後，便吻了床上的孩子那小小的臉頰。他終於接受了已經發生的事實，帶著相當愉快的心情再走下樓來。

他們在爐火邊談著話；女孩們和母親仍然在幹活。鮑伯和家人們談到了史克魯奇先生的外甥——不久之前，他在街上遇到了他。「他發現我有些悶悶不樂，便問我發生了什麼事。他是那麼地和藹可親，我便把事情告訴了他。他說：『克拉奇先生，我衷心為此事難過，也衷心為您的好妻子難過。』順帶一提，我不知道他是怎麼知道那件事的。」

「什麼事？我親愛的。」他妻子問。

「就是妳是一個好妻子。」鮑伯回答說

「大家都知道！」彼得說。

「你說得對，我的孩子。」鮑伯叫道，「他說：『我衷心為您的好妻子難過。如果我能在任何事情上為您效勞，就請到這個地址來吧！』他說完，便遞給我一張名片。我心裡暖呼呼的，倒不是因為他可能給我們什麼好處，而是因為他好心的態度。就好像他真的認識我們的小提姆，並且和我們感同身受一樣。」

「我敢說他一定是位善良的好人！」克拉奇太太說。

「他當然是了，我親愛的，」鮑伯回答，「要是妳曾經與他談過話，就絕不會懷疑這一點。我想，要是他哪天給了彼得一個更好的差事，我也不會感到奇怪。」

「順便再替他找個伴！」一個女孩嚷著說。

「呸！胡說八道！」彼得咧嘴笑著反擊。

「這也有可能，」鮑伯說，「遲早會有那麼一天，我們必須與彼此分開。不過，無論那一天什麼時候到來，我相信，我們誰也不會忘了可憐的小提姆，對嗎？」

「絕不會！爸爸。」他們一致喊道。

「而且我知道，」鮑伯說，「當我們一想起他雖然只是一個小孩，卻是那麼地有耐心、那麼地溫和，我們就不會隨便爭吵起來，並且相親相愛。」

「不會！絕不會！爸爸。」他們又一致喊道。

「我很欣慰，」鮑伯說，「我非常欣慰！」

克拉奇太太吻了他一下，他的女兒們也吻了他一下，接著是兩個最年幼的孩子；彼得和他握了握手。

「精靈啊！」史克魯奇說，「我知道，我們分手的時刻就要到來了。請告訴我，我們剛才看見的那具屍體是誰？」

未來的聖誕節鬼魂帶著他，去了商人們經常聚會的一些地方。史克魯奇都沒有看到自己。精靈沒有耽擱一分鐘，而是繼續往前，好像要一直走到某個終點去似的，直到史克魯奇懇求，它才停留片刻。

「這裡就是我工作的地方，」史克魯奇說，「我看見了我的辦公室。讓我看看將來的我是什麼模樣吧！」

精靈停下來，那隻手卻指向別的地方。

「屋子在那邊，你為什麼指著別處呢？」史克魯奇聲音顫抖地說。

那隻無動於衷的手仍不肯移動。

史克魯奇急忙跑到辦公室的窗口，往裡頭張望。那裡仍是一間辦公室，但已經不是他的了。傢俱不是原本的，坐在椅子上的人也不是他自己。精靈仍然像先前那樣指著。

於是他再一次跟著它，一面想著自己將會到哪裡去，一面來到一扇鐵門前。他停下來，東張西望了一會，然後才進去。

那是一片教堂墓地。也就是說，那具他想知道名字的屍體，就是在這裡，躺在黃土之下了。精靈站在墳墓之間，往下指出其中一座。史克魯奇渾身哆嗦地朝那裡走去。

「在我走近那座墳墓之前，請回答我一個問題。」史克魯奇說，「這些是『必然』的事情的影子呢，還是『可能』的事情的影子？」

鬼魂仍然指著那座墳墓。

「人生的道路必然通往某種結局。堅持不懈地往前走，就會達到這個結局；」史克魯奇說，「不過，如果離開這條道路，結局也將隨之改變。這就是你想要告訴我的事情吧？」

精靈還是像原來那樣一動也不動。

史克魯奇躡手躡腳地朝那座墳墓走去，邊走邊發抖。他順著那隻手指，在這塊墓碑上讀到了他自己的名字：阿貝尼薩．史克魯奇。

「難道我就是那個躺在床上的人嗎？」他跪著喊道。那隻手指從墳墓移向他，又回到原處。

「別這樣！精靈啊，哦！別這樣，別這樣！」

那隻手指仍然在那裡。

「精靈啊！」他喊道，緊緊地抓住它的長袍，「聽我說！我已經不是過去的我了。這次的旅程已經使我改變了。要是我已經沒有任何希望，你為什麼還要讓我看這個呢？」

那隻手似乎搖了一下。

「我的好精靈！」他撲倒在地上，緊盯著它說，「請代我求情，並且憐憫我吧！請你向我保證，等我改變了人生的道路，就能改變你讓我看見的這些影子！」

那隻仁慈的手顫抖著。

「我要在心裡尊敬聖誕節，並且一整年都像過節一樣。我要生活在過去、現在和未來之中，不會忘了你們三位精靈給我的教訓！哦！請告訴我，說我還有機會把這塊墓碑上的字擦掉吧！」

他在痛苦中一把抓住鬼魂的手。它想掙脫掉，但是他苦苦哀求，緊抓不放。精靈使出更大的力氣，把他甩開了。

他舉起雙手再次祈禱，祈求自己的命運能夠改變。這時候，他卻看見精靈的帽子和衣服開始變化起來——它收縮起來、坍塌下去，逐漸變成一根床柱。

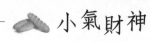

第五章　尾聲

沒錯！這根床柱是他自己的，這張床是他自己的，這個房間是他自己的。所有的一切事物——最好、最幸福的時光，在他前面、讓他改過自新的時光——全是他自己的！

「我一定要生活在過去、現在和未來之中！」史克魯奇跳下了床，又這樣說道，「我不會忘了三位精靈給我的教訓！哦，上帝保佑你！雅各．馬利。」

他心中充滿了善良的願望，既激動又興奮，嘴裡喃喃自語，不知道在說些什麼。他剛才向那位精靈求情時曾大聲啜泣，如今仍然淚流滿面呢。

「這些東西還沒有被人扯下來！」史克魯奇擁抱著他的床帷喊道，「這些東西還沒有被人扯下來！銅環還是好好的，都在這裡！我也在這裡！那些本來應該發生的事情還有可能避免，一定會的，我知道一定會的！」

他一邊說，一邊不停地翻弄著自己的衣服；一會兒把內裡翻到外側，一會兒又上下顛倒穿著，一會兒拉扯著，一會兒穿在別的地方，一會兒把它們堆成各種奇怪的形狀。

「我不知道該做什麼好！」史克魯奇大聲說，他又笑又哭的，同時用長襪子把自己纏繞起來。「我像羽毛一樣輕，我像天使一樣快樂，我像兒童一樣開心，又像一個醉漢那樣昏昏沉沉！祝大家聖誕節快樂！祝全世界的人新年快樂！哈！哈！哈！」

他蹦蹦跳跳地走進了客廳，氣喘吁吁。

「那個平底鍋還在那裡！」史克魯奇喊道，又跳起來，在壁爐前興高采烈地繞圈子，「馬利的鬼魂就是從這扇門進來的！現在的聖誕節鬼魂就是坐在這個角落！我就是從這扇窗戶看見那些幽靈的！一切都沒錯，一切都是真的，一切都發生過！哈！哈！哈！」

他已經那麼多年沒有笑過，如今卻開懷地大笑著，而且長久不歇。

「我不知道今天是幾月幾號！」史克魯奇說，「我不知道自己跟那些精靈旅行了多久，我什麼都不知道！不過，沒關係，我不在乎！哈！哈！哈！」

他正在手舞足蹈，忽然停了下來，因為一座座教堂這時都敲響了鐘聲。他立刻打開窗戶，把頭探出去——外頭沒有濃霧，而是晴朗、明亮、歡樂、熱鬧、寒冷；金色的陽光、晴朗的天空、新鮮的空氣、悅耳的鐘聲。哦！多麼美好。

「今天是什麼日子呀？」史克魯奇朝樓下一個穿著禮拜天服裝的男孩喊道。

「什麼？」孩子一臉驚訝地回應他。

「今天是什麼日子？我的朋友。」史克魯奇問。

「今天嗎？」孩子回答，「今天是聖誕節呀！」

「聖誕節！」史克魯奇叫了出來，「我還沒有錯過這一天！我還來得及做一切我想做的事情！哈囉！我的朋友。」

「哈囉！」孩子回答他。

「你知道從這裡過去第二條街的轉角上的那一間家禽店嗎？」

「當然知道了。」這孩子回答。

「聰明的孩子！」史克魯奇說，「你知不知道，掛在那裡的那隻特級火雞賣掉了沒有？——不是那隻小的，是那隻大的。」

「什麼！那隻跟我一樣大的嗎？」孩子回答。

「多麼可愛的孩子啊！」史克魯奇說，「是的，就是牠！」

「牠現在還掛在那裡。」

「是嗎？」史克魯奇說，「你去把牠買下來。」

「騙人！」這孩子嚷道。

「是真的，是真的！」史克魯奇說，「我給你一個先令，你去店裡把老闆叫來，我會告訴他應該把火雞送到哪個地址。要是你在五分鐘之內帶他回來，我再給你半個克朗！」

那個孩子像子彈一樣跑去了。

「我要把牠送給鮑伯．克拉奇！」史克魯奇小聲地說，他搓著雙手，捧腹大笑起來，「他一定會大吃一驚。這隻火雞有兩個小提姆那麼大呢！」

說完，他在一張紙上寫下克拉奇家的地址，然後走下樓去，打開通往街道的門，等待家禽店的老闆到來。當他等待的時候，那只門環吸引了他的目光。

「只要我活著一天，我就要愛它！」史克魯奇喊道，用手拍拍它，「我過去幾乎從來沒有看過它一眼！它臉上的表情多麼誠懇啊！它是一個了不起的門環——哎呀！火雞來了。哈！哈！你好啊！聖誕節快樂！」

他付錢的時候，仍然哈哈大笑；他獎賞那個男孩子的時候，也在哈哈大笑；當老闆和男孩都離開，他重新坐在椅子上的時候，還在哈哈大笑。只見他上氣不接下氣，笑到幾乎哭出來。

他刮了鬍子、穿上最好的衣服走到街上。這時候，人們像潮水般走出家門，往教堂移動；史克魯奇背著雙手，一路走去，笑盈盈地看著所有的人。他露出那麼喜不自禁的樣子，有三四個人主動對他說：「早安！先生，聖誕節快樂！」史克魯奇認為，在他聽過的所有聲音中，這是最動聽的一種了。

他沒有走多遠，就看到那位胖胖的紳士朝他走來——那個人昨天曾走進他的辦公室，請求他慷慨解囊。史克魯奇立刻迎上前去。

「親愛的先生，您好嗎？」他握住這位老紳士的雙手，說道，「希望您昨天的募款順利。祝您聖誕節快樂！先生。」

「史克魯奇先生？」

「是的，」史克魯奇說，「我就是。請您見諒，我是否能麻煩您——」

史克魯奇湊到他耳邊，對他低聲說了幾句話。

「上帝保佑！親愛的史克魯奇先生，您是認真的嗎？」這位紳士喊道，彷彿要斷氣似的。

「當然了！」史克魯奇說，「一毛錢也不少！我向您保證，其中還包括一大筆已經到期的欠款。您願意幫我這個忙嗎？」

「我親愛的先生，」對方握著他的手，「我真不知道該說什麼好，您是如此慷慨——」

「什麼也別說，」史克魯奇制止他的話，「有空的話，請來看看我。您願意嗎？」

「當然！當然！」這位老紳士由衷地喊道。

「謝謝您！」史克魯奇說，「我非常感激您，也祝福您！」

他往教堂走去，沿路不時在街上閒逛，瞧瞧來往的行人，拍拍孩子們的頭，問問乞丐的情況，巡視一家家的廚房，仰望一扇扇窗戶；他從未想過散步竟能帶給他這麼多的歡樂！這天下午，他轉身朝著外甥的家走去。

他在門口來回踱了十幾趟，才終於鼓起勇氣，走上前敲門。

「妳的主人在家嗎？親愛的，」史克魯奇對一位女僕說。

「在家，先生。」

「他在哪裡？可愛的女孩。」史克魯奇說。

「他在餐廳裡，跟太太在一起。我可以帶您過去，請進。」

「謝謝妳！親愛的，我知道怎麼走。」史克魯奇說，他自動地走了進去。

他來到餐廳外，從門邊側著身子把頭伸進去。裡面的人都低著頭，正在做飯前禱告。

「弗雷德！」史克魯奇叫道。

老天！他的外甥媳婦是多麼吃驚啊！她一看到他，嚇得差點從椅子上跌下來。

「啊！上帝保佑，」弗雷德喊道，「那是誰呀！」

「是我，你的舅舅史克魯奇！我是來赴宴的。你願意讓我進去嗎？」

理所當然，他拚命搖著他的手，請他留下。五分鐘之後，他入了座。所有人開始享受這完美的大餐、完美的聚會、完美的娛樂、完美的融洽——多麼完美的幸福！

第二天早晨，他很早就來到辦公室，打算再給鮑伯．克拉奇一個驚喜。時鐘敲響了九點——正如他所預料的，鮑伯還沒來。又過了十五分鐘，仍然沒看見鮑伯。他整整遲到了十八分半！史克魯奇把他房間的門大開著，坐在那裡，等著看他偷偷溜進店裡。

鮑伯來了。他打開辦公室的門以前，先摘下了帽子，再取下羊毛圍巾。一眨眼的工夫，他就坐上了凳子，提筆疾書，好像要追上溜過去的九點鐘。

「喂！」史克魯奇裝出平常的聲音吼道，「你是什麼意思？這麼晚才來！」

「我很抱歉，先生。我遲到了。」鮑伯慚愧地說。

「是嗎？」史克魯奇說道，「沒錯，你的確遲到了。現在，給我過來！」

「一年就這麼一次，先生，我保證不會再犯了。我昨天玩得太興奮了。」鮑伯懇求道。

「我告訴你，我不打算接受這種理由。因此——」史克魯奇從凳子上跳起來，用力戳了鮑伯一下，「因此我要增加你的薪水！」

鮑伯全身發抖，他以為老闆的神經不正常了呢！

「聖誕節快樂！鮑伯，」史克魯奇拍拍他的背說，帶著真摯懇切的表情，「鮑伯，我的朋友！祝你有一個比過去更快樂的聖誕節！我要增加你的薪水，讓你的家庭過得更幸福！就在今天下午，咱們要一邊喝著熱氣騰騰的水果酒，一邊討論你的事情！鮑伯。把爐火生起來，再去買一斗煤來！」

史克魯奇比他承諾的做得更多。小提姆並沒有死，他成了他的義父，也成了一個好朋友、好老闆、好男人。即使走遍整個國家，也找不到比他更好的人了！有些人對他的改變感到好笑，但是他不在乎；他明白：在這個世界上，沒有什麼事情在剛開始的時候不被嘲笑的；他也明白這些人是盲目的，就像過去的自己一樣。

他沒有再見過那些精靈。人們都說，世界上沒有人比他更享受聖誕節了。但願我們每個人也都能像他一樣，並且如同小提姆所說的：「上帝保佑我們，保佑每一個人！」

世紀神探
Sherlock Holmes
福爾摩斯
經典全集
上＋下
亞瑟・柯南・道爾 原著
丁凱特 編譯
奠定推理小說形式的不朽名著
一生不可不讀的傳世典藏
典藏價 399元
典藏價 420元
上冊收錄內容
●血字的研究 ●四簽名 ●冒險史
●回憶錄 ●巴斯克維爾獵犬
下冊收錄內容
●歸來記 ●恐怖谷
●最後致意 ●新探案
★超值加贈★ 電子書E-Book，讓您閱讀無障礙，推理不間斷！
典藏閣
行銷總代理
采舍國際
www.silkbook.com

英雄史詩
War and Peace
Война и мир
戰爭與和平
鐵與血的啟示——拿破崙戰爭實錄
列夫·托爾斯泰 原著 鄷哲生 編譯
揭露戰爭萬千面相的長篇小說，
一生不可不讀的傳世典藏
5大卷、18大部，俄國文壇第一巨擘，
托爾斯泰生涯代表作全新呈現
帶火您體驗俄法戰爭的連天烽，
見證沙俄時代的雪國風華
化繁為簡，俄羅斯文學第一經典全新呈現
欲認識俄國，必先認識托爾斯泰，
欲認識托爾斯泰，必先讀戰爭與和平！
加贈電子書
E-Book
英雄史詩
戰爭與和平
鐵與血的啟示——拿破崙戰爭實錄
WAR AND PEACE
Война и мир
揭露戰爭萬千面相的長篇小說
一生不可不讀的傳世典藏
典藏價 420元
★超值加贈★ 電子書E-Book（全文收錄PDF版）
典藏閣
行銷總代理
采舍國際
www.silkbook.com

愛情禮讚
Pride and Prejudice
傲慢與偏見
珍·奧斯汀浪漫作品集
收錄內容
●傲慢與偏見 ●曼斯菲爾德莊園
●諾桑覺寺
典藏價 420元
愛情禮讚
Sense and Sensibility
理性與感性
珍·奧斯汀幽默作品集
收錄內容
●理性與感性 ●愛瑪 ●勸導
典藏價 420元
珍·奧斯汀 原著 丁凱特 編譯
歌詠孤女追愛歷程的讚美詩篇，一生不可不讀的傳世典藏
包含6大長篇，英國最著名女性作家，珍·奧斯汀生涯代表作完整收錄
帶您體驗英格蘭鄉村的恬適生活，見證新時代女性的尋愛歷程
與莎士比亞齊名的文學成就，全球讀者票選十大經典小說之一
帶您進入珍奧斯汀的異想世界，體驗百年經典的全新生命力！
超值加贈★ 電子書E-Book，讓您閱讀無障礙，推理不間斷！
典藏閣
行銷總代理
采舍國際
www.silkbook.com

黎民血淚
Les Misérables
悲慘世界
雨果經典小說集
收錄內容
●悲慘世界 ●冰島的凶漢 ●布格－雅加爾
●死囚末日記 ●克洛德·格
典藏價 420元
控訴法律黑暗真實的浩瀚長篇，一生不可不讀的傳世典藏
修院魅影
Notre-Dame de Paris
鐘樓怪人
雨果經典小說集
收錄內容
●鐘樓怪人 ●海上勞工
●笑面人 ●九三年
典藏價 420元
顛覆人性美醜善惡的警世寓言，一生不可不讀的傳世典藏
維克多·雨果 原著 鄧哲生 編譯
包含9大長篇，法國著名文學家，雨果小說作品全收錄
帶您體驗大革命時代的動蕩巴黎，見證法蘭西文豪的浪漫情懷
為您呈獻，國內唯一雨果經典小說全集！
邀您一起認識雨果、認識法國、認識歷史！
★超值加贈★ 電子書E-Book，讓您閱讀無障礙，推理不間斷！
典藏閣
行銷總代理
采舍國際
www.silkbook.com

下了戲，精采的才正要開始！
鮮血與權謀心計揉合而成的一代亂世，在你眼前華麗開展！
蘭陵王與陸貞傳奇
大動盪的魏晉南北朝史
王擎天 著
蘭陵王與陸貞傳奇
大動盪的魏晉南北朝史
智慧人生 17
典藏閣
《蘭陵王》天女與假面將軍驚心動魄的愛情讓你揪心痛哭？
《陸貞傳奇》女官力爭上游的奮鬥人生讓你跟着慷慨激昂？
魏晉南北朝，一個混亂且瘋狂、花美男最多的時代，看竹林七賢如何「做自己」、
中國古代F4大揭密、面具將軍不以真面目示人的真正原因……
擎天博士
史學著作
風起雲湧一九四九
王擎天 編著
赤壁
賽德克巴萊
都鐸王朝
英國史實全紀錄
The Tudors
典藏閣 出版
行銷總代理 采舍國際 www.silkbook.com
新絲路網路書店 silkbook.com
擎天博士歷史討論區
chintian.pixnet.net

國家圖書館出版品預行編目資料

孤雛淚 : 狄更斯經典小說集 / 查爾斯・狄更斯 原著
; 丁凱特 編譯. -- 初版. -- 新北市 : 華文網, 2014.09

面； 公分

譯自 : Oliver Twist

ISBN 978-986-271-541-3 (平裝附光碟片)

876.57　　　　　　　103016458

霧都悲歌

孤雛淚

狄更斯經典小說集

OLIVER TWIST

ANTHOLOGY OF CHARLES DICKENS

典藏閣

孤雛淚：狄更斯經典小說集

出 版 者 ◤典藏閣
作　　 者 ◤查爾斯．狄更斯
品質總監 ◤王寶玲
總 編 輯 ◤歐綾纖
編　　 譯 ◤丁凱特
文字編輯 ◤林柏光
美術設計 ◤蔡億盈

郵撥帳號 ◤50017206 采舍國際有限公司（郵撥購買，請另付一成郵資）
台灣出版中心 ◤新北市中和區中山路2段366巷10號10樓
電　　話 ◤(02) 2248-7896　　傳真 ◤(02) 2248-7758
ISBN ◤978-986-271-541-3
出版日期 ◤2014年9月

全球華文市場總代理／采舍國際有限公司
地址 ◤新北市中和區中山路2段366巷10號3樓
電話 ◤(02) 8245-8786　　傳真 ◤(02) 8245-8718

全系列書系特約展示
新絲路網路書店
地址 ◤新北市中和區中山路2段366巷10號10樓
電話 ◤(02) 8245-9896
網址 ◤www.silkbook.com

線上pbook&ebook總代理／全球華文聯合出版平台
主題討論區 ◤www.silkbook.com/bookclub　　● 新絲路讀書會
電子書平台 ◤www.book4u.com.tw　　● 華文網雲端書城
紙本書平台 ◤www.silkbook.com　　● 新絲路網路書店

本書係透過華文聯合出版平台自資出版印行。
採減碳印製流程並使用優質中性紙 (Acid & Alkali Free) 與環保油墨印刷。